EL DON DEL LOBO

EL DON DEL LOBO

Anne Rice

Traducción de Rosa Borrás

GRUPO ZETA

Barcelona • Madrid • Bogotá • Buenos Aires • Caracas • México D.F. • Miami • Montevideo • Santiago de Chile

Título original: *The Wolf Gift*
Traducción: Rosa Borrás
1.ª edición: septiembre 2012

© 2012 by Anne O'Brien Rice
© Ediciones B, S. A., 2012
   Consell de Cent, 425-427 - 08009 Barcelona (España)
   www.edicionesb.com

Printed in Spain
ISBN: 978-84-666-4791-5
Depósito legal: B. 20.234-2012

Impreso por LIBERDÚPLEX, S.L.
Ctra. BV 2249, km 7,4
Polígono Torrentfondo
08791 Sant Llorenç d'Hortons

*Dedico esta novela a Christopher Rice,
Becket Ghioto, Jeff Eastin, Peter
y Matthias Scheer,
y a la «gente de la página»*

Pedid lo que queráis a la fuerza que gobierna el universo. Puede que lo hagamos realidad y llegue a amarnos como nosotros lo amamos.

1

Reuben era un hombre alto, de más de metro ochenta, con el pelo castaño y rizado y unos profundos ojos azules. Le llamaban Cielito, apodo que odiaba, por lo que tendía a reprimir lo que el mundo conoce como una sonrisa irresistible. Sin embargo, en ese momento estaba demasiado contento para mantener su estudiada expresión seria y tratar de aparentar más de los veintitrés años que tenía.

Subía por una empinada cuesta contra el fuerte viento oceánico con Marchent Nideck, una mujer exótica y elegante, mayor que él, y estaba disfrutando de todo lo que ella le contaba sobre la casa grande de lo alto del acantilado. Marchent era delgada, con un rostro esculpido en preciosas facciones y un cabello de aquel tono rubio que jamás se desvanece. Lo llevaba hacia atrás, en una suave media melena ondulada que se le rizaba justo por encima de los hombros. A Reuben le encantaba su aspecto, con su largo vestido de punto marrón y sus botas marrones perfectamente enlustradas.

El muchacho estaba escribiendo un artículo para el *San Francisco Observer* sobre la gigantesca casa y las esperanzas de venta que albergaba Marchent, ahora que se había ejecutado la herencia y su tío abuelo Felix Nideck había sido declarado oficialmente muerto. El hombre llevaba veinte años desaparecido, pero se acababa de leer el testamento y había dejado la casa a su sobrina Marchent.

Desde que Reuben había llegado, habían estado paseando por las laderas forestales de la propiedad y habían visitado una destartalada casa de huéspedes y un establo en ruinas. Habían caminado por carreteras viejas y por antiguos senderos perdidos entre la maleza que desembocaban de vez en cuando en algún saliente rocoso que se precipitaba sobre el Pacífico, del frío color del hierro, para volver a internarse rápidamente en un mundo húmedo y resguardado entre robles y helechos.

Reuben no llevaba ropa adecuada para eso ni por asomo. Había conducido hacia el norte con su habitual «uniforme», compuesto por un *blazer* azul de lana de estambre sobre un suéter fino de cachemir y unos pantalones grises. Pero, al menos, llevaba una bufanda que había sacado de la guantera. Y, a decir verdad, el frío penetrante le daba completamente igual.

La enorme mansión se protegía del frío con gruesos tejados de pizarra y vidrieras de rombos en las ventanas. La construcción de piedra rugosa contaba con innumerables chimeneas erigidas sobre los gabletes escarpados y un extenso invernadero en el ala oeste, todo él construido en hierro blanco y cristal. A Reuben, le encantaba. Ya le había gustado en las fotografías *on-line*, pero no esperaba tanta grandeza y solemnidad.

Se había criado en una vieja casa del barrio de Russian Hill, en San Francisco, y había pasado mucho tiempo en las impresionantes casas antiguas de Presidio Heights y de los alrededores de San Francisco, incluyendo Berkeley, donde había estudiado, y Hillsborough, donde la mansión medio de madera de su abuelo había servido de punto de encuentro vacacional durante tantos años. Pero nada de lo que había visto hasta entonces era comparable a la casa familiar de los Nideck.

La magnitud de aquel edificio, varado en su propio parque, parecía de otro mundo.

—El lugar real —había dicho para el cuello de su camisa nada más verlo—. Fíjate en esos techos de pizarra y esos canalones que deben de ser de cobre.

Frondosas enredaderas cubrían más de la mitad de aquella inmensa estructura, llegando hasta las ventanas superiores, y Reuben se había quedado sentado un buen rato en el coche, entre agradablemente sorprendido y algo alucinado, soñando que algún día, cuando fuera un escritor famoso y tuviera el mundo a sus pies, poseería un lugar como aquel.

La tarde estaba resultando sencillamente fantástica.

Le había afectado ver la casa de huéspedes dilapidada e inhabitable, pero Marchent le había asegurado que la casa grande estaba en buen estado.

Podría pasarse la vida escuchando hablar a aquella mujer. Su acento no era exactamente británico, ni de Boston o Nueva York. Era único: el acento de una criatura del mundo, que confería una linda precisión y un timbre argento a sus palabras.

—Sí, sé que es bonito. Sé que no hay nada igual en toda la costa californiana. Lo sé. Lo sé. Pero no tengo más remedio que deshacerme de todo —explicó Marchent—. Llega un momento en que la casa te posee y sabes que tienes que deshacerte de ella y seguir viviendo tu vida.

Marchent quería volver a viajar. Confesó que, desde la desaparición del tío Felix, había pasado poco tiempo allí y que, en cuanto vendiera la propiedad, pensaba irse a Sudamérica.

—Me rompe el corazón —dijo Reuben. Una opinión demasiado personal para un reportero, ¿no? Pero no pudo evitarlo. Además, ¿quién decía que tuviera que actuar como un testigo neutral?—. Este lugar es irreemplazable, Marchent. Escribiré el mejor artículo que pueda sobre la propiedad. Haré todo lo posible por traerle un comprador, y no creo que tarde demasiado.

Lo que no dijo fue: «Ojalá pudiera comprarla yo mismo.» Y había estado barajando esa posibilidad desde que había divisado los gabletes entre los árboles.

—Estoy encantada de que el periódico te haya enviado precisamente a ti —dijo ella—. Eres apasionado y eso me gusta muchísimo.

Por un instante, Reuben pensó: «Sí, soy apasionado y quiero esta casa, y ¿por qué no? ¿Cuándo se me puede presentar de nuevo una oportunidad como esta?» Pero después pensó en su madre y en Celeste, su novia menuda de ojos castaños, estrella emergente de la fiscalía del distrito, y en cómo iban a mofarse de tal ocurrencia, y se le enfriaron los ánimos.

—¿Qué pasa, Reuben? ¿Qué te ocurre? —le preguntó Marchent—. Tenías una mirada extraña.

—Pensamientos —replicó él, golpeándose ligeramente la sien—. Estoy escribiendo el artículo en mi mente. «Una joya arquitectónica de la costa de Mendocino sale por primera vez al mercado desde su construcción.»

—Suena bien —admitió ella, de nuevo con ese acento vago de ciudadana del mundo.

—Si yo comprara la casa, le pondría un nombre —dijo Reuben—. Algo que capturara la esencia del lugar, ¿sabes? Nideck Point.

—Eres todo un poeta —dijo ella—. Lo he sabido en cuanto te he visto. Y me gustan los artículos que has escrito para tu periódico. Tienen carácter propio. Pero estás escribiendo una novela, ¿no es cierto? Todo joven reportero de tu edad debería estar escribiendo una. Me avergonzaría de ti si no lo estuvieras haciendo.

—Eso es música para mis oídos —confesó Reuben. Estaba preciosa cuando sonreía, y las finas arrugas de su rostro ganaban en elocuencia y belleza—. Mi padre me dijo la semana pasada que un hombre de mi edad no tiene absolutamente nada que decir. Él es profesor, y está quemado, tengo que añadir. Lleva diez años revisando su «Poemario», desde que se retiró.

Estaba hablando demasiado, y demasiado de sí mismo, lo que no está nada bien.

Pensó que, seguramente, a su padre le encantaría aquel lugar. Sí, Phil Golding era un poeta de verdad y estaba seguro de que le encantaría aquel sitio, y tal vez se lo dijera a la madre de Reuben, que se burlaría de la idea. La doctora Grace Golding era el elemento práctico y la arquitecta de sus vidas. Había sido ella quien había conseguido a Reuben su trabajo en el *San Francisco Observer*, cuando sus únicas credenciales eran un máster en literatura inglesa y sus viajes anuales por el mundo desde que nació.

Grace se había sentido orgullosa de los recientes trabajos de investigación de su hijo, pero le había advertido que aquel artículo sobre la «propiedad inmobiliaria» era una pérdida de tiempo.

—Ya vuelves a estar soñando —dijo Marchent, que le rodeó con el brazo y le besó la mejilla entre risas. Reuben se sobresaltó, sorprendido por la suave presión de sus pechos y la fragancia sutil de un rico perfume.

—En realidad, todavía no he conseguido nada en la vida —dijo el muchacho con una soltura sorprendente—. Mi madre es una cirujana brillante. Mi hermano mayor es sacerdote. A mi edad, mi abuelo materno ya era agente internacional de la propiedad inmobiliaria. Pero yo no soy nada ni nadie. Solo llevo seis meses en el periódico. Tendría que haber venido con una etiqueta de aviso. Pero, créeme, escribiré un artículo que te encantará.

—Tonterías —dijo ella—. Tu editor me contó que tu artículo sobre el asesinato de Greenleaf condujo a la detención del asesino. Eres un muchacho de lo más encantador y modesto.

Intentó no sonrojarse. ¿Por qué estaba admitiendo todo aquello ante esa mujer? Raramente, por no decir nunca, solía hacer comentarios despectivos sobre sí mismo. Sin embargo, había sentido una conexión inmediata e inexplicable con ella.

—El artículo de Greenleaf me llevó menos de un día —murmuró Reuben—. A mitad del cual di con el sospechoso, al que no había visto nunca.

A Marchent le brillaron los ojos.

—Dime, ¿cuántos años tienes, Reuben? Yo tengo treinta y ocho. ¿Qué te parece mi sinceridad? ¿Conoces a muchas mujeres que confiesen que tienen treinta y ocho?

—No los aparentas —respondió él. Y lo decía de corazón. Lo que habría querido añadir era: «A decir verdad, estás perfecta»—. Tengo veintitrés —confesó.

—¿Veintitrés? Aún eres un niño.

Claro. El Cielito, como le llamaba su novia Celeste. El «hermanito», según su hermano mayor, el padre Jim. Y el «niñito», según su madre, que aún le llamaba así en público. Solo su padre le llamaba siempre Reuben y solo le veía a él cuando se cruzaban sus miradas. «¡Papá, tendrías que ver esta casa! Me sugiere un lugar para escribir, un lugar para escapar, todo un paisaje para una mente creativa.»

Se metió las manos congeladas en los bolsillos y trató de ignorar el aire que le aguijoneaba los ojos. Estaban regresando a la promesa de un café caliente y un fuego.

—Y muy alto para tu edad —añadió Marchent—. Creo que tienes una sensibilidad extraordinaria, Reuben, para apreciar este rincón de mundo más bien frío y lóbrego. Yo, cuando tenía veintitrés, quería estar en Nueva York y en París. Y estuve en Nueva York y en París. Quería ver las capitales del mundo. No te habré ofendido, ¿verdad?

—No, por supuesto que no —respondió él, volviendo a sonrojarse—. Estoy hablando demasiado de mí, Marchent. Tengo la cabeza en el artículo, no sufras. Encinillos, maleza, tierra húmeda, helechos, lo estoy memorizando todo.

—Ay, sí, no hay nada como la memoria y la frescura de una mente joven —dijo ella—. Cariño, vamos a pasar dos días juntos, ¿no es así? Voy a ser muy directa. Te avergüenzas de tu juventud, ¿verdad? Bueno, pues no es necesario. Y eres perturbadoramente guapo, ¿sabes? Eres el muchacho más adorable que he visto en mi vida. No, lo digo en serio. Con una imagen como la tuya, no hace falta que seas demasiado de nada, ¿sabes?

Reuben sacudió la cabeza. Si ella supiera... Odiaba que la gente le dijera que era guapo, adorable, mono o fantástico. «¿Y cómo te sentirías si la gente dejara de decirlo? —le había preguntado Celeste en una ocasión—. ¿Lo has pensado alguna vez? Mira, Cielito, para mí, es exactamente lo que pareces.» Celeste siempre se burlaba de él con ese punto impertinente. Tal vez porque todas las burlas tenían un punto impertinente.

—Ahora sí te he ofendido, ¿verdad? —insistió Marchent—. Perdona. Creo que todos los mortales ordinarios tendemos a mitificar a los que son tan guapos como tú. Pero, por supuesto, lo que te hace interesante es tu alma de poeta.

Habían llegado al borde de la terraza embaldosada.

Algo había cambiado en el aire. El viento era más cortante. El sol se apagaba tras las nubes plateadas mientras caía sobre el mar cada vez más oscuro.

Marchent se detuvo un instante, como para recuperar el aliento, pero Reuben desconocía el motivo. El viento le arremolinaba el pelo sobre la cara y levantó la mano para protegerse los ojos.

Miró hacia las ventanas superiores de la casa como si buscara algo y, de repente, una intensa sensación de tristeza invadió a Reuben. La soledad del lugar se hacía presente.

Estaban a kilómetros de distancia del pueblecito de Nideck y Nideck tenía... ¿Cuántos? ¿Doscientos habitantes? Reuben se había parado allí de camino a la casa y se había encontrado la mayoría de tiendas de la menuda calle principal cerradas. La pensión llevaba «siglos» en venta, según le había contado el dependiente de la gasolinera, pero sí, había cobertura de móvil e internet en cualquier parte del condado, así que por eso no debía preocuparse.

En aquel preciso momento, el mundo más allá de aquella terraza barrida por el viento parecía irreal.

—¿Hay fantasmas en la casa, Marchent? —preguntó, siguiendo la mirada de la mujer.

—No los necesita —declaró ella—. Su historia reciente ya es bastante sombría.

—Bien, me encanta —replicó él—. Los Nideck han gozado de una notable proyección. Algo me dice que encontrará un comprador muy romántico que pueda transformar la casa en un hotel único e inolvidable.

—Es una posibilidad —dijo—, pero ¿por qué iba alguien a venir precisamente aquí, Reuben? La playa es estrecha y de difícil acceso. Las secuoyas son magníficas, pero no es necesario conducir cuatro horas desde San Francisco para encontrar secuoyas magníficas en California. Y ya has visto el pueblo. No hay nada, excepto Nideck Point, como tú lo has bautizado. A veces, tengo la sofocante sensación que esta casa no va a durar mucho más en pie.

—¡Ah, no! ¡Eso ni pensarlo! Nadie se atrevería...

Ella le tomó de nuevo del brazo y avanzaron sobre las baldosas llenas de arena, dejaron atrás el coche de Reuben y siguieron hacia la lejana puerta principal.

—Me enamoraría de ti, si tuvieras mi edad —admitió Marchent—. Si hubiera conocido a alguien tan encantador como tú, ahora no estaría sola, ¿verdad?

—¿Por qué iba a estar sola una mujer como tú? —preguntó él. Rara vez había conocido a nadie tan seguro de sí mismo y elegante. Incluso después del paseo por el bosque, parecía tan serena y compuesta como si estuviera de compras en Rodeo Drive. Llevaba un delgado brazalete en la muñeca izquierda, un cordón perlado, según creía Reuben que se llamaba, que confería a sus agradables gestos aún más *glamour*, aunque no sabía decir muy bien por qué.

Al oeste, no había árboles. La vista estaba abierta por razones obvias. Pero ahora el viento huracanado se levantaba desde el mar y la niebla gris se estaba posando sobre el último destello del agua. «Voy a captar la esencia de todo esto —pensó—. Captaré este extraño momento de oscurecimiento.» Y una tenue sombra cayó deliciosamente sobre su alma.

Quería aquel sitio. Tal vez habría sido mejor que hubieran enviado a otro a cubrir esta historia, pero le habían enviado a él. ¡Qué enorme suerte!

—Dios mío, el frío es más intenso a cada segundo que pasa —dijo Marchent, mientras ambos se apresuraban—. Había olvidado cómo bajan las temperaturas en esta costa. Crecí con ello, pero siempre me ha pillado por sorpresa.

Sin embargo, volvió a detenerse y miró de nuevo a lo alto de la fachada como si buscara a alguien y, acto seguido, hizo visera ante los ojos y dirigió la vista a la niebla que avanzaba.

«Sí, tal vez se arrepienta terriblemente de vender este lugar», pensó Reuben, pero entonces concluyó que tal vez tuviera que hacerlo. Y, además, ¿quién era él para hacer que Marchent se sintiera culpable, si ella no quería experimentar esa sensación?

Por un instante, le invadió una vergüenza profunda porque él mismo disponía del dinero para comprar la propiedad y sentía la necesidad de poner una excusa, pero verbalizarlo habría sido una tremenda grosería. Sin embargo, siguió calculando y soñando.

Las nubes eran cada vez más oscuras y más bajas. Y el aire, muy húmedo. Volvió a seguir la mirada de Marchent, de nuevo centrada en la enorme fachada sombreada de la casa, donde las vidrieras de rombos de las ventanas centelleaban débilmente y una masa de secuoyas se erigía tras del edificio hacia el este, cual monstruoso bosque flotante de desmedidas proporciones con el resto del conjunto.

—Dime —dijo Marchent—. ¿En qué estás pensando ahora mismo?

—Ah, no, en nada. Pensaba en las secuoyas y en cómo me hacen sentir. Están descomunalmente desproporcionadas respecto a todo lo que las rodea... Es como si dijeran: «Estamos aquí desde antes que los de vuestra especie llegaran a estas costas, y seguiremos aquí cuando vosotros y vuestras casas ya no existáis.»

Algo indiscutiblemente trágico brilló en los ojos de Marchent cuando le sonrió.

—Una gran verdad. No sabes cuánto las amaba mi tío Felix —dijo—. Estos árboles están protegidos, ¿lo sabías? No se pueden talar. Tío Felix se encargó de que así fuera.

—Gracias a Dios —susurró Reuben—. Tiemblo con solo pensar en todas esas viejas fotografías de leñadores de otras épocas que se dedicaban a talar secuoyas de más de mil años. ¿Te das cuenta? Un milenio.

—Eso es precisamente lo que tío Felix dijo una vez, caramba, y casi palabra por palabra.

—No le gustaría ver su casa derribada, ¿verdad? —E inmediatamente se arrepintió—. Perdona. No debí decir eso.

—No, pero si tienes toda la razón. No le habría gustado, no, jamás. Le encantaba la casa. Cuando desapareció, la estaba restaurando.

Marchent volvió a perder la mirada, melancólica, nostálgica.

—Y nunca lo sabremos... Supongo que no —añadió con un suspiro.

—¿El qué, Marchent?

—Ah, pues ya sabes, cómo desapareció realmente mi tío abuelo —respondió, antes de soltar un ruidito burlón—. Somos demasiado supersticiosos. ¡Desapareció! En realidad, supongo que en la vida real debe de estar tan muerto como legalmente, pero parece que, ahora que estoy vendiendo este lugar, estoy dando por perdidas todas las esperanzas, hasta el punto de decir: «Bueno, nunca lo sabremos y nunca volverá a atravesar esa puerta.»

—Comprendo —susurró Reuben. La verdad era que él no sabía nada en absoluto de la muerte. De algún modo, su madre, su padre, su hermano y su novia se la mencionaban casi cada día. Su madre vivía prácticamente en el Servicio de Urgencias del San Francisco General. Su novia conocía la peor parte de la naturaleza humana gracias a los casos que llevaba a diario en la fiscalía del distrito. En cuanto a su padre, veía la muerte en las hojas que caían de los árboles.

En el tiempo que llevaba en el *San Francisco Observer*, Reuben había escrito seis artículos y cubierto dos asesinatos. Y las dos mujeres de su vida los habían puesto por las nubes, no sin llamarle detenidamente la atención sobre los detalles que se le habían escapado.

Le vino a la cabeza algo que le había dicho su padre: «Eres inocente, Reuben, sí, pero la vida no tardará mucho en enseñarte lo que necesitas saber.» Phil siempre hacía comentarios inusuales.

—No pasa un solo día sin que me plantee una pregunta cósmica. ¿Tiene sentido la vida? ¿O todo es simplemente humo y espejismos? ¿Estamos todos abocados al fracaso? —había dicho la otra noche, durante la cena.

—Ya sé porque nada te cala, ¿sabes, Cielito? —había dicho Celeste después—. Tu madre cuenta todos los detalles de sus operaciones con el cóctel de gambas delante y tu padre solo habla de cosas que no tienen ninguna importancia. Algún día te quitaré esa dosis tuya de optimismo. El hecho es que me haces sentir bien.

Pero, a él, ¿le hacía sentir bien? No. En absoluto. Lo raro de Celeste era que, más allá de lo que pudiera inferirse de sus palabras, era mucho más cariñosa y amable. Era una fiscal implacable, un tizón de metro sesenta en el trabajo, pero, con él, era dulce y adorable. Le mimaba y siempre le respondía al teléfono. Tenía en su agenda de marcación rápida a varios amigos abogados que respondían las dudas que a él le surgían en sus reportajes. Pero su lengua... Su lengua era un poco viperina.

«El hecho es que hay algo oscuro y trágico en esta casa que quiero descubrir», pensó Reuben de repente. La casa le recordaba la música de un chelo, grave, rica, algo tosca e inflexible. La casa le hablaba, o tal vez le hablaría si dejara de escuchar las voces que traía consigo.

Notó que el móvil vibraba en su bolsillo. Lo apagó sin apartar la vista de la casa.

—Por todos los santos, mírate —exclamó Marchent—. Te estás congelando, muchacho. ¡Qué inconsciente he sido! Ven, tenemos que entrar.

—Soy hijo de San Francisco —murmuró Reuben—. He dormido toda la vida en Russian Hill con la ventana abierta. Tendría que haber venido preparado.

Reuben subió tras ella los escalones de piedra y ambos atravesaron el arco de la gigantesca puerta principal.

Sintió inmediatamente el delicioso calor de la estancia, a pesar de sus vastas dimensiones, entre el altísimo techo iluminado y los suelos de oscuro roble que se extendían al infinito con cierta melancolía etérea.

Al otro extremo de un oscuro tramo cubierto de viejos sillones y sillas bastante deformes, la chimenea profunda y tenebrosa les observaba encendida desde la distancia.

Mientras paseaban por la colina, había olido los troncos de roble encendidos, cierto tufillo aquí y allá, un olor que le encantaba.

Marchent le condujo hasta el sofá de terciopelo junto al hogar. Sobre una gran mesa auxiliar de mármol, descansaba un juego de café de plata.

—Caliéntate —dijo Marchent, que se plantó también ante las llamas para calentarse las manos.

Había unos morillos de metal y un guardafuegos enormes, y los ladrillos del fondo del hogar estaban negros.

Se volvió y empezó a pasearse casi inaudiblemente por las viejas alfombras orientales de lana, a medida que iba encendiendo varias lámparas diseminadas por la sala.

La sala empezó a iluminarse lentamente con un alegre resplandor.

El mobiliario era inmenso, pero acogedor, con fundas raídas aunque útiles y alguna que otra silla de piel color caramelo. Había unas cuantas esculturas de bronce descomunales, todas ellas de supuestas figuras mitológicas, muy pasadas de moda. También había unos cuantos paisajes oscuros con marcos dorados colgados en las paredes.

Ahora el calor era extremadamente intenso. En cuestión de minutos, Reuben tendría que quitarse el abrigo y la bufanda.

Alzó la vista hacia los viejos paneles de madera oscura que cubrían la parte superior de la chimenea, rectángulos de corte elegante con moldura de ova y dardo, y a los paneles similares que cubrían las paredes. Flanqueaban la chimenea dos librerías cargadas de antiguos volúmenes de piel, ropa y hasta ediciones rústicas. A lo lejos, divisó por encima de su hombro derecho una sala orientada hacia el este que parecía una biblioteca antigua recubierta de madera, de las que él siempre había soñado. Allí también había un fuego.

—Me deja sin aliento —dijo. Podía ver a su padre ahí sentado, barajando sus poemas mientras tomaba innumerables notas. Sí, le encantaría la casa, no cabía duda. Era un lugar para reflexiones y decisiones cósmicas. Y cuán parados se quedarían todos si...

¿Y por qué no le iba a parecer bien a su madre? Ellos dos, su madre y su padre, se querían pero no se llevaban bien. Phil toleraba a los amigos médicos de Grace y, a ella, los pocos viejos amigos de Phil le parecían un aburrimiento. La lectura de poemas la sacaba de sus casillas. Las películas que a él le gustaban, ella las aborrecía. Si él daba su opinión en una cena, ella cambiaba de tema con la persona que tuviera al lado, o salía de la sala para ir a por otra botella de vino, o empezaba a toser.

En realidad, no lo hacía a propósito. Su madre no era una mezquina. La entusiasmaban las cosas que amaba, y adoraba a Reuben, cosa que había hecho que él gozara de una confianza que muchos no tenían. Lo único era que no soportaba a su marido, cosa que, durante casi toda su vida, Reuben había entendido.

Sin embargo, últimamente, le estaba siendo más difícil, porque su madre parecía una mujer potente y atemporal, una trabajadora compulsiva con una vocación divina; y su padre parecía agotado y obscenamente viejo. Celeste se había convertido en la amiga de proximidad y, en ocasiones, compañera de comidas de su madre («¡Ambas somos mujeres con iniciativa!»), pero ignoraba al «viejo», como ella le llamaba. Incluso de vez en cuando comentaba siniestramente a Reuben: «Mírale, ¿quieres acabar como él?»

«Bueno, te gustaría tanto vivir aquí, papá... —pensó Reuben—. E iríamos a pasear juntos entre las secuoyas y tal vez restauraríamos esa vieja casa de huéspedes dilapidada para los amigos poetas, aunque, por supuesto, hay espacio suficiente para todos en la casa. Tanto que podrías celebrar regularmente seminarios cada vez que quisieras y mamá podría venir siempre que lo deseara.»

Que, muy probablemente, sería nunca.

Demonios, no podía permitirse fantasear ahora. Marchent estaba mirando el fuego con aire triste y él debería estar haciéndole preguntas. «Vamos a ver —diría Celeste—, yo trabajo siete días a la semana y ahora que se supone que ya eres reportero, ¿qué? ¿Te tienes que tirar cuatro horas conduciendo para ir a trabajar?»

Eso sería para Celeste la gota que colma el vaso de la decepción, que se empezó a llenar cuando Reuben se reveló incapaz de definirse a sí mismo. Ella había pasado por la Facultad de Derecho como un cohete y se había colegiado a los veintidós años. Él había abandonado su doctorado en lengua inglesa porque le pedían lenguas extranjeras y no tenía ningún plan de vida. ¿Acaso no tenía derecho a escuchar ópera, leer poesía y novelas de aventuras, y conducir su Porsche al límite hasta que descubriera su identidad? Reuben se lo había preguntado una vez, con estas mismas palabras, y ella se había echado a reír. Habían acabado riéndose los dos. «Fantástico, si lo consigues, Cielito —le había dicho ella—. Me tengo que ir al juzgado.»

Marchent estaba probando el café.

—Está bastante caliente —dijo.

Le sirvió el café en una taza de porcelana y le señaló la lechera de plata y el montoncito de terrones de azúcar que descansaban en un plato de plata. Todo ello tan bonito, tan fino... Celeste pensaría: «¡Qué aburrido!», y su madre tal vez ni siquiera se fijaría. Grace mostraba cierta aversión por las tareas domésticas, excepto cuando se trataba de cocinar para una fiesta. Celeste decía que las cocinas existían para almacenar Coca-Cola Light. A su padre le gustaría... Su padre tenía conocimientos generales sobre toda clase de cosas, incluyendo la plata y la porcelana, la historia del tenedor, tradiciones festivas del mundo entero, la evolución de la moda, los relojes de cuco, las ballenas, el vino y los diversos estilos arquitectónicos. Phil se autoapodaba «Miniver Cheevy».*

Pero el caso era que a Reuben le gustaba todo aquello. Le encantaba. Reuben era Reuben, y también le gustaba muchísimo la gran repisa de piedra de la chimenea con sus soportes en forma de pergamino enrollado.

—Y, bien, ¿qué estás escribiendo ahora mismo en tu poética cabeza? —le preguntó Marchent.

—Mmmm... Las vigas del techo... Son enormes y, probablemente también, las más largas que he visto. Las alfombras son persas, con motivos florares, a excepción de la pequeña alfombra de rezos de allí. Y no hay malos espíritus bajo este techo.

—Que no hay malas vibraciones, quieres decir —puntualizó Marchent—. Y estoy de acuerdo contigo, pero estoy segura que comprenderás que, si me quedara aquí, no dejaría de lamentarme por tío Felix. Era un auténtico titán. Y te diré una cosa: me ha vuelto todo. A la desaparición de Felix, me refiero. Y llevaba tiempo sin pensar en ello. Tenía dieciocho años cuando mi tío salió por esa puerta hacia Oriente Medio.

—¿Por qué hacia Oriente Medio? —preguntó Reuben—. ¿Adónde iba?

—A una excavación arqueológica, el motivo más frecuente de sus desplazamientos. Esa vez era Irak, algo relacionado con una ciudad nueva tan antigua como Mari o Uruk. Nunca tuve corroboración. Sea como fuere, recuerdo que estaba excepcionalmente emocionado con su destino. Había estado hablando por teléfono con amigos suyos de todo el mundo. No le di demasiada importancia. Siempre se estaba marchando, y siempre regresaba. Si no era para una excavación, era para ir a buscar algún fragmento de algún manuscrito que alguno de sus alumnos acababa de desenterrar de alguna colección inédita en alguna biblioteca ex-

---

* «Miniver Cheevy» es un poema narrativo escrito por Edwin Arlington Robinson, que relata la historia de un romántico desesperado que pasa sus días pensando en cómo habría podido ser su vida si hubiera nacido en una época anterior. (N. de la T.)

tranjera. Tenía decenas de estudiantes a sueldo. Siempre le estaban mandando información. Vivía en su rico mundo aparte.

—Un hombre tan metido en todo eso debió de dejar documentos —tanteó Reuben.

—¡Documentos! No te haces una idea, Reuben. Arriba está lleno de habitaciones enteras repletas de ensayos, manuscritos, carpetas y libros que se deshacen. Hay tanto por revisar, tantas decisiones que tomar... Pero si vendiera la casa mañana estaría dispuesta a enviarlo todo a un almacén de temperatura controlada para poder trabajar desde allí.

—¿Estaba buscando algo, algo en particular?

—Pues si así era, jamás lo mencionó. Una vez dijo: «Este mundo necesita testigos. Se ha perdido demasiado.» Pero creo que era una queja genérica. Sé que financiaba excavaciones y que, a menudo, se encontraba con estudiantes de arqueología e historia que no trabajaban para él. Recuerdo que no paraban de entrar y salir. Les concedía pequeñas becas privadas.

—Qué gozada poder vivir así —opinó Reuben.

—Bueno, como bien sé ahora, tenía el dinero. Nadie dudaba de que fuera rico, pero no lo sabía bien hasta que lo heredé todo. Ven, ¿vamos a echar un vistazo?

A Reuben le encantó la biblioteca.

Pero era una de esas habitaciones de exposición donde nadie escribía una sola carta ni leía un solo libro. Así se lo confesó Marchent. El antiguo escritorio francés estaba perfectamente lustrado y su similar brillaba tanto como el oro. Había un secante verde totalmente limpio y las librerías se extendían del suelo al techo, repletas de las inevitables encuadernaciones en piel de los clásicos, que habrían resultado muy difíciles de llevar en una mochila o leer en un avión.

Estaba el *Oxford English Dictionary* en veinte volúmenes, una *Encyclopaedia Britannica* antigua, tomos enormes de arte, atlas y gruesos volúmenes antiguos cuyos títulos dorados se habían borrado.

Una sala sorprendente e inspiradora. Reuben vio a su padre en el escritorio, observando cómo se difuminaba la luz a través de los vitrales, o sentado en la butaca de terciopelo de la ventana con un libro. Las ventanas de la pared oriental de la habitación debían de medir unos nueve metros de ancho.

Ahora era demasiado tarde para ver los árboles. Ya había entrado en aquella sala a primera hora de la mañana. Y si compraba la casa, aquella habitación se la regalaría a Phil. De hecho, podría sobornar a su padre con una simple descripción de la biblioteca. Reparó en el parqué de roble con su monumental e intricado tejido de cuadros entrelazados y en el antiquísimo reloj de estación de ferrocarril de la pared.

Cortinas de terciopelo rojo pendían de barras de latón y una magnífica fotografía de gran tamaño colgaba sobre la repisa de la chimenea, donde aparecía un grupo de seis hombres, todos con ropa de safari, reunidos ante un fondo de bananos y árboles tropicales.

Tenían que haberla tomado con película en placas. El detalle era espléndido. Solo ahora, en la era digital, se podía ampliar una foto a ese tamaño sin degradarla irremediablemente. Pero esta no la habían retocado. Hasta las hojas de los bananos parecían grabadas. Se apreciaban hasta las arrugas más finas en las chaquetas de los hombres y el polvo en sus botas.

Dos de ellos llevaban rifles y algunos estaban ahí plantados, con aire desenfadado, sin nada en las manos.

—La hice hacer yo —informó Marchent—. Fue bastante cara. No quería un cuadro, solo una ampliación fiel. Es de metro veinte por metro ochenta. ¿Ves al de en medio? Es tío Felix. En realidad, es la única foto actual que tenía de él antes de que desapareciera.

Reuben se acercó para mirarla.

Los nombres de los hombres figuraban inscritos en tinta negra sobre el borde de estera que bordeaba la parte interior del marco. Apenas podía leerlos.

Marchent encendió la lámpara de araña y el muchacho pudo ver perfectamente la imagen de Felix, el hombre de tez morena y pelo oscuro que aparecía casi en el centro del grupo, una persona de aspecto realmente agradable, una figura alta y digna, con las mismas manos delgadas y elegantes que tanto admiraba en Marchent e, incluso, cierta reminiscencia de su amable sonrisa. Sin duda, un hombre simpático y cercano con una expresión casi infantil de curiosidad, tal vez de entusiasmo. Aparentaba una edad que bien podía situarse en cualquier punto entre los veinte y los treinta y cinco.

Los demás hombres despertaban un innegable interés, todos ellos con expresiones entre distraídas y serias, y, entre todos, destacaba uno en particular: el del extremo izquierdo. Era alto como los demás y una melena oscura le caía sobre los hombros. Si no hubiera sido por la chaqueta de safari y los pantalones caqui, con esos pelos tan largos, podría haber pasado perfectamente por un cazador de búfalos del viejo Oeste. En su rostro resplandecía una energía positiva, un poco como una de esas figuras ensoñadas de los cuadros de Rembrandt, que parecen bañadas en un momento particularmente místico por una luz divina.

—Ah, sí, él —dijo Marchent en un tono bastante teatral—. ¿No te parece todo un personaje? Pues era el mejor amigo y mentor de Felix. Margon Sperver. Pero tío Felix siempre le llamaba Margon a secas y, en alguna ocasión, Margon *el Impío*, aunque no sé por qué demonios le llamaba así. A Margon, le hacía gracia. Felix decía que Margon era profesor. Cuando no sabía responder alguna pregunta, siempre decía: «Bueno, tal vez el profesor lo sepa», y cogía el teléfono para buscar a Margon *el Impío* dondequiera del mundo que estuviera. Hay miles de fotografías de estos caballeros en las habitaciones de arriba: Sergei, Margon, Frank Vandover... De todos ellos. Eran sus colaboradores más cercanos.

—¿Y no pudiste localizar a ninguno cuando él desapareció?

—A ninguno. Aunque es comprensible. No empezamos a buscar hasta al cabo de un año. Esperábamos tener noticias suyas cualquier día. Es verdad que sus viajes podían ser muy cortos, pero también desaparecía, ¿sabes? Simplemente se borraba del mapa. Podía ir a Etiopía o la India donde nadie le podía localizar. Una vez, llamó desde una isla del sur del Pacífico después de un año y medio. Mi padre mandó un avión a recogerle. Y no, jamás encontré a ninguno de ellos, ni siquiera a Margon *el Profesor*, y eso fue lo más triste de todo.

Suspiró. Parecía muy cansada.

—Al principio —añadió con un hilillo de voz—, mi padre no se esforzó demasiado. Recibió mucho dinero justo después de la desaparición de Felix. Por primera vez, estaba feliz. Creo que no le apetecía demasiado que le recordaran a Felix. «Felix, siempre Felix», decía cuando yo le preguntaba por él. Papá y mamá querían disfrutar de su nueva herencia... Algo de una tía, creo.

Aquella dolorosa confesión le estaba costando.

Reuben alargó la mano lentamente, dándole a entender su pleno soporte, antes de rodearla con el brazo y besarle la mejilla con la misma corrección de la que ella había hecho gala cuando le había besado anteriormente aquella tarde.

Ella se volvió y se fundió en sus brazos por un instante y, luego, le dio un beso fugaz en los labios y volvió a decirle que era el muchacho más encantador que conocía.

—Es una historia desgarradora —dijo Reuben.

—Eres un muchacho extraño, tan joven y a la vez tan mayor.

—Eso espero —dijo él.

—Y, además, esa sonrisa. ¿Por qué escondes esa sonrisa?

—¿La escondo? —preguntó él—. Lo siento.

—Ay, tienes razón. Vaya si la tienes. Es una historia desgarradora. —Marchent volvió a mirar la fotografía—. Ese es Sergei —añadió, señalando a un hombre alto, rubio y de ojos claros que parecía ensoñado o perdido en sus pensamientos—. Supongo que es a quien yo conocía mejor. En realidad, a los demás no les conocía demasiado bien. Al principio, creí que no tendría problemas para encontrar a Margon. Pero los números que encontré eran de hoteles de Asia y Oriente Medio. Y, le conocían, por supuesto, pero no tenían ni idea de dónde se encontraba. Llamé a todos los hoteles de El Cairo y Alejandría en busca de Margon. Recuerdo que también probamos hasta en el último rincón de Damasco. Pasaban mucho tiempo en Damasco, Margon y tío Felix. Algo relacionado con un monasterio antiguo y unos manuscritos recientemente desenterrados. De hecho, todos aquellos hallazgos están todavía arriba. Sé dónde están.

—¿Manuscritos antiguos? ¿Aquí? Podrían ser de un valor incalculable —dijo Reuben.

—Ah, seguramente sí, pero no para mí. Para mí, son una enor-

me responsabilidad. ¿Qué hago con ellos para conserv[...]
habría hecho él? Era muy crítico con los museos y las [...]
¿Dónde querría que fuera todo esto? Seguro que s[...]
alumnos estarían encantados de ver estas cosas, nunca [...]
llamar y preguntar, pero estos temas se tienen que llevar con cautela. Los tesoros deberían estar archivados y bajo custodia.

—Sí, claro, me he pasado un montón de tiempo en las bibliotecas de Berkeley y Stanford —dijo él—. ¿Publicó algo? Quiero
decir... ¿Publicó sus hallazgos?

—Que yo sepa no —respondió ella.

—¿Crees que Margon y Felix estaban juntos en ese último
viaje?

Marchent asintió.

—Pasara lo que pasase —dijo—, les ocurrió juntos. Mi mayor
temor es que les sucediera a todos juntos.

—¿A los seis?

—Sí, porque ninguno de ellos ha llamado preguntando por
Felix. Al menos, no que yo sepa. Tampoco llegaron más cartas de
ellos. Antes de la desaparición, solían llegar cartas. Dediqué una
salvajada de tiempo a encontrar esas cartas y, cuando las encontré, ya sabes, no fui capaz de descifrar las direcciones y todo de-
sembocó en un callejón sin salida. La cosa está en que ninguno de
ellos ha contactado jamás con nadie de aquí para preguntar por
tío Felix. Por eso me preocupa que, fuera lo que fuese, les ocurriera a todos juntos.

—¿Así que no pudiste encontrarles y ellos jamás volvieron a
escribir a tu tío?

—Exacto —contestó Marchent.

—¿Felix no dejó ningún itinerario, ningún plan escrito?

—Ah, sí, seguramente sí. Lo que pasa es que nadie podía leer
sus notas personales. Utilizaba un lenguaje propio. Bueno, de hecho, todos ellos utilizaban ese lenguaje, o eso parece, a juzgar por
algunas de las notas y cartas que encontré después. No lo utilizaban siempre, pero, al parecer, todos lo conocían. No era ni alfa-
beto latino. Te enseñaré algunos escritos luego. Hasta llegué a con-
tratar a un genio informático para que lo craqueara hace unos
años. No llegó ni a la primera base.

—Extraordinario. Todo esto fascinará a mis lectores. Marchent, esto podría convertirse en una atracción turística.

—Pero ya has visto los artículos anteriores sobre tío Felix. Ya se ha escrito antes sobre él.

—Pero esos viejos artículos solo hablan de Felix, no de sus amigos. No cuentan con todos estos detalles. Ya lo estoy viendo como una trilogía.

—Suena magnífico —reconoció ella—. Haz lo que te apetezca. ¿Y quién sabe? Tal vez alguien sepa algo sobre lo que les aconteció. Nunca se sabe.

La idea era emocionante, pero Reuben sabía que no debía presionar. Ella había vivido veinte años con el peso de aquella tragedia.

Marchent le sacó lentamente de la sala.

Reuben volvió la vista al agradable grupo de caballeros que le observaban plácidamente desde la foto enmarcada. «Y si compro este lugar —pensó—, no pienso quitar esa foto. Si deja que me la quede o saque una copia, claro. ¿No tendría Felix Nideck que permanecer de algún modo en la casa?»

—No compartirías esa foto con el comprador de la casa, ¿verdad?

—Ah, con gusto —respondió ella—. Al fin y al cabo, tengo copias más pequeñas. Todo el mobiliario va incluido, ¿sabes? —Lo señaló todo a medida que avanzaban por la enorme sala—. ¿Ya te lo había dicho? Ven, quiero mostrarte el invernadero. Es casi la hora de cenar. Felice está sorda y casi ciega, pero lo hace todo regida por el reloj que tiene en su cabeza.

—Ya lo huelo —dijo él, mientras atravesaban la gran sala—. Delicioso.

—Sube una chica del pueblo a ayudarla. Parece que los jóvenes están dispuestos a trabajar por casi nada, solo por vivir una experiencia en esta casa. Estoy muerta de hambre.

El invernadero del ala oeste estaba repleto de plantas muertas en viejos tiestos orientales de colores vivos. La estructura de metal blanco que sostenía la elevada cúpula de cristal recordó a Reuben una carcasa de huesos blanqueados. Había una vieja fuente seca en medio del suelo pavimentado con granito negro. Aquello tendría que verlo de nuevo por la mañana, con la luz filtrándose entre los árboles. Ahora era demasiado frío y húmedo.

—Cuando hace buen tiempo se ve por ahí —dijo Marchent, apuntando a las puertas acristaladas—, y recuerdo que una vez hubo una fiesta en la que la gente bailaba aquí dentro y salía a tomar el aire a la terraza. Hay una balaustrada justo al borde del acantilado. Asistieron todos los amigos de Felix. Sergei Gorlagon cantó en ruso, y a todo el mundo le encantó. Y, por supuesto, Felix se lo pasó en grande. Adoraba a su amigo Sergei. Sergei era enorme. Y no había nadie como tío Felix en una gran fiesta. Con aquel humor tan vivaz... ¡Y cómo le gustaba bailar! Y mi padre iba merodeando por ahí y murmurando lo caro que salía todo aquello. —Se encogió de hombros—. Intentaré dejar el invernadero arreglado. Tendría que haberlo hecho antes de que tú llegaras.

—Lo veo claramente —dijo Reuben—, lleno de tiestos con naranjos y bananos, un altísimo ficus benjamin y, tal vez, algún árbol orquídea y alguna enredadera en flor. Yo vendría a leer el periódico aquí.

Por supuesto, a Marchent le encantó la idea, y se rio.

—No, cielo, tú leerías el periódico de la mañana en la biblioteca, que es donde da el sol de la mañana. Vendrías hacia aquí por la tarde, cuando el sol inunda este lugar desde el oeste. ¿Qué te ha hecho pensar en árboles orquídea? Ah, los árboles orquídea... Y, en verano, alargarías tu estancia aquí hasta última hora de la tarde, cuando el sol se sumerge en el mar.

—Me encantan los árboles orquídea —confesó Reuben—. Los he visto en el Caribe. Supongo que todos los del norte nos morimos por los climas tropicales. Una vez estábamos en un hotelito de Nueva Orleáns, uno de esos *bed-and-breakfast* del Quarter, y, a ambos lados de la piscina, había árboles orquídea que iban dejando caer pétalos morados al agua. Me pareció la cosa más maravillosa del mundo.

—Tú tendrías que tener una casa como esta, ¿sabes? —le dijo ella, y una sombra le oscureció el rostro, aunque tan solo por un segundo. Después, volvió a sonreír y le apretó la mano.

Al salón de música revestido de paneles blancos solo le echaron un vistazo rápido. El suelo era de madera pintada de blanco y, según Marchent, el magnífico piano, que la humedad había echado a perder hacía mucho tiempo, había sido retirado.

—Estas paredes pintadas de aquí se trajeron directamente de una casa de Francia.

—Me lo creo —dijo Reuben, admirando los bordes grabados y los motivos florales desgastados. Eso sí lo aprobaría Celeste, porque le encantaba la música y, a menudo, tocaba el piano a solas. Celeste no daba demasiada importancia a su música, pero de vez en cuando Reuben se había despertado al son de las teclas de la pequeña espineta que ella tenía en su apartamento. Sí, a Celeste, le gustaría.

El gran comedor sombrío fue toda una sorpresa.

—Esto no es un comedor —afirmó Reuben—. Es una sala de banquetes, un salón del aguamiel, y me quedo corto.

—Desde luego. En otra época se utilizó como salón de baile —informó Marchent—. Todos los de los alrededores venían a los bailes que se celebraban aquí. Cuando yo era pequeña, hubo uno.

Aquí, como en la sala principal, prevalecía el panelado oscuro, hermoso y lustrado bajo el artesonado compuesto por una miríada de cuadraditos de yeso alrededor de un techo con brillantes estrellas sobre un fondo azul marino. Era una decoración atrevida. E hizo su efecto.

El corazón de Reuben latía fuerte.

Se acercaron a la mesa. Debía de medir cerca de seis metros y, sin embargo, parecía pequeña en aquel enorme espacio, flotando sobre el lustrado suelo oscuro.

Se sentaron uno frente al otro en sillas de terciopelo rojo y respaldo alto.

Dos gigantescos retablos de madera negra se erguían contra la pared, a espaldas de Marchent, ambos idénticamente grabados con hermosas figuras renacentistas, cazadores con sus comitivas, así como una pila de pesados platos y copas de plata, y montones de lo que parecía tela amarilla, quizá servilletas.

Otras imponentes piezas se alzaban amenazadoras entre las sombras. Parecía dibujarse un armario inmenso y varios arcones antiguos.

La chimenea era enorme y gótica, de mármol negro y repleta

de solemnes caballeros medievales con sus cascos. El hogar era alto y, en su base, un grabado representaba una batalla medieval. Reuben no estaba seguro de si podría conseguir una foto bien iluminada de esa zona.

Dos candelabros barrocos, aparte del fuego chisporroteante, eran la única fuente de luz de la sala.

—Pareces un príncipe en esta mesa —bromeó Marchent entre risillas—. Se te ve como pez en el agua.

—Me tomas el pelo —replicó él—. Y tú pareces una gran duquesa a la luz de las velas. Es como si estuviéramos en un refugio de caza vienés, en lugar de en California.

—¿Has estado en Viena?

—Varias veces —respondió. Recordó cuando Phil le llevó a visitar el palacio de María Teresa y le comentó todos y cada uno de los detalles, desde las pinturas de las paredes a los espléndidos hornillos esmaltados con diversos motivos. Sí, a Phil le encantaría el lugar. Phil le comprendería.

Cenaron en un estupendo servicio de porcelana, cuyas piezas, algunas de ellas descantilladas, seguían siendo incomparables. Y la cubertería de plata era la más pesada que había utilizado jamás.

Felice, una mujercilla pequeña y arrugada de pelo blanco y tez oscura, entraba y salía sin pronunciar palabra. «La chica» del pueblo, Nina, era una personilla robusta de pelo castaño que parecía algo alucinada con Marchent, el comedor y los platos que traía a la mesa en su bandeja de plata. Antes de salir corriendo del comedor, había dedicado a Reuben una sonrisa entre risillas nerviosas y suspiros.

—Tienes una fan —le susurró Marchent.

El redondo de ternera estaba perfecto, las verduras extraordinariamente frescas y crujientes, y la ensalada perfectamente equilibrada con aceite ligero y hierbas.

Reuben bebió algo más de vino tinto del que habría querido tomar, pero era sumamente suave y tenía aquel sabor opaco y ahumado que él siempre asociaba a las mejores cosechas... En realidad, no sabía nada de vinos.

Estaba comiendo como un cerdo. Lo hacía siempre que se sentía feliz, y se sentía feliz, extraordinariamente feliz.

Marchent le contó la historia de la casa, la parte que él ya había descubierto durante su investigación.

El tatarabuelo de Marchent, el fundador Felix, había sido un barón de la madera de aquellos parajes y había construido dos aserraderos en la costa, así como un pequeño puerto, ahora desaparecido, para los barcos. Había hecho cortar y diseñar la madera para la casa in situ, y había traído en barca gran cantidad de mármol y granito de la costa norte. La piedra para los muros llegó tanto por tierra como por mar.

—Por lo visto, todos los Nideck tenían dinero europeo —añadió Marchent—, y aquí ganaron mucho más.

Aunque tío Felix era quien concentraba el grueso de la riqueza familiar, Abel, el padre de Marchent, todavía conservaba todas las tiendas del pueblo cuando ella era niña. Algunos terrenos cercanos de primera línea de mar, al sur de la propiedad, se habían vendido antes de que ella se marchara a la universidad, aunque muy pocos habían llegado a construir en esas tierras.

—Eso ocurrió mientras Felix se había ausentado en uno de sus viajes largos. Mi padre vendió las tiendas y los terrenos de la fachada marítima y, a su regreso, Felix se enfureció. Recuerdo que discutieron acaloradamente. Pero ya no había nada que hacer. —Marchent parecía cada vez más triste—. Ojalá mi padre no hubiera estado tan resentido con tío Felix. Tal vez si no lo hubiera estado, si le hubiéramos empezado a buscar de inmediato... Pero ya hace mucho de todo aquello.

La propiedad aún comprendía diecinueve hectáreas, incluyendo el bosque de secuoyas antiguas que crecía tras la casa, un gran número de robles vivos y las laderas boscosas que bajaban hasta la playa por el oeste. En el bosque, había una casa que Felix había construido a una extraordinaria altura, entre las ramas de un árbol.

—Nunca he estado ahí —dijo Marchent—. Pero mis hermanos pequeños dijeron que era bastante lujosa. Por supuesto, no la habían pisado hasta que Felix fue declarado oficialmente muerto.

En realidad, Marchent no sabía mucho más de la familia que el resto de la gente. Formaban parte de la historia del condado.

—Creo que tenían dinero invertido en petróleo y diamantes,

y en una propiedad en Suiza —dijo, antes de encogerse de hombros.

Sus fondos fiduciarios, al igual que los de sus hermanos pequeños, eran simples inversiones convencionales gestionadas en Nueva York.

Con la lectura del testamento de tío Felix, salió a la luz una gran cantidad de dinero depositado en el Banco de América y el Wells Fargo Bank, mucho más de lo que Marchent podía haber imaginado jamás.

—Entonces, no necesitas vender este lugar —apuntó Reuben.

—Necesito venderlo para sentirme libre —replicó ella. Hizo una pausa, cerró los ojos un segundo y, a continuación, cerrando el puño derecho, se golpeó suavemente el pecho—. Necesito saber que todo ha terminado, ¿sabes? Y, además, están mis hermanos pequeños. —Le cambió la cara y también la voz—. Ha habido que comprarlos para que no recurrieran el testamento. —Volvió a encogerse de hombros, aunque, esta vez, parecía algo triste—. Quieren su parte.

Reuben asintió, aun sin acabar de entenderlo.

«Voy a intentar comprar este lugar.»

Sabía que lo haría, a pesar de los inconvenientes, de lo caro que resultara restaurarlo, adecuarlo y mantenerlo. Hay momentos en que uno sencillamente no puede decir que no.

Pero lo primero era lo primero.

Marchent empezó a hablar por fin del accidente que acabó con la vida de sus padres. Volvían en avión de Las Vegas. Su padre era un piloto excelente y habían realizado ese viaje centenares de veces.

—Seguramente no llegaron a saber ni lo que había ocurrido —dijo ella—. Fue una desgracia que arrollaran aquella torre eléctrica escondida entre la niebla.

Por entonces, Marchent tenía veintiséis años. Felix llevaba ocho años desaparecido y ella se convirtió en la tutora de sus dos hermanos menores.

—Creo que la fastidié —confesó Marchent—. Después del accidente, nunca fueron los mismos. Desde entonces, hubo drogas y alcohol, y amigos de la peor reputación posible. Yo solo quería volver a París. No pasé bastante tiempo con ellos, ni entonces ni nunca. Y fueron de mal en peor.

Con un año de diferencia, dieciséis y diecisiete en el momento del accidente, los hermanos eran casi como gemelos, muy reservados y con un lenguaje personal de sonrisitas, muecas sarcásticas y murmullos que muy pocos podían interpretar o soportar durante demasiado tiempo.

—En esta habitación hubo unos magníficos cuadros impresionistas hasta hace pocos años —informó Marchent—. Mis hermanos los robaron: vinieron un día que Felice estaba sola y los vendieron por una miseria. Me puse furiosa, pero no podía hacer nada para recuperarlos. Más tarde, también descubrí que se habían llevado algunos cubiertos de plata.

—Debió de ser una gran decepción —opinó Reuben.

Ella se rio.

—Desde luego. La tragedia es que estas cosas han desaparecido para siempre y ¿sabes qué sacaron los chicos de ello? Una pelea de borrachos en Sausalito en la que tuvo que intervenir la policía local.

Felice entró, silenciosa, con su apariencia frágil e insegura, pero retiró los platos eficientemente. Marchent se escapó a pagar a «la chica» y regresó enseguida.

—¿Felice ha estado siempre contigo? —preguntó Reuben.

—Pues sí, junto con su hijo, que murió el año pasado. Él era el hombre de la casa, sin duda. Se encargaba de todo. Y cómo detestaba a mis hermanos... Incendiaron dos veces la casa de huéspedes y destrozaron más de un coche. Después contraté a un par de hombres, pero no funcionó. Ahora mismo no hay ningún hombre por aquí. Solo el viejo señor Galton, carretera abajo, pero le llamamos para cualquier cosa que necesitamos. Podrías mencionarlo en tu artículo. El señor Galton conoce la casa por dentro y por fuera. También conoce el bosque. Me llevaré a Felice cuando me vaya. No puedo hacer otra cosa.

Hizo una pausa mientras Felice servía el postre de frambuesa al jerez en vasos de cristal.

—Felix trajo a Felice de Jamaica —añadió—, junto con una tonelada de curiosidades y arte jamaicanos. Siempre entraba por la puerta con algún tesoro: una estatua olmeca, un cuadro colonial al óleo de Brasil, un gato momificado. Ya verás cuando veas las galerías y los almacenes de arriba. Hay tablillas, cajas enteras de tablas antiguas de arcilla...

—Por tablillas, ¿te refieres a antiguas tablillas mesopotámicas de verdad? ¿Hablas de la escritura cuneiforme, de Babilonia y de todo eso?

Ella se rio.

—Desde luego.

—Eso tiene que ser de un valor incalculable —apreció Reuben—. Y merecería que se le dedicara un artículo entero. Tengo que ver esos fragmentos. Me los enseñarás, ¿verdad? Mira, no voy a incluirlo en el artículo. Distraería demasiado la atención. Queremos que la casa se venda, claro, pero...

—Te lo enseñaré todo —le cortó ella—. Es un placer. Un placer bastante inesperado, por cierto. Y, ahora que estamos hablando, ya no me parece algo tan imposible.

—Escucha, tal vez pueda ayudarte de algún modo, formal o informalmente. Hice algo de trabajo de campo durante mis veranos en Berkeley —añadió él—. Fue idea de mi madre. Decía que, si su hijo no iba a ser médico, por lo menos tenía que ser culto. Me inscribió en diversas exploraciones.

—Y a ti te gustaba.

—No tenía bastante paciencia para eso —confesó él—, pero lo disfrutaba. Pasé bastante tiempo en Çatal Höyük, en Turquía, que es uno de los yacimientos más antiguos del mundo.

—Ah, sí, yo también estuve ahí —observó ella—. Es sencillamente maravilloso —añadió, mientras se le iluminaba la cara—. ¿Viste Göbekli Tepe?

—Sí —respondió él—. Fui el verano antes de dejar Berkeley. Escribí un artículo sobre Göbekli Tepe para un periódico. Eso me ayudó a conseguir mi trabajo actual. En serio, me gustaría ver todos esos tesoros. Me encantaría tomar parte en los acontecimientos, si tú quieres, por supuesto. ¿Qué te parece otro artículo, uno que no se publicara hasta que todo estuviera a salvo fuera de aquí? Ya sabes, un artículo sobre el legado de Felix Nideck. ¿Te gustaría?

Marchent reflexionó un momento, con una mirada tranquila.

—Más de lo que podría expresar —respondió.

Era emocionante ver el interés que suscitaba en Marchent. Cuando hablaba de sus aventuras arqueológicas, Celeste siempre le cortaba. ¿Y dónde te llevó todo aquello, Reuben? ¿Qué sacaste de esas excavaciones?»

—¿Alguna vez te planteaste ser médico como tu madre? —le preguntó Marchent.

Reuben se rio.

—Soy incapaz de recordar la información científica —respondió él—. Te puedo recitar a Dickens, Shakespeare, Chaucer y Stendhal, pero no puedo retener una sola frase sobre la teoría de cuerdas, el ADN o los agujeros negros del espacio. Y no es que no lo haya intentado. No habría podido ser médico de ninguna manera. Además, una vez vi sangre y me desmayé.

Marchent se rio, pero con ternura.

—Mi madre es cirujana de urgencias. Opera cinco o seis veces al día.

—Y, por supuesto, está decepcionada porque no has optado por la medicina.

—Algo sí, pero más con mi hermano mayor, Jim, que conmigo. Que se hiciera sacerdote fue un duro golpe. Somos católicos, por supuesto, pero es algo que a mi madre ni siquiera le había pasado por la cabeza. Tengo mi propia teoría sobre por qué lo hizo, ¿sabes?, la perspectiva psicológica, pero la verdad es que es un buen sacerdote. Fue destinado a San Francisco. Trabaja en la iglesia de Saint Francis, en la comunidad del Gubbio de Tenderloin, y dirige un comedor para vagabundos. Trabaja más duro que mi madre. Son las dos personas que más trabajan en el mundo.

Celeste sería la tercera, ¿no es cierto?

Siguieron hablando de yacimientos. Reuben nunca había sido muy amigo de los detalles y no había llegado demasiado lejos examinando fragmentos de alfarería, pero estaba encantado con todo lo que había aprendido. Se moría de ganas de ver las tablillas de arcilla.

Hablaron también de otras cosas. Del «fracaso» de Marchent, tal como ella misma lo había definido, con sus hermanos, que nunca se interesaron por la casa, ni por Felix, ni por las cosas que Felix había dejado.

—No sabía qué hacer después del accidente —confesó Marchent. Se levantó y caminó lentamente hacia la chimenea. Removió el fuego y las llamas volvieron a avivarse—. Los chicos ya habían pasado por cinco internados. Expulsados por beber. Expulsados por consumo de drogas. Expulsados por vender drogas.

Volvió a la mesa. Felice entró inadvertidamente con otra botella del soberbio vino.

Marchent siguió sincerándose en voz baja, en un tono de increíble confianza.

—Creo que han pasado por todos los centros de rehabilitación del condado —admitió Marchent—, y hasta por algunos del extranjero. Saben perfectamente lo que deben decir al juez para que les mande a rehabilitación, y lo que deben decir a los terapeutas una vez dentro. Se ganan la confianza de los médicos con una facilidad increíble. Y, por supuesto, acumulan un cargamento de medicamentos psiquiátricos antes de que los suelten. —De pronto, levantó la cabeza—. Reuben, no vayas a escribir nada de esto, ¿eh? —añadió.

—Por supuesto que no —replicó él—. Pero no todos los periodistas son de fiar. Lo sabes, ¿verdad, Marchent?

—Supongo —dijo.

—Un buen amigo de Berkeley murió de sobredosis. Así fue como conocí a mi novia, Celeste. Era su hermano. Lo que te quiero decir es que mi amigo lo tenía todo, ¿sabes? Simplemente se dejó atrapar por las drogas y murió como un perro, en el váter de un bar. Nadie pudo hacer nada.

A veces, a Reuben le daba por pensar que la muerte de Willie les había unido, a él y a Celeste, al menos durante un tiempo. Celeste había pasado de Berkeley a la Facultad de Derecho de Stanford, y se había colegiado nada más acabar. La muerte de Willie infundió cierta fuerza a la relación. Fue como un acompañamiento musical en clave menor.

—Nunca se sabe por qué la gente se mete en eso —añadió Reuben—. Willie era un tipo brillante, pero era un adicto. Él se quedó ahí anclado mientras sus amigos simplemente lo probaban.

—Así es. Yo debo de haber probado exactamente las mismas drogas que mis hermanos. Pero, por el motivo que sea, estas cosas no me han atraído nunca.

—A mí me pasa lo mismo —dijo él.

—Es evidente que les molestó mucho que yo lo heredara todo, pero ellos eran solo unos niños cuando tío Felix desapareció. De haber regresado a casa, habría cambiado su testamento para incluirles también.

—¿Recibieron algo de tus padres?

—Por supuesto. Y de nuestros abuelos y tatarabuelos. Lo despilfarraron a la velocidad de la luz, dando fiestas aquí para centenares de personas y financiando bandas de rock de drogadictos como ellos que no tenían ninguna oportunidad de triunfar. Conducen borrachos, estrellan los coches y, de algún modo, se las arreglan para salir sin ningún rasguño. Cualquier día se matarán o matarán a alguien.

Marchent le contó que, cuando vendiera la casa, les pagaría una buena suma. No tenía por qué hacerlo, pero lo haría. Lo administraría el banco para que no pudieran dilapidarlo como hicieron con sus herencias. Pero los hermanos no estaban nada satisfechos con el arreglo. Respecto a la casa, no tenía ningún valor sentimental para ellos y, si pensaran que podían sacar algo de las colecciones de Felix, ya las habrían robado hacía mucho tiempo.

—La verdad es que no conocen el valor de la mayoría de tesoros escondidos en esta casa. De vez en cuando, rompen la cerradura y huyen con alguna nimiedad. Pero lo que usan principalmente es la extorsión, ¿sabes? Llamadas en plena borrachera a altas horas de la noche, amenazando con el suicidio, con lo que consiguen que, tarde o temprano, les firme un buen cheque. Aguantan el sermón, las lágrimas y los consejos sobre el dinero, y se vuelven a largar al Caribe, a Hawái, a Los Ángeles o a cualquier otro lugar de juergas. Creo que su último plan es meterse en el negocio de la pornografía. Han encontrado una estrella a la que están cultivando. Si es una menor, puede que acaben en la cárcel, algo que, tal vez, sea inevitable. Nuestros abogados creen que así será, pero todos actuamos como si aún hubiera esperanza.

Marchent paseó la mirada por la sala. Reuben no podía imaginar cómo la veía ella. Sabía cómo la veía él y sabía también que no podría olvidar la imagen de aquella mujer bajo la luz de las velas, aquel rostro ligeramente sonrojado por el vino con los labios tan rojos y unos ojos grises que centelleaban frente al fuego.

—Lo que me puede es que jamás tuvieron curiosidad por nada. Nunca se interesaron por Felix ni por nada... Ni por la música, ni por el arte ni por la historia.

—¿Cómo es posible? —se extrañó Reuben.

—Eso es lo que me reconforta de ti, Reuben. No tienes ese cinismo incipiente de los jóvenes.

Marchent seguía mirando a su alrededor, con algo más de inquietud en los ojos, que recorrieron el oscuro panel lateral y la oscura repisa de mármol hasta llegar, de nuevo, al candelabro redondo de metal que no habían encendido y cuyas velas rechonchas estaban completamente cubiertas de polvo.

—Pasamos muy buenos momentos en esta habitación —explicó Marchent—. Tío Felix prometió llevarme a muchos sitios. Teníamos muchos planes. Pero primero debía acabar mis estudios. En eso era inflexible. Después viajaríamos por el mundo.

—¿Sentirás un dolor terrible cuando vendas este lugar? —la tanteó Reuben—. De acuerdo, estoy algo borracho, pero tampoco mucho. En serio, ¿no te arrepentirás? ¿Cómo no vas a arrepentirte?

—Aquí ya no hay nada que hacer, querido muchacho —respondió ella—. Ojalá pudieras ver que Buenos Aires es mi casa. No. Este viaje es una peregrinación. Aquí solo quedan cabos sueltos.

De repente, a Reuben le entraron ganas de decir: «Oye, te compro este lugar. Y puedes venir cuando quieras y quedarte cuanto desees.» ¡Menuda estupidez! Su madre se habría reído un buen rato.

—Ven —dijo Marchent—. Son las nueve, ¿te lo puedes creer? Veremos lo que podamos ahí arriba y el resto lo dejaremos para la luz del día.

Visitaron una buena ristra de dormitorios empapelados con motivos interesantes y un montón de baños alicatados a la antigua, con pedestales para el lavamanos y bañeras con patas. Abundaban las antigüedades norteamericanas y había también alguna que otra pieza europea. A pesar del polvo, el desgaste y el frío, las habitaciones eran espaciosas, confortables y acogedoras.

Y, por fin, Marchent abrió la puerta de «una de las bibliotecas de Felix», que, en realidad, parecía más un estudio gigantesco, con pizarras y tableros de anuncios, y paredes y paredes repletas de libros.

—No se ha tocado nada en veinte años —dijo, y señaló las fotografías, los recortes de prensa y las notas descoloridas que colgaban de los tablones, así como las palabras que, después de tantos años, aún se distinguían sobre las pizarras.

—Vaya, esto es increíble.

—Sí, porque, ¿sabes?, Felice cree que volverá a casa y, en algunos momentos, yo también lo pensé. No me atreví nunca a tocar nada. Y cuando me enteré de que los chicos habían entrado a robar, me puse como loca.

—Ya he visto las dobles cerraduras.

—Pues sí. A ese extremo llegamos. Y el sistema de alarma, aunque no estoy segura de si Felice lo conecta cuando yo no estoy.

—Estos libros... Estos libros están en árabe, ¿verdad? —preguntó Reuben, acercándose a las librerías—. ¿Y esto qué es? Ni siquiera sé qué es.

—Ni yo —confesó ella—. Él quería que yo aprendiera todas las lenguas que él conocía, pero yo no compartía su don. Él era capaz de aprender cualquier lengua. Podía leer casi hasta la mente.

—Bueno, esto es italiano, por supuesto, y esto, portugués.

Reuben se detuvo ante el escritorio.

—Es su diario, ¿verdad?

—Bueno, una especie de diario o cuaderno de trabajo. Imagino que se llevaría su último diario cuando se marchó.

La página con pautado azul estaba cubierta por una caligrafía curiosa. Solo la fecha aparecía claramente en inglés: «1 de agosto de 1991.»

—Justo como él lo dejó —intervino Marchent—. ¿Qué lengua crees que puede ser? Quienes la han investigado tienen opiniones diversas. Casi con certeza, podría decirse que es una lengua de Oriente Medio, pero no derivada del árabe, o por lo menos, no directamente. Y hay símbolos en todo el escrito que nadie sabe reconocer.

—Impenetrable —murmuró él.

El tintero estaba seco. Sobre la mesa, había una estilográfica con un nombre inscrito en oro. FELIX NIDECK. Y una fotografía enmarcada, donde aparecía el grupo de notables caballeros bajo unas guirnaldas de flores, con las copas de vino en la mano, en lo que parecía una reunión informal. Caras felices. Felix rodeando con el brazo a Sergei, su amigo alto, rubio y de ojos claros. Y Margon *el Impío* mirando a la cámara con una sonrisa plácida.

—Yo le regalé la pluma —dijo Marchent—. Le encantaban. Le gustaba el sonido de la plumilla al rascar el papel. Se la compré en el Gumps de San Francisco. Puedes tocarla si quieres. Siempre y cuando la volvamos a dejar como estaba.

Reuben vaciló. Quería tocar el diario. Le había atravesado un escalofrío, una sensación apabullante como si percibiera a otra persona o personalidad, aunque no estaba nada seguro de qué era en realidad. El hombre parecía sumamente feliz en la foto, con los ojos arrugados por el gesto alegre y el pelo alborotado por una posible brisa.

Reuben echó un vistazo a su alrededor, a las estanterías llenas, a los viejos mapas pegados sobre el yeso, y volvió a centrarse en el escritorio. Sentía un curioso amor por ese hombre. Tal vez un encaprichamiento.

—Como te comentaba, si aparece el comprador adecuado, todo esto se almacenará. Y lo antes posible. Está todo fotografiado, ¿sabes? Lo hice fotografiar hace mucho. Tengo archivos llenos de fotografías de cada estante, de cada escritorio y de cada tablón de anuncios. De momento, es el único intento de inventario que he hecho.

Reuben se quedó mirando fijamente la pizarra. Era evidente que la tiza se había difuminado. Lo único que quedaba eran sombras sobre el fondo negro. Pero estaba en inglés y podía leerlo, así que lo hizo:

—El resplandor de las antorchas festivas,/ la llamada de las lámparas perfumadas,/ hogueras prendidas para él, cuando el pueblo le mimaba,/ el esplendor de la corte real, de la que había sido estrella principal,/ todo parece haber reunido su gloria moral o material en la gema para arder con una refulgencia captada del futuro y del pasado a la vez adquirida.

—Lo has leído muy bien —susurró ella—. Nunca lo había escuchado en voz alta.

—Conozco el pasaje —dijo él—. Lo he leído antes. Estoy seguro.

—¿Sí? Nadie me había dicho eso antes. ¿Cómo lo sabes?

—Espera un momento, déjame pensar. Sé quién lo escribió. Sí, Nathaniel Hawthorne. Es de un cuento titulado «El anillo antiguo».

—Cielo, eso es fabuloso. Espera un segundo. —Marchent empezó a rebuscar entre los estantes—. Aquí, aquí están sus escritores favoritos en inglés. —Sacó un libro de tapa dura encuadernado en piel, bastante viejo y raído. Las páginas estaban bordeadas con un hilillo de oro y ella empezó a pasarlas—. Bien, Reuben, premio para ti. Aquí está el pasaje, ¡sí, señor! ¡Y marcado en lápiz! Yo jamás lo hubiera encontrado.

Reuben le quitó el libro. Se había ruborizado de placer y sonreía abiertamente.

—Es emocionante. Es la primera vez que mi máster en literatura inglesa sirve para algo.

—Cielo, tu cultura siempre te será útil —dijo ella—. ¿Quién quiere hacerte creer que no?

El muchacho examinó las páginas del libro. Había muchas marcas en lápiz y, de nuevo, esos símbolos raros, aparentemente garabateados, que revelaban en su opacidad lo complejo y abstracto que era aquel lenguaje escrito.

Marchent le sonreía con una ternura más que obvia, aunque tal vez solo fuera un efecto de la luz de la lámpara verdosa del escritorio.

—Tendría que darte la casa a ti, Reuben Golding —dijo—. ¿Podrías mantenerla si lo hiciera?

—Pues claro —respondió él—. Pero no tienes que dármela, Marchent. Te la compraré. —Ya lo había dicho, y se había vuelto a sonrojar, pero estaba en éxtasis—. Tengo que volver a San Francisco, a hablar con mi madre y mi padre. Tendré que sentarme con mi novia. Tendré que hacérselo entender a todos, pero puedo comprarla y lo haré, si a ti te parece bien. Créeme. Lo he estado pensando desde que he llegado. Pensaba que me arrepentiría toda mi vida si no lo hacía y, ¿sabes?, si la compro, tú siempre tendrás la puerta abierta, Marchent, a cualquier hora del día o de la noche.

Marchent le sonrió con gran serenidad. Estaba muy presente y, a la vez, muy lejos de allí.

—Tienes medios propios, ¿verdad?

—Sí. No los que tienes tú, Marchent, pero tengo medios. —No quería entrar en detalles sobre los magnates de la venta de inmuebles que habían creado la fortuna familiar y los fondos fiduciarios que habían inscrito mucho antes de que él naciera. Pero su madre y Celeste se pondrían como una fiera cuando se lo dijera. Grace había trabajado cada día de su vida como si no tuviera un céntimo, y esperaba que sus hijos hicieran lo mismo. Incluso Phil había trabajado toda su vida, a su manera. Y además estaba Jim, que lo había dejado todo por el sacerdocio. Y él, desenterraría su capital para comprar la casa. Le daba lo mismo. Celeste jamás se lo perdonaría, pero le daba absolutamente igual.

—Me lo imaginaba —dijo Marchent—. Eres un reportero con posibles, ¿verdad? Ah, y, por lo que veo, también te sientes muy culpable de serlo.

—Solo un poco —replicó él para el cuello de su camisa.

La mujer alargó la mano derecha y le tocó la mejilla izquierda. Movió los labios pero no habló. Una ligera arruga le cruzó la frente, pero su boca siguió sonriendo afablemente.

—Mi querido muchacho —dijo—. Cuando algún día escribas una novela sobre esta casa, la llamarás *Nideck Point*, ¿verdad? Y tal vez me situarás en ella de algún modo, ¿no es así? ¿Crees que lo harás?

Reuben se acercó a ella.

—Describiré tus hermosos ojos del color del humo —dijo él— y tu suave cabello dorado. Describiré tu elegante cuello largo y cuánto me recuerdan tus manos el vuelo de los pájaros. Y describiré tu voz, el tono fresco y preciso con el que pronuncias las palabras y que hacen que tus frases parezcan ríos de plata.

«Escribiré cosas —siguió pensando—. Algún día escribiré cosas maravillosas y llenas de significado. Puedo hacerlo. Y te las dedicaré a ti, porque eres la primera persona que me ha hecho sentir que puedo hacerlo.»

—¿Qué derecho tienen a decirme que no tengo el don, que no tengo talento, que no tengo pasión...? —murmuró—. ¿Por qué se atreve la gente a decir esas cosas a los jóvenes? No es justo, ¿no te parece?

—No, cielo, no lo es —dijo ella—. Pero el misterio es por qué les escuchas.

Y, entonces, todas esas viejas voces de reproche que sonaban en su cabeza cesaron de repente y, solo entonces, tomó plena conciencia del ruidoso coro que le había acompañado. ¿Acaso había llegado siquiera a respirar sin escuchar ese coro? «Niño so, niñito, niño, hermano pequeño, pequeño Reuben, qué sabes de la muerte, qué sabes del dolor, qué te hace pensar, por qué ibas a intentarlo, por qué, nunca te has centrado en nada más que...» Todas esas voces simplemente se secaron. Veía a su madre. Veía a Celeste, su cara alegre y sus grandes ojos marrones. Sin embargo, ya no escuchaba sus voces.

Se inclinó hacia delante y besó a Marchent. Ella no se separó. Tenía los labios tiernos, como los de un chiquillo, pensó, aunque no había besado a ningún chiquillo desde que él mismo había dejado de serlo. La volvió a besar. Esta vez, algo se removió en ella y, al sentirlo, la pasión se desató en él.

De pronto, sintió la mano de Marchent en su hombro. Le apretaba el hombro y le empujaba suavemente para alejarlo.

Marchent se dio la vuelta y bajó la cabeza como quien se detiene para recobrar el aliento.

Después, le tomó la mano y lo guio hasta una puerta cerrada.

Estaba seguro de que sería la puerta de un dormitorio y ya se había hecho a la idea. No le importaba lo que pudiera pensar Celeste si algún día se enteraba. No tenía ninguna intención de dejar escapar esa oportunidad.

Marchent le arrastró al interior de una habitación oscura y encendió una lámpara baja.

Solo entonces se percató de que aquello era una especie de galería, a la vez que dormitorio. Antiguas figuras de piedra se erigían sobre sus pedestales, sobre gruesos estantes y sobre el suelo.

La cama era isabelina, una reliquia inglesa, casi con certeza, una de esas cámaras con artesonados y postigos de madera esculpida para protegerse del frío nocturno.

La vieja colcha de terciopelo verde parecía húmeda, pero eso era lo que menos le importaba en el mundo.

2

Se despertó de un sueño profundo. Entraba una tenue luz de un baño abierto. Había un albornoz en una percha colgada del gancho de la puerta.

La cartera de piel descansaba sobre una silla que tenía cerca y tenía el pijama preparado, junto con su camisa limpia para el día siguiente, todavía en su envoltorio, y sus demás objetos personales. Los pantalones estaban doblados. Igual que los calcetines que se había quitado.

Había dejado la cartera de piel en el coche abierto. Eso significaba que ella había salido sola a la oscuridad de la noche por él, y se sentía un poco abochornado. Pero estaba demasiado contento y relajado para sentirse demasiado avergonzado.

Todavía estaba tumbado sobre la colcha de terciopelo, pero habían quitado las fundas de terciopelo de los cojines y los zapatos que él se había quitado con las prisas estaban perfectamente alineados al lado de la silla.

Permaneció un largo rato tumbado, pensando en el acto sexual y en lo fácilmente que había traicionado a Celeste. Pero lo cierto era que no había sido nada fácil. Había sido rápido e impulsivo, pero no fácil, y el placer, inesperadamente intenso. No se sentía mal. No, en absoluto. Lo sentía como algo que iba a recordar toda la vida, y le parecía infinitamente más importante que cualquier cosa que hubiera hecho antes.

¿Se lo diría a Celeste? No estaba seguro. Sin duda, no se lo contaría a la primera de cambio y tendría que tener muy claro que ella quisiera saberlo. Y eso conllevaba hablar, hablar con Celeste de un montón de cosas, hipotéticas y reales, y lo peor de todo era que, con ella, se sentía despiadadamente a la defensiva y fuera de lugar, y, por eso, siempre había evitado las conversaciones con ella. A Celeste también le había sorprendido que a la gente le gustaran los artículos que él escribía para el *Observer*, y eso, a él, se le había clavado como una espina.

Ahora se sentía rejuvenecido y también algo eufórico y culpable, y un poco triste. No creía que Marchent volviera a invitarle a su cama. De hecho, estaba seguro de que no lo haría. La sola idea de que ella pudiera mostrarse condescendiente, y quizás hasta llamarle chico guapo, le provocó una mueca de dolor. Al parecer, ella le había susurrado algo parecido mientras estaban en el asunto, pero, entonces, no le había importado. Ahora sí importaba.

Pero, bueno, los acontecimientos le habían tomado por sorpresa y todo parecía confundirse con la casa, Felix Nideck y el misterio que envolvía a toda la familia.

Se levantó y entró en el baño. Su *kit* de afeitado sin abrir estaba sobre el mármol del lavabo y, sobre un estante de cristal, bajo el espejo, estaban todos los artículos de tocador que podía necesitar, tal como habría encontrado en un buen hotel. Unas cortinas cubrían una ventana que daba al oeste, desde donde estaba seguro que, de día, se podría ver el mar o los acantilados.

Se duchó, se cepilló los dientes y se puso el pijama. Tras enfundarse el albornoz y los zapatos, levantó rápidamente la colcha y ahuecó las almohadas.

Por primera vez aquella noche, miró su móvil y vio que tenía dos mensajes de su madre, uno de su padre, dos de su hermano, Jim y cinco de Celeste. Bueno, tampoco era momento de contestar.

Dejó caer el teléfono en el bolsillo del albornoz y pasó revista a la habitación.

Tesoros increíbles, a trochemoche, por lo que parecía, y enterrados en polvo. Tablillas. Sí, había tablillas, tablillas de barro, diminutas y frágiles, que podrían desmigajarse con un solo roce.

Observó la minúscula escritura cuneiforme. También había figuras de jade, y de diorita, y de alabastro, dioses y diosas que conocía, y otros que no había visto jamás. Y cajas con incrustaciones repletas de retales de papel y telas, y pilas de monedas y lo que parecían joyas. Y, además, libros. Montones de libros, de nuevo en aquellas misteriosas lenguas asiáticas, y también en lenguas europeas.

Estaban todas las novelas de Hawthorne, y le apasionó encontrar libros muy recientes que le sorprendieron: el *Ulises*, de Joyce, muy manoseado y lleno de pequeñas anotaciones, y ejemplares de Hemingway, Eudora Welty y Zane Grey. También había libros de antiguas historias de fantasmas de elegantes escritores británicos: M. R. James, Algernon Blackwood y Sheridan LeFanu.

No osaba a tocar aquellos volúmenes. Algunos aparecían abultados por las esquinitas de papel dobladas y las ediciones en rústica más antiguas se deshacían literalmente. Pero, de nuevo, volvió a sentir la extraña sensación de conocer y amar a Felix, una punzada que le recordó a la devoción enfermiza que había sentido de niño al enamorarse de Catherine Zeta Jones o Madonna y pensar que eran las mujeres más guapas y deseables del mundo. Era un anhelo de lo más básico: conocer a Felix, tener a Felix, estar en el mundo de Felix. Pero Felix estaba muerto.

Una estúpida fantasía creció en su cerebro. Se casaría con Marchent. Viviría allí con ella. Devolvería la vida a la casa por ella. Revisarían juntos todos los documentos de Felix. Tal vez pudiera escribir una historia sobre la casa, u otra sobre Felix, uno de esos libros especializados que siempre incluyen fotografías grandes y caras, uno de esos libros que no se convertían en *best sellers*, pero que siempre se tenían por algo respetable y valioso. Sabe Dios que el propio Reuben poseía varios de esos.

Él mismo se dijo que estaba soñando. Y, en realidad, por mucho que amara a Marchent, no quería casarse con nadie todavía. Aunque el libro... Tal vez pudiera escribir el libro y quizá Marchent pudiera cooperar con él en su aventura, aunque se volviera a su casa de Suramérica. Tal vez eso les uniría profundamente, como buenos amigos, como amigos especiales, y eso sí sería una gran cosa para ambos.

Salió de la habitación y se paseó un rato por la segunda planta. Recorrió el pasillo norte de la parte trasera de la casa.

Había muchas puertas abiertas y se sorprendió echando un vistazo a algunas bibliotecas y galerías muy similares a la que había dejado atrás. Más tablillas de arcilla antiguas. Ah, todo aquello le dejaba sin aliento. Más figurillas, e incluso algunos rollos de pergamino. Se obligaba a no tocar nada.

Encontró más dormitorios bellos a lo largo del pasillo este, uno con un deslumbrante papel pintado oriental en tonos negros y dorados y otro con un papel a rayas rojas y doradas.

Cuando acabó de dar la vuelta, se encontraba de nuevo en el ala oeste de la casa. Se detuvo ante el umbral de la que, obviamente, debía de ser la habitación de Marchent, la de al lado de la de Felix, un remanso de cortinas blancas y adornos de cama. Vio la ropa de Marchent amontonada al pie de la cama, pero ni rastro de ella.

Reuben quería subir al desván. Había una escalera a cada extremo del pasillo oeste, pero no tenía permiso para subir a explorar, así que no lo hizo. Y tampoco abría puertas cerradas, a pesar de lo mucho que lo deseaba.

Le encantaba la casa. Le encantaban los apliques gemelos a modo de velas, las gruesas cornisas de madera por todas partes, los zócalos de madera oscura y las pesadas puertas con tiradores dorados.

¿Dónde estaba la señora de la casa?

Reuben bajó las escaleras.

Escuchó su voz antes de verla. Desde la cocina, la vio en un despacho contiguo, entre faxes y fotocopiadoras, monitores y montañas de objetos revueltos, hablando por el teléfono fijo en voz baja.

No quería escuchar a escondidas, aunque, en realidad, tampoco oía muy bien lo que decía. Marchent llevaba un salto de cama blanco muy ligero y, por lo que parecía, con capas de encaje y perlas. Su pelo liso y suave brillaba como el satén bajo la luz.

Reuben sintió una dolorosa punzada de deseo, mientras ella dejaba el auricular en la base del teléfono y la luz le iluminaba la frente.

Al girarse, vio a Reuben, le sonrió y le hizo un gesto para que esperara.

Él se volvió y se marchó.

La anciana Felice iba recorriendo la casa y apagando las luces.

El comedor ya estaba a oscuras cuando Reuben lo atravesó, pero vio que habían esparcido las cenizas y ya no quedaban brasas. Las salas de delante parecían sumidas en una completa oscuridad. Vio a la anciana, que avanzaba por el corredor apagando, uno a uno, todos los interruptores que encontraba.

Finalmente, la mujer pasó por su lado de regreso a la cocina, no sin antes sumir también aquella pieza en la más profunda oscuridad. Acto seguido, siguió su camino sin decir ni una palabra a Marchent, que seguía hablando por teléfono. Reuben volvió a subir las escaleras.

Iluminaba el pasillo de arriba una lamparita que descansaba sobre una mesa. Y la luz se asomaba por la puerta abierta de la habitación de Marchent.

Reuben se sentó en lo más alto de la escalera, con la espalda contra la pared. Pensó que la esperaría porque seguramente subiría pronto.

De repente, vio claro que haría todo lo posible por dormir con ella esa noche, y el deseo de abrazarla, besarla y sentirla entre sus brazos hizo que empezara a impacientarse. Acostarse con ella había sido muy emocionante por la sencilla razón de que era alguien nuevo para él, tan diferente, tan suave y a la vez tan firme y tan segura de sí misma, y, francamente, muchísimo más apasionada de lo que Celeste podría llegar a ser nunca. No parecía mayor en ningún aspecto. Reuben sabía que sí, por supuesto, pero sus carnes eran firmes y dulces, y no tan musculosas como las de Celeste.

Estos pensamientos se le antojaron groseros; no quería tener esa clase de pensamientos. Pensó en su voz, en sus ojos y en que la quería. Se figuró que Celeste seguramente le perdonaría. Al fin y al cabo, ella le había sido infiel dos veces con su exnovio. Había sido muy sincera sobre aquellos dos «desastres» y habían conseguido superarlo. De hecho, Celeste los había sufrido mucho más que Reuben.

Pero a Reuben le parecía que Celeste le debía una y que una

mujer de la edad de Marchent no conseguiría ponerla celosa. Celeste era de una belleza extraordinaria y resultaba atractiva sin proponérselo. Lo pasaría por alto.

El muchacho se fue a la cama. Cayó en un sueño ligero durante el cual pensaba que estaba despierto aunque, en realidad, estaba dormido. Su cuerpo experimentaba una relajación sublime y era consciente de que hacía mucho tiempo que no era tan feliz.

3

Un enorme estruendo. Cristales rotos. Se despertó. Las luces estaban apagadas. No veía nada. Y, entonces, oyó el grito de Marchent.

Reuben bajó las escaleras corriendo, deslizando la mano por la ancha barandilla de roble para guiarse.

Los gritos de terror que se sucedían le impulsaban a atravesar la oscuridad y, poco a poco, guiado por una luz desconocida, consiguió llegar a la puerta de la cocina.

Le cegó la luz de una linterna y, antes de que pudiera siquiera resguardarse los ojos, alguien le había agarrado del cuello y le estaba empujando hacia atrás. Se golpeó la cabeza contra la pared. El tipo le estaba estrangulando. La linterna rodaba por el suelo. De pura rabia, Reuben soltó un rodillazo a su agresor y le buscó la cara con ambas manos. Palpó una madeja de pelo con la mano izquierda y encajó un puñetazo en el ojo del hombre, que chilló y dejó de apretar el cuello de Reuben. Pero otra figura se acercaba a él con otra linterna. Reuben vio el destello metálico y sintió la penetrante punzada de la hoja clavándose en su estómago. Jamás había sentido tanta rabia como en aquel momento, pero, mientras los dos hombres le pegaban y le daban patadas, sentía cómo la sangre le brotaba del estómago. De nuevo, vio el destello del cuchillo en el aire. Reuben descargó un puñetazo con todas las fuerzas que fue capaz de reunir, acompañándolo de una carga con el hombro, y se quitó de encima a uno de los agresores.

Volvió a notar el filo del cuchillo, esta vez abriéndole una brecha en el brazo izquierdo.

Un repentino torrente de sonidos se desató en el lúgubre pasillo. Eran como profundos aullidos roncos de un perro feroz. Los agresores empezaron a gritar, el animal chasqueaba y rugía, y Reuben había resbalado sobre lo que, sin duda, era su propia sangre.

Hacía mucho tiempo, Reuben había visto una pelea de perros y lo que recordaba de ella no era lo que había visto, porque todo había sido demasiado rápido y violento para que nadie distinguiera nada, sino el ruido.

Estaba ocurriendo lo mismo. No veía el perro. No veía a sus atacantes. Notó el peso de la bestia encima, echándole al suelo y, después, los bramidos de los dos hombres cesaron.

Con un gruñido salvaje, el animal agarró a Reuben de la cabeza y le hundió los dientes en el lateral de la cara. Notó cómo lo levantaba del suelo mientras los brazos se le quedaban sin fuerza. El dolor fue aún más intenso que la herida del estómago.

Entonces, las poderosas fauces del animal le soltaron de repente.

Reuben cayó de espaldas sobre uno de los agresores y, de pronto, el jadeo del animal parecía el único sonido del mundo.

Intentó moverse, pero no notaba las piernas. Algo pesado, la pata de la bestia, descansaba sobre su espalda.

—¡Dios mío, ayúdame! —exclamó—. Dios mío, por favor.

Se le cerraron los ojos y fue sumiéndose en una oscuridad cada vez más profunda, pero se obligó a regresar a la superficie.

—¡Marchent! —gritó.

Y la oscuridad volvió a cernirse sobre él.

Le rodeaba un silencio total. Sabía que los dos hombres estaban muertos. Sabía que Marchent estaba muerta.

Rodó sobre su espalda y trató de meter la mano en el bolsillo derecho del albornoz. Sus dedos se cerraron alrededor del móvil, pero esperó, esperó en silencio hasta que estuvo seguro de encontrarse realmente solo. Entonces, sacó el teléfono, se lo acercó a la cara y pulsó el botón que encendía la pequeña pantalla.

Se hizo de nuevo la oscuridad, como olas que acudían a alejarlo de la seguridad de la arena blanca de la playa. Se obligó a abrir los ojos, pero se le había caído el teléfono de las manos. Tenía la mano mojada y le había resbalado. Giró la cabeza y la oscuridad volvió a él.

Luchó contra ella con todas sus fuerzas.

—Me estoy muriendo —susurró—. Están todos muertos. Marchent está muerta y yo me estoy muriendo y necesito ayuda.

Alargó la mano, palpándolo todo en busca del teléfono, y solo encontró tablones mojados. Con la mano izquierda se cubrió la herida que le ardía en el estómago y notó la sangre entre sus dedos. Una persona no podía sobrevivir sangrando de aquel modo.

Se volvió hacia un lado e intentó enderezarse y ponerse de rodillas, pero empezó a desvanecerse y se desmoronó enseguida.

Se oía algo en alguna parte.

El serpenteo de un suave sonido.

Aquel sonido era como un rayo de luz en la oscuridad. ¿Se lo estaba imaginando? ¿Lo estaba soñando? Se estaba muriendo.

Nunca pensó que la muerte fuera algo tan tranquilo, tan misterioso, tan fácil.

—Marchent —susurró—. Lo siento, ¡lo siento mucho!

Pero se escuchaba una segunda sirena, sí, la escuchaba, un segundo rayo brillante brillando en la oscuridad. Los dos luminosos rayos de sonido eran intermitentes, y esa intermitencia se acercaba cada vez más. Y, entonces, una tercera sirena, sí.

«Imagínate.»

Las sirenas ya estaban muy cerca, bajaron la potencia, alguien empezó a amortiguar el rayo centelleante y luminoso y, de nuevo, ruido de cristales rotos.

Reuben sintió una vez más la llamada de la oscuridad y se dejó llevar. «Ay, amigos, llegáis demasiado tarde.» No parecía una tragedia tan terrible, en realidad. Era algo tan inminente y fascinante... «Te estás muriendo, Reuben.» Ni luchaba ni albergaba esperanzas.

Había alguien de pie junto a él. Haces de luz se cruzaban sobre él, recorriendo las paredes. En realidad, era hermoso.

—Marchent —dijo—. ¡Marchent! La han atacado. —No pudo decirlo con claridad. Tenía la boca llena de líquido.

—No hables, hijo —le respondió el hombre, arrodillándose a su lado—. Nos estamos encargando de ella. Estamos haciendo todo lo posible.

Pero Reuben lo sabía. Sabía por el silencio y la calma que le había envuelto, y por el tono triste del hombre, que para Marchent sí era demasiado tarde. La mujer elegante y maravillosa que conocía de apenas un día había muerto. Acababa de morir.

—Quédate conmigo, hijo —dijo el hombre. Había gente levantándole. Le pusieron la máscara de oxígeno. Alguien le abrió la camisa.

Escuchó el chasquido y la crepitación del *walkie-talkie*. Estaba en la camilla. Corrían.

—Marchent —repitió Reuben. La luz deslumbrante del interior de la ambulancia le cegó. No quería que le apartaran de ella. Le sobrevino un ataque de pánico, pero le sostuvieron y perdió el conocimiento.

4

Reuben pasó dos horas perdiendo y recuperando el conocimiento en la sala de urgencias del hospital Mendocino y, después, un helicóptero medicalizado le trasladó al San Francisco General, donde la doctora Grace Golding le estaba esperando con su esposo, Phil, al lado.

Reuben luchaba desesperadamente contra las correas que le ataban a la camilla. El dolor y los calmantes le estaban volviendo loco.

—¡No quieren decirme qué ha pasado! —gruñó a su madre, que enseguida pidió a la policía que se acercara y proporcionara a su hijo las respuestas que tenía derecho a conocer.

El único problema, según la policía, era que el muchacho estaba demasiado sedado para responder a sus preguntas y que, en aquellos momentos, ellos tenían más preguntas que las que pudiera tener él. Pero, sí, Marchent Nideck había muerto.

Celeste fue la encargada de hablar por teléfono con las autoridades de Mendocino y dar cuenta de los detalles.

Marchent había sido apuñalada más de dieciséis veces, y diez de ellas habían podido causarle directamente la muerte. Había muerto en cuestión de minutos, tal vez segundos. Si había sufrido, había sido por poco tiempo.

Por primera vez, Reuben cerró los ojos voluntariamente y se abandonó al sueño.

Cuando despertó, había un agente de policía de paisano y,

arrastrando las palabras por efecto de los fármacos, Reuben declaró voluntariamente que sí, había tenido relaciones íntimas «con la difunta», y que no, no le importaba que le hicieran una prueba de ADN. Sabía que la autopsia lo revelaría.

Contó tan fielmente como pudo lo que recordaba. No, él no había llamado a emergencias; se le había caído el teléfono y no había sido capaz de recuperarlo, pero si la llamada se había realizado desde su móvil, entonces, tal vez sí habría sido él.

(«Asesinato, asesinato.» ¿Eso era lo que había repetido una y otra vez? No reconocía esas palabras saliendo de su boca.)

Celeste quería que parara de hablar. Necesitaba un abogado. Reuben no la había visto nunca tan angustiada, tan a punto de llorar.

—No, no lo necesito —insistió Reuben—. No necesito ningún abogado.

—Es la conmoción —intervino Grace—. No puedes acordarte de todo. Es un milagro que recuerdes tanto.

—«¿Asesinato, asesinato?» —susurró Reuben—. ¿Eso es lo que dije?

Recordaba perfectamente haberse esforzado por encontrar el teléfono sin ningún éxito.

Incluso a través de la bruma provocada por los calmantes, Reuben percibió lo alterada que estaba su madre. Lucía su habitual uniforme verde de quirófano, llevaba el pelo cobrizo recogido y liso y tenía los ojos azules enrojecidos y cansados. Notó una vibración en su mano, como si estuviera temblando por dentro, donde nadie podía verlo.

Veinticuatro horas después, cuando le trasladaron a una habitación privada, Celeste llegó con la noticia de que los asesinos habían sido los hermanos menores de Marchent. La atroz historia le había insuflado una poderosa energía.

Los dos hermanos habían robado un coche y habían conducido hasta la finca. Camuflados con pelucas, máscaras de esquí y guantes, habían cortado la electricidad de la casa, no sin antes golpear hasta la muerte a la vieja mayordoma que descansaba en su cama, en los aposentos traseros destinados a los criados. Como habían querido simular un ataque perpetrado por unos yonquis cualesquiera, a pesar de que las puertas de atrás no estaban cerradas con llave, habían roto la ventana del comedor.

Habían interceptado a Marchent, que acababa de salir de su despacho, en la cocina. Se había encontrado una pistola pequeña junto a Marchent. Las únicas huellas del arma eran de ella, pero no se había efectuado ni un solo disparo.

El animal que había matado a ambos hermanos era un misterio. No se habían hallado pistas reales en el escenario. Las mordeduras habían sido salvajes e inmediatamente mortales, pero las autoridades todavía no podían concretar de qué animal se trataba.

Algunos vecinos del pueblo insistían en que había sido una hembra de puma, tristemente célebre en aquellos parajes.

Reuben no dijo nada. Volvió a escuchar aquellos sonidos, volvió a sentir la pata en la espalda. Sintió una violenta sacudida, un relámpago de impotencia y aceptación. «Voy a morir.»

—Esta gente me está volviendo loca —declaró Grace—. Primero dicen que es saliva de perro, después, que es saliva de lobo y, ahora, dicen que tal vez las mordeduras sean humanas. Ha pasado algo con los resultados del laboratorio y no lo quieren reconocer. El hecho es que no han analizado correctamente esas heridas. No hay humano que pueda atizar los bocados que Reuben tiene en la cabeza y el cuello. Y tampoco fue un puma. ¡Esa idea es completamente absurda!

—Pero, ¿por qué se detuvo? —preguntó Reuben—. ¿Por qué no me mató igual que a ellos?

—Si estaba rabioso, su comportamiento sería errático —explicó Grace—. Y hasta un oso puede tener la rabia. Los pumas, no. Tal vez algo distrajo al animal. No se sabe. Lo único que sabemos es que estás vivo.

Grace siguió protestando por la ausencia de muestras de pelo o piel.

—Lógicamente, deberían haber encontrado fibras en la escena del crimen, fibras animales.

Reuben volvió a escuchar aquel jadeo. Después, el silencio. No había olido ningún animal, pero había sentido la presencia de uno, el pelo, el grueso pelaje de perro o lobo contra su piel. Tal vez de un puma. Pero en absoluto el olor del animal. ¿Acaso los pumas no huelen a nada? ¿Cómo iban a saberlo?

Grace estaba muy agradecida a los enfermeros que habían limpiado a conciencia las heridas de Reuben. Fue lo correcto. Pero, sin duda, podrían obtener muestras decentes de las mordeduras de los cadáveres de los hombres para poder determinar si el animal estaba rabioso o no.

—Bueno, Grace, estaban frente a una masacre —apuntó Celeste—. No estaban pensando en la rabia.

—Ya, pero tenemos que pensar en la rabia y ya hemos iniciado el protocolo antirrábico —anunció, y aseguró a su hijo que no era ni por asomo tan doloroso como en el pasado. Tendría que ponerse una serie de inyecciones durante veintiocho días.

La rabia, en casi todos los casos, resultaba mortal una vez presentados los síntomas. No había más remedio que empezar a tratarla directamente.

A Reuben le daba igual. Le daba igual el dolor profundo en la tripa, el dolor de cabeza o las intensas punzadas de dolor que seguía sintiendo en la cara. Le daban igual las náuseas que le provocaban los antibióticos. Lo único que le importaba era que Marchent estaba muerta.

Cerró los ojos y vio a Marchent. Escuchó la voz de Marchent.

No podía acabar de creer que la vida hubiera abandonado a Marchent Nideck tan rápidamente y que él mismo estuviera vivo por los pelos.

No le iban a dejar ver las noticias de la tele hasta el día siguiente. La gente del condado de Mendocino decía que, cada pocos años, se producía algún ataque de lobos. Y, además, ahí arriba había osos, y eso nadie podía negarlo. Sin embargo, los vecinos de los alrededores de la casa, apostaban por un puma, cuyo rastro habían estado siguiendo durante el último año.

La cuestión era que nadie había podido encontrar al animal, fuera cual fuese. Estaban peinando el bosque de secuoyas. La gente decía que se escuchaban aullidos en la noche.

Aullidos. Reuben recordó los gruñidos y el crujir de dientes, aquel salvaje torrente de sonido cuando la bestia se había abalanzado sobre los hermanos, como si no pudiera matar en silencio, como si los ruidos formaran una parte esencial de su fuerza letal.

Más medicación. Más calmantes. Más antibióticos. Reuben perdió la noción de los días.

Grace le dijo que se preguntaba si llegaría a ser necesaria la cirugía plástica.

—Lo digo porque la mordedura ha cicatrizado muy bien. Y todo hay que decirlo, la incisión en el estómago también se está curando.

—Comió todo lo que debía cuando estaba creciendo —dijo Celeste—. Su madre es una doctora excelente. —Guiñó el ojo a Grace. A Reuben le encantaba que ambas se llevaran bien.

—Sí, por supuesto, ¡y además cocina! —replicó Grace—. Pero esto es una verdadera maravilla —añadió, pasando los dedos suavemente por el pelo de Reuben. Después, le tocó con cautela la piel del cuello y el pecho.

—¿Qué pasa? —susurró Reuben.

—No lo sé —respondió Grace, con aire distraído—. Diría que no necesitas vitaminas intravenosas.

El padre de Reuben permanecía sentado en un rincón de la habitación leyendo *Hojas de hierba*, de Walt Whitman. De vez en cuando, decía algo como: «Estás vivo, hijo, y eso es lo que importa.»

Tal vez todo se estuviera curando, pero el dolor de cabeza de Reuben era cada vez peor. Nunca conciliaba del todo el sueño, siempre se quedaba medio dormido y escuchaba cosas que no comprendía.

Por ejemplo, a Grace hablando en alguna parte, quizá con otro médico: «Estoy viendo cambios, ¿sabes? Sé que no tiene nada que ver con el virus de la rabia, por supuesto, porque no tenemos ninguna prueba de que lo haya contraído, pero, bueno... Pensarás que estoy loca pero juraría que mi hijo tiene más pelo. En fin, las marcas de mordedura, y, bueno, conozco el pelo de mi hijo y ahora lo tiene más espeso, y los ojos...»

A Reuben le entraron ganas de preguntarle: «¿De qué estás hablando?», pero la idea solo pasó fugazmente por su cabeza, junto a una multitud de otros pensamientos atormentadores.

Yacía tumbado, especulando. Si los medicamentos realmente pudieran nublar la conciencia, resultarían muy útiles. La realidad era que te ralentizaban el sistema, te confundían, te hacían vulnerable a los violentos *flashes* de la memoria y, además, te agitaban y no permitían que estuvieras totalmente seguro de lo que sabías o dejabas de saber. Los ruidos le sobresaltaban. Hasta los olores le arrancaban de su sueño superficial e inquieto.

Fray James se presentaba apresuradamente un par de veces al día, siempre llegando tarde a algo que tenía que hacer en la iglesia y con el tiempo justo para decir a Reuben que era evidente que estaba mejorando y que cada vez tenía mejor aspecto. Sin embargo, Reuben detectó en la cara de su hermano algo completamente nuevo: una especie de miedo. Jim siempre había sido muy protector con su hermano pequeño, pero aquello era algo más profundo.

—Pero tengo que decirte que se te ve demasiado robusto y con buen color para haber pasado por todo esto —le dijo Jim.

Celeste le cuidaba hasta donde él se lo permitía. Se le daba increíblemente bien. Le daba Coca-Cola Light con una pajita, le ajustaba las sábanas, le secaba la cara una y otra vez, y le ayudaba a levantarse para su obligado paseo por la planta. A todas horas se escapaba para llamar a la fiscalía y, después, volvía asegurándole que no tenía por qué preocuparse. A efectos prácticos, era eficiente y nunca se cansaba.

—Las enfermeras te han elegido el paciente más guapo de la planta —le dijo—. No sé qué te están dando aquí, pero juraría que tus ojos tienen un azul aún más intenso.

—Eso es imposible —replicó él—. Los ojos no cambian de color.

—Puede que los medicamentos los hagan cambiar —opinó ella, que siguió mirándole los ojos, aun sin buscarle la mirada, con lo que consiguió incomodarle un poco.

Seguían las especulaciones sobre el animal misterioso. La editora de Reuben, Billie Kale, el cerebro genial del *San Francisco Observer*, le preguntó si realmente no podía recordar nada más. Y se lo preguntó de pie al lado de su cama.

—Pues la verdad es que no —respondió Reuben, luchando

con todas sus fuerzas para contrarrestar el efecto de los medicamentos y parecer perfectamente despierto.

—Pero no era un puma, de eso estás seguro, ¿verdad?

—Billie, no vi nada, ya te lo he dicho.

Billie era una mujer bajita y rechoncha, con el pelo blanco pulcramente peinado y ropa muy cara. Su marido se había retirado del Senado tras una larga carrera política y había invertido un buen fajo en el periódico para conceder a Billie una segunda oportunidad de hacer algo significativo en la vida. Era una editora fantástica. Buscaba la voz individual de cada uno de sus reporteros. Y la potenciaba. Y Reuben le había caído bien desde el principio.

—No llegué a ver la criatura —dijo Reuben—. La oí. La oí y me pareció un perro enorme. No sé por qué no me mató. No sé qué hacía ahí.

Y esa era la verdadera cuestión, ¿no? ¿Por qué andaba aquel animal paseándose por la casa?

—Bueno, ese par de yonquis chalados echaron abajo la mitad de las ventanas de una pared del comedor —prosiguió Billie—. Tendrías que ver las fotos. Menudo par debían ser para matar así a su propia hermana. Y, de paso, a la anciana. Dios mío. En fin, tú ponte a trabajar en esto cuando puedas. Aunque, por cierto, no me pareces muy enfermo. ¿Qué te están dando?

—No lo sé.

—Ya, bueno, nos vemos cuando nos veamos —se despidió, y salió tan precipitadamente como había entrado.

Cuando se quedó a solas con Celeste, Reuben le contó voluntariamente lo que había pasado entre él y Marchent. Pero ella ya lo sabía, por supuesto. También había salido en los periódicos. A Reuben le cayó como una jarra de agua fría, y Celeste se percató.

—No es tan terrible —dijo la chica—. Tú olvídate de eso —le consoló, como si hubiera sido él el engañado.

Reuben volvió a declinar la sugerencia de Celeste con respecto a buscar ayuda legal. ¿Para qué la necesitaba? Había sido atacado a golpes y puñaladas. Solo un extrañísimo golpe de suerte le había salvado la vida.

Y estaba casi en lo cierto.

El quinto día después de la masacre continuaba en el hospital, con las heridas casi curadas por completo y el estómago terriblemente removido a causa de los antibióticos profilácticos, cuando le dijeron que Marchent le había legado la casa.

Se la había legado alrededor de una hora antes de morir, y lo había hecho hablando por teléfono con sus abogados de San Francisco y enviándoles varios documentos firmados por fax, uno de ellos con la firma testimonial de Felice, confirmando las instrucciones verbales que indicaban que la casa debía ser para Reuben Golding y que ella asumiría todos los costes de los impuestos de transferencia por donación, con lo que Reuben recibiría la propiedad sin ninguna carga. Había dejado pagados doce meses de impuestos y seguro.

Había estipulado incluso que sus hermanos recibieran el dinero que habrían percibido en caso de venta.

Todos los documentos fueron hallados en el escritorio de Marchent, junto a una lista que había estado confeccionando «para Reuben» de los vendedores, el personal de servicio y los proveedores de la zona.

Su última llamada había sido a su amigo especial de Buenos Aires. Iba a regresar antes de lo esperado.

Siete minutos y medio después de esa llamada, las autoridades locales habían recibido la alerta de emergencia: «Asesinato, asesinato.»

Reuben se quedó mudo.

Tras recibir la noticia, Grace se sentó con aire agotado.

—Bueno, es un elefante blanco, ¿no te parece? —dijo—. ¿Cómo vas a venderla?

—Me parece hasta romántico —había dicho Celeste muy flojito.

Esta situación había planteado nuevos interrogantes a las autoridades, y el bufete que representaba a la familia Golding se había puesto manos a la obra.

Sin embargo, sobre Reuben, no recaía ninguna sospecha real. El muchacho estaba forrado y nunca le habían puesto ni una multa de exceso de velocidad. Su madre era una doctora internacionalmente conocida y respetada. Y el propio Reuben había estado a punto de morir. El navajazo en el estómago no le había alcanzado ningún órgano vital por los pelos, tenía unas contusiones horribles en el cuello y había sufrido una conmoción cerebral, además de la despiadada mordedura que casi le secciona la yugular.

Celeste le aseguró que la fiscalía era consciente de que nadie podía infligirse esos daños a sí mismo. Además, tenían un móvil para los hermanos y habían logrado encontrar a dos colegas que confesaron que les habían oído hablar del plan, pero habían pensado que simplemente estaban fanfarroneando.

Reuben tenía una razón de peso para encontrarse en la propiedad: una reunión concertada por Billie, su editora del *Observer*. Además, nada parecía indicar en las premisas que su contacto con Marchent no hubiera sido consentido.

Fueron pasando las horas, mientras Reuben, tendido en la cama del hospital, repasaba una y otra vez todos esos factores. Cada vez que trataba de dormir se sorprendía en un bucle demoníaco, corriendo escaleras abajo, intentando llegar hasta Marchent antes de que la alcanzaran sus hermanos. ¿Supo ella que los dos hombres eran sus hermanos? ¿Les habría reconocido tras su disfraz?

Se despertaba sin aliento, con los músculos doloridos de la tensión de aquella carrera desesperada y, entonces, volvía el dolor a su rostro y a su abdomen, y pulsaba el timbre para que le trajeran más Vicodina, tras lo cual volvía a sumergirse en mitad de la pesadilla.

Y luego estaban las voces y los sonidos que no dejaban de despertarle. Alguien que lloraba en otra habitación. Una mujer que discutía acaloradamente con su hija. «Déjame morir, déjame morir, déjame morir.» Se despertó con los ojos clavados en el techo, escuchando la voz de esa mujer.

Habría jurado que había alguna clase de problema con los conductos de ventilación del hospital, porque estaba escuchando cómo alguien se enfrentaba a un agresor en una planta inferior. Los coches que pasaban... También los oía. Voces elevadas.

—Alucinaciones, efecto de los fármacos —opinó su madre—. Ten paciencia. —Grace siguió ajustando el gotero con los líquidos que insistía que él necesitaba. De repente, miró a su hijo—. Quiero hacerte más pruebas.

—¿Para qué demonios quieres hacerlas?

—Quizá pienses que estoy loca, mi niño, pero juraría que tienes los ojos de un azul más oscuro.

—Mamá, por favor. Y luego soy yo el que sufre alucinaciones —le dijo, pero no mencionó que Celeste le había dicho lo mismo.

«Tal vez haya adquirido por fin una expresión personal y trágica —pensó socarronamente—, un cierto carisma.»

Su madre le miraba como si no le hubiera escuchado.

—¿Sabes, Reuben?, pareces extraordinariamente sano.

Y así era. Todo el mundo se lo decía.

Mort Keller, su mejor amigo de Berkeley, había pasado a verle dos veces, y Reuben lo valoró mucho, porque sabía que Keller tenía la lectura de tesis de su doctorado en Inglés, el programa que Reuben había abandonado. Todavía se sentía culpable.

—Se te ve mejor que nunca —le dijo Mort, con sus marcadas ojeras y la ropa arrugada y hasta algo sucia.

Otros amigos le llamaron por teléfono: gente de la escuela y del periódico. En realidad, no tenía muchas ganas de hablar, pero estaba bien que se preocuparan por él. También leyó los mensajes. Los primos de Hillsborough también llamaron, pero Reuben les aseguró que no era necesario que fueran a verle. El hermano de Grace, que trabajaba en Río de Janeiro, le mandó una cesta de *brownies* y galletas que habría bastado para alimentar a toda la planta. La hermana de Phil, internada en una residencia de Pasadena, estaba demasiado enferma para que nadie le contara lo que había sucedido.

En el aspecto personal, a Celeste le traía absolutamente sin cuidado que Reuben se hubiera acostado con Marchent. Estaba ocupada plantando cara a los agentes que llevaban la investigación. «¿Qué estáis diciendo, que la violó y después ella bajó y redactó a mano un testamento en el que le dejaba una propiedad de cinco millones de dólares? ¿Y que después la mujer tuvo una efusiva conversación telefónica de una hora con su abogado sobre el tema? Vamos, ¿es que tengo que pensar por todos o qué?»

Celeste dio la misma versión a la prensa. Reuben la vio unos instantes en televisión, disparando respuestas a los periodistas, con su adorable aspecto agresivo adornado con un traje negro, una blusa con volantes fruncidos y el sedoso pelo castaño que le enmarcaba el rostro pequeño y vivaz.

«Algún día hará historia en el Derecho», pensó Reuben.

En cuanto Reuben pudo tolerar la comida, Celeste le trajo una sopa de menestra de North Beach. Llevaba el brazalete de rubíes que él le había regalado y un toque de pintalabios del mismo color que los rubíes. Se había vestido especialmente bien para él durante todo aquel calvario, y él lo sabía.

—Oye, lo siento —le dijo Reuben.

—¿De verdad crees que no lo entiendo? Una costa romántica, una casa romántica, una mujer mayor romántica... Olvídalo.

—Deberías ser tú la periodista —murmuró él.

—Ah, por fin esa sonrisa de mi cielito. Empezaba a pensar que me la había imaginado. —Le acarició el cuello muy suavemente con los dedos—. ¿Sabes que está del todo curado? Es como un milagro.

—¿Tú crees? —Tenía ganas de besarla, de besar su suave mejilla.

Se adormiló. Captó el olor de la comida que estaban cocinando y, después, otra fragancia, un perfume: el de su madre. Y, además, todos esos demás olores relacionados con el hospital y sus productos químicos. Abrió los ojos. Percibió el olor de los productos químicos que habían utilizado para limpiar las paredes. Era como si cada fragancia tuviera una personalidad propia, un color distinto en su mente. Parecía que estuviera leyendo un código de barras en la pared.

A lo lejos, la mujer moribunda rogaba a su hija: «Apaga las máquinas, te lo suplico.» «Mamá, no hay ninguna máquina», le respondía la hija. La hija lloraba.

Cuando entró la enfermera, le preguntó por la madre y la hija. Tenía la extraña sensación, aunque no se atrevía a decírselo, de que la mujer necesitaba algo de él.

—En esta planta no hay nadie así, señor Golding —le aseguró la enfermera—. Tal vez sea la medicación.

—Pues a ver qué me están dando, porque anoche me pareció escuchar a dos tipos peleándose en un bar.

Horas más tarde, se despertó de pie ante la ventana. Se había arrancado sin querer la vía del brazo. Su padre dormitaba en la silla. Celeste estaba lejos, hablando atropelladamente por teléfono.

—¿Cómo he llegado aquí?

Se sentía inquieto. Quería caminar, caminar deprisa, no solo por el pasillo, arrastrando la barra del gotero sobre sus ruedas a cada paso. Quería caminar fuera de allí, por la calle, por un bosque, por un sendero empinado. Era tal el deseo de caminar que le resultaba incluso doloroso aquel confinamiento. De repente, se sentía angustiado. Vio el bosque que rodeaban la casa de Marchent, «mi casa», y pensó: «Nunca pasearemos juntos, nunca tendrá ocasión de enseñarme todas esas cosas. Esas viejas secuoyas, esos árboles que se cuentan entre los seres vivos más antiguos de la tierra. Los seres vivos más antiguos.»

Ahora, el bosque era suyo. Se había convertido en el guardián de aquellos árboles. Le galvanizó una energía indefinible. Echó a andar, avanzando rápidamente por el pasillo, dejó atrás el puesto de enfermeras y bajó las escaleras. Por supuesto, iba ataviado con la fina bata de hospital atada a la espalda, gracias a Dios, pero era evidente que no podía salir así a pasear por la noche. En cualquier caso, le sentó bien bajar y subir escaleras, dar la vuelta a una planta y después a otra.

Se detuvo de repente. Voces. Podía escucharlas a su alrededor: susurros suaves, demasiado flojos para poder interpretarlos, pero ahí estaban, como el agua rizada, como la brisa entre los árboles. A lo lejos, en alguna parte, alguien gritaba pidiendo ayuda. Reuben se quedó allí plantado, tapándose los oídos con las manos. Y aun así, seguía escuchándolas. Un niño que gritaba. «¡Ve con él!» No en aquel hospital, sino en algún otro lugar. Pero ¿dónde?

Ya estaba atravesando el vestíbulo principal de camino hacia la puerta cuando los guardias de seguridad le detuvieron. Iba descalzo.

—Vaya, no sé cómo he llegado hasta aquí —dijo Reuben. Estaba avergonzado, pero los hombres fueron bastante agradables con él mientras le acompañaban de regreso arriba.

»No llamen a mi madre —rogó, apurado. Celeste y Phil le estaban esperando.

—¿Te ibas sin permiso, hijo?

—Papá, estoy muy inquieto. No sé en qué estaba pensando.

A la mañana siguiente, aún medio dormido, escuchó a su madre hablando sobre las pruebas que le habían hecho.

—No tiene sentido, ¿un repentino aumento de la hormona del crecimiento en un hombre de veintitrés años? Y todo este calcio en la sangre, y las enzimas... No, sé que no es rabia, está claro que no es rabia, pero me pregunto si no se habrán confundido en el laboratorio. Quiero que repitan todos los análisis de nuevo.

Reuben abrió los ojos. La habitación estaba vacía. Silencio. Se levantó, se duchó, se afeitó y se miró la herida del abdomen. Apenas se distinguía la cicatriz.

Más pruebas. Ahora ya no había ninguna prueba que demostrara que había sufrido una conmoción cerebral.

—¡Mamá, quiero irme a casa!

—Todavía no, mi niño.

Había una prueba muy completa que podía determinar cualquier infección en cualquier parte del cuerpo. Llevaba cuarenta y cinco minutos y tenía que permanecer tumbado y completamente inmóvil.

—¿Yo también puedo llamarte «mi niño»? —susurró la enfermera.

Al cabo de una hora, Grace entró con los técnicos de laboratorio.

—¿Te puedes creer que han perdido todas las muestras que te tomaron? —Como a ella le gustaba decir, estaba «que se subía por las paredes»—. Esta vez, más vale que lo hagan bien. Y no les vamos a dar más muestras de ADN. Si la fastidiaron, es su problema. Con una vez ya basta.

—¿Que la fastidiaron?

—Eso es lo que me están diciendo. ¡Los laboratorios en esta parte de California están en crisis! —exclamó, antes de cruzar los brazos y observar con fríos ojos achinados cómo los técnicos llenaban varios viales.

A finales de semana, Grace estaba bastante obsesionada con la rápida recuperación de su hijo. Reuben pasaba la mayor parte del día caminando o en la silla, leyendo artículos de periódico sobre la masacre, sobre la familia Nideck y sobre el enigmático animal rabioso. Pidió el portátil. Como era natural, su teléfono todavía lo tenía la policía, así que pidió otro.

A la primera que llamó fue a su editora, Billie Kale.

—No me gusta ser el protagonista de estos artículos —le dijo Reuben—. Quiero escribir los míos.

—Nos morimos de ganas de tenerlos, Reuben. Mándamelos por correo electrónico. Seguimos en contacto.

Llegó su madre. Sí, podían darle el alta si insistía.

—Dios mío, mírate —le dijo—. Necesitas un buen corte de pelo, mi niño.

Otro médico, un buen amigo de Grace, se pasó por allí y ambos charlaban en el pasillo.

—¿Te puedes creer que han vuelto a estropear todas las pruebas de laboratorio?

Pelo largo. Reuben se levantó de la cama para mirarse en el espejo del lavabo. Mmm... No cabía duda de que tenía el pelo más espeso, más largo y más grueso.

Por primera vez, Reuben pensó en aquel misterioso Margon *el Impío* y su media melena. Vio a los distinguidos caballeros de la fotografía que Marchent había colgado sobre la chimenea. Tal vez él también podía lucir su melena como el imponente Margon *el Impío*. Bueno, al menos un tiempo.

Se rio.

Nada más entrar por la puerta de la casa de Russian Hill se dirigió a su escritorio. Puso en marcha el portátil, mientras la enfermera privada le tomaba las constantes.

Era primera hora de la tarde, ocho días después de la masacre, y hacía uno de esos días soleados propios de San Francisco, en los que un azul intenso domina la bahía y la ciudad, a pesar de sus muchos edificios acristalados, se tiñe de blanco. Salió al balcón y dejó que le impregnara el aire fresco. Lo respiró como si le encantara, algo que, a decir verdad, jamás había hecho.

Estaba realmente contento de volver a estar en su habitación, con su chimenea y su escritorio.

Pasó cinco horas escribiendo.

Cuando llegó el momento de apretar la tecla para enviar el texto por correo electrónico a Billie, se sentía bastante satisfecho de su detallado relato. Sin embargo, sabía que los fármacos aún nublaban su recuerdo y su sentido del ritmo de lo que había escrito. «Corta por donde te parezca», había escrito. Billie sabría qué hacer. Era irónico que él, uno de los reporteros más prometedores del periódico, tal como ellos mismos decían, fuera el protagonista de los titulares de los demás periódicos.

Por la mañana, se levantó con una idea en la cabeza. Llamó a su abogado, Simon Oliver.

—Es sobre la herencia de Nideck —dijo—. Es sobre todas las propiedades privadas que hay ahí y, especialmente, los efectos personales y documentos de Felix Nideck. Quiero hacer una oferta para quedármelo todo.

Simon comenzó por aconsejarle paciencia y que fuera haciendo las cosas paso a paso. Reuben nunca había echado mano antes de su capital. Le recordó que el abuelo Spangler (el padre de Grace) solo llevaba cinco años muerto y qué habría pensado el anciano de aquel gasto tan precipitado. Reuben le interrumpió. Quería todo lo que había pertenecido a Felix Nideck, siempre que Marchent no hubiera dispuesto nada en contra. Y, después, colgó.

«No es propio de mí hablar en este tono, ¿verdad?», pensó, pero, en realidad, tampoco había sido grosero, solo había mostrado su ferviente deseo de acelerar los acontecimientos.

Aquella tarde, después de que su artículo hubiera sido enviado a las prensas del *Observer*, y él se hubiera quedado medio adormilado, medio despierto, observando por la ventana la niebla que se iba levantando sobre San Francisco, recibió una llamada de Oliver, que le comunicó que los abogados testamentarios de la familia Nideck se mostraban receptivos. Marchent Nideck había expresado su frustración por no saber qué hacer con todo lo que Felix Nideck había dejado tras él. ¿Quería el señor Golding hacer una oferta por el contenido completo de la casa y todos los demás edificios contemplados?

—Por supuesto —dijo Reuben—. Todo: muebles, libros, documentos... Todo.

Después de colgar, Reuben cerró los ojos. Estuvo llorando un buen rato. La enfermera fue a echarle un vistazo una vez, pero, con la evidente voluntad de no entrometerse, le dejó solo.

—Marchent —susurró Reuben—. Mi preciosa Marchent.

Le dijo a la enfermera que tenía unas ganas irresistibles de tomar caldo de ternera.

—¿Podría ir en coche a buscar un poco de caldo de ternera? Pero que esté recién hecho.

—Bueno, ya se lo haré yo —respondió ella—. Déjeme ir a la tienda a buscar lo que necesito.

—¡Genial! —exclamó Reuben.

Antes de que el coche de la enfermera se alejara del bordillo de la acera, Reuben ya se había vestido.

Lo más fácil era pasar disimuladamente por delante de Phil, así que se plantó en la calle y empezó a caminar, bajando con paso firme por Russian Hill hasta la bahía, disfrutando del contacto con el viento, del brío de sus piernas.

De hecho, sentía que sus piernas eran más fuertes que nunca. Esperaba notar un cierto entumecimiento tras pasar tantos días y tantas noches en cama, pero estaba caminando realmente rápido.

Ya era de noche cuando se dio cuenta de que estaba en North Beach. Pasaba por delante de los bares y restaurantes, mirando a la gente, sintiéndose extrañamente diferente, es decir, capaz de mirarlos como si ellos no pudieran verle. Por supuesto que le veían, pero él se sentía como si no fuera así, y aquello era una experiencia completamente nueva para su cerebro.

Toda la vida había sido consciente de cómo le veía la gente. Para su gusto, había sido demasiado visible, pero, ahora, eso ya no importaba. Era como si fuera invisible. ¡Se sentía tan libre!

Entró en un bar con poca luz, escogió uno de los taburetes al final de la barra y pidió una Coca-Cola Light. Por primera vez en la vida, le trajo sin cuidado lo que pensara el camarero.

Se la tomó y la cafeína le subió chisporroteando al cerebro.

Se puso a mirar a los transeúntes a través de las puertas de cristal.

Un hombre de huesos grandes y una frente muy grabada entró y se sentó un par de taburetes más allá. Llevaba una chaqueta de piel gastada y dos anillos gruesos de plata en la mano derecha.

Había algo oscuro en aquel tipo, en su forma de encorvarse

sobre la barra y de pedir una cerveza al camarero. Parecía rezumar una especie de poder maligno.

Se giró inesperadamente.

—¿Te gusta lo que ves? —preguntó a Reuben.

El muchacho le miró con calma. No sintió la menor necesidad de apresurarse en la respuesta. Siguió observándolo.

De pronto, el hombre se levantó en un arranque de furia y abandonó el bar.

Reuben siguió observándole sin perder la calma. Era obvio que el hombre se había enfadado y que la situación era de esas que cualquier hombre trata de evitar: no hay que enfurecer a un hombretón en un bar. Pero, para él, todo aquello no tenía demasiada importancia. Estaba sopesando los pequeños detalles de la escena que acababa de presenciar. El hombre se sentía culpable, muy culpable por algo. Se sentía incómodo con su propia existencia.

Reuben salió del bar.

Se habían encendido todas las luces. La luz natural había desaparecido por completo. El tráfico era más denso y había más gente en la calle. Le rodeaba un ambiente alegre. Había caras sonrientes por todas partes por donde pasaba.

Pero entonces oyó voces, voces lejanas.

Por un segundo, se quedó helado. En alguna parte, una mujer se peleaba con un hombre. La mujer estaba enfadada, pero también asustada. El hombre amenazaba a la mujer y ella se puso a chillar.

Reuben estaba paralizado. Tenía los músculos tensos, duros. Estaba atrapado por los sonidos que escuchaba, pero era absolutamente incapaz de situarlos en el espacio. Lentamente, se percató de que alguien se le había acercado. Era el hombre hosco e inquieto del bar.

—¿Sigues buscando problemas? —le soltó el tipo—. ¡Marica!

Dicho esto, plantó la mano en el pecho del muchacho y trató de empujarlo hacia atrás, pero Reuben no se movió ni un centímetro y su puño derecho salió disparado hacia delante, golpeó al tipo justo por debajo de la nariz y lo mandó más allá de la acera. El hombre aterrizó sobre la alcantarilla.

La gente que los rodeaba empezó a soltar grititos sofocados, a cuchichear y a señalarles.

El hombre estaba estupefacto. Reuben le miró, observó su sorpresa, cómo se llevaba la mano a la nariz ensangrentada, cómo retrocedía, casi metiéndose entre el tráfico, y cómo desfilaba.

Se miró la mano. No había sangre, gracias a Dios.

Sin embargo, sentía un irrefrenable deseo de lavarse las manos de todos modos. Bajó a la calzada, paró un taxi y se fue a casa.

Todo aquello tenía que significar algo. Dos yonquis perdonavidas habían conseguido tumbarle hasta dejarle casi muerto. Y ahora era perfectamente capaz de defenderse ante un tipo de gran envergadura que dos semanas antes habría conseguido atemorizarle. Y no es que fuera un cobarde, de ningún modo. Simplemente sabía lo que cualquier hombre sabe: no te metas con tipos agresivos y maltratados por el tiempo que te sacan más de treinta kilos y veinte centímetros de brazo. Uno se quita de su camino. Y rápido.

Bueno, ahora ya no.

Y tenía que significar algo, pero lo costaba centrarse en el porqué. Todavía estaba atrapado en los detalles.

Cuando llegó a casa, Grace se estaba subiendo por las paredes. ¿Dónde había estado?

—Fuera, mamá, ¿qué pensabas? —respondió, y se dirigió a su ordenador—. Mira, tengo que trabajar.

—¿Qué es esto? —tartamudeó ella, con grandes aspavientos—. ¿Una rebelión adolescente atrasada? ¿Es eso lo que te está pasando? ¿Estás experimentando una especie de recarga adolescente de todo tu sistema?

Su padre levantó la cabeza de su libro y añadió:

—Hijo, ¿estás seguro de que quieres ofrecer doscientos mil dólares por los objetos personales de la familia Nideck? ¿De verdad le dijiste eso a Simon Oliver?

—Es una minucia, papá —respondió—. Solo intento hacer lo que Marchent habría querido.

Se puso a escribir. «Vaya, he olvidado lavarme las manos.»

Se metió en el baño y empezó a frotar. Percibía algo raro en su mano. Estiró los dedos. «Vaya, no puede ser.» Examinó también su otra mano. Más grande. Tenía las manos más grandes. No cabía duda. No llevaba anillo, pero, si lo hubiera llevado, se habría dado cuenta antes.

Se dirigió al vestidor y sacó un par de guantes de piel para conducir. No se los pudo enfundar.

Permaneció ahí plantado, evaluando la situación. Le dolían los pies. Le habían estado doliendo todo el día. No le había dado demasiada importancia. Se había divertido y la molestia había sido mínima, pero ahora comprendía el porqué. Tenía los pies más grandes, no muchísimo más, pero sí algo más. Se quitó los zapatos y notó el alivio.

Entró en la habitación de su madre. Estaba de pie delante de la ventana, con los brazos cruzados, mirándole abiertamente. «Así es como he estado mirando yo a la gente —pensó Reuben—. Me mira fijamente, me estudia, me evalúa. La diferencia es que no mira a todo el mundo igual, solo a mí.»

—La hormona del crecimiento humano —dijo Reuben—. La encontraron en mi sangre.

Ella asintió lentamente.

—Técnicamente, eres aún un adolescente. Sigues creciendo. Probablemente, lo seas hasta los treinta, tal vez. O sea que tu cuerpo emplea hormonas del crecimiento hasta cuando duermes.

—Entonces, todavía puedo experimentar un estirón.

—Uno pequeño, tal vez.

Le estaba ocultando algo. Estaba muy distinta.

—¿Qué pasa, mamá?

—No lo sé, hijo, pero estoy preocupada por ti —respondió ella—. Quiero que estés bien.

—Estoy bien, mamá. Nunca he estado mejor.

Reuben se fue a su habitación, se echó en la cama y se durmió.

Después de la cena del día siguiente, su hermano le buscó para hablar con él a solas.

Subieron a la azotea, pero hacía demasiado frío. Pocos minutos después, se habían aposentado ante la chimenea de la sala de estar. La sala era pequeña, como todas las estancias de la casa de Russian Hill, pero muy bonita y agradable. Reuben estaba en la butaca de piel de su padre y Jim en el sofá. Jim iba vestido con su ropa «clerical», como él mismo decía. Es decir, con la pechera negra, el alzacuellos blanco y su habitual traje chaqueta negro. No era de los que solían ir con ropa de calle.

Se pasó los dedos por el pelo castaño y miró a su hermano. Reuben sintió el mismo desapego extraño que experimentaba desde hacía días. Observó los ojos azules de su hermano, su piel pálida, sus labios delgados. Su hermano no era tan deslumbrante como él, pensó Reuben, pero era guapo.

—Estoy preocupado por ti —empezó Jim.

—Pues no veo por qué —le soltó Reuben.

—¿Lo ves? Por eso. Por cómo hablas. Por ese tono relajado, directo y raro.

—No es raro —protestó Reuben. ¿Para qué iba a añadir nada más? ¿No sabía ya Jim todo lo que ocurría? ¿O tal vez no sabía lo suficiente para saber por lo que estaba pasando? Marchent muerta, la casa para él, él que casi acaba muerto. Todo eso.

—Quiero que sepas que todos estamos contigo —añadió Jim.

—Te estás quedando corto —replicó Reuben.

Jim torció el gesto y le dedicó una penetrante mirada fugaz.

—Dime una cosa —le dijo Reuben—. Tú conoces a un montón de gente ahí, en Tenderloin, gente inusual, y oyes confesiones. Llevas años oyendo confesiones.

—Sí.

—¿Crees en el mal? ¿En el mal como principio incorpóreo?

Jim se quedó sin habla.

—Esos asesinos... —respondió, tras pasarse la lengua por los labios— eran drogadictos. Es la cosa más mundana...

—No, Jim. No hablo de ellos. Ya me sé la historia. Me refiero... ¿Alguna vez has pensado que podías sentir el mal? ¿Notar que sale de alguien? ¿Notar que alguien va a hacer algo malo?

Jim pareció adoptar una actitud reflexiva.

—Es algo circunstancial y psicológico —respondió—. La gente perpetra actos destructivos.

—A lo mejor es eso —dijo Reuben.

—¿El qué?

No quería contarle la historia del tipo del bar. Al fin y al cabo, no era siquiera una historia. Tampoco había mucho que contar, así que se quedó callado, pensando en lo que le había hecho sentir aquel hombre. Tal vez exageró la sensación del poder destructivo o la tendencia a la destrucción del tipo.

—De lo más mundano... —murmuró.

—¿Sabes? —prosiguió Jim—. Siempre te he tocado las narices con eso de que llevabas una vida cándida, que eras un sol de criatura, muy feliz de la vida.

—Sí —admitió Reuben, en tono sarcástico—. Bueno, es que siempre lo he sido.

—Bueno, es que nunca te había ocurrido algo así... Estoy preocupado.

Reuben no le contestó. Estaba pensando de nuevo. Y, de nuevo, en el hombre del bar. Y, después, pensó en su hermano, que era amable y muy tranquilo. De pronto, se le ocurrió que su hermano gozaba de una clase de simplicidad que los demás no podían alcanzar.

Se sobresaltó al escuchar que Jim hablaba de nuevo.

—Daría cualquier cosa en este mundo para que mejoraras —dijo Jim—, para que volviera a tu cara la expresión de antes, para que volvieras a parecer mi hermano, Reuben.

Menuda declaración. Reuben no respondió. ¿De qué iba a servir? Tenía que pensar en ello. Estaba divagando. Por un instante, se vio con Marchent, subiendo por la ladera de Nideck Point.

Jim se aclaró la garganta.

—Te entiendo —añadió—. Ella gritó y tú intentaste llegar hasta ella, pero no pudiste llegar a tiempo. Eso siempre estará ahí, aunque sepas que hiciste todo lo que pudiste. Eso basta para hacerte sentir un montón de cosas.

Reuben pensó: «Sí, es cierto.» Pero no sintió la necesidad de añadir nada más. Pensó en lo fácil que le había resultado pegar un puñetazo en la cara a aquel hombre en North Beach. Y lo relativamente fácil que había sido no hacer nada más y dejar que se tambaleara y decidiera largarse.

—¿Reuben?

—Sí, Jim, te estoy escuchando —dijo—. Pero me gustaría que no te preocuparas. Mira, ya hablaremos cuando sea el momento.

El teléfono de Jim comenzó a sonar. Se lo sacó con disgusto

del bolsillo, observó la pantallita, se puso de pie, besó a Reuben en la cabeza y se marchó.

«Gracias a Dios», pensó Reuben.

Se quedó sentado mirando el fuego. Era uno de esos de gas que imitan la leña, pero era de los buenos. Recordó el fuego crepitante e irregular del roble en la chimenea del comedor de Marchent. Volvió a oler el roble quemado y el perfume de Marchent.

Cuando te pasa algo así, estás solo. No importa cuánta gente que te ama y que te quiere ayudar tengas a tu alrededor. Estás solo.

Cuando Marchent murió estaba sola.

De repente, lo comprendió con una claridad abrumadora. Probablemente, Marchent había acabado con la cara pegada al suelo de la cocina, desangrándose, sola.

Reuben se levantó y recorrió el pasillo. La puerta del despacho a oscuras de su padre estaba abierta. Las luces de la ciudad brillaban al otro lado de los marcos blancos de las ventanas. Phil llevaba pijama y bata, y estaba sentado en la gran silla de piel de su escritorio, escuchando música con sus más que vistosos auriculares negros. Tenía los pies levantados. Cantaba en voz baja al ritmo de la música, con ese canturreo fantasmagórico y etéreo de quienes escuchan una música que tú no puedes oír.

Reuben subió y se metió en la cama.

Alrededor de las dos de la madrugada se levantó con un respingo. «Ahora la casa es mía —pensó—. O sea que toda la vida estaré ligado a lo que ha ocurrido. Toda la vida. Ligado.» Había vuelto a soñar con la agresión, pero no del modo repetitivo y fragmentado de siempre. Había soñado con la pata del animal en su espalda y el sonido de su respiración. En su sueño, no había sido ni un perro, ni un lobo ni un oso. Había sido una fuerza surgida de la oscuridad que había atacado ferozmente a los asesinos y le había dejado vivir por alguna razón que no comprendía. «Asesinato, asesinato.»

Por la mañana, los abogados de los Nideck y los de los Golding llegaron a un acuerdo sobre todos los objetos personales. El codicilo que Marchent había escrito y Felice había atestiguado se había inscrito y, en cuestión de seis semanas, Reuben tomaría posesión de Nideck Point, nombre que, por cierto, Marchent había referenciado en sus documentos. De la casa y de todo lo que Felix Nideck había dejado tras su desaparición.

—Por supuesto —anunció Simon Oliver—, ahora solo queda esperar que nadie impugne este codicilo o la herencia en general. De todos modos, conozco a los abogados de Baker y Hammermill desde hace mucho tiempo, especialmente a Arthur Hammermill, y dicen que ya han repasado todo el tema de los herederos y la herencia y que el patrimonio de los Nideck no tiene heredero. Cuando se arreglaron los asuntos de Felix Nideck, rastrearon cualquier tipo de relación familiar posible y, sencillamente, no había herederos vivos. El amigo que la señorita Nideck tenía en Buenos Aires... Bueno, el hombre firmó hace mucho los documentos necesarios para garantizar que no pudiera reclamar sobre los bienes de la señorita Nideck. Aunque ella le dejó una buena parte de ellos, todo hay que decirlo. Era una mujer generosa. También dejó bastante para lo que denominaríamos buenas causas. Y ahora viene la parte triste del asunto: gran parte del dinero de esta mujer no será reclamado. Pero por lo que se refiere a la propiedad de Mendocino, y los objetos personales que se encuentran en la finca... No tienes de qué preocuparte, hijo.

El abogado siguió hablando de la familia, de cómo habían aparecido «de la nada» en el siglo XIX y de la investigación exhaustiva que los abogados de la familia habían llevado a cabo para encontrar algún parentesco tras la desaparición de Felix Nideck. Jamás encontraron a ningún pariente ni en Europa ni en América. Por el contrario, los Golding y los Spangler (la familia por parte de Grace) eran familias de larga tradición en San Francisco.

Reuben se estaba durmiendo. Lo único que le interesaba era la tierra, la casa y el contenido de la misma.

—Todo es tuyo —afirmó Simon.

Antes de mediodía, Reuben decidió preparar la comida como solía hacer antes, para que todos pensaran que estaba bien. Su hermano y él habían crecido preparando las comidas con Phil y a Reuben, lavar, trocear y freír alimentos siempre le había parecido relajante.

En cuanto Grace llegó, se sentaron ante una ensalada y unas costillas de cordero.

—Escucha, mi niño —dijo Grace—, creo que tendrías que poner la casa a la venta lo antes posible.

Reuben se echó a reír.

—¡Que venda la casa! Mamá, eso es una locura. Esa mujer me la dejó a mí porque me encantaba. Me enamoré del lugar a primera vista. Estoy listo para mudarme allí.

Grace se escandalizó.

—Bueno, eso es algo prematuro —apuntó, mirando a Celeste.

Celeste dejó el tenedor.

—¿Estás pensando en serio en vivir ahí arriba? En serio, ¿cómo puedes siquiera pensar en ir a esa casa después de lo que ha ocurrido? Nunca pensé...

Reuben detectó algo tan triste y vulnerable en la cara de Celeste que decidió no replicar. Además, ¿qué sentido tenía decir nada?

Phil miraba a su hijo fijamente.

—¿Qué demonios te pasa, Phil? —preguntó Grace.

—Pues la verdad es que no lo sé muy bien —respondió él—, pero mira al chico. Ha engordado, ¿no? Y tienes razón en lo de la piel.

—¿En qué de la piel? —preguntó Reuben.

—No le hables de eso —protestó Grace.

—Pues que tu madre dijo que rezumaba un cierto florecimiento, algo parecido a cuando una mujer se queda en estado. Ya sé que no eres una mujer y que no estás embarazado, pero tiene razón. Tienes un no sé qué en la piel.

Reuben se echó a reír de nuevo.

Todos le estaban mirando.

—Papá, deja que te pregunte algo —dijo Reuben—. Sobre el mal. ¿Tú crees que el mal es una fuerza palpable? Me refiero a si crees que existe el mal independientemente de las acciones de los hombres, tal vez una fuerza que se te puede meter dentro y volverte malo.

Phil respondió inmediatamente.

—No, no, no, hijo —contestó, llevándose a la boca el tenedor lleno de ensalada—, la explicación para el mal es mucho más decepcionante que todo eso. Son errores garrafales, gente que comete errores garrafales, ya sea irrumpiendo en un pueblo y asesinando a sus habitantes o matando a un niño en un arranque de ira. Errores. Todo se reduce a errores.

Nadie más dijo nada.

—Si no, mira el Génesis, hijo —siguió Phil—. La historia de Adán y Eva es un simple error. Cometieron un error.

Reuben estaba valorando sus palabras. No quería responder, pero pensó que debía hacerlo.

—Eso es lo que me preocupa —dijo—. ¿Papá, me puedes prestar unos zapatos? Tú calzas un 46, ¿verdad?

—Claro, hijo. Tengo un zapatero lleno de calzado que nunca uso.

Reuben volvió a sumergirse en sus pensamientos.

Agradeció el silencio.

Estaba pensando en la casa, en todas esas pequeñas tablas de arcilla cubiertas de escritura cuneiforme y en la habitación en la que había dormido con Marchent. Seis semanas. Le parecía una eternidad.

Se levantó, salió despacio del comedor y subió las escaleras.

Poco después, mientras observaba las lejanas torres del Golden Gate sentado ante su ventana, entró Celeste para decirle que se volvía al despacho.

Reuben asintió.

Celeste le pasó el brazo por encima del hombro. Él se volvió y levantó la cabeza lentamente para mirarla. ¡Qué guapa era!, pensó. No majestuosa o elegante como Marchent, claro. Pero tan joven y bonita... Tenía el pelo de un color castaño tan brillante y los ojos de un marrón tan intenso, y tenía aquella expresión tan vivaz... Nunca antes la había visto como un ser frágil, pero ahora sí se lo parecía: joven, inocente y, definitivamente, frágil.

¿Por qué había tenido tanto miedo, miedo a no complacerla, a no satisfacer sus expectativas, tanto miedo de su energía y su inteligencia?

Celeste se apartó de repente. Fue como si algo la hubiera asustado. Dio unos cuantos pasos atrás y se lo quedó mirando fijamente.

—¿Qué demonios pasa? —preguntó él. En realidad, no tenía ganas de decir nada, pero era obvio que algo la había incomodado y le pareció que preguntar era lo más apropiado.

—No lo sé —respondió ella, y forzó una sonrisa, pero cesó en el empeño—. Habría jurado que, bueno, no sé, que parecías otra persona... Otra persona que me miraba a través de tus ojos.

—Mmmm. Soy yo —replicó él. Ahora fue él el que sonrió.

Pero ella tenía el rostro compungido por el miedo.

—Adiós, cariño —se apresuró a decir—. Te veo en la cena.

Reuben pensó que podía hacer un asado para cenar. Se moría de ganas de tener la cocina para él solo.

La enfermera estaba en la puerta. Iba a ponerle una inyección. Era su último día en la casa.

5

Era viernes.

La llamada llegó cuando estaba revisando el primer pliego de documentos de la correduría referentes a la finca de Mendocino.

Secuestro: un autobús escolar entero de la academia Goldenwood del condado de Marin.

Se enfundó una de las viejas chaquetas de pana de Phil, la de los parches de piel en los codos, bajó corriendo las escaleras, se montó en el Porsche y salió pitando hacia el Golden Gate.

Durante todo el camino, fue escuchando las noticias en la radio. Lo único que se sabía era que el autobús entero, con cuarenta y dos estudiantes de entre cinco y once años y tres profesores, había desaparecido del mapa sin dejar rastro. En una cabina de la Autopista 1 habían encontrado un saco con los móviles de los profesores y un par de teléfonos de algún alumno, junto con una nota:

ESPEREN NUESTRA LLAMADA

A las tres en punto, Reuben estaba delante del enorme edificio marrón de tablillas estilo Craftsman que albergaba la escuela privada, junto a un enorme grupo de cámaras y periodistas locales al que no paraban de sumarse más y más compañeros de noticieros locales.

Celeste se lo confirmó por teléfono. Nadie sabía dónde ni

cómo habían secuestrado a los estudiantes, y todavía no había llegado ninguna petición de rescate.

Reuben consiguió unas palabras de un voluntario de la escuela que describió un centro idílico, unas maestras que eran como «diosas madre» y unos dulcísimos «niños inocentes». Los niños habían salido para hacer una excursión por el cercano bosque Muir, donde se encontraban algunas de las secuoyas más bonitas del mundo.

La academia Goldenwood era privada, no convencional y cara. Pero el autobús escolar, construido especialmente para la academia, era viejo y no disponía de rastreador GPS ni teléfono integrado.

Billie Kale tenía dos investigadores del departamento de noticias locales tras su pista.

Los pulgares de Reuben volaban sobre su iPhone mientras describía el pintoresco edificio de tres plantas, rodeado de robles venerables y montones de flores silvestres, entre las que había amapolas, margaritas y azaleas que florecían en los patios sombreados.

Todavía iban llegando padres, a quienes las autoridades protegían de la prensa mientras corrían al interior del edificio. Las mujeres lloraban. Los reporteros se acercaban demasiado, pisando las flores y hasta empujándose. La policía estaba empezando a perder la paciencia. Reuben eligió un sitio bastante alejado.

La mayor parte de aquellos padres eran médicos, abogados y políticos. La academia Goldenwood era un centro experimental pero de prestigio. No cabía duda de que el rescate exigido sería exorbitante. ¿Y para qué molestarse en preguntar si habían llamado al FBI?

Por fin, Sammy Flynn, el joven fotógrafo del *Observer*, le encontró y le preguntó qué pensaba hacer.

—Fotografía toda la escena —le pidió Reuben, algo impaciente—. Fotografía al sheriff ahí en el porche; capta la esencia de la escuela.

«Pero ¿en qué va ayudar esto?», se preguntó Reuben. Había cubierto cinco casos de delitos antes y en todos ellos había creído que el papel de la prensa había sido encomiable. Ahora no estaba tan seguro, pero tal vez en algún lado alguien habría visto algo y, con todo el espectáculo brillando en todos los televisores de la zona, tal vez alguien lo viera, recordara algo, atara cabos y levantara el teléfono.

Se mantuvo en la retaguardia, sobre las raíces de un roble gris bajo, apoyándose contra la corteza rugosa del árbol. En esta parte, el bosque olía a agujas de pino y a verde, lo cual le recordó mucho a su paseo con Marchent por la finca de Mendocino e hizo que, de repente, le entrara cierto temor. ¿Estaba triste porque estaba en el colegio y no en la finca? ¿Iba aquella herencia inesperada y excepcional a apartarle de su trabajo?

¿Por qué no se le había pasado antes por la cabeza?

Cerró los ojos un instante. No había nada nuevo. El sheriff se repetía infinitamente, mientras diferentes voces le lanzaban las mismas preguntas entre la multitud.

Se infiltraron otras voces. Por un segundo, pensó que provenían de la gente que le rodeaba, pero pronto se dio cuenta de que venían de las alejadas aulas del edificio. Padres sollozando. Maestros mascullando tópicos. Gente consolándose sin ningún motivo real de consuelo.

Reuben estaba inquieto. No podía citar esas voces de ningún modo. Las silenció. Pero, entonces, se lo planteó: «¿Por qué demonios oigo esto? Si no puedo contarlo, ¿qué sentido tiene?» La verdad era que tampoco había mucho más que contar.

Escribió lo obvio. Los padres se venían abajo por la presión. Ninguna llamada pidiendo un rescate. Se sentía lo bastante seguro para afirmarlo. Todas esas voces le decían que no había habido llamada, incluso la cantinela queda del gestor de crisis, asegurando que probablemente llegaría.

Alrededor de Reuben, la gente hablaba del famoso secuestro del autobús escolar de Chowchilla en los setenta. En aquel caso, nadie había resultado herido. Habían sacado a maestros y niños del autobús y les habían trasladado en furgoneta a una cantera subterránea, desde donde luego habían logrado escapar.

«¿Qué puedo hacer, en serio, para ayudar en esta situación?» Reuben se puso a pensar. De repente, se sintió agotado e inquieto. Quizá todavía no estaba listo para volver al trabajo. Tal vez no quisiera volver nunca más.

A las seis de la tarde, como la situación no había cambiado ni un ápice, Reuben volvió a cruzar el Golden Gate en dirección a casa.

A pesar de su aspecto fuerte, todavía le asaltaban oleadas de un cansancio extraordinario, y Grace le aseguraba que eso se debía a un simple efecto secundario de la anestesia que le habían administrado en la cirugía abdominal. Y de los antibióticos de después. Aún los tomaba y aún le seguían provocando náuseas.

Nada más llegar a casa, tecleó un visceral artículo «sobre el terreno» para el periódico matinal y lo envió por correo electrónico. Billie llamó un minuto y medio después para decirle que le encantaba, sobre todo lo de los consejeros especialistas en gestión de crisis y lo de las flores que la prensa estaba aplastando por completo.

Bajó a cenar con Grace, que no era ella misma por varias razones, entre las cuales destacaba que dos pacientes se le habían muerto en la mesa de operaciones esa tarde. Por supuesto, nadie esperaba que sobrevivieran, pero sufrir dos pérdidas es doloroso incluso para un cirujano de urgencias. Reuben se quedó en la mesa con ella un poco más de lo habitual. La familia habló de «El secuestro del autobús escolar», con la tele encendida en silencio en un rincón del comedor, para que Reuben pudiera seguir los acontecimientos.

Después, Reuben se volvió a poner a trabajar y redactó una reseña sobre el antiguo secuestro de Chowchilla, incluyendo información actualizada sobre los secuestradores que todavía se encontraban entre rejas. En el momento del secuestro, los hombres tenían poco más o menos la edad que Reuben tenía ahora. Se preguntó qué habría sido realmente de ellos después de tantos años encarcelados, pero ese no era el objetivo de su artículo. Estaba siendo optimista. Todos, niños y maestros, habían sobrevivido.

Había sido el día más ocupado que había tenido desde la masacre de Mendocino. Se dio una larga ducha y se fue a la cama.

Le sobrevino un desasosiego extraordinario. Se levantó, paseó un poco y volvió a la cama. Se sentía solo, horriblemente solo. No había estado realmente con Celeste desde antes de la masacre. Ahora no quería estar con ella. No dejaba de pensar que, si estuviera con ella, le haría daño, la lastimaría de algún modo, heriría brutalmente sus sentimientos. ¿No lo estaba haciendo ya al no querer pasar la prueba de compartir la cama con ella?

Se dio la vuelta, se aferró a la almohada y se imaginó solo en Nideck Point, en la vieja cama de Felix, y que Marchent estaba con él. Una fantasía incoherente, pero útil para poder dormir. Cuando le entró el sueño, se sumergió enseguida en una tranquila oscuridad.

La siguiente vez que abrió los ojos el reloj marcaba la medianoche. La tele era la única luz en su habitación. Al otro lado de las ventanas abiertas, las pobladas colinas de la ciudad brillaban intensamente en columnas espectrales. La bahía era solo ausencia de luz: un mar de oscuridad.

¿De veras podía ver hasta las colinas de Marin? Eso parecía. Distinguía su silueta más allá del Golden Gate. ¿Cómo era posible?

Miró a su alrededor. Veía todos los detalles de la habitación con notable claridad: las viejas molduras de yeso e incluso las grietas del techo. Veía las vetas de la madera del armario. Tenía la extraña sensación de estar en casa bajo un crepúsculo artificial.

Había voces en la noche. Susurraban al volumen justo para no poder entender qué decían. Sabía que podía escoger una de ellas y amplificarla, pero ¿por qué podía hacer algo así?

Se levantó, salió al balcón y apoyó las manos en la baranda de madera. El viento salado le envolvió el cuerpo en frío, acelerándolo y refrescándolo. El frío le hacía sentirse invulnerable y revitalizado.

Tenía en su interior una reserva ilimitada de calor que emergía ahora a la superficie de su piel como si cada folículo de pelo de su cuerpo estuviera creciendo. Nunca antes había experimentado aquel placer vibrante, aquel placer tan salvaje y divino.

—¡Sí! —susurró. ¡Lo comprendía! Pero ¿qué? ¿Qué comprendía? La idea se esfumó de inmediato, pero no importaba. Lo que importaba eran las olas de éxtasis que le iban invadiendo.

Cada partícula de su cuerpo se definía entre estas olas: la piel del rostro, de la cabeza, de las manos, los músculos de los brazos, de las piernas. Respiraba a través de todas y cada una de esas partículas, respiraba como si nunca antes hubiera respirado, mientras su cuerpo entero se expandía, se endurecía y ganaba fuerza a cada segundo.

Sintió un cosquilleo en las uñas de las manos y los pies. Se tocó la cara y percibió que le cubría la piel una capa de pelo sedoso. De hecho, de todos sus poros brotaba un pelo suave y espeso que le cubría la nariz, las mejillas, el labio superior... Sus dedos, ¿o eran zarpas?, tocaron sus dientes, ¡que eran colmillos! Notó cómo le crecían, ¡cómo se le ensanchaba la boca!

—Ah, pero ya lo sabías, ¿verdad? ¿No sabías que lo tenías en el interior, hirviendo por salir? ¡Lo sabías!

Su voz era gutural, más grave. Empezó a reírse, encantado. Primero débilmente y con discreción, luego abandonándose voluntariamente a la risa.

¡Tenía las manos recubiertas de una espesa capa de pelo! Y las garras... ¡Ay, las garras!

Se quitó la camisa y los pantalones cortos, desgarrando la ropa sin esfuerzo, y dejó caer las prendas sobre los tablones del balcón.

El pelo le brotaba del cuero cabelludo y le bajaba por los hombros. Ahora ya tenía el pecho completamente cubierto, y los músculos de los muslos y las pantorrillas cantaban su fuerza cada vez mayor.

Sin duda, todo aquello, toda aquella locura orgásmica, tenía que alcanzar un punto álgido, pero ese punto no llegaba. Seguía y seguía. Notó que se le desgarraba la garganta en un grito, un aullido, pero no sucumbió. Al levantar la mirada al cielo nocturno, vio capas y capas de nubes blancas más allá de la niebla; vio las estrellas más allá de lo que podía captar el ojo humano, flotando hacia la eternidad.

—¡Oh, Dios, Dios mío! —susurró.

Por todas partes, los edificios ardían de vida con luces parpadeantes, ventanas minúsculas, voces que vibraban en su interior, mientras la ciudad respiraba y cantaba alrededor de él.

«Tendrías que preguntar por qué te está pasando esto, ¿no? Deberías parar, ¿no te parece? Tendrías que cuestionártelo.»

—¡No! —susurró. Era como adentrarse en la oscuridad en busca de Marchent; era como quitarle el suave vestido de lana marrón y encontrar sus pechos desnudos ante él.

«Pero ¿qué me está ocurriendo? ¿Qué soy?»

Un impulso tan poderoso como el hambre le dijo que ya lo sabía, que lo sabía y lo aceptaba de buen grado. Había sido consciente de que estaba llegando; lo había sabido en sueños y en sus reflexiones diurnas. Esa fuerza tenía que encontrar una salida o le habría desgarrado por la mitad.

Su musculatura quería saltar, correr, escapar de aquel confinamiento.

Se giró y, flexionando sus poderosos muslos, saltó a la cornisa de debajo de la ventana de sus padres y, desde ahí, volvió a saltar con facilidad a la azotea del edificio.

Se rio ante tanta facilidad, tanta naturalidad. Sus pies descalzos se aferraron al asfalto. Y empezó a dar brincos por la azotea, saltando hacia delante como un animal para caminar después unos pasos y volver a saltar.

Sin ni siquiera darse cuenta, había salvado el vacío de la calle y había aterrizado en el tejado de la casa de delante. No había existido el menor peligro de que cayera.

Dejó de pensar. Se abandonó a su estado y empezó a correr por los tejados. Nunca había conocido un poder igual, una libertad igual.

Ahora las voces sonaban más fuerte, el coro se elevaba, caía y se recuperaba mientras él daba vueltas y más vueltas, buscando la nota dominante entre las voces, ¿cuál? ¿Qué quería escuchar, saber? ¿Quién le llamaba?

Corría de una casa a la otra, cada vez más abajo, avanzando hacia el tráfico y el ruido de North Beach, volando a tal velocidad que apenas tocaba el suelo sobre la pendiente cada vez menos pronunciada, lanzando las garras para aferrarse a cualquier lado para equilibrar fácilmente su peso y volver a salir volando sobre la siguiente calle o callejuela.

¡Un pasaje! Se detuvo. Había escuchado el sonido. Una mujer que gritaba, una mujer aterrorizada, una mujer que se había convertido en su propio grito porque temía por su vida.

Se plantó en el suelo antes incluso de pensarlo. Aterrizó suavemente y sin ruido sobre la calzada grasienta. Las paredes flanqueaban el callejón a lo alto, la luz de la acera dibujaba en un relieve siniestro la figura de un hombre que arrancaba la ropa a una mujer a la que sujetaba por el cuello con la mano derecha, estrangulándola mientras ella le golpeaba inútilmente.

A la mujer se le salían los ojos de las órbitas. Se estaba muriendo.

Sin esfuerzo, Reuben profirió un enorme rugido. Gruñendo y rugiendo, se abalanzó sobre el hombre y, al tiempo que lo arrancaba de encima de la mujer, le hundió los dientes en la garganta, haciendo brotar sangre caliente que llenó la cara de Reuben mientras el hombre chillaba de dolor. El hombre desprendía una esencia horrenda, si es que en realidad era una esencia. Era como si la intención del hombre fuera en sí una esencia que hacía perder los estribos a Reuben. Desgarró la carne del hombre, sin dejar de gruñir mientras sus dientes se afanaban con el hombro del agresor. La sensación de hincarle los dientes profundamente en el músculo y notar cómo se desgarraba era sumamente agradable. La esencia le alimentaba, le llevaba a seguir. La esencia del mal.

Soltó al hombre.

El hombre cayó al suelo; sangre arterial brotaba de su cuerpo. Reuben le mordió el brazo derecho, casi arrancándolo del hombro y, acto seguido, lanzó el cuerpo desgarrado e indefenso contra la pared más lejana de tal forma que se abrió la cabeza contra los ladrillos.

La mujer permanecía de pie, inmóvil, desnuda, con los brazos cruzados sobre el pecho, mirando a Reuben fijamente. De su boca salían débiles sonidos asfixiados. Qué miserable y desgraciada se sentía. Qué atroz que alguien pudiera causarle tanto daño. Temblaba tan violentamente que apenas se tenía en pie. Un hombro desnudo asomaba entre la seda roja de su vestido hecho jirones.

Empezó a sollozar.

—Ahora estás a salvo —dijo Reuben. ¿Esa era su voz? ¿Esa voz profunda, ronca y reservada?—. El hombre que pretendía hacerte daño está muerto. —Se acercó a ella. Vio su garra extendida como una mano hacia ella. Le acarició el brazo con ternura. ¿Qué debió sentir ella?

Reuben bajó la mirada al hombre muerto que yacía a su lado con unos ojos vidriosos que brillaban entre las sombras. Que ironía, aquellos ojos, aquellos pedacitos de belleza pulida incrustados en aquella carne hedionda. La esencia del hombre y de lo que era se extendía a su alrededor.

La mujer retrocedió, apartándose de Reuben. Se volvió y echó a correr, y sus chillidos estridentes retumbaron en el callejón. Se cayó sobre una rodilla, se levantó y siguió corriendo hacia los coches de la calle ajetreada.

Reuben abandonó fácilmente el pasaje de un bote, agarrándose a los ladrillos con la seguridad con la que un gato se aferra a la corteza de un árbol en su camino ascendente hacia un tejado. En menos de un segundo, había dejado la manzana entera atrás de regreso a casa.

Solo tenía un pensamiento en la cabeza. «Sobrevive. Márchate. Vuelve a tu habitación. Aléjate de los gritos de la mujer y del cadáver del hombre.»

Inconscientemente, encontró su casa y bajó desde el tejado al balcón abierto de su dormitorio.

Se quedó de pie en el umbral de la puerta, mirando el pequeño retablo formado por la cama, el televisor, el escritorio y el fuego. Se lamió la sangre de los colmillos y los dientes inferiores. Tenía un sabor salado, un sabor desagradable y a la vez tentador.

Cuán extraño y pequeño le pareció el dormitorio, cuán dolorosamente artificial, como si lo hubieran construido con algo tan frágil como la cáscara de un huevo.

Entró al cuarto, al aire caliente, denso y desagradable, y cerró las ventanas tras él. Le pareció absurdo deslizar el pequeño fijador de latón. Curioso objeto, aquel. Cualquiera podría romper uno de los cuadraditos de cristal enmarcados en la estructura blanca de la puerta acristalada y abrirlo con facilidad. Cualquiera podría romper todos los cristales y lanzar la ventana, marco incluido, a la negrura.

En aquel lugar cerrado, Reuben escuchaba su propia respiración pausada.

La luz del televisor proyectaba haces blancos y azules en el techo.

Se vio en el espejo de cuerpo entero de la puerta del baño: una figura grande y peluda con una larga cabellera hasta los hombros. «Lobo Hombre.»

—Así que esta es la clase de bestia que me salvó en casa de Marchent, ¿verdad? —Volvió a reír con aquella risa sofocada e irresistible. Pues claro—. Y me mordiste, demonio. Y el mordisco no me mató y ahora me está pasando esto. —Quería reír en voz alta. Quería reír a mandíbula batiente.

Pero, por más que le apeteciera, la casita oscura era un lugar demasiado reducido, demasiado íntimo para abrir las puertas de par en par y aullar a las estrellas que flotaban a la deriva.

Se acercó al espejo.

Una imagen diurna en la pantalla del televisor iluminó todos los detalles. Sus ojos eran los mismos, más grandes y de un azul más intenso, pero sus ojos al fin y al cabo. Se reconocía en ellos, a pesar de que tenía el resto de la cara cubierto de una espesa capa de pelo marrón oscuro por donde asomaba una naricilla negra que recordaba muy ligeramente el hocico de un lobo, y una boca sin labios en la que relucían sus blancos dientes y colmillos. «Para comerte mejor, cariño.»

Su figura era más grande, más alta, puede que hasta diez centímetros más de su estatura normal, y sus manos o zarpas eran enormes y desembocaban en unas uñas blancas letales. Sus pies también eran enormes, y los muslos y las pantorrillas tan musculosos que apreciaba el cambio incluso bajo la capa de pelo. Se tocó las partes íntimas y apartó la mano de la leve dureza que allí descubrió.

Pero todo aquello quedaba oculto por una delicada pelusa, así como por la capa más gruesa de pelo que cubría la mayor parte de su cuerpo. De hecho, se percató de que aquella pelusa se extendía por todas partes. En algunas zonas era más densa que en otras, como en sus partes íntimas, en la parte interna del muslo y en el bajo vientre. Al apartarse suavemente con la garra esa pelusa, o el pelo más grueso y superficial, le invadió un cosquilleo obnubilante.

Le entraron ganas de volver a salir, de atravesar los tejados en busca de las voces de los necesitados. Estaba salivando.

—Y estás pensándolo, sintiéndolo, viéndolo —dijo. De nuevo, le sorprendió el tono grave de su voz—. ¡Basta!

Se miró las palmas de las manos, que se habían convertido en las almohadillas peladas de las garras que ahora tenía por manos.

Una fina membrana unía lo que habían sido sus dedos. Pero seguía teniendo pulgares, ¿no?

Despacio, se dirigió a la mesita de noche. La habitación estaba demasiado caliente. Tenía sed. Tomó el pequeño iPhone. Le resultó difícil agarrarlo con aquellas garras tan enormes, pero se las arregló.

Se metió en el baño, encendió la luz eléctrica y se miró en la pared cubierta de espejo de delante de la ducha.

Y, bajo tanta iluminación, fue casi incapaz de gestionar el impacto. Quería girarse, acurrucarse, apagar la luz. Aun así, se obligó a estudiar su imagen en el espejo.

Sí, la punta de la nariz negra, una nariz capaz de oler multitud de cosas, igual que un animal, unas poderosas fauces, no demasiado prominentes, y los colmillos... ¡Ah!

Quería taparse la cara con las manos, pero no tenía manos. Así pues, levantó el iPhone y se hizo una foto. Y otra. Y otra.

Se apoyó contra la losa de mármol de al lado de la ducha.

Apretó la lengua contra los colmillos. Volvió a saborear la sangre del hombre muerto.

El deseo volvió a crecer en su interior. Había más gente como el violador apestoso y la mujer que sollozaba. Las voces todavía le envolvían. Si quería, podía meterse en aquel océano ondulante de sonidos, escoger otra voz e ir en su busca.

Pero no quería. Estaba petrificado, acabado.

Le entraron ganas de llorar, pero no notaba la presión física real de las lágrimas. Era solo una idea: llorar, rogar a Dios, pedir comprensión; confesar el miedo.

No. No tenía ninguna intención de hacerlo.

Abrió el grifo y dejó que el lavamanos se llenara de agua. Entonces, bebió a feroces lengüetazos hasta que estuvo satisfecho. Era como si nunca antes hubiera probado el agua. Nunca se había planteado lo deliciosa que era, lo dulce y purificante que era, lo revitalizante que era.

Se estaba empleando a fondo para sostener un vaso y llenarlo de agua cuando empezó la transformación.

La percibió tal como había percibido la primera, en los millones de folículos pilosos que le cubrían el cuerpo. Y, entonces, notó una contracción fuerte en el estómago, nada dolorosa, simplemente un espasmo casi placentero.

Se obligó a mirar hacia arriba. Y a mantenerse en pie, aunque cada vez le resultaba más y más difícil. El pelo se retiraba, desaparecía, aunque unos pocos cayeron sobre las baldosas del suelo. La punta negra de la nariz empezó a decolorarse, a disolverse. El hocico se le encogía, se hacía más corto. Los colmillos se acortaban. Se le estremecía la boca. Un cosquilleo le recorría las manos y los pies. Sentía la electricidad corriendo por todos los rincones de su cuerpo.

Finalmente, le inundó un agudo placer físico. No podía observar, no podía mantener la atención. Estaba a punto de desmayarse.

Salió tambaleándose del baño y se dejó caer sobre la cama. Unos profundos espasmos orgásmicos le recorrían los músculos de los muslos y las pantorrillas, de la espalda, de los brazos. La cama le parecía increíblemente blanda y las voces del exterior habían quedado reducidas a un rumor vibrante y sordo.

Se hizo la oscuridad, como en aquellos momentos de desesperación en casa de Marchent, mientras pensaba que se moría. Pero ahora no luchó contra ella como había hecho aquel día.

Se durmió antes incluso de que la transformación concluyera.

Reinaba la luz del día cuando le despertó el timbre de su teléfono. ¿De dónde venía?

Dejó de sonar.

Reuben se dio la vuelta y se levantó. Estaba desnudo, tenía frío y la cruda luz del cielo nublado le dañaba la vista. Le asustó una punzada de dolor en la cabeza, pero desapareció tan repentinamente como había surgido.

Buscó el iPhone. Lo encontró en el suelo del baño y enseguida fue a ver las fotos.

Estaba seguro, completamente seguro, de que no iba a encontrar nada más que unas cuantas fotos del viejo Reuben Golding. Solo eso, nada más. La prueba definitiva de que Reuben Golding había perdido la cabeza.

Pero ahí estaba: el lobo hombre, mirándole en la pantalla.

Se le paró el corazón.

La cabeza era inmensa, la cabellera le caía bastante por debajo de los hombros, el largo hocico de punta negra era más que evidente y los colmillos sobresalían por debajo del borde negro de la boca. «Los ojos azules, tus ojos azules.»

Se tapó la boca con la mano. Estaba temblando de la cabeza a los pies. Se tocó los labios naturales, bien formados, ligeramente rosados, mientras se observaba ante el espejo. Y, entonces, volvió a mirar esa boca perfilada en negro. No podía ser, pero era. Era un hombre lobuno, un monstruo. Pasó de una foto a otra.

«Dios mío...»

Las orejas de la criatura eran largas, puntiagudas, como brotes en la cabeza, medio ocultas entre el exuberante pelo. La frente le sobresalía sin acabar de ocultarle los grandes ojos. Solo los ojos mantenían su proporción humana. Aquella bestia no se parecía a nada que hubiera visto hasta entonces, y en absoluto a los monstruos peludos de las antiguas películas de licántropos. Parecía un sátiro alto.

—Lobo Hombre —susurró.

«¿Y esto es lo que casi me mata en casa de Marchent? ¿Esto es lo que me levantó con la boca y casi me arranca la garganta como a los hermanos de Marchent?»

Descargó las imágenes, una a una, en el ordenador.

Después, sentado ante el monitor de treinta pulgadas, las fue revisando, también una por una. Soltó un grito ahogado. En una de las fotos, salía él levantando la garra... Porque era él, ¿verdad? No tenía sentido seguir sin personalizarlo. Estudió la garra, los enormes dedos peludos unidos por membranas y las uñas.

Volvió a entrar en el baño y miró al suelo. Esa noche había visto caer pelos como cuando un perro muda su pelaje. Ya no estaban ahí. Había algo, algo menudo, una especie de zarcillos minúsculos, casi invisibles a simple vista, que parecían desintegrarse al tratar de cogerlos con los dedos.

«Así que se seca, se disuelve, vuela. Todas las pruebas están en mi interior o han desaparecido, evaporadas.»

«¡Por eso no encontraron muestras de piel ni de pelo en el condado de Mendocino!»

Recordó los espasmos en el vientre y las oleadas de placer que le habían invadido, impregnándole los miembros como la música reverbera en la madera de un violín o de un edificio.

En la cama, halló los mismos pelos finos que se desvanecían, disolviéndose al tacto o simplemente dispersándose.

Se echó a reír.

—No puedo evitarlo —susurró—. No puedo evitarlo.

Era una risa agotadora y desesperada. Hundiéndose en un lado de la cama, con la cabeza entre las manos, se abandonó a ella y rio a mandíbula batiente hasta que no pudo más de puro agotamiento.

Una hora después, todavía yacía en la cama, con la cabeza sobre la almohada. Estaba recordando cosas: la esencia del callejón, basura, orina; la esencia de la mujer, un perfume delicado sofocado por un olor ácido, casi cítrico, ¿el olor del miedo? Reuben no lo sabía. El mundo entero ardía en un hervidero de olores y sonidos, pero él solo se había fijado en el hedor del hombre, el tufo alentado por su furia.

Sonó el teléfono. Lo ignoró. Volvió sonar. Le daba igual.

—Has matado a alguien —dijo—. ¿No vas a pensar en eso? Deja de pensar en esencias y sensaciones, en saltar por los tejados y dar botes de casi cuatro metros en el aire. Déjalo ya. Has matado a alguien.

No podía lamentarlo. De ningún modo. El hombre iba a matar a la mujer. Ya le había causado daños irreparables, aterrorizándola, estrangulándola, dirigiendo su rabia contra ella. Ese hombre había lastimado a otras personas. Vivía y respiraba para herir y lastimar. Lo sabía, lo supo desde el primer momento en que lo vio y, por raro que parezca, en gran medida lo supo por aquel intenso hedor. El hombre era un asesino.

Los perros distinguen la esencia del miedo, ¿verdad? Pues bien, él distinguía la esencia de la impotencia y la esencia de la rabia.

No, no lo lamentaba. La mujer estaba viva. La vio correr por el pasaje, caer, volver a levantarse y correr de nuevo, no solo hacia la calle transitada, las luces, el tráfico, sino hacia su vida, hacia la vida que todavía le quedaba por vivir, una vida llena de cosas por aprender, de cosas por conocer, de cosas por hacer.

Vio a Marchent, con su ojo interior, saliendo a toda prisa del despacho con la pistola en la mano. Vio las dos siluetas negras que se acercaban a ella. Y Marchent cayó pesadamente sobre el suelo de la cocina. Murió. Y ya no había vida.

La vida murió alrededor de Marchent. Murió el gran bosque de secuoyas que rodeaba su casa y murieron todas las habitaciones. Las sombras de la cocina se encogieron; la madera del suelo se encogió. Hasta que no quedó nada y la nada se cernió sobre ella silenciándola. Y ese fue el final de todo para Marchent.

Si había un gran renacimiento al otro lado, si su alma se había expandido en la luz de un amor infinito y acogedor... ¿Cómo vamos a saber eso hasta que no lleguemos nosotros ahí? Reuben intentó por un instante imaginarse a Dios, un Dios tan inmenso como el universo con sus millones de estrellas y sus planetas, sus distancias intrazables, sus sonidos inevitables y su silencio. Un Dios así podía conocer todas las cosas, *todas las cosas*, las mentes, las actitudes, los temores y remordimientos de todos los seres vivos, desde la rata que corretea a cada ser humano. Ese Dios podría recoger el alma entera, completa y magnífica, de una mujer moribunda sobre el suelo de una cocina. Podría agarrarla con sus manos poderosas y llevársela al cielo, más allá de este mundo, para que permaneciera unida a Él por los siglos de los siglos.

Pero ¿cómo podía saber Reuben si era así? ¿Cómo podía saber qué había al otro lado del silencio del pasillo, mientras él luchaba por respirar y vivir, y aquellos dos cadáveres se enredaban con su cuerpo?

Volvió a ver cómo moría el bosque, cómo se encogían y desvanecían las habitaciones; todo lo que estaba a la vista sucumbía... Y todo atisbo de vida abandonaba a Marchent en un abrir y cerrar de ojos.

Volvió a ver a la víctima del violador, corriendo, corriendo hacia la vida. Vio cómo la ciudad entera tomaba forma alrededor de ella en una miríada de olores, sonidos y explosiones luminosas; la vio expandirse en todas direcciones a partir de aquella silueta que corría. Vio la ciudad hervir y retozar hacia las oscuras aguas de la bahía, hacia el océano invisible en la lejanía, hacia las montañas distantes, hacia las nubes ondulantes. La mujer gritaba tendiendo la mano a la vida.

No, no lo lamentaba. Ni un ápice. Ah, la *hybris*, la codicia del hombre agarrándola del cuello, pretendiendo quitarle la vida. Ah, la arrogancia voraz de aquellos dos hermanos enloquecidos hundiendo una y otra vez el cuchillo en la carne de un magnífico ser que había sido su hermana.

—No, en absoluto —susurró Reuben.

Algo en el fondo de su mente era consciente de que el muchacho nunca había pensado antes en estas cosas. Pero la idea no era observarse a sí mismo. Estaba observándoles a ellos, a los demás. Y no sentía ningún remordimiento, solo una calma maravillosa.

Por fin, se levantó. Fue a lavarse la cara y a peinarse.

Medio ausente, vio en el espejo su propio reflejo, y le impactó. Era Reuben, sin duda, no el lobo hombre, pero no era el Reuben de siempre. Tenía más pelo, y más largo. Y todo él era ligeramente más grande. Fuera lo que fuese aquello en lo que se había convertido, producto de alteraciones alquímicas, era físicamente distinto. Al fin y al cabo, albergaba un crisol que requería un cuerpo más resistente, ¿no es así?

Grace había hablado de hormonas, de que su hijo tenía el cuerpo inundado de hormonas. Claro, las hormonas te hacen crecer, ¿no? Te alargan las cuerdas vocales, añaden centímetros a tus piernas, aumentan el crecimiento del pelo. Y aquello era una cuestión de hormonas, efectivamente, pero una clase de hormonas secretas, unas hormonas infinitamente más complejas de lo que el laboratorio del hospital era capaz de medir. Le había ocurrido algo en el cuerpo entero, algo muy similar a lo que experimentan los tejidos eréctiles de sus partes cuando un hombre se excita sexualmente. Aumenta increíblemente su tamaño, independientemente de lo que el hombre quiera que ocurra. Pasa de ser algo flácido y discreto a convertirse en una especie de arma.

Y eso era lo que le había ocurrido a él; había aumentado su tamaño general y se habían acelerado en demasía todos los procesos que rigen los cambios hormonales en el hombre.

En fin, Reuben nunca había acabado de comprender la ciencia. Y tal vez ahora estaba intentando comprender algo de magia. Sin embargo, percibía la ciencia tras lo que parecía solo magia. ¿Y cómo había adquirido esa capacidad de cambio? A través de la saliva de la bestia que le había mordido, la criatura que podía haberle contagiado un virus letal, la rabia. La bestia le había contagiado aquello. ¿Se trataba también de un lobo hombre como el que Reuben era ahora?

¿Había escuchado la bestia los gritos de Marchent del mismo modo que él había escuchado los de la víctima de violación del pasaje? ¿Había olido el mal en los hermanos de Marchent?

Claro, tenía que haber sido eso. Y, por primera vez, comprendió por qué la bestia le había dejado vivir. La criatura se había dado cuenta enseguida de que Reuben no formaba parte del mal que había acabado con la vida de Marchent. La bestia conocía el olor de la inocencia tan bien como la esencia del mal.

Pero ¿había querido transmitirle su evidente poder adrede?

Algo había pasado al torrente sanguíneo de Reuben a través de la saliva de la bestia, como cuando se contagia un virus, y se había abierto camino hasta su cerebro, tal vez hasta la misteriosa glándula pineal, tal vez hasta la pituitaria, esa pequeña glándula del tamaño de un guisante que tenemos en el cerebro y controla... ¿Qué? ¿Las hormonas?

Maldita sea.

No sabía nada seguro. Todo eran suposiciones. Si alguna vez había querido hablar con Grace de «ciencia», era ahora, pero no podía de ningún modo. ¡Ni hablar!

¡Grace no podía saberlo! No debía saberlo jamás. Ni nadie como ella.

Ya le había hecho demasiadas de esas malditas pruebas.

Nadie podía saber nada de esto.

Recordaba con absoluto realismo cómo le habían atado a aquella camilla en el condado de Mendocino mientras gritaba a los médicos: «¡Decidme que ha pasado!» No. Nadie debía saberlo porque nadie en este mundo resistiría la tentación de querer encarcelar eso en lo que se había convertido, y tenía que saber mucho más sobre lo que le había ocurrido, si le volvería a ocurrir, y cómo y cuándo. ¡Era su viaje! Su oscuridad.

Y ahí fuera, en alguna parte del bosque de secuoyas, había otra criatura como él, un hombre bestia que, sin duda, había sido el causante de lo que ahora le ocurría. Pero ¿y si no era un hombre bestia? ¿Y si era más bestia que otra cosa y Reuben se había convertido una especie de híbrido?

Era demencial.

Se imaginó la criatura moviéndose entre las sombras del pasillo de Marchent, destrozando a los crueles hermanos con sus colmillos y sus garras. Y, después, levantándole a él con sus fauces, a punto de proceder con él del mismo modo. Pero algo le detuvo. Reuben no era culpable. No, y la bestia le soltó.

Pero ¿sabía la bestia lo que le pasaría a Reuben?

De nuevo, la imagen que le devolvió el espejo le sorprendió y hasta le hizo retroceder un instante.

Su piel tenía un brillo innegable. Sí, eso es, un brillo, como si le hubieran dado lustre con aceite, como si las manos que le habían untado entero le hubieran pulido especialmente los pómulos, la mandíbula y la frente.

No le extrañaba que todos le hubieran estado observando boquiabiertos.

Y ni siquiera se imaginaban lo que le estaba pasando. ¿Cómo se lo iban a imaginar? Le sobrecogió la realidad de que solo estaba haciendo conjeturas, de que, en realidad, no sabía nada de nada. Le quedaba mucho por descubrir, muchísimo...

Llamaron enérgicamente a la puerta. Probaron con el pomo. Escuchó que Phil le llamaba.

Se puso la bata y se acercó a responderle.

—Reuben, hijo, son las dos de la tarde. Los del *Observer* llevan horas llamándote.

—Sí, papá, lo siento —dijo—. Ahora voy. Deja que me duche.

El *Observer*. Maldita sea, el último lugar donde le apetecía ir. Se encerró en el baño y dejó correr el agua caliente.

Tenía muchas otras cosas que hacer, mucho en que pensar, mucho que valorar, mucho que indagar.

Pero sabía que era extremadamente importante ir a trabajar, salir de su habitación y de sí mismo para que al menos Billie Kale, y su madre y su padre le vieran.

Aun así, jamás había tenido tantas ganas de estar solo, estudiando, reflexionando, buscando respuestas al misterio que le envolvía.

6

De camino al trabajo, Reuben pisó demasiado el acelerador del Porsche. Aquel automóvil en la ciudad siempre había sido como un león encadenado. Deseó con toda el alma tomar la carretera que le llevaría al bosque de detrás de la casa de Marchent en Mendocino, pero sabía que era demasiado pronto para eso. Tenía que saber mucho más antes de salir en busca del monstruo que le había hecho aquello.

Mientras, las noticias de la radio le pusieron al día sobre el secuestro del autobús escolar de Goldenwood. Ninguna llamada para pedir rescate y todavía ninguna pista sobre quién se había llevado el autobús lleno de niños o dónde se habían producido los hechos.

Hizo una llamadita rápida a Celeste.

—Pero, Cielito —dijo ella—, ¿dónde diablos has estado? La ciudad se ha olvidado de los niños. Corre la fiebre del hombre lobo. Si alguien más me pregunta: «¿Qué piensa de esto tu novio?» Me voy a quitar de en medio y me parapetaré en mi apartamento. —Celeste siguió hablando de la «chiflada» de North Beach que creía que la había salvado una combinación de Lon Chaney Jr. y el Abominable Hombre de las Nieves.

Billie le mandaba un mensaje de texto: «Ven aquí.»

Empezó a escuchar las voces entremezcladas de la redacción local antes incluso de salir del ascensor. Fue directamente al despacho de Billie.

Reconoció a la mujer sentada ante la mesa de Billie, pero, de entrada, no supo de qué. Además, percibía en el despacho una esencia claramente familiar y vinculada a algo fuera de lo común, pero ¿de qué era? Era un olor bueno. La esencia de la mujer, sin duda. Y también distinguió la esencia de Billie. Inconfundible. De hecho, estaba captando toda clase de esencias. Olía a café y a palomitas como nunca. Detectaba incluso los olores de los baños cercanos y ¡no le resultaban especialmente desagradables!

«Así que esto va a ser así —supuso—. Voy a percibir los olores como un lobo, y los sonidos, claro.»

La mujer era menuda y morena, y estaba llorando. Llevaba un traje fino de lana y el cuello cubierto por un fular de seda muy tupido. Tenía un ojo a la virulé.

—Gracias a Dios que ha llegado —dijo nada más ver a Reuben.

Él respondió con una sonrisa, como siempre hacía.

La mujer le agarró inmediatamente la mano izquierda y casi le arrastró para que se sentara en la silla de al lado. Las lágrimas le inundaban los ojos.

«Dios mío, es la mujer del callejón.»

Las palabras de Billie sonaron como cañonazos.

—Bueno, te has tomado todo el tiempo del mundo para llegar y la señorita Susan Larson no quiere hablar con nadie más que contigo. Un milagro, cuando toda la ciudad se ríe de ella, ¿no te parece?

Billie le lanzó la portada del *San Francisco Chronicle*.

—Ahí tienes el notición que ha salido a la calle mientras tú dormías a pierna suelta, Reuben. «Una mujer salvada por un hombre lobo.» La CNN ha salido con: «Una bestia misteriosa ataca a un violador en un callejón de San Francisco.» Después de mediodía ya se había convertido en un viral. ¡Nos están llamando de Japón!

—¿Puedes empezar por el principio? —preguntó Reuben, aunque lo había entendido todo perfectamente.

—¿Por el principio? —repitió Billie—. ¿Qué pasa contigo, Reuben? Tenemos un autobús escolar desaparecido y una criatura de ojos azules acechando callejones en North Beach, y ¿me pides que empiece por el principio?

—No estoy loca —intervino la mujer—. Vi lo que vi. Igual que usted en el condado de Mendocino. ¡Leí su descripción de lo que le ocurrió!

—Pero yo no vi nada —replicó Reuben. No le estaba gustando nada ese camino. ¿Iba a intentar convencerla de que estaba loca?

—¡Fue como usted lo describió! —insistió la mujer, con una vocecilla histérica—. Los jadeos, los gruñidos, el sonido de las cosas. Pero no era un animal. Lo vi. Pero era un hombre bestia, eso sí. Sé lo que vi. —Se acercó al borde la silla y miró a Reuben directamente a los ojos—. No pienso hablar con nadie más que con usted —dijo—. Estoy harta de que se burlen y se rían de mí. «¡Mujer rescatada por el Yeti!» ¿Cómo se atreven a bromear sobre esto?

—Llévatela a la sala de reuniones y que te lo cuente todo —ordenó Billie—. Quiero tu opinión sobre el asunto de cabo a rabo. Quiero los detalles que los demás medios han tenido a bien perderse.

—Me han ofrecido dinero por la entrevista —añadió la señora Larson—, pero lo he declinado por usted.

—Te lo acabo de decir, Billie —insistió Reuben, sosteniendo la mano de la señora Larson tan cariñosamente como podía—. No soy la persona adecuada para esta historia, y tú sabes muy bien por qué. Solo han pasado dos semanas desde el desastre de Mendocino y ¿esperas que cubra otro ataque animal?

—Por supuesto —respondió Billie—. ¡Maldita sea! ¿Quién si no? Mira, te está llamando todo el mundo, Reuben. Las emisoras, la televisión por cable... ¡Por todos los santos, hasta el *New York Times*! Quieren tus comentarios. ¿Es la bestia de Mendocino? Y si te crees que la gente de Mendocino no ha llamado también, ya tienes otra cosa en la que pensar. ¿Y me estás diciendo que no vas a cubrir esta noticia para *nosotros*?

—Pues *vosotros* tendríais que mostrar un poquito de lealtad, Billie —replicó Reuben—. No estoy preparado para...

—Señor Golding, por favor, le ruego que me escuche —le interrumpió la mujer—. ¿No entiende por lo que estoy pasando? Anoche casi me matan. Esa cosa me salvó y ahora el mundo entero se ríe de mí por contar lo que vi.

Reuben se había quedado mudo. Notaba en la cara la presión de la sangre. «¿Dónde demonios están Lois Lane y Jimmy Olsen?» Le salvó el teléfono de Billie, que escuchó atentamente durante quince segundos, gruñó y colgó. Reuben también había escuchado las palabras.

—Bueno, la oficina del forense ha confirmado que fue un animal, tal cual, canino o lupino, pero un animal. De eso no hay duda.

—¿Han encontrado pelo o piel? —preguntó Reuben.

—No fue un animal —protestó la mujer. Casi chillaba—. Se lo estoy diciendo... Tenía cara, una cara humana, y me habló. ¡Habló con palabras! Intentó ayudarme. Me tocó. ¡Fue amable conmigo! Dejen de decir que es un animal.

Billie se levantó y les instó a seguirla con un gesto.

La sala de reuniones carecía de ventanas y era bastante antiséptica, con su mesa oval de caoba y unas cuantas sillas Chippendale. En las dos pantallas de televisión colgadas cerca del techo corrían los subtítulos bajo las imágenes emitidas por la CNN y la Fox.

De repente, llenó la pantalla un siniestro dibujo de un hombre lobo estilo cómic.

Reuben se estremeció.

En un *flash*, visualizó el pasillo de Marchent, esta vez iluminado por su imaginación, y allí estaba el hombre bestia, abalanzándose contra los dos hombres que habían tratado de matarle.

Se tapó los ojos y Billie le agarró de la muñeca.

—Despierta, Reuben —le dijo, y volviéndose hacia la joven añadió—: Siéntese aquí y cuente a Reuben todo lo que recuerde.

Acto seguido, le pegó un grito a su secretaria, Althea, para que trajera café.

La joven víctima se tapó la cara con las manos y empezó a llorar.

Reuben sentía cómo crecía el pánico en su interior. Se acercó a ella y la rodeó con el brazo. Una de las pantallas mostraba una escena de *El hombre lobo* de Lon Chaney Jr. Y, de pronto, la primera vista panorámica que había visto de Nideck Point en televisión: su casa, con sus gabletes puntiagudos y sus ventanas con cristaleras de rombos.

—No, no —dijo la mujer—, eso no. ¿Puede quitar eso? ¡No se parecía a Lon Chaney ni a Michael J. Fox!

—Althea —gritó Billie—. Apaga la maldita tele.

Reuben sentía la imperiosa necesidad de largarse, pero era obvio que no podía hacerlo.

—¿Y qué pasa con el secuestro? —murmuró Reuben.

—¿Con el secuestro? Estás fuera. Ahora te dedicas por completo al hombre lobo. Althea, trae una grabadora para Reuben.

—No la necesito, Billie, tengo mi iPhone —se apresuró a decir Reuben, que puso el iPhone a grabar.

Billie salió dando un portazo.

Durante la media hora siguiente, Reuben escuchó a la mujer, tomando notas apresuradamente con los pulgares mientras sus ojos retornaban una y otra vez al rostro de ella.

Sin embargo, perdía el hilo constantemente. El muchacho no podía dejar de imaginarse a la «bestia» que de poco le mata.

Una y otra vez, asintió y le apretó la mano. En un momento dado, incluso la abrazó, pero no estaba ahí.

Finalmente, llegó el marido de la mujer y, a pesar de que ella quería seguir hablando, él insistió en que debía marcharse y Reuben terminó acompañándoles al ascensor.

De nuevo en su escritorio, miró el montón de papelitos con mensajes telefónicos adheridos al monitor de su ordenador. Althea le anunció que Celeste estaba en la línea 2.

—¿Qué has hecho con tu móvil? —le preguntó Celeste—. ¿Qué está pasando?

—No lo sé —murmuró él—. Dime, ¿hay luna llena?

—No. Para nada. Creo que está en cuarto. Espera. —Reuben la escuchó teclear en su ordenador—. Sí, en cuarto, o sea que ya puedes olvidarte de eso. Pero ¿por qué lo preguntas? Por el amor de Dios, ¿los secuestradores acaban de pedir una suma desorbitada y tú me hablas del hombre lobo?

—Me han puesto a cubrirlo. ¿Qué quieres que haga? ¿Qué rescate han pedido?

—Es la cosa más insultante y demencial que me he echado a la cara —se revolvió Celeste—. Reuben, imponte. ¿Es por lo que te pasó ahí arriba? ¿En qué está pensando Billie? Los secuestradores acaban de pedir cinco millones de dólares o empezarán a matar a los niños, uno a uno. Tendrías que estar de camino a Marin. El rescate tiene que transferirse a una cuenta en las Bahamas, pero puedes estar seguro de que pasará por allí como un rayo y se desvanecerá en la penumbra ciberbancaria. Tal vez ni siquiera llegue a pasar por ese banco. Dicen que estos secuestradores son unos genios de la tecnología.

Billie se acabba de plantar ante el escritorio de Reuben.

—¿Qué te ha contado?

Reuben colgó el teléfono.

—Mucho —respondió—. Su versión. Ahora necesito un poco de tiempo para investigar en la calle.

—No tienes tiempo. Quiero tu exclusiva en portada. ¿No te das cuenta de que el *Chronicle* te va a ofrecer un trabajo? ¿Y sabes qué? Se rumorea que en Channel Six también te quieren. Han sonado campanas desde que te atacaron en Mendocino.

—Eso es ridículo.

—No, no lo es. Es tu aspecto. Tu aspecto es lo único que importa a todos esos noticiarios de la tele. Pero yo no te di el trabajo por tu aspecto. En serio, Reuben, lo peor que te puede pasar a tu edad es meterte en la tele. Dame la perspectiva de Reuben en sus propias palabras, con tu toque personal. Y no vuelvas a desaparecer como esta mañana.

Y se fue.

Reuben siguió ahí sentado con la mirada perdida.

«Está bien, no hay luna llena.» Eso significaba que lo que le había ocurrido no tenía nada que ver con la luna y que le podía volver a suceder en cualquier momento. Tal vez aquella misma noche. Vaya con las viejas leyendas... ¿Y por qué seguía ahí atrapado cuando debería de estar investigando cada prueba o suposición relacionada con el «hombre bestia»?

Le vino un recuerdo a la cabeza: él deslizándose por los tejados, con el latido de su nueva fuerza en las piernas. Había levantado la cabeza y había visto el cuarto de luna tras las nubes que, sin duda, la hubieran hecho invisible a ojos humanos.

«¿Y esto volverá a suceder cuando oscurezca?»

Qué bonito le había parecido el cuarto de luna entre tantas estrellas brillantes. Volvió a sentir que volaba con los brazos extendidos mientras saltaba por encima de la calle y aterrizaba sin esfuerzo sobre la vertiente del tejado. Le invadió una poderosa euforia y, después, un pensamiento que le atemorizó: «¿Me sucederá lo mismo cada noche?»

Althea le dejó delante una taza de café recién hecho, le sonrió y se despidió con la mano al salir.

Miró a la gente que le rodeaba: compañeros que iban a sus cubículos blancos, otros que volvían, algunos le miraban, unos pocos le asentían, otros pasaban en inevitable silencio, recluidos en sus pensamientos. Clavó la mirada en la fila de televisores que se extendía a lo largo de la pared. Imágenes del autobús escolar vacío, de la academia Goldenwood. Una mujer llorando. Lon Chaney, de nuevo, con su aspecto de peluche gigante y las orejas lupinas de punta, corriendo por el neblinoso bosque inglés.

Les dio la espalda en su silla giratoria, descolgó el teléfono, marcó el número de la oficina del forense y esperó.

«No quiero hacer esto —pensó—. No puedo hacerlo. Se me desdibuja en el fragor de lo ocurrido. No puedo. Claro que lo siento por la señora Larson, por lo que ha sufrido y porque nadie la cree, pero, ¡demonios, le salvé la vida! No tengo que estar haciendo esto. Soy la última persona del mundo que debería estar con esto. El problema es que todo esto no tiene ninguna importancia. Al menos, para mí.»

Una especie de frialdad se instaló en su interior. Una de sus colegas, una mujer muy simpática llamada Peggy Flynn, se le plantó delante con una bandeja de galletas. Reuben hizo brillar su inevitable sonrisa encantadora, pero no sintió nada, ni siquiera tuvo la sensación de reconocerla, ni de tener ninguna relación con ella o compartir el mismo mundo.

Eso era: no compartían el mismo mundo. Nadie compartía el mundo en el que él vivía ahora. Nadie podía compartirlo.

Excepto, tal vez, aquello que le había atacado en Mendocino. Cerró los ojos. Sintió los colmillos clavándosele en el cuero cabelludo, en el rostro... Aquel dolor terrible en el lateral de la cara mientras aquellos dientes se le hundían en la mejilla.

Y, si no hubiera matado al hombre del callejón de North Beach,

¿también se habría convertido en una bestia como Reuben? Se estremeció. Gracias a Dios que le había matado. Pero, bueno, un minuto. ¿Qué clase de oración era esa?

Se quedó en blanco.

El café de la taza parecía gasolina. Las galletas, cemento.

Y no era reversible, ¿verdad? No era algo que pudiera elegir. En realidad, no ejercía el más mínimo control sobre todo aquello.

La voz del ayudante del forense le devolvió a la realidad.

—Ah, sí, fue un animal. Lo sabemos por la lisozima de la saliva. Bueno, los humanos no tienen esa cantidad de lisozima en la saliva. Tienen mucha amilasa, que es lo que empieza a descomponer los carbohidratos cuando comemos. En cambio, los animales no tienen amilasa, lo que da lugar a una gran cantidad de lisozima, que acaba con las bacterias que ingieren, por eso un perro puede comer de un vertedero o un cadáver y nosotros no. Pero le voy a decir una cosa que me ha parecido rara de esta bestia, o lo que sea. Tenía más lisozimas que cualquier perro normal. Y había también otras enzimas en la saliva que no podemos analizar adecuadamente. Los análisis nos llevarán meses.

No, ni pelo, ni piel, ni nada parecido. Habían recogido algunas fibras, o eso creían, pero llegaron sin nada que analizar.

Al colgar, el corazón se le salía del pecho. Entonces, se había convertido en algo que no era humano. No había duda. Y todo parecía volver a apuntar a las hormonas. Pero todo aquello escapaba a su entendimiento.

Lo único que tenía claro era que debía estar encerrado en su habitación antes de que oscureciera.

Y era otoño, casi invierno, y además uno de esos días grises y húmedos que no dejan ver realmente el cielo, sino una capa de humedad sobre San Francisco.

A las cinco en punto había terminado su artículo.

Lo contrastó en secreto con Celeste, que verificó lo que había contado el *Chronicle* sobre los moratones y las ropas rasgadas de la mujer. Había tratado de contrastarlo con el San Francisco General, pero nadie del hospital quiso decirle nada y Grace estaba operando.

También había contrastado las principales versiones del ataque del misterioso animal en internet. No había duda de que la noticia se estaba extendiendo por todo el globo y casi todos los artículos mencionaban la «misteriosa» agresión que él había sufrido en Mendocino. Así, repasando las noticias sobre el asesinato de Marchent, comprendió que esa historia también había dado la vuelta al mundo. «¿La bestia misteriosa ataca de nuevo?» «Bigfoot interviene para salvar vidas.»

También había comprobado los vídeos en YouTube de gente de North Beach que describía a la «bestia del callejón».

Al final, tecleó las palabras de la mujer en su ordenador:

> Le digo que tenía cara. Me habló. Se movía como un hombre. Como un hombre lobo. [Utilizó precisamente ese término, el mismo que Reuben, «hombre lobo».] Le oí la voz. Dios mío, ojalá no hubiera huido corriendo de él. Me salvó la vida y yo me largué corriendo como si fuera un monstruo.

Escribió un artículo personal, sí, pero dentro de unas formas. Basándose en la detallada descripción de la mujer, el trasfondo de las pruebas forenses y los inevitables interrogantes, escribió su conclusión:

> ¿Fue una especie de «hombre lobo» lo que salvó a la víctima de su agresor? ¿Fue una bestia inteligente lo que perdonó recientemente la vida a este reportero en un oscuro pasillo de una casa en Mendocino?
>
> No tenemos respuestas a estas preguntas. Lo que no ofrece lugar a dudas son las intenciones del violador de North Beach, al que ya se ha relacionado con una serie de violaciones sin resolver, o de los asesinos enloquecidos por las drogas que arrebataron la vida a Marchent Nideck en la costa de Mendocino.
>
> Aunque la ciencia no pueda explicar en estos momentos las pruebas forenses halladas en ambos escenarios, o los testimonios conmovedores de los supervivientes, no hay razón para creer que no pueda hacerlo en su momento. Por ahora, tendremos que vivir, como a menudo sucede, con estos inte-

rrogantes. Y si un lobo hombre —*el Lobo Hombre*— está realmente acechando los callejones de San Francisco, ¿para quién, exactamente, supone una amenaza?

Lo último que añadió, fue el título:

El *Lobo Hombre* de San Francisco: La evidencia moral en el corazón de un misterio.

Antes de entregar el artículo, buscó en Google las palabras «lobo hombre». Tal como sospechaba, el nombre ya se había utilizado para un personaje secundario de los cómics de Spiderman y para otro personaje secundario de la serie de animación *Bola de Dragón*. Pero también reparó en un libro titulado *Hugo el lobo y otros relatos de terror*, de Émile Erckmann y Louis-Alexandre Chatrian, traducido por primera vez al inglés como *The Man-Wolf and Other Tales* en 1876. Le bastaba. Para él, ya era algo de dominio público.

Le dio al botón de ENVIAR para mandar el archivo a Billie, y salió del despacho.

7

Empezó a llover antes de que Reuben llegara a casa y, para cuando se hubo encerrado en su cuarto, el agua caía a raudales con la monotonía que a menudo acompaña en el norte de California a la lluvia sin viento que, lenta e incesantemente, lo va empapando todo hasta que acaba por sofocar completamente la luz del sol crepuscular, la luna y las estrellas. Sintió que así fuera. La lluvia anunciaba que la «temporada de lluvias» había empezado y que no tendrían otro día claro hasta el mes de abril.

Reuben odiaba la lluvia e inmediatamente encendió la chimenea y apagó las lámparas con la esperanza de que el parpadeo del fuego le ofreciera algo de confort.

Sin embargo, le atormentaba pensar que todo aquello no le importaría un ápice en cuanto se hubiera transformado, si es que llegaba a transformarse.

¿Por qué odio la lluvia ahora?, pensó. Recordó Nideck Point y se preguntó cómo luciría el bosque de secuoyas bajo la lluvia. En alguna parte de su mesa tenía un mapa de la finca que le había enviado Simon Oliver. En el mapa, había visto por primera vez la disposición real del terreno. El punto donde se erigía la casa estaba al sur de un gigantesco risco y unos elevados acantilados que, sin duda, protegían el bosque de secuoyas, que se extendía hacia el este y por detrás de la casa. La playa era pequeña, de difícil acceso, pero quien fuera que hubiese construido la casa había escogido a todas luces una ubicación divina, desde la que se veía el mar y el bosque.

Bueno, ya tendría tiempo de pensar en eso. Ahora tenía que atrincherarse en casa y ponerse a trabajar.

De camino a casa había comprado un refresco y un bocadillo caliente, que había devorado con impaciencia mientras con la mano derecha buscaba en Google «licántropos», «leyendas de hombres lobo», «películas de hombres lobo», y un sinfín de otras combinaciones similares.

Desgraciadamente, pudo escuchar de cabo a rabo la conversación que se estaba manteniendo abajo, alrededor de la mesa del comedor.

Celeste todavía estaba escandalizada porque el *Observer* hubiera apartado a Reuben del secuestro de Goldenwood para encargarle esa locura sobre el hombre lobo, y Grace estaba muy disgustada, o eso decía, porque su hijo nunca se imponía en nada. Su niñito no debió experimentar jamás aquella monstruosa agresión en Mendocino. Phil murmuraba que tal vez Reuben llegara a ser escritor algún día y que los escritores siempre encuentran la forma de «redimirse de cualquier cosa que les haya pasado».

Esa idea consiguió animar a Reuben, que incluso la anotó en el cuaderno que tenía al lado del teclado. «Ah, mi viejo.»

Pero la comisión sobre Reuben y su vida contaba ahora con nuevos miembros.

Rosy, la entrañable y queridísima ama de llaves que había regresado aquella misma mañana de su viaje anual a México, se lamentaba de que jamás podría perdonarse por haber estado «fuera» cuando Reuben más la había necesitado. Dijo sin tapujos que, a Reuben, le había atacado el *loup garoo*.

Mort Keller, el mejor amigo de Reuben, también estaba presente en la reunión, aparentemente convocada antes de que todos se dieran cuenta de que Reuben se iba a encerrar en su habitación sin hablar con nadie. Y eso le enfurecía. Mort Keller estaba acabando el doctorado en Berkeley y no tenía tiempo para estupideces como esas. Le había visitado dos veces en el hospital, lo cual, para Reuben, ya había sido un acto heroico, teniendo en cuenta que su amigo probablemente no dormía más de cuatro horas por noche preparándose para la maldita lectura de la tesis.

Y, ahora, Mort tenía que estar escuchando, como el propio Reuben, todas esas «historias» de cómo había cambiado Reuben después de aquella trágica noche en Mendocino y la teoría de Grace, que sostenía que ese animal rabioso le había contagiado algo a su hijo.

¡Que le había contagiado algo! Se quedaba muy corta. ¿Y qué estaría sucediendo en el bosque de Mendocino? ¿Hablaba? ¿Caminaba? O estaría...

Reuben detuvo en seco su reflexión.

Por supuesto que hablaba. «Asesinato, asesinato.» Siempre había estado seguro de que él no había llamado a emergencias. La bestia le había agarrado el teléfono.

Sintió un gran alivio. Bien, por lo tanto no era un ser transformado y degenerado hasta el punto de convertirse en un monstruo descerebrado. No, habitaba en él cierta energía civilizada, como en el caso de la bestia del callejón de San Francisco. Y, en ese caso, tal vez supiera... Tal vez supiera qué le estaba ocurriendo al hombre al que dejó medio muerto en el pasillo de Marchent.

Y eso, ¿era bueno o malo?

Las voces del comedor le estaban volviendo loco.

Se levantó, encontró un CD de Mozart, un concierto para piano que le encantaba, lo metió en el reproductor Bose que tenía al lado de la cama y puso el volumen al máximo.

Funcionó. Ya no les oía. No oía nada, ni siquiera ese rumor constante de voces sofocadas a su alrededor. Apretó el botón de «repetir disco» y se relajó.

Con el fuego centelleando, la lluvia golpeando los cristales y el magnífico *crescendo* de Mozart llenando la habitación, Reuben se sentía casi normal.

Al menos, por un instante.

Pronto empezó a consultar una fuente de autoridad tras otra. No le sorprendió casi nada de lo que encontró. Siempre había sabido que, históricamente, muchos han considerado la licantropía una enfermedad mental en la que el individuo se imagina que es un lobo y se comporta como tal; o una especie de mutación demoníaca por la que el individuo se convierte realmente en un lobo hasta que alguien le pega un tiro con una bala de plata y, una vez muerto, el cuerpo lupino recobra su forma humana, probablemente con una plácida expresión en el rostro, hasta que una gitana vieja le da la bendición para que descanse en paz.

En cuanto a las películas, bueno... Había visto unas cuantas... De hecho, tantas que hasta le daba vergüenza. Era fácil encontrar escenas clave en YouTube y, mientras repasaba *Ginger Snaps* y, a continuación, *Lobo*, de Jack Nicholson, tuvo una sensación realmente horrible.

Se trataba de ficción, por supuesto, pero presentaban la fase en la que se encontraba como un estadio de transformación, no el final. Solo en los primeros estadios, algunos licántropos se mostraban aún antropomorfos. Al final de *Lobo*, Jack Nicholson se había convertido totalmente en un cuadrúpedo del bosque. Al final de *Ginger Snaps*, la desafortunada chica lobo se había convertido en una especie de demonio porcino espantoso y repulsivo.

Entonces habló, pensó, volviendo a Mendocino. ¡Por todos los demonios! Usó el teléfono. Marcó el número de emergencias y pidió ayuda para la víctima. ¿Qué edad debía tener? ¿Cuánto tiempo llevaba por allí? ¿Y qué demonios estaba haciendo en un bosque de secuoyas?

Celeste había dicho algo, ¿qué era? ¿Que siempre había habido lobos en el condado de Mendocino? Pero, bueno, los vecinos de la zona no estaban de acuerdo en absoluto. Había visto a muchos contando en televisión que los lobos se habían extinguido en esa parte del bosque.

Vale. Es mejor olvidarse de encontrar respuestas en las pelis. ¿Qué saben las pelis? Aunque una cosita sí podía salvarse: en varias películas, se referían al poder de convertirse en licántropo como un «don». Eso le gustaba. Un don. No cabía duda de que lo que le estaba sucediendo se parecía mucho más a eso.

Aun así, en la mayoría de películas, el don no tenía un objetivo demasiado claro. De hecho, no quedaba nada claro por qué los licántropos cinematográficos perseguían a sus víctimas. Lo único que hacían era despedazar a la gente aleatoriamente. Ni siquiera se bebían la sangre o se comían la carne. No se comportaban en absoluto como lobos. Se comportaban como si... Como si tuvieran la rabia. Por supuesto, la puesta en escena de *The Howling* era curiosa, pero, aparte de eso, ¿qué tenían de bueno las pelis de hombres lobo? Aullar a la luna, no recordar nada de lo que has hecho y que, al final, te peguen un tiro.

Y olvidémonos también de las balas de plata. Si eso tenía alguna base científica, él no era Reuben, el Lobo Hombre.

Reuben, el Lobo Hombre. Ese era el nombre que más le gustaba para referirse a sí mismo. Y el que había ratificado Susan Larson. Ojalá Billie dejara su titular intacto.

«¿Tan malo es tenerme por el Lobo Hombre?» De nuevo, intentó sentir algo de compasión por el violador al que había matado. Pero no pudo.

Sobre las ocho, se tomó un descanso. Apagó Mozart y empezó a acallar las voces él solo.

No era tan difícil como pensaba. Celeste ya no estaba en la casa. De hecho, había ido a tomar un café con Mort Keller, que siempre había estado algo enamorado de ella, y Phil y Grace estaban hablando justamente de eso en aquel momento, pero no aportaban demasiado al asunto. Grace había recibido una llamada de un especialista de París que estaba muy interesado en asesinatos perpetrados por lobos, pero ella le había dicho que no tenía mucho tiempo para hablar con él. Le fue fácil acallarlos.

Recuperó las fotos que se había tomado la noche anterior y que había sepultado en un fichero encriptado y con contraseña. Observarlas era atroz y tentador a la vez.

Quería que volviera a ocurrir.

Tenía que afrontarlo. Lo deseaba como nunca antes había deseado nada en la vida: ni su primera noche en la cama con una mujer, ni la mañana de Navidad cuando tenía ocho años. Estaba esperando que pasara.

Entretanto, recordó que la noche anterior no había sucedido hasta la medianoche, así que volvió a navegar por los clásicos de la licantropía y la mitología. De hecho, la tradición lupina de las culturas le fascinaba tanto como las propias historias de licántropos, y las antiguas tradiciones medievales de la hermandad del Lobo Verde le cautivaron con sus descripciones de campesinos que bailaban desenfrenadamente alrededor de hogueras donde se arrojaba simbólicamente al «lobo».

Estaba a punto de dar la noche por terminada cuando recordó aquella colección, *Hugo el lobo y otros relatos de terror*, de aquellos dos escritores franceses del siglo XIX. ¿Por qué no? Era fácil de encontrar. En Amazon.com, seleccionó una de las muchas reimpresiones y, luego, decidió buscar el título *on-line*.

Sin problema. Encontró una descarga gratuita en horrormasters.com. Seguramente no se lo leería todo, solo le echaría un vistazo con la vana esperanza de encontrar un ápice de verdad entre la ficción.

Rondando las Navidades del año 18..., mientras dormía yo en el Cygne de Friburgo, mi viejo amigo Gideon Sperver irrumpió abruptamente en mi habitación gritando:

—Fritz, tengo noticias para ti; te voy a llevar a Nideck...

¡Nideck!

La siguiente frase decía: «Ya conoces Nideck, el castillo señorial más bello del país, un gran monumento a la gloria de nuestros antepasados.»

Reuben no podía creer lo que veían sus ojos. El apellido de Marchent aparecía en una historia sobre un lobo hombre, «Hugo el lobo».

Dejó el libro y buscó «Nideck» en Google. Sí, era un lugar de verdad, había un castillo de Nideck real, una ruina famosa, en la carretera de Oberhaslach a Wangenbourg. Pero esa no era la cuestión. La cuestión era que, hacía más de un siglo, se había utilizado el apellido en un relato sobre un licántropo. Y se había traducido al inglés en 1876, justo antes de que la familia Nideck se trasladara al condado de Mendocino y construyera su inmensa casa ante el océano. Esa familia que, si Simon Oliver tenía razón, salió aparentemente de la nada, se llamaba Nideck.

Estaba alucinado. Tenía que ser una coincidencia y, sin duda, era una coincidencia que nadie había detectado y que, seguramente, nadie detectaría jamás.

Pero había algo más en esas primeras líneas. Volvió al relato. Sperver. También había visto ese nombre antes en algún lugar, y en relación con Marchent y Nideck Point. Pero ¿qué relación?

No lograba recordarlo. Sperver. Casi veía el nombre escrito en tinta, pero ¿dónde? Hasta que le vino a la cabeza. Era el apellido del íntimo amigo y mentor de Felix Nideck, Margon, el hombre a quien Felix había apodado el Impío. ¿Acaso no estaba escrito ese nombre en la estera del marco de la enorme fotografía colgada en la chimenea? Ay, ¿por qué no habría anotado esos nombres? Pero estaba seguro. Recordaba que Marchent había mencionado el nombre de Margon Sperver.

No, esto no puede ser una coincidencia. Un nombre, sí, pero ¿dos? No. Imposible. Pero ¿qué demonios significará esto?

Notó un profundo escalofrío.

Nideck.

¿Qué le había dicho su abogado, Simon Oliver? Había insistido en el tema una y otra vez a lo largo de diversas llamadas telefónicas, como si quisiera quedarse tranquilo, más que para informar a Reuben.

«La familia no es lo que se dice antigua. Sale de la nada en la década de 1880. Tras la desaparición de Felix, se llevó a cabo una búsqueda exhaustiva de parientes y quien fuera que pudiera tener información sobre él. No encontraron nada. Sin embargo, el siglo XIX está repleto de hombres nuevos, de hombres que se hicieron a sí mismos. Un señor de la madera que aparece de la nada y se construye una mansión enorme. Normal y aceptable. La cuestión es que es muy poco probable que algún heredero lejano venga a reclamarte nada. No existe ninguno.»

Reuben permanecía sentado, mirando fijamente la pantalla.

¿Podían haberse inventado ese apellido por alguna razón? No. Eso era absurdo. ¿Qué razón podía haber habido? ¿Qué? ¿Que leyeron un oscuro relato de licántropos y adoptaron el nombre Nideck del mismo? Y casi un siglo después... No, no tenía sentido. Con o sin un Sperver. No podía ser. Marchent no estaba al corriente de tal secreto familiar.

Vio el rostro radiante de Marchent, su sonrisa, y escuchó también su risa. Tan completa, tan llena de una... ¿De una qué? ¿Felicidad interior?

Pero ¿y si aquella casa oscura albergaba aquel proverbial secreto oscuro?

Se pasó el siguiente cuarto de hora leyendo en diagonal el relato «Hugo el lobo».

Como era de esperar, era entretenido y muy típico del siglo XIX. Hugo el Lobo era el licántropo del castillo Nideck, atrapado por una maldición, y la historia presentaba elementos muy tentadores, aunque irrelevantes para el propósito de Reuben, como un enano que abría las puertas del castillo y una poderosa hechicera llamada Peste Negra. Sperver era el cazador de la Selva Negra.

¿Qué relación podía tener todo esto con la realidad que a Reuben le estaba tocando vivir? No iba a caer sin más en el obvio cliché de la maldición del lobo sobre Nideck Point.

Pero ¿cómo podía averiguarlo?

Tampoco podía descartarlo, eso era evidente.

Recordó la gran fotografía que colgaba sobre la chimenea de la biblioteca de Marchent, la imagen de esos hombres en medio del bosque tropical: Felix Nideck y su mentor, Margon Sperver. Marchent había mencionado otros nombres, pero no los recordaba muy bien, lo justo para saber que no aparecían en el relato.

Bueno, tenía que llevar a cabo una investigación exhaustiva de toda la literatura sobre licantropía. Y, sin dudarlo, se puso a comprar libros, concretamente, novelas, leyendas y poesías sobre hombres lobo, además de antologías y estudios que le entregarían al día siguiente.

Pero sentía que se estaba agarrando a un clavo ardiendo. Se estaba imaginando cosas.

Felix llevaba mucho tiempo muerto. Seguramente, Margon también estaría muerto. Marchent les había buscado sin cesar. Era ridículo. Y la bestia había entrado procedente del bosque, eso era seguro, por las ventanas destrozadas del comedor. «Oyó los gritos como los oyes tú; olió el mal como lo hueles tú.»

Una ridiculez romántica.

De repente, el hecho de que Felix estuviera muerto y desaparecido le provocó una gran tristeza. Pero ahí estaban los nombres de la historia del lobo hombre... ¿Y si hubiera algún primo lejano convertido en bestia degenerada rondando por el bosque, vigilando la casa?

Estaba cansado.

De pronto, una ola de calor le envolvió el cuerpo. Oyó el suave rugido del fuego de gas. Oyó el canto de la lluvia sobre los canalones. Sentía el calor y una sensación de ligereza. Las voces de la ciudad empezaron a vibrar y retumbar, provocándole la extraña sensación de estar conectado con el mundo. Mmmm. Era todo lo contrario de lo que había sentido antes, cuando había hablado con personas reales e identificables en el *Observer*.

—Puede que ahora les pertenezcas —susurró. Las voces eran demasiado homogéneas. Palabras, gritos, súplicas, todo ello planeando bajo la superficie.

«Dios, ¿cómo te sientes siendo Tú y escuchando a toda esa gente a todas horas y en todas partes, suplicando, implorando, pidiendo por todo y por todo el mundo?»

Miró su reloj.

Eran poco más de las diez. ¿Y si se montaba en el Porsche y salía ahora hacia Nideck Point? Sería un golpe de coche. Solo unas horas bajo la lluvia. Era muy probable que pudiera entrar en la casa. Rompería un cristal, si era necesario. ¿Por qué iba a ser un problema? La casa sería legalmente suya en cuestión de semanas. Ya había firmado todo lo que la correduría le había pedido. Ya se estaba haciendo cargo de las facturas de suministros, ¿no? Maldita sea, ¿por qué no iba a poder ir?

Y el hombre bestia estaría ahí fuera, en el bosque. ¿Sabría que Reuben había llegado? ¿Reconocería la esencia del hombre al que había mordido y permitido vivir?

Se moría de ganas de ir.

Algo le sobresaltó. No fue exactamente un sonido, no, sino algo... Una vibración... Como si por la calle pasara un coche con las puertas cerradas y los bafles a todo volumen.

Vio un bosque oscuro, pero no era el de Mendocino. No, era otro bosque, un bosque enmarañado y neblinoso que conocía bien. Alarma.

Se levantó y abrió las puertas del balcón.

El viento era racheado y condenadamente frío. La lluvia le golpeó la cara y las manos. Le sentó como un tónico divino.

La ciudad titilaba bajo el manto de lluvia, las torres encendidas se congregaban como bellos matorrales a su alrededor. Escuchó una voz que le susurraba al oído:

—Quemadlo, quemadlo.

Era una voz agria y desagradable.

Tenía el corazón desbocado y el cuerpo tenso. Hasta el último centímetro de su piel sintió la oleada extática. Una fuerza que manaba a borbotones en su interior le enderezó la espalda.

Estaba ocurriendo, sí, el pelo lobuno le estaba cubriendo el cuerpo, la cabellera empezaba a caerle por los hombros y un sinfín de oleadas de placer extático le recorrían el cuerpo, anulando su atención. El pelo del lobo brotaba de su rostro como si unos dedos invisibles tiraran de él, y empezó a jadear de intenso placer.

Sus manos ya eran garras. Como en la ocasión anterior, se arrancó la ropa del cuerpo y chutó los zapatos. Se pasó las garras por el pelo denso que le cubría los brazos y el pecho.

Todos los sonidos de la noche se habían agudizado. A su alrededor, el coro elevaba el tono, entremezclado con campanas, fugaces compases musicales y plegarias desesperadas. Sentía la necesidad de escapar de los confines de la habitación, de saltar a la oscuridad, sin importarle en absoluto dónde iba a aterrizar.

«Espera. Fotografíalo. Vete al espejo y documéntalo», pensó. Pero no había tiempo para eso. Volvió a escuchar las voces:

—¡Te quemaremos vivo, viejo!

Subió de un salto a la azotea. La lluvia le salpicaba ligeramente. Era poco más que niebla.

Empezó a brincar hacia la voz, saltando callejones y calles sin parar, escalando bloques de pisos y volando sobre los edificios más bajos, saltando sin esfuerzo las avenidas más amplias y avanzando hacia el mar, manteniéndose a flote con el viento.

La voz sonaba cada vez más fuerte, aunque mezclada con otra. Y, de pronto, llegaron los gritos de la víctima:

—No os lo diré. No os lo diré. Moriré, pero no os lo diré.

Reuben ya sabía dónde se encontraba, y viajaba a una velocidad inconcebible por encima de los edificios del Haight. Vio ante él el gran rectángulo oscuro del Golden Gate Park. Esos bosques... Sí, ese denso bosque de cuento de hadas con sus hondonadas misteriosas. ¡Claro!

Se sumergió en el parque, atravesó el césped húmedo y se metió enseguida entre los árboles perfumados.

De repente, vio al viejo harapiento que escapaba de sus perseguidores entre un túnel de helechos, rodeado por un camuflaje silvestre en el que los demás testigos se refugiaban de la lluvia bajo relucientes lonas y tablones rotos.

Uno de los asaltantes agarró al hombre por el brazo y lo arrastró a un claro donde solo había césped. La lluvia les empapaba la ropa. El otro asaltante se había detenido para encender una antorcha de bolas de papel de periódico, pero la lluvia apagaba la llama.

—¡El queroseno! —gritó el que sujetaba a la víctima. La víctima no paraba de soltar puñetazos y patadas.

—Nunca os lo diré —lloriqueó.

—Pues te quemaremos con tu secreto, viejo.

Mientras el de la antorcha la empapaba de combustible y prendía la llama, el olor del queroseno se mezcló con la esencia del mal, con la fetidez del mal.

Con un rugido grave y vibrante, Reuben alcanzó al de la antorcha, le hundió las garras en la garganta y le tiró de la cabeza. El cuello del hombre crujió.

A continuación, Reuben se volvió hacia el otro asaltante, que había soltado a la temblorosa víctima y se alejaba trotando bajo la lluvia para refugiarse bajo los árboles de más allá.

Reuben le alcanzó sin problemas. Sus fauces se abrieron instintivamente. Deseaba con todas sus fuerzas arrancarle el corazón. Sus fauces se morían de ganas de morder, se deshacían en deseos. Pero no, los dientes que podían conceder el don del lobo, no, no podía arriesgarse a eso. Entre gruñidos que parecían maldiciones, desgarró al hombre indefenso.

—Le habrías quemado vivo, ¿verdad? —le dijo Reuben, arrancándole de un zarpazo la carne de la cara y la piel del pecho. Su garra tropezó con la arteria carótida y brotó un chorro de sangre. El hombre cayó de rodillas y, después, quedó tendido, mientras la sangre empapaba por completo su chaqueta vaquera.

Reuben se dio la vuelta. El queroseno se había derramado sobre el césped y estaba ardiendo, chisporroteando y humeando bajo la lluvia, iluminando la fantasmagórica escena con una luz infernal.

El viejo permanecía acurrucado sobre las rodillas, con los brazos fuertemente abrazados alrededor del cuerpo, mirando a Reuben sin reproches y con los ojos bien abiertos. Reuben vio que el hombre se estremecía bajo la lluvia, bajo el agua fría que le bañaba, pero él ni siquiera la notaba.

Se acercó al hombre y le alargó la mano para ayudarle a levantarse. Cuánto poder y cuánta calma sentía, ahí, junto a las llamas centelleantes que apenas le bañaban con su calor.

La maleza oscura que les rodeaba era un hervidero de movimiento y susurros, de elogios desesperados y eyaculaciones de terror.

—¿Adónde quiere ir? —preguntó Reuben.

El hombre señaló hacia un punto en la oscuridad, más allá de los robles de ramas bajas. Reuben le levantó y cargó con él bajo las ramas. Allí, la tierra era seca y aromática. Las enredaderas enmarañadas formaban velos. Una choza de tablones rotos y tela asfáltica colgaba entre el amasijo tembloroso de hiedras y helechos gigantes. Dejó al hombre en su lecho de harapos y mantas de lana. El viejo se acurrucó entre los montones que le rodeaban y se tapó con las mantas hasta el cuello.

El olor de ropa polvorienta y whisky impregnaba el pequeño espacio. Les envolvía el aroma a tierra fresca, a vegetales húmedos y brillantes, a animales minúsculos hurgando en la oscuridad. Reuben se alejó de allí como si el pequeño refugio fuera una especie de trampa.

Huyó, rápido, encaramándose a las copas espesas de los árboles, estirando los brazos para asirse a una rama tras otra, a medida que el bosque se espesaba, en su camino de vuelta a las tenues luces amarillentas de Stanyan Street, donde el tráfico constante siseaba sobre el asfalto en los confines orientales del mundo contenido en el Golden Gate Park.

Pareció volar por encima de la calle para sumergirse en los encumbrados eucaliptos de Panhandle, el brazo estrecho del parque que se extendía hacia el este.

Viajó a la mayor altura posible entre los eucaliptos espigados como hierbajos gigantes, respirando la extraña esencia agridulce de sus hojas largas, finas y pálidas. Siguió la ondulación del parque, casi cantando en voz alta mientras pasaba de un árbol gigante a otro con fluidos movimientos y, al final, saltó sobre los tejados de las casas victorianas que poblaban la cuesta de Masonic Street.

¿Quién iba a verle en la oscuridad? Nadie. La lluvia era su aliada. Siguió subiendo sin dudarlo por las tejas resbaladizas de los tejados hasta que se encontró viajando hacia la negrura de otro pequeño bosque: Buena Vista Park.

De entre el hervidero de voces, escogió otra súplica desesperada.

—Quiero morir. Quiero morir. Mátame. Quiero morir.

Con la salvedad de que no se estaba expresando en voz alta. Era la base rítmica, escondida tras los lamentos y los gritos, algo que él escuchaba más allá de su expresión oral.

Aterrizó en el tejado, por encima de la víctima, en lo alto de una enorme mansión de cuatro plantas al pie de la empinada colina que subía al pequeño parque. Se abrió camino hacia la parte delantera de la casa, agarrándose a las tuberías y a las cornisas para bajar, hasta que vio por una ventana el terrible espectáculo de una anciana, en los huesos y cubierta de llagas sangrantes, atada a una cama de latón. Su calva rosada brillaba bajo sus finos mechones de pelo gris a la luz de una lamparita.

Ante ella, tenía una bandeja con un plato repleto de heces humanas humeantes y, delante, la silueta encorvada de una joven sostenía una cucharada de la detestable mezcla, apretándola contra los labios de la anciana, que temblaba, a punto de desmayarse. Fétido hedor a porquería, a mal, a crueldad. La joven vociferaba sus agrios insultos.

—No me diste más que sobras toda la vida, ¿creías que no ibas a pagar por ello?

Reuben irrumpió en la habitación destrozando los parteluces y cristales de la ventana.

La joven chilló y se alejó de la cama. Tenía la cara llena de rabia.

Reuben se abalanzó sobre ella mientras revolvía un cajón para sacar una pistola.

El arma se disparó, ensordeciéndole una décima de segundo, y notó el dolor en el hombro: punzante, atroz, paralizador. Pero, de inmediato, superó el dolor y un profundo aullido creció en su interior mientras la arrancaba del suelo y la estampaba contra la pared de yeso. La pistola cayó. La cabeza de la joven rompió el yeso. Reuben sintió cómo la vida abandonaba ese cuerpo y sus improperios morían en su boca.

En un arranque febril, la tiró por la ventana rota. Oyó el cuerpo al golpear el asfalto de la calle.

Durante un largo segundo, permaneció ahí de pie, esperando que volviera el dolor, pero no lo hizo. No sentía nada más allá de un calor opresivo.

Se acercó a la figura espectral atada al cabezal de latón de la cama con vendas y esparadrapos. La liberó delicadamente de sus grilletes.

Tenía la cara vuelta hacia un lado.

—Dios te salve María, llena eres de gracia —rezó con voz seca y siseante—, el Señor es contigo. Bendita tú eres entre todas las mujeres, y bendito es el fruto de tu vientre, Jesús.

Reuben se inclinó hacia ella para quitarle los últimos vendajes de las muñecas.

—Santa María, Madre de Dios —dijo Reuben en voz baja, mirándola a los ojos—. Ruega por nosotros pecadores, ¡por nosotros pecadores!, ahora y en la hora de nuestra muerte.

La anciana gimió. Estaba demasiado débil para moverse.

Reuben la dejó y se deslizó suavemente por el pasillo enmoquetado hasta otra espaciosa habitación, donde encontró un teléfono. Era muy difícil marcar los números. Empezó a reírse de sí mismo, imaginándose a la bestia de Mendocino, marcándolos en la pantalla de un iPhone. Cuando escuchó la voz de la operadora, le entraron unas ganas irresistibles de decir: «Asesinato, asesinato.» Pero no lo dijo. Habría sido una locura e, inmediatamente, se odió por haberlo encontrado divertido. Además, no era verdad.

—Ambulancia. Robo. Anciana en el último piso. Prisionera.

La operadora no paraba de hacerle preguntas y recitar la dirección para verificarla.

—Rápido —insistió Reuben, y dejó el teléfono descolgado.

Escuchó.

La casa estaba vacía, excepto por la anciana... Y otra persona que dormía en silencio.

Tardó solo un instante en bajar a la segunda planta y encontrar a un inválido indefenso, un anciano, atado como la mujer, frágil y lleno de moratones, profundamente dormido.

Reuben exploró el cuarto, encontró el interruptor e inundó el escenario de luz.

¿Qué más podía hacer para ayudar a aquella criatura y a la otra, para asegurarse de no cometer un error colosal?

En el pasillo, vislumbró el tenue reflejo de su figura en un espejo de cuerpo entero enmarcado en oro. Lo rompió y las enormes esquirlas se desplomaron ruidosamente sobre el suelo.

Agarró la anticuada lámpara de cristal sombreado de la mesa del vestíbulo y la tiró por encima de la barandilla para que se estrellara contra el suelo del vestíbulo inferior.

Se acercaban las sirenas, lamentándose al unísono, igual que aquellos sonidos serpenteantes que había escuchado en Mendocino. Lazos en la noche.

Ya podía irse.

Huyó.

Permaneció un buen rato en el bosque de oscuros cipreses de Buena Vista Park. Los árboles que coronaban la colina eran altos y delgados, pero había encontrado rápidamente uno lo bastante robusto para soportar su peso y, entre sus ramas, observó cómo las ambulancias y los coches de policía se reunían ante la mansión. Vio cómo se llevaban a la anciana y al anciano. Vio cómo recogían del asfalto el cadáver de la vengativa torturadora. Vio cómo los espectadores despeinados y soñolientos abandonaban el lugar.

Le inundó una enorme fatiga. El dolor del hombro había desaparecido. En realidad, lo había olvidado por completo. Se dio cuenta de que sus garras no tenían el mismo tacto que las manos. No sabían interpretar la textura del fluido pegajoso impregnado en su pelaje.

Cada vez se sentía más cansado, incluso débil.

Solo tenía que emprender su rápido y secreto viaje de vuelta a casa.

Una vez en su habitación, volvió a mirarse al espejo.

—¿Algo que decir? —preguntó—. Qué voz tan profunda tienes...

La transformación había empezado.

Se agarró el pelaje suave de entre las piernas que ya empezaba a encogerse, a desvanecerse, y, acto seguido, notó que le volvían a aparecer los dedos con los que podría palparse la herida del hombro.

No había ninguna herida.

Ninguna.

Estaba tan cansado que a duras penas podía mantenerse en pie, pero tenía que asegurarse. Se acercó al espejo. No había herida. Pero ¿tenía una bala alojada en su interior, una bala que podía infectarse y acabar matándole? ¿Cómo iba a saberlo?

Casi se rio en voz alta al pensar en la reacción de Grace si fuera a decirle: «Mamá, creo que anoche me pegaron un tiro. ¿Puedes hacerme una radiografía para ver si tengo la bala alojada en el hombro? No te preocupes, no siento nada.»

Pero no, eso no iba a suceder.

Se dejó caer en la cama, encantado con el suave olor a limpio de la almohada y, mientras la luz plomiza de la mañana inundaba la habitación, se durmió profundamente.

8

Reuben se despertó a las diez, se duchó, se afeitó y salió inmediatamente hacia la oficina de Simon Oliver para recoger las llaves de Nideck Point. No, a los abogados de Marchent no les importaba que visitara el lugar; de hecho, el manitas necesitaba verle para hacerse cargo de algunas reparaciones, cuanto antes mejor. ¿Y podría hacer su propio inventario, por favor? Estaban preocupados por «todas las cosas que hay allá arriba».

Estaba en la carretera antes de mediodía, acelerando por el Golden Gate en dirección a Mendocino, con la lluvia cayendo insistentemente, el coche cargado de ropa, un ordenador extra, un par de viejos reproductores Bose de DVD y otras cosas que dejaría en su nuevo refugio.

Necesitaba desesperadamente disponer de ese tiempo solo. Necesitaba estar solo esa noche con sus poderes: para estudiar, observar, buscar el control. Quizá podría detener la transformación a voluntad o modularla. Quizá podría provocarla.

En cualquier caso, tenía que alejarse de todo, incluyendo las voces que le habían llevado a descuartizar a cuatro personas. No tenía más opción que dirigirse al norte.

Y... Y siempre existía la remota posibilidad de que algo viviera allí, en aquellos bosques septentrionales, algo que lo supiera todo sobre su nuevo ser y que quizá pudiera compartir los secretos de la criatura en la que se había convertido. No las tenía todas consigo, aunque era posible. Quería hacerse visible a aquella cosa. Quería que le viera pasearse por las habitaciones de Nideck Point.

Cuando salió discretamente de casa, Grace estaba en el hospital y no había visto a Phil por ningún lado. Había hablado con Celeste un rato, escuchando aturdido mientras ella le contaba los horrores de la noche anterior sin escatimar detalle.

—¡Y esa COSA simplemente tiró a la mujer por la ventana, Reuben! ¡Y ella aterrizó sobre el asfalto! ¡Quiero decir que la ciudad se está volviendo loca! Destripó a dos vagabundos en Golden Gate Park, abriendo a uno de ellos en canal como si fuera un pez. Y a todo el mundo le encantó tu historia, Reuben. El Lobo Hombre, así le llaman. ¿Podrías llevarte un porcentaje de las tazas y de las camisetas, sabes? Quizá deberías patentar el nombre de «Lobo Hombre». Pero ¿quién creerá lo que dijo esa loca de North Beach? Quiero decir que, ¿qué hará esa cosa ahora? ¿Garabatear un mensaje poético en una pared con la sangre de la víctima?

—Es una idea, Celeste —había murmurado.

Cuando se vio en un atasco en Waldo Grade, llamó a Billie.

—Lo has vuelto a lograr, Chico Maravilla —dijo Billie—. No sé cómo lo haces. Lo han recogido las agencias de noticias y las páginas web de todo el mundo. La gente se conecta a ese enlace en Facebook y en Twitter. ¡Has dado a ese monstruo, el Lobo Hombre, una profundidad metafísica!

¿De verdad? ¿Cómo lo había hecho? ¿Prestando atención a la detallada descripción de Susan Larson y a lo que dijo sobre la voz de la criatura? Ahora ni siquiera podía recordar lo que había escrito. Pero le llamaban Lobo Hombre y eso sí era un pequeño éxito.

Billie no paraba de hablar sobre lo que acababa de ocurrir. Quería que hablara con los testigos de Golden Gate Park y los vecinos de Buena Vista Hill.

Bueno, tenía que ir al norte, no tenía alternativa, eso mismo le dijo. Tenía que ver la escena del crimen en la que prácticamente le habían matado.

—Claro, es lógico, buscarás pruebas del Lobo Hombre allí arriba, ¿no? ¡Haz algunas fotos del pasillo! ¿Te das cuenta de que nunca hemos hecho ninguna foto del interior de la casa? ¿Llevas tu Nikon?

—¿Qué ocurre con el secuestro? —le preguntó él.

—Esos secuestradores no dan ninguna garantía de que devolverán vivos a los niños. La situación está en un punto muerto, y el FBI insiste en que no se transfiera el dinero hasta que los secuestradores les comuniquen sus intenciones. No nos lo cuentan todo, pero mis contactos en la oficina del sheriff me informan de que tratan con auténticos profesionales. Y la cosa no pinta bien. Si ese maldito Lobo Hombre de San Francisco es tan valiente para actuar como un superhéroe y actuar como abanderado de la justicia y la venganza ante el mundo, ¿por qué demonios no se va a buscar a los niños desaparecidos?

Reuben tragó saliva.

—Es una buena pregunta —concedió.

«Quizá lo que ocurre es que el Lobo Hombre aún no se ha centrado y está cogiendo confianza noche tras noche. ¿Has pensado en ello, Billie?» Aunque no se lo dijo.

De repente, se sintió mareado. Pensó en los cuerpos de aquellos hombres muertos en Golden Gate Park. Recordó el cadáver de la mujer sobre el asfalto. Tal vez Billie debiera visitar el depósito de cadáveres, y echar un vistazo a los destrozos humanos que «aquel superhéroe» iba dejando a su paso. No se trataba de un puñado de travesuras.

Sin embargo, el mareo le duró poco. Era plenamente consciente de que no sentía nada de lástima por ninguna de aquellas personas. Aunque igualmente consciente de que no tenía ningún derecho a matarlas. ¿Y qué?

El tráfico avanzaba. Y la lluvia había vuelto a arreciar. Tenía que salir de ahí. El ruido del tráfico apagaba en cierto modo las voces a su alrededor, pero, aun así, las oía como se escuchan las burbujas de una bebida gaseosa.

Empezó a buscar en la radio noticias y tertulias, y elevó el volumen para tapar todos los demás ruidos.

Hablaban del secuestro de Goldenwood o del Lobo Hombre, con todas aquellas bromas y burlas previsibles acerca de la bestia y de sus testigos poco fiables. Lo de «Lobo Hombre» ya se había convertido en el nombre favorito. Pero, aun así, se seguía hablando mucho de si era un Yeti, un Bigfoot o, incluso, un Hombre Gorila. Un locutor de voz acaramelada de la Radio Pública Nacional comparaba aquellos incidentes y sus pruebas físicas ambiguas con «Los Crímenes de la Rue Morgue», y lanzaba la hipótesis de que se podría tratar de una bestia manipulada por un ser humano o un hombre muy fuerte disfrazado con pieles.

De hecho, cuanto más escuchaba Reuben, más claro le parecía que ganaba aceptación la idea de un humano disfrazado. Y, ciertamente, nadie pensaba o sospechaba que aquella criatura tuviera ningún poder especial para detectar las injusticias; se suponía que había aparecido por casualidad en las situaciones en las que había intervenido. Y nadie sugería que podría o que debería atrapar a los secuestradores de Goldenwood. En cuanto a ese tema, Billie se había adelantado. Y también el propio Reuben.

¿Por qué no intentar encontrar a los niños? ¿Por qué no anular ese viaje al norte y conducir por las carreteras secundarias del condado de Marin buscando a esos niños y esos tres adultos?

Reuben no podía quitárselo de la cabeza. ¿Acaso no parecía razonable pensar que los secuestradores no se habían podido llevar a las cuarenta y cinco víctimas demasiado lejos?

Algunos tertulianos estaban profundamente indignados porque la gente pudiera centrarse en algo que no fuera el secuestro de Goldenwood. Y un padre había roto relaciones con el FBI y la oficina del sheriff, y les había condenado públicamente por no querer pagar el rescate que pedían.

El poder de que Reuben había disfrutado la noche anterior porque, no nos engañemos, había disfrutado de él, quedaba reducido a nada al pensar en los niños desaparecidos y los padres que lloraban tras las puertas cerradas de la Academia Goldenwood. ¿Y si...? Pero ¿cómo podía hacerlo exactamente? ¿Debería, sencillamente, conducir por las carreteras cercanas al lugar del secuestro, tratando de escuchar con su nuevo oído agudizado los gritos de las víctimas?

El problema era que no tenía el oído muy agudizado a primera hora del día. Se agudizaba a medida que se acercaba la noche y, para eso, todavía faltaban horas.

La lluvia caía con más insistencia a medida que se adentraba más al norte. Durante largos tramos, la gente tenía que conducir con los faros encendidos. Cuando el tráfico aminoró la marcha en el condado de Sonoma, Reuben se dio cuenta de que no podría llegar a Nideck Point y volver antes de que anocheciera. ¡Demonios, eran las dos de la tarde y estaba el día a media luz!

Se detuvo en Santa Rosa, buscó en su iPhone la dirección de la tienda de ropa para hombre de tallas grandes más cercana y, rápidamente, compró dos de los chubasqueros más grandes y largos que tenían; una gabardina marrón aceptable que, de hecho, le gustaba; varios pares de pantalones de chándal extragrandes; y tres sudaderas con capucha. Después, buscó una tienda de artículos de esquí para comprar los pasamontañas y los guantes de esquiar más grandes que tuvieran. Por si los pasamontañas no le servían o resultaban demasiado inquietantes, compró cinco bufandas marrones de cachemir que le servirían para ocultar la parte del rostro que no cubrirían unas enormes gafas de sol que había encontrado en una farmacia.

Walmart tenía botas de agua gigantes.

Era una situación muy emocionante.

Cuando volvió a la carretera, puso las noticias. La lluvia era casi torrencial. El tráfico avanzaba perezosamente y, a veces, ni se movía. Era obvio que acabaría pasando la noche en el condado de Mendocino.

Cerca de las cuatro, llegó a la carretera del bosque que conducía directamente a la casa de Marchent... Bueno, a nuestra casa. Seguían las noticias en la radio.

Sobre el asunto del Lobo Hombre, la oficina del juez instructor había confirmado que la mujer muerta en Buena Vista Hill tenía un lejano parentesco con la pareja de ancianos a los que había estado torturando. Además, la madre de la difunta había muerto dos años antes en misteriosas circunstancias. En cuanto a los muertos de Golden Gate Park, las huellas dactilares les relacionaban con los asesinatos con bates de béisbol de dos vagabundos en la zona de Los Ángeles. La víctima del Golden Gate Park había sido identificada como un hombre desaparecido en Fresno, cuya familia se había mostrado encantada por poder reunirse con él. El presunto violador de North Beach era un asesino convicto, que acababa de salir de prisión después de cumplir menos de diez años por un asesinato con violación.

—Así pues, sea quien sea este loco vengador —decía el portavoz de la policía—, tiene una habilidad desconcertante para intervenir en las situaciones adecuadas en el momento justo, lo cual resulta encomiable, pero sus métodos le han convertido en el objetivo de la mayor cacería humana en la historia de San Francisco.

»No se equivoquen —siguió explicando, tras permitir que le formularan un aluvión de preguntas—, nos enfrentamos a un individuo peligroso y, obviamente, psicótico.

—¿Es un hombre con una especie de disfraz?

—Responderemos a esta pregunta cuando hayamos tenido más tiempo para analizar las pruebas.

«Venga, háblales de la gran cantidad de lisozima que habéis encontrado en la saliva —pensó Reuben—, pero claro, eso no lo harás, porque solo contribuiría a aumentar la histeria.» Además, anoche, no había dejado ningún rastro de saliva, solo lo que hubiesen podido dejar las garras con las que había destripado a las víctimas.

Una cosa estaba clara: con el Lobo Hombre la gente no temía por su vida. Pero nadie, o eso parecían indicar los oyentes que intervenían por antena, creía que el Lobo Hombre hubiese intercambiado alguna palabra con las víctimas y los testigos de North Beach.

Reuben estaba a punto de apagar la radio cuando dieron la noticia de que hacía dos horas que habían hallado el cuerpo de una alumna de ocho años de la Academia Goldenwood en la orilla de Muir Beach. Causa de la Muerte: fuertes traumatismos.

Estaban dando una conferencia de prensa en la oficina del sheriff de San Rafael. Sonaba como un linchamiento.

—Hasta que no tengamos un plan concreto para rescatar a los niños y los profesores —decía el sheriff— no podremos acceder a las demandas de los secuestradores.

Basta. Reuben no podía soportarlo más. Apagó la radio. Una niña pequeña muerta en Muir Beach. Así pues, esos «genios de la tecnología» lo habían conseguido, ¿no? ¿Sencillamente, habían matado a una de sus numerosas víctimas para demostrar que iban en serio? Naturalmente. Cuando tienes a cuarenta y cinco posibles víctimas, ¿por qué no?

Estaba furioso.

Eran las cinco en punto y ya era oscuro. La lluvia no parecía dar signos de amainar. Y las voces del mundo estaban muy lejos. De hecho, no oía ninguna voz. Eso significaba, claro está, que no podía oír hasta el infinito, al igual que un animal. Pero ¿cuáles eran los límites reales de sus poderes? No tenía ni idea.

Una niña pequeña hallada en una orilla.

Al fin y al cabo, eso no hacía más que reforzar su teoría de que el resto de las víctimas no podían encontrarse muy lejos.

De pronto, llegó a lo alto de la cuesta final y, con la luz de los faros, vio la enorme casa que se alzaba imponente ante él, un fantasma gigante entre la lluvia, mucho más majestuosa que la imagen que había reproducido su recuerdo. Había luz en las ventanas.

Se vio sobrecogido por la imagen, por el momento.

Pero también se sintió miserable. No podía dejar de pensar en los niños, en esa niña pequeña en la fría playa.

Mientras se acercaba a la puerta principal, se encendieron las lámparas de fuera, iluminando no solo los escalones y la propia puerta, sino también el resto de la fachada, como mínimo, hasta las ventanas de la segunda planta. Qué lugar tan fantástico.

Ah, qué lejos estaba del joven inocente que había cruzado aquel umbral por primera vez con Marchent Nideck...

Se abrió la puerta y apareció el manitas con un chubasquero amarillo. Bajó para ayudar a Reuben con sus fardos y la maleta.

En el gran salón ya ardía y crepitaba el fuego. Y Reuben podía oler el rico aroma de café.

—Hay un poco de cena preparada en la cocina —dijo el manitas, un hombre alto y enjuto de ojos grises, muy curtido y arrugado, con el pelo ralo del color del hierro y una sonrisa desvaída pero amable. Tenía una de esas voces agradables y sin acento típicas de California que no permitía adivinar cuál era su ciudad natal ni sus orígenes—. La ha traído mi mujer. No la ha cocinado ella, claro está. La ha comprado en el Redwood House del pueblo. Y algunos víveres, también. Se ha tomado la libertad....

—Me encanta —respondió Reuben de inmediato—. He pensado en todo, salvo la comida, gracias. Y he sido un estúpido al pensar que podría llegar aquí a las cuatro. Lo siento mucho.

—No se preocupe —dijo el hombre—. Me llamo Leroy Galton, pero todo el mundo me llama Galton. Mi mujer se llama Bess. Ella ha vivido aquí toda la vida, solía cocinar y limpiar la casa de vez en cuando, cuando se organizaban fiestas. —Tomó la maleta de manos de Reuben y, agarrando los fardos con una sola mano, enfiló el pasillo en dirección a las escaleras.

Reuben notó que le faltaba el aire. Se acercaban al lugar donde se había enfrentado a los atacantes de Marchent, el lugar en el que prácticamente había perecido.

No recordaba los revestimientos de roble oscuro. No se veían manchas de sangre. Pero era evidente que un par de metros de moqueta, desde las escaleras hasta la puerta de la cocina, eran completamente nuevos. No concordaba con la ancha barandilla oriental que bordeaba los escalones.

—¡Nadie diría que aquí sucedió algo! —declaró Galton triunfantemente—. Hemos frotado estos listones. De todos modos, debía de haber unos cinco centímetros de cera vieja recubriéndolos. Realmente, no se nota nada.

Reuben se detuvo. No le sorprendió ningún recuerdo relacionado con el lugar. Lo único que recordaba era la oscuridad, y en ella se sumió, reviviendo compulsivamente el ataque, como si estuviera realizando el vía crucis de San Francisco en la iglesia del Gubbio un Viernes Santo. Dientes como agujas clavándosele en el cuello y el cráneo.

«¿Sabías qué me ocurriría cuando me dejaste con vida?»

Galton soltó una larga y poco inspirada retahíla de clichés y tópicos en el sentido de que la vida continúa, que la vida pertenece a los vivos, que estas coses ocurren, que nadie está a salvo, que ya sabe, que uno nunca sabe por qué ocurren las cosas, que algún día sabremos el porqué, que hoy en día incluso las mejores personas pueden acabar mal por culpa de las drogas, que debemos limitarnos a superar las cosas y mirar hacia delante.

—Le voy a decir una cosa —susurró de pronto, en tono confidencial—. Sé qué lo hizo. Sé qué le atacó. Y es un milagro que le dejara vivir.

A Reuben se le erizó el pelo del cogote. El corazón le retumbaba en los oídos.

—¿Sabe qué lo hizo? —preguntó él.

—La puma —dijo Galton, mirándole con perspicacia y levantando la barbilla—. Y también sé qué puma. Hace demasiado tiempo que ronda por aquí.

Reuben negó con la cabeza. Sintió un enorme alivio. De vuelta al viejo misterio.

—No puede ser —repuso.

—Oh, hijo, todos sabemos que fue esa hembra de puma. Ahora, corre por ahí fuera con su camada. Tres veces la he tenido en el punto de mira de la escopeta y tres veces he fallado. Me arrebató mi perro, joven. Pero claro, usted no conoció a mi perro. Mi perro no era un perro cualquiera.

Reuben notó un enorme alivio al oír todo aquello tan fuera de lugar.

—Mi perro era el pastor alemán más bonito que jamás he visto. Se llamaba *Panzer*. Lo crie desde que era un cachorro de seis semanas y le entrené para que nunca tomara ni un bocado de una mano que no fuera la mía. Le daba todas las órdenes en alemán y era el mejor perro que jamás he tenido.

—Y la puma lo mató —murmuró Reuben.

El viejo levantó la barbilla y asintió con gesto solemne.

—Se lo llevó a rastras, desde el patio de ahí abajo, y lo metió en el bosque. Apenas quedaba nada de él cuando lo encontré. Fue ella. Ella y su camada, y las crías ya son prácticamente adultas. La perseguí, perseguí a la camada. ¡La mataré, con o sin permiso de armas! No me pueden detener. Es solo cuestión de tiempo. Pero vaya con cuidado si se adentra por estos bosques. Tiene a sus jóvenes gatitos alrededor. Sé que es así, les está enseñando a cazar, y debe ir con cuidado a la puesta del sol y al alba.

—Iré con cuidado —contestó Reuben—. Pero la verdad es que no fue ningún puma.

—¿Y cómo lo sabe, hijo? —preguntó el hombre.

¿Por qué discutía? ¿Por qué siquiera se molestaba en decir una palabra? «Deja que el viejo crea lo que quiera. ¿No era eso lo que todo el mundo hacía?»

—Porque lo habría olido si hubiese sido un puma —confesó Reuben— y el olor también habría quedado impregnado en los dos muertos y en mí.

El hombre meditó aquello unos segundos, a regañadientes, pero con atención. Negó con la cabeza.

—Bueno, mató a mi perro —insistió—, y pienso hacer lo mismo con ella.

Reuben asintió.

El anciano empezó a subir la amplia escalera de roble.

—¿Ha oído lo de esa pobre niña del condado de Marin? —preguntó Galton por encima del hombro.

Reuben murmuró que sí.

Apenas podía respirar. Pero quería verlo todo, sí, hasta el último detalle.

El lugar parecía tan limpio, con los tablones del suelo pulidos y brillantes a lado y lado de la alfombra oriental. Y las lámparas en forma de vela estaban todas encendidas como aquella primera noche.

—Me puede poner en el último dormitorio, el del fondo —dijo Reuben. Se refería a la última pieza del pasillo oeste, la antigua habitación de Felix.

—¿No quiere el dormitorio principal de la parte delantera de la casa? Esa habitación tiene mucho más sol. Es una habitación preciosa.

—Todavía no estoy seguro. Por ahora esta estará bien.

El hombre le guio, encendiendo la luz lo bastante rápido para dar la impresión de que conocía perfectamente el lugar.

La cama estaba recién hecha con un cubrecama floreado de poliéster barato. Pero Reuben encontró sábanas y fundas de almohada limpias debajo, y unas toallas muy viejas pero limpias en el lavabo.

—Mi mujer ha hecho lo que ha podido —explicó Galton—. Dijeron que el banco quería que el sitio estuviera decente lo antes posible, cuando la policía levantara la escena del crimen.

—Entiendo —dijo Reuben.

Era un hombre alegre y amable, pero Reuben tenía ganas de finiquitar ya aquella parte.

Cruzaron una serie de habitaciones, charlando, hablando de reparaciones simples, un pomo de puerta aquí, una ventana pintada cerrada allí, un poco de yeso desmenuzado en un lavabo.

El dormitorio principal era realmente impresionante, con el original diseño floreado del intenso papel pintado William Morris. Era la mejor habitación de la parte delantera de la casa.

Ocupaba el extremo suroeste, tenía ventanas en dos lados y un baño muy espacioso de mármol con una ducha con mampara. Habían encendido el fuego especialmente para Reuben, en la chimenea de piedra, que se abría, grande y profunda, bajo la repisa de motivos Rollwerk.

—En otros tiempos, hubo una escalera de hierro en el extremo izquierdo —informó Galton—, que subía hasta el desván. Pero Felix no la quería. Quería tener intimidad allí arriba e hizo que su hermano y su cuñada quitasen las escaleras. —Galton disfrutaba haciendo de guía turístico—. Todo esto es el mobiliario original, ¿sabe? —Señaló la enorme cama de nogal—. Esta cama es neorrenacentista, con frontón quebrado. ¿Ve esos remates? Esa cabecera mide tres metros, es de nogal macizo. Eso son tablas de madera con nudos. —Señaló el tocador con superficie de mármol—. Estilo frontón quebrado —dijo, señalando el espejo alto—. Y este también es el lavamanos original. Berkey y Gay fabricaron estos muebles en Grand Rapids. Lo mismo ocurre con la mesa. No sé de dónde salió la gran butaca de cuero. Al padre de Marchent le encantaba. Se hacía subir aquí el desayuno todas las mañanas, junto con los periódicos. Alguien tenía que ir a buscar los periódicos. Nadie venía hasta aquí a repartirlos. Son auténticas antigüedades americanas. Esta casa se construyó para llenarse de muebles como estos. Todos los muebles europeos de la biblioteca y el gran salón del piso de abajo los trajo Felix. Era un auténtico renacentista.

—Ya lo veo —comentó Reuben.

—Hemos preparado esta habitación especialmente para usted con las mejores sábanas. Todo lo que necesita está en el lavabo. Las flores de la mesa son de mi jardín —explicó.

Reuben le estaba agradecido, y así se lo hizo saber.

—A la larga, me trasladaré aquí —comentó—. Es obvio que es la mejor pieza de la casa.

—Aquí tiene la mejor vista al mar —apuntó Galton—. Como es lógico, Marchent nunca la utilizó. Para ella, siempre fue la habitación de sus padres. Su habitación está justo al final del pasillo.

«Las sombras de la señora Danvers —pensó Reuben para sí. Notó uno de aquellos deliciosos escalofríos a los que cada vez era más susceptible—. Ahora esta es mi casa, mi casa.»

Se moría de ganas de que Phil viera el lugar, pero ahora no podía llevarlo a la casa. Eso era más que evidente.

El dormitorio del extremo sureste de la casa era tan pintoresco como el principal, así como los dos dormitorios situados en la parte central de la cara sur de la casa. Las tres habitaciones contaban con el impresionante mobiliario de Gran Rapids y el deslumbrante papel floreado William Morris, pero el papel estaba desconchado en algunas zonas y enmohecido en otras. Era necesaria una reparación urgente. Ninguno de aquellos dormitorios había sido renovado, confesó Galton. Ninguno tenía tomas de corriente y las chimeneas necesitaban reparaciones. Y, por muy encantadores que resultaran los viejos baños, con lavamanos de pie antiguos y bañeras con patas en forma de garras, habrían sido incómodos de utilizar.

—Felix se habría ocupado de todo esto —explicó Galton, meneando la cabeza.

Incluso el pasillo largo y amplio ofrecía un aspecto descuidado con la moqueta raída.

Entraron en varios dormitorios del ala este que también albergaban antigüedades americanas: algunos somieres macizos y algunas viejas sillas neorrenacentistas esparcidas.

—Todo lo de aquí se ha renovado —explicó orgullosamente Galton—, y está cableado. Todos los dormitorios de esta parte. En estas piezas hay calefacción central y chimeneas que funcionan. Felix se ocupó de ello. Pero Marchent nunca instaló ningún televisor. Y los viejos desaparecieron hace tiempo. A Marchent nunca le gustó demasiado la tele y, después de que a los chicos se les prohibiera la entrada en la casa, no tenían ningún sentido. Traía continuamente a sus amigos, por supuesto. Una vez trajo incluso a un grupo entero de sudamericanos. Pero a ellos, no les importaba la tele. Ella dijo que no pasaba nada.

—¿Cree que podría hacerme instalar una buena pantalla plana en el dormitorio principal, con todo el servicio por cable? —preguntó Reuben—. Soy adicto a las noticias. Consiga la mejor. Tampoco me importaría disponer de otra buena pantalla plana en la biblioteca del piso de abajo. Y quizás una pequeña en la cocina. Como ya le he dicho, cocino para mí.

—Ningún problema. Me podré a ello —dijo Galton, visiblemente contento.

Volvieron a bajar por las escaleras de roble, y atravesaron el vestíbulo de la muerte.

—No sé si sabe que tengo a otros dos colegas trabajando conmigo —dijo Galton—, por lo que también entrarán y saldrán, pero uno es mi primo y el otro es mi hijastro. Son como si fuera yo mismo. Podemos hacer cualquier cosa que necesite.

Volvieron a bajar, y Galton mostró orgullosamente a Reuben cómo habían «restaurado» las ventanas rotas del comedor con tanta maña que costaba reconocer que no eran las originales. Y eso era difícil de conseguir con un vidrio emplomado con paneles en forma de rombo como aquel.

Esos hermanos miserables habían saqueado las alacenas de plata a ambos lados de la ancha puerta, arrastrando fuentes y teteras de plata y dejándolo todo tirado por la sala, solo para que pareciera un robo, como si alguien fuera lo bastante estúpido para dejarse engañar con ese truco.

—Bueno, ya se ha arreglado todo esto —dijo el viejo, que abrió las puertas a lado y lado para que Reuben lo viera—. Tiene un montón de alacenas en esta casa —dijo—, con estas dos y aquella otra, justo ahí, antes de entrar en la cocina. Espero que quiera tener una gran familia y muchos niños. Hay un armario al final del pasillo y también está lleno de porcelana y plata.

Haciendo acopio de valor, Reuben siguió al hombre al interior de la cocina. Muy despacio, se giró para mirar el suelo y descubrió que habían cubierto el mármol blanco con una serie de alfombrillas ovales trenzadas. En algún sitio, ahí abajo, estaba la sangre de Marchent, si no en el mármol, seguramente visible en la lechada. Ignoraba por completo dónde había caído. En lo más profundo de su corazón no quería estar en esa habitación, y la idea de comer estofado de la olla humeante sobre los fogones le revolvía las tripas. Le asqueaba.

Comer después de una «muerte» siempre le había revuelto el estómago. Recordaba cuando había muerto el hermano de Celeste en Berkeley. Reuben había tardado días en poder comer o beber sin vomitar.

Estaba haciendo un muy buen trabajo ocultando su angustia. Galton le observaba, expectante.

—Escuche, tiene mi permiso —dijo Reuben—. Le doy carta blanca para las reparaciones. —Abrió la cartera y sacó un fajo de billetes—. Esto debería bastar para empezar. Y llene la nevera y la despensa, ya sabe, con lo habitual. Sé descongelar y cocinar una pierna de cordero. Consígame un saco o dos de patatas, zanahorias y cebollas. Me las puedo apañar solo. Usted ocúpese solo de lo demás. Para mí, lo más importante es la intimidad. Le pido que nadie, y quiero decir absolutamente nadie, entre en este lugar salvo sus trabajadores, y únicamente cuando usted les acompañe.

El hombre estaba encantado. Se metió el fajo de billetes en el bolsillo. Asentía a todo. Contó que «esos periodistas» habían estado husmeando, fisgoneando por fuera, pero ninguno se había atrevido a entrar y, entonces, tras el secuestro, todos los periodistas se habían esfumado.

—Así funcionan hoy las cosas, con internet y todo eso —explicó Galton—. Todo es flor de un solo día, aunque ahora, naturalmente, están hablando de ese Lobo Hombre de San Francisco, y han empezado a llamar aquí, ya sabe... La policía vino dos veces.

Además, la alarma había estado conectada desde el mismo momento en que la policía había abandonado la casa. Él mismo la había conectado personalmente en cuanto los investigadores habían salido. El abogado de la familia se había ocupado de todo. Cuando se conectaba la alarma, toda la planta baja quedaba cubierta por detectores de movimiento, alarmas de rotura de cristales y contactos en todas las puertas y ventanas.

—Cuando salta la alarma, llama a mi casa y a la comisaría local simultáneamente. Yo vengo. Ellos también. Pero, sea como sea, siempre vienen pitando.

Dio el código de alarma a Reuben, le mostró cómo marcarlo y le explicó que había un teclado en la segunda planta para poder apagar los detectores de movimiento antes de bajar por la mañana.

—Pero, si quiere que esté activada mientras se mueve por aquí dentro, marque el código y pulse HOME. Así, las ventanas y las puertas quedarán protegidas pero sin conectar los detectores de movimiento.

»Ah, y tiene que apuntarse mi correo electrónico. Compruebo mi correo continuamente. Escríbame para comentarme cualquier problema que se encuentre. Yo me ocuparé. —Levantó orgullosamente el iPhone—. O, simplemente, llámeme. Tengo el móvil junto a la cama toda la noche.

Tampoco se tenía que preocupar por las calderas. Las viejas calderas de gas eran relativamente nuevas, teniendo en cuenta la antigüedad del lugar, y no había asbesto en la casa. Mantenían la casa sobre los 20 °C, la temperatura que había querido Marchent. Lógicamente, muchos de los respiraderos estaban cerrados. Pero ¿acaso no estaba la casa lo bastante caliente?

Y, por cierto, había un sótano bajo la casa, un pequeño subterráneo con una escalera bajo la escalera principal. No había que preocuparse de eso. No había nada ahí abajo, porque todas las calderas las trasladaron al ala de servicio hacía años.

—Sí, bien —dijo Reuben.

También tenían contratado el servicio de internet, tal y como lo había dejado la señorita Marchent. El servicio abastecía toda la casa. Había un *router* en su despacho y otro en el cuarto eléctrico de la segunda planta al final del pasillo.

Reuben se alegró de ello.

Tras esto, acompañó a Galton hasta la puerta trasera.

Por primera vez, bajo los focos altos de los árboles, vio una amplia zona de aparcamiento y el ala de dos plantas del servicio en el extremo izquierdo donde, aparentemente, habían asesinado a Felice.

Era evidente que esa parte se había añadido al complejo con posterioridad.

Más allá de las luces, no se veía casi nada del bosque, solo un poco de verde aquí y allá, y una franja de luz sobre la corteza de un árbol.

«¿Estás ahí fuera? ¿Estás mirando? ¿Recuerdas al hombre que dejaste con vida cuando mataste al resto?»

Galton tenía una camioneta Ford completamente nueva y estuvo elogiándola durante varios minutos. Pocas cosas hacían sentir mejor a un hombre que una camioneta completamente nueva. Reuben quizá querría tener una camioneta en la finca, sería práctico. Pero, bien mirado, la camioneta de Galton estaba a disposición de Reuben. Finalmente, Galton se marchó prometiendo llegar en menos de diez minutos si Reuben le llamaba al móvil o al teléfono de casa.

—Una última pregunta —dijo Reuben—. Tengo los planos del aparejador y todo eso, pero... ¿hay alguna especie de cerca alrededor de la finca?

—No —dijo el hombre—. El bosque se extiende varios kilómetros, con algunas de las secuoyas más longevas de la costa, pero no verá muchos excursionistas. Está demasiado apartado de los caminos transitados. Todos van a los parques estatales. Los Hamilton viven al norte y la familia Drexel solía vivir al este, pero dudo que allí siga habiendo alguien. La casa está en venta desde hace años. Sí que vi una luz hace un par de semanas. Seguramente, sería un agente inmobiliario. En su finca, tienen árboles tan viejos como los suyos.

—Me muero de ganas de pasear por el bosque —murmuró Reuben, pero se estaba dando cuenta de que ahí estaba completamente solo. Solo.

Aunque, pensándolo bien, ¿qué podía haber mejor, cuando llegara la transformación, que pasear por esos bosques como lobo hombre, viendo y oyendo, y hasta tal vez saboreando cosas como nunca había hecho?

¿Y qué pasaba con la puma y su camada? ¿Estaban realmente cerca? Algo se agitó en su interior al pensar en ello: una bestia tan poderosa como un puma...

¿Podría correr más que un animal como ese? ¿Podría matarlo?

Permaneció un momento en la puerta de la cocina escuchando cómo se apagaba el sonido de la furgoneta de Galton y, entonces, dio media vuelta y se enfrentó a la casa vacía y todo lo que allí había ocurrido.

9

La primera vez que había ido a la casa no había tenido ningún miedo. Y ahora, todavía era más ajeno al miedo que antes. Se sentía secretamente poderoso, fuerte y confiado como nunca antes de la transformación se había sentido.

Aun así, no le acababa de gustar lo de estar ahí tan solo, literalmente solo. Para ser sincero, era algo que nunca le había hecho demasiada gracia.

Había crecido entre las muchedumbres de San Francisco, apretujado entre las paredes de la casa alta y estrecha de Russian Hill con sus pequeñas y elegantes habitaciones y las constantes entradas y salidas de Grace, Phil y los amigos de Grace. Se había pasado la vida formando parte de grupos y reuniones, a escasos pasos del tráfico de North Beach y Fisherman's Wharf, a pocos minutos de sus restaurantes preferidos en las concurridas Union Street y Union Square. Vacaciones familiares consistentes en cruceros fantásticos y rutas con pandillas de intrépidos alumnos recorriendo las ruinas de Oriente Medio.

Ahora tenía la soledad y la calma que tanto había anhelado y soñado, la soledad y la calma que tan poderosamente le habían seducido aquella primera tarde con Marchent. Aquellas sensaciones se habían apoderado de él, haciendo que se sintiera más solo que nunca en la vida; más alienado que nunca de todo, del recuerdo de Marchent incluso.

Si había algo ahí fuera, en la noche, algo que tal vez supiera de él más que nadie en el mundo, no era capaz de percibirlo. No lo oía. Solo le llegaban pequeños ruidos, ruidos sin amenaza. Nada más.

Y tampoco no podía confiar en que aquella criatura se le acercara.

Se sentía demasiado solo.

Bien, hora de ponerse a trabajar: para descubrir el lugar y aprender cuanto pudiera.

La cocina cavernosa se hallaba impecablemente limpia. Incluso las alfombras trenzadas se veían nuevas y nada adecuadas para el suelo de mármol blanco. Ollas con el fondo de cobre colgaban de ganchos de hierro sobre la isla central con la superficie de madera maciza y sus fregaderos pequeños y elegantes. Encimeras de granito negro brillaban a lo largo de las paredes. Detrás de las puertas de vidrio de los armarios esmaltados de blanco vio fila tras fila de porcelana de diferentes diseños, y enseres más prácticos, como jarras y tazones, propios de una gran cocina. Una alacena larga y estrecha se extendía entre la cocina y el comedor, y más porcelana y montañas de ropa de mesa en los armarios con puertas de vidrio.

Lentamente, miró hacia el despacho de Marchent. Acto seguido, entró en la pequeña habitación ensombrecida y observó el escritorio vacío. El despachito se había esculpido a partir del extremo occidental de la cocina, y el suelo de mármol corría por debajo. Según parecía, el montón de cosas que él había vislumbrado la noche fatal se habían apilado en cajas blancas, todas ellas etiquetadas con rotulador negro con números y abreviaciones que algo debían de significar para los policías que habían estado investigando el asesinato de Marchent. Era obvio que habían barrido y fregado el suelo. Aun así, un débil perfume permanecía en la habitación: Marchent.

Sintió una oleada de amor por ella y un dolor inexplicable. Esperó que pasara.

Todo estaba limpio y tranquilo. El ordenador estaba allí, pero no tenía modo de saber qué podía esconder su disco duro. La impresora y el fax estaban encendidos. Había una fotocopiadora con escáner para libros. Y, en la pared, una fotografía, un único retrato bajo un vidrio enmarcado, que Reuben no había visto antes. Era de Felix Nideck.

Era uno de esos retratos en primer plano que parece que te miren directamente a los ojos. De nuevo, película en placas, concluyó al observar que se distinguían los menores detalles con perfecta nitidez.

El pelo del hombre era oscuro y ondulado. Su sonrisa era sincera, con esos ojos oscuros, cálidos y expresivos. Llevaba lo que parecía una chaqueta vaquera entallada desgastada y una camisa blanca abierta por el cuello. Parecía a punto de hablar.

Con tinta negra habían escrito en el extremo:

«Querida Marchent. No me olvides. Te quiere, tío Felix, '85.»

Reuben se volvió y cerró la puerta.

No había previsto que todo aquello fuera a resultarle tan doloroso.

—Nideck Point —susurró—. Aceptaré todo lo que tengas para mí.

Pero ni siquiera pudo mirar hacia el pasillo de la cocina, donde casi le habían matado.

«Vayamos paso a paso.»

Se quedó quieto. No podía oír ni un ruido en la noche. Entonces, muy a lo lejos, oyó el mar retumbando en la costa, con las olas sonando como grandes cañones retronando en la playa. Pero tendría que dejarse guiar por ese ruido, más allá de aquellas habitaciones plácidas y bien iluminadas.

Se sirvió un poco de estofado en un plato, encontró un tenedor en un cajón lleno de plata, entró al antecomedor del ala este y se sentó en la mesa frente a las ventanas.

Incluso aquella habitación tenía su fuego de leña, aunque sin encender, en una estufa salamandra de hierro negro situada en el rincón. Había una gran repisa de roble con platos pintados a lo largo de la pared posterior.

Un reloj de cuco Black Forest con exquisitos grabados colgaba justo a la derecha de la repisa. A Phil le encantaría, pensó Reuben. Phil había coleccionado relojes de cuco una temporada, pero aquel repique, gorjeo y susurro constantes había sacado un poco de quicio a toda la familia.

Black Forest: Selva Negra. Pensó en esa historia del «Lobo Hombre» y en el personaje de Sperver. Y en la conexión con Nideck. La Selva Negra. Tenía que ir a mirar esa foto de la biblioteca, pero había muchas otras fotos que mirar en el piso de arriba.

Paso a paso.

Aquí las ventanas cubrían gran parte del muro oriental.

Nunca le había gustado sentarse frente a ventanas desnudas por la noche, especialmente cuando no se veía nada en el mundo oscuro del otro lado, pero ahora lo hacía de forma consciente y deliberada. Para cualquiera que estuviera ahí fuera en el bosque, debía de ser altamente visible, como si se encontrara en un escenario iluminado.

«Así que, si estás ahí fuera, primo degenerado de los gran Nideck, por el amor de Dios, déjate ver.»

Su cabeza no albergaba ninguna duda de que, naturalmente, más tarde se transformaría, igual que la noche anterior, y la otra, aunque no supiera por qué ni cuándo. Pero intentaría provocar la transformación más temprano. Y se preguntó si aquella criatura, la criatura que tal vez le estuviera observando desde fuera, esperaría a que se transformara para aparecer.

Se comió la ternera, las zanahorias, las patatas, todo lo que pudo ensartar con el tenedor. De hecho, estaba bastante rico. Ya no le daba asco la comida. Levantó el plato y se bebió el caldo. Todo un detalle por parte de la mujer de Galton dejarle un plato preparado.

De repente, dejó el tenedor sobre la mesa y apoyó la frente en ambas manos, con los codos en la mesa.

—Marchent, perdóname —susurró—. Perdóname por haber olvidado, por un momento, que moriste aquí.

Seguía sentado en silencio cuando Celeste le llamó.

—¿No tienes miedo ahí arriba?

—¿Miedo de qué? —preguntó él—. Los que me atacaron están muertos. Están muertos desde entonces.

—No sé. No me gusta pensar que estás ahí arriba. ¿Ya sabes lo sucedido? Han encontrado a esa niña...

—Lo he oído mientras subía.

—Hay periodistas acampados ante la oficina del sheriff.

—Me lo imagino, pero, de momento, no pienso ir.

—Reuben, te estás perdiendo la mayor historia de tu carrera.

—Solo llevo seis meses de carrera, Celeste. Me queda mucho por delante.

—Reuben, nunca has sabido establecer prioridades —replicó ella con suavidad, obviamente animada por los kilómetros que les separaban—. Ya sabes, nadie que te conocía esperaba que escribieras unos artículos tan interesantes para el *Observer* y ahora mismo deberías estar escribiendo. Quiero decir que, cuando aceptaste el trabajo, pensé, sí, claro, pero ¿cuánto durará? Y, ahora, resulta que eres quien ha bautizado al Lobo Hombre. Todo el mundo utiliza tu descripción...

—La descripción de la testigo, Celeste... —Pero ¿por qué se tomaba la molestia de discutir o de, sencillamente, hablar?

—Escucha, estoy aquí con Mort. Quiere saludarte.

Vaya, vaya, qué casualidad, ¿no?

—¿Cómo andas, viejo amigo?

—Bien, bien —respondió Reuben.

Mort siguió hablándole un rato sobre el artículo del Lobo Hombre.

—Buen material —dijo—. ¿Estás escribiendo algo sobre la casa?

—No quiero llamar más atención sobre la casa —dijo él—. No quiero volver a recordar nada más.

—Me lo imagino. Además, esta es una de esas historias que acaban antes de que cante el gallo.

«¿Tú crees?»

Mort le comentó que tal vez llevaría a Celeste a ver una película a Berkeley y que ojalá que estuviera él allí para acompañarles.

«Mmm.»

Reuben dijo que fantástico, que les vería al cabo de unos días. Fin de llamada.

Así que de eso se trataba. Ella estaba con Mort, se lo estaba pasando demasiado bien, se sintió culpable y por eso le había llamado. «¿Y qué hace yendo al cine con Mort cuando toda la ciudad busca a los secuestradores y al Lobo Hombre?»

¿Desde cuándo quería ir Celeste a un cine de autor en Berkeley con todo eso sucediendo en el mundo? Bueno, tal vez se estuviera enamorando de Mort. No podía culparla. Lo cierto era que, en realidad, le daba lo mismo.

Tras meter el plato y el tenedor en uno de los tres lavavajillas que había descubierto bajo la encimera, empezó la auténtica visita a la casa.

Recorrió toda la planta baja, mirando en el interior de los armarios y las alacenas que había por todos lados, y lo encontró todo siempre como había estado, excepto el viejo invernadero abandonado. Lo habían limpiado a fondo y habían arrancado todas las plantas muertas, y barrido a conciencia el suelo de granito negro. Por lo visto, habían frotado incluso la antigua fuente griega, a la que habían pegado con celo una nota clara: «Necesita surtidor.»

Bajo las escaleras principales, encontró las escaleras que conducían al sótano, que era una pieza pequeña, de hormigón, de unos seis metros cuadrados, flanqueada por armarios de madera con manchas oscuras, que iban del suelo al techo, llenos de mantelería sucia y raída que había visto tiempos mejores. Todavía yacía una caldera obsoleta y polvorienta recostada en la pared. Se podía decir dónde habían estado el resto. Las tuberías habían desaparecido y el techo estaba remendado. En un rincón, había una silla de comedor rota, un secador eléctrico viejo y un baúl vacío.

Y, al fin, el momento clave, el momento que anhelaba y había ido posponiendo deliberadamente: la biblioteca y los distinguidos caballeros de la selva en su marco dorado. Volvió al piso de arriba.

Entró en la biblioteca como si fuera un santuario.

Encendiendo la lámpara de araña que tenía sobre la cabeza, leyó los nombres escritos con tinta en la estera.

Margon Sperver, Baron Thibault, Reynolds Wagner, Felix Nideck, Sergei Gorlagon y Frank Vandover.

Rápidamente, los tecleó en un correo con su iPhone y se lo autoenvió.

Qué caras más notables y alegres lucían esos hombres. Sergei era un gigante tal y como había comentado Marchent, con el pelo muy rubio. Las cejas rubias y pobladas y una cara larga y rectangular. En realidad, tenía un aspecto muy nórdico. El resto eran todos un poco más bajos, pero bastante diferentes en cuanto a fisonomía. Solo Felix y Margon tenían la tez morena, como si tuvieran sangre asiática o latina.

¿Compartían alguna especie de broma personal en aquella foto? ¿O era solo un maravilloso momento durante una gran aventura compartida por amigos íntimos?

Sperver, Nideck. Quizá solo era una coincidencia y nada más. El resto de nombres no significaba demasiado para Reuben.

Al fin y al cabo, estarían ahí siempre y podría pasarse horas con ellos más tarde esa misma noche, o al día siguiente, o al otro.

Subió al piso de arriba.

Ahora llegaban más momentos muy especiales. Abrió las puertas que habían permanecido cerradas con llave aquella primera noche. Ahora todas estaban abiertas.

—Trasteros —había dicho Galton con voz desdeñosa.

Vio las estanterías abarrotadas que había esperado con tanto entusiasmo, las estatuas incontables de jade, diorita o alabastro, los libros esparcidos, fragmentos...

Iba de habitación en habitación, esperando captar la magnitud de todo aquello.

Y entonces subió los escalones desnudos que había en la parte delantera de la casa hasta el tercer piso y, buscando a tientas un interruptor de luz, pronto se encontró en una vasta habitación bajo los tejados inclinados del gablete del suroeste, mirando las mesas de madera llenas de libros, papeles, más estatuas y otras curiosidades, cajas de tarjetas cubiertas de garabatos, libros en blanco, lo que parecían libros de contabilidad e, incluso, fajos de cartas.

Era la habitación de encima del dormitorio principal, la que Felix había acordonado. Vio incluso el cuadrado de cemento que tapaba el lugar donde había estado la escalera de hierro.

En el centro de aquella habitación había viejas butacas, cómodas, grandes y combadas y, en el techo, un viejo candelabro de araña de hierro negro.

En el brazo de una butaca, encontró un libro pequeño y polvoriento.

Lo cogió.

PIERRE TEILHARD DE CHARDIN
Lo que yo creo

Aquello era de lo más curioso. ¿Había sido Felix lector de Theilhard, uno de los teólogos más elegantes y misteriosos del catolicismo? Reuben no sentía un interés especial por la filosofía abstracta ni por la teología, del mismo modo que no lo sentía por la ciencia. Pero amaba la dimensión poética de Theilhard, y siempre lo había hecho. También la apreciaba su hermano, Jim. Reuben encontraba cierta esperanza en Theilhard, que había creído fervientemente no solo en Dios sino también en el mundo, tal y como él mismo lo definía.

Reuben abrió el libro. El papel era viejo y quebradizo. Copyright 1969.

Creo que el universo es una evolución.
Creo que la evolución avanza hacia el espíritu.
Creo que el espíritu se realiza plenamente en una forma
  de personalidad.
Creo que la personalidad suprema es el Cristo Universal.

«Bien, bravo por Theilhard,» pensó amargamente. De pronto, sintió una profunda tristeza, una pizca de rabia y algo parecido a la desesperanza. Realmente, la desesperanza no estaba en su naturaleza. Pero le embargaba en momentos como aquel. Estaba a punto de devolver el libro a su sitio cuando vio que había algo escrito con tinta en esa página:

Querido Felix,
¡Para ti!
Hemos sobrevivido a esto;
podemos sobrevivir a lo que sea.
Para celebrarlo,
Margon
Roma, 2004

Bien, ahora eso era suyo.

Se guardó aquella pequeña reliquia en el bolsillo de la chaqueta.

Lejos, hacia la parte trasera de la habitación, vio los escalones de hierro desechados, la pieza circular reclinada y polvorienta. También había cajas, cajas que no se iba a poner a abrir ahora.

Durante la hora siguiente, deambuló, encontrando dos desvanes aislados más como el primero, y otro que estaba vacío. A todos llegaban unas escaleras ocultas que subían del pasillo de abajo.

Entonces, volvió a la antigua habitación de Felix que aquella noche ocuparía él y le entró un poco de pánico por haber estado tan alejado de las noticias de la tele que le habían alimentado desde que había sido lo bastante mayor para ponerla en marcha, a los cuatro años. Pero, ahora que caía, tenía el ordenador. Y tal vez fuera mejor.

La noche en que se había cortado la luz en Berkeley había terminado *Finnegans Wake*, de Joyce, a la luz de una vela. A veces, uno necesita que le obliguen a mirar lo que tiene justo delante de las narices.

Observó las estanterías de Felix. Aquellos objetos de su dormitorio debieron haber sido muy importantes para él. ¿Por dónde iba a empezar? ¿Qué examinaría primero?

Faltaba algo.

Al principio, pensó: «No, me habré equivocado. Me ha fallado la memoria.» Pero mientras echaba un vistazo rápido a todas las estanterías de la habitación, se dio cuenta de que tenía razón.

Las tablillas, aquellas diminutas tablillas mesopotámicas, las tablillas de valor incalculable con escritura cuneiforme, habían desaparecido. Todas y cada una de ella, todos y cada uno de sus fragmentos, habían desaparecido.

Recorrió el pasillo y examinó dos trasteros más. El mismo resultado. Ni rastro de las tablillas.

Volvió a subir a los desvanes.

Lo mismo. Tesoros en abundancia pero ni rastro de las tablillas.

Y, además, por el polvo, podía distinguir el lugar que habían ocupado los objetos desaparecidos.

Dondequiera que buscara encontraba pruebas de que aquellos pequeños objetos —las tablillas— habían sido cuidadosamente recogidos y retirados, dejando huecos brillantes en el polvo.

Volvió a la habitación que mejor conocía y lo volvió a comprobar. Ciertamente, las tablillas habían desaparecido y los lugares sin polvo eran claramente visibles, y se veían huellas digitales aquí y allá.

Tuvo un ataque de pánico.

Alguien había entrado en aquella casa y había robado las piezas más valiosas de la colección de Felix. Alguien se había llevado los hallazgos más importantes que había traído a la casa tras años de recorrer Oriente Medio. Alguien había robado el tesoro que Marchent había querido proteger y legar. Alguien había...

Pero eso era ridículo.

¿Quién podía haberlo hecho? ¿Quién iba a llevarse eso dejando intactas estatuas que seguramente valían una fortuna o pergaminos antiguos que debían tener un valor incalculable para eruditos y conservadores? ¿Quién iba a dejar las cajitas de monedas antiguas y, mira por dónde, ese códice medieval a plena vista? Y había visto más en el piso de arriba.

¡No conseguía entenderlo! ¿Qué clase de persona iba a saber qué eran esas tablillas, cuando, en realidad, algunas no parecían sino fragmentos de tierra, yeso o, incluso, una galleta o un bizcocho seco?

Además, con qué sumo cuidado tenía que haber procedido ese venerable ladrón para encontrar esos preciosos fragmentos entre tantos objetos valiosos y escabullirse dejando intacto todo lo demás.

¿Quién podía haber tenido los conocimientos, la paciencia, la habilidad necesaria para hacer algo así?

No tenía sentido, pero las tablillas habían desaparecido. No quedaba ni un fragmento en toda la casa de aquella valiosa escritura cuneiforme.

Pero tal vez hubieran desaparecido muchas otras cosas y Reuben, simplemente, no se daba cuenta.

Empezó a hurgar entre los objetos de los estantes del dormitorio. Allí había libros del siglo XVII, con páginas muy delgadas que se desintegraban, pero que aún se podían girar y leer. Sí, aquella estatuilla era auténtica, lo podía ver y notar mientras la devolvía a su sitio.

Oh, había tantas cosas allí que valían una fortuna.

Por ejemplo, en una estantería, encontró un collar exquisito de oro suave y maleable con unas hojas grabadas que, evidentemente, era antiguo.

Fue con mucho cuidado para dejarlo todo exactamente cómo lo había encontrado.

Reuben bajó a la biblioteca y llamó al teléfono de casa de Simon Oliver.

—Necesito cierta información —dijo Reuben—. Necesito saber si la policía fotografió todos los objetos de esta casa cuando investigaron. Quiero decir si fotografiaron todas las habitaciones que no tocaron. ¿Puede conseguirme esas fotografías?

Simon protestó diciendo que no sería fácil, pero el bufete de abogados de Nideck lo había fotografiado todo justo después de la muerte de Marchent.

—Marchent me contó que había hecho fotografías de todo —explicó Reuben—. ¿Puede conseguir esas fotografías?

—Sinceramente, no lo sé. Veré qué puedo hacer. Conseguiré el inventario del bufete, de eso puedes estar seguro.

—Cuanto antes mejor —insistió Reuben—. Mañana, mándeme un correo con todas las fotos que pueda de la casa.

Colgó y llamó a Galton.

El hombre le tranquilizó: nadie salvo él y su familia habían estado en la casa. Él y su mujer habían entrado y salido durante días, y sí, también su primo y su hijastro, junto con Nina, la chica del pueblo que a menudo había ayudado a Felice. De acuerdo, sí, ella también había estado. A Nina le gustaba pasear por los bosques de atrás. Nina jamás tocaría nada.

—Acuérdese de la alarma —dijo Galton—. Conecté la alarma nada más marcharse los investigadores. —La alarma jamás fallaba. Si la señorita Nideck hubiese tenido conectada la alarma la noche en que la atacaron, habría saltado al romperse las ventanas.

»Nadie ha estado en la casa, Reuben —insistió Galton, que añadió que vivía justo a la salida de la carretera a diez minutos de allí y que habría visto u oído cualquier coche que fuera en aquella dirección. Sí, habían acudido periodistas y fotógrafos, pero solo durante aquellos primeros días e, incluso entonces, él había estado ahí vigilándoles la mayor parte del tiempo, y no habrían podido evitar la alarma.

»Debe tener en cuenta, Reuben —continuó Galton—, que cuesta mucho llegar a la casa. Poca gente quiere coger esta carretera, ya sabe. Salvo los amantes de la naturaleza y los excursionistas, nadie corre por allí.

De acuerdo. Reuben le dio las gracias por todo.

—Si se siente inquieto ahí arriba, hijo, no me cuesta nada volver y dormir en la parte de atrás.

—No. Está bien, Galton, gracias.

Reuben colgó.

Permaneció sentado en el escritorio un buen rato, mirando la gran fotografía de Felix y compañía al otro lado de la habitación, sobre la chimenea.

No habían corrido las cortinas y le rodeaba un vidrio oscuro parecido a un espejo. El fuego estaba preparado con leños y astillas de roble pero no quería encenderlo.

Tenía un poco de frío, aunque no demasiado, así que siguió allí sentado, meditando.

Había otra posibilidad. Uno de aquellos hombres, uno de los viejos amigos de Felix, había leído acerca del asesinato de Marchent en aquella casa, lo había leído muy lejos de allí, quizás en el otro extremo del planeta, donde aquella noticia nunca habría llegado antes de que existiera internet, y se había dedicado a investigar los hechos. Y, después de investigar, aquella persona había ido a la casa, había entrado furtivamente y se había llevado aquellas tablillas y aquellos fragmentos de tablillas de valor incalculable.

La historia del asesinato de Marchent había corrido como la pólvora, eso era incuestionable. Lo había comprobado la noche anterior.

Pero si su teoría era cierta, podía significar muchas cosas.

Podía significar que las valiosas tablillas de Felix estaban en buenas manos, recogidas y salvadas por un colega arqueólogo preocupado, que se las devolvería presto al descubrir las honradas intenciones de Reuben, o que incluso cuidaría mejor de ellas que el propio Reuben.

Este pensamiento le proporcionaba cierta paz.

Y además: aquella persona, aquella persona podría muy bien ser que tuviera información sobre lo que le ocurrió a Felix. Cuando menos, sería una conexión con alguien que conocía a Felix.

Por supuesto, esa era la interpretación más optimista y tranquilizadora que se podía dar a aquel pequeño misterio, y si Reuben todavía hubiese tenido la costumbre de escuchar la vocecita crítica de Celeste en su cabeza, cosa que ya no hacía, la habría oído decir: «¡Estás soñando!»

«Pero así es —pensó Reuben—. Ya no oigo su voz a cada momento, ¿verdad? Y ya no me envía mensajes de texto ni me llama. Ha ido al cine con Mort Keller. Y tampoco oigo la voz de mi madre. ¿Qué demonios van a saber ellas de ese asunto? Y Phil no me escuchó cuando le hablé de las tablillas, estaba leyendo *Hojas de hierba*. Y, a Mort, no se lo dije, ¿verdad? Cuando Mort vino al hospital, yo estaba demasiado aturdido por culpa de los calmantes y los antibióticos como para contarle algo.»

Subió al piso de arriba, sacó el ordenador portátil de su funda y lo bajó a la biblioteca.

Había un viejo soporte para máquinas de escribir a la izquierda del escritorio y colocó el ordenador allí. Comprobó la conexión inalámbrica y se conectó.

Sí, antes del ataque del Lobo Hombre de San Francisco, la historia de Marchent había copado los titulares en lugares tan remotos como Japón y Rusia. Eso estaba más que claro. Y sabía suficiente francés, español, italiano y demás idiomas para ver que la bestia misteriosa que había matado a los asesinos había tenido un eco importante en todas partes. Se describía la casa, incluso el bosque de detrás, y el misterio de la bestia había sido, como era de esperar, parte fundamental del aliciente.

Sí, un amigo de Felix podría haber visto la composición entera: la casa, la costa y el nombre misterioso de los Nideck.

Dejando a un lado aquella historia, empezó a investigar sobre el secuestro de Goldenwood. Nada había cambiado, salvo que los padres estaban perdiendo la fe en la oficina del sheriff y el FBI y les culpaban de la muerte de la niña. Susan Kirkland. Así se llamaba la pequeña: Susan Kirkland. De ocho años. Su rostro sonriente aparecía ahora a todo color; una pequeñina de ojos tiernos y pelo rubio con pasadores de plástico rosa.

Echó una ojeada al reloj.

Ya eran las ocho en punto.

Le empezó a martillear el corazón, pero eso no fue todo. Cerrando los ojos, oyó los ruidos inevitables del bosque y el canto incesante de la lluvia. Había animales ahí fuera, sí, cosas que susurraban en la oscuridad. Pájaros en la noche. Tenía la sensación extraña y desconcertante de estar cayendo dentro de los ruidos. Se agitó para despertarse.

Aprensivo e inseguro, se levantó y cerró todas las cortinas de terciopelo, que soltaron algo de polvo, aunque pronto desapareció. Encendió algunas lámparas, al lado del sofá de cuero y la butaca Morris. Y entonces, encendió el fuego. ¿Por qué diablos no hacerlo?

Entró en el gran salón y encendió también el fuego con un par de leños cortos. Lo apuntaló bien y se aseguró de que la pantalla que había delante —y que no había estado en aquella primera noche— estuviera bien sujeta.

Entonces, entró en la cocina. Hacía rato que se había parado la cafetera. No hacía falta ser ningún genio para prepararse más café.

Y, unos minutos más tarde, se estaba tomando un brebaje aceptable en una de las preciosas tazas de porcelana de Marchent, mientras se paseaba arriba y abajo, calmado por el crepitar de la chimenea y el canto constante del agua de lluvia fluyendo por los canalones, bajando por las tuberías, resbalando por las tejas y las ventanas.

Era curiosa la claridad con que oía todo aquello por primera vez.

«El problema es que no prestas suficiente atención a los pequeños detalles. No estás siendo científico.»

Dejó el café sobre el escritorio de la biblioteca y empezó a escribir sobre ese asunto en un documento protegido con una contraseña que nadie podría adivinar o rastrear.

Un poco más tarde, se plantó bajo el umbral de la puerta de atrás, mirando a la oscuridad. Había apagado las grandes luces del exterior, lo que le permitía ver con gran nitidez los preciosos árboles y el alto tejado de pizarra del ala de servicio, cubierto por una hiedra enredada y una parra en flor.

Cerró los ojos e intentó provocar la transformación. Se la imaginó, evocando sensaciones mareantes, dejando la mente en blanco salvo para pensar en la metamorfosis.

Pero no lo consiguió.

Una vez más, le sobrevino esa sensación de soledad, de que se encontraba realmente en un lugar desierto.

—¿Qué esperas? ¿Qué estás soñando?

«¿Que, de algún modo, todo esté relacionado, la criatura que te transformó, el nombre Nideck, tal vez incluso el robo de las tablillas? ¿Que, de algún modo, esas tablillas antiguas contuvieran algún secreto relacionado con esto, con todo esto?»

Tonterías. ¿Qué había dicho Phil acerca del mal? «Son errores garrafales, gente que comete errores garrafales, ya sea irrumpiendo en un pueblo y asesinando a sus habitantes o matando a un niño en un arranque de ira. Errores. Todo se reduce a errores.»

Quizá, de algún modo, todo esto fuera también un cúmulo de errores garrafales. Y, aún podía sentirse afortunado, condenadamente afortunado, porque la gente que había matado en un arranque de inconsciencia había sido «culpable» a los ojos del mundo.

¿Y si la responsable del mordisco que le había transformado era una bestia brutal, no un Lobo Hombre sabio, sino, simplemente, un animal, como el famoso puma? ¿Qué pasaría entonces? Pero no lo creía, ni mucho menos. ¿Cuántos seres humanos habían sido atacados por bestias desde los albores de la humanidad? No se convierten en monstruos.

A las nueve en punto, se despertó en la gran butaca de cuero tras el escritorio. Tenía los hombros y el cuello agarrotados y le dolía la cabeza.

Había recibido un correo electrónico de Grace. Había vuelto a hablar con «ese especialista de París». Le pedía, por favor, que la llamara.

¿Especialista de París? ¿Qué especialista de París? No llamó. Se apresuró a escribir un correo.

Mamá. No necesito ningún especialista en nada. Estoy bien. Te quiere, R.

«A fin de cuentas, estoy aquí en mi nueva casa esperando pacientemente convertirme en un lobo hombre. Te quiere, tu hijo.»

Estaba inquieto, hambriento, aunque su hambre no era de comida. Era algo mucho peor. Miró a su alrededor, la gran habitación oscura con sus librerías abarrotadas. El fuego se había apagado. Estaba ansioso, como si tuviera que moverse, salir, ir a alguna parte.

Podía oír los suaves murmullos del bosque, el ceceo de la lluvia cayendo a través de aquellas ramas espesas. No distinguía ningún animal grande. Si ahí fuera había una puma, quizás estuviera profundamente dormida con sus cachorros. En cualquier caso, ella era una bestia salvaje, y él era un ser humano que esperaba y esperaba en una casa con paredes de cristal.

Escribió un correo electrónico a Galton con una lista de cosas que tenía que comprar para la casa, aunque seguramente, la mayor parte de ellas ya debían de estar por ahí. Quería un montón de plantas nuevas para el invernadero: naranjos, helechos y buganvillas. ¿Podría Galton ocuparse de ello? ¿Qué más? Tenía que haber algo más. Aquella inquietud le estaba volviendo loco.

Se conectó a internet y encargó una impresora láser para aquella biblioteca y un Mac de sobremesa con el envío más rápido posible, además de unos cuantos reproductores Bose de CD y un montón de Blu-rays. Los reproductores Bose de CD eran la única tecnología obsoleta que utilizaba.

Sacó de la maleta los reproductores Bose que había traído, de los cuales dos también eran radios, y puso uno en la cocina y otro en el escritorio de la biblioteca.

No oía ninguna voz. La noche estaba vacía a su alrededor.

Y no se transformaba.

Durante un rato, se paseó por la casa, meditando, hablando solo en voz alta, pensando. Tenía que seguir moviéndose. Puso carteles en los lugares donde había que instalar los televisores. Se sentó, se levanto, paseó, subió las escaleras, vagó por los desvanes y volvió a bajar.

Salió afuera y paseó por la parte trasera de la casa bajo la lluvia. Bajo el voladizo, miró hacia el interior de los diferentes dormitorios inferiores de las dependencias del servicio. Cada uno tenía una puerta y una ventana que daban al pasillo de piedra. Todo parecía en orden, con muebles rústicos y sencillos.

Al final del ala encontró el cobertizo, donde se almacenaba una gran cantidad de leña. Había una mesa de trabajo en un costado, con hachas y sierras colgadas en ganchos clavados en la pared. Había otras herramientas, todo lo que un hombre podía necesitar para reparaciones grandes y pequeñas.

Reuben jamás había tenido un hacha en las manos. Descolgó la mayor de ellas, cuyo mango de madera medía un metro, y palpó la punta de la hoja. La hoja por sí sola debía pesar un par de quilos y medía más de diez centímetros. Y estaba afilada. Muy afilada. Toda la vida había visto hombres partiendo troncos con un hacha como aquella en películas y programas de la tele. Se preguntó cómo sería utilizarla ahí afuera. El mango en sí no pesaba mucho y era evidente que el peso de la hoja daba impulso al hacha.

Si no hubiese estado lloviendo, habría buscado el sitio donde se cortaba la leña.

Pero se le ocurrió otra cosa: aquella era la única arma que tenía.

Se llevó el hacha al interior de la casa y la dejó al lado del fuego, en el gran salón. Ahí puesta, entre la pila de leña y el fuego, prácticamente oculta, parecía muy simple.

Hacía tiempo que la pintura se había desconchado del mango de madera.

Tenía la sensación de que podría alcanzarla rápidamente si llegaba a necesitarla. Por supuesto, dos semanas antes, ni siquiera se le habría ocurrido defenderse con una arma, pero ahora no sentía el menor reparo.

La inquietud se le estaba haciendo prácticamente insoportable.

¿Se estaba resistiendo a la transformación? ¿O quizás era demasiado temprano? Nunca se había producido tan temprano. Tenía que esperar.

Pero no podía esperar.

Notaba un hormigueo en las manos y en los pies. Ahora, la lluvia caía con fuerza. Le pareció volver a oír los rompientes de las olas, pero no estaba seguro.

No lo soportaba más. Tomó una decisión. No tenía opción.

Se quitó la ropa, la colgó ordenadamente dentro de un armario y se vistió con la ropa grande y ancha que había comprado en Santa Rosa.

Quedó engullido por la gigantesca sudadera con capucha y los pantalones extragrandes, pero no importaba. El impermeable marrón era simplemente demasiado grande para ponérselo, pero se lo llevaría.

Se quitó los zapatos y se calzó las enormes botas de lluvia. Se enrolló una bufanda alrededor del cuello, se la entremetió por el cuello de la sudadera, se guardó las gafas oscuras en el bolsillo del abrigo junto con el móvil, la cartera y las llaves, agarró los guantes de esquiar y el ordenador, y salió.

Casi se le olvidó conectar la alarma, pero se acordó y marcó el código.

Todas las luces seguían encendidas.

Mientras se alejaba en el coche, vio por el espejo retrovisor todas las luces encendidas del primer y del segundo piso. Le gustó. La casa parecía viva, segura y buena para él.

Ah, ser el dueño de esa casa era glorioso, estar ahí en el bosque oscuro de nuevo, estar cerca de ese inmenso misterio. Le hacía sentirse bien mover los pies mientras conducía. Estiró los dedos de las manos antes de cerrarlos fuertemente sobre el volante forrado de piel.

La lluvia bañaba el parabrisas del Porsche, pero podía ver a través con cierta facilidad.

Los faros iluminaban la carretera llena de baches e irregular que tenía delante, y se encontró cantando al volante, con el acelerador al máximo que osaba.

Piensa. Piensa como un secuestrador que tiene que ocultar a cuarenta y dos niños. Piensa como un genio implacable de la tecnología capaz de matar a porrazos a una niña pequeña y lanzarla sobre una lengua solitaria de playa bajo la lluvia, y volver a un lugar donde se encuentra cómodo y calentito, donde tiene el ordenador a mano para enrutar sus demandas bancarias y sus llamadas.

Porque, probablemente, esos niños estarían delante de las narices de todo el mundo.

10

Reuben conocía las carreteras secundarias del condado de Marin tan bien como las calles de San Francisco. Se había criado entre visitas a varios amigos en Sausalito y Mill Valley, además de las obligadas excursiones a pie por el monte Tamalpais y los imponentes senderos que atraviesan los bosques Muir.

Aunque no tenía por qué presentarse en la oficina del sheriff antes de iniciar su pequeña misión, fue porque ahora escuchaba las voces de su alrededor con toda claridad y sabía que podría escuchar también las voces del interior de la oficina, sin que ellos se percataran, claro está, y detectar quizás algo que no pensaran hacer público.

Aparcó cerca del Centro Cívico San Rafael y se situó entre los árboles, lejos del grupo de periodistas acampados frente a las puertas.

Cerró los ojos, e intentó concentrarse tanto como pudo en las voces que oía dentro de la oficina, buscando las palabras que posiblemente se repetirían y, a los pocos segundos, empezó a distinguir las frases. Sí, los secuestradores habían vuelto a llamar y no pensaban contárselo a nadie, preguntara quién preguntara.

—¡Contaremos lo que sirva para algo! —insistió un hombre—. Y esto no sirve para nada. Y amenazan con matar a otro niño.

Murmullos y quejas; argumento y contraargumento. El banco de las Bahamas no cooperaría con ellos, pero, para ser sinceros, sus *hackers* tampoco encontraban nada que les sirviera.

Pero en el cuerpo de la pequeña, con o sin lluvia, con o sin olas, habían hallado muestras de tierra en los zapatos y la ropa que la situaban directamente en Marin. Por supuesto, no era nada concluyente, aunque la ausencia de muestras de tierra de otros lugares era una buena señal.

Y eso era todo lo que Reuben necesitaba para confirmar lo que ya sospechaba.

Coches de policía infestaban las carreteras de los bosques y las montañas.

Había puntos de control aleatorios y registros de casa en casa.

Así pues, ahora que empezaba su búsqueda, su único enemigo eran las fuerzas de la ley.

Estaba volviendo al coche cuando algo le pilló desprevenido. Era aquella esencia... La esencia del mal que tan presente se le había hecho las noches anteriores.

Giró la cabeza, inseguro, porque no quería que le distrajera nada que no fuera el secuestro y, entonces, de entre la melé de periodistas, le llegaron nítidamente las voces: dos voces jóvenes y burlonas, lanzando preguntas inocentes, saboreando respuestas que les devolvían informaciones que ya poseían. Siniestras, particulares, innegables.

—Para el periódico de la escuela, pensamos que podríamos venir...

—Y, realmente, la pegaron hasta matarla, ¡pobrecita!

Sintió un hormigueo que le recorrió la piel, dulce y persuasivo como la propia sensación de repugnancia.

—Bien, ahora nos vamos, tenemos que volver a San Francisco... —¡Pero no era allí adonde iban!

Volvió al lado del pequeño arbusto donde se había ocultado. Vio a los dos jóvenes que, con peinados de Princeton y *blazers* azules, se despedían alegremente de sus camaradas periodistas.

Cruzaron a buen paso el aparcamiento hacia un Land Rover que les aguardaba con las luces encendidas. ¡El conductor esperaba dentro ansioso, terriblemente asustado!

—¿Queréis subir de una vez?

Para Reuben, todo eran horribles sonidos musicales: las risas, los alardes. Las sílabas prácticamente carecían de importancia. Los jóvenes se regodeaban en su excitación, en la intriga, mientras se apretujaban dentro del coche. El conductor era un cobarde llorón sin una pizca de empatía por las víctimas. Eso, Reuben también lo podía oler.

Reuben bordeó el aparcamiento a toda velocidad, siguiendo con facilidad la pista de los jóvenes, que se dirigían hacia la costa.

No necesitaba ver las luces traseras: podía escuchar hasta la última palabra de sus bromas de mal gusto. «¡Nadie sabe una mierda!»

El conductor rayaba el histerismo. Aquello no le gustaba, rogaba a Dios no haberse metido nunca en ese asunto. No paraba de lloriquear diciendo que no pensaba volver allí, por mucho que insistieran. Conducir hasta allí para mezclarse con los periodistas había sido una locura. Los otros dos le ignoraban, felicitándose por su triunfo.

El olor llenaba el aire. La esencia era intensa.

Reuben llevaba toda la noche siguiéndoles. La conversación se había centrado en aspectos técnicos. ¿Deberían tirar el cuerpo esa misma noche en la carretera del bosque Muir o esperar unas cuantas horas, quizá más hacia el alba?

El cuerpo. Reuben aspiró su olor; lo tenían dentro del coche, junto a ellos. Otra criatura. Se le agudizó la vista; les vio más adelante, en la oscuridad, vio la silueta de un joven riendo contra la ventana negra; oyó las maldiciones frenéticas del conductor que veía con dificultades a través de la lluvia.

—Os digo que la carretera del bosque Muir está demasiado cerca, joder —dijo el conductor—. Os la estáis jugando, os la estáis jugando demasiado.

—¡Al infierno! Cuanto más cerca, mejor. ¿No ves qué es perfecto? Deberíamos tirarlo al otro lado de la calle de la casa.

Risas.

Reuben acercó más el coche, aspiraba la esencia con tanta intensidad que apenas podía respirar. Y el hedor a descomposición le produjo arcadas.

Se le estaba poniendo la piel de gallina. Notaba los espasmos en el pecho, la agitación de esa sensación agradable en el cráneo. El pelo brotaba lentamente por todo su cuerpo. Notaba como si unas manos cariñosas le acariciasen por todos lados, haciendo aflorar el poder.

El Land Rover aceleró.

—Escucha, les daremos de tiempo hasta las cinco de la madrugada. Si para entonces, no han respondido con un correo electrónico, arrojaremos el cuerpo. Parecerá que le acabamos de matar.

Era un niño pequeño.

—Y si para el mediodía no ha sucedido nada, propongo que también arrojemos a la maestra del pelo largo.

Dios mío, ¿ya estaban todos muertos?

No, no podía ser. No hacían ninguna distinción entre los vivos y los muertos porque pensaban matarlos a todos.

Siguió conduciendo mientras crecía su rabia.

Estaba sentado con la espalda más recta, y tenía las manos cubiertas de pelo. Aguanta, sé fuerte. Los dedos conservaban su forma. Pero la melena le había llegado hasta los hombros, y su vista se había agudizado, siendo más precisa. Tenía la sensación de poder oír cualquier ruido en un radio de kilómetros.

Era como si el coche se condujera solo.

El Land Rover giró bruscamente delante de él. Se adentraban en el pueblo boscoso de Mill Valley, siguiendo una carretera serpenteante.

Reuben se rezagó un poco.

Entonces, otro coro de ruidos le estalló en los oídos.

Eran los niños: niños llorando, sollozando, y las voces de las mujeres cantando suavemente, consolándoles. Se encontraban en un sitio sin aire. Algunos de ellos tosían, otros gemían. Percibía una profunda oscuridad. ¡Casi había llegado!

El Land Rover volvió a acelerar y giró por una carretera de tierra descuidada. Los árboles ocultaban las luces traseras.

Reuben sabía exactamente dónde estaban los niños. Lo sentía.

Aparcó el Porsche entre un grupo de robles que había en un acantilado muy por encima del valle profundo en el que se había sumido el Land Rover.

Salió del coche y se despojó de la ropa y las incómodas botas. Ahora, la transformación le había poseído por completo, con esa sensación inevitable de éxtasis.

Tuvo que obligarse a esconder la ropa en el interior del coche, pero sabía que era esencial, como también lo era cerrar el vehículo con llave y esconder las llaves en las raíces de un árbol cercano.

El Land Rover estaba muy abajo, girando en ese momento para entrar en una explanada de hierba que había frente a una impresionante mansión con terrazas enormes en sus tres pisos bien iluminados. Al lado de la casa, y hacia la parte trasera de la finca, rodeado por árboles, había un viejo granero cubierto de enredaderas.

Los niños y las maestras estaban en el granero.

Las voces mezcladas de los secuestradores se elevaron como el humo hasta las fosas nasales de Reuben.

Saltó colina abajo, cubriendo los metros que le separaban de sus víctimas, brincando de un árbol al siguiente, dejando atrás una ristra de casitas situadas en la ladera, hasta que aterrizó en el claro justo cuando los jóvenes entraban en la casa.

La mansión brillaba como un pastel de boda en medio de la noche.

Un rugido abandonó a Reuben incluso antes de pensarlo, rascándole el pecho y la garganta. Un rugido como ese no podía proceder de algo que no fuera una bestia.

Los tres jóvenes se volvieron en el vestíbulo de la casa justo a tiempo de verle correr hacia ellos. Tenían diecinueve, quizá veinte años. Sus gritos se perdieron entre los gruñidos de la bestia. Uno cayó pero los otros dos, los astutos, los eufóricos, se giraron y echaron a correr.

Reuben atrapó con facilidad al caído y le destripó el cuello. Observó cómo la sangre le caía a borbotones. Deseó con toda su alma devorar a aquel muchacho, clavarle las mandíbulas en la carne, pero no tenía tiempo para eso. Levantó el cuerpo mutilado, apretándolo con saña entre sus zarpas, y lo arrojó bien lejos, hacia la carretera que transcurría en la distancia.

¡Oh, demasiado pequeño, demasiado rápido!

Con un gran salto, atrapó a los otros dos que intentaban salir por la puerta de atrás que, aparentemente, estaba cerrada con llave. Uno de ellos arañaba histéricamente el vidrio.

El otro tenía una pistola. Reuben se la quitó. Sin duda, le rompió la muñeca al arrebatársela para arrojarla a un lado.

Estaba a punto de clavarle las mandíbulas; no podía evitarlo, tenía que hacerlo. ¡Tenía tantas ganas de hacerlo! ¿Por qué no? Nunca jamás le perdonaría la vida.

No pudo reprimir los gruñidos voraces cuando le hincó los dientes en el cráneo y la garganta. Apretó al máximo y notó cómo le rompía los huesos. Un gemido salió de la boca del hombre agonizante.

A Reuben le excitaba lamer la sangre que se esparcía por la cara del joven. «Asesino, asqueroso asesino.»

De un bocado profundo, arrancó al joven parte del hombro, ropa y carne. El sabor de la carne, rico y embriagador, se mezclaba con el hedor del mal, el hedor de la brutalidad, el hedor de la corrupción en estado puro. Quería destripar a ese hombre y atiborrarse de su carne. Era lo que había estado deseando; ¿por qué no podía disfrutarlo ahora?

Pero ¿dónde estaba el otro culpable? No podía permitir que el último componente del trío escapara.

Ni soñarlo. El tercer hombre estaba indefenso. Se había acurrucado en la esquina y temblaba violentamente. Tenía ambas manos levantadas. Le salía agua por la boca, ¿o tal vez era vómito? Se había meado encima, y el orín había creado un charco a su alrededor sobre el suelo de azulejos.

Ese espectáculo lamentable hizo enloquecer a Reuben. «Asesinó a los niños, les asesinó. Su fetidez llena la habitación. Y también el hedor de la cobardía.» Se abalanzó sobre él, atrapándole el pecho con ambas zarpas y, apretándolo, escuchó cómo se le resquebrajaban los huesos. Observó aquel rostro blanco y agonizante hasta que se le apagaron los ojos. «Oh, has muerto demasiado rápido, bestia cobarde.»

Lanzó el cuerpo inerte contra el suelo. Todavía insatisfecho, gruñendo salvajemente como antes, recogió el cuerpo y lo lanzó contra la ventana lateral de la habitación. El cristal se hizo añicos y el cuerpo desapareció entre la lluvia.

Una terrible decepción se apoderó de él. Estaban todos muertos. Gimió fuerte. Un sollozo ronco le salió del pecho. Todo había ido demasiado rápido. Echó la cabeza hacia atrás y volvió a rugir como antes.

Le dolían las mandíbulas. Las apretó, las abrió y volvió a rugir. Jamás había sentido semejantes ansias. Podría haber roído los marcos de las puertas; sentía la necesidad de volver a hincar los dientes en cualquier cosa que encontrara.

Le caía la baba de la boca. Se la secó, enfadado. Tenía las garras manchadas de sangre. «Y, los niños, ¿acaso te has olvidado de los niños? ¿Has olvidado por qué estás aquí?»

Avanzó a tientas hacia la parte delantera de la casa. Golpeó los espejos y los cuadros enmarcados que cubrían las paredes. Quería destrozar los muebles. Pero tenía que ir a buscar a los niños.

El teclado de una alarma le llamó la atención. Era como el de Mendocino. Apretó el botón azul de alerta médica y el botón rojo de incendio.

Al instante, un gemido ensordecedor rompió toda aquella calma.

Se tapó los oídos mientras gritaba. El dolor era insoportable; tenía la cabeza a punto de estallar. No tenía tiempo para encontrar el origen de ese ruido ensordecedor y detenerlo.

Tenía que apresurarse. Ese ruido le estaba volviendo loco.

Llegó hasta las puertas del granero en un abrir y cerrar de ojos, y arrancó los cerrojos. Las astillas de la puerta cayeron dentro.

Allí, con la luz brillante de la casa, vio el autobús, amarrado con cadenas y recubierto de vueltas y vueltas de cinta aislante, una auténtica cámara de torturas.

Los niños chillaban como histéricos, con unos gritos agudos y estridentes, casi ahogados por el toque ensordecedor de la alarma. Podía oler el terror, la excitación desesperada. Creían que estaban a punto de morir. En cuestión de segundos, sabrían que les había salvado. Sabrían que eran libres.

Sus garras rasgaron la cinta como si fuera papel de seda. Con una zarpa, rompió el cristal de la puerta y, acto seguido, arrancó la puerta del autobús.

Un olor nauseabundo le atacó las fosas nasales: heces, vómito, orín, sudor. ¡Oh, qué crueldad! Quería aullar.

Retrocedió. Aquella alarma ensordecedora le desorientaba, le paralizaba. Pero el trabajo estaba prácticamente terminado.

Salió del granero, otra vez bajo la lluvia, con la tierra blanda bajo los pies, muriéndose de ganas de sacar al niño muerto del Land Rover y de poner su cuerpo donde lo encontraran con toda seguridad, pero no podía soportar más ese ruido. Tendrían que encontrarlo, y seguro que lo harían. Aun así, dejarlo le parecía un error. Un error no dejar preparada, en cierto modo, toda la escena para ellos.

De reojo vio las figuras, grandes y pequeñas, abandonando con dificultades el autobús.

Se movían hacia él. Y era evidente que le veían, que veían qué era, que, gracias a la luz que se filtraba por las ventanas, veían la sangre que le empapaba las patas, el pelaje.

¡Se asustarían aún más! Tenía que huir.

Se dirigió a los árboles que brillaban, mojados, en la parte trasera de la finca, y se metió en el magnífico y silencioso bosque que se extendía al oeste: el bosque Muir.

11

El bosque Muir ocupaba más de doscientas hectáreas y albergaba algunas de las secuoyas vivas más longevas de California, árboles que superaban los sesenta metros de altura y los mil años de vida. Al menos, dos arroyos cruzaban el profundo cañón del parque. Y Reuben había recorrido sus senderos en muchas ocasiones.

Se sumergió en aquella calma envolvente, hambriento de la soledad que le había llevado a Mendocino, y deleitándose con su fuerza mientras trepaba por aquellos árboles gigantescos, saltando de rama en rama como si tuviera alas. Por todos lados, el olor de los animales le cautivaba.

Se adentró más en el parque, y no bajó al suelo mullido de hojas hasta que todas las voces humanas de la noche se hubieron apagado, y únicamente se oía la lluvia y los ruidos sordos de miles de criaturillas de nombres desconocidos en sus camas de hojas y helechos. Arriba, los pájaros crujían en las ramas.

Se reía con ganas, canturreaba sílabas absurdas y vagaba, tambaleándose. Después, volvía a trepar a un árbol, tan arriba como podía, con la lluvia cayéndole como agujitas sobre los ojos, hasta que el tronco se hacía demasiado delgado para soportar su peso y tenía que buscar otro al que encaramarse. Y luego otro. Y volvía a bajar al suelo y bailaba en círculos con los brazos abiertos.

Echó la cabeza atrás, volvió a rugir y dejó que, esta vez, el rugido se convirtiera en un aullido profundo. Nada le contestó en medio de la noche salvo el vuelo chispeante de otras criaturas vivas, criaturas vivas que huían de él.

De repente, se puso a cuatro patas y echó a correr como un lobo, cruzando rápidamente el espeso follaje. Aspiró el olor de un animal, un lince rojo, que había salido de su madriguera y huía ante él. Persiguió ese olor con un hambre insaciable hasta que lo alcanzó. Atrapó entre sus zarpas a la criatura peluda que no dejaba de gruñir y le clavó los colmillos en el cuello.

Esta vez nada le privó de su festín.

Le arrancó los músculos carnosos del hueso y apretó las fauces para devorar a aquel animal de piel brillante y amarillenta, sorbiendo su sangre, sus tiernas entrañas, la bolsa rica de su vientre. En total unos veinte quilos, de los que dejó solamente las garras y la cabeza, con esos ojos amarillos que le miraban amargamente.

Se tumbó encima de un lecho de hojas, jadeando y llorando suavemente, relamiéndose los dientes para saborear por última vez aquella sangre caliente y aquella carne. Un lince rojo. Delicioso. Y los gatos nunca suplican piedad. Los gatos gruñen hasta el último aliento. Todavía más suculento.

Le sobrevino una enorme sensación de asco, de horror. Había corrido a cuatro patas como un animal. Había disfrutado como un animal.

Tras eso, echó a andar distraídamente por el denso bosque, cruzó el ancho riachuelo encima de un tronco cubierto de musgo, al que sus zarpas se agarraron fácilmente, y se adentró todavía más en el cañón, más allá de todo lo que hasta entonces había conocido, más allá de la ladera del monte Tamalpais.

Finalmente, se dejó caer y se recostó contra la corteza de un árbol, mirando a través de la oscuridad y viendo, por primera vez, muchas más criaturas de las que jamás hubiera soñado que la maleza pudiera esconder. Olor a zorro, a ardilla, a ardilla listada... ¿Cómo sabía cuál era cuál?

Pasó una hora; había estado husmeando, arrastrándose a cuatro patas, deambulando.

El hambre volvía a arreciar. Se arrodilló junto a un riachuelo. Sus ojos siguieron fácilmente el avance veloz del salmón de invierno y, cuando dejó caer la pata, su zarpa agarró un pez grande, indefenso, que se agitaba y contoneaba, hasta que lo destripó de una dentellada.

Saboreó la carne cruda, y qué diferente sabía de la carne nervuda y jugosa del lince rojo.

Lo que satisfacía no era el hambre, ¿verdad? Era otra cosa: la gran exhibición y constatación de lo que era.

Volvió a trepar, muy alto, buscando nidos de pájaros en las ramas temblorosas, y devoró la cáscara de los huevos, mientras la madre chillaba sin parar y le rodeaba en círculos, picoteándolo en vano.

De nuevo abajo, al lado del arroyo, se lavó la cara y las patas en el agua helada. Se metió dentro y se bañó entero, tirándose agua por la cabeza y los hombros. Tenía que limpiar toda la sangre. El agua le refrescaba. Se arrodilló y bebió como si jamás hubiera bebido, a lengüetazos, sorbiendo y tragando agua.

La lluvia salpicaba la superficie erizada y agitada del arroyo. Y bajo ella, los peces, indiferentes, pasaban velozmente a su lado.

Volvió a trepar y saltó de árbol en árbol, muy por encima del valle. «No temáis, pajarillos. No quiero torturaros.»

«No guisarás un cabrito con la leche de su madre», ciertamente.

Como ya le había ocurrido antes, pudo ver las estrellas a través de la niebla espesa. Qué magnífico que era el cielo que se abría por encima de la espesa capa de niebla y humedad que envolvía la tierra. Era como si la lluvia arrastrara una luz plateada en su caída frenética. Brillaba y repiqueteaba en las hojas que tenía alrededor. Y, desde las ramas superiores, volvía a convertirse en lluvia que caía sobre las inferiores y, desde ahí, sobre el mundo de más abajo. Lluvia, lluvia y más lluvia, hasta llegar suavemente a los minúsculos helechos temblorosos y el denso mantillo de hojas muertas, tan opulentas, tan aromáticas.

En realidad, no podía apreciar la lluvia sobre su cuerpo, salvo en los párpados. Pero podía olerla, olerla mientras cambiaba con cada superficie que limpiaba y alimentaba.

Lentamente, volvió a bajar y anduvo, con la espalda muy recta, con ese fuerte deseo de comer saciado, y sintió una seguridad asombrosa en el bosque oscuro, pensando con una sonrisa que no había encontrado nada que no le temiera.

La aniquilación de los tres hombres muertos le removía las entrañas. Se sentía mareado y con ganas de llorar. ¿Podía llorar? ¿Lloraban los animales salvajes? Una risilla apagada escapó de su boca. Era como si los árboles le escucharan, pero, obviamente, aquella era la más ridícula de las ilusiones: que aquellos guardianes milenarios supieran de o se preocuparan por otro ser vivo. Qué monstruosas eran las secuoyas, qué desproporcionadas respecto al resto de la naturaleza, qué divinamente primitivas y magníficas.

La noche jamás le había parecido más dulce; habría podido vivir así para siempre, autosuficiente, fuerte, monstruoso y sin miedo a nada. Si aquello era lo que le reservaba el don del lobo, tal vez podría soportarlo.

Sin embargo, le aterrorizaba poder rendir su alma consciente al corazón de la bestia que habitaba en su interior. De momento, aún conservaba la poesía, y las consideraciones morales más profundas.

Le vino a la cabeza una canción, una vieja canción. No conseguía recordar dónde la había oído. La cantó mentalmente, poniendo esas palabras medio olvidadas en el orden correcto, únicamente tarareándola.

Llegó a un claro de hierba, con la luz del cielo bajo y gris intensificándose y, tras la cercanía del bosque, le pareció precioso ver la hierba brillando con la lluvia fina.

Empezó a bailar en grandes círculos, lentamente, mientras cantaba la canción. Su voz sonaba profunda y clara: ya no era la voz del viejo Reuben, el pobre, inocente y miedoso Reuben, sino la voz de lo que Reuben era ahora.

Es el don de ser sencillos,
es el don de ser libres,
es el don de ir
donde debemos,
y, cuando nos encontremos
en el lugar adecuado,
será el valle del amor y el placer.

La volvió a cantar de nuevo, bailando un poco más deprisa y en círculos más grandes, con los ojos cerrados. Una luz brilló contra sus párpados, una luz tenue, lejana, pero no le hizo ningún caso. Bailaba y cantaba...

Se detuvo.

Había aspirado un fuerte olor, un olor inesperado. Algo dulce mezclado con un perfume artificial.

Alguien se encontraba muy cerca de él. Y, cuando abrió los ojos, vio la luz brillando sobre la hierba, y la lluvia tiñéndolo todo de dorado.

No percibió el menor signo de peligro. Ese olor humano era limpio, inocente, audaz.

Se volvió y miró a su derecha. «Sé amable y cuidadoso —se recordó—. Asustarás, quizás aterrorizarás, a este testigo perdido.»

A unos metros, en el porche trasero de una casita a oscuras, había una mujer observándole. Sostenía una linterna en la mano.

En la oscuridad absoluta que había sido la noche, la luz de la linterna se expandía ampliamente, finamente; y era evidente que, con aquella luz, le podía ver.

Estaba muy quieta, mirándole a través de la explanada de hierba suave y silvestre, una mujer de pelo largo con la raya en medio, y unos ojos grandes y sombríos. Su pelo parecía gris, pero tal vez se equivocaba. Porque con lo que podía ver, no podía distinguir los detalles. Llevaba un camisón blanco de manga larga y estaba completamente sola. No había nadie en la casa a oscuras, detrás de ella.

«¡No tengas miedo!»

Era su primer y único pensamiento. Qué pequeña y frágil se la veía de pie en el porche, un animalillo tierno, que, sosteniendo la linterna, le miraba.

«Oh, por favor, no tengas miedo.»

Volvió a entonar la canción, la misma estrofa, solo que un poco más despacio, con la misma voz clara y profunda de antes.

Echó a andar lentamente hacia ella y observó con gran sorpresa cómo ella avanzaba por el porche hasta llegar hasta los escalones.

No tenía miedo. Era obvio. No tenía ni pizca de miedo.

Reuben siguió acercándose y volvió a cantar la estrofa. Ahora estaba justo en el centro de la fuerte luz de la linterna. Y, pese a todo, ella seguía tan quieta como antes.

Parecía presa de la curiosidad, fascinada.

Reuben se acercó hasta el pie de los pequeños escalones.

Tenía el pelo gris, en realidad, aunque prematuramente gris tal vez, porque su rostro era fino como una máscara de porcelana. Tenía los ojos de un azul gélido. Estaba fascinada, sin duda, inalterable, como sumida en su contemplación.

¿Y qué veía aquella mujer? ¿Veía cómo él también la miraba con la misma curiosidad, con la misma fascinación?

En lo más profundo de sus entrañas, creció un deseo, cuya intensidad le sorprendió. La deseaba cada vez más. ¿Veía ella ese deseo? ¿Podía verlo? El hecho de ir desnudo, incapaz de ocultar su deseo, le excitaba todavía más, le daba fuerzas, le envalentonaba.

Jamás había sentido un deseo igual.

Empezó a subir las escaleras y pronto se situó con toda su envergadura frente a ella, que empezó a retroceder en el porche. Pero no retrocedía por miedo. No, parecía darle la bienvenida.

¿Qué era aquella extraordinaria ausencia de miedo? ¿Qué era aquella aparente serenidad en aquellos ojos que miraban directamente a los suyos? Tendría treinta años, tal vez, tal vez alguno menos. Tenía los huesos pequeños, una boca sensual, carnosa y bien dibujada y unos hombros fuertes aunque estrechos.

Reuben alargó los brazos tentativamente, concediéndole mucho tiempo por si quería huir. Le tomó la linterna de las manos con ambas zarpas, sin importarle el calor evidente que desprendía, y la dejó en un banco de madera que había cerca de la pared. Había una puerta entreabierta. Más allá vio una luz muy pálida.

La deseaba, quería arrancarle el camisón blanco de franela. Con sumo cuidado, estiró los brazos hacia ella y la abrazó. Se le aceleró el corazón. El deseo que sentía por ella era extraño, innegable como el deseo de matar o el de regodearse con la comida. Las bestias son criaturas de imperativos.

La piel de la mujer aparecía blanca a la luz de la linterna, suave, tierna... Sus labios se abrieron y exhaló un pequeño jadeo. Con cuidado, con sumo cuidado, Reuben se los acarició con la punta de la zarpa.

La levantó, cargándose con facilidad las piernas de ella sobre el brazo izquierdo. No pesaba nada, absolutamente nada. Ella le envolvió el cuello con sus brazos, dejando que sus dedos acariciasen aquel pelo espeso.

Y, con esos gestos tan simples, consiguió que él enloqueciera. Soltó un gruñido suave y misterioso.

Tenía que poseerla, si ella se lo permitía. Y era evidente que ella se lo permitía.

Fue hacia la puerta, que abrió con un suave empujón, y la llevó hacia el olor más cálido y dulce de la casa.

Toda clase de olores domésticos le envolvieron: madera pulida, jabón perfumado, velas, un toque de incienso, el fuego. Y el encantador perfume natural de ella combinado con cierta esencia sabrosa de limón. Oh, carne, oh, bendita carne. Volvió a salir de él ese gruñido suave y tierno. ¿Era así como ella le veía? ¿Tierno?

Había brasas en una estufita negra. Un reloj digital mostraba la hora con luz tenue.

Una pequeña habitación se materializó a su alrededor. Identificó una cama antigua contra la pared, con un respaldo alto de roble dorado y mantas blancas que parecían suaves como la espuma.

Ella se había recostado sobre él. Alargó la mano y le tocó la cara. Él apenas notó el contacto a través del pelaje, pero, de repente, se le empezó a erizar el pelo. Ella le tocó la boca, la línea fina de carne negra que él sabía que le perfilaba la boca. Le tocó los dientes y los colmillos. ¿Percibiría ella que le estaba sonriendo? Le agarró con fuerza un puñado del grueso pelo de su melena lobuna.

Él le dio un beso en la cabeza, le besó la frente, mmmm, satén. Le besó los ojos, que dejaron de mirar hacia arriba, y se cerraron.

La piel de sus párpados era como la seda. Un pequeño ser de seda y satén, sin pelo, perfumada, suave como un pétalo.

Qué desnuda y vulnerable parecía; le volvía loco. «¡Oh, por favor, querida, no cambies de parecer!»

Se desplomaron juntos en la cama, aunque él no dejó caer todo su peso sobre ella. La habría lastimado de haberlo hecho, por lo que se acurrucó a su lado, acunándola en sus brazos, apartándole el pelo de la frente. Rubio y gris, con montones y montones de canas de un gris pálido.

Se inclinó para besarle los labios y ella los abrió. Él respiró dentro de su boca.

—Con suavidad —susurró ella, con los dedos apartándole el pelo de los ojos, alisándolo.

—Oh, preciosa, preciosa —dijo él—. No te haré daño. Moriría antes que hacerte daño. Tierna flor. Pequeña flor. Te doy mi palabra.

12

El pequeño reloj de la mesita de noche marcaba las cuatro de la madrugada, con unos brillantes números digitales. Solo con el reloj, sus ojos tenían ya toda la luz que necesitaban.

Yacía al lado de ella, contemplando el artesonado oscuro con cuentas del techo de madera recubierto de un barniz espeso y brillante.

En otros tiempos, aquella habitación había sido un porche y ocupaba toda la parte trasera de la casa. En la parte superior del revestimiento de madera se abrían ventanas de pequeños paneles a los tres lados. Imaginó lo precioso que sería todo aquello cuando saliera el sol y el bosque oscuro que él ya podía ver se hiciera visible a ojos humanos, con los troncos rojizos y las hojas verdes y ondulantes.

Podía oler el bosque, olerlo con la misma intensidad que mientras lo recorría. Era una cabaña de bosque construida por alguien que amaba el bosque y quería vivir dentro de él sin alterarlo.

Ella yacía junto a él, durmiendo.

Una mujer de unos treinta años, sí, con el pelo de un color rubio ceniza, aunque ahora era en su mayor parte, de un tono blanco grisáceo, largo, suelto y natural. Él le había arrancado el camisón, lo había destrozado, liberándola poco a poco, mientras ella mostraba aquella docilidad irresistible, con los restos del camisón debajo de su cuerpo, como plumas en un nido.

Había necesitado todo su autocontrol para no golpearla mientras hacían el amor, el hombre y la bestia habían colaborado, habían gozado juntos, y su deseo encendido había corrido como la cera fundida. Con absoluto abandono, ella le había recibido, gimiendo con la misma espontaneidad que él, empujando fuerte contra él y, finalmente, tensándose extasiada debajo de él.

Su absoluta falta de miedo encerraba algo más que simple confianza.

Aquella mujer había dormido a su lado con la tranquilidad de un niño.

Pero él no se había atrevido a dormir. Había yacido en la cama, pensando, meditando, enfrentando al hombre y a la bestia y, a pesar de ello, notando una especie de dicha silenciosa, la dicha de estar en sus brazos como la bestia que ella había aceptado.

Si no hubiese temido despertarla, se habría levantado y mirado alrededor, tal vez se habría sentado en el enorme balancín de madera, quizá se habría fijado más en las fotografías enmarcadas que tenía juntas en la mesita de noche. Desde donde yacía, podía ver una foto de ella vestida para ir de excursión, con una mochila y un bastón, sonriendo a la cámara. Había otra foto de ella con dos niños de pelo rubio.

Qué diferente estaba en aquella foto: con el pelo peinado y perlas alrededor del cuello.

Había libros sobre la mesa, viejos y nuevos, todos relacionados con el bosque, la fauna o las plantas originarias del bosque Muir y la montaña.

No le sorprendía en absoluto.

Quién si no podría vivir en un lugar tan desprotegido salvo una mujer para quien el bosque era su mundo, pensó. Y, realmente, parecía una tierna criatura de aquel mundo. Aunque insensatamente confiada. Demasiado confiada.

Se sentía poderosamente atraído por ella, ligado a ella por su secreto, por haberlo aceptado en su lecho tal y como era. Y, además, estaba la pasión. Bajó la vista hacia ella, preguntándose quién o qué era ella, qué estaría soñando.

Pero ahora tenía que irse.

Sencillamente, empezaba a sentirse cansado.

Si no atravesaba el bosque lo bastante deprisa, la transformación podría producirse demasiado lejos del coche que había dejado oculto en el acantilado, muy por encima de la casa del secuestro.

La besó con esa boca sin labios y notó la presión de sus colmillos contra ella.

Ella abrió los ojos de repente, grandes, alerta, brillantes.

—¿Me aceptarás otra vez? —preguntó él, en voz baja y ronca, tan cándidamente como pudo.

—Sí —contestó ella en un susurro.

Eso fue casi demasiado. Deseó volver a poseerla. Pero, simplemente, no tenía tiempo. Quería conocerla, y quería, sí, quería que ella le conociera. «Ah, qué ambicioso», pensó. Pero le volvió a abrumar que ella no hubiera huido de él, asustada, que hubiera yacido durante horas junto a él, ahí, en la fragancia cálida de aquella cama.

Le tomó la mano y la besó, y la volvió a besar.

—Adiós pues, por ahora, preciosa.

—Laura —dijo ella—. Me llamo Laura.

—Ojalá tuviera yo un nombre —respondió—. Te lo diría de corazón.

Y, así, se levantó y salió de la casa sin mediar más palabra.

Avanzó deprisa entre las copas de los árboles, volviendo a cruzar el bosque Muir. Iba hacia el sureste, prácticamente sin tocar el suelo hasta que salió del parque y se adentró en la frondosa maleza de Mill Valley.

Sin habérselo planteado conscientemente, encontró el Porsche, justo donde lo había dejado, a salvo bajo el cobijo de un bosquecillo de robles.

La lluvia se había acabado convirtiendo en una fina llovizna.

Las voces susurraban y silbaban entre las sombras.

Muy abajo, podía oír las radios de la policía que seguía apostada sobre la «escena del secuestro».

Se sentó al lado del coche, con los hombros encorvados e intentó provocar la transformación.

Empezó a los pocos segundos. El pelo de lobo comenzó a deshacerse, mientras se apoderaba de él una sensación embriagadora de placer.

El cielo se estaba iluminando.

Estaba a punto de desmayarse.

Se puso aquella ropa ancha y holgada; lo único que se había llevado. Pero ¿adónde podía ir? No podía ir a Nideck Point. Era imposible. Incluso el corto trayecto hasta casa parecía imposible. No podía irse a casa, no ahora.

Se obligó a ponerse en ruta. Apenas podía mantener los ojos abiertos. Era probable que los periodistas hubiesen reservado habitación en el Mill Valley Inn, y en cualquier otro motel u hotel en un radio de kilómetros. Se dirigió al sur hacia el Golden Gate, luchando una y otra vez para no dormirse mientras el sol despuntaba a través de la niebla con una luz metálica implacable.

Había vuelto a arreciar la lluvia mientras entraba en la ciudad.

Al ver un gran motel comercial en Lombard Street, aparcó y reservó una habitación. Le habían llamado la atención los balcones individuales del piso superior, justo bajo el tejado. Reservó una de esas suites, en la parte trasera, «lejos del tráfico».

Cerrando las persianas y despojándose de esa ropa incómoda y áspera, se encaramó a la cama de matrimonio como si fuera un bote salvavidas y se durmió profundamente contra las almohadas blancas y frescas.

13

Tan pronto anochecía, el padre Jim cerraba con llave la iglesia de St. Francis at Gubbio, en el barrio del Tenderloin de San Francisco. De día, los sin techo dormían en los bancos, y comían en el comedor que había al final de la calle. Pero, cuando se hacía de noche, por cuestiones de seguridad, la iglesia permanecía cerrada.

Reuben lo sabía.

También sabía que a las diez de la noche —o sea, ahora— su hermano ya estaría profundamente dormido en su pequeño piso espartano, situado en un bloque cochambroso que se erigía al otro lado de la calle, frente a la entrada del patio de la iglesia.

La vieja rectoría había sido el lugar de residencia de Jim durante los dos primeros años. Pero ahora albergaba oficinas y trasteros parroquiales. Grace y Phil habían comprado el apartamento, con la autorización del arzobispo. De hecho, habían comprado todo el edificio, que Jim estaba convirtiendo lentamente en una especie de motel decente para los residentes más estables y dependientes de aquel viejo barrio del centro.

Reuben, oculto bajo su capucha y su gabardina marrón, descalzo y las zarpas desnudas, había llegado a la iglesia saltando de tejado en tejado, y se había escondido en el patio oscuro. La transformación le había sobrevenido hacía tres horas. Desde entonces, había estado luchando contra las voces, las voces que le llamaban por todas partes. Pero ya no podía seguir luchando.

Llamó a su hermano al móvil, con el que ya se manejaba con mayor soltura después de un poco de práctica.

—Necesito confesarme, en la iglesia —dijo en una voz baja y gutural que ahora resultaba incluso demasiado familiar a sus propios oídos, aunque nada reconocible para Jim—. Necesito el confesionario. Tiene que ser ahí.

—Ah, ¿y ahora mismo, pues?

Su hermano intentaba despertarse.

—No puedo esperar, padre. Le necesito. Necesito a Dios. Me perdonará en cuanto me oiga.

Bueno, quizá.

Reuben se apretó la bufanda alrededor de la boca y se puso las gafas de sol mientras esperaba.

Jim, un párroco devoto e infatigable, entró por la puerta. Se sorprendió al ver que el penitente ya se encontraba en el interior del patio, y quizá se asustó también por el tamaño del tipo, pero asintió y abrió la pesada puerta de madera de la nave.

«Menudo riesgo —pensó Reuben—. Le podría golpear fácilmente en la cabeza y robar los candelabros de oro de la iglesia.» Se preguntaba con qué frecuencia había hecho ese tipo de cosas Jim o por qué había dedicado su vida a ese trabajo sacrificado y extenuante. No entendía cómo podía servir sopa y refrito de carne cada día a gente que con tanta frecuencia le decepcionaba ni cómo podía seguir el mismo ritual cada mañana en el altar, como si realmente fuera un milagro consagrar el pan y el vino y repartir «el Cuerpo de Cristo» en diminutas obleas blancas.

St. Francis era una de las iglesias más ornamentadas y coloridas de toda la ciudad, construida mucho antes que el Tenderloin se hubiese convertido en el peor barrio y el más legendario de la ciudad. La iglesia era grande, con bancos viejos muy grabados y paredes pintadas con colores vivos y cubiertas de murales dorados. Los enormes murales rodeaban el altar bajo un trío de arcos romanos y seguían por detrás de los altares laterales —consagrados a San José y a la Santísima Virgen María— y por los lados hasta el fondo de la nave, donde, en el extremo derecho, se levantaban los viejos confesionarios de madera, cada uno de ellos una casita de madera tripartita con cabinas para que los penitentes se arrodillaran a lado y lado del puesto central donde se situaba el sacerdote y desde donde iba apartando el panel de madera que cubría la celosía a través de la cual escuchaba en confesión.

No era estrictamente necesario entrar en aquellas cabinas para confesarse. Uno podía confesarse en un banco del parque o en una habitación o, en realidad, en cualquier lugar. Reuben lo sabía perfectamente. Pero aquello tenía que ser absolutamente oficial, absolutamente secreto, y así quería que fuera, tal como lo había pedido.

Siguió a Jim hasta el primer confesionario, el único que realmente se utilizaba, y observó pacientemente cómo su hermano tomaba la pequeña estola de satén y se la ponía alrededor del cuello. Un ritual, todo él, para que el hombre que esperaba detrás tuviera la certeza de estar a punto de recibir oficialmente el Sacramento de la Penitencia.

Sin decir nada, Reuben se quitó las gafas y se bajó la bufanda, mostrando su rostro.

Jim le miró casi por casualidad para indicar «al hombre» que abriera la puerta de la pequeña cabina. Pero con aquella mirada ya tuvo suficiente.

Vio esa cara bestial cerniéndose sobre él y jadeó mientras se precipitaba hacia atrás contra el confesionario.

Inmediatamente, se llevó la mano hasta la frente y se persignó. Cerró los ojos, los volvió a abrir y se enfrentó a lo que veía.

—Confesión —dijo Reuben, y abrió la puerta de la cabina. Ahora era él quien hacía señas con la pata para que Jim ocupara su lugar.

Jim tardó unos segundos en recuperarse.

Era tan extraño ver a Jim en esos momentos, cuando todavía no sabía que el monstruo al que miraba era su hermano, Reuben. ¿Dónde se ha visto que un hermano o hermana nos mire como si fuéramos perfectos desconocidos?

Ahora sabía cosas de su hermano que jamás habría podido saber en su contacto diario: que su hermano era incluso más valiente y abnegado de lo que jamás había imaginado. Y que su hermano sabía manejarse con calma ante el miedo.

Reuben entró en la cabina de penitente y corrió la cortina de terciopelo tras él. Estaba apretujado ahí dentro, porque la cabina estaba pensada para hombres y mujeres más pequeños. Pero se arrodilló en el reclinatorio acolchado, y se puso ante la pantalla mientras Jim apartaba el panel. Vio que Jim levantaba la mano para darle la bendición.

—Bendígame, padre, porque he pecado —dijo Reuben—. Y todo lo que ahora le contaré es bajo secreto absoluto de confesión.

—Sí —dijo Jim—. ¿Son sinceras tus intenciones?

—Completamente. Soy tu hermano, Reuben.

Jim no dijo nada.

—Yo soy quien mató al violador en North Beach y a aquellos hombres en Golden Gate Park. Asesiné a aquella mujer de Buena Vista Hill que torturaba a la pareja de ancianos. Maté a los secuestradores en Marin cuando liberé a los niños. Llegué demasiado tarde para salvarlos a todos. Dos ya estaban muertos. Otra chiquita, diabética, ha muerto esta mañana.

Silencio.

—Soy en verdad tu hermano —dijo Reuben—. Todo empezó para mí con el ataque del condado de Mendocino. No sé qué tipo de bestia me atacó allí, ni si pretendía realmente transferirme su poder. Pero sé el tipo de bestia en que me he convertido.

De nuevo, un silencio absoluto. Jim parecía mirar al frente. Parecía tener el codo apoyado en el brazo de la silla. Y la mano cerca de la boca.

Reuben siguió hablando:

—La transformación se produce todas las noches, cada vez más temprano. Esta noche me ha sobrevenido a las siete. No sé si puedo impedirla o provocarla a voluntad. No sé por qué me abandona cerca del alba. Pero sí que sé que me deja medio muerto de fatiga.

»¿Cómo encuentro las víctimas? Las oigo. Las oigo y las huelo, su inocencia y su miedo. Y huelo el mal en los que las atacan. Lo huelo como un perro o un lobo huele su presa.

»El resto ya lo sabes, lo has leído en los periódicos, lo has oído en las noticias. No tengo nada más que decirte.

Silencio.

Reuben esperó.

El calor era asfixiante en aquel pequeño habitáculo. Pero esperó.

Por fin, Jim habló. Lo hizo con voz grave y baja, prácticamente irreconocible.

—Si eres mi hermano pequeño, entonces debes saber algo, algo que únicamente él podría saber, algo que me puedas contar para estar seguro de que realmente eres él.

—Por el amor de Dios, Jim, soy yo —exclamó Reuben—. Mamá no sabe nada de todo esto, ni tampoco Phil. Ni Celeste. Nadie lo sabe, Jim, excepto esa mujer y esa mujer no sabe realmente quién soy. Solo me conoce como el Lobo Hombre. Si ha llamado a la policía, al FBI, al NIH o a la CIA, no hay constancia pública de ello. Te lo cuento, Jim, porque te necesito, necesito que oigas estas cosas. Estoy solo en esto, Jim. Estoy completamente solo. Y sí, soy tu hermano. ¿O no soy ya tu hermano, Jim? Por favor, contéstame.

Vagamente, Reuben vio que Jim se llevaba las manos a la nariz y hacía un ruidillo, como si tosiera.

—De acuerdo. —Suspiró, echándose para atrás—. Reuben. Dame solo un minuto. Ya conoces esa vieja broma. No puedes sorprender a un cura en confesión. Bien, creo que esto se aplica a la gente que no se ha transformado en una especie de...

—Animal —dijo Reuben—. Soy un hombre lobo, Jim. Pero prefiero considerarme un lobo hombre. De hecho, conservo plenamente la conciencia en este estado, hasta el punto de poder sincerarme contigo. Pero no es tan sencillo. Cuando estoy en este estado, noto unas hormonas en mi interior y estas hormonas me alteran las emociones. Soy Reuben, sí, pero soy Reuben bajo una nueva serie de influencias. Y nadie sabe de verdad hasta qué punto las hormonas y las emociones influyen en el libre albedrío, la conciencia, la inhibición y los hábitos morales.

—Sí, eso es bien cierto, y nadie lo expresaría como tú lo has hecho, salvo mi hermano pequeño, Reuben.

—Phil Golding no crio hijos incapaces de obsesionarse con temas cósmicos.

Jim rio.

—¿Y dónde está Phil ahora que le necesito?

—No vayas ahí —respondió Reuben—. Lo que decimos aquí es secreto.

—Amén, de eso no hay duda.

Reuben esperó.

Entonces, dijo:

—Matar es fácil. Matar a gente que apesta a culpa es fácil. No, en realidad, no. No apesta a culpa. Apesta a intenciones de hacer el mal.

—¿Y los demás, la gente inocente?

—Los demás huelen a gente normal. Huelen a inocentes: tienen un olor saludable, huelen bien. Supongo que esa es la razón por la que la bestia de Mendocino me soltó. Me pilló por medio mientras atacaba a los dos asesinos. Y me dejó ir, quizás a sabiendas de lo que me había hecho, de que me había infectado.

—Pero no sabes quién o qué es.

—No. Todavía no. Pero pienso descubrirlo, es decir, si existe algún modo de hacerlo. Y hay más de lo que se ve a simple vista, quiero decir, más cosas relacionadas con lo que ocurrió en esa casa y a esa familia. Pero todavía es demasiado pronto para sacar conclusiones.

—Esta noche... ¿Has matado esta noche?

—No, no lo he hecho. Pero es pronto, Jim.

—Toda la ciudad te busca. Han instalado más cámaras en los semáforos. Tienen a gente vigilando los tejados. Reuben, ahora disponen de satélites para controlar los tejados. Saben que así es cómo te mueves. Reuben, te atraparán. ¡Te dispararán! ¡Te matarán!

—No será tan sencillo, Jim. Me ocuparé de ello.

—Escucha, quiero que te entregues a las autoridades. Te acompañaré a casa. Llamaremos a Simon Oliver y hablaremos con el procesalista del bufete. ¿Cómo se llama? Gary Paget, y...

—Déjalo, Jim. Eso no va a suceder.

—Niño, no puedes arreglar esto. Estás despedazando a seres humanos...

—Jimmy, basta.

—Esperas que te dé la absolución por...

—No he venido a que me absolvieras. Ya lo sabes. ¡He venido para mantener todo esto en secreto! No se lo puedes contar a nadie, Jim. Hiciste esa promesa a Dios, no solo a mí.

—Es cierto, pero tú debes hacer lo que te digo. Debes ir a ver a mamá y contárselo todo. Escucha, que mamá te haga pruebas, que descubra cuáles son los componentes físicos de esta cosa, cómo o por qué te sucede. Un especialista de París, un médico ruso, se ha puesto en contacto con ella. Tiene un nombre realmente extraño, Jaska, creo, pero ese doctor asegura haber visto otros casos, casos en que han ocurrido cosas extrañas. Reuben, no es la primera vez...

—Ni lo sueñes.

—No vivimos en la Edad Media, Reuben. ¡No nos paseamos por el Londres del siglo XIX! Mamá es la persona ideal para arrojar luz de verdad sobre...

—¿Lo dices en serio? ¿Crees que mamá preparará un laboratorio estilo Frankenstein con ese tal Jaska e investigará el asunto? ¿Y buscarán a un jorobado llamado Igor como asistente para realizar las resonancias magnéticas y preparar los productos químicos? ¿Crees que me atará sobre una silla de hierro cuando se ponga el sol para que pueda babear y rugir en una celda? Estás soñando. Una palabra a mamá y estoy acabado, Jim. Llamará a las mejores mentes científicas de su generación, al condenado especialista de París. Ella es así. Eso es lo que el mundo esperaría de ella, que llamara por teléfono al NIH. Y, mientras tanto, buscaría por todos los medios la manera de confinarme que no pudiese hacer «daño» a nadie más y eso sería el fin, Jim. El fin. O el principio de la vida de Reuben como animal experimental encerrado a cal y canto bajo supervisión gubernamental. ¿Cuánto tiempo crees que pasaría antes de que desapareciera sin remedio en un laboratorio del gobierno? Ni siquiera ella podría evitarlo.

»Déjame que te cuente lo que me pasó cuando entré en esa casa de Buena Vista, hace dos noches. La mujer me disparó, Jim, y la herida había desaparecido a la mañana siguiente. No tengo nada en el hombro que la bala me atravesó. Nada.

»Jim, me sacarían sangre día tras día durante el resto de mi vida, intentando aislar qué me da este poder de recuperación. Harían biopsias de todos los órganos de mi cuerpo. Me biopsiarían el cerebro, si nadie se lo impidiera. Me estudiarían con todos los instrumentos conocidos por el hombre para descubrir cómo y por qué me transformo en esta criatura, y qué hormonas o elementos químicos rigen mi aumento de tamaño, la aparición de colmillos y zarpas, la producción rápida de pelo lobuno, el aumento de fuerza muscular y agresividad. Intentarían desencadenar la transformación y controlarla. Pronto descubrirían que lo que me ocurre tiene repercusiones no solo en la longevidad sino también en la defensa nacional, que si pudieran crear un cuerpo de élite con soldados lobo, poseerían una arma poderosísima para la guerra de guerrillas en zonas del planeta donde las armas convencionales son completamente inútiles.

—De acuerdo. Basta. Lo has meditado.

—Oh, sí, por supuesto —contestó Reuben—. Llevo todo el día tumbado en una habitación de motel, escuchando las noticias y sin pensar en nada más. He estado pensando en los rehenes de las junglas colombianas y en lo fácil que me resultaría llegar hasta ellos. He estado pensando en ello, en todo. Pero no con tanta claridad como lo hago ahora mismo. —Vaciló. Se le rompió la voz—. No sabes lo que significa contarte esto, Jim. Pero hablémoslo de verdad... Quiero decir... Afrontemos lo que me ocurre.

—Tiene que haber alguien, alguien en quien puedas confiar —dijo Jim—. Alguien que pueda estudiar todo esto sin ponerte en peligro.

—Jimmy, simplemente, nadie puede. Esa es la razón de que las pelis de hombres lobo acaben como acaban, con una bala de plata.

—¿Eso es cierto? ¿Te puede matar una bala de plata?

Reuben rio entre dientes.

—No tengo ni idea —admitió—. Seguramente, no. Sé que una bala normal o un cuchillo no me pueden matar. De eso estoy seguro. Pero nunca se sabe. Tal vez haya algo realmente sencillo que consiguiera matarme. Alguna toxina. ¿Quién sabe?

—De acuerdo. Lo entiendo. Entiendo por qué no puedes confiar en mamá. Lo capto. Sinceramente, creo que podríamos convencer a mamá para que lo mantuviera en secreto porque te quiere, niño. Es tu madre. Pero puede que me equivoque, que esté completamente equivocado. Esto... Esto sacaría a mamá de quicio, eso está claro, independientemente de qué decidiera hacer.

—Ese es otro tema, ¿ves? —dijo Reuben—. Proteger a los que amo de este secreto por lo que podría significar para sus mentes y sus vidas.

«Por eso quiero salir de aquí y volver a encontrarme con Laura en ese bosque de Marin. Por eso deseo tanto volver a hallarme entre sus brazos porque, por lo que sea, ella no tenía ningún miedo, no sentía asco. De hecho, me dejó abrazarla y...»

Magníficos pensamientos para un confesionario.

—Hay una mujer —dijo—. No la conozco muy bien. He hecho algunas búsquedas por internet. Creo que sé quién es, pero la cuestión es que me presenté ante ella de forma inesperada y yací con ella.

—«Yací con ella», ya hablas como la Biblia. ¿Eso significa que tuviste sexo con ella?

—Sí, pero prefiero pensar que «yací» con ella porque fue, ya sabes, como se suele decir aunque suene a cliché, bonito.

—Ah, magnífico. Escucha, no puedes resolver este asunto solo. No puedes controlar este poder y, por lo que me cuentas, no puedes soportar la soledad que acarrea.

—¿Y quién la va a soportar conmigo?

—Yo lo estoy intentando —contestó Jim.

—Lo sé.

—Por ahora, tienes que buscar un sitio seguro para esta noche. Te buscan por todas partes. Creen que eres un loco disfrazado de lobo... Eso es lo que creen.

—No tienen ni idea.

—Oh, sí, sí la tienen. Han analizado la muestra de ADN de la saliva que dejaste en tus víctimas. ¿Y si descubren que es ADN humano y que ha sufrido una mutación? ¿Y si descubren secuencias extrañas en el ADN?

—No entiendo de estas cosas —repuso Reuben.

—Tienen problemas con las pruebas, problemas que no quieren que la opinión pública conozca. Pero eso podría implicar que están realizando pruebas más sofisticadas. Celeste dice que creen que la muestra ha sido manipulada de algún modo.

—¿Qué quieres decir?

—Creen que el Lobo Hombre está jugando con ellos, que deja pistas falsas en las escenas de los crímenes.

—Eso es ridículo. ¡Deberían haber estado allí!

—Y relacionan esos ataques con Mendocino. Mamá lo relaciona con Mendocino. Mamá insiste para que se lleven a cabo más pruebas a esos yonquis muertos. Lo van a examinar todo.

—Entonces, ¿quieres decir que descubrirán que allí hay un ADN diferente, y que tienen dos lobos hombre vagando por el mundo?

—No lo sé. Nadie lo sabe. Escucha, no subestimes la telaraña que pueden tejer con las pruebas para atraparte. Si tu ADN está en el sistema, Reuben, y consiguen una coincidencia...

—Mi ADN no figura en el sistema. Mamá dijo que algo fue mal con su muestra. Además, no soy... No era ningún criminal. No consto para el sistema penal.

—Ah, ¿y ellos siguen las normas? Tienen una muestra de la autopsia de Marchent Nideck, ¿no? —Jim estaba cada vez más nervioso.

—Sí, seguramente, la tienen —contestó Reuben.

—Y mamá dijo que habían estado llamando, preguntando si podían obtener más ADN tuyo. Mamá les ha estado diciendo que no. Por lo visto, el doctor de París aconsejó a mamá que no aceptara más pruebas.

—Por favor, Jim, intenta mantener la calma. No te sigo. Deberías haberte hecho médico como mamá.

Silencio.

—Jim, tengo que irme.

—Reuben, ¡espera! ¿Adónde vas?

—Tengo que descubrir ciertas cosas, y la primera y más importante es cómo controlar la transformación, cómo detenerla, cómo conseguir bloquearla.

—O sea, que no tiene nada que ver con la luna.

—No es magia, Jim. No, no tiene ninguna relación con la luna.

Eso son fantasías. Es como un virus. Actúa desde dentro. Al menos, eso es lo que parece. Ha producido un cambio en mi forma de ver el mundo, un cambio en la temperatura moral de las cosas. Todavía no sé qué significa todo esto. Pero no es magia, no.

—Si no es sobrenatural, si solamente es un virus, ¿por qué matas solo a gente mala?

—Ya te lo he dicho. Por el olor y el oído. —Un escalofrío recorrió el cuerpo de Reuben. ¿Qué significaba?

—¿Desde cuándo el mal tiene un olor? —preguntó Jim.

—Eso tampoco lo sé —respondió Reuben—. Pero no sabemos por qué los perros huelen el miedo, ¿no?

—Los perros captan pequeños signos físicos. Pueden oler el sudor, quizás incluso hormonas como la adrenalina. ¿Me vas a decir que el mal tiene una especie de dimensión hormonal?

—Podría ser —contestó Reuben—. Agresividad, hostilidad, rabia, quizá todo ello tiene olores, olores que los seres humanos no pueden distinguir normalmente. No lo sabemos, ¿verdad?

Jim no respondió.

—¿Qué? ¿Quieres que sea sobrenatural? —preguntó Reuben—. ¿Quieres que sea diabólico?

—¿Cuándo te he hablado yo de nada diabólico? —preguntó Jim—. Además, salvas a víctimas inocentes. ¿Desde cuándo el diablo se preocupa por víctimas inocentes?

Reuben suspiró. No podía expresar todos sus pensamientos con palabras. No sabía ni por dónde empezar a explicar los cambios en su manera de pensar, incluso cuando no se encontraba bajo el influjo de la transformación. Tampoco estaba seguro de querer contárselo todo a Jim.

—Una cosa sé —dijo—. Mientras me transforme de forma imprevisible y descontrolada, soy completamente vulnerable. Soy el único que puede resolver esto, y, mierda, tienes razón, tienen mi ADN de Marchent, si no es que lo han conseguido por otro lado. Lo tienen delante de las narices, y yo también. Y, ahora, tengo que irme.

—¿Adónde vas?

—A Nideck Point. Y ahora, escúchame, padre Jim. Ven a verme cuando puedas. Si tienes necesidad de hablar de ello, puedes hacerlo conmigo en privado. Te doy permiso. Pero jamás lo hables con otras personas, o delante de otros.

—Gracias. —El alivio de Jim fue evidente—. Reuben, quiero que me concedas permiso para leer sobre el tema, para investigar.

Reuben lo comprendía. Un sacerdote no podía obrar en consecuencia a la información obtenida en una confesión del mismo modo que no podía hablarlo ni sacar el tema a quien se le había confesado. Reuben concedió.

—Hoy he pasado por casa para recoger algunos libros que había pedido —explicó Reuben—. Solo leyendas, ficción, poesía, ese tipo de cosas. Pero ha habido incidentes en América, ya sabes, avistamientos...

—Mamá ha estado hablando de cosas así —dijo Jim—. Y también lo ha hecho el doctor Jaska. Algo sobre la Bestia de Bray Road.

—Eso no es nada —respondió Reuben—. Solo un avistamiento en Wisconsin de una extraña criatura, un Bigfoot, tal vez, o algo por el estilo. Nada importante. Pero pienso investigar cualquier cosa que pueda arrojar un poco de luz sobre todo este asunto. He encontrado una extraña coincidencia relacionada con el nombre Nideck, e intentaré descubrir de qué se trata. Pero aún no tengo nada. Y sí. Puedes investigar, claro.

—Gracias —dijo Jim—. Quiero que sigas en contacto conmigo, Reuben.

—Sí, Jim. Lo haré.

Reuben alargó el brazo hacia la cortina.

—Espera —dijo Jim—. Espera. Por favor, reza cualquier plegaria de arrepentimiento. Dila de corazón. —A Jim se le rompía la voz—. Y deja que te dé la absolución.

El sonido de la voz de Jim le partió el alma.

Reuben inclinó la cabeza y susurró:

—Que Dios me perdone, que Dios me perdone por mi corazón asesino, mi corazón que disfruta con ello, mi corazón que no quiere renunciar a ello, que no renunciará, que, de algún modo, quiere seguir pero ser bueno. —Suspiró, y citó a san Agustín—: Señor, hazme casto, pero no todavía.

Jim se sumió en el enunciado de la absolución y, quizás, en alguna otra plegaria también. Reuben lo ignoraba.

—Que Dios te proteja.

—¿Y por qué iba a hacerlo? —preguntó Reuben.

Jim le respondió con la sinceridad de un niño.

—Porque Él te creó. Seas lo que seas, Él te creó. Y Él sabe por qué y con qué fin.

14

Reuben se desplazó por los tejados hasta llegar al motel y se encerró en la habitación. Se había pasado la noche entera intentando poner fin a la transformación. No podía utilizar el ordenador, no con esas zarpas enormes. No podía leer los libros nuevos que había comprado. Le irritaban. ¿Qué tenían que ver los hombres lobo legendarios con él?

No se atrevía a conducir. Ya había visto lo difícil que resultaba cuando había seguido a los secuestradores. No se podía arriesgar a que le vieran o le capturaran en su propio coche, aunque pudiera superar las dificultades.

Tampoco se atrevía a salir.

No servía de nada desear la transformación, no podía desencadenarla. Al menos, no en ese momento.

Podía oír las voces a todo su alrededor. Las había oído sin cesar mientras estaba con Jim.

Ahora no se atrevía a concentrarse en ningún sonido. Sabía que si oía alguna voz, saldría a contestarla.

Le hacía sentir fatal pensar que podría haber salvado a alguien del sufrimiento, incluso de la muerte. Se acurrucó en un rincón e intentó dormir, pero eso también le resultó imposible.

Por fin, cerca de las tres de la madrugada, mucho antes que nunca, se transformó.

El cambio llegó como siempre, con una sensación orgásmica, debilitándole hasta el delirio mientras dejaba de ser una bestia para convertirse en un hombre. Se contempló en el espejo. Hizo fotos con el iPhone. Finalmente, se quedó mirando al viejo Reuben Golding, al que pensaba que conocía tan bien, pero ninguno tenía nada relevante que decir al otro. Sus manos le parecían delicadas y se preguntó por qué no sentía ninguna vulnerabilidad como humano, pero no la sentía. Se sentía extraordinariamente fuerte, extraordinariamente capaz de resistir cualquier cosa que le amenazara en esa forma o en la otra.

No estaba demasiado cansado. Se duchó, y decidió dormir un rato antes de salir a la carretera.

Habían pasado dos días desde la última vez que había hablado con alguien de la familia y, según las viejas reglas sacrosantas, Jim no podía mencionar siquiera que había visto a Reuben.

Tenía mensajes en el móvil y en el correo electrónico de casi todo el mundo, incluyendo a Galton, que le había instalado los televisores, tal como le había pedido. Galton tenía otra noticia para él. Árboles orquídea. Dos enormes árboles orquídea habían llegado a la casa, expresamente desde Florida, al parecer, encargados por Marchent Nideck la noche de su fallecimiento. ¿Quería Reuben esos árboles?

Reuben notó un nudo en la garganta. Por vez primera, entendió el significado de ese cliché. Sí, quería esos árboles orquídea. Era fantástico. ¿Encargaría Galton cualquier otra planta que pudiera?

Envió unos cuantos correos electrónicos, confiando que nadie estuviera todavía despierto para responder. A Grace, le dijo que estaba bien, que tenía que hacer recados y resolver unos asuntos en Nideck Point. A Phil, le contó prácticamente lo mismo. A Billie, que estaba escribiendo un artículo largo sobre el modus operandi del Lobo Hombre. A Celeste, le dijo que, en ese momento, necesitaba estar solo y que esperaba que lo entendería.

Tenía que dejar en paz a Celeste. En esos momentos, necesitaba desesperadamente su amistad, pero todo había tomado un cariz de pesadilla a su alrededor, y ella no tenía la culpa de nada. ¡Qué va, para nada! Se estaba estrujando el cerebro para encontrar la forma más romántica de cortar, una forma caballerosa y amable.

Añadió: «Espero que tú y Mort lo pasarais bien. Sé cuánto aprecias a Mort.»

¿Era eso una forma de empujarla hacia Mort, o había sonado como una puya pasiva-agresiva por haber estado con él? No estaba en condiciones de decidirlo. Escribió: «Tú y Mort siempre habéis hecho buena pareja. En cuanto a mí, he cambiado. Ambos lo sabemos. Ha llegado el momento de que deje de negarlo. Simplemente, no soy la persona que fui.»

Eran cerca de las cuatro y media, y fuera todavía era de noche. No tenía sueño y estaba inquieto. No era una inquietud dolorosa, como la de Mendocino, pero tampoco resultaba agradable.

De pronto, oyó un disparo. Pero ¿de dónde había salido? Se levantó del pequeño pupitre del motel y se acercó a las ventanas. No había nada en Lombard Street, salvo unos pocos coches trasnochadores que pisaban el asfalto bajo la luz brillante de las farolas.

Se le tensaron los músculos. Oía algo, un ruido claro y agudo. Un hombre gimiendo, llorando, diciendo que debía acabar con ello. Y una mujer, una mujer suplicando al hombre. «No hagas daño a los niños. Por favor, por favor, no hagas daño a los niños.» Entonces, oyó otro disparo.

Los espasmos surgieron de muy adentro, consiguiendo prácticamente inmovilizarlo. Se inclinó, y notó que le transpiraban los poros y le crecía el pelo en el pecho y los brazos. Se estaba produciendo la transformación, y se estaba produciendo más rápido que nunca. Una sensación extática se apoderó de él y, de inmediato, una oleada paralizante de fuerza y placer.

A los pocos segundos había salido de la habitación y se movía por los tejados.

El hombre bramaba, gemía, compadeciéndose de sí mismo, de aquellos a los que «tenía» que matar y de la mujer, que ya yacía muerta.

Reuben avanzó hacia la voz del hombre.

Un hedor casi rancio le golpeó la nariz: era el hedor de la cobardía y el odio.

Reuben cruzó la calle con un gran salto y procedió tan deprisa como pudo hacia la casa de estucado blanco que había al final de la manzana, aterrizando en un balcón de hierro del segundo piso.

Rompió el cristal y entró en la habitación. La única luz procedía de fuera. Era una habitación limpia, amueblada con gusto.

La mujer yacía muerta sobre una cama con dosel, con la sangre brotándole de la cabeza. El hombre estaba de pie frente a ella, descamisado y descalzo, con el pantalón del pijama, sosteniendo la pistola, balbuceando y babeando. El olor a alcohol era insoportable y también el de la rabia y la culpabilidad. Se lo merecían, le obligaban a hacerlo, le habían sacado de quicio y nunca le dejarían en paz.

—¡Tengo que hacerlo, tengo que acabar con esto! —protestó el hombre ante un interrogador invisible. Sus ojos llorosos miraron a Reuben, pero era posible que ni siquiera viera lo que tenía delante. Se tambaleaba sin parar de gimotear. Volvió a levantar la pistola.

Reuben se le acercó sigilosamente, le arrebató la pistola de la mano y apretó el cuello resbaladizo del hombre hasta que le seccionó la tráquea. Le oprimió más fuerte, y le partió la médula espinal.

El hombre se desplomó en el suelo en un ángulo extraño.

Reuben dejó la pistola sobre el tocador.

En el espejo de marco dorado de encima había una nota de suicidio incoherente escrita con pintalabios. Apenas podía distinguir las palabras.

Sin hacer ruido sobre el piso de madera, recorrió velozmente el estrecho pasillo de la casa tras el aroma de los niños, un aroma dulce y tierno. Detrás de la puerta, oyó a un niño susurrando.

Lentamente, abrió la puerta. Había una niña pequeña que estaba acurrucada en la cama, con las rodillas recogidas bajo el camisón y un pequeñín encogido a su lado, un niñito, de tres años, como mucho, y el pelo claro.

Los ojos de la niña se abrieron como platos al mirar a Reuben.

—El Lobo Hombre —dijo con una expresión radiante.

Reuben asintió.

—Cuando me haya ido, quiero que os quedéis en esta habitación —le dijo con voz tierna—. Quiero que esperéis hasta que llegue la policía, ¿me oyes? No salgáis al pasillo. Esperad aquí.

—Papá nos matará —respondió la chiquita con voz fina pero firme—. He oído cómo se lo decía a mamá. Nos matará a Tracy y a mí.

—Ya no —repuso Reuben, que alargó el brazo para acariciarles la cabeza.

—Eres un lobo bueno —dijo la niñita.

Reuben asintió.

—Haced lo que os pido —dijo.

Volvió por donde había venido, marcó el número de emergencias con el teléfono de la habitación y dijo a la operadora:

—Hay dos personas muertas. Hay niños pequeños.

Llegó al motel justo antes de que saliera el sol. Alguien podría haber visto cómo bajaba por el tejado hasta el balcón del tercer piso. No era probable, pero era posible. La situación era insostenible. Tenía que transformarse de inmediato.

Y, realmente, la transformación se produjo enseguida, casi como si algún dios lobo piadoso le hubiese oído y la hubiese provocado. O quizás él mismo la había provocado.

Luchando contra el agotamiento, hizo las maletas y salió a los pocos minutos.

Llegó hasta Redwood Highway, justo al norte de Sausalito. Al ver un motel pequeño y viejo de una sola planta construido con adobes aparcó y consiguió la habitación de más al fondo, que daba a un callejón con el asfalto resquebrajado al pie de la colina.

Se despertó a primera hora de la tarde.

Rozaba la desesperación. ¿Dónde debía ir? ¿Qué debía hacer? Conocía la respuesta: Mendocino le ofrecía soledad, seguridad y habitaciones donde ocultarse y solo allí podría encontrar al «otro» que tal vez pudiera ayudarle. Quería estar con los caballeros distinguidos de la pared de la biblioteca.

«Maldito seas, ojalá supiera quién diablos eres.»

Pero no podía dejar de pensar en Laura. No quería subir ahí arriba porque Laura estaba en otra parte.

Revivió una y otra vez en su cabeza los detalles de las pocas horas que habían pasado juntos. Por supuesto, Laura ya podría haber llamado a las autoridades para contarles lo ocurrido. Pero había apreciado en ella una actitud de lo más extraña y decidida que le hacía esperar que no habría llamado a nadie.

Fue a buscar café y bocadillos a una cafetería cercana, se los llevó de vuelta a la habitación y se puso a trabajar con el ordenador.

No hacía falta ser neurocirujano para saber que Laura tenía alguna relación profesional con el bosque, con el aire libre, con la naturaleza que rodeaba la casa. El día anterior había encontrado un sitio web de visitas guiadas en el que se ofrecían excursiones guiadas para mujeres, a cargo de una tal L. J. Dennys. Estaba examinando de nuevo esa web en busca de pistas. Pero las únicas fotos que aparecían de L. J. Dennys hacían imposible saber quién estaba bajo ese sombrero y esas gafas oscuras. Apenas se le veía el pelo.

Encontró algunas referencias a L. J. Dennys, naturalista y ambientalista, en muchos lugares. Pero ninguna foto buena de verdad.

Tecleó Laura J. Dennys, y esperó. Encontró unas cuantas pistas falsas y, entonces, algo completamente inesperado: un artículo de hacía cuatro años en el *Boston Globe* referente a Laura Dennys Hoffman, viuda de Caulfield Hoffman, que había muerto, con sus dos hijos, en un accidente de barco cerca de la isla de Martha's Vineyard.

Bien, seguramente otra pista falsa, pero al clicar el enlace apareció la foto que había estado buscando. Ahí estaba la reina de la pureza, la madre de los dos chicos de la foto de la mesita de noche de Laura. Su rostro le miraba desde una foto de grupo, en la que aparecía con su difunto marido, un hombre terriblemente guapo con ojos enigmáticos y una dentadura muy blanca.

Se la veía muy tranquila, preciosa y serena... La mujer que había tenido entre sus brazos.

En unos segundos, ya buscaba cualquier información sobre el ahogamiento en alta mar de Caulfield Hoffman y sus hijos. Laura estaba en Nueva York cuando se había producido el «accidente», que resultó no ser ningún accidente. Tras una exhaustiva investigación, el juez de instrucción había determinado que se trataba de un asesinato con suicidio.

Hoffman se había enfrentado a varios cargos penales relacionados con tráfico de influencias y malversación de fondos. Había discutido con su esposa sobre una posible separación y la custodia de los hijos.

Y eso no era todo lo que había sobre la historia de Laura. Los Hoffman habían perdido a su primer hijo, una niña, por una infección en el hospital cuando aún no había cumplido un año.

No había que ser un genio para descubrir más cosas de la vida de Laura J. Dennys.

Era la hija del naturalista californiano Jacob Dennys, que había escrito cinco libros sobre los bosques de secuoyas de la costa norte. El hombre había muerto hacía dos años. Su mujer, Collete, una pintora de Sausalito, había muerto de un tumor cerebral veinte años atrás. Eso significaba que Laura había perdido a su madre cuando era muy joven. A la hija mayor de Jacob Dennys, Sandra, la habían matado en el atraco a una licorería de Los Ángeles cuando solo tenía 22 años, una de varios inocentes «que se encontraban en el lugar equivocado en el momento equivocado».

Era una letanía increíble de tragedias. Superaba cualquier cosa que Reuben pudiera haber imaginado. Y una parte esencial de dicha tragedia era que Jacob Dennys había padecido alzhéimer en sus últimos años de vida.

Reuben se relajó y bebió un poco de café. El sándwich parecía de papel y serrín.

Estaba abrumado. Además, leer todo aquello le hacía sentir algo culpable, incluso avergonzado. Sí, espiaba a Laura y sí, lo hacía para resolver el misterio que había en ella. Quizás estaba esperando descubrir que le había aceptado tal como era porque ella misma era un ser excepcional.

Pero aquello era demasiado.

Pensó en los dos niños pequeños de la casa de San Francisco, acurrucados juntos en la cama. Sentía una euforia secreta por haberlos salvado, y un profundo resquemor por no haber llegado a tiempo para salvar a la madre. Se preguntó dónde debían de estar los niños ahora.

No era de extrañar que Laura hubiese vuelto a casa para desaparecer en los bosques de California. El sitio web de L. J. Dennys tenía tres años de antigüedad. Seguramente, se habría ocupado de su anciano padre. Y, al final, él también le había abandonado, inevitablemente, como todos los demás.

Una terrible tristeza por Laura se apoderó de él. «Estoy avergonzado, avergonzado de desearte y de que me consuele pensar, solo pensar, que por todo lo que has perdido, quizá puedas amarme.»

No podía imaginarse estar tan solo, por muy mal que ahora lo estuviera pasando. De hecho, el nuevo aislamiento que ahora estaba viviendo le volvía loco.

Pero incluso así, estaba rodeado de amor, íntimamente relacionado con Grace y Phil y, claro está, su amado hermano, Jim. Todavía tenía a Celeste, que haría cualquier cosa por él, y a Mort, un verdadero amigo. Contaba con el cálido hogar de Russian Hill y la gran pandilla de amigos que toda la familia arrastraba al círculo familiar. Y Rosy, su querida Rosy. Incluso los aburridos amigos profesores de Phil eran una parte esencial en la vida de Reuben, al igual que muchos de sus agradables tíos y tías.

Pensó en Laura y en esa casita en el linde del bosque. Intentó pensar cómo debía ser casarse y perder después a toda tu familia. Un dolor insoportable.

Ahora bien, una vida como aquella tal vez podía convertirte en una persona audaz y temeraria, pensó. O te podría hacer increíblemente fuerte, y lo que la gente suele llamar filosófico y ferozmente independiente. Tal vez te hacía que dejaras de preocuparte por tu vida, que fueras indiferente al peligro y decidido a vivir cómo te placiera.

Reuben conocía otra docena de formas de encontrar más información acerca de Laura —situación financiera, matrícula del coche, ingresos personales— ,pero, sencillamente, no era justo. En realidad, era obsceno. Sin embargo, había un pequeño detalle que sí que deseaba saber, y era su dirección, que encontró con bastante rapidez. La casa en la que vivía había sido objeto de un par de artículos. Había pertenecido a su abuelo, Harper Dennys y era bastante obvio que le habían concedido un permiso especial; nadie podría haber construido semejante casa dentro de la zona protegida del bosque en la actualidad.

Salió de la habitación y dio una vuelta al pequeño motel. La lluvia no era más que una fina llovizna. Sería fácil abandonar la habitación de noche y subir por la ladera bosqueada hasta la cima y adentrarse en las colinas frondosas de Mill Valley. Desde allí, sería sencillo llegar al bosque Muir.

Era muy probable que ahora nadie le buscara por allí. Al fin y al cabo, había matado a un hombre hacía pocas horas en San Francisco.

Es decir, nadie le buscaría por allí a menos que Laura J. Dennys hubiese contado a las autoridades lo que había ocurrido.

¿Podía haberlo hecho? «¿Y la habrían creído?»

Lo ignoraba. No se la podía imaginar contándoselo a nadie.

Si había tele en aquella casita, o si le llevaban el periódico a la puerta o lo compraba ella misma en el colmado del pueblo, Laura debía de estar al corriente de los sucesos.

Quizás entendía que el Hombre Salvaje del Bosque preferiría morir que hacerle daño, a menos que hacerle daño fuera manifestarle su amor, y sus ganas locas de volverla a ver.

Justo antes de que oscureciera, Reuben entró en una tienda para comprar ropa barata que le fuera bien, ropa interior limpia y calcetines, y lo metió todo en una bolsa que guardaría permanentemente en el Porsche. Estaba harto de pasearse con la sudadera de capucha y la gabardina, tan enormes. Pero no se molestó en cambiarse.

Cuando se puso el sol, condujo hacia Mill Valley bajo una lluvia fina y silenciosa, y tomó luego Panoramic Highway hasta encontrar la casa de Laura: una casita de tablillas grises alejada de la carretera, apenas visible entre los árboles que la rodeaban.

Pasó de largo y encontró un pequeño barranco donde ocultar el Porsche. En el interior del vehículo, cayó en un sueño irregular y agitado. La transformación le despertó mucho antes de lo esperado.

15

Cuando entró, la casa estaba vacía y la puerta del porche trasero, abierta.

Había bajado atravesando la arboleda. No había nadie por ahí. Ninguna vigilancia, sin duda. Ninguna voz policial en las inmediaciones. Ninguna voz, de hecho.

La habitación trasera era la foto tierna que recordaba. Los mismos olores dulces continuaban impregnándola.

La cama de roble con respaldo alto estaba cubierta con un edredón de retazos de bella factura. Una pequeña lámpara de latón brillaba en la mesita de noche, proyectando una luz cálida a través de su pantalla de pergamino. Y, acurrucada entre los cojines del balancín de roble, había una muñeca de trapo raída hecha a mano con una cara cuidadosamente cosida con botones como ojos en forma de almendra, labios rosados y un pelo largo y rubio de hilo. Una pequeña estantería albergaba una fila tras otra de libros de Harper Dennys y Jacob Dennys e, incluso, un libro de L. J. Dennys sobre las flores silvestres del monte Tamalpais y terrenos colindantes.

La habitación daba a la cocina, divinamente rústica con su gran chimenea negra y tazas de porcelana blancas y azules colgando de ganchos bajo las repisas blancas.

Crecían plantas de patatas en unos vasos dispuestos en el alféizar, sobre el fregadero. Unas margaritas doradas y blancas llenaban un jarrón azul en el centro de la pequeña mesa blanca. Y colgaba de la pared un paisaje impresionista de colores intensos con un jardín de rosas vallado. La firma decía: «Collette D.»

Más allá había un espacioso lavabo con su propia chimenea de hierro, una ducha enorme y una bañera con patas en forma de garra. Enfrente, unas escaleras estrechas subían al primer piso.

Entonces, vio el enorme comedor con su antigua mesa de roble redonda y sillas pesadas de respaldo tallado, una alacena repleta de más porcelana azul y blanca antigua, y una salita con confortables sillas viejas, cubiertas con edredones y mantas ingeniosamente colocados como para mantener un *tête-à-tête* con la chimenea de piedra natural. Un pequeño fuego quemaba en el fondo del hogar, protegido por una pantalla. En un rincón, una antigua lámpara de pie de latón proyectaba una luz cálida y agradable.

Por toda la casa había grandes cuadros de vistosos jardines pintados por Collette D., quizás algo simples y previsibles, pero muy coloridos, reconfortantes y tiernos. Y muchas fotografías, por todos lados, muchas de ellas del rostro alegre y curtido de Jacob Dennys, canoso incluso en su juventud.

Había un televisor de pantalla plana en la salita, e incluso otro pequeño en la cocina, sobre la encimera. Había periódicos recientes junto a la chimenea de la salita. «El Lobo Hombre libera a los niños secuestrados» decía la portada del *San Francisco Chronicle*. El periódico de Mill Valley había optado por: «Los niños encontrados sanos y salvos en Mill Valley. Dos muertos.» Ambos periódicos mostraban dibujos muy parecidos del Lobo Hombre: una figura antropoide con orejas de lobo y un hocico horrendo lleno de colmillos.

Por todas partes, había ventanas que brillaban bajo la lluvia fina y susurrante. Las paredes estaban cuidadosamente pintadas con tonos terrosos y profundos, y la madera era natural y brillaba con una capa de cera.

Cuando ella volvió por la puerta trasera, él estaba en la salita, junto al fuego. Al oírla, se escabulló por el pasillo. La vio dejar una bolsa de papel marrón del colmado y lo que parecía un periódico doblado en la cocina.

Llevaba el pelo recogido en la nuca con una cinta negra. Se

desabrochó la chaqueta de pana gruesa y la tiró a un lado. Llevaba un jersey de cuello alto gris claro y una falda larga y negra. Había cierto hastío, cierta insatisfacción en su gesto. Su dulce olor empezó a llenar lentamente la casa. Ahora sabía que reconocería ese olor en cualquier sitio, aquella mezcla inconfundible de calidez personal y sutil aroma de limón.

La contempló embelesado, observando aquellas manos afiladas y la frente lisa, el pelo blanco y suave que enmarcaba aquella cara, aquellos ojos azules como el hielo que recorrían con expresión ausente la habitación.

Reuben se acercó a la puerta de la cocina.

Se la veía ansiosa, insegura. Se acercó sin ánimo a la mesa blanca y, cuando ya estaba a punto de sentarse, le vio de pie en el pasillo.

—Preciosa Laura —susurró. «¿Qué ves? ¿Al Lobo Hombre, al monstruo, a la bestia que descuartiza a sus víctimas?»

Sorprendida, se llevó las manos a la cara y lo miró a través de sus largos dedos. Se le llenaron los ojos de lágrimas. De repente, se echó a llorar desconsoladamente con sollozos profundos y desgarradores.

Abrió los brazos y corrió hacia él. Él dio un paso adelante para abrazarla y la apretó cariñosamente contra su pecho.

—Preciosa Laura —volvió a susurrar, y la recogió como antes lo había hecho para llevarla a la habitación trasera y dejarla sobre la cama.

Le arrancó la cinta del pelo y la melena le cayó ondeando sobre los hombros: su pelo blanco, con reflejos rubios a la luz de la lámpara cercana.

Apenas podía contener las ganas de arrancarle la ropa. Le pareció una eternidad mientras ella forcejeaba con los botones y los cierres para desnudarse. Por fin, estaba desnuda y rosada contra él, sus pezones como pétalos, y el vello entre las piernas de un color oscuro como el humo. Él le cubrió la boca de besos y oyó ese gruñido profundo que le brotaba del pecho, ese gruñido animal que un hombre jamás podría proferir. No pudo resistirse a besarla por todas partes, en el cuello, en los pechos, en el vientre y en la cara interna de sus sedosos muslos.

Reuben le sostenía la cabeza entre sus manos mientras ella le acariciaba la cara con los dedos, sumergiéndolos en la primera capa de pelo suave de lobo que habitaba bajo el pelo más largo y áspero.

Ella seguía llorando, pero, a oídos de Reuben, era como la lluvia que caía sobre las ventanas, como un cántico.

16

Mientras ella dormía, Reuben encendió el fuego de la salita. No tenía frío, no, ni pizca, pero quería gozar de ese espectáculo, del parpadeo de aquellas llamas sobre el techo y las paredes. Deseaba aquellas llamas brillantes sin más.

Cuando ella entró en la salita, él estaba ante la chimenea, con un pie apoyado en la base.

Se había puesto un camisón de franela, como el que él había arrancado tan ávidamente la primera noche. Un camisón con unas puntillas gruesas de aire antiguo alrededor de las muñecas y el cuello. Unos pequeños botones perlados brillaban en la oscuridad.

Llevaba el pelo cepillado y le brillaba.

Se sentó en la vieja silla que había a la izquierda del fuego y señaló tentativamente la silla más grande, desvencijada y raída de la derecha, lo bastante amplia para él.

Reuben se sentó y le hizo un gesto para que se le acercara.

Ella se sentó rápidamente en su regazo. Él le rodeó los hombros con el brazo derecho y ella le apoyó la cabeza en el pecho.

—Te están buscando —dijo ella—. Ya lo sabes.

—Claro. —Todavía no se había acostumbrado a aquella voz profunda y gutural. Tal vez tendría que estar agradecido por tener voz.

»¿No tienes miedo sola, aquí, en esta casa? —preguntó él—. Veo que no. Me pregunto por qué.

—¿Y de qué debo tener miedo? —preguntó ella. Hablaba con

confianza, con naturalidad, mientras su mano jugaba con el pelo largo que caía sobre el hombro de Reuben. Poco a poco, los dedos de Laura encontraron el ombligo entre el pelo del pecho. Lo pellizcó.

—¡Chica mala! —susurró él. Hizo una mueca. Volvió a soltar aquel gruñido sordo de deseo y escuchó la risa apagada de ella.

»A decir verdad —dijo él—, tengo miedo por ti; tengo miedo de que estés sola en esta casa.

—Crecí en esta casa —repuso ella, simplemente, sin dramatismos—. Jamás nada me ha hecho daño en esta casa. —Se detuvo y luego, añadió—: Tú viniste a mí en esta casa.

Reuben no contestó. Le acarició el pelo.

—Yo sí que tengo miedo por ti —dijo ella—. He tenido el corazón en un puño desde que te fuiste. Incluso ahora, me da miedo de que te hayan seguido hasta aquí o que alguien te haya visto...

—No me han seguido —dijo él—. Les oiría si estuvieran ahí fuera. Percibiría su olor.

Ambos callaron unos segundos. Él observaba el fuego.

—Sé quién eres —dijo él—. He leído tu historia.

Ella no respondió.

—Hoy todo el mundo tiene una historia: el mundo es un archivo. He leído lo que te ocurrió.

—Entonces, como se suele decir, juegas con ventaja —repuso ella—, porque yo no tengo la menor idea de quién eres tú realmente. Ni de por qué viniste aquí.

—Ahora mismo ni yo sé quién soy —contestó él.

—Entonces, ¿no siempre has sido lo que ahora eres? —preguntó ella.

—No —rio él por lo bajo—. Definitivamente, no. —Apretó la lengua contra sus colmillos, se lamió el tejido sedoso a modo de labios que le bordeaba la boca. Ella se acomodó en su regazo. Era como una pluma para él.

—No te puedes quedar aquí. Quiero decir, en esta ciudad. Aquí. Te encontrarán. Actualmente, el mundo es demasiado pequeño, demasiado controlado. Si ven el menor signo de que te encuentras en el bosque, lo asediarán. Parece una zona desierta. Pero no lo es.

—Lo sé —repuso él—. Lo sé muy bien.

—Pero corres riesgos, riesgos terribles.

—Oigo voces —dijo él—. Oigo voces y acudo a ellas. Es como si no pudiera evitar acudir a ellas, porque, si no lo hago, habrá alguien que sufra y muera.

Se lo describió con calma, más o menos como se lo había descrito a Jim: las esencias, el misterio de las esencias. Le habló de los distintos ataques, de cómo las víctimas habían gritado en la oscuridad, de cómo le había resultado tan fácil saber quién era malo y quién bueno. Le habló del hombre que había disparado a su esposa.

—Sí, habría matado a los niños —dijo ella—. He escuchado la noticia en el coche, mientras volvía.

—No llegué a tiempo para salvar a la mujer —se lamentó él—. No soy infalible. Soy un ser que puede cometer terribles errores.

—Pero vas con cuidado, con mucho cuidado —insistió ella—. Fuiste con mucho cuidado con aquel chico del norte.

—¿El chico del norte?

—El periodista —explicó ella—, el chico guapo, de la casa del norte, la de Mendocino.

Reuben vaciló. Una punzada de dolor. Dolor en el corazón. No respondió.

—Sorprendieron a aquella mujer, ¿verdad? —susurró.

—Sí.

—Si no lo hubieran hecho, habrías... —se detuvo.

—Sí —contestó—. La sorprendieron. Y me sorprendieron.

Se quedó callado.

Tras un largo rato, ella preguntó con tiento y dulzura:

—¿Qué te ha llevado tan lejos?

Reuben no entendió la pregunta.

—¿Fueron las voces? ¿El hecho de que aquí haya muchas más?

No respondió. Pero ahora sí le parecía entenderla. Laura creía que él había bajado de los bosques a las ciudades de la bahía de San Francisco. En cierto modo, tenía sentido.

Se moría de ganas de contárselo todo, le quemaba por dentro. Pero no podía. Todavía no. Y no podía renunciar a sostenerla de aquella manera, al poder que le confería ese gesto, un poder cariñoso y protector. No podía contarle que él no era siempre así, que, de hecho, él era «el chico del norte». Si se lo confesaba y ella le rechazaba con desdén o indiferencia, se le rompería el alma.

«El chico del norte.» Se intentó imaginar simplemente como Reuben, el cielito de Celeste. El niñito de Grace, el hermanito de Jim, el hijo de Phil. ¿Por qué le iba a interesar ese «chaval» insulso? Era absurdo pensar que podría interesarle. Al fin y al cabo, Marchent Nideck tampoco se había interesado realmente por él. Le había considerado dulce y amable, un poeta, un chico rico con los medios necesarios para hacerse cargo de Nideck Point. Pero eso no era un interés real y, difícilmente, podía ser amor.

Lo que él sentía ahora por Laura sí era amor.

Cerró los ojos y escuchó el ritmo lento de su respiración. Se había quedado dormida.

El bosque gemía al otro lado de las ventanas. Esencia de lince rojo. Le volvía loco. Quería acecharlo, matarlo, darse un festín. Ya podía saborearlo. Se le hacía la boca agua. El ruido de los arroyos adentrándose entre las secuoyas; los chillidos de los búhos en las ramas altas, el ruido de innumerables criaturas inidentificadas deslizándose entre la maleza.

Se preguntaba qué pensaría Laura si le viera tal y como era en el bosque, aplastando a aquel lince rojo mientras se retorcía y chillaba, deleitándose con su carne cálida. He ahí lo mejor de esos festines: la carne era tan fresca... La sangre todavía brotaba en ellos, el corazón todavía les palpitaba. ¿Qué pensaría ella si viera cómo era realmente?

En realidad, no tenía ni idea de qué se sentía al ver el brazo de un hombre arrancado de cuajo, al ver una cabeza separándose del cuello. No tenía ni idea. Nosotros, los seres humanos, vivimos permanentemente aislados de los horrores que suceden a nuestro alrededor. A pesar de lo que ella había sufrido, no había contemplado la fealdad viscosa de aquel tipo de muerte. No, tenía que parecerle irreal, incluso a ella, que tanto dolor había soportado.

Solo los que trabajan día tras día con los asesinos del mundo saben qué significan realmente esas cosas. Como periodista, no había tardado en comprender por qué los policías que había entrevistado eran tan diferentes del resto de la gente, por qué Celeste iba cambiando a medida que iba trabajando en más casos en la fiscalía, por qué Grace era diferente después de ver entrar gente en urgencias con un cuchillo clavado en la barriga o una herida de bala en la cabeza.

Pero incluso aquella gente, polis, abogados, médicos, aprendían lo que aprendían a partir de las consecuencias. No estaban ahí cuando el asesino destripaba a sus víctimas; no olían el hedor del mal; no oían los gritos al cielo, esperando que algo o alguien interviniera.

Una tristeza espantosa se había apoderado de él. La quería tanto... Pero ¿qué derecho tenía a contarle todo aquello? ¿Qué derecho tenía a seducirla con «historias» que hacían que todo sonara tan trascendente cuando quizá no lo era, cuando era violento, primitivo y oscuro?

«Disfruta simplemente de estos momentos con ella —pensó—. Disfruta simplemente de abrazarla junto al fuego, en esta casita sencilla, y deja que, por el momento, todo sea perfecto.»

Se durmió, notando el corazón de ella cerca del suyo.

Debía haber pasado una hora, quizás un poco más.

Abrió los ojos. El bosque estaba en paz, de un linde a otro.

Pero algo iba mal ahí fuera. Algo iba muy mal. Una voz empujaba contra las capas y capas de ruido sordo que le rodeaban. Una voz que sonaba fina, aflautada y desesperada.

Era un hombre que gritaba socorro. Mucho más allá del bosque. Conocía la dirección. Sabía que le llegaría el olor.

Llevó a Laura hasta la parte trasera de la casa y la dejó suavemente sobre la cama. Ella se despertó sobresaltada y se incorporó sobre los codos.

—Te vas.

—Tengo que hacerlo, me llaman —respondió.

—Te atraparán, ¡están por todas partes! —exclamó ella en tono de súplica. Se echó a llorar—. ¡Escúchame! —suplicó—. Tienes que volver al norte, a los bosques, lejos de aquí.

Él se inclinó rápidamente para besarla.

—Volverás a verme muy pronto.

Laura salió corriendo tras él, pero, en un abrir y cerrar de ojos, él ya había cruzado el claro y, de un salto, se encaramó a las secuoyas y emprendió su rápido viaje hacia la carretera de la costa.

Horas más tarde, estaba en una pequeña arboleda contemplando el gran y frío Pacífico bajo un cielo bajo y plateado. La luna se apostaba tras esas nubes de lluvia. Brillaba sobre la superficie rizada y mutable del mar. Oh, ojalá la luna encerrara un secreto, ojalá la luna albergara una sola verdad. Pero la luna solo era la luna.

Había seguido al coche en el que llevaban al hombre encerrado, había saltado desde los árboles sobre el techo y, aprovechando que el vehículo había desacelerado al llegar a una curva peligrosa de la autopista 1, había arrancado las puertas y había arrastrado a los ladrones duros y malvados a la oscuridad. Habían disparado al compañero del hombre, pero a él le habían mantenido con vida en el maletero del coche, atado y amordazado, donde se estaba asfixiando. Tenían planeado obligarlo a ir a un cajero automático a por los pocos centenares de dólares que le pudieran robar y luego matarlo tal como habían hecho con el otro.

Reuben se había ensañado con ambos ladrones antes de liberar al prisionero, a quien había dejado en el acantilado, sobre el mar, con la promesa de que pronto llegaría ayuda. Después, había merodeado por los acantilados disfrutando de la brisa salada, dejando que la lluvia racheada le limpiara las patas, la boca, el pecho.

Se acercaba el alba y se sentía agotado y tan solitario como si nunca hubiera tenido a Laura entre sus brazos.

«Todos necesitamos amor, ¿verdad? ¡Incluso los peores asesinos, los peores animales! Todos necesitamos amor.»

Volvió rápido hasta donde había dejado el Porsche, a la salida de Panoramic Highway, y esperó allí, en el claro, hasta que le sobrevino la transformación. Una vez más, le sorprendió, pareciéndole más dócil a su voluntad. Se doblegó para forzar que ocurriera más rápido.

Condujo el coche hasta Mill Valley y se detuvo en un hotelito precioso y encantador llamado Mill Valley Inn. El mejor sitio para esconderse: Throckmorton Street, justo en el centro de la ciudad. Porque ahora estarían buscando al Lobo Hombre en el condado de Marin y tenía que ver a Laura antes de irse al norte, donde quizá permanecería por mucho tiempo.

17

Cerca de mediodía, aparcó al pie de la colina donde se encontraba la casa de Laura. De repente, la vio salir, entrar en un Jeep de cuatro puertas color verde oliva y conducir hasta el centro de la ciudad, que él acababa de abandonar.

Vio cómo entraba en un pequeño café alegre y se sentaba sola en una mesa, tras la ventana de la fachada principal.

Él aparcó y entró también en el café.

Ahí sentada, parecía envuelta en soledad, con ese abrigo ceñido de pana, y la cara joven y preciosa como la noche anterior. Volvía a llevar el pelo recogido con una cinta negra. La simetría de su cara era perfecta. Era la primera vez que la veía a la luz del día.

Se sentó frente a ella sin mediar palabra. Llevaba algo más parecido a como vestía su antiguo yo: una chaqueta caqui medio decente y una camisa limpia con corbata —la ropa que había comprado el día antes—, y se había frotado en la ducha durante una hora antes de salir del hotel. Tenía el pelo demasiado grueso y largo, pero perfectamente peinado.

—¿Quién eres? —le preguntó y, dejando la carta sobre la mesa, miró con aire enojado al fondo del restaurante en busca del camarero.

Reuben no respondió. No se veía a ningún camarero al fondo. Solo un par de mesas estaban ocupadas.

—Escucha, voy a comer aquí sola —dijo ella educadamente pero con firmeza—. Y ahora, por favor, vete.

Entonces, le cambió la cara. Pasó de la rabia y el enfado a cierta expresión de alarma disimulada. Enseguida, se le endureció la mirada y también la voz:

—Eres el periodista —dijo en tono acusador—. El del *Observer*.

—Sí.

—¿Qué haces aquí? —Se había puesto furiosa—. ¿Qué quieres de mí?

Sus rasgos se habían transformado en una máscara obstinada, pero, por dentro, estaba muerta de miedo.

Él se inclinó hacia delante y habló con un tono cálido e íntimo.

—Soy el chico del norte —explicó.

—Sí, ya lo sé —respondió ella, sin atar cabos—. Ya sé quién eres. Ahora, explícame, por favor, ¿qué quieres de mí?

Reuben reflexionó por un momento. De nuevo, Laura buscó desesperadamente al camarero pero no había ninguno en el comedor principal, así que hizo ademán de levantarse.

—Muy bien. Tendré que comer en otro sitio —dijo ella. Temblaba.

—Laura, espera.

Reuben alargó el brazo para cogerle la mano izquierda.

De mala gana y con desconfianza, Laura se dejó caer de nuevo en la silla.

—¿Cómo sabes mi nombre?

—Estuve contigo anoche —respondió él con ternura—, gran parte de la noche. Estuve contigo hasta primera hora de la mañana, hasta que me tuve que ir.

Jamás en la vida había visto a alguien tan sinceramente sorprendido. Se quedó petrificada, mirándolo por encima de la mesa. Reuben pudo ver cómo la sangre se le agolpaba palpitando bajo las mejillas pálidas. Le temblaba el labio inferior pero no dijo nada.

—Me llamo Reuben Golding —siguió, explicando en voz baja y confiada—. Para mí, todo empezó allí, en aquella casa, al norte. Así es como empezó.

Laura suspiró entrecortadamente. Gotas de sudor le resbalaban por la frente y el labio superior. Reuben oía el martilleo de su corazón. El rostro de Laura se enterneció y le temblaron los labios. Las lágrimas le inundaron los ojos.

—Santo cielo —susurró ella. Miró la mano con la que él le sostenía las suyas. Le miró a la cara. Le estaba observando detenidamente y él lo notaba con la misma intensidad, con las lágrimas amenazando también con inundarle los ojos.

»Pero ¿quién..? ¿Cómo..?

—No lo sé —reconoció—. Pero sí que sé que ahora tengo que irme de aquí. Voy a volver allí. El lugar es mío, la casa de Mendocino donde todo ocurrió. Me pertenece. Y quiero ir. No me puedo quedar aquí más tiempo, no después de la última noche. ¿Me acompañarás?

Ya se lo había dicho, y estaba convencido de que ahora ella se apartaría de él, que le retiraría la mano y la escondería lejos de su alcance. A fin de cuentas, su Hombre Salvaje no era tal hombre salvaje.

—Escucha, sé que tienes tu trabajo, tus visitas guiadas, tus clientes...

—Es la estación de lluvias —dijo ella con una voz fina y débil—. Ahora no hay visitas guiadas. No tengo trabajo. —Aquellos ojos eran vidriosos, enormes. Volvió a aspirar profundamente. Entrelazó los dedos con los de él.

—Oh... —dijo él estúpidamente. No sabía qué más decir. Entonces—: ¿Vendrás?

No podía soportar seguir ahí sentado en silencio bajo el peso de su mirada, esperar hasta que ella volviera a hablar.

—Sí —respondió de pronto ella. Asintió—. Te acompañaré. —Parecía segura, aunque aturdida.

—Te das cuenta de lo que significa acompañarme.

—Vendré —respondió ella.

Ahora, sí que tuvo Reuben que luchar para contener las lágrimas, y le costó unos segundos controlarlas. Apretó la mano de Laura, pero desvió la mirada a la ventana y observó Throckmorton Street bajo la lluvia con la gente corriendo en varias direcciones bajo sus paraguas, frente a todas esas tiendas pequeñas.

—Reuben —dijo ella. Le apretó la mano con mayor firmeza.

Se había repuesto y estaba muy seria—. Ahora, deberíamos marcharnos.

Mientras él conducía el Porsche por Panoramic Highway, ella se echó a reír.

Cada vez más fuerte. Aquella risa era una gran liberación. Y era obvio que no la podía contener.

Él estaba desconcertado, incómodo.

—¿Qué pasa? —preguntó.

—Bien, tienes que encontrarle la gracia a todo esto —dijo ella—. Mírate. Mira quién eres.

Se le cayó el alma a los pies.

Ella dejó de reír de golpe.

—Lo siento —dijo con tono alicaído—. No ha estado bien reírme, ¿verdad? No debí hacerlo. No es momento de reírse, en absoluto. Solo es que, déjame que lo exprese así: debes ser uno de los hombres más atractivos que he visto jamás.

—Ah —susurró. No la podía mirar. Bueno, al menos no le había llamado chico o chaval—. ¿Y eso es bueno? —preguntó—. ¿O malo?

—¿Lo dices en serio?

Él se encogió de hombros.

—Bueno, pero sorprendente —confesó ella—. Lo siento, Reuben. No debí reírme.

—No pasa nada. No tiene importancia, ¿verdad?

Habían llegado a la entrada de gravilla. Reuben se volvió hacia ella. Parecía sinceramente preocupada. No se le ocurrió nada más que sonreírle para tranquilizarla y, a ella, enseguida, se le iluminó la cara.

—Ya sabes —dijo ella con sinceridad absoluta—. En el cuento del príncipe y la rana, siempre hay una rana. Esta historia... no tiene rana.

—Mmm. Es una historia diferente, Laura —contestó él—. Es *Dr. Jekyll y Mr. Hyde*.

—No, no lo es —replicó ella en tono reprobador—. No creo que sea esa historia, en absoluto. No es «La Bella y la Bestia» tampoco. Quizás es un cuento nuevo.

—Sí, un cuento nuevo —aceptó él de corazón—. Y creo que

la siguiente frase de la historia es: «Bajémonos del coche de una maldita vez.»

Ella se inclinó y le besó: a él, no al lobo peludo y enorme, sino a él.

Reuben le cogió la cara entre las manos y la besó lentamente, cariñosamente. Todo era completamente diferente: el viejo ritmo, el viejo modo de hacer las cosas y, oh, era tan indefiniblemente tierno...

18

Laura tardó menos de quince minutos en hacer las maletas y llamar a un vecino para que le recogiera el coche en el centro de la ciudad y echara un vistazo a la casa mientras estuviera fuera.

El trayecto hasta Nideck Point duró prácticamente cuatro horas, lo mismo que la vez anterior, en gran parte, por culpa de la lluvia.

No pararon de hablar durante todo el viaje.

Reuben le contó todo lo que había ocurrido. Se lo contó todo desde el principio, sin escatimar detalle.

Le contó quién había sido antes de que todo empezara: todo acerca de su familia, de Celeste, de Jim, de muchísimas otras cosas, las historias iban surgiendo espontáneamente y, a veces, hasta de forma incoherente. Entretanto, las preguntas de Laura, sensibles y ligeramente perspicaces, su fascinación evidente, incluso por las cosas de las que él siempre se había sentido un poco o muy avergonzado.

—El *Observer* me contrató por casualidad. Billie conoce a mi madre y todo empezó como un favor. Pero, después, le gustó de verdad lo que yo escribía.

Le explicó que era el «cielito» de Celeste, el «niñito» para su madre y el «peque» para Jim y, además, su editora le apodaba el Chico Maravilla. Solo su padre le llamaba Reuben. A ella le volvió a entrar la risa con aquello y tardó un poco en calmarse.

Pero hablar con ella resultaba sencillo y también era agradable escucharla.

Laura había visto a la doctora Grace Golding en los programas de entrevistas de la mañana. Había conocido a Grace en una comida benéfica de etiqueta. Los Golding apoyaban las causas relacionadas con la naturaleza.

—He leído todos tus artículos en el *Observer* —explicó ella—. A todo el mundo le gusta lo que escribes. Empecé a leerte porque alguien me habló de tus artículos.

Reuben asintió. Eso habría estado bien si no hubiese sucedido nada de lo otro.

Hablaron de los años que Laura pasó en Radcliffe, de su difunto marido y un poco de los niños. Laura no quería extenderse sobre esos temas; Reuben lo notó de inmediato. Habló de su hermana, Sandra, como si todavía viviera. Sandra había sido su mejor amiga.

Su padre había sido su mentor toda la vida. Ella y Sandra habían crecido en el bosque Muir. Durante la adolescencia, habían asistido a escuelas del este y habían pasado los veranos en Europa, pero el paraíso rico y casi fantástico del Norte de California había sido siempre su verdadero hogar.

Sí, se había imaginado que Reuben era un hombre salvaje venido de los bosques del norte, de alguna especie secreta en paz con la naturaleza a quien habían sorprendido los horrores cotidianos de la vida urbana.

La casita del bosque había pertenecido a su abuelo, que había muerto cuando ella aún era pequeña. Había cuatro habitaciones en la segunda planta, ahora todas vacías.

—Mis hijos llegaron a jugar en el bosque durante un verano —dijo con un hilo de voz.

Sus historias surgían con fluidez y facilidad.

Él le habló de sus días en Berkeley y de las excavaciones en el extranjero, sobre su amor por los libros, y ella le habló del tiempo que había pasado en Nueva York y de cómo su marido le había hecho perder la cabeza. En cuanto a su padre, Laura estaba completamente fascinada por él. Su padre nunca le había reprochado que se casara con Caulfield Hoffman contra sus cándidos y bienintencionados consejos.

Había vivido una vida poblada de fiestas, conciertos, óperas, recepciones y actos benéficos en Nueva York junto a Caulfield, una vida que ahora parecía un sueño. La casa adosada en Central Park East, las canguros, el ritmo frenético de esa vida de lujo, todo aquello parecía no haber existido jamás. Cuando se suicidó y mató a sus hijos, Hoffman se había arruinado. Todo lo que tenían conjuntamente se había perdido. Todo.

A veces, se despertaba en plena noche incapaz de creer que sus hijos habían existido realmente, ya no digamos que habían muerto de forma tan cruel.

Volvieron a hablar de la misteriosa vida en la que ahora Reuben se veía inmerso y de la noche del ataque en el pasillo de la casa de Mendocino. Especularon sobre lo que podría haber ocurrido.

Él le confesó sus teorías alocadas sobre el nombre Nideck, aunque la conexión parecía bastante débil. Volvió al hecho de que la criatura que le había traspasado ese «don», tal como él lo llamaba, podría haber sido un monstruo errante que pasaba por aquella parte del mundo de camino a ninguna parte.

Repasó todos los detalles de la transformación. Le explicó cómo se había confesado con su hermano Jim.

Ella no era católica. En realidad, no creía en el secreto de confesión pero aceptaba que él y Jim sí creyesen y, sin duda, aprobaba su amor por Jim.

Tenía más conocimientos científicos que él, aunque dijo varias veces que no era científica. Le hizo preguntas sobre las pruebas de ADN que él no supo contestar. Estaba convencido de que habría dejado muestras de ADN en el escenario de todas las pequeñas masacres en las que había participado. Reuben ni siquiera alcanzaba a imaginar qué podrían revelar las pruebas.

Ambos coincidían en afirmar que las pruebas de ADN eran las pruebas más peligrosas que tenían contra él. Y ninguno de los dos sabía qué debería hacer.

Ciertamente, ir a la casa de Mendocino era lo mejor que podía hacer en esos momentos. Si la criatura estaba allí, si la criatura tenía secretos que revelar, bien, tendrían que darle una oportunidad.

Pero Laura tenía miedo.

—Yo no supondría —dijo— que esa cosa sea capaz de amar ni tenga conciencia como tú. Podría no ser así.

—¿Y por qué no? —preguntó Reuben. ¿Qué podía significar aquello, que quizás él estaba progresando más allá de la conciencia y la emoción? Ese era su mayor temor.

Se detuvieron a cenar en un pequeño hostal en la costa justo antes del anochecer. Era un lugar magnífico, incluso con la lluvia incesante y el cielo gris y monótono. Tenían una mesa junto a la ventana por encima del mar, y una vista de rocas desoladas aunque majestuosas.

Las mesas estaban vestidas con manteles lavanda y servilletas lavanda, y la comida tenía un punto especiado, peculiar. Él comió con avidez y se terminó todo lo que le ofrecían, hasta la última migaja de pan.

El lugar era rústico: contaba con un techo bajo e inclinado y el fragor habitual de la chimenea y de los suelos de tablones viejos y gastados.

Todo ello le tranquilizaba, se sentía un poquito demasiado feliz. Entonces, llegó la inevitable melancolía.

Más allá del cristal el mar se estaba oscureciendo. Las olas parecían negras con una espuma blanca y plateada.

—¿Te das cuenta de lo que te he hecho? —dijo él en un susurro.

La cara de ella mostraba un brillo suave a la luz de las velas. Sus cejas eran lo bastante oscuras para darle una expresión decidida y seria y sus ojos azules, aunque parecieran algo fríos, eran siempre preciosos. Pocas veces había visto unos ojos azules tan claros y tan intensos a la vez. Tenía un rostro maravillosamente expresivo, lleno de evidente satisfacción y lo que, ciertamente, parecía amor.

—Supe lo que habías hecho desde que te vi —dijo ella.

—Tras lo ocurrido, ahora eres cómplice.

—Mmm, de una serie muy extraña de incidentes violentos, sí.

—Esto no es ninguna fantasía.

—¿Quién va a saberlo mejor que yo?

Reuben se quedó callado pensando en la inevitable cuestión de si podría ella ser libre si él la dejara ahora. Tenía la vaga intuición de que, si la dejaba, sería un desastre para ella. Pero quizá solo estaba confundido. Para él sí que sería un desastre perderla.

—Algunos misterios son, sencillamente, irresistibles —dijo ella—. Tienen componentes que te cambian la vida.

Reuben asintió.

Se percató de que tenía un terrible sentimiento de posesión hacia ella, de propiedad, algo que jamás había sentido por nadie, ni siquiera por Celeste. Pensar en ello avivaba su pasión. Había habitaciones en el piso de arriba del hostal. Se preguntó cómo sería, ellos dos en ese instante.

Pero ¿cuánto tiempo le quedaba esa noche? Deseaba transformarse; anhelaba ser él mismo en su forma más pura y completa.

Y eso fue un descubrimiento horrible. Ella decía algo pero él no la oía. «¿Quién y qué soy ahora —pensaba—, si el otro es mi auténtico yo?»

—... deberíamos irnos.

—Sí —respondió él.

Se puso en pie para ayudarla con la silla y sostenerle el abrigo.

Ella pareció conmovida por aquellos gestos.

—¿Quién te enseñó estos modales tan de otros tiempos? —le preguntó.

19

Eran las nueve.

Estaban sentados en el sofá de piel de la biblioteca, con el fuego encendido, y veían la televisión en la gran pantalla de la izquierda de la chimenea. Laura se había puesto uno de sus camisones blancos y él había optado por un jersey y unos tejanos viejos.

En la pantalla del televisor aparecía un hombre de corbata roja con expresión solemne.

—Se trata de un psicópata de la peor calaña —dijo—. No hay duda. Cree que está en nuestro bando. La adulación pública sin duda alimenta sus obsesiones y su patología. Sin embargo, seamos claros: despedaza a sus víctimas sin piedad; devora carne humana.

Bajo su imagen aparecieron sobreimpresos el nombre del hombre y su cargo: psicólogo criminalista. La cámara enfocó al entrevistador, un rostro conocido de las noticias de la CNN, aunque Reuben no recordaba su nombre en ese momento:

—¿Y si se trata de una especie de mutación...?

—Está totalmente descartado —respondió el entrevistado—. Se trata de un ser humano, como usted o como yo, que emplea una serie de sofisticados métodos para rodear sus asesinatos de un aura que apunta a un ataque animal. El ADN es inequívoco. Es humano. Evidentemente, tiene acceso a fluidos corporales de animales, de eso podemos estar casi seguros. Ha contaminado las pruebas. Y es innegable que usa dientes o colmillos postizos. Eso es seguro. También se cubre la cabeza entera con algún tipo de máscara sofisticada. Sin embargo, es un ser humano, y probablemente se trata del ser humano más peligroso que haya visto la patología criminal en los últimos tiempos.

—¿Y cómo se explica la fuerza de ese hombre? —preguntó el presentador—. Está claro que ese hombre derrota a dos y hasta tres personas simultáneamente. ¿Cómo se supone que un hombre con una máscara animal puede...?

—Para empezar, está el factor sorpresa —comentó el experto—, pero probablemente se ha exagerado su fuerza muy fantasiosamente.

—Pero las pruebas... Dejó tres cadáveres destrozados y uno decapitado...

—Volvemos a sacar conclusiones precipitadas. —El experto se ponía a la defensiva—. Puede que usara alguna especie de gas para desorientar o incapacitar a sus víctimas.

—Sí, pero arrojó por la ventana a una mujer que aterrizó a casi veinticinco metros de la casa...

—No nos hace ningún bien exagerar de lo que es capaz este hombre. No se puede confiar en los testigos...

—Entonces usted confía en que nos están diciendo todo lo que saben acerca del ADN de la criatura.

—No, en absoluto —descartó el experto—. Es innegable que ocultan información y que intentan encontrar sentido a los datos de los que disponen. Además, están muy ocupados intentando apaciguar la histeria. En cualquier caso, las bobadas novelescas que publica la prensa sobre este individuo son una gran irresponsabilidad, y es probable que le animen a llevar a cabo ataques todavía más sanguinarios.

—Pero ¿cómo encuentra a sus víctimas? Es lo más misterioso del caso. ¿Cómo encontró a una mujer en la tercera planta de una casa de San Francisco o al vagabundo que sufría un ataque en Golden Gate Park?

—Simplemente ha tenido suerte. —El entrevistado se estaba enojando por momentos—. Y no sabemos cuánto tiempo llevaba espiando a esas personas o acosándolas antes de acercarse a ellas.

—Pero en el caso de los secuestradores los encontró en el condado de Marin cuando nadie más pudo...

—A juzgar por lo que sabemos, podría estar relacionado con el asesinato —dijo el entrevistado—. Allí no quedó nadie vivo que pudiera explicar nada, y mucho menos contar quién estaba implicado. Tal vez fuera pura suerte.

Reuben cambió el canal desde el mando a distancia.

—Lo siento, no soporto escucharlo —dijo.

Inmediatamente, llenó la pantalla el rostro de una mujer. Era la viva imagen de la pena y la desesperación.

—Me da igual lo que hiciera mi hijo —comenzó la mujer—. Tenía derecho a un juicio como cualquier otro norteamericano; no merecía que lo descuartizara miembro a miembro un monstruo que se cree juez, jurado y verdugo. Y ahora la gente halaga a su asesino. —Se puso a sollozar—. ¿Se han vuelto todos locos?

El plano volvió a la presentadora de las noticias, una mujer de pelo largo y piel morena con una prominente voz melodiosa.

—¿Quién es ese misterioso ser conocido en todo el mundo como el Lobo Hombre de San Francisco que consuela a niños pequeños, devuelve a un sin techo a su refugio y libera un autobús de víctimas de un secuestro después de hacer saltar una alarma para que alguien fuera a ayudarles? En este momento, las autoridades tienen más preguntas que respuestas. [Planos del Ayuntamiento, oficiales reunidos frente a micrófonos.] Una cosa está clara. La gente no tiene miedo del Lobo Hombre de San Francisco. Le adoran y bombardean internet con retratos, poemas e incluso canciones.

La cámara hizo un zum sobre un par de jóvenes con dos disfraces baratos de gorila de color naranja chillón que llevaban una pancarta escrita a mano: «¡Te queremos, Lobo Hombre!» Un nuevo corte y apareció una adolescente con una guitarra cantando: «¡Era el Lobo Hombre, era el Lobo Hombre, era el Lobo Hombre de los grandes ojos azules!»

Una mujer en la calle hablando al micrófono de un reportero:

—¡Es preocupante que no dejen que los testigos hablen directamente con la prensa! ¿Por qué lo sabemos todo sobre esa gente pero no les escuchamos en persona?

—Bueno, ¿cómo esperaba que se sintiera la gente? —dijo un

hombre alto al que le habían formulado la pregunta en una esquina bulliciosa, mientras el tranvía de Powell Street repicaba ruidosamente al descender la calle—. ¿Acaso hay alguien que no quiera combatir el mal de este mundo? Mire, esos secuestradores habían asesinado a dos niños, y un tercero murió de un coma por cetoacidosis. ¿Y quién tiene miedo de ese tipo? Yo no le tengo miedo, ¿y usted?

Reuben pulsó el botón de apagado.

—He tenido suficiente —dijo en tono de disculpa.

Laura asintió.

—Yo también —coincidió ella.

Sin hacer ruido, Laura se acercó a la chimenea y golpeó los troncos con el atizador. A continuación, volvió al sofá, se acurrucó junto a la almohada blanca que había traído del piso de arriba y se abrigó con una manta blanca. Tenía la nueva colección de libros sobre hombres lobo de Reuben. Los había estado hojeando desde su llegada.

La lámpara de latón del escritorio iluminaba la habitación con calidez. Todas las cortinas estaban corridas. Reuben había corrido las de toda la casa, una tarea bastante ardua, pero los dos lo habían querido así.

Reuben deseaba de todo corazón acurrucarse junto a ella, allí o arriba, en la majestuosa cama del dormitorio principal.

Pero ambos estaban en ascuas. Reuben solo podía pensar en «la transformación». ¿Se iba a producir? ¿No se iba a producir? Y si no se producía, ¿hasta qué punto iba a ser grave el ansia?

—Ojalá lo supiera —suspiró—. ¿Esto me va a pasar todas las noches del resto de mi vida? Ojalá conociera la manera de predecirlo o controlarlo.

Laura permanecía en silencio pero le comprendía y consolaba. Solo pedía una cosa: permanecer cerca de él.

El primer par de horas que habían pasado en la casa habían sido toda una bendición. Reuben había disfrutado enseñando la casa a Laura habitación por habitación, y ella se había enamorado del dormitorio principal, tal y como él había esperado.

Galton había llenado el invernadero con un buen montón de plantas nuevas e incluso había intentado ordenarlas con gracia.

Los árboles orquídea eran magníficos. Medían bastante más de dos metros y medio y rebosaban capullos entre púrpura y rosado, aunque algunos se habían lastimado un poco durante el traslado. A Reuben se le hacía un nudo en la garganta al pensar que Marchent las había encargado justo antes de morir. Los árboles flanqueaban la fuente, frente a la que había una mesa de mármol blanco nueva con dos sillas blancas de hierro.

La fuente había vuelto a la vida y el agua brotaba resbalando grácilmente de la pequeña pileta que descansaba sobre la columna ondulada hasta la amplia pileta inferior.

El ordenador y la impresora de Reuben ya habían llegado, junto a las películas en Blu-Ray. Los numerosos televisores que había pedido también estaban instalados y en pleno funcionamiento.

Reuben había dedicado un tiempo a responder correos electrónicos, básicamente para evitarse problemas. Celeste le había informado de que los hallazgos de ADN relativos al caso del Lobo Hombre eran «frustrantes para todos», pero no especificaba el porqué.

Por su parte, Grace insistía en que tenía que volver a casa para hacerse más pruebas, pero que, si alguien le pedía otra muestra de ADN, tenía que negarse. También le informaba de que no podían extraérsela contra su voluntad sin una orden. Estaba investigando un hospital privado de Sausalito que le había recomendado el doctor ruso de París y que podría ser el lugar ideal para realizarle una exploración confidencial.

También le advertía obstinadamente que no hablara con periodistas. Con cada nuevo detalle que se revelaba sobre el Lobo Hombre crecía la avidez de los periodistas por conseguir algún comentario de Reuben. Habían llegado a presentarse en la puerta de la casa de Russian Hill y habían llamado incluso al teléfono privado de la familia.

Billie le pedía una reflexión profunda relativa a la locura por el Lobo Hombre.

Tal vez era el momento de dársela. Había visto todas las noticias que había podido y había investigado lo suficiente por internet para darse cuenta del alcance de la respuesta pública.

En la casa, a solas con Laura, se estaba bien. El silencio, el crepitar del fuego, los susurros del bosque más allá de las cortinas. ¿Por qué no trabajar? ¿Quién había dicho que no podía trabajar? Al final, se puso manos a la obra.

Tras repasar los casos hasta la fecha con cierto detalle, Reuben comenzó a escribir:

Nuestro estilo de vida, el estilo de vida occidental, siempre ha sido una «obra en ciernes». Las cuestiones relativas a la vida y la muerte, el bien y el mal o la justicia y la tragedia no se han cerrado jamás de forma definitiva, y no dejan de retomarse, una y otra vez, a medida que nuestros mundos particulares y públicos evolucionan y mutan. Creemos que nuestros valores morales son absolutos, pero el contexto en el que acontecen nuestras acciones y decisiones varía constantemente. No somos relativistas porque intentamos reevaluar incesantemente nuestras posturas morales más fundamentales.

¿Por qué nos hacemos entonces una idea romántica de ese Lobo Hombre que aparentemente castiga con mano férrea los actos malvados de un modo que nosotros no podemos aprobar?

¿Por qué ovaciona la gente su frenética actividad nocturna cuando en realidad su crueldad y la violencia que emplea deberían repugnarnos? ¿Puede elevarse a la categoría de superhéroe a un monstruo que encarna el ansia más primitiva y detestable que conocemos como humanos, el ansia de asesinar con un manifiesto desapego? No, desde luego que no. Y, sin lugar a dudas, si podemos dormir tranquilos en estos momentos extraordinarios, es porque tenemos la certeza de que aquellos de quienes depende nuestra seguridad diaria están tras la pista de esta aberración sumamente misteriosa.

El tejido social, por más resistente que sea, no puede asumir al Lobo Hombre. Ni siquiera el apoyo constante que los medios de comunicación brindan a esta criatura puede alterar este hecho.

Tal vez quepa recordar que, como especie, todos somos presa de sueños y pesadillas. Nuestro arte se construye partiendo del irreprimible torrente de imágenes que brota de un lugar secreto en el que no se puede confiar. Aunque esas imágenes pueden ser placenteras y asombrosas, también pueden resultar paralizantes y aterradoras. Hay épocas en las que nos avergonzamos de las más salvajes modas fugaces.

Es innegable que el Lobo Hombre parece hecho del mismo material que las pesadillas. Pero podemos estar seguros de que no se trata de un sueño. Y ahí reside nuestra responsabilidad, no solo respecto a él, sino hacia todo lo que trata de socavar durante sus ataques inconscientes.

Reuben mandó el texto a Billie de inmediato e imprimió una copia para Laura. Ella lo leyó en silencio y, acto seguido, le pasó un brazo alrededor del cuello y le besó. Estaban el uno junto al otro. Él miraba fijamente el fuego, con los codos en las rodillas. Se pasaba los dedos por el pelo, como si pudiera alcanzar así sus pensamientos.

—Dime la verdad, por favor —le había dicho él—. ¿Te decepciona que no sea el hombre salvaje que imaginabas? Creo que me veías como algo puro y libre de toda atadura moral. O quizá como alguien que vivía siguiendo un código de conducta completamente distinto porque no era humano.

—Decepcionada... —Reflexionó un instante—. No, no. Para nada me siento decepcionada. Estoy profundamente enamorada. —Hablaba en un tono tranquilo y firme—. Te lo diré de otro modo. Tal vez lo entiendas mejor así. Eres un misterio del mismo modo que lo es un sacramento.

Reuben se volvió y la miró.

Deseaba desesperadamente besarla, hacerle el amor, allí mismo, en la biblioteca, o donde fuera, donde ella se lo permitiera. Pero tenía grabada en la mente la idea de que ella no le quería tal y como era en ese momento. ¿Cómo le iba a querer? Quería al otro. Esperaban al otro, esperaba que se convirtiera en su amante y dejara de ser simplemente «uno de los hombres más guapos» que había visto jamás.

Se puede ver cómo pasa el tiempo aun sin tener un reloj.

La besó. El acaloramiento fue inmediato y ella le abrazó. Reuben encontró sus pechos desnudos bajo la franela blanca y los reclamó para sí con la mano izquierda. Estaba preparado, demasiado preparado después de tanta espera.

Se dejaron caer juntos sobre la alfombra y Reuben escuchó cómo se aceleraba el pulso de Laura justo cuando empezaba a emanar de ella el aroma del deseo como algo secreto, humeante y delicado. La cara de Laura se había ruborizado debajo de él y desprendía un calor tan delicioso...

Se quitaron la ropa a toda prisa, en silencio, y se sumergieron en un torbellino de besos, casi una tortura para él.

De pronto, sintió ese violento espasmo en el estómago y en el pecho; el éxtasis le recorrió todo su cuerpo; el placer punzante le paralizó. Se dejó caer a un lado, se sentó y echó el cuerpo hacia adelante.

Escuchó el grito ahogado de Laura.

Reuben tenía los ojos cerrados. ¿Siempre había ocurrido así? Sí, en el preciso instante en que sentía el vello brotando de cada uno de sus poros, cuando el placer venía en una oleada volcánica tras otra, no podía ver.

Al abrir los ojos, estaba de pie, su cabellera gruesa y pesada colgaba por encima de sus hombros y sus manos se habían transformado en zarpas. El pelaje se le espesaba y empezaban a formársele las bolsas alrededor del cuello y entre las piernas. Sus músculos cantaban su poder, sus brazos se expandían y sus piernas se alargaban como si unas manos invisibles tiraran de ellas.

Miró a Laura desde su nueva altura.

Estaba arrodillada, mirándole, en evidente estado de choque.

Se levantó temblando. Murmuró una plegaria entre dientes y extendió el brazo, primero con cautela y después más deprisa, para tocarle, para acariciar con sus dedos la gruesa capa que crecía cada vez más densa y larga sobre la piel que había acariciado un momento antes.

—¡Parece terciopelo! —susurró al tiempo que le acariciaba la cara—. Es suave y sedoso.

Reuben apenas pudo reprimir la tentación de levantarla para poder besarla. La tenía desnuda, pequeña y palpitando de pasión, entre sus brazos.

—Laura —la nombró con su nueva voz, la voz real.

Un alivio divino le recorrió. Ella abrió la boca para recibir los labios de su amante. El cuerpo de Reuben emitía el sonido palpitante, como si todo él fuese un tambor.

El bosque se acercó a la ventana. La lluvia silbaba y repicaba sobre los canalones y los bajantes, y corría sobre las losas. El viento del océano acometía la lluvia y la empujaba contra los muros.

Podía escuchar la vibración grave del viento en las vigas del techo y en las ramas de los árboles, que gemían suavemente.

Todas las esencias de la noche habían traspasado el refugio sólido de la casa y emanaban como vapor de mil minúsculas grietas y ranuras. Sin embargo, de entre todas las esencias, el aroma de ella le iba directo al cerebro.

20

Reuben estaba de pie en la puerta principal, con la lluvia calándole y el viento silbando bajo las hojas.

Ahí fuera, hacia el sur, en los bosques de secuoyas que se extendían hacia lo alto y hacia el este, escuchó los resoplidos del animal que ansiaba. «Un puma dormido... Eres una presa digna.»

Laura se le acercó. Llevaba el cuello del camisón levantado hasta la garganta para protegerse del frío.

—No puedes ir —le advirtió—. No puedes arriesgarte a ir. No puedes atraerlos hacia aquí.

—No. No son las voces —aclaró. Sabía que miraba fijamente el bosque con los ojos vidriosos. Podía distinguir el tono grave, casi gutural, de sus palabras—. Nadie llorará a esta víctima. Ella y yo somos criaturas salvajes.

Quería ese animal, ese enorme animal pesado que había matado al perro de Galton, esa bestia poderosa que se ocultaba en las profundidades de la maleza, muy cerca de tres de sus cachorros maduros, también grandes felinos que respiraban profundamente mientras dormían pero ya estaban listos para separarse de su madre y aventurarse al mundo salvaje. Los olores se mezclaban en las fosas nasales de Reuben.

Tenía que ir. No podía negarse. Si lo hacía, el hambre y el ansia serían insoportables.

Se volvió y se inclinó para volver a besar a Laura y, mientras le sujetaba la cara muy delicadamente con las zarpas, sintió miedo de poder hacerle daño.

—Espérame junto al fuego. No te enfríes, te prometo que no tardaré.

Echó a correr en cuanto salió de la órbita de luz que rodeaba la casa. Se adentró de inmediato en el bosque vivo y susurrante. Corría a cuatro patas a tal velocidad que apenas veía lo que le rodeaba. La esencia felina tiraba de él como una cuerda vibrante.

Los vientos de la costa morían en las profundidades del bosque de secuoyas y la lluvia parecía neblina a sus ojos.

Al acercarse al felino dormido, trepó a las ramas más bajas de los árboles y continuó avanzando a la misma velocidad que cuando iba a cuatro patas, aproximándose a la madriguera del puma. El puma, que posiblemente también había captado su olor, se despertó e hizo ruido en el sotobosque que lo rodeaba para alertar a los cachorros, cuyos gruñidos y bufidos también podía escuchar él.

Sabía instintivamente qué iba a hacer el felino. Se agazaparía, esperando el momento en que él pasara cerca para saltar con toda la potencia de sus patas traseras y sorprenderlo por la espalda. Si podía, le clavaría los dientes en la columna para inmovilizarlo completamente y, a continuación, le seccionaría la garganta. Podía verlo, lo veía como si la esencia transportara el modus operandi del animal.

Pobre animal valiente y descerebrado. Se iba a convertir en la presa de una bestia humana que le superaba en inteligencia y fuerza. El hambre y el deseo furioso de hacerse con el felino no hicieron más que aumentar.

Cuando ya se acercaba a la madriguera, los cachorros, que también eran grandes felinos de entre veinticinco y treinta kilos, salieron corriendo de entre el follaje húmedo; la madre se agazapó, lista para saltar. Aquella criatura leonada era poderosa. Debía de pesar unos setenta kilos y presentía que se encontraba en peligro. ¿Sabía por el olor que era él?

«Si lo sabes, es posible que sepas más de lo que yo sabré jamás», pensó.

Reuben profirió un enorme rugido para advertirla y, acto seguido, empezó a saltar de árbol en árbol frente a ella, provocándola para que le atacara.

El animal mordió el anzuelo y, en cuanto saltó, él se volvió a toda velocidad y se lanzó sobre ella. La rodeó con un brazo y le clavó los colmillos en la dura capa de músculo que le protegía el cuello.

Nunca había sentido una criatura tan poderosa, tan grande y tan llena de aquella voluntad salvaje de sobrevivir. Cayeron juntos entre gruñidos, con la cara de él hundida en la piel gruesa y odorífera del felino, y lucharon entre las enredaderas espinosas y las hojas húmedas y crujientes. Reuben le hincó los colmillos una y otra vez, hiriendo y enloqueciendo al animal, para a continuación rasgarle la capa gruesa y resistente de carne viva con toda la fuerza de sus fauces.

El felino no se rendía. Su cuerpo largo y poderoso se convulsionaba y lanzaba coces con las patas traseras. El animal soltó un grito profundo, lastimero y furioso. Solo consiguió matarla tras colocarse sobre ella y echarle la cabeza hacia atrás con la zarpa izquierda para poder perforarle la parte baja del cuello, más blanda, y apretar las fauces hasta penetrarle el espinazo con los colmillos.

La carne y la sangre del animal le pertenecían, pero los cachorros habían regresado. Le habían rodeado y se le acercaban. Sujetando firmemente el cadáver de la madre entre los dientes, Reuben trepó por la gruesa corteza de una vieja secuoya y se encaramó fácilmente más arriba de lo que podían llegar a escalar los felinos. Sus mandíbulas doloridas agradecían llevar la presa todavía más a lo alto, y el cuerpo pesado del felino rebotaba contra su pecho.

Se instaló en un punto muy elevado, sobre un grueso de ramas y hojas bastas y astilladas. Las criaturas de las alturas huían de él. En lo más alto del bosque se escuchaba el revoloteo y el piar que indicaban la rápida retirada de las aves.

Comió la carne salada del felino lentamente, devorando grandes pedazos de carne jugosa.

Una vez satisfecho, contempló durante un largo rato a los cachorros furiosos y amenazadores que aguardaban abajo. Sus ojos amarillos centelleaban y brillaban en la oscuridad. Podía escuchar sus gruñidos graves.

Cambió de postura el grueso cuerpo de la madre y se lo apoyó sobre el brazo izquierdo para poder darse un festín con la carne del estómago y rasgar el suave y delicioso tejido interior.

Volvía a experimentar una especie de delirio que le llevaba a comer hasta saciarse. Y se sació. Se recostó en las ramas crujientes y entornó los ojos. La lluvia tejía un suave y dulce velo plateado a su alrededor. Miró hacia arriba y el cielo se abrió, como si lo perforara un láser, y vio la luna, la luna llena, esa luna llena sin sentido e irrelevante, en todo su bendito esplendor, flotando en una corona de nubes sobre un fondo de estrellas distantes.

Le invadió un amor profundo por todo cuanto veía, un amor por el esplendor de la luna y los fragmentos chispeantes de luz que vagaban tras ella, por el bosque protector que le cobijaba de un modo tan completo, por la lluvia que llevaba la luz deslumbrante de los cielos hasta aquel cenador resplandeciente en el que estaba tendido.

Una llama ardía en su interior, la fe en que existía un Poder que lo abrazaba todo, que daba vida a cuanto había creado y lo sostenía con un amor por encima de cualquier cosa que Reuben pudiera imaginar. Rezó porque fuera así. Se preguntaba si, en cierto modo, el bosque entero no rezaba en el mismo sentido y, en ese momento, le pareció que todo el mundo biológico vivía rebosante de plegarias, potencial y esperanza. ¿Y si la voluntad de sobrevivir era una forma de fe, un tipo de oración?

No sentía lástima por los felinos que merodeaban, inquietos, en la oscuridad que se extendía a sus pies. Había pensado en la compasión, pero no la sentía; estaba convencido de que formaba parte de un mundo en el que tal emoción tenía poco o ningún sentido. A fin de cuentas, ¿qué pensarían los pumas de la compasión? Si hubieran podido, le habrían descuartizado a él. La madre lo habría devorado a la menor oportunidad. De hecho, la madre había acabado de forma violenta con la vida larga y feliz del querido perro de Galton. Seguro que Reuben también le había parecido una presa muy fácil.

Lo más horrible era que él era peor que cualquier cosa conocida en el reino de los felinos. Supuso que ni siquiera un oso habría podido derrotarle. De todos modos, eso había que verlo, y se rio ante lo emocionante de esa posibilidad.

Cómo se equivocaba la gente que pensaba que un hombre lobo se degradaba hasta convertirse en una bestia descerebrada. Un hombre lobo no era ni un lobo ni un hombre, sino una combinación obscena de ambos, exponencialmente más poderosa que cualquiera de ellos.

Sin embargo, en ese momento, nada de eso importaba. El lenguaje del pensamiento era... Sencillamente el lenguaje del pensamiento. ¿Cómo se podía confiar en el lenguaje? Palabras como «monstruo», «horror» u «obsceno»... Eran las palabras que acababa de escribir a Billie, pero eran poco más que membranas ingrávidas, un tejido demasiado débil para soportar la esencia de cualquier cosa fragante o palpitante.

«Felino grande, felino muerto, felino que mataste a la tierna y afectuosa criatura que era el perro de Galton. Muerto. ¡He disfrutado cada segundo de ello!»

Estaba medio ensoñado. Abrió el gran tajo en el estómago del felino y sorbió la sangre como si fuera jarabe.

—Adiós, hermana puma —susurró, pasando el hocico por la boca sonriente del felino y recorriendo con la lengua la dentadura inerte del animal—. Adiós, hermana puma; has luchado bien.

Y entonces la soltó. Soltó su trofeo y el cuerpo cayó, cayó y cayó entre la red de ramas y aterrizó sobre la tierra blanda y hambrienta, entre su camada.

Reuben dejó vagar la mente. Ojalá pudiera llevar a Laura consigo a ese reino brillante, protegiéndola entre sus brazos. Soñó que estaba junto a él, protegida, dormitando como él, mientras la brisa húmeda agitaba la espesura salvaje a su alrededor y un universo de criaturas minúsculas zumbaban y revoloteaban, arrastrándolo a un sueño ligero.

¿Qué pasaba con las voces lejanas que no podía escuchar? ¿Le llamaba alguien desde las ciudades del norte o el sur? ¿Escapaba alguien de algún peligro y chillaba pidiendo ayuda? La conciencia de su creciente poder le llenó de un siniestro orgullo. ¿Cuántas noches más podría ignorar las voces? ¿Cuántas noches podría esquivar «el juego más peligroso»?

¡Escuchaba algo!

Algo había perforado las hojas del portal de su santuario.

Alguien estaba en peligro, en un peligro extremo, ¡y conocía esa voz!

—¡Reuben! —chillaba desgarradoramente—. ¡Reuben! —Era Laura, llamándole—. Te lo advierto —sollozó—, ¡no te acerques ni un paso más!

Una carcajada. Una carcajada ronca y maléfica, y entonces la voz de otra persona:

—Pero bueno, señorita, ¿me vas a matar con esa hacha?

21

Cruzó el bosque corriendo a cuatro patas, adentrándose y saliendo de entre los árboles a velocidades que nunca antes había alcanzado.

—Me facilitas demasiado las cosas, querida. No sabes cómo me disgusta derramar sangre inocente.

—Aléjate de mí. ¡Aléjate de mí!

No le guiaba el rastro del mal porque no percibía ningún olor. ¿Cómo era posible una voz tan amenazadora sin ningún olor?

Cruzó la ancha terraza de piedra en dos saltos y arremetió con todo su peso contra la puerta. Los cerrojos saltaron de la madera.

Aterrizó sobre las tablas del suelo y cerró de un portazo sin volver la vista atrás.

Laura, temblorosa y aterrorizada, estaba de pie a la izquierda de la enorme chimenea, y sujetaba con ambas manos el largo mango de madera del hacha que blandía.

—¡Ha venido a matarte, Reuben! —gritó en un tono ronco.

En el lado opuesto, a la derecha, se alzaba una silueta pequeña, esbelta y serena, un hombre de piel oscura. Sus facciones tenían un leve aire asiático. Aparentaba unos cincuenta años y lucía una insignificante mata de cabello moreno corto sobre unos pequeños ojos negros. Vestía una chaqueta gris sencilla, pantalones y una camisa con el cuello desabrochado.

Reuben se interpuso entre el hombre y Laura.

El hombrecillo le dejó espacio con gran elegancia.

Estaba evaluando a Reuben. Parecía tan relajado como quien observa a un desconocido en una esquina de la calle.

—Dice que tiene que matarte —dijo Laura en un tono rasgado y ahogado—. Dice que no le queda otra alternativa. Y dice que también tiene que matarme a mí.

—Ve arriba —le ordenó Reuben. Se acercó más al hombre—. Enciérrate en el dormitorio.

—No, creo que no tenemos tiempo para eso —intervino el hombre—. Veo que las descripciones que me dieron de ti no eran exageradas. Eres un espécimen notable de la raza.

—¿Y qué raza es esa? —preguntó Reuben. Estaba a poco más de medio metro del hombre y le miraba desde su altura superior, confundido por la total ausencia de olor. Sí que emanaba olor humano, pero no detectaba ningún rastro de hostilidad ni malas intenciones.

—Lamento lo que te ha pasado —dijo el hombre. Hablaba en un tono sereno y elocuente—. No debería haberte herido. Fue un error imperdonable por mi parte. Pero lo hecho, hecho está, y no tengo otra alternativa que deshacerlo.

—Entonces, tú eres quien está detrás de todo esto —replicó Reuben.

—Sin duda alguna, aunque nunca fue mi intención.

Parecía del todo razonable, y era claramente demasiado pequeño para suponer un peligro para Reuben, aunque sabía muy bien que aquella no era la forma definitiva que iba a adoptar el hombre. ¿Sería mejor matarle antes de que comenzara la transformación, aprovechando que todavía era débil y estaba indefenso, o era mejor sonsacarle cualquier información valiosa de la que pudiera disponer? «Piensa en los secretos que debe conocer.»

—Llevaba mucho tiempo custodiando este lugar —explicó el hombre mientras daba otro paso hacia atrás en respuesta al avance de Reuben—. Lo he custodiado durante muchísimo tiempo. La verdad es que nunca fui un buen guardia, y a veces ni siquiera estaba aquí. Es imperdonable, y si quiero merecer el menor asomo de piedad debo corregir lo que he hecho. Mi pobre y joven Lobo Hombre, como tú mismo te denominas, me temo que nunca deberías haber nacido.

Solo entonces se dibujó en su rostro una sonrisa siniestra e inmediatamente se produjo la transformación, tan rápida que Reuben apenas pudo distinguir los cambios que se sucedían frente a sus ojos. El pecho del hombre se ensanchó, sus brazos y piernas comenzaron a alargarse e hincharse y la ropa que llevaba quedó hecha jirones. Se arrancó el reloj de oro de la muñeca y lo dejó caer a su lado. Una capa de pelo negro brillante le brotó de todo el cuerpo hasta espesarse como un manto de espuma. Las garras de los pies le destrozaron los zapatos. Alzó los brazos y se arrancó los restos de la camisa y la chaqueta y, acto seguido, se sacudió los fragmentos restantes del pantalón. Un inevitable gruñido surgió de lo más profundo del pecho de la criatura.

Reuben entornó los ojos: tenía los brazos más pequeños y cortos que él, pero ¿cómo podía calcular su poder o su habilidad? Y tenía unas zarpas y unos pies enormes. Sus piernas eran más gruesas que las de Reuben, o eso parecía.

Laura se acercó más a Reuben. La vio de reojo, apoyada en la chimenea con el hacha todavía alzada y apoyada sobre el hombro derecho.

Reuben mantuvo la calma; contuvo la respiración y conjuró la fuerza serena que sabía que poseía. Pensó: «No solo luchas por tu vida, también lo haces por la de Laura.»

El hombre medía unos treinta centímetros más que antes y su melena negra parecía una capa, pero ni siquiera se aproximaba a la altura de Reuben en su forma lupina. Su rostro había perdido todo atisbo de serenidad, sus ojos eran pequeños y porcinos y su boca se había transformado en un morro con largos colmillos curvados.

Una lengua rosada centelleó tras los dientes blancos de la criatura, que flexionó sus poderosas patas traseras. Todo su pelo era negro, incluso el vello que recubría la piel; y sus orejas tenían un asqueroso aspecto picudo y lupino que disgustó a Reuben, temeroso de que las suyas fuesen iguales.

«Mantente sereno —era lo único que pensaba Reuben—. Mantente sereno.» Estaba dominado por la rabia, pero no se trataba de una furia temblorosa de las que aflojan las piernas o hacen fallar las manos. No, de ningún modo.

«Algo provoca dudas en este ser; algo no resulta como a él le gustaría. Da otro paso hacia delante.»

Lo hizo, y la siniestra criatura lupina dio otro paso hacia atrás.

—¿Y ahora qué? ¿Crees que te vas a librar de mí? —preguntó Reuben—. ¿Crees que puedes destruirme a causa de tu error?

—No tengo alternativa —repitió la criatura en un tono profundo y resonante de barítono—. Ya te lo he dicho. Esto nunca debió suceder. Si lo hubiera sabido, te habría matado junto a los demás, los culpables. Sin embargo, estoy seguro de que comprendes que es de mal gusto derramar sangre inocente. Cuando me di cuenta de mi error, te liberé. Siempre cabe la posibilidad de que el Crisma no se transmita y la víctima sencillamente se recupere; o que la víctima muera al poco tiempo. Eso es lo que sucede más a menudo. La víctima sencillamente muere.

—¿El Crisma? ¿Así lo llamas? —preguntó Reuben.

—Sí, el Crisma. Hace siglos que nosotros lo llamamos así. El don, el poder... Existen cien palabras ancestrales para denominarlo. ¿Qué más da?

—¿«Nosotros»? —preguntó Reuben—. Has dicho «nosotros». ¿Cuántas criaturas hay como nosotros?

—Ya sé que te corroe la curiosidad por saber lo que podría contarte —respondió la criatura con un desprecio sutil. Continuó hablando con una compostura desesperante—: Recuerdo esa curiosidad con mayor claridad que cualquier otra cosa, pero ¿por qué debería contarte nada, si no puedo dejarte vivir? ¿Sería para darme el gusto o para dártelo a ti? Créeme, me resulta más fácil ser amable mientras te mato. No pretendo haceros sufrir a ninguno de los dos. De ningún modo.

El hecho de que una voz tan culta y pulida brotara de un rostro tan bestial resultaba grotesco. «Así es como me ven ellos —pensó Reuben—, exactamente igual de repugnante y monstruoso.»

—Deja que ella se vaya —propuso Reuben—. Puede llevarse mi coche. Puede salir de este lugar...

—No, no dejaré que ella se vaya, ni ahora ni nunca —replicó la bestia, que prosiguió con una serenidad perfecta—: No fui yo quien selló el destino de esta mujer, sino tú al confiarle el secreto de quién y qué eres.

—No conozco el secreto de quién ni qué soy —repuso Reuben. Estaba ganando tiempo. Elaboraba un plan. «¿Cuál es el mejor modo de atacarle? ¿Cuál es su punto más vulnerable? ¿Tiene realmente alguna debilidad?» Se acercó un paso más a la bestia y, sorprendido, comprobó que retrocedía de nuevo por instinto.

—Ahora ya no importa nada de todo eso, ¿no crees? —preguntó la bestia—. Eso es lo terrible.

—A mí sí me importa —respondió Reuben.

«Menudo espectáculo debe ser para Laura, dos monstruos como nosotros combatiendo con palabras.» Reuben dio un paso más y la bestia volvió a ceder terreno.

—Estás hambriento, hambriento de vida —dijo la bestia, hablando algo más deprisa—, y también estás hambriento de poder.

—Todos tenemos hambre de vida —dijo Reuben, manteniendo un tono moderado—. Es lo que nos exige la propia vida. Si no tenemos hambre de ella, no merecemos vivir.

—Sí, pero tú estás especialmente hambriento, ¿verdad? —insistió la bestia malévolamente—. Créeme, no me produce ningún placer ejecutar a alguien tan fuerte.

Sus ojillos oscuros centellearon ladinamente a la luz del fuego.

—¿Y qué pasará si no me ejecutas?

—Se me responsabiliza de ti y de tus logros prodigiosos —respondió en tono despectivo—, logros que han despertado el clamor de todo el mundo. Todos quieren hacerte prisionero, enjaularte, narcotizarte, estudiarte en el laboratorio y ponerte bajo el microscopio.

Reuben avanzó una vez más, pero la criatura se mantuvo firme y levantó una zarpa como si pretendiera asustar a Reuben, un débil gesto defensivo. ¿Qué otras señales era capaz de percibir Reuben?

—Hice lo que me pareció natural —dijo Reuben—. Escuché las voces, las voces me llamaban, capté el olor del mal y lo rastreé. Lo que hice fue tan natural como respirar.

—Vaya, estoy profundamente impresionado —admitió el otro en tono pensativo—. Ni te imaginas cuántos vacilan, enferman y mueren durante las primeras semanas. Es muy impredecible. Todos los aspectos del asunto son impredecibles. Es inconcebible que alguien sepa qué pasará cuando el Crisma ataca las células progenitoras pluripotenciales.

—Explícame eso —susurró Reuben—. ¿Qué es el Crisma?

Siguió ganando terreno y la criatura retrocedió de nuevo, como si no pudiera evitarlo. Todavía tenía las patas traseras flexionadas y los brazos ligeramente curvados a ambos lados del cuerpo.

—No —replicó la bestia con frialdad—. Deberías haber sido un poco más prudente, un poco más sensato.

—Así que esto es culpa mía, ¿es eso? —preguntó Reuben serenamente. Una vez más, avanzó ligeramente y la bestia dio dos pasos hacia atrás. Estaba cerca de los paneles de la pared—. ¿Dónde estabas cuando el Crisma comenzó a hacer efecto? ¿Dónde estabas para guiarme, aconsejarme o advertirme de lo que me esperaba?

—Ya me había ido —contestó la bestia dando las primeras muestras de auténtica impaciencia—. Tus fabulosos progresos me sorprendieron a medio camino alrededor del mundo. Y ahora morirás por ellos. ¿Han valido la pena? Contesta. ¿Ha sido este el punto álgido de tu vida hasta ahora?

Reuben permaneció en silencio. Pensó que era el momento adecuado para atacar.

Sin embargo, la bestia habló de nuevo:

—No creas que no me parte el corazón —dijo, mostrando los colmillos como si quisiera esbozar una fea sonrisa—. Si te hubiera elegido para el Crisma, habrías sido magnífico, el mejor de los morfodinámicos, pero no te elegí. No eres uno de nosotros —dijo con ahínco—. ¡Eres odioso, repugnante y ofensivo, eso eres! —Su voz sonaba airada pero firme—. Nunca te habría elegido, ni siquiera habría reparado en tu existencia. Ahora todo el mundo sabe que existes. Bien, eso está a punto de terminar.

«Ahora quien trata de ganar tiempo es él —pensó Reuben—. ¿Por qué? ¿Acaso sabe que no puede ganar este combate?»

—¿Quién te ordenó custodiar la casa? —preguntó Reuben.

—Alguien que no tolerará lo que ha ocurrido —respondió—. Y jamás en este lugar, ¡jamás! —La bestia suspiró—. Y tú, muchacho despreciable, te saliste con la tuya con Marchent, su preciosa Marchent, y ahora Marchent está muerta.

Los ojos de la bestia temblaban y volvió a mostrar los dientes y los colmillos en silencio.

—¿Quién es? ¿Qué relación tiene con Marchent?

—Murió por tu culpa —le acusó la criatura con un hilo de voz, y a continuación profirió un gruñido grave y vibrante—. Volví la espalda por ti, para no espiaros a Marchent y a ti, para no ver vuestras travesuras. ¡Y en ese intervalo Marchent murió! ¡Fue culpa tuya! Mientras yo respire, tú no seguirás aquí.

La acusación enfureció a Reuben, pero continuó insistiendo:

—¿Felix Nideck? ¿Él fue quien te ordenó que vigilaras la casa?

La bestia se puso en tensión, alzó los hombros y dobló los brazos. Repitió el gruñido grave.

—¿Crees que todas estas preguntas te servirán de algo? —gruñó la criatura. Un sonido rechinante y despectivo brotó de su garganta, tan elocuente como sus palabras—: ¡He terminado contigo! —rugió.

Reuben le acometió con las garras fuera. Estrelló la cabeza de la bestia contra los paneles oscuros de la pared y arremetió contra su garganta.

Entre gruñidos de rabia ciega, el monstruo le propinó una patada y proyectó sus poderosas zarpas contra el rostro de Reuben. Le sujetó con una fuerza férrea.

Reuben le agarró por la melena, tiró de él y, acto seguido, lo arrojó contra la repisa de piedra de la chimenea. La bestia emitió un rugido ahogado. Arañó fieramente los brazos de Reuben con las zarpas, levantó la rodilla y volvió a patear a Reuben con una fuerza tremenda, esta vez en el bajo vientre.

Reuben sintió que la cabeza le daba vueltas. Se tambaleó hacia atrás. Todo se volvió oscuro. Sintió que la criatura le agarraba el cuello y que sus garras se le hundían profundamente entre el pelaje, tratando de alcanzar la carne endurecida. Sentía el aliento cálido del monstruo en la cara.

Entre rugidos de rabia, Reuben se zafó de él golpeando la cara interior de los brazos de la criatura. Dos monstruosos golpes con el dorso de las garras consiguieron deshacerle de la presión de la bestia.

Una vez más, Reuben le empujó y la bestia se golpeó la cabeza contra el muro. Se recuperó instantáneamente y saltó contra Reuben catapultándose con sus vigorosas patas traseras. Las zarpas de la bestia desequilibraron a Reuben, que cayó de espaldas aparatosamente.

Reuben se levantó debajo de la criatura y le propinó un buen golpe con el brazo derecho que la aturdió. Sin embargo, la bestia contraatacó. Sus colmillos chasquearon sobre el cuerpo de Reuben y se hundieron en su garganta.

Reuben sintió el dolor, lo sintió de un modo infinitamente más intenso que aquella noche. Dominado por la furia, golpeó a la criatura con las zarpas y la alejó arrojándola por los aires. Sintió cómo le brotaba la sangre caliente. Estaba en pie, y esta vez acometió a la bestia salvajemente, pateándola como había hecho ella. Le arañó la cara con las zarpas y le rasgó el ojo derecho. La criatura aulló y atacó a Reuben, pero Reuben volvió a acometerla y le hincó los dientes en un lado de la cara. Hundió los colmillos cada vez más profundamente hasta notar que rozaba los dientes de las fauces de la criatura, que chillaba de dolor.

«No puedo superarle —pensó Reuben, enloquecido—, pero él tampoco puede superarme a mí.» La criatura volvió a atacar con la rodilla y el pie, y sus brazos de hierro empujaron a Reuben. Bailaban juntos alejándose de la pared. «¡Aguanta, aguanta!»

Reuben lanzó un gruñido fiero y le rasgó la carne con los dientes. Le rasgó como lo había hecho con la carne del puma y supo al instante que no había sido capaz de usar todo aquel salvajismo hasta entonces. Ahora debía usarlo o morir.

Rasgó una y otra vez la cuenca ensangrentada del ojo de la criatura con la zarpa izquierda mientras se sujetaba con firmeza a su cabeza con las fauces doloridas.

La criatura berreaba y maldecía en un idioma que Reuben no comprendía.

De pronto, el cuerpo de la criatura quedó inerte. Los brazos de hierro se desplomaron. La bestia emitió un grito estridente y gorjeante.

Reuben vio que el ojo bueno de la bestia miraba fijamente hacia delante. El cuerpo del monstruo se relajó sin llegar a caer.

Reuben soltó el rostro rasgado y ensangrentado de la bestia.

Aquella cosa permanecía en pie, mirando al techo con el ojo bueno mientras la cuenca del otro bombeaba sangre. Laura estaba justo detrás de la bestia y la miraba fijamente.

Cuando el monstruo se doblegó, Reuben vio el hacha incrustada en la parte posterior del cráneo de la criatura.

—¡Lo sabía! —rugió la bestia—. ¡Lo sabía! ¡Lo sabía! —gimió enfurecida.

Trató frenéticamente de alcanzar el mango del hacha, pero no podía dominar los brazos, no podía evitar que temblaran y no podía bajar lo suficiente las zarpas para llegar a la empuñadura. De su boca abierta, brotaba sangre y espuma. Dio vueltas y más vueltas, tambaleándose para evitar caer, enloquecido, aullando y haciendo rechinar los dientes.

Reuben tiró del largo mango del hacha, liberó la hoja y, mientras la criatura daba tumbos, le golpeó el cuello con ella con todas sus fuerzas. La hoja del hacha penetró a través de la cabellera y la piel y se hundió en la carne, cortando la mitad del cuello. El monstruo enmudeció, sus fauces quedaron flácidas, babeaba y solo emitía una especie de silbido.

Reuben liberó el hacha y descargó un nuevo golpe con toda su furia. Afortunadamente, esta vez la hoja completó el recorrido y la cabeza de la criatura cayó hacia delante y se estrelló contra el suelo.

Incapaz de contenerse, Reuben la agarró por la espesa cabellera y la arrojó al fuego. El cuerpo, cada vez más desinflado, se desplomó pesadamente sobre la alfombra oriental.

Laura lanzó una serie de chillidos ahogados. Reuben la vio frente a las llamas, encorvada. Gemía y se estremecía, señalando el fuego, y entonces cayó hacia atrás sobre una silla cercana, que terminó en el suelo.

—¡Reuben, sácala del fuego, sácala del fuego! —chilló histéricamente—. ¡Por favor, por el amor de Dios!

Las llamas acariciaban la cabeza y lamían el ojo fijo de aquella cabeza con la mirada perdida. Reuben estaba fuera de control. La sacó de los troncos en llamas y la dejó caer al suelo. El humo emanaba de la cabeza como una nube de polvo. Algunas chispas brillaban entre los pelos retorcidos.

Era una especie de masa hinchada y ensangrentada, destrozada, empapada de sangre, ciega. Inerte.

Y entonces llegó el momento de la poesía, la fantasía, la imaginación desbocada y los sueños. El pelo negro y brillante comenzó a desprenderse de la cabeza seccionada y el cuerpo tendido a
corta distancia. Sin fuerza alguna que lo retrajera, el pelo empezó
a caer mientras la cabeza parecía encogerse, igual que el cuerpo.
Sobre un lecho de pelo, un pelo que se disolvía lentamente a su
alrededor y debajo de ambas partes, cabeza y cuerpo volvieron a
convertirse en un hombre, desnudo, destrozado, ensangrentado
y muerto.

22

Reuben se dejó caer de rodillas y se sentó sobre los talones. Le dolían todos los músculos. Le dolían los hombros. El calor que sentía en la cara era casi insoportable.

«Así que no soy un morfodinámico. Así que soy odioso, repugnante y ofensivo. Bien, pues esta ofensa a la especie acaba de matar a este otro morfodinámico con algo de ayuda de su amada y su hacha, por supuesto.»

Laura se echó a llorar desconsoladamente, casi como si se carcajeara. Sollozaba y chillaba sin control. Se arrodilló junto a él y Reuben la abrazó. Vio que tenía el pelo y el camisón blanco manchado de sangre.

La abrazó con firmeza y la acarició para intentar calmarla. Chillaba desesperadamente. Al final, siguió sollozando en silencio.

Reuben le besó el pelo y la frente. Le tocó los labios con un nudillo de la zarpa. Los tenía manchados de sangre. Demasiada sangre. Atroz.

—Laura —susurró. Ella se aferraba a él como si se ahogara, como si una ola invisible estuviera a punto de arrastrarla.

Los restos del hombre habían perdido todo el pelo, como si nunca lo hubiera tenido. Solo un polvo grueso y apenas visible cubría el cuerpo y la alfombra que lo rodeaba.

Permanecieron en silencio un largo rato. Laura lloraba muy suavemente hasta que, agotada por las lágrimas, terminó por callar.

—Tengo que enterrarlo —dijo Reuben—. En el cobertizo hay palas.

—¡Enterrarlo! Reuben, no puedes hacer eso. —Laura levantó la cabeza y le miró como si acabara de despertar de una pesadilla. Se frotó la nariz con el dorso de la mano—. Reuben, no puedes enterrarlo sin más. Estoy segura de que eres consciente de que este cadáver es muy valioso para ti. ¡Posee un valor incalculable!

Se puso de pie y miró al hombre desde una cierta distancia, como si le diera miedo acercarse más. La cabeza yacía junto al cuerpo, con el ojo izquierdo entrecerrado y amarillento. La carne de la cara y el cuerpo también había adquirido un tono ligeramente amarillo.

—En este cuerpo están todos los secretos celulares de su poder —observó Laura—. Si quieres descubrirlos, si quieres conocerlos, no puedes desechar esto. Es impensable.

—¿Y quién va a estudiar el cadáver, Laura? —preguntó Reuben. Estaba tan agotado que temía que el cambio se produjera demasiado pronto. Necesitaba su fuerza para cavar un hoyo lo bastante profundo para dar sepultura a ese ser—. ¿Quién le hará la biopsia a los órganos, extirpará el cerebro y le hará la autopsia? Yo no puedo hacerlo. Tú no puedes hacerlo. ¿Quién va a hacer todo eso?

—Pero debe de haber algún modo de conservarlo hasta que alguien pueda.

—¿Cómo? ¿Lo metemos en un congelador? ¿Nos arriesgamos a que alguien lo encuentre aquí y lo relacione con nosotros? ¿De verdad propones que ocultemos este cadáver en el recinto de la misma casa en que vivimos?

—No lo sé —replicó ella con nerviosismo—. Pero Reuben, no puedes agarrar esta cosa, esta cosa misteriosa, y encomendársela a la tierra, no puedes enterrarlo sin más. Dios mío, es un organismo inimaginable que el mundo desconoce. Señala el camino hacia la comprensión... —Dejó la frase en el aire y permaneció en silencio un momento. El cabello le colgaba como un velo a ambos lados de la cara—. ¿No podríamos dejarlo en algún otro lugar... para que lo encontrara otra persona?

—¿Por qué? ¿Con qué propósito? —preguntó Reuben.

—¿Y si lo encontraran, lo analizaran y lo culparan de todos los crímenes que se han producido? —Miró a Reuben—. Piénsalo un minuto. No digas que no. Esta cosa ha intentado matarnos. Digamos que lo dejamos en algún punto de la autopista, a la vista, por así decirlo. ¿Qué pasaría si encontraran una extraña mezcla de ADN humano y fluidos de lobo? El Crisma, como lo ha llamado él...

—Laura, el componente mitocondrial del ADN demostraría que este no fue el ser que asesinó a los otros —dijo Reuben—. Hasta yo sé bastante de ciencia para darme cuenta de eso.

Reuben miró de nuevo la cabeza fijamente. Le parecía todavía más marchita que antes, y daba la impresión de que se estuviera oscureciendo ligeramente, como una fruta que madura hasta comenzar a pudrirse. El cuerpo también se encogía y se volvía más oscuro, sobre todo el tronco, aunque los pies habían quedado reducidos a protuberancias. No eran más que protuberancias.

—¿Te das cuenta de lo que nos ha dicho esta criatura? —preguntó Reuben pacientemente—. Me ha condenado a muerte por los problemas que he causado, eso que él ha llamado mis «logros prodigiosos», por el hecho de que haya llamado la atención. Estas cosas exigen secretismo; dependen de ello. ¿Cómo crees que reaccionarán los demás morfodinámicos si me deshago del cadáver sin miramientos y lo hago de dominio público? —Laura asintió—. ¡Hay más, Laura! Esta criatura se las ha ingeniado para contarnos muchas cosas.

—Tienes toda la razón —admitió Laura. Ella también apreciaba los sutiles cambios que se producían en el cuerpo y la cabeza—. Juraría que está... desapareciendo —concluyó.

—Bueno, más bien se encoge y se seca.

—Desaparece —repitió Laura. Regresó junto a Reuben y se sentó a su lado—. Míralo. Los huesos del interior se están desintegrando. Se desinfla. Quiero tocarlo, pero no me atrevo.

Reuben no respondió.

Laura tenía razón. El cuerpo y la cabeza se estaban desinflando. La carne parecía arenosa y porosa.

—¡Mira! —exclamó Laura—. Mira la alfombra. Mira donde la sangre...

—Ya lo veo —susurró Reuben. La sangre formaba un glaseado fino como una gasa sobre la superficie de la alfombra. Un glaseado que se resquebrajaba silenciosamente, formando un millón de fragmentos minúsculos. La sangre se desmenuzaba en incontables copos. Y los copos se estaban disolviendo—. Mira mi camisón.

La sangre se encostraba y también se desintegraba en copos sobre la tela. Laura arrugó la franela y la sacudió. Levantó la mano para tocar el residuo arenoso que todavía llevaba en el pelo. Se estaba desintegrando.

—Ahora lo veo —dijo Reuben—. Ya lo entiendo. Ahora lo entiendo todo.

Estaba asombrado.

—¿Qué es lo que entiendes? —preguntó Laura.

—Por qué siguen diciendo que el Lobo Hombre es humano. ¿No te das cuenta? Mienten. No tienen pruebas ni de que sea humano ni de que no lo sea. Esto es lo que le ocurre a todas nuestras partículas y fluidos. Mira. No tienen ninguna muestra del Lobo Hombre. Tomaron muestras de lo que encontraron en los escenarios de los crímenes y, probablemente, dejaron de ser aprovechables incluso antes de que completaran el trabajo. Se disolvieron exactamente así.

Avanzó a gatas y se inclinó sobre la cabeza. El rostro se había hundido. La cabeza formaba un pequeño charco sobre la alfombra. La olisqueó. Descomposición, olor humano, olor animal: una mezcla, sutil, muy sutil, demasiado. ¿Carecía él también de olor para los demás, o solo para los otros miembros de la especie?

Se volvió a sentar sobre los talones. Se miró las zarpas, las suaves almohadillas que habían sustituido a las palmas y las relucientes garras blancas que tan fácilmente podía retraer o extender.

—Todo el tejido transformado se disuelve —observó—. Es decir, se deshidrata y se rompe en partículas demasiado finas para ser visibles y, finalmente, demasiado finas para ser estudiadas, incluso en cualquier producto químico o conservador de laboratorio del que dispongan. Eso lo explica todo: las ridículas contradicciones entre los agentes de Mendocino y los laboratorios de San Francisco. Ahora entiendo lo que ha pasado.

—No te sigo.

Le contó el fracaso de las pruebas que le hicieron en el San Francisco General. Habían obtenido algunos resultados, pero al comprobarlos descubrieron que todo el material original era inútil, se había contaminado o se había perdido.

—Al principio, con mis tejidos, puede que el proceso de disolución fuera más lento. Todavía estaba evolucionando. ¿Qué ha dicho el hombre sobre las células?... ¿Lo recuerdas?...

—Sí, ha hablado de células progenitoras pluripotenciales, unas células que todos tenemos en el cuerpo. Cuando somos embriones, somos una minúscula masa de células progenitoras pluripotenciales. Entonces, esas células reciben señales, señales químicas para que actúen de diversos modos: para que se conviertan en células de tejido, en células oculares o en células óseas...

—Sí, claro —intervino Reuben—. Las células madre son células progenitoras pluripotenciales.

—Así es —confirmó Laura.

—Así que todos poseemos ese tipo de células.

—Sí.

—Y el fluido lupino, el Crisma, provocó que esas células actuaran para convertirme en un morfodinámico, para transformarme en esto.

—El Crisma debe estar en la saliva, es un término metafísico para denominar a una toxina o un suero presente en los fluidos corporales de los morfodinámicos que desencadena una serie de respuestas glandulares y hormonales que desembocan en un nuevo tipo de crecimiento.

Reuben asintió.

—Y dices que incluso justo después de que te mordieran, mientras aún evolucionabas, las pruebas que te hicieron salieron mal.

—Se estropearon más lentamente, pero sí, las muestras se degradaron sin ninguna duda. Duraron lo suficiente para obtener resultados sobre las hormonas y detectar una cantidad extraordinaria de calcio en mi sistema, pero mi madre me dijo que al final todos los resultados del laboratorio salieron mal.

Reuben permaneció un largo rato sentado en silencio, reflexionando.

—Mi madre sabe más de lo que dice —continuó—. Después de la segunda batería de pruebas, tuvo que darse cuenta de que algo en mi sangre hacía que las muestras se echaran a perder. No me lo podía contar. Puede que intentara protegerme. Dios sabe qué debía temer que me estuviera pasando. Oh, mamá. Pero lo sabía. Y cuando las autoridades volvieron a hablar con ella y le pidieron una nueva muestra de mi ADN, se opuso.

Sintió una profunda tristeza por no poder hablar con Grace, explicarle todo aquello y escuchar sus consejos llenos de afecto, pero ¿qué derecho tenía a soñar con algo parecido?

Grace se había dedicado toda la vida a salvar a otras personas. No podía vivir sin salvar vidas. Y él no pensaba pedirle apoyo y complicidad por ser lo que era. Ya era bastante negativo haber implicado a Laura en todo aquello. Ya era bastante negativo haber condenado a Jim a dormir mal el resto de sus días.

—¿Te das cuenta de lo que eso significa? —preguntó Laura—. Recuerda todo lo que dijeron en televisión sobre el ADN humano y la manipulación de las pruebas.

—Sí, claro que me doy cuenta. Paparruchas. —Reuben asintió—. A eso me refiero. Paparruchas. Laura, no tienen ningún tipo de prueba contra mí.

Se miraron el uno al otro.

Reuben se llevó una mano al cuello y tocó la piel en el punto donde el monstruo le había mordido, donde había recibido el golpe más eficaz y peligroso. No había sangre. La sangre había desaparecido.

Ambos miraron fijamente la cabeza y el cuerpo. Se habían convertido en montones de algo parecido a cenizas. El viento las habría podido dispersar hasta hacerlas invisibles, pero incluso la ceniza se estaba tornando más ligera e indistinguible.

En el camisón de Laura no quedaban más que unas franjas grises, como manchas de polvo.

Continuaron observando la escena durante un cuarto de hora. Ya no quedaba nada del monstruo salvo algunas franjas oscuras sobre el tejido de la alfombra, unas franjas que se disolvían entre las flores rosadas y las hojas verdes entrelazadas que la decoraban.

Incluso la hoja del hacha estaba tan limpia como si jamás hubiera asestado un golpe.

Reuben recogió los jirones de ropa que habían pertenecido al hombre. No contenían ningún objeto personal ni ningún documento, y los bolsillos de la chaqueta y los pantalones también estaban vacíos.

Los zapatos eran mocasines finos y caros, sin tacón y de número pequeño. La chaqueta y los pantalones llevaban etiquetas de marcas florentinas. Ninguna prenda era barata. No obstante, nada identificaba al hombre ni ofrecía pista alguna sobre el lugar del que venía. Era evidente que había ido hasta allí dispuesto a perder la ropa, cosa que podía indicar que disponía de alojamiento y un vehículo cercano. Pero faltaba algo: el reloj de pulsera de oro. ¿Dónde estaba? Prácticamente se había camuflado entre el diseño floreado de la alfombra.

Lo tomó del suelo y observó la gran esfera con números romanos; entonces observó el dorso del reloj. Llevaba inscrito el nombre MARROK en letras latinas mayúsculas.

—Marrok —susurró.

—No te lo quedes.

—¿Por qué no? —preguntó Reuben—. Todas las pruebas han desaparecido. Y eso incluye cualquier prueba que pudiera estar presente en este reloj... huellas, fluidos y ADN.

Lo dejó sobre la repisa de la chimenea. No quería discutir, pero no podía destruirlo. En realidad, era lo único que tenía que podía ofrecerle alguna pista acerca de la identidad de la bestia.

Arrojaron los jirones al fuego y los vieron arder.

Reuben estaba dolorosamente cansado.

Sin embargo, tenía que intentar reparar la puerta delantera y los cerrojos rotos antes de volverse a transformar en Reuben Golding, que apenas podía hacer girar un destornillador o clavar un clavo.

Laura y él se pusieron manos a la obra de inmediato.

Tardaron mucho más de lo que esperaban, pero Laura sabía perfectamente cómo colocar pequeñas astillas en los agujeros agrandados de los tornillos para rellenarlos y permitir que los tornillos nuevos se sujetaran bien y sostuvieran los mecanismos de los cerrojos, con lo que pudieron terminar el trabajo. Galton podía ocuparse del resto.

Reuben necesitaba dormir.

Necesitaba que llegase la transformación, pero tenía la sensación de que él mismo la estaba retrasando. También le daba un poco de miedo su llegada, por si acaso se debilitaba y no era capaz de defenderse en caso de que apareciera otra de aquellas bestias.

Ya no podía pensar, no podía analizar ni absorber nada más. Crisma, morfodinámicos... ¿Servían para algo aquellos términos poéticos?

Lo más temible eran los otros. ¿Cómo reaccionarían los demás al saber que aquel morfodinámico había sido destruido?

Felix Nideck debía de ser uno de ellos, y tal vez estaba vivo y todavía era un morfodinámico. «Su Marchent.» Felix era el más importante de los otros. Había estado allí y se había llevado las tablillas, ¿verdad? ¿O acaso había sido el monstruo muerto quien se las había llevado?

Reflexionó. ¡No había captado ningún olor del Lobo Hombre que había ido a matarlos! No había percibido ningún olor animal o humano, y tampoco ningún rastro de maldad.

Durante el combate con la criatura no había sentido ningún aroma de maldad que le embriagara y le diera fuerzas.

Aquello también podía significar que el morfodinámico muerto tampoco había captado ningún rastro de malicia procedente de Reuben, ningún rastro de maldad ni de deseo de destruir.

¿Era aquel el motivo por el que habían luchado entre ellos con tanta torpeza y desesperación?

«Si no puedo captar su olor, no sabré si vienen o si se hallan cerca.»

No pensaba decírselo a Laura.

Se levantó lentamente y recorrió toda la casa.

Ni Laura ni él lograron deducir cómo había entrado la criatura. Habían cerrado todas las puertas con llave. Al llegar a la casa, Reuben había comprobado todos los cerrojos de la primera planta.

A pesar de todo, Laura le explicó que la bestia se le había acercado mientras ella dormía en la biblioteca y la había despertado con una inexorable serie de explicaciones acerca de los motivos por los que ella debía perder la vida por mucho que a él le disgustara derramar sangre inocente. Le había dicho que detestaba matar mujeres y le había hecho saber que no era «insensible» a su belleza. La había comparado con una flor que había que aplastar de un pisotón.

La crueldad de aquellas palabras provocó una mueca en Reuben.

Tal vez había entrado por una ventana más alta. Era concebible.

Reuben recorrió todas las habitaciones, incluso los dormitorios pequeños de la cara norte que daban al bosque de detrás de la casa. No encontró ni una sola ventana que no estuviera bien cerrada.

Por primera vez, registró todos los armarios donde se guardaban las sábanas y los abrigos de repuesto, y también los lavabos que daban a los muros interiores de los cuatro pasillos, pero no encontró ninguna apertura ni escaleras secretas que subieran al tejado.

Recorrió los desvanes de las cuatro caras de la casa y tampoco encontró más que ventanas cerradas con llave. Ninguno de ellos tenía escalera trasera. De hecho, ni siquiera le quedó claro cómo se accedía al tejado de la casa.

Se prometió que al día siguiente pasearía por la finca en busca de algún vehículo con el que la criatura pudiera haber ido hasta allí, o de algún escondrijo en el bosque donde hubiera podido dejar una mochila o de alguna bolsa de lona oculta entre los árboles.

Estaba amaneciendo.

Todavía no se había producido la transformación.

Encontró a Laura en el dormitorio principal. Se había bañado, se había puesto un camisón limpio y se había cepillado la larga cabellera. Estaba pálida por el agotamiento, pero a él le parecía tan llena de vida y tan tierna como siempre.

Estuvo un cuarto de hora discutiendo con ella acaloradamente. Le dijo que debía irse, que tenía que subirse al coche y dirigirse al sur, de regreso a su hogar en los bosques de Marin. Si Felix Nideck iba a la casa, si era el líder de los otros, era imposible conocer el alcance de su fuerza y su astucia. Todo fue en vano. Laura no pensaba dejarle. No levantó la voz ni perdió los estribos, pero no cedió ni un ápice.

—Mi única oportunidad con Felix es traerle aquí, hablar con él y, de algún modo... —Dejó la frase en el aire, demasiado cansado para continuar.

—No sabes con certeza si es Felix.

—Tiene que ser uno de los Nideck —replicó Reuben—. Seguro que lo es. Esta criatura conocía a Marchent, tenía sentimientos protectores hacia ella y le habían ordenado que custodiara la casa. ¿Cómo no va a ser un Nideck?

Demasiadas preguntas sin respuesta.

Se dirigió a la ducha principal y dejó que el agua corriera sobre su cuerpo durante un largo rato. El agua arrastró la sangre del puma y pequeños riachuelos de color rojo pálido se perdieron por el desagüe de cobre. Sin embargo, él apenas la notaba. Su cuerpo peludo añoraba el agua helada de una corriente forestal.

La mañana se iba haciendo más clara. La vista desde la pared de cristal de la ducha era maravillosamente clara. Veía el mar a la izquierda del todo, pálido, neutro y brillante bajo el cielo blanco.

Justo al otro extremo del paisaje, a su derecha, se alzaban los acantilados, que ocultaban la vista del océano y sus vientos en su camino hacia el norte.

Sobre esos acantilados podría haber algo. Felix Nideck, ahí arriba, vigilando y esperando el momento de vengar al difunto Marrok.

Imposible. Si Felix estaba tan cerca, ¿para qué habría venido Marrok? Marrok había dejado claro que temía su eventual encuentro con quien le había nombrado guardián y que pretendía aniquilar su «error» antes de que se produjera esa reunión.

Y si Felix Nideck estaba vivo, ¿por qué había permitido que se hiciera oficial su muerte y que se transmitiera su propiedad?

Demasiadas conjeturas.

«Piensa en las buenas noticias. No dejaste nada en el escenario de ningún asesinato. Absolutamente nada. Se han acabado tus temores en ese sentido; "el mundo" ya no es una amenaza ni para ti ni para Laura. Bueno, apenas lo es.» Quedaba el asunto de la autopsia de Marchent. Y su contacto íntimo antes de que el ADN de Reuben comenzara a cambiar. Pero ¿qué importancia tenía si no disponían de nada, absolutamente nada, relativo a las muertes? Ya no era capaz de pensar con claridad.

Reuben cruzó los brazos alrededor de su cuerpo y deseó que se produjera la transformación. Lo deseó con todas sus fuerzas y sintió que el calor se acumulaba en sus sienes al tiempo que notaba en los oídos cómo el corazón le palpitaba más deprisa. «Transfórmate ahora, déjame, disuélvete dentro y fuera de mí.»

Estaba pasando de veras, como si su cuerpo le hubiera obedecido, como si el poder hubiera percibido su presencia. Casi lloró ante aquel pequeño progreso. El placer le abrazó derrotándolo y le dejó aturdido, el pelo se le cayó y las convulsiones le hicieron estirar el cuerpo, provocándole deliciosos escalofríos incluso mientras recuperaba su forma habitual.

Al salir de la ducha, Laura le estaba esperando. Leía un libro. Era el pequeño libro de Teilhard de Chardin que había pertenecido a Felix, un regalo de Margon. Reuben lo había encontrado en el bolsillo de su chaqueta al trasladar la ropa de la antigua habitación de Felix.

—¿Has visto la dedicatoria? —preguntó Reuben.

Laura no la había visto. Reuben abrió el libro por la tercera página y se lo acercó para que la leyera.

> *Querido Felix,*
> *¡Para ti!*
> *Hemos sobrevivido a esto;*
> *podemos sobrevivir a lo que sea.*
> *Para celebrarlo,*
> *Margon*
> *Roma, 2004*

—¿Qué crees que quería decir con «hemos sobrevivido a esto; podemos sobrevivir a lo que sea»?

—No tengo ni idea.

—En cualquier caso, para mí el libro indica que Felix es un pensador teológico, una persona interesada en el destino de las almas.

—Puede, pero tal vez no. —Laura calló un momento y añadió—: Te das cuenta...

—¿De qué?

—Me cuesta decirlo, pero es la verdad. A veces parece que los católicos estén un poco locos.

Reuben se rio.

—Supongo que tienes razón —coincidió.

—Bueno, puede que Felix Nideck no sea católico —prosiguió ella en un tono sobrio—, y tal vez no sea ningún pensador teológico. Es posible que el destino de las almas no signifique nada para él.

Reuben asintió. Sonrió, pero no estaba de acuerdo. Conocía a Felix. Sabía algunas cosas de Felix. Lo suficiente para quererlo, y eso era mucho.

Laura le rodeó con los brazos y tiró de él hacia la cama con suavidad.

Se abrazaron.

Se metieron bajo las sábanas de la gran cama y se durmieron.

23

Jim llegó a última hora de la tarde.

Reuben había estado paseando por el bosque con Laura. No habían encontrado ningún vehículo, mochila o cualquier otra cosa que pudieran relacionar con Marrok. Y todavía no sabían cómo había logrado entrar en la casa.

Jim había conseguido que le dieran la tarde libre en St. Francis, algo bastante poco habitual, y había evitado que Grace, Phil y Celeste le acompañaran prometiéndoles que iba a ver por qué Reuben no contestaba al teléfono móvil ni al correo electrónico y a comprobar que todo fuera bien. Disponía de tiempo para una cena temprana, pero después tenía que volver a casa.

Reuben tenía que confesar que se alegraba de verle. Jim llevaba el hábito completo de clérigo, y Reuben no pudo evitar abrazarlo como si hiciera un año que no se veían. Para él, era como si realmente hubiera pasado todo ese tiempo. Se sentía desdichado. El aislamiento de toda su familia le hacía sentir desdichado.

Después de enseñarle la casa en una visita bastante superficial, se llevaron una jarra de café al antecomedor del ala este que daba a la larga cocina y se sentaron a charlar.

Laura interpretó que se trataba de una «Confesión», tal como el propio Reuben le había contado, y había subido a responder correos electrónicos desde el portátil. Había escogido el primer dormitorio al oeste del dormitorio principal como despacho, y lo pensaban despejar para ella tan pronto como fuera posible. Mientras tanto, había dejado sus libros y papeles en la habitación, que era más que cómoda, con una vista parcial del mar y unas espléndidas vistas de los acantilados y los bosques.

Reuben observó a Jim mientras este sacaba la pequeña estola púrpura y se la colocaba alrededor del cuello para escuchar la confesión.

—¿Es sacrilegio que te permita hacer esto? —preguntó Reuben.

Jim guardó silencio unos instantes y, entonces, en un tono muy suave, le aconsejó:

—Ven a Dios con tus mejores intenciones.

—Perdóname Padre, porque he pecado —recitó Reuben—. Intento encontrar el camino hacia la contrición.

Mientras hablaba, miraba por la ventana del este, contemplando el denso pero espacioso robledal gris que se extendía hasta el bosque de secuoyas. Los árboles eran gruesos y retorcidos, la tierra blanda estaba salpicada de hojas amarillas, verdes y marrones, y las hiedras crecían exuberantes sobre más de un gigantesco tronco trepando hasta alcanzar las ramas serpenteantes y alargadas.

La lluvia había cesado antes del amanecer. El cielo azul brillaba entre la masa de hojarasca cerrada que formaban las copas de los árboles. Una luz cálida procedente del oeste se inclinaba sobre los senderos que transcurrían entre los árboles. Contemplando el entorno, Reuben se perdió por un instante en sus pensamientos.

Entonces volvió la cabeza, apoyó los codos sobre la mesa y la cara en las manos y empezó a hablar. Contó a Jim absolutamente todo lo que había sucedido. Le habló sobre la extraña coincidencia entre los apellidos Nideck y Sperver. Se lo explicó todo con todo lujo de detalles, obviamente escabrosos.

—No puedo decirte que quiera renunciar a este poder —le confió—. No puedo expresar cómo es cruzar el bosque convertido en esta cosa, en esta bestia, en esta criatura que puede recorrer kilómetros a cuatro patas y después trepar a las copas de los árboles y escalar centenares de metros, esta bestia que puede satisfacer sus necesidades tan fácilmente...

Jim tenía los ojos húmedos y su rostro parecía algo descompuesto por la tristeza y la preocupación. Pese a todo, se limitó a asentir y, cada vez que Reuben callaba, esperaba pacientemente a que continuase.

—Cualquier otro tipo de experiencia empalidece frente a esta —dijo Reuben—. ¡De veras que os echo mucho de menos a mamá, a Phil y a ti! Pero todo palidece comparado con esto.

Describió el festín que se dio con el puma y cómo se había sentido encaramado a su refugio entre las ramas mientras los mortíferos cachorros merodeaban bajo sus pies. Le contó que había pensado en llevar a Laura a aquel santuario. ¿Cómo podía transmitir a Jim la seducción de su nueva existencia? ¿Cómo podía romper la expresión trágica de su rostro para mostrarle algún destello de lo asombrosa y sublime que era su experiencia?

—¿Puedes entenderlo?

—No sé si necesito entenderlo —replicó Jim—. Volvamos a Marrok y lo que has aprendido.

—No me puedes perdonar si no lo entiendes —objetó Reuben.

—No soy yo quien debe perdonarte, ¿no crees? —contestó Jim.

Reuben volvió a desviar la mirada más allá del camino de grava de la entrada y contempló el robledal, tan cercano y denso, tan lleno de sombras y luces.

—Así que lo que sabes hasta ahora es lo siguiente —recapituló Jim—. Hay «otros», y entre esos otros podría estar Felix Nideck, aunque no puedes estar seguro de ello. En cuanto al otro hombre, Margon Sperver, él también podría ser un morfodinámico y los nombres ser pistas deliberadas, o eso sospechas. Estas criaturas cuentan con una terminología propia, con palabras como Crisma y morfodinámico, lo que indica tradición. Parece que existen desde hace mucho tiempo. La criatura te dio a entender que existen desde hace mucho tiempo. Sabes que el Crisma que te hizo como eres puede enfermar y hasta matar, pero tú sobreviviste. Sabes que tus células han sido alteradas de modo que al separarse de tu fuerza vital se desintegran. Y una vez se extingue esa fuerza vital, el cadáver se desintegra. Ese es el motivo por el que las autoridades no tienen ninguna pista sobre quién eres.

—Sí, es un buen resumen.

—Bueno, creo que no tanto. Ese tal Marrok te dio a entender que habías sido descarado y destructivo y que habías llamado la atención hasta el punto de amenazar a la especie, ¿no es así?

—Sí.

—Y por eso crees que el «otro» o los «otros» podrían venir a hacerte daño, e incluso a matarte a ti y también a Laura. Has matado a uno de ellos y puede que quieran matarte por ello y por todo lo demás.

—Sé lo que vas a decir —le interrumpió Reuben—. Sé lo que vas a decirme, pero nadie puede ayudarnos en esto. Nadie. ¡Y no me pidas que llame a tal o cual autoridad! Ni que se lo cuente a tal o cual médico. ¡Hacer algo así significaría poner fin definitivamente a mi libertad y a la de Laura y acabar con nuestras vidas!

—¿Y qué alternativa te queda, Reuben? ¿Vivir aquí y luchar contra ese poder? ¿Luchar contra el influjo de las voces? ¿Luchar contra el anhelo de adentrarte en el bosque y matar? ¿Qué pasará cuando sientas la tentación de hacer que Laura lo comparta? ¿Y si el Crisma, el suero o lo que sea la mata como Marrok te dijo que podía suceder?

—Ya he pensado en ello, por supuesto —respondió Reuben—. He pensado en ello.

Era cierto.

Siempre le había parecido una estupidez la idea de que «el monstruo» de las películas de terror anhelara una compañera o pasara toda la eternidad persiguiendo a un amor perdido. Ahora la entendía a la perfección. Comprendía el aislamiento, la alienación y el miedo.

—No causaré ningún daño a Laura —aclaró—. Laura no me ha pedido que le transmita el don.

—¿El don? ¿Llamas a esto un don? Mira, soy un hombre imaginativo, siempre lo he sido. Puedo imaginar la libertad, el poder...

—No, no puedes imaginarlo. Nunca lo harás. Te niegas.

—De acuerdo, entonces sé que no puedo imaginar ni la libertad ni el poder y que deben de ser más seductores de lo que pueda suponer en mis sueños más febriles.

—Empiezas a entenderlo. Sueños febriles. ¿Alguna vez has deseado torturar a alguien que te ha hecho daño y que sufra por lo que te hizo? Yo hice pasar esa agonía a los secuestradores, y también a otros.

—Les mataste, Reuben. ¡Les mataste en pecado! Terminaste su destino en esta tierra. Les privaste de toda posibilidad de arrepentirse y redimirse. Tú les robaste todo eso. Te lo llevaste todo, Reuben. ¡Acabaste para siempre con los años que hubieran podido vivir enmendando sus pecados! Les quitaste la vida y se la quitaste a sus descendientes, y sí, incluso robaste a las víctimas cualquier acto compensatorio que pudieran haber realizado.

Se detuvo. Reuben había cerrado los ojos y apoyaba la frente en las manos. Estaba enfadado. ¿Qué él les había robado? ¡Esa gente había estado masacrando a sus víctimas! No habrían realizado ningún «acto compensatorio». Si Reuben no hubiese intervenido habrían cometido más asesinatos. Incluso los niños del secuestro habrían estado en peligro de muerte. Pero eso no tenía ninguna importancia, ¿verdad? Era culpable porque había matado. No podía negarlo y no podía ignorar los remordimientos.

—¡Escucha, yo quiero ayudarte! —exclamó Jim en tono suplicante—. No quiero condenarte ni alejarte de mí.

—No te preocupes por eso, Jimmy.

«Yo soy quien se aleja inexorablemente de ti.»

—No puedes continuar haciendo esto solo. Y esa mujer, Laura, es hermosa y te quiere. Además, he visto que no es una niña y tampoco es tonta, pero no sabe más que tú de esta situación.

—Sabe lo mismo que yo. Y sabe que la quiero. Si no hubiera atacado a Marrok con el hacha como hizo, puede que no hubiera logrado derrotarle...

Era evidente que Jim no sabía qué responder.

—Entonces ¿qué opinas? —preguntó Reuben—. ¿Qué quieres que haga?

—No lo sé. Deja que lo piense. Deja que intente averiguar en quién podríamos confiar, quién podría estudiar lo que te ocurre, analizarlo y, tal vez, encontrar la manera de revertirlo...

—¿Revertirlo? ¡Marrok se evaporó, Jim! Polvo al polvo. Desapareció. ¿Crees que algo tan poderoso se puede revertir?

—No sabes cuánto tiempo hacía que la criatura poseía el poder.

—Eso es aparte, Jim. No pueden herirme ni un cuchillo ni una pistola. Si esa criatura hubiese dispuesto de unos segundos más, se habría podido arrancar el hacha de la nuca y es posible que hubieran sanado incluso su cráneo y su cerebro. Le decapité. Nada puede sobrevivir a algo así. Recuerda, Jim, me recuperé de una herida de bala.

—Sí, Reuben, ya lo sé. Lo recuerdo. No te creí cuando me contaste que te habían disparado. Debo admitir que no te creí. —Sacudió la cabeza—. Pero encontraron la bala en la pared de aquella casa de Buena Vista. Me lo dijo Celeste. Encontraron la bala y la trayectoria indicaba que por algún motivo había cambiado de dirección. La bala había atravesado algo antes de alojarse en el yeso de la pared. Sin embargo, en la bala no había ni rastro de tejidos, ni siquiera la partícula más minúscula de ningún tipo de tejido.

—¿Qué significa eso, Jim? ¿Qué te dice eso de... mi cuerpo y del tiempo?

—No creas que eres inmortal, hermanito —respondió en un susurro. Alargó un brazo y pellizcó la carne flácida por encima de la muñeca izquierda de su hermano pequeño—. Por favor, ni lo pienses.

—¿Y si soy muy longevo, Jim? Vamos a ver, no estoy seguro, pero piensa en esa criatura, Marrok. Tuve la clara impresión de que llevaba vivo mucho tiempo.

—¿Por qué lo dices?

—Por algo que dijo sobre los recuerdos. Dijo que recordaba su curiosidad inicial mejor que cualquier otra cosa. No lo sé. Confieso que son conjeturas, me estoy dejando llevar por el instinto.

—Podría ser justo lo contrario —dijo Jim—. Simplemente no lo sabes. Tienes razón sobre las pruebas forenses. Nada más explica por qué no tienen nada, y Celeste dice que no lo tienen... Y mamá dice que no se lo explican, pero el material que recogen sencillamente se autodestruye.

—Lo sabía. Y mamá sabe qué pasó con las muestras que me tomaron.

—No lo ha dicho. Pero mamá sabe algo. Y tiene miedo. Además, está obsesionada. Mañana debería llegar un doctor ruso que la tiene que llevar a visitar un pequeño hospital de Sausalito...

—¡Es un callejón sin salida!

—Lo entiendo, pero no me gusta. Entiéndeme, quiero que se lo digas a mamá, pero no me gusta lo que tiene pensado ese doctor de París. A papá tampoco le gusta. Ya ha discutido con mamá porque cree que es mejor que ella no te comprometa a nada contra tu voluntad.

—¿Qué?

—Te cuento lo que he ido escuchando. Mamá y papá no encuentran ninguna página de internet que mencione ese hospital ni a ningún médico que haya oído hablar de ese lugar.

—¿En qué diablos está pensando mamá?

—No sé si le podrías hacer mucho más daño si le contaras toda la verdad. De todos modos, yo preferiría hablar con ella a solas y lejos de ese doctor de París, sea quien sea. Reuben, no puedes permitirte el lujo de que te pongan en manos de un médico privado. Es la peor solución posible.

—¡Un médico privado!

Jim asintió.

—No me gusta. En realidad, no estoy seguro de que a mamá le guste la idea, pero está desesperada.

—No se lo puedo contar, Jim. Da igual un médico privado o un hospital público. Temer que tu hijo se haya convertido en un monstruo es una cosa, pero escuchar una confesión detallada de sus labios sería demasiado. Además, no voy a hacerlo. Ese no es mi camino. Si pudiera volver atrás, no te lo habría contado.

—No digas eso, hermanito.

—Escúchame. Temo lo mismo que tú. Tengo miedo de que esta cosa me consuma, de perder mis inhibiciones una tras otra y terminar obedeciendo sus necesidades físicas sin preguntar...

—Dios mío.

—Pero no dejaré que eso ocurra sin oponer resistencia, Jim. Soy bueno. Lo sé. Lo noto. Soy un alma. No soy una criatura sin conciencia, sin empatía y sin capacidad de hacer el bien.

Reuben se extendió la mano derecha sobre el pecho.

—Me lo dice esto —continuó—. Y te diré una cosa más.

—Te lo ruego.

—No va más allá, Jim. He alcanzado una especie de meseta. Yo lo combato y parece que logramos alcanzar un acuerdo. Aprendo cosas nuevas cada vez que sucede, pero no estoy recayendo, Jim.

—¡Reuben, tú mismo has dicho que todo palidecía en comparación con lo que piensas y sientes cuando se produce la transformación! ¿Ahora dices que no es cierto?

—Mi alma no se está corrompiendo —explicó Reuben—. Te lo juro. Mírame y dime que no soy tu hermano.

—Eres mi hermano, Reuben —dijo Jim—, pero esos hombres que mataste también eran tus hermanos. Maldita sea, ¿qué debo decirte para que te quede claro? ¡La mujer que asesinaste era tu hermana! No somos bestias salvajes, por el amor de Dios, somos seres humanos. ¡Todos somos hermanos! Mira, no hace falta que creas en Dios para creer lo que digo. No hace falta creer en la doctrina o el dogma para saber que eso es verdad.

—De acuerdo. Tranquilo, Jimmy, tranquilo.

Reuben tomó la jarra y llenó la taza de Jim.

Jim se recostó en el respaldo, tratando de mantener el control, pero tenía los ojos encharcados de lágrimas. Reuben nunca le había visto llorar. Jim tenía casi diez años más que él. Cuando Reuben abandonó la cuna, Jim ya era un adolescente alto, inteligente y sereno. No había llegado a conocerle de niño.

Jim contemplaba el bosque. El sol de la tarde viajaba hacia el oeste y, aunque la casa proyectaba una larga sombra sobre la arboleda más cercana, se abría camino gloriosamente en la distancia, sobre el lugar en el que la arboleda se encaramaba hacia el límite sur del bosque de secuoyas.

—Ni siquiera sabes qué provoca la transformación ni cómo controlarla —murmuró Jim casi sin querer, con la mirada perdida y en un tono desanimado—. ¿Te vas a convertir en esa cosa todas las noches de tu vida a partir de ahora?

—Es imposible —respondió Reuben—. Esta especie, los morfodinámicos, no lograrían sobrevivir si la transformación se produjera todas las noches y tuvieran que vivir así. Tengo que pensar que no funciona de ese modo. Y estoy aprendiendo a controlarlo. Aprenderé a desencadenarlo y a detenerlo. Esa cosa, ese guardián, Marrok, se transformaba a voluntad, en un abrir y cerrar de ojos, cuando lo necesitaba. Aprenderé a hacerlo.

Jim suspiró y sacudió la cabeza.

Se hizo un silencio entre ellos. Jim continuó mirando el bosque. La tarde de invierno agonizaba rápidamente. Reuben se preguntaba qué podía escuchar Jim y qué olores era capaz de detectar. El bosque estaba vivo, respiraba, jadeaba y susurraba. Estaba impregnado de la esencia de la vida y la muerte. ¿Acaso era una especie de oración? ¿Era un progreso hacia lo espiritual? ¿Era algo espiritual en sí mismo? Quería compartir aquellas reflexiones con Jim, pero no podía. En esos momentos, no podía esperar más de Jim. Miró más allá del robledal, hacia la neblina fantasmagórica del bosque de secuoyas que se extendía mucho más lejos. El mundo se sumió en los tonos de azul oscuro del anochecer. Sintió que se perdía, que se estaba alejando de la mesa, la conversación y la confesión.

De pronto, la suave voz de Jim le trajo de vuelta.

—Este lugar es excepcional —admiró Jim—. Pero menudo precio has tenido que pagar por él.

—¿Crees que no lo sé?

Reuben arqueó los labios en una amarga sonrisa.

Juntó las manos en actitud de plegaria e inició la plegaria de contrición:

—Señor mío Jesucristo, me pesa de todo corazón haberte ofendido; por favor, muéstrame el camino. Dios mío, por favor, muéstrame lo que soy, qué clase de cosa soy. Por favor, dame fuerzas contra toda tentación, para no hacer daño a nadie, para no herir, sino ser una fuerza del amor en Tu Nombre.

Sus plegarias eran sinceras, pero no las sentía profundamente. Sentía el mundo que le rodeaba, al menos tal y como él lo concebía, y era consciente de la pequeña mota que era el planeta Tierra, rotando en la galaxia de la Vía Láctea, y de lo minúscula que era esa galaxia en el vasto universo que se extendía más allá del alcance humano. Tenía la devastadora sensación de no estar hablando con Dios, sino con Jim y por Jim. Sin embargo, ¿no había hablado con Dios a su manera la noche anterior al contemplar el bosque vivo y palpitante y sentir en lo más profundo de su ser ese pálpito conjunto de seres vivos como una especie de oración?

La tristeza llenó el silencio. Les unía la tristeza.

—¿Crees que a lo mejor Teilhard de Chardin tenía razón? —dijo Reuben—. Me refiero a cuando decía que tememos que Dios no exista porque no podemos captar espacialmente la inmensidad del universo; tememos que esa personalidad se encuentre perdida en esa inmensidad aunque tal vez se trata de una superpersonalidad que lo sostiene todo, un Dios superconsciente que plantó en cada uno de nosotros una conciencia que evoluciona...

Dejó la frase en el aire. Nunca se le habían dado bien la teología abstracta ni la filosofía. Estaba desesperado por hallar teorías que pudiera entender y repetir cuando las necesitara, teorías en las que cada cosa de cualquier lugar dentro de los aparentemente desesperanzadores confines del universo tuviera un sentido y un destino Que incluso él mismo tuviera un sentido.

—Reuben —respondió Jim—, cuando tomas la vida de un solo ser conscientemente, ya sea inocente o culpable, vas contra ese gran poder redentor, independientemente de cómo lo describamos, y aniquilas su misterio y su fuerza.

—Cierto —concedió Reuben. Mantenía la mirada fija en los robles que se desvanecían entre las sombras frente a sus ojos—. Sé que es lo que crees, Jim. Pero yo no me siento así cuando soy el morfodinámico. Me siento distinto.

24

Reuben había comenzado a preparar las piernas de cordero de la cena antes de salir a caminar por el bosque. La carne y la verdura llevaban toda la tarde hirviendo a fuego lento en una olla especial.

Laura preparó una ensalada especialmente exquisita de lechuga, tomate y aguacate, la aliñó con un delicado aceite de hierbas y se sentaron a cenar en el antecomedor. Como de costumbre, Reuben devoró cuanto quedaba a su alcance mientras Jim picoteaba un poco de cada plato.

Laura se había puesto un vestido que Reuben consideraba pasado de moda. Era de algodón con cuadros amarillos y blancos, y tenía mangas con los puños cosidos cuidadosamente y botones blancos con motivos florales. Llevaba el pelo suelto y brillante. Al empezar una conversación sobre la iglesia y el trabajo con Jim, le dedicó una sonrisa espontánea.

La conversación entre ambos era fluida; charlaron sobre el bosque Muir y la investigación de Laura sobre el sotobosque de la zona, es decir, sobre el suelo del bosque y cómo se podía evitar que quedara destruido por las pisadas constantes de los miles de personas que, muy comprensiblemente, deseaban contemplar en directo la increíble belleza de las secuoyas.

Laura no hizo ninguna referencia a su pasado y Reuben no se consideraba en el derecho de llevar la conversación hacia aguas turbulentas. Por su parte, Jim charló con entusiasmo sobre el comedor de St. Francis y la cantidad de comidas del Día de Acción de Gracias que esperaban poder servir aquel año.

En el pasado, Reuben siempre había ayudado a servir la comida de Acción de Gracias en St. Francis, igual que Phil, Celeste e incluso Grace siempre que podía.

Reuben se vio sorprendido por una profunda melancolía. Ese año no estaría allí, podía sentirlo. Y tampoco estaría en casa el Día de Acción de Gracias, cuando su familia se reunía a las siete de la tarde para la cena tradicional.

El Día de Acción de Gracias siempre había sido un acontecimiento chispeante y agradable en la casa de Russian Hill. La madre de Celeste se sumaba a la familia a menudo, y Grace no se lo pensaba dos veces antes de invitar a algún interno o residente que trabajaba con ella, sobre todo si estaban lejos de su hogar. Todos los años, Phil escribía un poema para la ocasión y uno de sus antiguos alumnos, un genio excéntrico que vivía en un albergue para indigentes de Haight-Ashbury, solía vagar hasta la casa y se quedaba hasta que alguien, inevitablemente, le llevaba la contraria en alguna de sus intensas teorías conspirativas, según las cuales una sociedad clandestina de gente rica y poderosa estaba destruyendo la sociedad, y se iba airadamente.

Reuben no estaría allí ese año.

Acompañó a Jim al coche.

Se había levantado viento del mar. A las seis había oscurecido y Jim había empezado a impacientarse. Tenía frío. Aceptó decir a la familia que Reuben necesitaba pasar un tiempo solo, pero le suplicó que mantuviera el contacto.

Entonces, Galton pasó con su camioneta resplandeciente y, en cuanto sus pies pisaron las baldosas anunció, eufórico, que el puma que había matado a su perro había «caído».

Jim, con su habitual amabilidad, se mostró muy interesado en lo que contaba Galton, así que este se levantó el cuello de la chaqueta para resguardarse del viento y volvió a narrar toda la historia del perro. Repitió que el perro leía la mente, presentía el peligro, salvaba vidas, obraba milagros y apagaba a menudo un interruptor con las patas.

—¿Cómo ha sabido que la puma está muerta? —le preguntó Reuben.

—La han encontrado esta tarde. La universidad la había marcado hace cuatro años. Llevaba una marca en la oreja izquierda. ¡Era ella, ya lo creo, y lo que la atacó le dio su merecido! En ese bosque hay un oso, así que id con cuidado la chica guapa y tú.

Reuben asintió. Se estaba congelando, pero Galton parecía inmune al frío con su chaqueta de plumas de ganso. Interiormente, se regodeaba de haber matado al puma y haberlo medio devorado, y también le producía un placer siniestro que Jim lo supiera, porque él se lo había contado y Jim no podía decir nada, así que Galton no se enteraría nunca de lo ocurrido. Le avergonzaban esos sentimientos, pero, por encima de todo, recordaba el puma, el festín y el cenador en los árboles y sencillamente se sentía feliz.

—Los cachorros se dispersarán y encontrarán nuevos territorios. Puede que uno de ellos ronde por aquí. ¿Quién sabe? Probablemente hay unos cinco mil de esos grandes felinos en California. No hace mucho, uno entró en la ciudad y se dio un paseo por el norte de Berkeley. Pasó justo por delante de las tiendas y los restaurantes.

—Lo recuerdo —dijo Jim—. Sembró un poco de pánico. Bueno, tengo que darme prisa. Encantado de conocerle, señor Galton, espero que nos volvamos a ver pronto.

—Así que tenéis a un párroco en la familia —comentó Galton mientras Jim conducía su viejo Suburban en dirección al bosque, donde pronto desaparecieron las luces traseras del automóvil—. Y tú, hijo, llevas el Porsche mientras él conduce el viejo coche de la familia.

—No es que no hayamos intentado conseguirle un vehículo decente —se defendió Reuben—. Mi madre le compró un Mercedes y le duró unos dos días. Los sin techo de su parroquia se reían de él, así que nos lo devolvió.

Reuben tomó a Galton del brazo.

—Entre en casa —le invitó.

Al llegar a la mesa de la cocina, Reuben le sirvió una taza de café y le preguntó qué sabía de Felix Nideck.

—¿Qué tipo de hombre era?

—Uno de los mejores. En mi opinión, era como un aristócrata del Viejo Mundo. Tampoco es que sepa gran cosa de los aristócratas. La verdad es que no. En cualquier caso, era un hombre muy grande, ya sabes a qué me refiero. Aquí le quería todo el mundo. No he conocido a un hombre más generoso. Cuando desapareció todo el mundo lamentó la pérdida. Evidentemente, no sabíamos que no le volveríamos a ver. Siempre pensamos que volvería.

—¿Cuántos años tenía cuando desapareció?

—Bueno, más tarde dijeron que tenía sesenta años. Eso es lo que publicaron los periódicos cuando comenzaron a buscarle en serio. Pero yo no habría imaginado nunca que tenía esa edad. Cuando desapareció, yo tenía cuarenta años. Si él tenía un día más, no se podía demostrar comparándolo conmigo. De todos modos, descubrieron que había nacido en 1932. Para mí era toda una noticia. Claro que él no había nacido aquí, ya me entiendes. Nació al otro lado del océano y vino más tarde. Diría que le conocí unos buenos quince años. Más o menos debió ser ese tiempo. Nunca logré entender cómo podía ser que tuviera sesenta años, pero es lo que dijeron.

Reuben se limitó a asentir.

—Bueno, tengo que irme —dijo Galton finalmente—. El café me ha calentado el cuerpo. Tan solo venía a echar un vistazo, para asegurarme de que estabais bien. Por cierto, ¿te encontró aquel hombre viejo que te buscaba? Me refiero al amigo de Felix.

—¿Qué hombre? —preguntó Reuben.

—Marrok —respondió Galton—. Le vi hace un par de noches en el hostal. Estaba tomando una copa. Me preguntó si sabía cuándo ibas a volver.

—Dígame cómo era.

—Bueno, hace años que viene por aquí. Como te he dicho, era amigo de Felix. Cuando venía siempre se hospedaba en esta casa, al menos hasta que Marchent lo echaba. Lo hacía de vez en cuando. En realidad, Marchent no lo soportaba, pero siempre le dejaba volver. Vendrá por aquí, seguramente solo por respeto hacia Felix y la familia. No es entrometido. Seguramente, solo quiere asegurarse de que la casa está bien y en buenas manos. Ya le dije que estaba en muy buenas manos.

—¿Marchent y él no se llevaban bien?

—Bueno, supongo que se llevaban bien cuando ella era pequeña, pero después de que Felix desapareciera no lo sé. No le tenía demasiado afecto, y una vez me dijo que si pudiera se desharía de él. Mi esposa, Bessie, decía que él estaba enamorado de Marchent y que venía a verla, pero a Marchent no le gustaba. No estaba dispuesta a aguantarle nada.

Reuben no respondió.

—Y los hermanos le odiaban —dijo Galton—. Siempre les había complicado la vida, a los hermanos. Si ellos planeaban algo, como robar un coche o comprar alcohol sin tener la mayoría de edad, y él se enteraba, se chivaba.

»El padre de Marchent tampoco aguantaba a ese hombre. Abel Nideck no se parecía en nada a Felix Nideck. Él no echaba a Marrok, pero no le daba ni la hora. Claro que la mayoría del tiempo no estaban aquí, y Marchent tampoco. Marchent le soportaba por Felix, supongo. A veces Marrok dormía en el dormitorio de la parte de atrás del primer piso y, otras veces, dormía al aire libre en el bosque. Acampaba allí. Le gustaba. Le gustaba estar solo.

—¿De dónde venía? ¿Lo sabe?

Galton sacudió la cabeza.

—Siempre venía gente a ver a Felix, amigos suyos de... Diablos, de todo el mundo. Este tipo es asiático, puede que sea indio, no lo sé. Tiene la piel morena y el pelo oscuro, y habla muy bien, como todos los amigos de Felix. Pero sin duda era demasiado mayor para Marchent, aunque es como Felix, ya me entiendes, tampoco aparenta su edad. Sé su edad porque lo recuerdo. Andaba por aquí cuando Marchent era una niña pequeña. —Miró a ambos lados, como si alguien pudiera estar espiándole, y añadió en tono de confidencia—: Te voy a contar lo que Marchent le dijo a Bessie. Le dijo: «Felix le pidió que cuidara de mí y me protegiera. ¡A ver quién me protege de él!» —Se echó hacia atrás, riéndose, y tomó otro trago de café—. Pero lo cierto es que es un buen tipo. Cuando Abel y Celia murieron, vino y se quedó con Marchent para que no estuviera sola. Supongo que fue la única vez que ella le necesitó de veras. No duró demasiado. No deberías dejar que se acerque por aquí, ¿sabes? Ahora este sitio es tuyo, y la gente tiene que acostumbrarse al cambio. No es la casa de Felix. Hace mucho tiempo que Felix se fue.

—Estaré atento por si viene —dijo Reuben.

—Como te decía, en realidad, no es mal tipo. Por aquí lo conoce todo el mundo. Solo es uno más de los extraños visitantes internacionales que siempre andaban por aquí. Pero ahora esta es tu casa.

Reuben acompañó a Galton a la puerta.

—Ven al hostal esta noche si te apetece tomar una copa con nosotros —le invitó Galton—. ¡Celebraremos que se han cargado al puma que acabó con mi perro!

—¿El hostal? ¿Dónde está el hostal?

—No tiene pérdida, hijo. Baja a Nideck. En Nideck solo hay una calle principal. Está justo en esa calle.

—Ah, sí, el hostal. Lo vi el día que llegué —recordó Reuben—. Estaba en venta.

—¡Sigue en venta, y lo estará durante mucho tiempo! —exclamó Galton entre risas—. Nideck está a dieciocho kilómetros de la costa. ¿Para qué iba a venir nadie a un hostal de Nideck? Venid esta noche. Nos encantaría veros por allí.

Reuben cerró la puerta tras Galton y se dirigió a la biblioteca.

Abrió la carpeta que contenía los documentos de la casa que le había mandado Simon Oliver. Había una lista manuscrita de contratistas y personal de servicio que Marchent le había redactado durante la última hora antes de que la mataran. Solo tal vez...

Tenía la copia en alguna parte.

La encontró.

Repasó la lista rápidamente. Ahí estaba, Thomas Marrok. «Amigo de la familia que se presenta de vez en cuando. Puede que pida permiso para dormir en el bosque de atrás. Viejo amigo de Felix. Tú mismo. No te voy a pedir que le hagas ningún trato de favor. A tu criterio.»

Subió la escalera y encontró a Laura en su despacho.

Le contó todo lo que le había explicado Galton.

Subieron al Porsche y bajaron a Nideck.

Al entrar en el salón principal del hostal lo encontraron ocupado por una acogedora multitud. Era un local rústico con paredes de madera basta. Un anciano tocaba la guitarra en una esquina mientras cantaba una lastimera canción celta. Sobre las mesas había manteles a cuadros rojos y blancos, y velas.

El posadero estaba dentro de su reducido despacho. Tenía los pies reposados sobre el escritorio, estaba leyendo una novela de bolsillo y viendo una reposición de *Gunsmoke* en un televisor pequeño.

Reuben le preguntó si conocía a un hombre llamado Marrok y si se había hospedado allí durante la última semana.

—Sí, andaba por aquí —confirmó el hombre—, pero no se alojaba en el hostal.

—No sabe de dónde viene, ¿verdad? —preguntó Reuben.

—Hombre, según dice, viaja por todas partes. Creo que la última noche que vino dijo que había estado en Bombay. Recuerdo que una vez dijo que acababa de regresar de El Cairo. Si tiene un hogar permanente, yo no lo conozco. Un momento, de hecho creo que hoy ha recibido una carta. El cartero me ha dicho que no tenía autorización para continuar entregando su correo en la casa. La ha dejado aquí por si acaso vuelve.

—Se la podría entregar yo —se ofreció Reuben—. Estoy en la casa Nideck.

—Sí, ya lo sé —dijo el hombre.

Reuben se presentó y se disculpó por no haberlo hecho antes.

—No pasa nada —respondió el hombre—. Todo el mundo sabe quién es usted. Nos alegra que haya una nueva familia en la vieja casa. Me alegro de verle.

El hombre entró en el comedor del hostal y regresó con la carta.

—Mi mujer la ha abierto antes de darse cuenta. Entonces ha visto que era para Tom Marrok. Lo siento. Puede decirle que ha sido culpa nuestra.

—Gracias —dijo Reuben.

Nunca había robado una carta bajo protección federal y notó que se le ruborizaban las mejillas.

—Si viene por aquí, le diré que usted está en la casa y tiene la carta.

—Perfecto —accedió Reuben.

Galton le saludó desde la barra y alzó su jarra de cerveza mientras Reuben y Laura salían por la puerta.

Regresaron a la casa.

—No puedes creer nada de lo que te dijo Marrok —opinó Laura—. Al menos lo de «el otro» y sus intenciones. Eran patrañas.

Reuben miraba directamente hacia delante. Solo tenía una idea en la cabeza y era que, el día anterior, Marrok había estado en la casa antes incluso de que ellos llegasen.

En cuanto volvieron a encontrarse en la seguridad del gran salón, abrió la carta. Estaba convencido de que era propiedad de la criatura muerta así que, ¿para qué iba a andarse con escrúpulos?

La carta estaba escrita en la misma extraña letra fina y oscura que solo había visto una vez: en el piso de arriba, en el diario de Felix.

La carta constaba de tres páginas y, obviamente, no entendía ni una sola palabra, pero contenía lo que parecía ser una firma.

—Ven conmigo —dijo, y condujo a Laura por la escalera hasta el pequeño estudio de Felix. Encendió la luz del techo.

—Ha desaparecido —observó Reuben—. El diario de Felix. Estaba justo aquí, sobre ese escritorio.

Registró el escritorio, pero sabía que era inútil. Quien fuera que se había llevado las tablillas de toda la casa también se había llevado los diarios de Felix Nideck.

Miró a Laura.

—Está vivo —afirmó—. Sé que está vivo. Está vivo y escribió a ese hombre, Marrok, para pedirle que volviera, para...

—No sabes qué le dijo —le recordó Laura razonablemente—. En realidad, ni siquiera sabes si esta carta es de Felix. Solo sabes que esta gente comparte una lengua y una escritura.

—No. Lo sé. Está vivo. Siempre ha estado vivo. Algo evitó que viniera aquí y reclamara su identidad y su propiedad. Tal vez quería desaparecer. Puede que no pudiera disimular su edad por más tiempo porque sencillamente no envejecía. Así que tuvo que desaparecer. Aunque me cuesta creer que fuera capaz de hacer algo tan doloroso, tanto a Marchent como a sus padres: desaparecer sin más...

Permaneció inmóvil un instante, observando el desorden familiar de la pequeña habitación. Las pizarras y las carteleras parecían inalteradas. Seguían conteniendo la misma escritura en tiza medio borrada y los mismos recortes amarillentos de periódico clavados con chinchetas. Las mismas fotografías por todas partes: de Felix sonriendo, Sergei sonriendo y de los demás hombres misteriosos.

—Tengo que contactar con él de algún modo, tengo que hablar con él, suplicarle que comprenda lo que me pasó, que no sabía lo que era esto, que yo...

—¿A qué te refieres?

Reuben suspiró, irritado.

—Al ansia —respondió—. El ansia que me asalta cuando no puedo transformarme, cuando no escucho las voces que me llaman. Tengo que salir de aquí. Necesito caminar. Pero no nos podemos quedar; no podemos quedarnos aquí como patos de feria, esperando su ataque.

Se paseó por la habitación, revisando de nuevo las estanterías. Seguramente hubo otros diarios en esas estanterías, pero nunca habían estado llenas y no podía saberlo con certeza. ¿Había sido Marrok el que había entrado en la casa y se había llevado todo aquello? ¿Había sido el propio Felix?

La puerta del dormitorio adyacente estaba abierta. Era el dormitorio de la esquina noroeste en el que Marchent y él habían hecho el amor. Le volvió a invadir la sensación de la presencia del hombre, del guardián de esas habitaciones, del hombre que había elegido aquella gran cama con dosel y minúsculas figuras intricadas grabadas, el que había colocado la estatua de un gato de diorita cerca de la lámpara, el mismo que había dejado un libro de poemas de Keats en la mesita con incrustaciones que había junto a la silla.

Tomó el libro. Una cinta de color burdeos descolorido marcaba una página. «Oda a la Melancolía.» Y en la página había una marca negra junto a la primera estrofa, una larga línea junto a ella y garabatos del puño y letra de Felix, con esa caligrafía ondulante, que más bien parecía un dibujo del mar.

—Mira, esto lo marcó hace mucho tiempo.

Le pasó el libro a Laura. Ella lo acercó a la lámpara y lo leyó en voz alta en un tono suave:

No vayas al Leteo ni exprimas el morado
acónito buscando su vino embriagador;
no dejes que tu pálida frente sea besada
por la noche, violácea uva de Proserpina.
No hagas tu rosario con los frutos del tejo
ni dejes que polilla o escarabajo sean
tu alma plañidera, ni que el búho nocturno
contemple los misterios de tu honda tristeza.
Pues la sombra a la sombra regresa, somnolienta,
y ahoga la vigilia angustiosa del espíritu.

Aquel deseo de hablar con él, de invocarlo, le resultaba agónico. «Hice lo que me parecía natural, lo hice porque no sabía qué otra cosa podía hacer.» Pero ¿de verdad fue así?

Le acometió un deseo abrumador de poseer el poder. El ansia le volvía loco.

El viento arrojaba la lluvia contra las ventanas negras. Más allá, escuchaba las olas rompiendo contra la playa.

Laura esperaba paciente, tan serena y respetuosa, tan silenciosa... Permanecía de pie junto a la lámpara con el volumen de Keats en las manos. Miró la cubierta y, después, a él.

—Ven conmigo —le pidió Laura—. Tengo que comprobar algo. Puede que esté equivocada.

Laura recorrió el pasillo y entró en el dormitorio principal.

El pequeño libro de bolsillo *Lo que yo creo* todavía estaba sobre la mesa, donde lo había dejado aquella mañana.

Lo abrió y pasó cuidadosamente las hojas frágiles.

—Sí, eso es. No me equivocaba. Mira la dedicatoria.

Querido Felix,
¡Para ti!
Hemos sobrevivido a esto;
podemos sobrevivir a lo que sea.
Para celebrarlo,
Margon
Roma, 2004

—Sí, bueno, en algún momento Margon se lo regaló a Felix —dijo Reuben. No acababa de entenderla.

—Mira la fecha.

Reuben la leyó en voz alta:

—«Roma, 2004.» Dios mío. Felix desapareció en 1992. Y eso, esto... Esto significa que está vivo y... Ha estado en esta casa. Ha estado aquí desde que desapareció.

—Eso parece, al menos en algún momento durante los últimos ocho años.

—Leí la dedicatoria y no me fijé.

—A mí me pasó lo mismo —recordó ella—. Y entonces se me ocurrió de pronto. ¿Cuántas cosas más crees que pueden haber traído a la casa o que se pueden haber llevado sin que nadie se diese cuenta? Creo que él ha estado aquí. Creo que él dejó este libro. Si Marrok pudo entrar en la casa a escondidas, si pudo ocultarse aquí dentro, puede que Felix haya hecho lo mismo a menudo.

Reuben paseaba en silencio, tratando de hallar algún sentido a todo aquello, tratando de decidir qué podía hacer, si es que podía hacer algo.

Laura se sentó junto a la mesa. Hojeó el pequeño libro de bolsillo.

—¿Hay alguna anotación?

—Pequeñas marcas, subrayados y garabatos —respondió ella—. El mismo trazo ligero que en el libro de Keats. Incluso las marcas y los subrayados tienen el sello de una mano con personalidad. Creo que está muy vivo, y no puedes saber quién o qué es ni qué puede hacer o querer.

—Pero ya sabes lo que dijo Marrok y de qué me acusaba.

—Reuben, el guardián estaba cegado por los celos —valoró Laura—. Tú habías poseído a su preciosa Marchent. Quería hacerte pagar por ello. Pensaba que te había abandonado a una muerte segura. Lo más probable es que su ataque no tuviera nada de accidental. No te podía rematar, pero pensó que seguramente el Crisma acabaría contigo. No llamó a urgencias para salvarte. Llamó por Marchent, para que su cadáver no quedara abandonado hasta que Galton o algún otro lo encontrara.

—Creo que tienes razón.

—Reuben, tienes mucho talento. ¿No eres capaz de detectar unos celos mortales a primera vista? Las palabras del monstruo estaban inundadas de envidia. Todo lo que te dijo sobre que él nunca te habría elegido, que ni siquiera te habría mirado dos veces y que fue culpa tuya que volviera la espalda a Marchent, rebosaba envidia de principio a fin.

—Te entiendo.

—En cuanto a Felix, no puedes saber nada de ese hombre basándote en lo que te dijo el monstruo. Míralo desde una perspectiva realista. Si Felix escribió esta carta, si está vivo como la carta parece indicar, te ha permitido heredar la casa. No ha movido ni un solo dedo para evitarlo. ¿Por qué iba a hacerlo? ¿Para qué iba a mandar a esa desagradable criatura, a esa bestia extraña, para ver si el propietario de la casa estaba muerto y la propiedad de nuevo en los tribunales de sucesiones?

—¿Para que se llevara lo único que él quería? —propuso Reuben—. ¿El diario y las tablillas? Pero, tal vez se lo llevara justo después de la muerte de Marchent.

Laura sacudió la cabeza.

—No lo creo. Aquí hay muchas cosas más: rollos de pergamino, códices antiguos... Los hay por todas partes. Hay muchos cachivaches que Felix recopiló. ¿Quién sabe lo que puede haber realmente en los desvanes o en otros lugares de la casa? Ahí arriba hay baúles y cajas de papeles que todavía no has abierto. En esta casa hay habitaciones secretas.

—¿Habitaciones secretas?

—Reuben, tiene que haberlas. Mira esto, ven al pasillo.

Se detuvieron en la intersección entre el pasillo del sur y el del oeste.

—Aquí tienes un rectángulo de pasillos: el oeste, el sur, el este y el norte.

—Sí, pero más o menos hemos estado en todas las habitaciones que dan a los pasillos. En la cara exterior tienes los dormitorios y en la interior están las alacenas y los baños. ¿Dónde están las habitaciones secretas?

—Reuben, lo tuyo no son las ciencias. Mira esto. —Cruzó el pasillo y abrió la primera alacena—. Esta habitación mide apenas tres metros de profundidad. Igual que las de toda la cara interior del rectángulo.

—Correcto.

—Muy bien, ¿qué hay en medio? —preguntó Laura.

—Dios mío, tienes razón. En medio tiene que haber un enorme espacio.

—Esta tarde, mientras estabas con Jim, he registrado la planta. He comprobado todos los armarios, baños y huecos de escalera, y no he encontrado ni una sola puerta que diera al interior de la zona central de la casa.

—¿Entonces crees que aquí hay más cosas ocultas en habitaciones secretas que todavía podría querer?

—Ven. Vamos a probar otra cosa.

Le llevó al dormitorio que había convertido en su despacho. Había arrastrado una mesita desde la pared a las ventanas y había colocado el portátil sobre ella.

—¿Cuál es la dirección completa de esta casa?

Reuben lo tuvo que pensar. Era el número 40 de Nideck Road. Había memorizado el código postal al hacer los pedidos de material de oficina por internet.

Laura tecleó la dirección en la ventana de búsqueda junto a las palabras «mapa satélite».

En cuanto apareció una vista aérea de la costa y el bosque, amplió la imagen de la casa. Hizo clic varias veces sobre la casa y la imagen se agrandó una y otra vez. Había un gran tejado de cristal, perfectamente visible, rodeado y oculto por los gabletes que daban a los cuatro puntos cardinales por cada lado.

—Mira esto —dijo Laura.

—Dios mío, ¡jamás me lo hubiera imaginado! —exclamó Reuben—. No es una simple habitación, es un espacio enorme. Y los gabletes ocultan completamente el techo de cristal. ¿Puedes ampliar más la imagen? Quiero ver los detalles del techo.

—Ya no se puede ampliar más —repuso Laura—, pero ya sé lo que buscas. Alguna trampilla, o algo así, en el tejado.

—Tengo que subir y registrar los desvanes. Tiene que haber algún modo de entrar ahí.

—Ya los hemos comprobado todos —recordó Laura—. No

he visto ninguna puerta. De todos modos, con los años, Felix o Marrok deben haber entrado y salido incontables veces de esa parte secreta de la casa a través de la trampilla o la entrada secreta que todavía tenemos que encontrar.

—Eso lo explica todo —dijo Reuben—. Marrok estaba en la casa la noche que murió Marchent. No encontraron ninguna pista que indicara que hubiese alguien, pero él estaba en esa habitación central, si es que es una sola.

—Mira, puede que en ese espacio solo haya más de lo mismo, ¿sabes? Más estanterías, librerías y cosas así.

Reuben asintió.

—Pero no lo sabemos —prosiguió ella—. Y mientras no lo sepamos, cabe la esperanza de que aquí haya algo con lo que negociar. Me refiero a que a lo mejor Felix quiere lo que hay en ese espacio; puede que quiera la casa entera. Y no la recuperará simplemente matándote, porque volvería a salir al mercado y la comprarían desconocidos. ¿Y qué iba a hacer entonces?

—Bueno, puede seguir entrando a escondidas como ya hizo en el pasado.

—No, no puede. Mientras la casa pertenecía a su sobrina, podía seguir entrando a hurtadillas. Mientras te pertenezca a ti, tal vez pueda seguir haciéndolo. Pero si la casa va a parar a un completo desconocido que la quiera convertir en un hotel o, peor aún, demolerla, se arriesga a perderlo todo.

—Ya veo lo que quieres decir...

—No podemos hacernos una composición global —insistió ella—, pero esta carta llegó hasta aquí. Puede que ni él mismo sepa lo que quiere hacer, pero dudo mucho de que el hombre que describe esta gente sea capaz de mandar al siniestro Marrok a acabar con nuestras vidas.

—Espero de todo corazón que estés en lo cierto.

Reuben se acercó a las ventanas. Se sentía muy acalorado y su angustia rozaba el pánico. Sabía que no se iba a transformar, pero tampoco sabía si quería hacerlo. Lo único que sabía era que esas sensaciones físicas y esas emociones eran insoportables.

—Tengo que buscar el modo de entrar en ese espacio ahora mismo —dijo Reuben.

—¿Eso te ayudará a superar lo que estás sintiendo?

—No —respondió, y sacudió la cabeza. Respiró hondo y cerró los ojos—. Escucha, Laura, tenemos que irnos. Tenemos que subir al coche.

—¿Adónde vamos a ir?

—No lo sé, pero no pienso dejarte sola aquí. Tenemos que irnos.

Laura sabía a qué se refería y lo que pensaba hacer. No hizo más preguntas.

Cuando salieron de la casa llovía a mares.

Reuben condujo hacia el sur. Tomó la autopista 101 y pisó a fondo en dirección a las voces, a las ciudades de la bahía.

25

Cementerio de Mountain View, Oakland: árboles gigantes, tumbas dispersas, grandes y pequeñas, bajo la lenta lluvia incesante. En la distancia, el brillo fantasmagórico del centro de la ciudad.

Un chico chillaba agónicamente mientras otros dos le torturaban con cuchillos. Al cabecilla, recién salido de la cárcel, enjuto y fuerte, los brazos desnudos cubiertos de tatuajes, la camiseta mojada, transparente, le temblaba el cuerpo, estaba drogado, le oprimía la ira y saboreaba la venganza contra quien le había traicionado, sacrificando a los dioses de la violencia al único hijo de su enemigo.

—¿Qué pasa? —se mofó del muchacho—. ¿Esperas que te salve el Lobo Hombre?

Reuben surgió del robledal cercano y se acercó al cabecilla como un ángel oscuro en forma animal, a plena vista de sus dos cómplices, que se volvieron gritando y huyeron.

Un zarpazo, la yugular rasgada, el cuerpo doblegado, la caída, las fauces cerradas alrededor del hombro, los tendones, el brazo desmembrado, sin tiempo para masticar la carne irresistible.

Reuben atravesó a saltos el camposanto tras los que huían presa del pánico, adentrándose cada vez más en la oscuridad. Atrapó al primero y le seccionó media garganta. Lo arrojó a un lado. Fue tras el último torturador, lo agarró con las dos zarpas y se lo llevó a la boca, que aguardaba con impaciencia. Delicioso, un festín palpitante, una carne todavía sangrante.

La joven víctima de los torturadores yacía sobre la hierba empapada en sangre, la piel morena, el pelo castaño, acurrucado como un feto en su chaqueta de piel, la cara ensangrentada, el estómago ensangrentado, se desvanecía y se despertaba, una y otra vez, luchaba por enfocar la mirada. Un niño de doce años. Reuben se inclinó y le agarró con los dientes por el cuello de la gruesa chaqueta como el gato que agarra a su cachorro por el pellejo del cogote. Así lo transportó fácilmente mientras galopaba cada vez más deprisa hacia las luces de la calle. Rebasó de un salto las vallas de hierro y dejó su pequeña carga en la esquina, frente a las ventanas oscurecidas de una pequeña cafetería. Silencio. Nada de tráfico de última hora. Las farolas iluminaban las tiendas vacías. Con su poderosa zarpa derecha hizo añicos el ventanal de la cafetería. La alarma comenzó a ulular. Unas luces amarillas intermitentes iluminaron estrambóticamente al herido tendido sobre el pavimento.

Reuben ya no estaba. De vuelta en el cementerio, trotaba y seguía el rastro de los hombres a los que había despedazado. Pero sus presas ya estaban frías y no tenían ningún interés. Le interesaban los cuerpos calientes. Y escuchaba más voces en la noche.

Una joven entonaba un débil cántico agonizante.

La encontró en el bosque del campus de Berkeley, ese viejo paisaje universitario que tanto le había gustado tiempo atrás, cuando era solo un joven humano.

La chica se había construido un santuario para su última hora entre los majestuosos eucaliptos: un libro preciado, una botella de vino, un cojín bordado sobre la gruesa cama de hojas fragantes que se retorcían como peladuras, un cuchillo de cocina pequeño y afilado con el que se había cortado ambas muñecas. Entre gemidos, la abandonaban la sangre y la conciencia.

—¡Mal, mal! —musitó con un hilo de voz—. Ayuda, por favor.

Ya no era capaz de sostener la botella de vino ni de mover las manos o los brazos. El cabello enmarañado le tapaba la cara empapada de sudor.

Reuben se la cargó al hombro y se dirigió a las luces de Telegraph Avenue, cruzando a toda velocidad las arboledas oscuras del campus, lugares en los que mucho tiempo atrás había estudiado, discutido y soñado.

Los edificios abarrotados palpitaban con el sonido de voces, latidos, tambores, charlas y parloteo de voces amplificadas, el gemido de una trompeta, el estruendo de canciones que se superponían. Depositó a la joven suavemente frente a la puerta abierta de un bar bullicioso y escuchó risas indiferentes que estallaban como cristales rotos en el interior del local. Mientras se alejaba colina arriba escuchó los gritos de quienes la encontraron.

—¡Pedid ayuda!

Las voces de la ciudad le llamaban. Gran ciudad. Decisiones. La vida es un jardín del dolor. ¿Quién morirá? ¿Quién vivirá? Una idea espantosa le asaltó mientras se dirigía al sur. «Hice lo que me pareció natural. Escuché las voces; las voces me llamaban; capté la esencia del mal y la rastreé. Lo que hice fue tan natural como respirar.»

Mentiroso, monstruo, asesino, bestia. «Una abominación... Esto está a punto de terminar.»

El cielo parecía de hollín cuando se encaramó al tejado plano y recargado del viejo hotel de ladrillos grises y se descolgó por la trampilla de la escalera de incendios. Caminó silenciosamente por el pasillo en penumbra y abrió sigilosamente la puerta cerrada sin llave.

Olor a Laura.

Se había dormido junto a la ventana, con los brazos cruzados sobre el alféizar. Más allá, las nubes plomizas empalidecían, y se tornaban brillantes tras la lluvia informe que regaba un revoltijo de torres de tiza, mientras las autopistas vibraban como la cuerda de un arco serpenteando a izquierda y derecha. Capa tras capa de paisaje urbano entre aquel lugar y el gran Pacífico se fundían como brasas en la neblina. Ruido y pálpito de las calles que despiertan. Jardín del Dolor. ¿Quién cosechará todo este dolor? «Por favor, que se apaguen las voces. Ya basta.»

La levantó y la llevó a la cama. El pelo blanco cayó hacia atrás descubriéndole la cara. Sus besos la despertaron. Los párpados de Laura temblaban. ¿Qué había en sus ojos cuando le miraba? «Amada. Mía. Tú y yo.» El perfume de ella abrumaba sus sentidos. Las voces se apagaron como si alguien hubiera accionado un interruptor. La lluvia repiqueteaba en la ventana. Bajo la luz fría, le quitó lentamente los tejanos apretados. «Pelo secreto, pelo como el que me cubre a mí.» Y le retiró la delgada tela de la blusa. Le pasó la lengua por el cuello y por los pechos. La voz de la bestia retumbaba en las profundidades de su pecho. Tener y no tener. Leche materna.

26

Vio a Grace llegar a la puerta principal. Reuben no había encontrado a nadie en casa y ya había empaquetado casi la mitad de su ropa y sus libros y los había cargado en el Porsche. Solo había regresado a comprobar la alarma.

Grace estuvo a punto de chillar. Llevaba la bata verde, pero se había soltado la melena pelirroja y su cara lucía tan pálida como siempre en contraste con el pelo. Las cejas perfiladas y rojizas enfatizaban su cara de espanto.

Grace se le abrazó de inmediato.

—¿Dónde has estado? —preguntó. Le dio dos besos y le agarró la cara entre las manos—. ¿Por qué no has llamado?

—Mamá, estoy bien —respondió Reuben—. He subido a la casa de Mendocino. Necesito pasar allí un tiempo. Me he pasado por aquí a deciros que os quiero y que no os preocupéis...

—¡Pues yo necesito que te quedes! —exclamó. Había reducido el volumen de la voz hasta un susurro, algo que solo hacía cuando estaba casi histérica—. No pienso dejar que te vayas.

—Me voy, mamá. Quiero que sepas que estoy muy bien.

—No estás bien. Mírate. Oye, ¿sabes lo que pasó con todas las pruebas que te hicieron en el hospital? Todo, la sangre, la orina, las biopsias... ¡Todo ha desaparecido! —Había movido los labios para pronunciar la última palabra, pero no había emitido ningún sonido—. Reuben, vas a quedarte y averiguaremos cómo y por qué está pasando esto...

—Imposible, mamá.

—¡Reuben! —Estaba temblando—. No dejaré que te vayas.

—Tienes que dejarme ir, mamá —insistió Reuben—. Mírame a los ojos y escúchame. Escucha a tu hijo. Estoy haciéndolo lo mejor que puedo. Sí, ya sé que he sufrido cambios psicológicos desde que me pasó esto. Y también he sufrido unos cambios hormonales espectaculares. Es cierto. Pero mamá, tienes que confiar en que lo estoy llevando de la mejor manera posible. Ya sé que has estado hablando con un doctor de París...

—El doctor Jaska —aclaró Grace. Parecía un poco aliviada al ver que hablaban de lo realmente importante—. El doctor Akim Jaska. Ese hombre es endocrinólogo, un especialista en este tipo de cosas.

—Sí, ya lo sé. Y sé que te ha aconsejado acudir a un hospital privado y que quieres que vaya.

Grace no respondió. En realidad, parecía algo insegura.

—Al menos eso es lo que has comentado —continuó Reuben—. Me he enterado.

—Tu padre no quiere —explicó Grace. Estaba pensando en voz alta—. No le gusta Jaska. No le gusta la idea en general. —Se echó a llorar. Era un llanto desamparado. No podía contenerse. Bajó la voz y continuó en un susurro—: Reuben, tengo miedo —confesó.

—Ya lo sé, mamá. Yo también. Pero quiero que hagas lo mejor para mí, y lo mejor para mí es que me dejes tranquilo.

Grace se separó de él y apoyó la espalda en la puerta de la calle.

—No permitiré que te vayas. —De pronto, se mordió el labio—. Reuben, escribes prosa rapsódica sobre el Lobo Hombre, el monstruo que te atacó... ¡Y no sabes lo que está pasando en realidad!

No podía soportar verla así. Se acercó a ella, pero Grace tensó el cuerpo contra la puerta como si estuviera dispuesta a luchar hasta la muerte antes de permitir que se marchara.

—Mamá —dijo Reuben con suavidad.

—Reuben, ese Lobo Hombre, esa cosa está matando gente —espetó—. Con todas las pruebas forenses de la criatura que recuperan en la escena de todos los crímenes pasa lo mismo. Es la bestia que te atacó, Reuben, y te ha infectado con algo poderoso y peligroso, algo que actúa sobre todo tu sistema...

—¿Qué dices, mamá? ¿Crees que me estoy convirtiendo en un hombre lobo? —preguntó Reuben.

—No, claro que no —respondió ella—. Ese lunático no es ningún hombre lobo, ¡eso son tonterías! Pero está loco, y su locura es peligrosa y repugnante. Tú eres el único superviviente de uno de sus ataques. Hay algo en tu sangre y tus tejidos que puede ayudarles a encontrar a esa criatura, pero no sabemos qué te está haciendo este virus, Reuben.

Así que eso era lo que pensaba que estaba sucediendo. Claro. Tenía mucho sentido.

—Cariño, solo quiero llevarte al hospital. No me refiero a ese lugar sospechoso de Sausalito, sino simplemente de vuelta al San Francisco General...

—Mamá —repitió Reuben. Aquello le estaba partiendo el corazón—. Por un momento, pensé que habías llegado a creer que yo era el Lobo Hombre, mamá.

Detestaba hablarle de ese modo y mentirle, pero no podía evitarlo. Solo quería tomarla entre sus brazos y protegerla de la verdad, y de todo. Ojalá no fuera la doctora Grace Golding.

—No, Reuben, no creo que seas capaz de trepar por paredes de ladrillo y de volar por encima de los tejados o de descuartizar a alguien miembro a miembro.

—Es todo un alivio —susurró Reuben.

—Pero sea quien sea, esa criatura podría ser portadora de una locura contagiosa, ¿no te das cuenta? Reuben, por favor, escucha lo que te digo. La rabia es una forma de locura contagiosa, ¿me sigues? A ti te han infectado con algo infinitamente más peligroso que la rabia y quiero que vengas conmigo al hospital ahora mismo. Jaska dice que ha habido más casos con los mismos detalles extraordinarios. Dice que es muy posible que se trate de un virus corrosivo.

—No, mamá, no puedo ir. He venido para que vieras con tus propios ojos que estoy perfectamente —explicó. Hablaba con la mayor de las dulzuras—. Ahora ya lo has visto y me tengo que ir. Por favor, mamá, apártate de la puerta.

—De acuerdo, entonces quédate aquí, en casa —propuso ella—. ¡Nada de salir corriendo hacia el bosque! —exclamó alzando las manos.

—No puedo, mamá.

La apartó de la puerta con un gesto brusco que no se iba a perdonar jamás y, antes de que ella pudiera hacer nada para detenerle, salió, bajó los escalones de ladrillo y echó a andar hacia el coche.

Grace se quedó de pie en el umbral de la puerta y, por primera vez en su vida, Reuben la vio como una silueta minúscula, una persona vulnerable, débil, asustada y abrumada. Su hermosa madre, la misma que salvaba vidas cada día.

No se había alejado aún ni una manzana de la casa y ya estaba también llorando. Cuando llegó a la cafetería donde le esperaba Laura, lloraba tanto que ni siquiera veía, así que le entregó las llaves y rodeó el coche para sentarse en el asiento del acompañante.

—Se acabó —le dijo mientras se dirigían a la autopista—. Nunca más podré formar parte de ellos. De ninguno de ellos. Se acabó. ¡Dios! ¿Qué voy a hacer?

—Eso quiere decir que lo sabe.

—No. Sabe algo y no puede sacárselo de la cabeza. Pero no sabe la verdad. Y no se la puedo contar. Prefiero morir a contárselo.

En algún momento, incluso antes de llegar al Golden Gate, se quedó dormido.

Cuando despertó era última hora de la tarde y acababan de dejar la autopista 101 para tomar el desvío de la carretera de Nideck.

27

El correo electrónico de Simon Oliver era breve: «Malas noticias que pueden ser buenas. Llámame lo antes posible.»

El mensaje había llegado la tarde anterior.

Llamó a casa de Oliver, dejó un mensaje diciendo que volvía a estar conectado y con el móvil en marcha. «Que me llame, por favor.»

Él y Laura cenaron en el invernadero, en la nueva mesa con la superficie de mármol. Estaban rodeados de bananos y pequeños ficus. Y la visión de los árboles orquídea, inclinados unos sobre los otros, con aquellas maravillosas flores rosáceas y moradas le llenaba de felicidad.

Justo aquel día, Galton había incorporado unos cuantos tiestos de helechos y alguna buganvilla blanca, y el espacio resultaba sorprendentemente cálido bajo el sol tenue de la tarde. Laura lo sabía todo acerca de las plantas y sugirió otras que pensaba que a Reuben le podían gustar. Si él quería, ella podía encargar plantas y árboles grandes para el invernadero. Sabía dónde encontrar árboles muy grandes. Eso sería fantástico, le dijo él, cuanto más verde, cuanto más lleno de flores, mejor. Quería que comprara lo que ella quisiera, lo que más amaba. Lo que a ella le gustara, a él también le gustaría.

La cena consistía en una sopa espesa con los restos del cordero de la cena que Reuben había preparado la noche anterior. Le pareció que los ingredientes sabían mejor ahora.

—¿Cansado? —preguntó Laura.

—No, con ganas de registrar toda la segunda planta hasta que encontremos una entrada en ese espacio secreto.

—Quizá no haya ninguna entrada, salvo tal vez una trampilla en el tejado de cristal.

—No lo creo. Creo que hay varias entradas. ¿Por qué tener un espacio secreto tan maravilloso si no puedes entrar desde varios sitios? Tiene que haber fondos falsos en las alacenas o en los baños o arriba, en los desvanes.

—Supongo que tienes razón —dijo ella.

Se miraron.

—Hasta que no lo descubramos —comentó ella—, no sabremos si estamos solos, ¿verdad?

—No, y eso me saca de mis casillas —dijo Reuben. Sentía una necesidad terrible de protegerla. No quería asustarla y no le dijo nada, pero no quería separarse de ella ni unos metros.

Agarraron el hacha y una linterna que encontraron en el cobertizo. También un martillo.

Pero no encontraron nada. Exploraron y golpearon todas las paredes interiores de la segunda planta, y lo mismo en el desván.

También comprobaron el sótano. Allí no había nada.

Al final, Reuben estaba cansado. Eran más de las siete y rogaba con todas sus fuerzas que no llegara la transformación, que le dejara tranquilo aquella noche. Y, aun así, no podía quitarse aquella tentación de la cabeza. Realmente, no se había ensañado con los hombres la noche anterior. El hambre no se le había instalado en las tripas, sino en otro sitio.

Y aún había más.

Aquella mañana sintió que había provocado la transformación simplemente deseándola, después de hacer el amor con Laura. Le había parecido más rápida y sus músculos la habían jaleado en lugar de combatirla. Lo recordaba tragando saliva sin parar, con todo su ser, invocando en su interior el crecimiento y el endurecimiento que habían acabado por disolverse.

Concentró sus pensamientos en la casa, en cómo acceder a aquel espacio secreto.

Cuando la lluvia aminoró, él y Laura se enfundaron dos sudaderas gruesas y salieron a dar un paseo alrededor de la casa. Lo primero que encontraron fue focos por todas partes, pero no consiguieron encontrar ningún interruptor. Tendría que preguntarle a Galton. Las luces habían estado encendidas la primera noche que él y Galton se habían conocido.

Pero la luz de las ventanas les permitía ver a través del robledal que rodeaba todo el lado este de la casa. Eran unos árboles preciosos, dijo Reuben, porque podías trepar a ellos y mirar sus tentadoras ramas bajas. Quería salir ahí tan pronto como amaneciera para trepar de rama en rama. Laura se mostró de acuerdo con él.

Calcularon que la casa mediría fácilmente dieciocho metros de altura, quizá más. En el extremo norte, crecía un grupo de abetos Douglas, casi tan altos como las secuoyas cercanas. Y, por fin, el robledal cercaba la entrada de gravilla que bordeaba la fachada este. Las hiedras cubrían gran parte de las paredes. Las habían podado meticulosamente alrededor de las ventanas. Laura le dijo los nombres de muchos de los árboles restantes: la tsuga del Pacífico y el lithocarpus, que no tenía nada que ver con el roble.

¿Cómo podría Reuben, el pequeño Reuben, subirse a ese tejado sin ayuda profesional? Sería bastante fácil para una empresa de construcción de tejados apostar sus grandes escaleras en la fachada de la casa, pero eso suponía el tipo de implicación oficial que quería evitar. El Lobo Hombre podría trepar sin problema por el muro de piedra, pero tendría que dejar sola a Laura para ello, ¿no?

Reuben jamás había pensado en comprar una pistola, pero ahora pensaba en la posibilidad. Laura sabía disparar una pistola, sí, pero las odiaba. Su padre nunca había tenido pistolas. Su marido le había amenazado una vez con una. Cambió de tema enseguida y siguió diciendo que ella estaría segura con el hacha si él subía al tejado, y... ¿acaso no la oiría, como cuando había gritado para pedir auxilio?

Cuando entraron en la casa, el teléfono estaba sonando.

Reuben subió corriendo las escaleras para responder.

Era Simon Oliver.

—Muy bien, y ahora, no te enfades hasta que haya terminado

de explicártelo —dijo—. Te lo aseguro, Reuben, esta es una de las situaciones más inusuales que me he encontrado jamás, pero eso no significa que no nos esté yendo de maravilla, todo está bajo control, y puede seguir perfectamente si medimos a la perfección nuestras palabras y acciones.

—Simon, por favor, ¿de qué me está hablando? —preguntó Reuben, que se sentó en la mesa y apenas se podía contener. Laura estaba preparando el fuego.

—Bueno, ya sabes cuánto respeto a Baker y a Hammermill, sobre todo a Arthur Hammermill —añadió Simon—. Confío en Arthur Hammermill como confiaría en cualquier miembro de mi propio bufete.

Reuben puso los ojos en blanco.

—La verdad es que ha aparecido un posible heredero, pero espera que te lo explique. Por lo que parece, Felix Nideck, el hombre que desapareció, no sé si me sigues...

—Sí, sé quién es.

—Bien, el tal Felix Nideck tenía un hijo ilegítimo, llamado Felix Nideck, igual que el padre, y se ha presentado aquí en San Francisco, y Reuben, calla, calla...

Reuben estaba alucinado.

—Simon, si no he dicho nada...

—Bueno, puede que me esté preocupando por ti, que, a fin de cuentas, es mi trabajo. En fin, este hombre dice que no quiere realizar ninguna reclamación respecto a la herencia, y quiero decir nada, y... No está nada claro que pudiera realizar alguna reclamación, ni mucho menos... Podría haber falsificado los documentos que ha presentado fácilmente y, según nos dicen, no tiene ningún «interés» en realizarse una prueba de ADN para demostrar parentesco...

—Interesante —dijo Reuben.

—Bien, es más que interesante —dijo Simon—. Es sospechoso. Pero la cuestión es, Reuben, que se muere de ganas de reunirse contigo aquí o en las oficinas de Baker & Hammermill, a nosotros nos corresponde decidir, y yo digo que aquí, aunque allí también estaría bien. Porque quiere hablar contigo de la casa y de las cosas que su padre podría haber dejado al desaparecer.

—¿De verdad? ¿Sabe algo de cómo o por qué Felix Nideck desapareció?

—Nada. No puede añadir nada a la investigación. Arthur me lo ha asegurado. No, no podremos sacar nada de él. No ha sabido nada de su padre en todo este tiempo. No, esa cuestión no se ha reabierto, ni mucho menos.

—Interesante —dijo Reuben—. Bien, ¿cómo se puede averiguar que este hombre sea quien dice ser?

—El parecido familiar, Reuben, es realmente extraordinario. Arthur conocía a Felix Nideck, y dice que este hombre se parece tanto a él que no cabe ninguna duda.

—Interesante.

—Pero, Reuben, he conocido a este hombre en persona, le he conocido esta tarde con Arthur, y es un hombre bastante extraordinario. Un pozo de anécdotas, en realidad. Habría jurado que era un caballero del sur si no hubiese sabido que no era así. Nació y se crio en Inglaterra aunque no tiene acento británico. No, ni un ápice. No he conseguido situar su acento, aunque sí tiene un ligero deje, pero es un individuo notable y muy educado, también. Y me ha garantizado, Reuben, que no va a presentar ninguna demanda respecto a la herencia de la señorita Nideck. Solo quiere una reunión para hablar de los efectos de su padre.

—¿Y Arthur Hammermill no sabía que este hombre existía? —preguntó Reuben.

—Arthur Hammermill está estupefacto —contestó Simon—. Ya sabes que Baker & Hammermill estuvieron investigando para dar con Felix Nideck o con cualquier persona que pudiese haber estado relacionada con él de algún modo.

—¿Qué edad tiene?

—Ah, cuarenta, cuarenta y cinco. Déjeme ver. Cuarenta y cinco años, nacido en 1966, Londres. De hecho, parece mucho más joven. Por lo que se ve, tiene doble nacionalidad, británica y americana, y ha vivido en todo el mundo.

—Cuarenta y cinco, mmm.

—En fin, Reuben, no veo qué importancia puede tener esto. Lo que importa, Reuben, es que no hay constancia de su existencia pero, claro, si aceptara realizarse una prueba de ADN y establecer el parentesco, podría bloquear el asunto de la herencia, lo que supondría una pérdida importante de dinero, pero no hay ninguna garantía de que saliera victorioso...

—¿Dice que quiere los efectos personales de su padre?

—Algunos de ellos. Reuben, algunos de ellos. No ha sido muy explícito. Quiere reunirse contigo. Parece bastante bien informado de la situación. Estaba en París cuando la desdichada muerte de Marchent salió en todas las noticias.

—Ya veo.

—Como es lógico, tiene prisa. Hoy, todo el mundo tiene prisa. Aquí se hospeda en el Clift Hotel y solicita reunirse contigo lo antes posible. Parece que no tiene demasiado tiempo. Debe ir a algún sitio. Bien, le he dicho que haría lo que pudiera.

«Lo que significa que intenta alejarme de la casa en un momento determinado y durante un tiempo determinado para poder entrar y llevarse todo lo que perteneció a Felix —pensó Reuben. De hecho, lo más probable era que fuera el propio Felix. Oh, sí, tenía que ser Felix, ¿verdad?—. ¿Y por qué no se presenta aquí directamente?»

—De acuerdo —dijo Reuben—. Me reuniré con él. Puede ser mañana a la una de la tarde. Ya sabe que son cuatro horas de trayecto desde aquí, Simon. Le puedo llamar para confirmarlo antes de salir a la carretera.

—De acuerdo, no hay problema. Ya me ha hecho saber que mañana estará libre todo el día. Estará encantado. Según parece, debe irse mañana por la noche.

—Pero insisto en ello, Simon. Esto es absolutamente confidencial. No quiero que ni Phil ni Grace sepan nada de esta reunión. Ya conoce a mi madre. Si bajo a la ciudad y no paso por casa...

—Reuben. No hablo de tus asuntos financieros íntimos con tu madre a menos que tú me hayas dado permiso explícito para ello —repuso Simon.

Eso no era verdad.

—Reuben, tu madre está muy preocupada por ti, ya sabes, porque te hayas ido a Mendocino y todo eso, y que no le respondieras ni los correos ni el móvil.

—Vale, a la una en punto, en su despacho —dijo Reuben.

—Bien, no tan deprisa. No tan deprisa. Si pudiera verte más o menos una hora antes...

—¿Para qué, Simon? Si ya estamos hablando por teléfono.

—Bien, Reuben, debo advertirte que no es nada habitual ni probable que un heredero potencial se presente de esta manera y no quiera ningún tipo de compensación económica. Durante la reunión, quiero que confíes en mí para que te asesore sobre qué decir y qué no decir, y te aconsejo encarecidamente que no respondas a ninguna pregunta sobre el valor de la casa o la tasación, ni sobre los muebles, ni sobre el valor de los muebles o de los bienes de Felix Nideck...

—Ya veo. Lo entiendo, Simon. Escucharé a ese hombre y veré qué tiene que decir.

—Eso es, exactamente, Reuben. Escucha. No te comprometas. Deje que desembuche, como ahora dicen los jóvenes. Solo escucha. Ese hombre se obstina a no comentar ningún detalle a nadie más que a ti, pero tú no tienes por qué responder a nada de lo que te diga en la reunión.

—Entendido. Mañana. A la una.

—Creo que tiene a Arthur Hammermill completamente hechizado. Han pasado varias veladas juntos. Ayer por la noche fueron a la ópera para ver *Don Giovanni*. Arthur dice que es la viva imagen de su padre. Pero, ya te lo he dicho, a fecha de hoy, hasta que este hombre acepte someterse a una prueba de ADN, no cabe ninguna demanda de paternidad. Y supongo que ese hombre lo sabe. Aunque, claro, podría cambiar de parecer en cualquier momento.

«Pero no cambiará de parecer. No puede.»

—Le veré mañana, Simon. Siento haber tardado tanto en devolverle la llamada.

—Ah, por cierto —dijo Simon—. Tu artículo sobre el Lobo Hombre que ha aparecido en el *Observer* de hoy. Es bastante bueno. Aquí todo el mundo piensa lo mismo. Bastante bueno. Y el joven señor Nideck también se ha mostrado bastante impresionado.

¿De verdad? Reuben volvió a despedirse y colgó el teléfono. Estaba muy excitado. Era Felix. ¡Felix había aparecido! Felix estaba aquí.

Laura estaba sentada en la alfombra frente al fuego. Sostenía uno de esos libros sobre hombres lobo y tomaba notas en un pequeño diario.

Reuben se sentó a su lado, con las piernas cruzadas, y se lo expuso todo.

—Es Felix, es obvio —sentenció Reuben, levantando la mirada hacia los caballeros distinguidos del cuadro que había sobre la chimenea. No podía contener la emoción. Felix vivo. Felix, por supuesto, vivito y coleando. Felix, el hombre que ostentaba las llaves de los misterios que le rodeaban como una capa de humo tan espesa que, a veces, hasta le faltaba el aliento. Felix, el hombre que quizá querría destruirle, y también a Laura.

—Sí, tengo el claro presentimiento de que así es —dijo ella—. Escucha esto. —Volvió a tomar el diario en el que había estado haciendo anotaciones—. Estos son los nombres de los distinguidos caballeros —anunció. Así es como habían empezado a denominarles—. Vandover, Wagner, Gorlagon, Thibault. Bien, pues todos ellos están relacionados con historias de hombres lobo.

Se quedó mudo.

—Empecemos con Frank Vandover. Bien, existe una novela muy famosa sobre hombres lobo titulada *Vandover y el Bruto* de un tal Frank Norris, publicada en 1914.

Así pues, ¡era cierto! Estaba demasiado abrumado para responder.

—Vamos con el siguiente nombre —siguió diciendo ella—, Reynolds Wagner. Bien, hay una historia extraordinariamente famosa titulada *Wagner, el hombre lobo*, de un autor llamado G. W. M. Reynolds, publicada por primera vez en 1846.

—Sigue.

—Gorlagon... Es un hombre lobo de una historia medieval de Marie de France.

—Claro. ¡Esa la leí hace años!

—Baron Thibault... Es una combinación de nombres de la famosa historia de Dumas *Capitán de lobos*, una novela de 1857, publicada por primera vez en Francia.

—Así pues, ¡es cierto! —susurró. Se levantó y miró a los hombres reunidos en aquella jungla. Ella se puso a su lado.

Baron era el único hombre de pelo canoso, más viejo, con un rostro muy arrugado pero muy agradable. Tenía unos ojos extraordinariamente grandes, pálidos, cálidos. Reynolds Wagner podría haber sido pelirrojo. Costaba de distinguir. Pero tenía, más o menos, la misma edad que Felix y Margon, con rasgos elegantes y angulosos, y manos pequeñas. Frank Vandover parecía un poco más joven que los demás, con el pelo negro y rizado, los ojos oscuros y una piel muy pálida. Tenía una boca bien definida con los labios formando un arco.

Había algo en sus expresiones que le recordaba un cuadro famoso, pero no podía situar cuál...

—Ah, ¿y Tom Marrok? —preguntó Laura—. Pues bien, hay una referencia a sir Marrok, un hombre lobo en la *Morte d'Arthur*, de sir Thomas Malory, escrito a principios del siglo XV, que seguramente, también habrás leído.

—Sí —dijo él. Tenían los ojos clavados en los rostros de los hombres.

—Las tramas no importan —dijo ella—. Ni tampoco las fechas. Lo que importa es que todos los nombres designan a personajes que aparecen en historias de hombres lobo. Así pues, o bien es una estratagema astuta para miembros de un club. O bien los nombres son señales deliberadas para otros que comparten ese mismo don tan especial.

—Señales —dijo él—. Uno no se cambia el nombre legal solo por diversión o para entrar en un club selecto.

—¿Cuántas veces crees que se han visto obligados a cambiar de nombre? —preguntó ella—. Es decir, ¿cuántas veces habrán renacido con nuevos nombres? Y ahora, aparece este hombre, Felix Nideck, que asegura ser el hijo ilegítimo del Felix Nideck de esta foto. Y, además, sabemos que un tal Felix Nideck construyó esta casa alrededor de 1880.

Reuben dio un lento paseo por la sala y volvió junto al fuego. Ella se había vuelto a instalar cerca del guardafuego, con el diario todavía en la mano.

—Supongo que te das cuenta de lo que esto puede significar —sugirió ella.

—Que todos ellos forman parte de esto, está claro. Tengo el

vello de punta. Prácticamente soy incapaz... No sé qué decir. ¡Lo sospechaba! Lo sospeché prácticamente desde el principio pero parecía tan inverosímil.

—Lo que podría querer decir —sugirió ella en tono grave— es que estas criaturas no envejecen, que tú no envejecerás. Que son inmortales, y que quizá tú seas inmortal.

—No lo sabemos. No lo podemos saber. Pero si este hombre es realmente Felix, bien, tal vez no envejezca como el resto de los hombres.

Pensó en la bala que no le había herido, en el cristal roto que no le había cortado. Deseó tener el valor suficiente para probarlo ahora, lesionándose, pero no lo hizo.

Le desconcertaba la posibilidad de que ese Felix Nideck supiese todas las respuestas que él estaba buscando.

—Pero ¿por qué, por qué quiere que vaya a una reunión con abogados? —preguntó él—. ¿No es posible que lo que quiera sea sencillamente sacarme de la casa para robar?

—No lo creo —respondió ella—. Creo que quiere reunirse contigo cara a cara.

—En ese caso, ¿por qué no se presenta en la puerta?

—Quiere ver quién eres sin revelar quién o qué es él —replicó ella—. Eso es lo que pienso. Y quiere las tablillas, los diarios y las cosas que aún quedan aquí. Las quiere y sin tapujos. Bueno.... hasta cierto punto.

—Sí.

—Pero puede que no sepa lo que ha ocurrido aquí realmente. Tal vez no sepa que Marrok está muerto.

—Entonces, es mi oportunidad, ¿no? —preguntó él—. Para gustarle, para, de algún modo, explicarle quién soy y por qué tuve que matar a Marrok.

—Ambos le matamos, tú y yo —repuso ella—. No tuvimos alternativa.

—Yo asumiré toda la culpa de haberle matado —dijo él—. Déjame a mí. Pero ¿le importará? ¿O también me verá como una abominación?

—No lo sé, pero como tú bien dices, es tu oportunidad.

Se acomodaron de nuevo ante el fuego.

Permanecieron sentados y en silencio un largo rato. Una de las cosas que más le gustaban de Laura era que podían permanecer así callados muchísimo tiempo. Ella parecía perdida en sus pensamientos, con las rodillas dobladas, los brazos rodeándolas y los ojos clavados en el fuego.

Reuben se sentía terriblemente cómodo con ella y, cuando pensaba en la posibilidad de que algo malo le ocurriera, la rabia le cegaba.

—Ojalá pudieras asistir a la reunión —dijo él—. ¿Crees que supone algún riesgo?

—Creo que tienes que reunirte con él a solas —dijo ella—. No sé por qué me lo parece, la verdad, pero es lo que creo. Te acompañaré, pero no asistiré a la reunión. Esperaré en otra habitación.

—Por supuesto. No te puedes quedar aquí sola.

Al cabo de un largo rato, él dijo:

—No se va a producir. —Hablaba de la transformación, claro.

—¿Estás seguro?

—Lo estoy —contestó él.

No notaba ese desasosiego. Ni tampoco el deseo.

No volvieron a hablar de ello.

Finalmente, Laura se fue temprano a la cama.

Reuben volvió a abrir la carta y observó aquella letra impenetrable. Tomó el reloj de oro de la repisa. *Marrok.*

A la una de la madrugada, Reuben despertó a Laura. Se había plantado junto a su cama con la bata y el hacha en la mano.

—Reuben. Por el amor de Dios, ¿qué pasa? —susurró ella.

—Ten esto a mano —dijo él—. Voy a subir al tejado.

—Pero no puedes.

—Intentaré provocar la transformación y, si consigo transformarme, subiré arriba. Si me necesitas, llámame. Te oiré. Te lo prometo, no pienso ir al bosque. No te dejaré aquí.

Salió fuera para adentrarse en los robles. La lluvia era silenciosa e irregular y apenas penetraba en las copas de los árboles. La luz de la ventana de la cocina iluminaba tenuemente a través de las ramas entrelazadas.

Levantó las manos y se pasó los dedos por el pelo.

—Ven ahora —susurró—. Ven.

Tensó los músculos del abdomen y, acto seguido, llegó aquel profundo espasmo, enviando ondas de choque a través de su pecho y extremidades. Dejó caer la ropa entre las hojas. Se quitó las zapatillas.

—Rápido —susurró, y aquella sensación subía y bajaba con el poder emanando de su estómago hacia el pecho y las entrañas.

Cuando le empezó a brotar el pelo, se lo estiró, se lo alisó y agitó la cabeza. Le encantaba sentir aquel peso, la capucha gruesa y protectora que le cubría la cabeza y caía rizándose sobre los hombros. Notó cómo crecía, cómo se le hinchaban las extremidades, mientras las propias sensaciones parecían sustentarle, masajearle, sostenerle sin esfuerzo en la luz brillante.

Ahora la noche era translúcida, se afinaban las sombras y la lluvia, prácticamente imperceptible, se arremolinaba delante de sus ojos. El bosque cantaba, le rodeaba todo un mundo de diminutas criaturas, como si entonaran su bienvenida.

En la ventana de la cocina vio que Laura le observaba, con una luz muy amarilla al fondo y la cara sumida entre las sombras. Pero podía ver claramente los orbes brillantes de sus ojos.

Corrió hacia la casa, directamente bajo el punto de unión de ambos gabletes y, saltando sin esfuerzo sobre la pared, trepó por los bloques de piedra que sobresalían, cada vez más alto, hasta que llegó al tejado. A través del pequeño y estrecho valle de tejas de pizarra entre los gabletes, se abrió paso hasta el gran tejado cuadrado de cristal.

Desde allí, vio que estaba construido por debajo del nivel del desván y que solo cubría el espacio secreto del segundo piso.

Los gabletes era solo paredes blancas a su alrededor, como si lo protegieran del mundo.

Hojas muertas llenaban los profundos canalones que discurrían a cada lado del tejado de cristal, que brillaba como un gran charco de agua bajo la luz brumosa de la luna amortajada entre neblinas.

Se puso de rodillas para cruzarlo. Resbalaba con el agua de lluvia, notaba el grosor del vidrio y veía el esqueleto de hierro que lo apuntalaba, tejiendo una red bajo sus rodillas. Pero alcanzaba a ver el interior de la habitación o habitaciones de debajo. El cristal era tintado y oscuro, tal vez laminado, y sin duda alguna, templado. En el extremo suroeste, encontró la escotilla cuadrada o trampilla que había visto en el mapa por satélite. Era sorprendentemente grande, enmarcada en hierro y encastada en la estructura metálica, como una enorme baldosa de cristal en el tejado. No conseguía encontrar ningún pomo o forma de abrirlo. No había ninguna bisagra, ningún borde que asir. Estaba sellada.

Tenía que haber un modo de abrirla, a menos que hubiera errado desde el principio. Pero no. Estaba seguro de que se abría. Exploró el profundo canalón, buscando como un perro entre las hojas, pero no encontró ningún tirador, palanca o botón que apretar.

¿Y si se abría hacia dentro? ¿Y si requería peso y fuerza? Lo midió con sus patas. Calculó que debía hacer un metro cuadrado.

Se puso en pie sobre la trampilla, se acercó primero al lado sur y, después, flexionó las piernas y saltó con todas sus fuerzas.

La trampilla se abrió de golpe, con las bisagras detrás, y Reuben cayó en la oscuridad, logrando agarrarse al borde de la abertura con ambas zarpas. Esencias de madera, polvo, libros y moho le inundaron las fosas nasales.

Aún agarrado al borde y con los pies colgando, miró alrededor y vio el perfil tenue de una habitación gigante. Temía quedarse atrapado, pero la curiosidad era mucho más fuerte que el miedo. Si podía entrar, podía salir. Se dejó caer al suelo, sobre la moqueta, y la trampilla crujió volviéndose a cerrar, ocultando lentamente el cielo.

Se encontraba en la oscuridad más profunda que jamás había conocido. El tinte del vidrio convertía la luz tenue de la luna en una mera mancha borrosa.

Tocó una pared de yeso ante él, y una puerta, una puerta con paneles. Palpó el pomo de la puerta y lo giró. Oyó y notó cómo giraba sin apenas poder verlo, hasta que se abrió la puerta a la derecha.

Se arrastró lentamente a través de la puerta. Casi tropezó con unas escaleras empinadas y estrechas, que acabó bajando. Vaya, pues sí que se habían equivocado al principio al pensar que se accedía a aquel santuario por el segundo piso. Bajó rápida y fácilmente hasta la planta baja de la casa, palpando la pared a ambos lados con sus patas.

La puerta del fondo se abría hacia dentro y se encontró en una pequeña habitación que reconoció inmediatamente por su olor: ropa blanca, pulidor de plata y velas. Era una de las alacenas que había entre el comedor y el gran salón. Abrió la puerta y salió a la estancia de amplios arcos que separaba aquellas dos habitaciones.

Laura se acercó a él desde la cocina atravesando la larga despensa y el comedor a oscuras.

—Así que este es el camino —comentó ella sorprendida.

—Necesitaremos una linterna —dijo él—. Incluso yo la necesitaré. Es bastante oscuro.

Laura se volvió a la despensa que acababa de atravesar.

—Pero, mira, hay un interruptor de luz —dijo ella, estirando el brazo hacia las escaleras. Lo pulsó. Al instante, se iluminó una bombilla al final de estas.

—Ya veo —dijo él. Estaba maravillado. ¿Era posible que aquel santuario interior tuviera calefacción y cables? ¿Y cuánto tiempo había pasado desde la última vez que alguien había estado allí para ocuparse de la bombilla?

Encabezó la subida y volvió al pequeño rellano que había bajo la claraboya.

Con la luz débil del rellano, divisaron una enorme habitación tras una puerta abierta. Las estanterías estaban abarrotadas de libros, cubiertos de polvo y de telarañas, pero no estaban ante una simple biblioteca, ni mucho menos.

Había un montón de mesas juntas en el centro de la habitación, la mayoría de ellas abarrotadas de material científico: vasos de precipitados, quemadores Bunsen, montones de tubos de ensayo, cajitas, pilas de placas de vidrio, frascos, jarras. Había una larga mesa completamente cubierta con una sábana grisácea y raída. Estaba inundado de polvo.

Otro interruptor encendió inmediatamente las bombillas del techo, colgadas de las vigas de hierro que soportaban el vidrio armado del techo del lado oeste de la habitación.

En el pasado, tuvo que haber habido luces por todas partes, pero, ahora, la mayoría de los portalámparas colgaban vacíos.

Laura empezó a toser por el polvo. Había una fina película sobre los vasos de decantación y los quemadores, sobre todos los objetos que veía, incluso sobre los papeles sueltos esparcidos aquí y allá, entre el material, sobre los lápices y los bolígrafos.

—Microscopios —dijo Reuben—. Todos ellos primitivos, antigüedades. —Se paseó entre aquel caos de mesas—. Todo esto es viejo, muy viejo. Hace décadas que no se utilizan cosas de este tipo en los laboratorios.

Laura señaló algo. En el extremo más alejado de la habitación había unas cuantas jaulas rectangulares, oxidadas, aparentemente antiguas, como las de los primates de los zoológicos. De hecho, jaulas grandes y pequeñas flanqueaban todo el muro este.

Reuben sintió que un horror reflexivo se apoderaba de él al mirarlas. ¿Jaulas para Morphonkinder? ¿Jaulas para bestias? Se acercó lentamente a ellas. Abrió una puerta inmensa que crujió y gimió sobre sus bisagras. Los candados viejos, también oxidados, colgaban de las cadenas. Bueno, tal vez aquella jaula habría podido contener a otro morfodinámico, pero no a él. ¿O tal vez sí?

—Todo esto —dijo él— debe tener un siglo.

—Puede que esa sea la buena noticia —repuso Laura—. Pasara lo que pasase aquí, sucedió hace mucho tiempo.

—Pero ¿por qué lo abandonaron? —preguntó Reuben—. ¿Qué les hizo dejarlo todo?

Sus ojos recorrieron las estanterías que llenaban la pared norte. Se acercó más.

—Revistas médicas —anunció—, pero todas son del siglo XIX. Bueno, hay algunas de principios del XX, de 1910, 1915 y, después, nada más.

—Aun así, alguien ha estado aquí —dijo Laura—. Hay más que un juego de huellas desde la puerta. Los rastros van en todas direcciones.

—Todas de la misma persona, creo. Huellas pequeñas. Un zapato suave y pequeño sin talón, un mocasín. Marrok. Ha estado entrando y saliendo, pero nadie más lo ha hecho.

—¿Cómo lo puedes saber?

—Solo es una corazonada. Creo que bajaba por la trampilla como yo. Entraba en la habitación y se dirigía el escritorio. —Señaló el extremo noroeste—. Mira la silla. Le han quitado el polvo y también hay algunos libros ahí.

—Las únicas cosas nuevas en la habitación.

Reuben las examinó. Novelas de detectives, clásicos: Raymond Chandler, Dashiell Hammet, James M. Cain.

—Acamparía aquí de vez en cuando —supuso Reuben.

En el suelo, a la derecha de la silla entre las sombras, había una botella de vino medio vacía con un tapón de rosca. Un vino californiano normal, aunque no malo, solo que embotellado con tapón de rosca.

Tras el escritorio había una fila de libros de contabilidad encuadernados en cuero sobre un estante alto, con fechas anuales inscritas en los lomos en un color dorado pálido. Reuben cogió lentamente el libro de 1912 y lo abrió. Era de papel grueso, hecho para durar, como un pergamino que permanecía intacto.

Ahí estaba esa caligrafía enigmática en tinta, la escritura secreta de Felix, olas y olas de esa escritura, páginas y páginas.

—¿Podría ser esto lo que más desea?

—Todo es tan viejo... —dijo Laura—. ¿Qué secretos podría contener? Puede que solo lo quiera porque le pertenece. O porque le pertenece a alguien que comparte esta escritura con él.

Laura señaló la mesa larga cubierta con la tela. Reuben vio sobre el polvo las huellas que llegaban a ella desde la puerta. Había una maraña de huellas a su alrededor.

Sabía lo que iba a encontrar. Con cuidado, retiró el mantel.

—Las tablillas —susurró—. Todas las antiguas tablillas mesopotámicas. Marrok las recopiló y las trajo hasta aquí. —Con mucho cuidado, fue apartando la tela, desvelando fila tras fila de fragmentos—. Todas conservadas —dijo Reuben—, seguramente, tal como Felix quería. —También estaban los diarios, una docena de libretas como la que Reuben había visto por primera vez en la mesa de Felix, apiladas de cuatro en cuatro—. Mira con qué cuidado dejó aquí las cosas.

¿Y si los secretos de esa transformación se remontaran a las antiguas ciudades de Uruk y Mari? ¿Por qué no? «El Crisma, así es como habían llamado a aquello durante décadas. El don, el poder... Había cientos de palabras para describirlo, ¿qué importancia tiene?»

Laura recorría las paredes norte y este, estudiando los libros que ocupaban los estantes. Había llegado hasta una puerta sencilla de madera oscura.

Esperó que Reuben la abriera. El mismo viejo pomo de latón que en el resto. Se abrió fácilmente para revelar otra puerta enfrente con un pestillo. Esa puerta también se abrió con un crujido.

Se encontraron en uno de los baños interiores del pasillo norte. La puerta estaba oculta tras un espejo largo y rectangular con el marco dorado.

—Debí haberlo imaginado —dijo Reuben.

Pero ahora estaba seguro de que debía de haber alguna otra forma de entrar en el segundo piso por el extremo suroeste, donde había dormido el primer Felix Nideck desde que se construyó la casa.

La encontró, una puerta dentro de una alacena llena de ropa blanca, recubierta de madera basta y oculta tras una fila de estantes. Resultó fácil quitar los estantes y pronto se encontraron en el extremo suroeste del pasillo sur, justo frente a la puerta del dormitorio principal.

Siguieron con otros pequeños hallazgos. De la trampilla, colgaba un lazo de gruesa cuerda de hierro del que se podía tirar para abrir desde el interior. Viejas lámparas dispuestas por todo el gran salón, totalmente vacías. Algunas de las mesas constaban de pequeños fregaderos, completamente equipados con grifos y sumideros. Había tuberías de gas bajo las mesas y los quemadores de gas. Era un laboratorio muy bien equipado para su época.

Pronto descubrieron que había una puerta en cada extremo de la sala. Una conducía a un baño tras un espejo bastante parecido al que habían encontrado antes, y la otra, situada en el lado sureste, daba a un armario.

—Me parece que sé lo que pudo haber ocurrido —tanteó Reuben—. Alguien empezó a realizar experimentos aquí, experimentos para determinar la naturaleza de la transformación, el Crisma, o como quiera que estas criaturas lo llamen. Si estos seres son realmente muy longevos, piensa lo que debió significar para ellos la ciencia moderna después de miles de años de alquimia. Seguro que esperaban descubrir grandes cosas.

—Pero ¿por qué abandonaron los experimentos?

—Podría haber miles de razones. Quizá trasladaron el laboratorio a otro lugar. Solo se pueden hacer ciertos experimentos científicos en una casa como esta, ¿no? Y, como es natural, querrían mantenerlo en secreto. O quizá descubrieron que, al fin y al cabo, no podían descubrir nada.

—¿Por qué lo dices? —preguntó Laura—. Podrían haber descubierto algo, de hecho, muchas cosas.

—¿Tú crees? Creo que las muestras que tomaron de ellos mismos o de otros simplemente se desintegraron antes de que pudieran descubrir demasiado. Tal vez por eso abandonaran su empresa.

—Yo no habría abandonado tan fácilmente —comentó Laura—. Habría buscado mejores conservantes, mejores técnicas. Habría estudiado los tejidos hasta que aguantaran. Creo que trasladaron su laboratorio central a otro lugar. Recuerda lo que dijo la criatura guardiana sobre las células progenitoras pluripotenciales. Es un término complicado. La mayor parte de seres humanos no conoce esa clase de términos.

—Bueno, pues, si es así, entonces Felix quiere sus documentos personales, sus bienes y estas tablillas, cualquiera que sea su significado.

—Háblame de ellas, por favor —le pidió Laura—. ¿Qué son, exactamente? —Se acercó a la mesa medio cubierta. No se atrevía a tocar los minúsculos fragmentos de arcilla que parecían frágiles pedazos de masa de pan seca.

Reuben tampoco quería tocarlas, pero deseó con todas sus fuerzas tener una luz potente para iluminarlas. Deseó ser capaz de comprender el orden en que las había dispuesto Marrok. ¿Habían seguido un orden cuando descansaban en los estantes de los viejos aposentos de Felix? Era incapaz de discernir ninguno.

—Es escritura cuneiforme —dijo él—. Una de las más antiguas. Puedo mostrarte ejemplos en libros o por internet. Seguramente, estas se desenterraron en Irak, en las primeras ciudades documentadas del mundo.

—Nunca pensé que las tablillas fueran tan diminutas —comentó ella—. Siempre me las imaginé grandes, como las páginas de nuestros libros.

—¡Me muero de ganas de salir de aquí! —dijo de pronto Reuben—. Me estoy asfixiando. Este lugar es demasiado lúgubre.

—Está bien, me parece que, por ahora, ya hemos hecho suficiente. Hemos descubierto cosas bastante importantes. Si supiéramos con certeza que Marrok fue el único que estuvo en esta habitación...

—Estoy seguro de ello —dijo Reuben.

De nuevo, él tomó la delantera y la guio mientras apagaban las luces y bajaban las escaleras.

Al llegar a la biblioteca oscura, volvieron a encender el fuego y Laura se sentó cerca del hogar, abrazándose para entrar en calor. Reuben, sin embargo, se sentó lejos, contra el escritorio porque hacía demasiado calor para él.

Ahí sentado, se sentía cómodo en su forma lupina. Se sentía más cómodo de lo que jamás había estado en su vieja piel. Podía oír el gorjeo y el canto de los pájaros en el exterior, entre los robles. Podía oír a las criaturas que merodeaban en las profundidades de la maleza. Pero no sentía ninguna necesidad de unirse a aquellas criaturas, o al reino salvaje, para matar o darse un festín.

Charlaron muy poco, especulando acerca de la posibilidad que Reuben tuviera lo que Felix deseaba y de que Felix, conocido en todas partes como un caballero, hubiera considerado que no tenía derecho a entrar en la casa para llevárselas furtivamente.

—Esta reunión significa que tiene buenas intenciones —dijo Laura—. Estoy convencida de ello. Si quisiera saquear esta casa, habría podido hacerlo hace mucho. Si quisiera matarnos... Bueno, eso podría hacerlo en cualquier momento.

—Sí, eso es, en cualquier momento —dijo Reuben—. A menos que podamos vencerle como vencimos a Marrok.

—Vencer a uno de ellos es una cosa. Vencerles a todos es otra cosa completamente distinta, ¿no crees?

—No sabemos si todos ellos están aquí, en algún lugar. No sabemos si siguen vivos.

—La carta —dijo Laura—, la carta de Marrok. Tienes que acordarte de llevarla.

Reuben asintió. Sí, llevaría la carta. Llevaría el reloj. Pero no debía revelar sus verdaderas intenciones en aquella reunión.

Todo dependía de Felix, de lo que Felix dijera, de lo que Felix hiciera.

Cuanto más pensaba en la reunión, más ansias le entraban, más esperanzas depositaba en ella y más poderoso se sentía, casi eufórico de haber llegado hasta aquel punto.

Ahora que la noche se agotaba, el deseo crecía en su interior, no el deseo de la naturaleza, sino el desenfreno que se le proponía en la propia habitación.

De repente, se acercó a Laura y la besó en la nuca, en el cuello, en los hombros. La envolvió en sus brazos y sintió cómo el cuerpo se le derretía.

—Así pues, volverás a ser mi hombre salvaje del bosque mientras hacemos el amor —dijo ella, sonriendo, con los ojos clavados en el fuego. Él le besó las mejillas, la carne mullida de su sonrisa—. ¿Haré alguna vez el amor con el lampiño Reuben Golding, el cielito, el niñito, el hermanito, el Chico Maravilla?

—Mmm, ¿y para qué le quieres a él? —preguntó Reuben—. Cuando puedes tenerme a mí.

—Aquí tienes mi respuesta —dijo ella, abriendo la boca a sus besos, a su lengua, a la presión de sus dientes.

Cuando terminaron, él la llevó al piso de arriba, como le gustaba hacer, y la dejó sobre la cama.

Se quedó en pie al lado de la ventana porque, de algún modo, parecía adecuado ocultarle la cara, mientras se ponía tenso y hablaba con el poder. Aspiró lentamente como si tragara agua de un arroyo cristalino. Enseguida, empezó la transformación.

Un millar de dedos le acariciaron, arrancando suavemente cada pelo resbaladizo de su cabeza, su cara, el dorso de sus brazos...

Levantó las patas y, bajo la luz débil del cielo nocturno, observó cómo cambiaban, cómo se le encogían las garras, cómo desaparecían y daban paso a la carne tierna y mullida de sus palmas.

Dobló los dedos de las manos y los pies. La luz se había atenuado ligeramente. Los cantos del bosque se apagaron hasta convertirse en un murmullo dulce y susurrante.

Ah, aquello había sido un dulce logro, el poder sirviéndole, sometido a sus órdenes.

Pero ¿con qué frecuencia podía provocar la transformación? ¿Podía obviar su voluntad bajo la provocación adecuada? ¿Le podía fallar del todo, incluso si se encontraba frente a un peligro extremo? ¿Cómo iba a saberlo?

Al día siguiente hablaría con un hombre que conocía las respuestas a aquellas preguntas y a muchísimas más. Pero ¿qué ocurriría exactamente en aquella reunión? ¿Qué quería ese hombre?

Y, lo que era más importante, ¿qué estaba dispuesto a dar ese hombre?

28

Las oficinas de Simon Oliver se encontraban en California Street, en la sexta planta de un edificio con una vista alucinante de las torres de oficinas de los alrededores y las aguas azules y brillantes de la bahía de San Francisco.

Reuben, vestido con un jersey de cuello alto de cachemir blanco y su *blazer* cruzado Brooks Brothers favorito, entró a la sala de conferencias donde se celebraría la reunión con el hijo ilegítimo de Felix.

Era una sala típica del bufete, con su mesa de caoba larga y ovalada y las sillas robustas Chippendale en forma de arco. Él y Simon se sentaron a un lado de la mesa, frente a un gran cuadro abstracto multicolor y poco inspirado que parecía ni más ni menos lo que era: una presuntuosa decoración.

Laura esperaba en una salita cómoda de al lado con un café, los periódicos de la mañana y un televisor donde estaban dando las noticias.

Como era de esperar, Simon repetía a Reuben el mismo consejo una y otra vez. Aquello podría muy bien ser un sondeo por parte de aquel hombre, que en cualquier momento podría presentar una prueba de ADN para interponer una demanda de paternidad e iniciar un proceso legal a gran escala para hacerse con la herencia.

—Y debo decir —dijo Oliver— que nunca me han gustado demasiado los hombres con el pelo largo, aunque a ti, pensándolo bien, te queda bastante bien, Reuben. ¿Esta melena espesa responde a un nuevo estilo rústico? Debe de volver locas a las jovencitas.

Reuben se rio.

—No lo sé. Simplemente, dejé de cortármelo —respondió. Sabía que llevaba el pelo limpio, brillante y bien cuidado, de modo que nadie podía quejarse de su aspecto. No le importaba que le estuviera creciendo demasiado por detrás. Estaba impaciente porque la reunión empezara de una vez.

Le pareció que había pasado una eternidad escuchando las especulaciones más paranoicas de Simon hasta que Arthur Hammermill entró y les informó de que Felix había tenido que ir al lavabo y que llegaría enseguida.

Hammermill era tan viejo como Simon Oliver, de unos setenta y cinco años. Ambos tenían el pelo blanco y llevaban un traje gris. Hammermill era algo fornido con unas cejas pobladas, mientras que Simon Oliver era delgado y empezaba ya a quedarse calvo.

Hammermill se mostró amable con Reuben y le estrechó afectuosamente la mano.

—Ha sido muy amable al acceder a esta reunión —dijo con palabras cuidadosamente seleccionadas. Se sentó frente a Simon, con lo que la silla que estaba justo delante de Reuben iba a ser para el misterioso heredero potencial.

Reuben le preguntó qué les había parecido la representación de *Don Giovanni*, una ópera que le encantaba. Mencionó la película que Joseph Losey hizo de la ópera, que había visto muchas veces a lo largo de los años. Arthur mostró enseguida su entusiasmado y les comentó cuánto había disfrutado de la compañía de Felix y que le iba a echar de menos cuando volviera a Europa aquella misma noche, como era su intención. Esas últimas palabras las pronunció mirando fijamente a Simon, que se limitó a observarlo seriamente sin responder.

Por fin, se abrió la puerta y Felix Nideck entró en la sala.

Si Reuben albergaba todavía alguna duda de que aquel hombre fuera el tío de Marchent, y no su hijo ilegítimo del desaparecido caballero, de inmediato se esfumó.

Era el hombre imponente de la fotografía de la pared de la biblioteca, el hombre que sonreía entre amigos en la jungla tropical; el simpático mentor de la familia que aparecía en el retrato del escritorio de Marchent.

Felix Nideck, vivito y coleando, con el mismo aspecto que veinte años atrás. Ningún hijo habría podido encarnar tan perfectamente la forma y los rasgos de su padre. E irradiaba una autoridad inconsciente y una vivacidad sutil que le distinguía del resto de hombres de la sala.

Reuben estaba nervioso. Sin mover los labios, rezó una pequeña plegaria.

El hombre era alto, fuerte y tenía una de esas teces que parecen doradas, el pelo castaño, corto, suave y espeso. Vestía casi con demasiada exquisitez. Llevaba un traje marrón que le caía como un guante, una camisa color caramelo y una corbata dorada y marrón.

Pero la expresión generosa y la actitud desenvuelta fueron para Reuben la auténtica sorpresa. Tenía una sonrisa franca, con aquellos enormes ojos castaños cargados de un buen humor contagioso. Ofreció la mano a Reuben sin vacilar. Su rostro rebosaba alegría natural.

Todo él irradiaba amabilidad y cortesía.

Se sentó justo delante de él, tal como Reuben esperaba. Estaban cara a cara. Eran de la misma estatura.

—Es un gran placer —dijo, inclinándose hacia delante. Habló con voz profunda, hueca y sin afectación, sin acento identificable y con un tono muy amable—. Permítame que le dé las gracias. Soy plenamente consciente de que no tiene ninguna obligación de verme, y me siento honrado y agradecido de que haya venido. —Gesticulaba con naturalidad mientras hablaba, moviendo sus manos elegantes. Llevaba una joya verde en la aguja de la corbata dorada y, del bolsillo del pecho, sobresalía un pañuelo de seda a rayas, a juego con la corbata.

Reuben estaba completamente fascinado, tan fascinado como en guardia. Pero, más que cualquier otra cosa, estaba agitado y notaba el latido de su corazón en la garganta. Si no conseguía causar buena impresión a ese hombre... Pero no podía pensar en el fracaso. Lo único en que podía pensar era que tenía que aprovechar cada minuto que pasara con él.

El hombre siguió hablando con naturalidad, reclinándose un poco más sobre el respaldo de la silla. Se movía con fluidez, estaba relajado, nada tenso.

—Soy plenamente consciente de que mi prima Marchent le tenía en estima. Y usted sabe que ella era muy querida por mi padre. Ella era su única heredera.

—Pero usted no llegó a conocer a Marchent, ¿no es cierto? —preguntó Reuben, con voz insegura. ¿Qué estaba haciendo? Se estaba metiendo en camisa de once varas—. Quiero decir que nunca se vieron, ¿no?

—Mi padre me habló tanto de ella que es como si la hubiera conocido —replicó el hombre sin perder tiempo—. Estoy seguro de que nuestros representantes le han explicado que nunca intentaría reclamar la casa o la tierra que ella quiso que usted tuviera.

—Sí, me lo han comentado —contestó Reuben—. Resulta un alivio. Y estoy encantado de estar aquí para hablar de lo que quiera.

La sonrisa fácil del hombre casi resultaba tramposa. Aquellos ojos brillantes indicaban una respuesta amable hacia la persona de Reuben, pero el muchacho prefirió reservarse la opinión.

¿Por dónde podía empezar Reuben con lo importante? ¿Cómo podía ir al grano?

—Conocí a Marchent por poco tiempo —explicó Reuben—, pero creo que la conocí bien. Era una persona excepcional... —Tragó saliva—. A la que no pude proteger...

—Tranquilo, Reuben —dijo Simon.

—A la que no pude proteger —insistió Reuben—. Y eso es algo con lo que tendré que vivir hasta el día de mi muerte.

El hombre asintió con una expresión prácticamente bobalicona. Entonces, dijo con voz tierna:

—Usted es un joven atractivo.

Reuben se quedó pasmado. «Si este tío quiere matarme, es el diablo en persona.» Pero el hombre siguió hablando:

—Oh, perdóneme —dijo con sinceridad evidente y cierta preocupación—. Me tomo las licencias de un hombre mayor al realizar semejante comentario. Lo siento. Quizá no sea lo bastante viejo para tomarme esa licencia, pero hay momentos en los que me siento mucho más viejo de lo que soy. Solo quería decir que sus fotografías no le hacen justicia. Las fotografías le muestran con un atractivo convencional, algo distante, pero en persona, es mucho más notable —siguió hablando con una sencillez cautivadora—. Ahora veo al autor de los artículos que ha publicado en el *Observer*. Poético y trascendental, me atrevería a afirmar.

Los abogados guardaban un silencio tenso y evidentemente incómodo. Pero Reuben se mostraba encantado, esperanzado, pero prudente. «¿Significa esto que no piensa matarme? —tenía en la punta de la lengua—. ¿O significa que me seguirá hablando con aire dulce y seductor cuando intente hacerme lo mismo que ese ser despreciable, Marrok?»

Pero era Felix el que estaba ahí sentado. Era Felix quien estaba frente a él. Tenía que calmarse.

—Quiere los efectos personales de su padre —planteó Reuben, haciendo un esfuerzo para no balbucear—. ¿Se refiere a sus diarios? A las tablillas, las antiguas tablillas cuneiformes...

—Reuben —intervino Simon inmediatamente levantando la mano para interrumpirle—. No hablemos de los detalles de los efectos personales hasta que el señor Nideck haya dejado un poco más claras sus intenciones.

—¿Tablillas antiguas? —murmuró Arthur Hammermill, removiéndose en la silla—. ¿Qué tipo de tablillas antiguas? Es la primera vez que oigo hablar de tablillas antiguas.

—Sí, mi padre recopiló muchas tablillas cuneiformes antiguas durante los años que pasó en Oriente Medio —explicó el hombre—. Y, de hecho, estas son mi interés primordial, he de confesar, y sus diarios, claro está. Sus diarios son muy importantes para mí.

—Entonces, ¿usted puede leer su escritura secreta? —preguntó Reuben.

Vio que al hombre le temblaban un poco los párpados.

—Hay muchísimos ejemplos de su escritura secreta en la casa —explicó Reuben.

—Sí, para ser sincero, debo decir que puedo leer su escritura secreta —contestó el hombre.

Reuben se sacó la carta destinada a Marrok del bolsillo y la empujó por encima de la mesa.

—¿Escribió esto, tal vez? —preguntó Reuben—. Parece la escritura secreta de su padre.

El hombre observó la carta con una expresión sobria, pero sin frialdad alguna. Estaba manifiestamente sorprendido.

Alargó el brazo y tomó la carta.

—¿Cómo la ha conseguido, si me permite preguntarle?

—Si usted la escribió, ahora le pertenece.

—¿Me puede decir cómo llegó a usted? —insistió el hombre con cortesía y humildad—. Me haría un gran favor si me lo dijera.

—Lo dejaron en el hostal de Nideck para un hombre que se consideraba el guardián de la casa y de las cosas que contiene —explicó Reuben—. Un hombre no precisamente muy agradable. Por cierto, nunca la recibió. La recogí después de que desapareciera.

—¿Desapareció?

—Sí, se ha ido, ha desaparecido por completo.

El hombre escuchó aquello en silencio. Entonces:

—¿Conoció a ese hombre? —De nuevo, sus ojos sagaces se enternecieron y su voz se mantuvo cálida y educada.

—Por supuesto —respondió Reuben—. Fue un encuentro bastante comprometido. —«Allá vamos», pensó Reuben. «Sácalo todo. Juégatelo a todo o nada.»— Ciertamente, muy comprometido, para mí y mi compañera, la amiga que comparte la casa conmigo. Bien podría decirse que fue un encuentro desastroso, aunque no para nosotros.

El hombre pareció sopesar sus palabras sin cambiar demasiado su expresión. Sin embargo, su desconcierto era evidente.

—Reuben, creo que será mejor que nos centremos en el asunto que nos ocupa —sugirió Simon—. Siempre podemos concertar otra cita en el futuro para hablar de otros temas, si estamos de acuerdo...

—Desastroso —repitió el hombre, ignorando a Simon. Parecía sinceramente preocupado—. Lo lamento —añadió, hablando de nuevo con voz humilde, sincera y preocupada.

—Bien, digamos que ese hombre, Marrok, se opuso de forma

—— 334 ——

bastante vehemente a mi presencia en la casa y a mi relación con Marchent Nideck. También le ofendían otras cosas. —«Cosas», era una palabra débil. ¿Por qué no podía haber escogido otra palabra? Miró al hombre en busca de comprensión—. De hecho, me parece que estaba bastante enfadado por cómo se habían desarrollado las... cosas. Me consideraba una especie de entrometido. Estaba muy enfadado. Pero ese hombre ha desaparecido. Desaparecido. No recogerá jamás esta carta.

Simon carraspeó varias veces. Estaba a punto de volver a intervenir, pero Reuben le hizo un gesto para que tuviera paciencia.

El hombre observaba a Reuben en silencio. Estaba claramente desconcertado.

—Pensé que tal vez le había escrito usted esta carta —dijo Reuben—. Que tal vez Marrok se personó a su instancia.

—Quizá deberíamos ver esa carta —propuso Simon.

Con mucho cuidado, el hombre sacó las páginas dobladas del sobre, con el dedo recorriendo el punto por el que lo había abierto.

—Sí —dijo—. Yo escribí esta carta. Pero no veo cómo pudo propiciar un encuentro desagradable. Ciertamente, no era mi intención. De hecho, el mensaje es sencillo. No había escrito a Marrok desde hacía mucho tiempo. Le dije que había oído hablar de la muerte de Marchent y que pronto llegaría.

Dijo eso con tanta convicción y empeño que Reuben le creyó. Pero el corazón no paraba de retumbarle en los oídos y en la palma de sus manos.

—Bueno, por lo que se refiere a ese hombre... —dijo Arthur.

—Por favor —dijo Reuben, con los ojos fijos en Nideck—. ¿Qué tenía que pensar yo, si no era que usted le había escrito antes y que, tal vez, la desaprobación del caballero no era sino la de usted y que actuaba en su nombre cuando se presentó en la casa?

—De ninguna manera —respondió suavemente el hombre. Frunció el ceño juntando mucho las cejas durante un instante y luego se relajó—. Le aseguro que pasara lo que pasase, él no actuaba en mi nombre.

—Bien, pues no sabe cuánto me alivia —dijo Reuben, percibiendo que había empezado a temblar y a sudar un poco—. Porque ese hombre, Marrok, no atendía a razones. Llevó las cosas al límite.

El hombre le escuchaba en silencio.

Simon agarró con fuerza la muñeca derecha de Reuben, pero el muchacho le ignoró.

«¿Cómo puedo hacerlo más obvio?», pensó Reuben.

—Y dice que se esfumó... —empezó el hombre.

—Sin dejar rastro, como quien dice —respondió Reuben—. Simplemente, se esfumó. —Y, con ambas manos, hizo un gesto como para indicar una columna de humo en pleno ascenso.

Sabía que, a ojos de los abogados, todo aquello debía parecer incomprensible, pero estaba hablando sin tapujos. Tenía que hacerlo.

El hombre seguía con la misma apariencia plácida y confiada de antes.

—Me sentí atacado, ¿comprende? —prosiguió Reuben—. Estaba atacando a la mujer que me acompañaba. Amo mucho a esa mujer. Fue injusto para ella que la amenazaran bajo mi techo. Hice lo que tenía que hacer.

Una vez más, Simon intentó protestar. Arthur Hammermill estaba completamente desconcertado.

Esta vez fue el hombre quien levantó la mano para detener a Simon.

—Lo entiendo —dijo, mirando a Reuben a los ojos—. Lo lamento muchísimo. Lamento mucho el cariz completamente inesperado que tomaron los acontecimientos.

De pronto, Reuben se sacó el reloj de oro del bolsillo y lo empujó por encima de la mesa hacia el hombre.

—Dejo esto —dijo flojito.

El hombre observó el reloj durante un buen rato antes de tomarlo con gesto reverente entre sus manos. Miró la esfera del reloj y luego el dorso. Suspiró. Por primera vez, su expresión tomó un aire sombrío. Dio un vuelco acentuado. Parecía, incluso, algo decepcionado.

—Ah, pobre alfeñique —dijo en un susurro mientras volvía a mirar la esfera del reloj—. Se acabaron tus andanzas.

—¿Qué significa alfeñique? —preguntó Arthur Hammermill. Estaba pálido de frustración y enfado.

—Enclenque —aclaró Reuben—. Es una palabra antigua que significa «enclenque».

El hombre sonrió a Reuben con los ojos brillantes de placer, pero conservó el gesto apenado mientras volvía a hacer girar el reloj en su mano.

—Sí, lo lamento mucho —susurró, y se metió el reloj en el bolsillo. Recogió la carta con cuidado y se la metió en el bolsillo interior de la chaqueta—. Disculpen mi vocabulario excéntrico. Sé demasiadas lenguas, demasiados libros antiguos.

Los abogados, francamente confusos, se intercambiaron una mirada.

Reuben siguió hablando.

—Bueno, la gente puede sentirse fácilmente ofendida por alguien en mi posición —comentó Reuben. Le temblaba la mano derecha y la dejó caer sobre su regazo—. Al fin y al cabo, es una casa magnífica —dijo—. Una finca magnífica, una responsabilidad magnífica, podría decirse una especie de Crisma... —Le quemaba la cara.

Algo cambió en la mirada del hombre.

Se observaron un buen rato.

Dio la impresión que el hombre iba a añadir algo trascendental, pero permaneció callado un rato más y, al fin, dijo sin más:

—Y uno no siempre pide un Crisma.

—¿Un Crisma? —susurró Simon con un punto de exasperación. Arthur Hammermill asintió y murmuró algo entre dientes.

—No, más bien todo lo contrario —dijo Reuben—. Pero un hombre que no supiera apreciar un Crisma sería un idiota.

El hombre sonrió. Era una sonrisa triste, lo que la gente suele llamar una sonrisa filosófica.

—Entonces, ¿no le he ofendido? —preguntó Reuben. Su voz se convirtió en un suspiro—. Es lo último que deseo.

—No, en absoluto —dijo el hombre. Su voz se hizo más tierna y llena de sentimiento—. Los jóvenes son nuestra única esperanza.

Reuben tragó saliva. Ahora temblaba como una hoja. Le había empezado a sudar el labio superior. Se sentía mareado pero eufórico.

—Nunca me he enfrentado a retos semejantes —dijo Reuben—. Creo que se lo puede imaginar. Quiero afrontar estos retos con fuerza y determinación.

—Obviamente —dijo el hombre—. Lo llamamos fortaleza, ¿no es así?

—Esa sí que es una palabra que entiendo bien —dijo Simon con Arthur Hammermill asintiendo enérgicamente para mostrarle su apoyo.

—Gracias. —Reuben se ruborizó—. Creo que me enamoré de la casa. Sé que me enamoré de Marchent. Y me quedé prendado de Felix Nideck, de su concepto, del hombre explorador, estudioso... Hasta del profesor, tal vez. —Hizo una pausa, y añadió—: Y los diarios escritos con esa escritura misteriosa... La casa está repleta de tesoros. Y las tablillas, las minúsculas y frágiles tablillas... Hasta el nombre Nideck es un misterio. Encontré el nombre en un viejo cuento. Muchos nombres de la casa parecen relacionados con viejas historias: Sperver, Gorlagon, incluso Marrok. Hay poesía y romance en todo esto, ¿no cree? Encontrar nombres que evocan misterios de mitos y leyendas, encontrar nombres que prometen revelaciones en un mundo en el que las preguntas se multiplican cada día...

—Reuben, ¡por favor! —dijo Simon, levantando la voz.

—Tiene talento para la poesía —murmuró Arthur Hammermill, poniendo los ojos en blanco—. Su padre estaría muy orgulloso.

Simon Oliver estaba manifiestamente irritado.

La sonrisa del hombre era agradable y, de nuevo, casi bobalicona. Apretó los labios y asintió ligeramente, de modo casi imperceptible.

—Estoy encandilado —dijo Reuben—. Todo esto me abruma. Me alegra ver que usted se muestra más optimista sobre el asunto, porque su amigo era pesimista, lúgubre.

—Bueno, ahora ya podemos olvidarnos de él, ¿no? —susurró el hombre. A su modo, también parecía maravillado.

—Imaginé a Felix Nideck como una fuente de conocimientos, quizá de conocimientos secretos —dijo Reuben—. Ya sabe, debió de ser alguien que conocía la respuesta a muchas preguntas, preguntas de esas a las que mi padre denomina preguntas cósmicas, alguien que podría arrojar un poco de luz sobre los rincones más oscuros de esta vida.

Simon se agitó incómodo en su silla, y también lo hizo Arthur Hammermill, como si se hicieran gestos. Reuben les ignoró.

El hombre simplemente le miraba con aquellos ojos grandes y compasivos.

—Debe ser maravilloso para usted —dijo Reuben— poder leer esta escritura secreta. Justamente anoche encontré varios libros de contabilidad repletos de esa escritura secreta. Unos libros muy viejos. Realmente, muy viejos.

—¿En serio? —preguntó el hombre amablemente.

—Sí, se remontan a mucho tiempo. Muchos años. Muchos años antes de que Felix Nideck pudiera haber existido. Sus antepasados debieron conocer también la escritura secreta. A menos que, claro está, Felix guardara un gran secreto de longevidad que nadie conociera. Después de estar en esa casa, uno casi podría creerlo. Esa casa es un laberinto. ¿Sabe que tiene escaleras secretas, incluso, una gran habitación secreta?

Ambos abogados carraspearon al mismo tiempo.

El rostro del hombre dejó entrever solo su comprensión silenciosa.

—Parece que en el pasado hubo científicos trabajando en la casa, médicos, quizás. Es imposible saberlo con certeza, claro está... A menos que uno sepa leer la escritura secreta. Marchent intentó descifrarla hace tiempo...

—¿De verdad?

—Pero nadie pudo hacerlo. Usted posee una habilidad muy valiosa.

Una vez más, Simon intentó interrumpir. Reuben le cortó.

—La casa me empuja a imaginarme cosas —dijo Reuben—, a imaginarme que Felix Nideck sigue vivo, que, de algún modo, vendrá y me explicará cosas que no consigo entender, que quizá jamás consiga entender.

—Reuben, por favor, si te parece, creo que... —dijo Simon, que, de hecho, había empezado a levantarse.

—Siéntese, Simon —le ordenó Reuben.

—Nunca se me pasó por la cabeza que supiera tantas cosas de Felix Nideck —confesó el hombre amablemente—. De hecho, no sabía que supiera nada de él.

—Oh, sé muchas cositas de él —dijo Reuben—. Era un enamorado de Hawthorne, de Keats, de las viejas historias góticas europeas, e incluso de la teología. Era amante de Teilhard de Chardin. Encontré un librito de Teilhard en la casa, *Lo que yo creo*. Tendría que habérselo traído. Se me olvidó. Lo he tratado como una reliquia sagrada. Uno de sus buenos amigos se lo dedicó a Felix.

La cara del hombre sufrió otro cambio sutil, pero la franqueza, la generosidad permanecieron inalteradas.

—Teilhard —dijo—. Un pensador brillante y original. —Bajó un poco la voz—. Nuestras dudas, como nuestras desgracias, son el precio que tenemos que pagar para la culminación del universo...

Reuben asintió. No pudo reprimir una sonrisa.

—El mal es inevitable en el curso de una creación que se desarrolla con el tiempo —citó Reuben.

El hombre calló. Al instante, con mucha gentileza y una radiante sonrisa, dijo:

—Amén.

Arthur Hammermill miraba a Reuben como si el muchacho hubiese perdido el juicio. Reuben prosiguió:

—Marchent describió a Felix con tanta intensidad... —dijo—. Y todo el que conoció a ese hombre no hace más que enriquecer y perfilar el retrato. Él es parte de la casa. Es imposible vivir allí y no conocer a Felix Nideck.

—Ya veo —dijo el hombre con voz muy tierna.

Los abogados se estaban planteando interrumpir de nuevo, pero Reuben alzó ligeramente la voz:

—¿Por qué desapareció de aquella manera? —preguntó—. ¿Qué se hizo de él? ¿Por qué dejó a Marchent y a su familia de aquel modo?

Arthur Hammermill intervino inmediatamente.

—Bien, todo esto ya se ha investigado—intercedió—, y, de hecho, este Felix no puede añadir nada que arroje luz al respecto...

—Claro que no —dijo Reuben entre dientes—. Le proponía que especulara, señor Hammermill. Solo pensé que tal vez se le ocurriera alguna idea brillante.

—No me importa hablar de ello —intervino el hombre, mientras alargaba la mano izquierda para dar a Arthur un golpecito sobre el dorso de la mano.

Miró a Reuben.

—Nunca sabremos toda la verdad sobre eso —dijo—. Sospecho que Felix Nideck fue traicionado.

—¿Traicionado? —se extrañó Reuben. Su mente volvió rápidamente a la enigmática inscripción en el libro de Theilhard. «Hemos sobrevivido a esto. Podemos sobrevivir a lo que sea.» Un embrollo de recuerdos fragmentados despertó en su cabeza—. Traicionado —repitió.

—Él jamás habría abandonado a Marchent —dijo el hombre—. No confiaba en la habilidad de su hermano y su cuñada para criar a sus hijos. No era su intención desaparecer de sus vidas tal como lo hizo.

Empezaron a regresar fragmentos y trozos de conversación. Abel Nideck no se había entendido bien con su tío: algún asunto de dinero. ¿De qué se trataba? Abel Nideck había conseguido cierta cantidad de dinero, justo después de que Felix desapareciera.

Con voz baja y ronca, Arthur empezó a susurrar al oído del hombre, recordándole que todo aquello eran temas serios y que se deberían comentar en otro sitio y momento.

El hombre asintió con aire ausente y, sin hacer mucho caso, volvió a mirar a Reuben.

—Fue sin duda amargo para Marchent; debió de proyectar una sombra en su vida.

—Ya lo creo —replicó Reuben. Estaba muy excitado. El corazón le martilleaba como un tambor, marcando el ritmo de la conversación—. Sospechaba que algo malo había ocurrido, y no solo a su tío sino a todos sus amigos, a todos sus amigos íntimos.

Simon intentó interrumpir.

—A veces, es mejor no saber toda la historia —dijo el hombre—. A veces, la verdad debería quedar oculta a la gente.

—¿Usted cree? —preguntó Reuben—. Tal vez tenga razón. Quizás en el caso de Marchent y en el de Felix. ¿Quién sabe? Pero, ahora mismo, soy un hombre que anhela la verdad, que anhela respuestas, que anhela comprender algo acerca de las cosas, una indicación, cualquier indicación, una pista...

—¡Eso son asuntos familiares! —protestó Arthur Hammermill con una voz gutural y apabullante—. Asuntos en los que usted no tiene ningún derecho a...

—¡Por favor, Arthur! —exclamó el hombre—. Para mí es importante oír estas cosas. Por favor, ¿le importaría dejarnos proseguir?

Pero Reuben había llegado a un punto muerto. Quería salir de la habitación, hablar con esa persona en cualquier otro lugar, sin importarle el peligro. ¿Por qué tenían que revivir aquel pequeño drama delante de Simon y Hammermill?

—¿Por qué quería esta reunión? —preguntó Reuben de pronto. Temblaba como nunca. Tenía las palmas empapadas de sudor.

El hombre no respondió.

Si Laura estuviera en la sala, sabría qué había que decir, pensó Reuben.

—¿Es un hombre de honor? —preguntó Reuben.

Los abogados murmuraban con tanto ímpetu que le hicieron pensar en timbales. Así es como sonaban, como una sinfonía de timbales, retumbando bajo la música.

—Sí —dijo el hombre. Parecía extraordinariamente sincero—. Si no fuera una persona de honor —añadió—, no estaría aquí.

—Entonces, ¿me da su palabra de honor de que no se siente ofendido por el encuentro que tuve con su amigo? ¿Que no me quiere nada malo por lo que le ocurrió, que nos dejará en paz a mí y a mi amiga?

—¡Por el amor de Dios! —exclamó Arthur Hammermill—. ¿Acaso acusa a mi cliente...?

—Le doy mi palabra —dijo el hombre—. Sin duda, usted hizo lo que tenía que hacer. —Alargó la mano por encima de la mesa, pero no consiguió llegar a tocar la de Reuben—. Se la doy —repitió, con la mano todavía tendida, impotente.

—Sí —dijo Reuben, luchando para encontrar las palabras—. Hice lo que debía. Hice lo que me vi obligado a hacer. Lo hice... con Marrok y también con otros asuntos urgentes.

—Sí —dijo el hombre con ternura—. De verdad que lo entiendo.

—¿Quiere las propiedades de Felix? —preguntó Reuben, enderezándose en la silla—. Se las puede quedar, faltaría más. Solo insistí en comprarlas porque pensé que era lo que Marchent quería que hiciese, que me ocupara de ellas, que me asegurara de que estuvieran protegidas, conservadas, donadas a una biblioteca, a la academia. No lo sé. Venga a buscarlas. Lléveselas. Son suyas.

Ambos abogados empezaron a hablar al unísono. Simon protestaba enérgicamente, diciendo que era demasiado pronto para alcanzar semejante acuerdo, que grandes sumas de dinero habían cambiado de manos por esos objetos, que era necesario volver a hacer inventario, un recuento mucho más detallado que el anterior. Arthur Hammermill afirmaba en tono quedo, casi hostil, que nadie le había dicho nunca que aquellos cachivaches eran piezas dignas de museo y que tendrían que discutirlo en detalle.

—Se puede quedar las posesiones —dijo Reuben, ignorando educadamente a ambos hombres.

—Gracias —dijo el hombre—. Se lo agradezco más allá de lo que soy capaz de expresar.

Simon empezó a remover sus papeles y a tomar notas mientras Arthur Hammermill enviaba un mensaje de texto con su BlackBerry.

—¿Me permitiría que le visitara? —preguntó el hombre a Reuben.

—Por supuesto —respondió Reuben—. Podría haber venido en cualquier momento. Ya sabe dónde estamos. Como es natural, siempre lo ha sabido. Quiero que venga a visitarnos. ¡Quiero que venga! Me encantaría... —prácticamente tartamudeaba.

El hombre sonrió y asintió.

—Ojalá pudiera ir ahora. Desgraciadamente, tengo que irme.

No dispongo de mucho tiempo. Me esperan en París. Le llamaré muy pronto, tan pronto como pueda.

Reuben notó la punción de las lágrimas, lágrimas de alivio.

El hombre se levantó de pronto; también Reuben.

Se encontraron al final de la mesa y el hombre le estrechó la mano.

—Los jóvenes reinventan el universo —dijo él—. Y nos entregan el nuevo universo como un don.

—Pero, a veces, los jóvenes cometen errores terribles. Los jóvenes necesitan la sabiduría de los viejos.

El hombre sonrió.

—Sí y no —repuso, y repitió las palabras de Teilhard que Reuben había citado hacía tan solo unos instantes—: El mal es inevitable en el curso de una creación que se desarrolla con el tiempo.

Salió con Arthur Hammermill corriendo para seguirle.

Simon estaba completamente fuera de sí. Intentaba convencer a Reuben para que se volviera a sentar.

—Ya sabes que tu madre quiere que veas a ese doctor y, sinceramente, creo que tiene razón. —Se estaba preparando para un gran sermón y todo un interrogatorio. No había ido bien, tenían que hablar de ello, no, no había ido nada bien—. Y deberías llamar a tu madre ahora mismo.

Pero Reuben sabía que había sido una victoria.

Y sabía también que no podía hacer nada para aclararle las cosas a Simon. No podía hacer nada para aplacarle o tranquilizarle, así que se fue directamente a buscar a Laura para marcharse.

Cuando llegó a la salita de espera donde estaba Laura, el hombre estaba con ella, sosteniendo su mano derecha entre las suyas, hablándole en un tono tierno e íntimo.

—... nunca más volverá a correr peligro por una intrusión semejante.

Laura murmuró su agradecimiento por aquellas palabras. Estaba un poco desconcertada.

El hombre se retiró de inmediato, no sin antes dedicar a Reuben una sonrisa y una pequeña reverencia, y desapareció por un pasillo de oscuras puertas paneladas.

—¿Qué te ha dicho? —preguntó Reuben, al quedarse a solas con Laura en el ascensor.

—Que ha sido un placer extraordinario conocerte —dijo Laura—, y que estaba avergonzado por los actos de su amigo, que nunca más nos volverá a visitar nadie así, que... —Se le rompió la voz. Estaba un poco agitada—. Es Felix, ¿verdad? Ese hombre es, realmente, Felix Nideck en persona.

—Sin duda —respondió Reuben—. Laura, me parece que he ganado la batalla, si es que la hubo. Creo que somos libres.

Mientras se dirigían al restaurante para cenar, reprodujo la conversación tan bien como pudo.

—Tenía que estar diciendo la verdad —dijo Laura—. Jamás me hubiese buscado ni hablado conmigo, si no fuera sincero. —Un escalofrío le recorrió el cuerpo—. Y puede que sepa todas las respuestas, las respuestas a todo, y que esté dispuesto a contarte lo que sabe.

—Ojalá —dijo Reuben. Pero apenas podía contener su alegría y alivio.

Entraron en el café North Beach mucho antes de que se llenara para la cena y consiguieron sin problemas una mesa al lado de las puertas de cristal. La lluvia había amainado y había aparecido un hermoso cielo azul en perfecta sintonía con el estado de ánimo de Reuben. A pesar del frío, había gente sentada en las mesas de la terraza. Columbus Avenue estaba concurrida como siempre. La ciudad parecía brillante y fresca, nada que ver con el paisaje sombrío del que acababa de escapar.

Estaba eufórico; no lo podía ocultar. Era como la pausa de la lluvia, como la aparición repentina del cielo azul.

Cuando volvió a pensar en Felix ahí en pie, sosteniendo la mano de Laura y hablando con ella, le entraron ganas de llorar. Estaba secretamente orgulloso de cuán atractiva había estado ella en aquel momento, con sus pantalones de lana grises y el jersey a juego, tan acicalada, tan arreglada y radiante. Con el pelo blanco recogido en la nuca con una cinta, como de costumbre, y había dedicado a Felix una sonrisa radiante mientras se retiraba.

Reuben la miró con ojos llenos de amor. «Y estás a salvo. Él no permitirá que te ocurra nada malo. Se ha tomado la molestia de tranquilizarte. Ha visto cuán preciosa, dulce y pura eres. No eres yo. Yo no soy tú. No faltará a su palabra.»

Pidió una gran comida italiana a base de ensalada, sopa minestrone, canelones, ternera y pan francés.

Mientras devoraba aún su ensalada y seguía reproduciendo a Laura su conversación, recibió un mensaje de texto de Celeste: «SOS. Sobre nosotros.»

Él le respondió con otro mensaje: «Dime.»

«¿Estamos juntos o no?», escribió ella.

«Lo que más deseo —escribió pacientemente con sus pulgares—, es que sigamos siendo amigos.»

Sí era brutal, y lo sentía, lo sentía mucho, pero tenía que decirlo. Era injusto para ella que siguieran como hasta ahora.

«¿Significa esto que no me odias por estar con Mort?», respondió ella

«Me alegro de que estés con Mort.» Lo decía sinceramente. Sabía que Mort estaba feliz; y tenía que estarlo. A Mort siempre le había fascinado Celeste y si, finalmente, ella le había aceptado con su ropa sucia y arrugada de genio, con su pelo alborotado y su expresión despistada, bien, ¡era genial!

«Mort también se alegra», dijo ella.

«¿Estás contenta?»

«Lo estoy, pero te quiero, te echo de menos y estoy preocupada por ti, como todos los demás.»

«Entonces, aún eres amiga mía.»

«Eso, siempre.»

«¿Qué hay de nuevo sobre el Lobo Hombre?»

«Lo que todo el mundo sabe.»

«Te quiero. Tengo que dejarte.»

Se metió el móvil en el bolsillo.

—Se acabó —explicó a Laura—. Es feliz. Tiene una historia con mi mejor amigo.

La cara de Laura se iluminó de felicidad y sonrió.

Él quería decirle que la amaba. Pero no lo hizo.

Se obligó a tomar la sopa muy despacio.

Laura estaba disfrutando de la comida en vez de picotearla.

Ahora su rostro tenía un brillo dulce y sereno que no le había visto lucir en días.

—Piensa en ello, en lo que significa —dijo él—. Acabamos de dejar a un hombre que...

Se detuvo, y sacudió la cabeza. No podía hablar. De nuevo, las lágrimas. Había llorado más en presencia de Laura de lo que había llorado en toda su vida delante de su propia madre. Bueno, tampoco tanto.

—Solo quiero que me ayude con esto —insistió—. Quiero que él...

Ella estiró el brazo por encima de la mesa y le agarró la mano.

—Lo hará —dijo ella.

Él la miró directamente a los ojos.

—Aceptarías el Crisma, ¿verdad? —susurró él.

Ella parpadeó, pero no desvió la mirada.

—¿Te refieres a correr el riesgo de morir por ello? —contestó ella—. No lo sé. —La seriedad teñía su rostro—. Comparto el poder porque tú lo tienes.

«Eso no basta», pensó él.

29

Laura conducía. Reuben dormía con la cabeza recostada en la ventana del Porsche.

Habían pasado por la casa familiar antes de salir de San Francisco. Reuben estaba seguro de que Simon Oliver habría encontrado el modo de decir a Grace o a Phil que había estado en la ciudad y, por supuesto, resultó estar en lo cierto.

Grace había estado preparando la cena con Phil, que ya se había sentado a la mesa, y Celeste y Mort estaban también ahí, dando vueltas por la cocina. Estaban todos saboreando una copa de vino. Una doctora amiga de Grace, una oncóloga brillante cuyo nombre Reuben nunca conseguía recordar, estaba también en el comedor poniendo la mesa con otra doctora que Reuben jamás había visto. De fondo sonaba *Jazz Samba*, de Stan Getz y Charlie Byrd y era evidente que todo el grupo se lo estaba pasando bien.

Reuben había sentido una punzada de nostalgia por todos ellos, por aquella casa acogedora, por la vida agradable que había dejado atrás, pero, por lo demás, la situación había sido perfecta: demasiada gente para un interrogatorio o una intervención. Todo el mundo recibió a Laura con gentileza, sobre todo Celeste, claramente aliviada al ver que Reuben ya estaba con otra mujer. Sin embargo, Mort parecía previsible y fielmente abatido, al menos cuando miró a Reuben, que se limitó a cerrar la mano en un puño y a golpear suavemente el brazo de su amigo. Rosy se abrazó a Reuben.

Grace quiso acapararle, sí, pero no podía dejar los filetes en la parrilla, ni el brócoli que estaba salteando con ajo, así que se conformó con recibir un beso tierno de su hijo y un susurro confidencial diciéndole que la quería.

—Me gustaría que os quedarais, entre todas las noches, me gustaría que hoy os quedarais.

—Mamá, ya hemos cenado —susurró él.

—Pero va a venir una persona esta noche.

—Mamá, no puedo.

—Reuben, ¿me piensas escuchar? Quiero que conozcas a ese hombre, al doctor Jaska.

—No es la noche adecuada, mamá —dijo Reuben, que se alejó hacia las escaleras.

Con ayuda de Rosy, Reuben había sido capaz de recoger los últimos libros, archivos y fotografías y los había cargado en el Porsche.

Después de eso, había echado un último vistazo a aquel precioso comedor decorado con multitud de velas sobre la mesa y la repisa, había lanzado un beso a Grace, y se había ido. Phil se había despedido lanzándole un gesto afectuoso con la mano.

El timbre le sobresaltó, abrió la puerta y se encontró a un hombre alto de pelo canoso, un hombre no demasiado viejo, de hecho, con ojos duros y grises y la cara cuadrada. Tenía una expresión curiosa, aunque ligeramente hostil.

Enseguida, apareció Grace para arrastrar a aquel hombre al interior de la casa mientras agarraba a Reuben con la mano que le quedaba libre.

El hombre no dejaba de mirar a Reuben. Era evidente que no había esperado encontrarse cara a cara con él todavía.

Una extraña calma se apoderó de Reuben. Aquel hombre desprendía una esencia, un olor muy suave que Reuben conocía demasiado bien.

—Y este es el doctor Akim Jaska, Reuben. Ya te he hablado del doctor Jaska —dijo Grace apresuradamente y con cierta incomodidad—. Entre, doctor. Rosy, por favor, sirve al doctor su bebida habitual.

—Un placer conocerle, doctor Jaska —dijo Reuben—. Ojalá

pudiera quedarme pero no puedo. —Miró alrededor ansiosamente en busca de Laura. Estaba justo tras él. Le apretó el brazo.

La intensidad del olor aumentaba mientras miraba los ojos extrañamente opacos de aquel hombre. ¿Y si ese olor desencadenaba la transformación?

Grace parecía debatirse, no era del todo ella. Parecía observar atentamente ese pequeño intercambio.

—Adiós, niñito —dijo de pronto.

—Sí, te quiero, mamá —dijo Reuben.

Laura salió por la puerta delante de él.

—Que pase una buena noche, doctor. Mamá, te llamaré.

Mientras bajaba las escaleras, sintió un espasmo muy débil en el estómago. Fue como una advertencia. No podía transformarse. No, no debía transformarse. Y sabía que podía resistirse, pero aún tenía esa esencia metida en las fosas nasales. Volvió a mirar hacia la casa y escuchó. Pero lo único que escuchó fueron cumplidos y palabras vacías. Y el olor permanecía. El olor se intensificó incluso.

—Pongámonos en marcha —dijo Reuben.

El tráfico había empezado a retumbar rápidamente por el Golden Gate en medio de la oscuridad profunda del invierno, pero aún no había empezado a llover.

Siguieron avanzando. Y él se durmió.

De algún modo, en aquel sueño ligero pero delicioso, supo que se estaban acercando a Santa Rosa.

Y, cuando oyó las voces, se le clavaron como un punzón en el cerebro.

Se incorporó inmediatamente.

Nunca antes había oído un pánico y un dolor tan agudos.

—Detente —gritó.

Los espasmos ya habían empezado. La piel le crepitaba. El olor a crueldad le asfixiaba... Era el peor hedor del mal.

—Entre los árboles —dijo mientras entraban en el parque cercano. Al cabo de pocos segundos, se había quitado la ropa y atravesaba corriendo la oscuridad, sumiéndose precipitadamente en la transformación mientras se adentraba en los árboles.

Una y otra vez, los gritos le encendían la sangre. Había dos chicos jóvenes, aterrorizados. Les estaban pegando y temían ser cruelmente mutilados, temían morir. El odio furioso de los ejecutores emanaba en una retahíla de maldiciones obscenas, provocaciones sexuales e insultos afilados.

No estaban en el parque sino en el largo y oscuro patio trasero infestado de hierbas que había justo al lado, detrás de una vieja casa destartalada a oscuras. Era una banda de cuatro que habían llevado a los chicos allí para someterles a una paliza y una sangría lenta y ritual. Al acercarse, Reuben percibió que una de las dos víctimas estaba a punto de exhalar su último suspiro. La agria esencia de la sangre, la rabia, el terror.

No podía salvar al chico agonizante. Lo sabía. Pero podía salvar al rebelde que seguía luchando por su vida.

Con un rugido chirriante cayó sobre los dos que descargaban sus puños sobre la barriga de la víctima que todavía se resistía, maldiciéndoles con toda su alma. «¡Matones, asesinos, yo os escupo!»

En una maraña efervescente de extremidades y gritos, las fauces de Reuben se clavaron en la cabeza apestosa de uno de los atacantes mientras su garra izquierda agarraba al otro por el pelo. El primer hombre se retorció y convulsionó con la cabeza hacia atrás pero, cuando los dientes de Reuben le atravesaron el cráneo, agarró a la víctima que sangraba a sus pies como si pensara utilizarla de escudo humano. Con la garra derecha, Reuben arrastró al segundo agresor bajo sus pies y le aplastó la cabeza contra la tierra compactada del patio. Acto seguido, hincó deliciosamente el poder de sus fauces en el torso del primer agresor y se deleitó con su dura carne. La víctima que había seguido forcejando se escabulló del cerco de su agresor moribundo.

Como siempre, no había tiempo para saborear el plato. Destripó la garganta del hombre y acabó con él antes de que llegaran los otros dos miembros de la banda.

Puñales en mano, se lanzaron sobre Reuben, intentando arrancarle ese «disfraz» peludo. Uno de los muchachos le apuñaló dos veces, tres, con aquel cuchillo largo, mientras el otro intentaba cortar la «máscara» de la cara de Reuben.

Reuben empezó a sangrar. Le brotaba la sangre del pecho y le caía sobre los ojos desde la cabeza. Estaba enloquecido. Clavó las zarpas en la cara de uno de los tipos y le seccionó la arteria carótida. Atrapó al otro justo cuando se volvía para salir corriendo hacia la alambrada. En un segundo, el hombre estaba muerto y Reuben, inmóvil, deleitándose con la carne tierna de su muslo antes de dejar el cuerpo y retroceder a trompicones, ebrio de lucha y de sangre. El hedor de la maldad escampaba, evaporándose, dejando paso a los olores humanos congregado en la oscuridad cercana y el olor a muerte que había dejado detrás.

Las luces se habían encendido en las casas cercanas. Se oía un caos de voces, gritos en la noche. Se encendieron las luces de la casa que daba al patio.

Las heridas de Reuben palpitaban en una masa cálida de dolor, pero notaba cómo sanaban, notaba el intenso hormigueo sobre su ojo derecho a medida que el corte sanaba. Bajo esa luz tenue, vio a la víctima sangrante cruzar a rastras el asqueroso patio lleno de porquería. Se arrastraba hacia el otro muchacho, hacia el pobre chico que ya yacía muerto. La víctima cayó de rodillas al lado de su amigo, le agitó, intentando reanimarle. Sus ojos brillaban en la oscuridad, llorando sin parar.

—Está muerto. Le han matado. Está muerto, está muerto, está muerto.

Reuben permaneció de pie en silencio, observando aquel cuerpo inerte y medio desnudo. No debían tener más de dieciséis años, ninguno de los dos. El chico lloroso se puso en pie. Tenía la cara y la ropa ensangrentadas; alargó el brazo izquierdo hacia Reuben, intentando tocarle. Entonces, cayó hacia delante en un desmayo mortal.

Solo entonces, mientras estaba postrado a sus pies, vio Reuben las minúsculas heridas que supuraban sangre en el dorso de la mano abierta del chico. ¡Incisiones! Incisiones en la mano, la muñeca y el antebrazo. Marcas de mordedura.

Reuben estaba petrificado.

Los patios colindantes se habían llenado de espectadores que susurraban boquiabiertos. Se había abierto la puerta trasera de la casa.

Se acercaban sirenas: de nuevo, aquellas cintas de ruido desplegándose, fuertes como el acero.

Reuben reculó.

Unas luces intermitentes iluminaron las nubes espesas de lluvia y recortaron la silueta de la casa, iluminando siniestramente su forma descomunal y combada contra el cielo, la porquería y la runa del patio.

Reuben se giró y saltó la valla. Atravesaba la oscuridad silenciosamente y con presteza, dejándose caer a cuatro patas para cubrir un kilómetro de bosque, y luego otro, hasta que vio el Porsche donde lo había dejado, bajo los árboles. Sus brazos se agitaban ante él como rápidas patas delanteras, cuya velocidad le sorprendía.

Pero tenía que invocar la transformación.

«Déjame ahora, ya sabes qué necesito, devuélveme mi antigua forma.»

Se agazapó junto al coche, luchando por respirar, propiciando los espasmos, y empezó a caer la densa capa de lobo. En el pecho, las heridas le quemaban, palpitaban, y el pelo grueso e impregnado de sangre no se retiraba. Lo mismo sucedía sobre su ojo derecho, una madeja de piel gruesa de lobo. Se le retrajeron las garras hasta desaparecer. Con los dedos largos y nudosos se tocó las heridas y tiró del pelo grueso que aún quedaba. Sentía debilidad en sus piernas desnudas, inseguridad en los pies descalzos y, mientras sus manos se agarraban a la puerta del coche, perdió el equilibrio y cayó sobre una rodilla.

Laura estaba a su lado, sosteniéndole, ayudándole a entrar por la puerta del acompañante. Las ronchas de pelo en el pecho y la frente tenían una apariencia mucho más monstruosa que la transformación completa, pero la sangre ya había cuajado formando un barniz grueso y escamoso. La piel le escocía horrores sobre las heridas. Oleadas de placer embriagador le recorrían la cabeza como si le estuvieran masajeando dos manos.

Mientras Laura se dirigía a la autopista, Reuben se volvió a poner la camisa y los pantalones. Al ponerse la mano izquierda sobre las heridas palpitantes del pecho, notó cómo, por fin, se encogía y caía la piel de lobo. Solo quedaba la suave capa de piel interior. El pelaje y la piel de lobo habían desaparecido de su frente.

De repente, llegó una oscuridad galopante para engullirle, para llevárselo. Luchó contra ella, con la cabeza golpeando la ventana y un suave gemido saliéndole de los labios.

Sirenas; eran como almas en pena gimiendo, chillando en un espantoso estruendo. Pero el Porsche se dirigía hacia el norte, había alcanzado la autopista y se había unido al flujo descomunalmente estremecedor de intensos faros rojos parpadeantes, pasando de un carril a otro, hasta que, por fin, pudo circular a toda velocidad.

Se echó hacia atrás mirando a Laura. Con las luces intermitentes, se la veía profundamente tranquila, con los ojos fijos en la carretera.

—¿Reuben? —dijo ella, sin atreverse a apartar los ojos del tráfico—. Reuben, háblame. Reuben, por favor.

—Estoy bien, Laura —dijo él. Suspiró. Le recorrían el cuerpo sucesivos escalofríos. Le castañeaban los dientes. La piel había desaparecido de las heridas del pecho, así como las propias heridas. La piel le escocía. Le invadió una oleada de placer, que le dejó agotado. El olor a muerte todavía se aferraba a él, la muerte del chico desplomado en el patio, el olor a muerte inocente.

—¡He hecho algo terrible, innombrable! —susurró. Intentó decir algo más pero lo único que ella pudo oír de sus labios fue otro gemido.

—¿Qué dices? —preguntó ella. El tráfico se mecía y rugía delante y detrás de ellos. Ya estaban saliendo de la ciudad de Santa Rosa.

Volvió a cerrar los ojos. Ahora no sentía dolor alguno. Solo un poco de fiebre palpitándole en la cara, en las palmas de las manos y sobre la piel tersa donde habían estado las heridas.

—Algo terrible, Laura —susurró, pero ella no le podía oír. Reuben volvió a ver al chico tambaleándose hacia él, un chico alto de pecho ancho con una cara pálida y suplicante, una cara destrozada y llena de sangre, con una mata de pelo rubio enmarcándola, los ojos abiertos por el horror, los labios moviéndose, mudos. Llegó la oscuridad. Y Reuben la agradeció, acunado en el asiento de cuero, mecido por el vaivén del coche al avanzar.

30

Las luces de la gran habitación le deslumbraban. La calefacción salía demasiado caliente por los respiraderos y la casa desprendía un cúmulo de fragancias polvorientas, fuertes, intoxicadoras, incluso, asfixiantes.

Sin dudarlo, se dirigió a la biblioteca y llamó al Clift Hotel de San Francisco. Tenía que hablar con Felix. La vergüenza le ahogaba. Solo Felix podía ayudarle con lo que había hecho y, avergonzado como estaba, mortificado y miserable, no podría descansar hasta haber confesado a Felix aquel horror, que la había fastidiado, que había traspasado el Crisma.

Felix ya no estaba allí, dijo el recepcionista. Se había marchado por la tarde.

—¿Sería tan amable de decirme quién pregunta por él? —Estaba a punto de colgar, desesperado, pero se identificó con la vana esperanza de que quizás habría algún mensaje. Lo había.

—Sí, me ha pedido que le diga que tenía obligaciones. Negocios urgentes que no podía ignorar. Pero que volvería lo más pronto posible.

Ningún número, ninguna dirección.

Se desplomó en la silla con la cabeza apoyada en el escritorio, la frente sobre la carpeta verde. Un rato después, descolgó el teléfono, llamó a Simon Oliver y dejó una súplica desesperada en el buzón de voz pidiéndole que se pusiera en contacto con Arthur Hammermill para ver si Felix Nideck le había dejado un número de emergencia. Era urgente, muy urgente, terriblemente urgente. Simon no podría imaginarse cuánto.

Nada que hacer; nada para aliviar ese pánico atroz. ¿Morirá ese chico? ¿Le matará el Crisma? ¿Ese despreciable Marrok le decía la verdad cuando dijo que el Crisma podía matar?

¡Tenía que encontrar a Felix!

Una vez más, vio al chico desplomado en el patio, con la mano extendida y la herida.

¡Señor, Dios!

Miró la figura sonriente de Felix en la fotografía. «Querido Dios, por favor, ayúdame. No permitas que ese pobre chico muera. Por favor. Y no dejes...»

No podía soportar el pánico.

Laura estaba allí, observándole, esperando, percibiendo que pasaba algo terrible.

Reuben tomó a Laura entre sus brazos y acarició la gruesa sudadera gris que llevaba, aferró el cuello alto bajo su barbilla y, finalmente, bajó las manos a los largos pantalones de Laura. Lo bastante caliente.

«Quiero transformarme ahora, volver a la noche. Ahora.»

Abrazándola fuerte, notó cómo la piel de lobo volvía a surgir. La soltó el tiempo suficiente para quitarse la ropa. El pelaje le aislaba del calor de la sala y sus fosas aspirando como siempre el olor embriagador del bosque que se cernía sobre las ventanas. Era extasiante, esas discordantes olas volcánicas que prácticamente le hacían volar.

Levantó a Laura y salió por la puerta trasera de la casa para adentrarse en la noche. Con la transformación ya completa y Laura cargada a su hombro izquierdo, aceleró bosque adentro, inclinó el cuerpo hacia delante y se impulsó con sus poderosos muslos hasta que dejó atrás el robledal y se encontró entre las secuoyas gigantes.

—Abrázate a mí —susurró al oído de Laura, mientras la guiaba para que enrollara los brazos a su cuerpo y las piernas a su torso—. Vamos a subir, ¿estás preparada?

—Sí —gritó ella.

Trepó y trepó hasta alcanzar las ramas altas, más allá de las hiedras y las enredaderas que crecían desordenadamente; arriba, arriba, hasta que los árboles más bajos desaparecieron de su vista y divisaron el mar más allá de los acantilados, el mar centellante e infinito bañado por el blanco espectral de la luna oculta; hasta que, finalmente, encontró un lecho de ramas retorcidas lo bastante recias para sostenerles. Una vez ahí, se recostó, cerró el brazo izquierdo alrededor de la rama que le quedaba por encima y acunó a Laura con el derecho.

Ella reía por lo bajo, delirante de alegría. Le besó todas las zonas de la cara donde él tenía sensibilidad: en los párpados, en la punta de la nariz, en la comisura de la boca.

—Agárrate fuerte —la advirtió, y la izó ligeramente a la derecha para que pudiera sentarse sobre su muslo derecho mientras la sujetaba firmemente con el brazo derecho.

—¿Ves el mar? —preguntó él.

—Sí —respondió ella—. Pero solo como una oscuridad absoluta y porque sé que está ahí y que es el mar.

Reuben respiraba pausadamente contra el tronco de aquel árbol monstruoso. Escuchaba el coro de los bosques; las copas se meneaban, suspiraban y susurraban. Lejos, al sur, distinguía las luces de la casa parpadeando entre los árboles, como si un montón de minúsculas estrellas brillaran atrapadas en sus muchísimas ventanas. Ahí abajo, en el mundo a ras de suelo, les esperaba la casa llena de luz.

Ella apoyó la cabeza en su pecho.

Permanecieron mucho rato así, juntos ahí arriba, desde donde él contemplaba el mar y no veía nada salvo el agua centelleante, el cielo negro en las alturas y las estrellas tenues. Las nubes se agruparon ante la luna, creando la típica imagen de la luna despuntando una y otra vez entre las nubes. La brisa salada y húmeda susurraba, soplaba entre los árboles altos que rodeaban a la pareja.

Solo por un momento, percibió peligro. ¿O era simplemente la presencia de alguna otra criatura cerca de ellos? No estaba seguro, pero lo que sabía muy bien era que no podía comunicar aquella alarma repentina a Laura. Ahí arriba, ella dependía absolutamente de él. Agudizó el oído en silencio.

Tal vez solo fuera el susurro inevitable del dosel de hojas. Posiblemente algún animalillo volador que él desconocía abriéndose camino por las inmediaciones. Los vespertiliónidos podían llegar a esas alturas: las ardillas voladoras, los páridos y las ardillas listadas podían pasarse la vida en aquellas ramas altas. Pero ¿cómo iban esos animalillos a despertar su instinto protector? En cualquier caso, la amenaza había desaparecido y pensó entre sí que debía haber sentido aquella alarma tan vaga por el hecho de tenerla allí consigo, con el corazón latiendo junto al suyo.

Todo iba bien a su alrededor.

Pensó en el chico. Sentía una gran angustia.

Una sensación indescriptible.

Suplicó al bosque que le abrazara fuerte, que le protegiese de la agudeza implacable de su propia conciencia. Mucho tiempo atrás en su corta vida, Grace, Phil, Jim y Celeste habían sido su voz de la conciencia. Pero ya nada era como antes. Y ahora, su propia conciencia le clavaba un puñal en el alma.

«¡Cura esto, si puedes, con todo ese poder secreto que te hierve dentro! Morfodinámico, ¿qué le has hecho a ese chico? ¿Sobrevivirá solo para convertirse en lo que tú eres?»

Finalmente, no pudo soportar más aquellos pensamientos. La paz sublime de las frondosas alturas palidecía al calor de su miseria. Tenía que moverse y empezó a trepar de árbol en árbol, con los brazos y las piernas de ella otra vez aferrados a su cuerpo lupino. Trazaron un gran arco por el bosque y volvieron al linde del robledal. Como de costumbre, ella no pesaba nada; era una carga aromática y dulce, como si transportara ramos de flores de un perfume exquisito. Su lengua buscó el cuello de Laura, su mejilla, y sus gruñidos se fueron convirtiendo en los gemidos suaves de una serenata.

Ella aferró los brazos y las piernas aún con más fuerza a su alrededor y él descendió a la atmósfera más cerrada y cálida del bosque inferior.

Reuben notaba las manos heladas de Laura en su cuerpo. Incluso él podía sentir esa frialdad, ese helor que se desprendía como el humo de sus manos.

Anduvo lentamente entre los grandes robles de corteza gris, cargando con ella, deteniéndose aquí y allá para besarla, para deslizar la zarpa izquierda por debajo de la sudadera de ella y sentir la carne desnuda, caliente y sedosa... Tan húmeda, tan desnuda, tan fragante... Con ese dulce aroma de cítricos y flores que no sabía describir y el penetrante olor crudo de la carne viva. La levantó y le chupó los pechos, haciéndola suspirar.

Una vez en casa, la tumbó sobre la gran mesa del comedor. Le agarró las manos heladas con las zarpas, sus zarpas calientes, ¿o no eran calientes? La habitación estaba oscura. La casa crujía y suspiraba aporreada por el viento oceánico. La luz llegaba lánguidamente a la estancia desde el gran salón.

Reuben la observó un largo rato, ahí tumbada, esperándole, con aromáticos fragmentos de hojas o pétalos enredados en el pelo suelto, con aquellos ojos grandes y adormilados clavados en él.

Entonces, encendió la madera de roble que había acumulado en la chimenea. Las astillas crujían y explotaban. Las llamas saltaban. La luz fantasmagórica bailaba sobre el techo artesonado. Danzaba sobre el elegante esmalte que cubría la mesa.

Ella empezó a desnudarse, pero él le suplicó con un gesto mudo que se detuviera. Acto seguido, empezó él a desnudarla. Enrolló la sudadera y la apartó suavemente a un lado, le quitó los pantalones y los tiró también a un lado. Ella misma se deshizo de los zapatos de un puntapié.

Verla desnuda le llevó al borde de la locura. Resiguió con la parte suave de sus zarpas la planta de esos pies descalzos. Le acarició las pantorrillas desnudas.

—No permitas que te haga daño —musitó Reuben en ese tono quedo que ya le era tan familiar, tan parte de sí mismo—. Dime si te hago daño.

—Nunca me haces daño —susurró ella—. No puedes hacerme daño.

—Garganta tierna, barriga tierna —gruñó él, lamiéndola con su larga lengua, mientras le levantaba los pechos con las almohadillas tiernas de sus garras. «Aléjate de mí, tragedia.» Arrodillándose sobre ella, la levantó y la penetró suavemente con su sexo. La habitación oscureció a su alrededor, se le llenaron los oídos del rugido y el crujido del fuego, su cerebro se inundó de ella y de nada más que de ella, hasta quedar totalmente en blanco.

Después, la levantó, la subió por las escaleras y recorrió con ella en brazos el pasillo hueco —un largo paseo entre oscuridades misteriosas— hasta el cálido ambiente de su dormitorio. Perfume; velas. Todo estaba tan oscuro, tan silencioso.

La tendió sobre la cama. Una sombra contra la blanca palidez de las sábanas y se sentó a su lado. Sin ningún tipo de aspaviento, cerró los ojos y se provocó la transformación. En el interior de su pecho ardía un pequeño fuego; el propio aire parecía levantarle la piel de lobo, suavizarla, disolverla. Las olas orgásmicas le sacudían con violencia, aunque con mucha rapidez. Y el pelaje de lobo empezó a desvanecerse, dejando paso a su piel humana. Y se volvió a mirar las manos, las manos que tan bien conocía.

—Esta noche he hecho una cosa horrible —dijo él.

—¿Qué has hecho? —preguntó ella, aferrándole el brazo con una ligera presión.

—Lastimé a ese chico, al chico al que intentaba salvar. Creo que le he pasado el Crisma.

Ella no dijo nada. Su rostro sombrío era un cuadro de comprensión y compasión, algo que sorprendió a Reuben en demasía, pues ya no esperaba nada de nadie. Desear que pase algo no es lo mismo que esperar que ocurra.

—¿Y si muere? —preguntó él con un suspiro—. ¿Y si he derramado sangre inocente? ¿Y si lo mejor que puede ocurrirle es que se convierta en lo mismo que yo?

31

La noticia irrumpió con fuerza en los noticieros de la mañana, no porque el Lobo Hombre hubiera cometido la temeridad de viajar a la ciudad norteña de Santa Rosa para despedazar a cuatro despiadados asesinos, sino porque la víctima que había sobrevivido ya era famosa.

Como la víctima de un ataque casi mortal era un menor, no se había desvelado de entrada su identidad, pero el propio muchacho había llamado a la prensa a las cinco de la madrugada desde su habitación de hospital y había contado a varios periodistas su versión de los hechos.

Se llamaba Stuart McIntyre y era un recién graduado del instituto que había aparecido seis meses antes en los titulares de la prensa internacional al empeñarse con llevar a una pareja masculina al baile de promoción de la Academia Católica del Santísimo Sacramento de Santa Rosa. La escuela no solo había denegado la petición de Stuart, sino que le había privado del título de *valedictorian*, con lo que le fue arrebatado el derecho de pronunciar su discurso la noche de la graduación. Tras los hechos, Stuart había llevado el caso a los medios y había concedido entrevistas por teléfono y por correo electrónico a cualquier interesado en hablar con él.

No era la primera causa activista gay que Stuart abanderaba. Sin embargo, su mayor salto a la fama, antes incluso del conflicto del baile de graduación, había sido su éxito como actor amateur. Había conseguido persuadir al Santísimo Sacramento para que llevara a cabo una producción a gran escala de *Cyrano de Bergerac*, con el único objetivo de interpretar el papel protagonista y cosechar buenas críticas.

Reuben reconoció a Stuart en cuanto lo vio en las noticias. Stuart tenía la cara cuadrada, la nariz ancha y las mejillas salpicadas de pecas y una enorme mata de pelo rubio ingobernable que parecía formar una aureola alrededor de su cabeza. Tenía los ojos azules y una sonrisa habitual ligeramente socarrona. En realidad, era casi una mueca. Tenía un rostro agradable, incluso atractivo. La cámara lo adoraba.

Reuben acababa de comenzar a trabajar para el *Observer* cuando Stuart empezó a hacerse popular en la zona. Reuben no había prestado demasiada atención a la historia, pero le había llamado la atención que ese valiente muchacho pensara que podía convencer a un instituto católico para que le permitieran llevar a su novio al baile de graduación.

El «novio», Antonio López, había sido el desafortunado muchacho asesinado la noche anterior por los cinco agresores homófobos que, cabía decir, habían confesado, a las propias víctimas y a otras personas, su intención de mutilar a ambas víctimas post mórtem.

A mediodía, la noticia se había convertido en toda una bomba, y no solo porque el aparentemente invencible Lobo Hombre hubiera intervenido para salvar la vida de Stuart, sino porque se rumoreaba que la persona que estaba tras los ataques homófonos era el padrastro de Stuart, un profesor de golf llamado Herman Buckler. Dos de los asesinos eran cuñados de Antonio, el chico fallecido, y otros miembros de su familia dieron bombo a la historia señalando al padrastro como el hombre que había orquestado el ataque para librarse de su hijo adoptivo. Stuart también contó a la policía que la agresión había sido orquestada por su padrastro, que se lo habían confesado los jóvenes que habían intentado matarle.

Todavía había más. La madre de Stuart, una rubia de bote llamada Buffy Longstreet, había sido actriz adolescente en una comedia televisiva de corta trayectoria. El padre de Stuart, por su parte, había sido un genio de la informática que había triunfado en Silicon Valley antes del crack de las puntocom y había dejado a Stuart bien cubierto y a su madre en una situación moderadamente acomodada antes de morir víctima de una infección en Salvador de Bahía mientras realizaba un viaje de ensueño por el Amazonas. El crimen perpetrado por el padrastro había sido básicamente por dinero, y porque odiaba encarnizadamente a Stuart. Por supuesto, el hombre lo negaba todo y amenazaba con demandar a Stuart.

Actualmente, Stuart era alumno de la Universidad de San Francisco, vivía solo en un apartamento de Haight-Ashbury de su propiedad, a tres manzanas del centro. En el momento del asalto, Stuart se encontraba en Santa Rosa porque había ido a ver a su novio, Antonio. El objetivo en la vida de Stuart, al menos según lo que contó a la prensa, era convertirse en abogado y trabajar a favor de los derechos humanos. Era un invitado habitual de tertulias radiofónicas con micrófonos abiertos y también el primer superviviente de un encuentro con el Lobo Hombre dispuesto a hablar directamente con la prensa después de que Susan Larson hubiera hablado con Reuben en las oficinas del *San Francisco Observer.*

Justo cuando Reuben estaba procesando toda esta información a toda velocidad, le interrumpieron dos agentes del despacho del sheriff de Mendocino que querían volver a charlar con él acerca del Lobo Hombre, para saber si había recordado algo más sobre la espantosa noche en que había muerto Marchent. ¿Sabía que el Lobo Hombre había atacado en Santa Rosa?

La entrevista fue breve porque Reuben no había recordado «nada más» sobre aquella noche aciaga. Ambos agentes deseaban de corazón expresar la rabia que sentían por el hecho de que la gente no quisiera llegar al verdadero fondo de todo aquel asunto del Lobo Hombre, que era atrapar a ese lunático antes de que despedazara a algún inocente.

Cinco minutos después de que se fueran, volvió a interrumpirle una llamada de Stuart a su móvil.

—Ya sabes quién soy —le espetó una voz enérgica al otro lado de la línea—. Bueno, escucha, acabo de hablar por teléfono con tu editora, Billie Kale, y he leído el artículo que escribiste sobre esa mujer, la primera que vio al Lobo Hombre. Quiero hablar contigo. De veras. Si te interesa lo más mínimo, ven a Santa Rosa, por favor. De momento, a mí no me dejarán salir de aquí. Y otra cosa, si no te interesa el asunto, no hay problema, pero tengo que saberlo ya porque, si no, quiero llamar a otra persona, ¿de acuerdo? ¿Sí o no, qué te parece? Si no volveré a llamar a tu editora, me dijo que te llamara por probar suerte, pero que era difícil que aceptaras...

—Vale. Dime dónde estás exactamente. Iré.

—Dios mío, perdón, pensaba que estaba hablando con el contestador automático... ¿Eres tú? Genial. Estoy en el hospital St. Mark de Santa Rosa. Date prisa, amenazan con encerrarme.

Cuando Reuben llegó al hospital, a Stuart, le había comenzado a subir la fiebre y no le permitieron verle. Decidió esperar. Tanto le daban un par de horas como un par de días. Y, al final, hacia las dos, pudo ver al chico. Para entonces, Reuben había mandado dos mensajes de texto a Grace pidiéndole encarecidamente que se pusiera en contacto con los médicos de Santa Rosa y «compartiera» el protocolo que había utilizado con él, por si acaso el muchacho había sufrido algún arañazo o una mordedura. ¿Cómo podían descartarlo?

A Grace no le entusiasmó la idea y le respondió con otro mensaje: «Nadie ha dicho que le hayan mordido.»

Pero le habían mordido.

Cuando Reuben entró en la habitación, Stuart estaba recostado sobre un montón de almohadas y estaba conectado a dos bolsas distintas de líquidos intravenosos. Llevaba vendas en la cara y en la mano y el brazo izquierdos, y seguramente tenía más partes vendadas bajo la bata del hospital, pero su recuperación era «milagrosa». Se estaba tomando un batido de chocolate y sonreía. Las pecas y los enormes ojos sonrientes del muchacho le hicieron pensar en Huck Finn y Tom Sawyer.

—¡Me mordió! —anunció Stuart, levantando la mano izquierda vendada y con los tubos colgando—. Me voy a convertir en un hombre lobo —concluyó, abandonándose a una risa aparentemente incontrolable.

«Son los calmantes», pensó Reuben.

La madre de Stuart, Buffy Longstreet, una rubia espectacular que tenía las mismas mejillas carnosas y salpicadas de pecas que su hijo y una nariz minúscula realzada con cirugía estética, estaba sentada en un rincón con los brazos cruzados, contemplando a su hijo con una mezcla de fascinación y horror.

—Ahora en serio, quiero decirte algo —declaró Stuart—, si ese tipo lleva un disfraz, que es lo que pensaría cualquiera en su sano juicio, es un traje de primera. Es la madre de todos los disfraces, y el tío debe ir hasta arriba de PCP, porque no hay otra sustancia que pueda proporcionar tanta fuerza a una persona. Ese tipo se mete de cabeza en lugares de los que saldría huyendo hasta un ángel del Señor. No te creerías cómo es ese tío en acción.

»Personalmente, no descarto que se trate de una especie de animal desconocida, pero te contaré mi teoría favorita.

—¿Cuál es? —se interesó Reuben, aunque era una de esas entrevistas en las que el periodista no tiene ni que preguntar.

—Mira —comenzó Stuart, señalándose el pecho con el pulgar—, esta es mi opinión sobre lo que pasa con ese tío. Creo que es un ser humano normal al que le ocurrió algo horrible. A ver, olvida toda esa porquería del hombre lobo, es una idea muy manida, no lleva a ningún lado y ya hemos visto por todas partes las tazas y las camisetas. Lo que quiero decir es que ese tío sufrió algún tipo de infección o enfermedad, como una acromegalia, o algo así, y por eso se transformó en ese monstruo. Mi padre, en cambio, se fue de viaje al Amazonas, su gran sueño, porque, en serio, el gran sueño de su vida siempre había sido ir al Amazonas, bajar por el río, caminar por la selva y cosas así, y sufrió una infección que le destrozó el páncreas y los riñones en una semana. Murió en un hospital brasileño.

—Debió de ser terrible —murmuró Reuben.

—Sí, claro, pero a este... A esta criatura le ha tenido que ocurrir algo parecido. El pelo, el crecimiento de los huesos...

—¿Qué crecimiento de los huesos? —preguntó Reuben.

—Tiene unas manos enormes y huesudas, los pies huesudos, la frente huesuda... Ya me entiendes. Hay enfermedades que provocan este tipo de crecimiento, y en su caso, además, está cubierto de pelo enmarañado. Está aislado como el fantasma de la ópera, como el hombre elefante, como un monstruo de feria, como Claude Rains en *El hombre invisible*, y ha perdido el juicio. ¡Y tiene sentimientos! Me refiero a sentimientos intensos. Deberías haberle visto cuando miraba a Antonio. Quiero decir que le miraba, y le miraba de verdad. Y levantó las manos así... ¡Huy! Mierda, casi me arranco la vía.

—No pasa nada. No te la has arrancado.

—Se llevó las manos en la cabeza, así, como si ver a Antonio tendido en el suelo, muerto...

—¡Stuart, basta! —gritó su madre, cuyo cuerpo minúsculo se retorció en la silla—. ¡No haces más que andarte por las ramas!

—No, no, no, mamá. Estoy hablando con un periodista. Esto es una entrevista. Si este hombre no quisiera saber nada sobre Antonio y lo que ha pasado, no estaría aquí. Mamá, ¿me puedes traer otro batido? ¿Por favor, por favor?

—¡Ah! —exclamó su madre, y salió a toda prisa de la habitación sobre los tacones de aguja. Un cuerpo hermoso, sin ninguna duda.

—Ahora podremos hablar tranquilos, ¿verdad? —dijo Stuart—. Me está volviendo loco. Mi padrastro le da unas palizas enormes y ella me echa a mí la culpa. A mí. Yo tengo la culpa de que él le destrozara todo un armario lleno de ropa con un cúter. ¡Yo!

—¿Qué más recuerdas del ataque? —preguntó Reuben.

Era impensable que aquel muchacho rosadito y de ojos brillantes pudiera morir a consecuencia del Crisma o de cualquier otra cosa.

—Era fuerte, increíblemente fuerte —replicó Stuart—. Y esos tipos le apuñalaron. ¡Lo vi! ¡Yo lo vi! Quiero decir que le apuñalaron en serio. Tío, ni siquiera parpadeó. Simplemente los hizo trizas. Y digo que los hizo trizas de verdad. Tío, que son palabras mayores. Quiero decir que hablamos de canibalismo. No dejan que los testigos hablen con la prensa, pero a mí no pueden detenerme. Conozco mis derechos constitucionales. No me pueden prohibir que hable con la prensa.

—Correcto. ¿Qué más? —preguntó Reuben.

Stuart sacudió la cabeza. De pronto, sus ojos se llenaron de lágrimas y, delante de Reuben, se convirtió en un niño de seis años. Comenzó a sollozar.

—Lamento muchísimo que mataran a tu amigo —dijo Reuben.

No había palabras para consolar al muchacho. Se pasó un cuarto de hora de pie junto a la cama rodeándole con el brazo.

—¿Sabes lo que me da miedo de verdad? —preguntó el chico.

—¿Qué?

—Que atraparán a ese tipo, al Lobo Hombre, y le harán daño de verdad. Lo acribillarán con una metralleta o lo arponearán como si fuera una foca. No lo sé. Le harán daño de verdad. Para ellos, no es un ser humano. Es un animal. Lo llenarán de plomo como hicieron con Bonnie y Clyde. Quiero decir que ellos eran seres humanos, claro está, pero los llenaron de plomo como a animales.

—Cierto.

—Y nunca sabrán qué le pasaba por la cabeza a ese tipo. Nunca sabrán quién es en realidad o por qué hace lo que hace.

—¿Te duele la mano?

—No. Pero aunque estuviera ardiendo tampoco me enteraría. Ahora mismo llevo tanto Valium y Vicodina en el cuerpo que...

—Te entiendo. He pasado por lo mismo. Bueno, ¿qué más quieres contarme?

Durante media hora hablaron sobre Antonio y los machitos de sus primos políticos, de cómo le odiaban por ser gay y de cómo odiaban también a Stuart, a quien culpaban de que Antonio se hubiera «hecho» gay; hablaron del padrastro de Stuart, Herman Buckler, que había pagado a esos tipos para que secuestraran, asesinaran y mutilaran a Antonio y a Stuart; hablaron sobre Santa Rosa, sobre el Instituto del Santísimo Sacramento; hablaron de la trascendencia de ser un abogado penalista realmente importante, como Clarence Darrow, el héroe de Stuart, que aceptaba los casos de marginados, olvidados y despreciados.

Stuart se echó a llorar de nuevo.

—Debe de ser por los medicamentos —aventuró, y se encogió de nuevo como un niño pequeño.

Su madre regresó con el batido de chocolate.

—¡Bebiendo esto te pondrás enfermo! —exclamó con rencor mientras estrellaba la bebida contra la bandeja que había junto a la cama.

Al regresar la enfermera, comprobó que Stuart volvía a tener fiebre y le dijo a Reuben que se tenía que ir. A las preguntas de Reuben, la enfermera respondió que sí, que le estaban administrando el tratamiento contra la rabia y un cóctel de antibióticos que debería acabar con cualquier cosa contagiosa que le hubiera podido transmitir ese ser lupino. En cualquier caso, Reuben debía marcharse.

—El «ser lupino» —repitió Stuart—. Suena realmente bien. ¿Volverás o ya tienes perfilada la historia?

—Me gustaría volver mañana a ver cómo estás —respondió Reuben, y le entregó una tarjeta de visita, con la dirección y el teléfono de Mendocino escritos al dorso. Escribió todos sus demás números de teléfono en el volumen de tapa dura de *Juego de tronos* de Stuart.

De camino hacia la salida, Reuben dejó una tarjeta de visita en el cubículo de las enfermeras y les pidió que le llamaran si se producía algún cambio en el estado del chico. Solo de pensar que aquel muchacho podría llegar a morir de verdad, se le venía el mundo abajo.

Encontró a la doctora de planta, la doctora Angie Cutler, justo a la salida del ascensor y le pidió encarecidamente que llamara a Grace, a San Francisco, porque él había pasado por lo mismo y su madre se había ocupado del caso. Trató de abordar el tema con el mayor de los tactos, pero, en el fondo, estaba convencido de que, muy probablemente, el tratamiento que le había administrado su madre le había ayudado a sobrevivir. La doctora Cutler se mostró mucho más receptiva de lo que él esperaba. Era más joven que Grace, la conocía y la respetaba. Era bastante agradable. Reuben le dio su tarjeta.

—Llámeme siempre que quiera —dijo, y murmuró algo sobre lo que él mismo había experimentado.

—Lo sé todo sobre usted —repuso la doctora Cutler con una sonrisa afable—. Me alegra que haya venido a ver a este muchacho. Aquí está que se sube por las paredes, pero tiene una capacidad de recuperación maravillosa; es un milagro. Tendría que haber visto las heridas que traía.

Mientras bajaba en el ascensor llamó a Grace y le pidió que se pusiera en contacto con la doctora. El muchacho había recibido un mordisco. Era cierto.

Su madre guardó silencio un instante y, a continuación, respondió en tono tenso:

—Reuben, si le contara a esa doctora todo lo que observé en tu caso, dudo de que creyera una sola palabra.

—Ya lo sé, mamá, y lo entiendo. Te comprendo —insistió—, pero tal vez haya alguna cosa realmente importante que puedas compartir con ella, como los antibióticos que empleaste, el tratamiento antirrábico o cualquier cosa que hicieras en mi caso que pueda ayudar a ese muchacho.

—Reuben, no puedo llamar a la doctora del chico sin más. La única persona que se ha mostrado mínimamente interesada en lo que observé en tu caso fue el doctor Jaska, y no le diste ni una sola oportunidad.

—Sí, mamá, tienes razón, pero ahora solo te hablo del tratamiento que debe recibir el chico por el mordisco.

Reuben sintió un escalofrío.

Salió del hospital y se dirigió al coche. Empezaba a llover de nuevo.

—Mamá, siento no haberme quedado y no haber hablado con el doctor Jaska. Ya sé que tú querías que lo hiciera. Si te vas a sentir mejor así, puede que hable con él un día de estos.

«Y si me hubiera quedado, para cuando hubiera pasado por Santa Rosa, Stuart McIntyre ya habría muerto.»

Se hizo un silencio tan largo que temió que se hubiera cortado la llamada, pero Grace volvió a hablar, y lo hizo con una voz totalmente desconocida.

—Reuben, ¿por qué te has ido a Mendocino? Cuéntame qué te pasa en realidad.

¿Cómo podía contestar a eso?

—Mamá, por favor, ahora no. Llevo aquí todo el día. Si pudieras llamar a la doctora y decirle que te ocupaste de un caso exactamente como este...

—Oye, mañana tienes que ponerte la última inyección antirrábica. Lo sabes, ¿verdad?

—Lo había olvidado por completo.

—Mira, Reuben, llevo una semana dejándote mensajes todos los días. Mañana se cumplen los veintiocho días y tienes que ponerte la última inyección. Esa preciosa joven, Laura, ¿tiene teléfono? ¿Responde a las llamadas? Tal vez podría dejarle los mensajes a ella...

—Te juro que voy a poner remedio a todo esto.

—De acuerdo, escúchame: te íbamos a mandar a la enfermera con la inyección, pero si lo prefieres, puedo hablar con esa doctora de Santa Rosa para que te la ponga ella mañana por la mañana, cuando vayas a ver a ese chico. Así podría romper el hielo y, si viera que hay algo que puede resultarle útil, algo que pueda compartir con ella, pues, bueno, ya veremos si se da el caso.

—Eso sería perfecto, mamá. Eres la mejor madre del mundo. ¿De verdad han pasado veintiocho días desde aquella noche?

Su vida había cambiado tanto que le parecía que había pasado un siglo. Y solo habían transcurrido veintiocho días.

—Sí, Reuben, esa fue la noche en la que mi adorado hijo Reuben Golding desapareció y tú ocupaste su lugar.

—Mamá, te adoro. Llegado el momento, responderé a todas tus preguntas, solucionaré todos los problemas y devolveré la armonía al mundo que compartimos.

Su madre se rio.

—Eso suena más propio de mi niñito.

Grace colgó.

Reuben había llegado al coche.

Una sensación extraña se apoderó de él. Era desagradable, pero no horrible. Por un momento, imaginó un futuro sentado junto a su madre frente al fuego del salón de Nideck Point, contándoselo todo. Se imaginó conversando en un tono íntimo, imaginó que lo compartía todo con ella y ella lo aceptaba y le ayudaba con su experiencia, sus conocimientos y su intuición única.

En ese pequeño mundo no existía ningún doctor Akim Jaska, ni nadie más. Solo Grace y él. Grace le entendía, Grace le comprendía, Grace le ayudaba a entender lo que le estaba sucediendo, Grace estaba a su lado.

Pero eso era imposible, era como imaginar una legión de ángeles en la oscuridad de la noche, sobrevolando su cama, custodiándole con sus alas arqueadas apuntando a las vigas del techo.

Y mientras imaginaba a su madre durante aquella conversación íntima, la vio envuelta en un halo siniestro que lo dejó aterrorizado. Los ojos de aquella imagen mental proyectaban un resplandor malévolo, con el rostro medio oculto entre las penumbras.

Se estremeció.

No podía ser.

Todo aquello era secreto, algo que tal vez pudiera compartir con Felix Nideck, y siempre, siempre, hasta el final de los tiempos, con Laura. Con nadie más... A excepción quizá de ese muchacho alegre, de mirada enérgica, cara pecosa y sonrisa perenne que se recuperaba milagrosamente en una habitación del hospital. Era hora de volver a casa, a casa junto a Laura, a la casa de Nideck Point. Nunca antes se la había planteado como un refugio.

Encontró a Laura en la cocina, preparando una ensalada enorme. En una ocasión, ella misma le había contado que una de las cosas que hacía cuando estaba preocupada era preparar ensaladas enormes.

Había lavado la lechuga romana y la había secado con papel de cocina. Había aderezado un gran bol cuadrado de madera con aceite y ajo recién cortado. El aroma del ajo era embriagador.

Ahora estaba partiendo la lechuga en trocitos crujientes, que rebozaba en aceite de oliva hasta que brillaban. Había un buen montón de trocitos de lechuga relucientes.

Laura le dio las cucharas de madera y le pidió que removiera la lechuga lentamente. Ella añadió las cebolletas cortadas en dados pequeños. También las hierbas. Tomó un pellizquillo de cada una (orégano, tomillo y albahaca) y se lo frotó entre las manos antes de espolvorear con ellas la ensalada. Las hierbas se adherían perfectamente a las hojas brillantes. A continuación, añadió el vinagre y Reuben removió un poco más la ensalada. Finalmente, ella la sirvió con rodajas de aguacate y tomate, y pan francés recién sacado del horno. Comieron juntos.

El agua con gas parecía champán en las copas de cristal.

—¿Te sientes mejor? —preguntó Reuben, que acababa de comerse el mayor plato de ensalada de su vida.

Ella contestó que sí. Comía delicadamente, mirando de vez en cuando el tenedor de plata recién pulida. Comentó que nunca había visto una plata como aquella, tan antigua y con unos grabados tan marcados y profundos.

Reuben contempló los robles por la ventana.

—¿Qué pasa? —preguntó ella.

—Que no pasa... —replicó él—. ¿Quieres saber algo espantoso? He perdido por completo la cuenta de la gente que he matado. Tendré que sacar papel y bolígrafo y hacer la suma. Tampoco sé cuántas noches han sido. Me refiero a cuántas noches me he transformado. También tengo que contarlas. Y tengo que escribir en un diario secreto todos los pequeños detalles que he ido observando.

Le pasaban por la cabeza pensamientos extraños. Sabía que no podía seguir así. Era sencillamente imposible. Se preguntó cómo sería vivir en una tierra extranjera, una tierra sin ley en la que pudiera dar caza al mal en las colinas y los valles, donde nadie llevara la cuenta de los asesinatos cometidos o las noches invertidas. Pensó en ciudades enormes como El Cairo, Bangkok o Bogotá, y en vastos países con interminables extensiones de tierra y bosques.

Pasado un rato, dijo:

—Ese chico, Stuart... Creo que lo superará. Me refiero a que no morirá. No sé qué más puede pasar. No puedo saberlo. Ojalá pudiera hablar con Felix. Estoy depositando demasiadas esperanzas en esa conversación con Felix.

—Volverá —aseguró ella.

—Esta noche quiero quedarme. Quiero quedarme en casa. No quiero que se produzca la transformación. Y si se produce, quiero estar a solas en el bosque con él, como cuando te conocí aquella noche en el bosque Muir.

—Lo entiendo —contestó ella—. Y tienes miedo, miedo de no poder controlarlo. Me refiero a que aquí no te quedarás a solas con él.

—Ni siquiera lo he intentado —le recordó él—. Es vergonzoso. Tengo que intentarlo. Y mañana por la mañana tengo que volver a Santa Rosa.

Ya estaba anocheciendo. Los últimos rayos del sol crepuscular se habían desvanecido en el bosque y ganaban terreno con rapidez las sombras de un intenso color azul oscuro. Comenzó a caer una lluvia suave y vibrante tras los cristales.

Al rato, Reuben entró en la biblioteca y llamó al hospital de Santa Rosa. La enfermera le informó de que Stuart tenía la fiebre alta pero, en general, «aguantaba».

Había recibido un mensaje de texto de Grace. Había concertado una cita con la doctora Angie Cutler, la doctora de Stuart, para que le administrara la última inyección antirrábica a las diez de la mañana.

La noche se había cerrado alrededor de la casa.

Miró fijamente la gran fotografía de los caballeros que colgaba en la pared: observó a Felix, a Margon Sperver y a los demás, reunidos en la selva tropical. ¿Acaso eran todos ellos bestias como él? ¿Se reunían para cazar juntos e intercambiar secretos? ¿O en realidad era Felix el único?

«Sospecho que Felix Nideck fue traicionado.»

¿Qué podía significar aquello? ¿Qué, de algún modo, Abel Nideck había planificado la desaparición de su tío, e incluso había reunido dinero para ello, y había ocultado esa información a su adorada hija Marchent?

Reuben buscó en vano información sobre Felix Nideck, pero no encontró nada. ¿Y si Felix, al regresar a París, había retomado otra identidad distinta cuya existencia Reuben ni siquiera podía sospechar?

Las noticias de la noche dijeron que el padrastro de Stuart había sido puesto en libertad bajo fianza. Un policía taciturno admitió ante los periodistas que era un «sujeto de interés» y no un sospechoso en el caso. La madre de Stuart defendía fervientemente la inocencia de su marido.

El Lobo Hombre había sido avistado en Walnut Creek y Sacramento. Había gente que aseguraba haberle visto en Los Ángeles. Y una mujer de Fresno insistía en que le había hecho una foto.

Una pareja de San Diego afirmaba que había sido rescatada por el Lobo Hombre de un intento de asalto, aunque no pudieron ver con claridad a ninguno de los implicados. La policía investigaba varios avistamientos en los aledaños del lago Tahoe.

El fiscal general de California había creado una comisión especial para que se ocupara del Lobo Hombre, y se había organizado un comité científico para analizar las pruebas forenses.

Los delitos no se habían reducido debido a la presencia del Lobo Hombre. No, las autoridades no estaban nada dispuestas a admitir algo así; pero la policía aseguraba que sí se habían reducido. En ese preciso momento, las calles del norte de California estaban relativamente tranquilas.

—Podría estar en cualquier parte —declaró un policía en Mill Valley.

Reuben se sentó ante el ordenador y tecleó su artículo sobre Stuart McIntyre para el *Observer*, centrándose con especial empeño en las coloridas descripciones del propio Stuart sobre lo que había sucedido durante el ataque. Incluyó las teorías de Stuart relativas a la misteriosa enfermedad del monstruo y, tal como había hecho anteriormente, cerró el artículo enfatizando con ahínco el irresoluble problema moral que planteaba el Lobo Hombre: que fuera juez, jurado y verdugo de aquellos a quienes masacraba y que, por eso mismo, la sociedad no podía elevarlo a la categoría de superhéroe.

No podemos admirar ni su intervención brutal ni su crueldad salvaje. Es enemigo de todo lo que consideramos sagrado y, por lo tanto, es nuestro enemigo personal, no nuestro amigo. Que haya vuelto a rescatar a una víctima inocente de una muerte casi segura es, por desgracia, un hecho secundario. No le podemos agradecer este acto como no podemos dar las gracias a un volcán en erupción o a un terremoto por más que pueda causar algún bien. Las especulaciones acerca de su personalidad, sus ambiciones o incluso sus motivos deben seguir siendo solo eso, especulaciones y nada más. Celebremos lo que podemos celebrar: que Stuart McIntyre está vivo y a salvo.

No era un texto original ni especialmente inspirado, pero era sólido. Y el hilo conductor lo ponía la personalidad de Stuart, la aparentemente invencible y pecosa estrella juvenil de *Cyrano de Bergerac* que había sobrevivido a un ataque homófobo casi mortal y se dedicaba a hablar con los periodistas desde su cama del hospital. Reuben solo mencionó el «mordisco» de pasada porque el propio Stuart lo había mencionado de pasada. El drama del mordisco no saldría a la luz pública.

Reuben y Laura subieron al piso de arriba, se metieron en la cama y se acurrucaron juntos para ver una hermosa película francesa, *La bella y la bestia*, de Cocteau. A Reuben le pesaban los ojos de sueño. Le sorprendía ver a la bestia hablando tan elocuentemente en francés con la bella. La bestia vestía ropa de terciopelo y espléndidas camisas de encaje y sus ojos refulgían. La bella era justa y amable como Laura.

Empezó a soñar y, en sus sueños, atravesaba al galope un infinito campo de hierba rizada por el viento y, completamente transformado en lobo, brincaba fácilmente sobre sus patas delanteras. Más allá se extendía el bosque, el gran bosque interminable y oscuro. En el bosque había ciudades, torres de cristal que se elevaban tan alto como los abetos de Douglas y las secuoyas gigantes, edificios engalanados con hiedras y enredaderas, y grandes robles agrupados alrededor de casas de varias plantas con tejados picudos y chimeneas humeantes. El mundo entero se había transformado en un bosque de árboles y torres. «Ah, esto es el paraíso», cantaba mientras trepaba cada vez más alto.

Quería despertar y contar a Laura su sueño, pero si se despertaba, si se movía lo más mínimo, lo perdería, porque, aunque a él le pareciera totalmente real, el sueño era tan frágil como una neblina. Se hizo de noche y las torres se llenaron de luces brillantes que chispeaban y parpadeaban entre los troncos oscuros de los árboles y las ramas inmensas.

—El paraíso —susurró.

Abrió los ojos. Laura estaba apoyada sobre un codo y le miraba. La luz espectral del televisor le iluminaba la cara y los labios húmedos. ¿Por qué iba a desearle en su actual forma, la de un simple joven, la de un hombre tan joven, con unas manos tan delicadas como las de su madre?

Pero le deseaba. Laura le besó bruscamente y cerró los dedos sobre el pezón izquierdo de Reuben, provocando en él un inmediato deseo. Laura jugó con su piel como él había jugado con la de ella. Las puntas ovaladas de las uñas de Laura le acariciaron juguetonamente la cara, sus dedos le encontraron los dientes y le pellizcó suavemente los labios. A Reuben le gustaba sentir el peso de Laura, el cosquilleo de su pelo. Le encantaba el tacto de su piel, piel desnuda contra piel desnuda, sí, de esa piel suave, húmeda y resbaladiza, sobre la de él. «Te quiero, Laura.»

Reuben se despertó justo al alba.

Había sido la décima noche tras la primera transformación, y la primera que no había experimentado el cambio. Se sentía aliviado, pero también extrañamente inquieto, como si se hubiera perdido algo de vital importancia, como si le hubieran esperado en alguna parte y él no hubiera acudido, como si no estuviera siendo honesto con algo en su interior que parecía, aun sin serlo, su conciencia.

32

Siete noches pasaron antes de que Reuben pudiera ver de nuevo a Stuart.

La doctora Cutler le administró su última dosis antirrábica según el plan, pero no podía dejar que nadie se acercara a Stuart hasta que, entre otras cosas, la fiebre estuviera controlada. La doctora estaba en contacto con Grace y estaba muy agradecida a Reuben por haberle hecho de puente.

Si Grace no se hubiera ocupado del muchacho, no le hubiera ido a visitar incluso a Santa Rosa y no hubiera mantenido a su hijo informado personalmente, Reuben se habría vuelto loco de incertidumbre. La doctora Cutler respondía a las llamadas de Reuben y se mostraba muy amable, pero con él no podía hablar libremente. Le dejó caer que Stuart estaba experimentando un notable estirón y que no acababa de entender los motivos. Cierto era que el chico tenía dieciséis años y que sus placas epifisarias todavía no se habían cerrado, pero, aun así, la doctora nunca había visto a nadie crecer tanto físicamente como aquel muchacho. Y el crecimiento afectaba también al pelo.

Reuben se moría de ganas de verlo, pero no consiguió de ningún modo que la doctora cambiara de parecer.

Grace sería infinitamente más generosa siempre y cuando nada de lo que dijera se filtrara a la prensa. Reuben le juró discreción absoluta. «Solo quiero que esté bien, que viva, que sobreviva, que siga adelante como si esto no hubiera pasado.»

Grace le contó que Stuart, a pesar de su estado febril y en ocasiones delirante, no solo estaba sobreviviendo sino que estaba fenomenal y hacía gala con los mismos síntomas que había presentado Reuben: los hematomas desaparecían, las costillas sanaban, la piel irradiaba salud, y su cuerpo estaba experimentando un increíble estirón, tal como ya le había contado la doctora Cutler.

—En el caso del muchacho todo ocurre mucho más rápido —dijo Grace—. Mucho más. Pero es que es muy joven. Solo unos pocos años pueden marcar una enorme diferencia.

Stuart había sufrido una terrible erupción provocada por los antibióticos que simplemente había acabado por desaparecer. No había por qué preocuparse. La fiebre y los delirios eran espantosos, pero no había infección y el chico estaba consciente varias horas al día, que aprovechaba para pedir que le dejaran ver a alguien, para amenazar con saltar por la ventana si no le devolvían el móvil y el portátil, y para pelearse con su madre que le exigía que exonerara por completo a su padrastro. Aseguraba que oía voces, que sabía lo que pasaba en los edificios de alrededor del hospital, y se mostraba inquieto, ansioso por salir de la cama y nada colaborador. Tenía miedo de su padrastro, miedo de que lastimara a su madre. Las enfermeras le acababan sedando siempre.

—Es una mujer terrible, esa madre —se lamentó Grace—. Está celosa de su hijo. Le culpa de los ataques de ira de su padrastro. Le trata como a un ser molesto que le está arruinando la vida que ha iniciado con su novio. Y el muchacho no se da cuenta de lo infantil que es su madre, y me pone enferma.

—La recuerdo —murmuró Reuben.

Pero Grace insistía más que nadie en que Reuben no podía ver a Stuart. Ahora no se permitía ninguna visita. Era lo único que podían hacer para mantener alejados al sheriff, a la policía y al fiscal general. ¿Cómo iba a hacer una excepción con Reuben?

—Le alteran con sus preguntas —explicó Grace.

Reuben lo comprendía.

La policía se presentó en Nideck Point cuatro veces aquella semana buscando información. Reuben, pacientemente sentado en su sofá, explicó una y otra vez que él no había visto a «la bestia» que le había atacado. Una y otra vez, les acompañó hasta el pasillo donde había tenido lugar el ataque. Les mostró las ventanas que habían destrozado. Parecían satisfechos. Pero volvían a las veinticuatro horas.

Odiaba tener que esforzarse para parecer sincero, impotente ante la curiosidad de sus interrogadores, dispuesto a complacer, cuando, en realidad, por dentro estaba temblando. Tenían buenas intenciones, pero eran un engorro.

La prensa había acampado ante las puertas del hospital de Santa Rosa. Se había organizado un club de fans entre los antiguos compañeros de instituto de Stuart y se manifestaban cada día exigiendo que la justicia recayera sobre el asesino. Dos monjas radicales se unieron al grupo. Clamaban al mundo que el Lobo Hombre de San Francisco se preocupaba más por la crueldad contra los jóvenes homosexuales que el resto de gente de California.

A primera hora de la tarde, Reuben, oculto tras la capucha de su sudadera y las gafas, se paseaba religiosamente por los alrededores del hospital, escuchando, pensando y valorando, mientras daba la vuelta a la manzana. Habría jurado que llegó a ver a Stuart una vez en la ventana. ¿Podía oírle el muchacho? Reuben le susurraba que estaba ahí, que no le iba a dejar solo, que le estaba esperando.

—El chaval ya no está en peligro de muerte —aseguró Grace—. De eso, puedes estar seguro. Pero tengo que llegar a la raíz de los síntomas. Tengo que descubrir el significado de este síndrome. Y se está convirtiendo en una pasión obsesiva.

«Sí, y peligrosa también», pensó Reuben, pero lo que más le importaba era que Stuart viviera y estaba seguro de que eso era lo que más importaba a Grace sobre todas las cosas.

Entretanto, se había producido un distanciamiento entre Grace y el misterioso doctor Jaska, aunque Grace, por supuesto, no quiso contar a su hijo por qué. Le bastó con decirle que el doctor le estaba sugiriendo cosas que a ella no le gustaban.

—Reuben, ese tipo cree cosas, cosas raras —le advirtió Grace—. Es una verdadera obsesión. Y hay otras cosas que me hicieron saltar las alarmas. Si se pone en contacto contigo, quítatelo de encima.

—Lo haré —afirmó Reuben.

Pero Jaska revoloteaba alrededor de Stuart y pasaba horas hablando con su madre sobre el misterioso encuentro del muchacho con el Lobo Hombre, y Grace tenía la mosca detrás de la oreja. Volvía a recomendar el misterioso hospital de Sausalito, que estaba autorizada y solo tenía licencia para ejercer como centro de rehabilitación privado.

—El chico no va a ir a ningún sitio por una sola razón —se aventuró Grace—. A esa mujer le importa un comino.

Reuben estaba desesperado y preocupado. Se montó en su coche y condujo hacia el sur hasta el extensivo palacete moderno de cristal y secuoya que la madre de Stuart tenía en Plum Ranch Road, al este de Santa Rosa.

Sí, le recordaba del hospital, era el chico guapo. Podía pasar. No, no estaba preocupada por Stuart. Parecía contar con más médicos de los que ella hubiera imaginado. Un ruso muy raro, un tal doctor Jaska, quiso ver a Stuart pero las doctoras Golding y Cutler se habían negado. El doctor Jaska quería que le llevara a una especie de sanatorio, pero ella no entendía a santo de qué.

En cierto punto de la entrevista, que tampoco estaba siendo exactamente una entrevista, irrumpió el padrastro, Herman Buckler. Era un hombre bajo, peludo, de facciones angulosas y ojos oscuros. Llevaba el pelo plateado estilo marine y tenía la piel muy bronceada. No quería que su mujer hablara con periodistas. De hecho, estaba furioso. Reuben le clavó una mirada de hielo. Estaba captando con toda claridad la esencia de la maldad, con mucha mayor nitidez que en el doctor Jaska. A pesar de que el tipo le estaba ordenando violentamente que se marchara, Reuben permaneció cuanto pudo en el sitio para poder estudiar al sujeto.

El tipo estaba envenenado de rabia y resentimiento. Ya estaba harto de que Stuart le complicara la vida. Su mujer estaba aterrorizada e hizo todo lo posible por calmarle. Se disculpó por lo ocurrido y pidió a Reuben que lo dejara y se fuera.

Reuben empezó a sentir espasmos. Y era de día, la primera vez que le habían sacudido a plena luz del día, salvo por la leve sensación que le había removido al ver al doctor Jaska. No apartó los ojos del hombre mientras abandonaba la enorme casa de cristal y secuoya.

Estuvo un buen rato sentado en el Porsche, mirando las colinas y los bosques que le rodeaban, esperando a que cedieran los espasmos. El cielo era azul. He ahí la belleza de la tierra del vino: su maravilloso clima soleado. En qué lugar tan magnífico había crecido Stuart.

La transformación no había amenazado en serio. ¿Podía desencadenarla a la luz del día? No estaba seguro. En absoluto. Pero estaba convencido de que Herman Buckler era capaz de intentar asesinar a su hijastro, Stuart. Y su mujer lo sabía, pero no quería saberlo. Estaba atrapada en una difícil elección: su marido o su hijo.

Respecto a la noche, Reuben estaba seguro de tener el don del lobo completamente bajo control.

Las tres primeras noches después de ver a Stuart, retuvo la transformación por completo y, a pesar de lo gratificante que resultaba, pronto se convirtió en una agonía. Era como ayunar después de haber conocido la comida y la bebida más allá del simple sustento.

Y, después, cuando volvió a transformarse, se confinó a los bosques de los alrededores de Nideck Point, donde cazó, deambuló, descubrió riachuelos que le pertenecían y trepó por aquellos árboles tan antiguos hasta alturas que nunca antes había osado alcanzar. Había un oso hibernando en el bosquecillo de Reuben, a unos dieciocho metros sobre un viejo árbol calcinado; un felino grande, seguramente el cachorro de la puma que Reuben había matado, rondaba también por su parte de bosque. Había ciervos a los que no quería matar. Sin embargo, se hartó de lustrosas y regordetas ardillas peludas, ratas, castores, musarañas y topos, e incluso de fríos reptiles sorprendentemente tiernos, como salamandras, serpientes y ranas. Era una bendición terminar en el riachuelo, donde sus zarpas eran capaces de pescar cualquier presa escurridiza. En lo alto de las copas, podía capturar a los desafortunados arrendajos y cochines en pleno vuelo, y devorarlos con plumaje incluido, mientras sus corazoncitos seguían latiendo en vano en sus minúsculos pechos. Engulló pájaros carpinteros y una ingente cantidad de tordos.

La «rectitud» de devorar lo que uno mata le fascinaba tanto como el propio deseo de matar. Ardía en deseos de despertar al oso que hibernaba. Quería saber si podía con él.

Más al norte, donde el bosque crecía tan espeso como en sus propias tierras, captó el aroma de un alce y deseó darle caza, pero no lo hizo. Soñaba con campos de ovejas a las que dispersaba con un rugido antes de dar caza a la más grande para hundirle los dientes en el cuello lanudo y atiborrarse de la carne del animal aún vivo y caliente.

Pero quería seguir oculto, en el anonimato de sus tierras, y, además, nunca se alejaba demasiado de Laura, tumbada en la gran cama con su camisón blanco de encaje y franela, a quien despertaría al regresar con sus garras y sus besos animales.

Pero ¿bastaba con aquellas noches felices en su propio bosque encantado? Siempre estaba la pálida sombra de la estridente selva urbana que se extendía al sur, tentándole con su promesa de un millón de voces mezcladas. «Jardín del dolor, te necesito.» ¿Qué eran los cantos de los animales en comparación con los gritos de las almas conscientes? ¿Cuánto tiempo iba a poder sostener la situación?

En cierto sentido, los días eran más sencillos, a pesar incluso de las idas y venidas de la policía.

Estudió todo lo referente a literatura sobre hombres lobo: libros, «informes» de avistamientos de hombres lobo en todo el mundo, desde el Yeti en el Tíbet al Bigfoot de California. Rastreó todos los archivos del mundo en busca de menciones a los distinguidos caballeros de la foto de la chimenea, pero no halló nada.

Se aprendió todos los recovecos de la casa, pensando todo el tiempo que tal vez tendría que devolverla a Felix en un futuro. Pero, por el momento, era suya y seguiría amándola y explorándola. A todas horas, seguía investigando habitaciones y puertas ocultas. Laura también investigaba.

Un día se presentó un grupo de gente de Nideck a su puerta. Nina, la chica del instituto que había conocido la primera noche que pasó en la casa con Marchent, solía ir a caminar por el bosque de detrás de la casa, pero Galton la había echado de allí. Con lágrimas en los ojos, la chica les contó lo importante que era para los vecinos poder pasear por las tierras de la finca.

Laura invitó al grupo de excursionistas a tomar un té y llegaron a un acuerdo. Todo el mundo podía recorrer los senderos durante el día, pero no se podría acampar de noche. Reuben aceptó el trato.

Más tarde, Laura confesó que sabía lo que significaba para esa gente poder caminar por el bosque, y lo sabía de verdad. A veces, deseaba incluso que hubiera más gente por allí. En algunos momentos, se sentía realmente sola.

—Nunca en la vida he tenido miedo en ninguna parte —dijo Laura—, y menos en los bosques californianos, pero ayer habría jurado que había alguien ahí fuera, observándonos entre los árboles.

—Puede que alguno de los excursionistas —propuso Reuben, encogiéndose de hombros.

Ella sacudió la cabeza.

—No me lo pareció —insistió ella—, pero seguramente tengas razón. Y tengo que acostumbrarme. Esto es tan seguro como Mill Valley.

Llegaron a la conclusión de que también podía haber sido un periodista.

A Reuben no le gustaba que ella estuviera preocupada. Él confiaba en que podía oír y oler cualquier mala intención. Pero ella no podía, así que decidió no dejarla sola a menos que fuera estrictamente necesario.

Movió cielo y tierra para que le instalaran una puerta mecánica en la carretera privada de acceso a la finca, solo para impedir el paso a los vehículos de los periodistas que, a raíz de la creciente popularidad de Stuart, volvían a visitar el lugar del primer ataque del Lobo Hombre. Por supuesto, los periodistas y los cámaras seguían subiendo a pie por el camino, pero al menos no podían llegar en coche a la puerta de la casa.

Galton no dejaba de decir que la historia moriría como había muerto antes, que no se preocuparan. Tenía un pequeño ejército entrando y saliendo para renovar los dormitorios de la parte delantera de la casa: cableado nuevo, pintura y todas las conexiones de cable y luz necesarias.

«Eso es lo que tiene vivir en una casa como esta —pensó Reuben—. O al menos, por un tiempo.» Regresaría la calma. Y también Felix.

Laura se hizo cargo del invernadero y lo convirtió en un espléndido paraíso, con gigantescos ficus benjamina alrededor de naranjos y limoneros más pequeños. Había plantado enredaderas floridas —madreselvas, jazmines, campanillas— que trepaban por la estructura metálica de las paredes con ayuda de delicadas pérgolas. Los rosales de los tiestos lucían flores perfectas. Y los árboles orquídea se habían recuperado totalmente de su largo viaje y habían florecido en todo su esplendor. Laura instaló también pequeñas lámparas de sol artificial en rincones y recovecos para suplir la palidez del sol del norte. También encontró una preciosa estufa de leña, lacada en blanco y de estilo victoriano, capaz de eliminar el frío de la sala y aportar el calor que las plantas agradecían tanto como ellos dos cuando cenaban en la mesa de mármol blanco situada ante la fuente.

A media semana, Reuben se sorprendió de sí mismo.

No estaba seguro de por qué hizo lo que hizo, pero encontró en Petaluma una tiendecita de ordenadores de segunda mano que no disponía de cámara de videovigilancia y, ocultándose bajo la capucha y las gafas, entró a comprar dos portátiles Apple que pagó en efectivo.

Estaba molesto con Felix por haber desaparecido sin más. Estaba tremendamente angustiado por Stuart. Ansiaba saciarse con el suculento mal de las ciudades del sur.

Así pues, creó una cuenta de correo electrónico bajo el pseudónimo de Vera Lupus exclusivamente para uno de esos ordenadores y escribió una larga carta al *San Francisco Observer* de parte del Lobo Hombre.

La carta era un documento enormemente caótico que dirigía un furioso llamamiento a Felix Nideck para que, por favor, ¡volviera a ayudarle!

Lo único que tenía que hacer para que el envío fuera anónimo era conducir hasta cualquier ciudad, aparcar cerca de cualquier hotel o motel, fuera del alcance de las cámaras, conectarse a la red Wi-Fi y darle a ENVIAR.

Aunque rastrearan el correo, no había modo de que dieran con él.

Pero no envió la carta. Estaba demasiado cargada de súplica, rabia y reconocimiento de andar perdido. Estaba cargada de autocompadecimiento porque no había ningún «guardián de los secretos» que le estuviera guiando. Pero, al fin y al cabo, que la vida de Stuart estuviera en peligro era culpa suya, ¿no? ¿Cómo iba a culpar a Felix de eso? Un instante quería absolución y comprensión. Al instante siguiente solo quería apalear a Felix.

Guardó la carta del Lobo Hombre. Metió el ordenador en la antigua caldera del sótano, y esperó.

Hubo muchos momentos oscuros en los que pensó: «Si el chico muere, me suicidaré.» Pero Laura le recordó que no podía abandonarla, que no podía abandonarse, que no podía abandonar el misterio... Que si pensaba hacer algo tan horrible y brutal, también podía limitarse a ponerse en manos de su madre y de las autoridades. Pero cuando pensaba en lo que todo aquello podría significar para Felix, renegaba por completo de aquellos pensamientos.

—Espera a Felix —le recomendó ella—. Métetelo en la cabeza. Cuando te sientas así, piensa: «No haré nada hasta que Felix vuelva. Lo prometo.»

Jim le llamó varias veces, pero Reuben no se sentía capaz de contarle lo de Stuart. Siempre colgaba enseguida.

Laura, por su parte, luchaba contra sus propios demonios. Cada mañana, bajaba hasta la playa por el escarpado sendero, largo y peligroso, y paseaba durante horas por la fría orilla. (A Reuben, el sendero le parecía casi impracticable. Y el viento del océano le convertía en un témpano de hielo mezquino y rebelde.)

También se pasaba horas caminando por el bosque, con o sin Reuben, decidida a superar su nuevo miedo. Una vez, desde la playa, vio a alguien en lo alto del acantilado, pero era algo de esperar.

Cada vez que ella salía, a Reuben se le ponían los nervios de punta y agudizaba su oído interior de lobo alrededor de ella.

Más de una vez, le pasó por la cabeza que podría haber otros morfodinámicos ahí fuera, algún ser itinerante del que Felix no supiera nada, pero no tenía ninguna prueba de ello. Si hubiera creído que podía ser así, Felix se lo habría advertido. Tal vez estaba idealizando a Felix. Tal vez no tuviera otro remedio que idealizarle.

Laura trajo helechos tiernos al invernadero y los plantó en tiestos con un preparado especial. También recogió hermosas piedras y guijarros para la base de la fuente. Encontró fósiles interesantes en el camino de grava de debajo de la ventana de la cocina. Luego, se enfrascó en varios trabajos domésticos, como restaurar el histórico papel pintado William Morris de las viejas habitaciones o dirigir a los pintores que estaban restaurando el artesonado y otras piezas de madera. Compró cortinas y otras colgaduras, e inició un inventario de porcelana y plata.

También encontró un magnífico piano Fazioli para la sala de música.

Comenzó a documentar el bosque Nideck con su cámara. Según sus cálculos, había unas setenta y cinco viejas secuoyas en las tierras de Reuben. Estimó su altura en más de setenta y cinco metros; había abetos Douglas casi tan altos como las secuoyas y un sinfín de secuoyas jóvenes, tsugas occidentales y piceas de Sitkas.

Enseñó a Reuben el nombre de todos los árboles, cómo reconocer el laurel de California y el arce, a diferenciar el abeto de la secuoya, y a distinguir un buen número de otras plantas y helechos.

Por las tardes, Laura leía a Teilhard de Chardin, tal como solía hacer Reuben. También otras obras de teología y filosofía, y alguna vez, poesía. Confesó que no creía en Dios, pero creía en el mundo y comprendía el amor de Theilhard por el mundo, su fe en el mundo. Deseaba poder creer en un Dios personal, un Dios amoroso que lo comprendiera todo, pero no podía.

Una noche se echó a llorar al hablar del tema. Pidió a Reuben que se transformara y se la llevara al frondoso manto de ahí afuera, en las alturas. Y Reuben lo hizo. Estuvieron horas vagando entre ramas altas. A ella, no le daban miedo las alturas. Se enfundó unos guantes y ropa de excursionista negra bien ceñida para protegerse del viento y hacerse prácticamente invisible a ojos de cualquier depredador, como Reuben. Lloró sobre el pecho de Reuben, inconsolable. Le dijo que, sin duda, se arriesgaría a morir por el don del lobo. Cuando Felix volviera, si Felix tenía las respuestas, si Felix podía guiarles de algún modo, si Felix supiera cómo... Especularon durante horas. Finamente, cuando ella se hubo calmado, él la bajó al sotobosque y la llevó hasta el riachuelo donde a menudo acudía solo. Laura se lavó la cara en el agua helada. Se sentaron en las rocas cubiertas de musgo y él le contó todo lo que escuchaba. Le habló del oso dormido en las inmediaciones, del ciervo que avanzaba entre las sombras envolventes.

Al final, Reuben la llevó de vuelta a casa e hicieron de nuevo el amor en el comedor, ante el intenso fuego encendido en el viejo hogar medieval, oscuro y lúgubre.

En general, Laura no era una mujer infeliz. Ni mucho menos.

Había amueblado de nuevo el dormitorio encarado al oeste que había elegido como despacho. Había escogido una mesa con la superficie de cristal, varios archivadores de madera muy atractivos y una enorme butaca reclinable con reposapiés para leer. Los exquisitos muebles antiguos quedaron relegados al sótano.

Nadie tocó nada de la antigua habitación de Marchent. Alguien, seguramente del bufete de abogados, había empaquetado los efectos personales de Marchent antes de que Reuben volviera a la casa y, ahora, era un precioso dormitorio espacioso con cortinas de calicó floreadas en tonos rosados y blancos, y una chimenea de mármol blanco.

El estudio y el dormitorio anexo, que completaban la fila de habitaciones del ala noroeste del pasillo y habían pertenecido a Felix, se conservaron como un santuario.

Laura y Reuben cocinaban juntos todas las comidas y hacían juntos todos sus recados. Galton se encargaba de casi todos los problemas que necesitaban realmente dedicación en la finca.

Laura, sí, lo admitía, era cierto que había reflexionado mucho sobre cómo aceptar de buen grado la brutalidad de los ataques del Lobo Hombre. No había encontrado una respuesta. Estaba muy enamorada de Reuben, le dijo. Nunca le abandonaría. Eso, ni se le pasaba por la cabeza.

Pero, sí, pensaba en ello, día y noche. Pensaba en el camino de la venganza contra los que son crueles con nosotros, en la crueldad de la venganza y en lo que significa para los que la sufren.

Cierto, deseaba que Reuben siguiera cazando en el bosque para siempre, que no volviera a escuchar esas voces misteriosas que le invocaban. Pero no podía obviar el hecho de que esas voces le llamaran y que, cada día, la prensa discutiera más elaboradamente cada día la «ausencia» de «intervención» del Lobo Hombre.

Los beneficiarios de la actuación salvaje del Lobo Hombre captaban la atención de la prensa tanto o más que las víctimas criminales. La anciana de Buena Vista Hill, que había sido cruelmente torturada hasta que el Lobo Hombre había irrumpido a través de su ventana, se había recuperado psicológicamente del trauma y estaba concediendo entrevistas. Declaró sin tapujos a las cámaras que tenían que capturar al Lobo Hombre vivo, no pegándole un tiro como a un animal, y que ella donaría toda su fortuna para protegerle y mantenerle si le capturaban. Susan Larson, la primera que había tenido «contacto» con el Lobo Hombre en North Beach, también lo defendía tenazmente y pedía que le capturasen «sano y salvo». Para Larson, era el «Lobo Amable», por cómo la había acariciado y consolado. Mientras tanto, empezaron a formarse clubes de fans del Lobo Hombre en internet y en YouTube, y una famosa estrella del rock escribió incluso *A Ballad of the Man Wolf*, a la que pronto seguirían otras canciones. Había una página del Lobo Hombre en Facebook, y un concurso poético sobre el Lobo Hombre en YouTube. También aparecieron toda clase de camisetas del Lobo Hombre.

Hacia finales de semana, Simon Oliver le llamó para decirle que la correduría ya tenía todos los documentos de Nideck Point a punto para la firma. Reuben accedió, pero, en realidad, albergaba serias dudas.

¿Y Felix? Porque era Felix, el de verdad. ¿Acaso no le pertenecía esa casa?

—Ahora no podemos hacer nada en ese sentido —dijo Laura—. Creo que tienes que ir a la correduría, firmar los papeles y dejar que registren el título de propiedad. Recuerda que no hay forma legal de que Felix adquiera la casa. Ni quiere ni puede someterse a un test de ADN para demostrar su parentesco con Marchent, o su verdadera identidad. Tendrá que comprarte la casa a ti. De momento, esta casa es tuya.

La visita a la correduría fue breve. Le dijeron que no era habitual traspasar la titularidad en tan poco tiempo, pero que la casa había pertenecido a una sola familia todo el tiempo y eso había facilitado las cosas. Reuben firmó donde le indicaron.

Nideck Point era legalmente suya. Los impuestos sobre la propiedad se pagaron por adelantado para todo el año. El seguro estaba en regla.

Después de la firma, Reuben llevó a Laura al sur para que recogiera su Jeep y el grueso de sus pertenencias, que se concentraban en tan pocas cajas que Reuben quedó impresionado. La mitad de las cajas iban llenas de camisones de franela.

Por fin, Grace llamó para comunicarle que podría visitar a Stuart el martes siguiente. Llevaba un par de días sin fiebre y las erupciones y las náuseas habían desaparecido. Igual que las heridas. Y el muchacho había aumentado en peso y estatura.

—Como te dije, todo ha ido mucho más rápido —dijo Grace—. Ya no está tan inquieto, pero ya ha empezado a tener cambios de humor.

Sinceramente, quería que Reuben le viera, que hablara con él. El chico quería irse a casa, con lo que se refería a San Francisco. Su madre no podía tenerlo en la casa de Santa Rosa. A Grace le preocupaba el padrastro y no acababa de fiarse del muchacho.

—Sí, demonios, para mí, es mucho más fácil estar pendiente de él si está aquí, en San Francisco —confesó Grace—. Pero este chaval tiene un comportamiento muy extraño. No hay duda que es listo. Sabe muy bien que no debe hablar de las voces. Reuben, esto está actuando exactamente del mismo modo que contigo. Los resultados del laboratorio... Bueno, hicimos algunos progresos, pero, después, las muestras se desintegraron. No hemos resuelto el problema. Y no es el mismo chico con el que hablé la primera vez. Quiero que vayas a verle.

Reuben comprendió que, ahora que esto afectaba a Stuart, podían hablarlo con más calma. Hablaban como si no hubiera existido entre ellos la distancia, el silencio, el secretismo, el misterio, como si todo el misterio se redujera a Stuart.

Eso era bueno.

Reuben le aseguró que iría a ver a Stuart en cuanto pudiera. Iría el martes por la mañana.

Finalmente, Grace le preguntó si a él y a Laura les importaría que ella, Jim y Phil fueran a cenar a su casa.

Reuben se mostró entusiasmado. Ahora ya podía controlar el don del lobo. No le temía. ¡Lo deseaba con toda su alma!

Reuben y Laura dedicaron todo el lunes a preparar un festín en el comedor augusto.

Rescataron las mantelerías de los armarios, enormes manteles ribeteados con encaje antiguo, servilletas bordadas con la inicial *N*, y montones de cubiertos de plata grabados. Encargaron flores para las salas principales y postres especiales en la panadería más cercana.

Grace y Phil quedaron prendados por la casa, pero Phil se enamoró completamente de ella, tal como Reuben había imaginado. El hombre dejó de responder a las preguntas y los comentarios y se encerró en sí mismo, murmurando entre dientes, mientras paseaba las manos sobre los paneles de las paredes y los quicios de las puertas, sobre el barniz del piano, sobre las hojas de los ficus y las cubiertas de piel de los libros de la biblioteca. Se puso sus gruesas gafas para examinar las figuras de cazadores talladas en los retablos y la chimenea medievales. Phil, con su traje de *tweed* arrugado y su descuidada melena gris, parecía pertenecer al lugar.

Tuvieron que bajarle a rastras de las habitaciones del segundo piso, porque todos estaban ya muertos de hambre. Pero Phil siguió susurrándole a la casa, comunicándose con ella, sin prestar la menor atención a los comentarios de Grace sobre los costes obvios de su mantenimiento.

Reuben estaba encantado. No paraba de abrazar a Phil. Phil estaba sumido en su mundo de ensueño.

—Viviría aquí sin pensármelo dos veces —musitó entre dientes.

Y de vez en cuando, sonreía a su hijo con orgullo y ternura.

—Hijo, este es tu destino —dijo.

Grace opinó que esa clase de casas estaban obsoletas y que tendrían que convertirse en instituciones, museos u hospitales. A Reuben le pareció que estaba especialmente guapa con su pelo cobrizo natural alrededor de la cara, los labios ligeramente pintados y sus facciones expresivas como siempre. El traje chaqueta de seda negra parecía nuevo, y se había puesto el collar de perlas para la ocasión. Pero se la veía cansada y desgastada, y no apartaba la mirada de él hablara quien hablara.

Jim salió en defensa de la casa y señaló que Reuben nunca había sido un derrochador. Había viajado de mochilero, estaba acostumbrado a utilizar pequeñas habitaciones de hotel y autobuses, y había ido a una universidad estatal, y no a una de las privadas más prestigiosas. Lo más extravagante que había hecho en la vida había sido pedir un Porsche para su graduación y, dos años después, todavía lo llevaba. Hasta entonces, no había echado nunca mano a ninguno de sus fideicomisos, y se había pasado años viviendo con la mitad de su asignación. Sí, la casa era cara, pero tampoco hacía falta calentarla de arriba abajo todos los días, ¿no?

Además, ¿cuánto tiempo más iba a vivir Reuben con sus padres? Sí, la casa tenía un coste, pero ¿cuánto iba a costarle comprar un apartamento nuevo o una casa victoriana reformada en San Francisco? ¿Y qué habría pensado el abuelo Spangler de que le regalaran una propiedad de tanto valor? ¡Habría aprobado hacerse cargo del mantenimiento sin pestañear! Había sido agente de la propiedad, ¿verdad? Algún día, ese lugar se vendería por una verdadera fortuna, así que, por favor, que todo el mundo dejara ya en paz a Reuben.

Grace aceptó la argumentación asintiendo con la cabeza. Lo que Jim no dijo fue que él, Jim, había devuelto sus fondos a la familia cuando se había ordenado sacerdote y que, tal vez, su opinión no contara para nada.

Jim había dejado la facultad de medicina para ordenarse sacerdote y sus estudios en Roma habían costado relativamente poco en comparación con la carrera de médico. Cuando se ordenó, la familia hizo una donación considerable a la Iglesia, pero el grueso de su herencia había quedado a disposición de Reuben.

A Reuben le importaba un comino lo que dijeran todos ellos. Seguía albergando sus dudas respecto a Felix y el derecho moral del hombre a reclamar la casa. Se le rompía el corazón cuando pensaba que podía perder la casa, pero, en realidad, era la menor de sus preocupaciones. ¿Qué pensaría Felix cuando descubriera lo de Stuart?

Tal vez no ocurriera nada. ¿Acaso no había dicho Marrok que, a veces, no sucedía nada? Ah, vaga esperanza...

Lo que realmente alegraba a Reuben era tenerlos ahí, a su familia, llenando con sus voces el enorme comedor sombrío, que su padre estuviera contento, en lugar de estar aburrido, y ¡qué bien se sentía junto a ellos, oh, qué bien!

La comida fue un gran éxito: filete asado, verduras frescas, pasta y una de las enormes ensaladas aderezadas con hierbas de Laura.

Laura se enfrascó en una conversación sobre Teilhard de Chardin con Jim, de la que Reuben no entendió ni la mitad. Lo que sí vio claramente es que ambos disfrutaban de la conversación. Phil sonreía a Laura con particular complacencia y, cuando Phil comenzó a hablar de la poesía de Gerard Manley Hopkins, Laura le escuchó con gran atención. Grace inició otra conversación, por supuesto, pero Reuben hacía mucho que había aprendido a escuchar ambas conversaciones simultáneamente. Lo importante era que a Laura le caía bien su padre. Y su madre.

Grace les preguntó qué bien había hecho la teología a nadie, o la poesía en tal caso.

Laura apuntó que la ciencia dependía de la poesía, que toda descripción científica era metafórica.

Solo se agrió la conversación cuando salió a colación el doctor Akim Jaska. Grace no quería hablar de él, pero Phil se puso como una fiera.

—Ese doctor quería internarte legalmente —explicó a su hijo.

—Bueno, y ahí se acabó el tema, ¿no? —replicó Grace—. A nadie, repito, a nadie, se le pasó por la cabeza permitirlo.

—¿Internarle legalmente? —preguntó Laura.

—Sí, con ese centro de rehabilitación clandestino de Sausalito —respondió Phil—. Supe que el tipo era un impostor desde el mismo instante en que le vi. Estuve a punto de echarle escaleras abajo. ¿Cómo se atreve a venirnos con esos documentos?

—¿Qué documentos? —preguntó Reuben.

—Ese hombre no es ningún impostor —le defendió Grace, lo que convirtió la conversación en una batalla de gritos del matrimonio, hasta que intervino Jim para decir que, sí, que no cabía duda de que el doctor era brillante y una eminencia en su campo, pero que había algo fuera de lugar en todo aquello, especialmente al pretender encerrarle.

—Bueno, ya puedes olvidarte de él —añadió Grace—. Ahí acabó todo. El doctor Jaska y yo buscábamos cosas distintas. Completamente distintas, por desgracia. —Aunque siguió murmurando por lo bajini que era uno de los médicos más brillantes que había conocido. Lástima que fuera tan lunático con eso de los hombres lobo.

Phil resopló, tiró la servilleta, la recogió y la volvió a tirar. Decía que este tipo era un Rasputín.

—Tenía una teoría sobre mutaciones y seres mutantes —explicó Jim—. Pero sus credenciales no eran las esperadas, y mamá se dio cuenta enseguida.

—No tan enseguida —protestó Phil—. Intentó cubrir el expediente con un cuento chino sobre la caída de la Unión Soviética y la pérdida de la mayor parte de sus valiosas investigaciones. ¡Sandeces!

Reuben se levantó, puso un poco de música suave de piano interpretada por Eric Satie y, cuando volvió a la mesa, Laura ya estaba hablando con ternura del bosque, diciendo que, cuando terminaran las lluvias, tenían que ir todos a pasar un fin de semana y pasear por los senderos de detrás de la casa.

Jim se las apañó para dar un rápido paseo por el bosque oscuro con Reuben.

—¿Es cierto que el muchacho tiene un mordisco? —le preguntó cuando estuvieron a solas.

Reuben calló, pero, al momento, se derrumbó y se lo confesó todo. Ahora ya estaba seguro de que el Crisma no iba a matar a Stuart, pero le iba a convertir en lo mismo que a él. Tal confesión llevó a Jim al paroxismo.

De hecho, se arrodilló en el suelo, agachó la cabeza y empezó a rezar. Reuben siguió narrándole su encuentro con Felix, la sensación de que el hombre tenía las respuestas.

—¿Qué esperas? —le preguntó Jim—. ¿Que ese hombre convierta los ataques brutales en algo moralmente aceptable para ti?

—Espero lo que espera cualquier ser perceptivo... Espero, de algún modo, formar parte de algo más grande que yo, donde tener un papel, un papel deseado y significativo. —Agarró a Jim del brazo—. ¿Puedes hacer el favor de levantarte del suelo antes de que alguien te vea, padre Golding?

Se adentraron un poco más en el bosque, pero no lo bastante para perder de vista las brillantes luces de las ventanas. Reuben se detuvo. Escuchó. Oía cosas, toda clase de cosas. Intentó explicárselo a Jim. En la penumbra, no era capaz de distinguir la expresión en el rostro del sacerdote.

—Pero ¿puede oír esas cosas un ser humano? —preguntó Jim.

—Si no es así, ¿por qué las oigo?

—Las cosas pasan —respondió Jim—. Se producen mutaciones, situaciones que el mundo incluye, pero no acepta; cosas que deben ser rechazadas y repudiadas.

Reuben suspiró.

Miró hacia arriba, anhelando la clara visión nocturna que acompañaba a la piel lupina. Quería ver las estrellas del cielo, recordar que esta tierra no es más que un ascua en un brasero de infinitas galaxias. De algún modo, esa idea siempre le reconfortaba. La inmensidad del universo le conciliaba con la fe en Dios.

El viento corría entre las ramas de encima. Algo le enervó, una serie de sonidos discordantes en la noche. ¿No estaba viendo algo ahí arriba, algo que se movía en la negrura? La oscuridad era demasiado espesa, pero, de repente, los escalofríos se apoderaron de él. Notó cómo se le erizaba el vello de los brazos. «Hay alguien ahí arriba.»

La inevitable convulsión llegó, pero la retuvo. La controló. Se puso a temblar deliberadamente para deshacerse de los escalofríos. No veía nada, pero su imaginación llenó el paisaje nocturno. «Hay seres ahí arriba. Más de uno y más de dos.»

—¿Qué ocurre? ¿Algo va mal? —preguntó Jim.

—No, nada —mintió Reuben.

Entonces, el viento arreció entre los árboles, racheado, doblando su intensidad, mientras el bosque cantaba al unísono.

—Nada.

A las nueve en punto, la familia se marchó sabiendo que no llegaría hasta la una de la madrugada a San Francisco. Grace iba a volver a Santa Rosa la tarde siguiente para insistir personalmente para que Stuart siguiera en el hospital. Grace temía algo.

—¿Sabes algo más de este síndrome? —se interesó Reuben.

—No —contestó ella—. Nada más.

—¿Serías completamente sincera conmigo si te cuento algo?

—Claro.

—El doctor Jaska...

—Reuben, mandé a ese tipo al cuerno. No volverá.

—¿Y qué hay de Stuart?

—No tiene modo alguno de llegar hasta el muchacho. Advertí a la doctora Cutler en términos inequívocos. Mira, esto es estrictamente confidencial, pero te lo voy a contar... La doctora Cutler está intentando hacerse con la tutela de Stuart, o al menos conseguir poderes notariales para tomar las decisiones médicas por él. Ese chico no puede volver a casa y tampoco debería estar solo en su apartamento de Haight-Ashbury en San Francisco. Pero, haz como si no te hubiera contado nada.

—Tranquila, mamá.

Grace miró a Reuben casi con desesperación.

Habían hablado mucho de Stuart, pero nada de él.

¿Cuándo se había rendido su madre en algo? Los cirujanos nunca se rinden. Los cirujanos siempre creen que se puede hacer algo. Es su naturaleza.

«Ahí está lo que todo esto ha provocado en mi madre», pensó Reuben. Su madre estaba de pie en el escalón de la entrada, mirando hacia arriba, observando la casa, los árboles oscuros que se agrupaban al este, con ojos angustiados, tristes. Grace volvió a mirar a Reuben y le dedicó su sonrisa tierna y cariñosa de la que gran parte de Reuben dependía. Pero solo fue un instante.

—Mamá, estoy muy contento de que hayáis venido esta noche —dijo, y la rodeó con sus brazos—. No sabes cuánto.

—Sí, yo también estoy contenta de haber venido —afirmó ella, y le abrazó contra su pecho, mirándole a los ojos—. Estás bien, ¿verdad, niñito?

—Sí, mamá. Solo que estoy preocupado por Stuart.

Reuben prometió llamarla por la mañana, después de salir del hospital.

33

Llegó al bosque un jabalí... Un único macho. Lo escuchó sobre las dos de la madrugada. Estaba leyendo, conteniendo la transformación. Y, entonces, le llegó el olor y el ruido del macho que había salido solo de caza, dejando a su familia en alguna guarida improvisada de ramas rotas y hojas.

Por qué sus sentidos captaban todo esto era un misterio para Reuben. Se arrancó la ropa y, con el corazón galopante y los espasmos punzantes, se adentró en el bosque con su completo pelaje de lobo. Subió a las alturas, se precipitó hasta el suelo para rastrear al animal en su medio y, finalmente, se abalanzó sobre él, lo derribó con fuerza bruta y le hundió los colmillos en la espalda antes de clavárselos en la garganta.

Fue todo un festín, sí, un festín que había estado anhelando. Se tomó su tiempo para saborear la panza del jabalí y sus delicadas entrañas, para devorar su corazón sangriento. Los colmillos blancos brillaban en la penumbra. Había sido un encuentro brutal. Se regodeaba con la carne jugosa y aromática.

Un intenso sopor se apoderaba de él, mientras devoraba y mascaba la carne, ahora más despacio, y le sorbía la sangre con una inmensa oleada cálida de satisfacción que le recorría el pecho, el estómago y las extremidades.

Estaba en el cielo. La lluvia silenciosa a su alrededor, los aromas de las hojas caídas, la esencia intoxicante del jabalí, más carne de la que podía consumir.

Un grito le sobresaltó. Era Laura, llamándole a gritos.

Corrió hacia su voz.

Estaba de pie en el claro de detrás de la casa, bajo la luz amarillenta de los focos. Chillaba y chillaba y, de pronto, se dejó caer sobre las rodillas y soltó otro chillido.

Él corrió bosque a través hacia ella.

—Reuben, es la doctora Cutler —gritó—. No encuentra a tu madre. Stuart se ha escapado del hospital, ha roto la ventana de la segunda planta y ¡ha desaparecido!

De modo que había sucedido. Había actuado en Stuart en la mitad de tiempo. La transformación había sorprendido al muchacho, y estaba solo.

—Mi ropa. La ropa grande —dijo—. Y ropa para el muchacho. Métela en el Jeep y vete hacia el sur. Nos encontraremos en las inmediaciones del hospital, o donde pueda.

Reuben se adentró en el bosque, decidido a llegar a Santa Rosa, sin importar las carreteras y autopistas transitadas que tuviera que cruzar, sin importar los anchos valles... Pronto tuvo la certeza de estar viajando hacia Stuart infinitamente más rápido que por cualquier otro medio. Rogaba a los dioses del bosque, al Dios de su corazón, que por favor le ayudaran a encontrar al chico antes que nadie.

Por carretera, la distancia rondaba los ciento cincuenta kilómetros, pero no había medida para su forma de viajar. Saltaba entre las copas de los árboles cuando podía y corría a pie cuando era necesario, salvando vallas, carreteras y toda clase de obstáculos en su camino.

Un único pensamiento le gobernaba: encontrar a Stuart, y su entrega a la causa era sublime. Sus sentidos jamás habían sido tan finos, sus músculos tan poderosos, su destino tan claro.

El bosque no le falló, aunque, en alguna ocasión, rompió alguna rama en el camino, tuvo que saltar una enorme distancia y machacar ruidosamente el sotobosque o arriesgarse a ser visto mientras atravesaba a campo abierto.

Las voces del poblado sur se elevaron hacia él y el embrujo del bosque se intensificó con la mezcla de esencias humanas hasta que, al fin, se dio cuenta de que estaba atravesando los parques forestales de la ciudad, con ambas mentes, la lupina y la humana, escaneando el territorio en busca de Stuart, de su ruido, de su esencia o de las voces que hubieran llamado a Stuart a su paradero.

Era inútil esperar que Stuart no se hubiera sentido seducido por la esencia del mal del mismo modo que Reuben, o que la fuerza que acababa de descubrir no le hubiera llevado a lugares donde alguien pudiera descubrirle, capturarle.

La noche bullía entre sirenas y voces metálicas a través de las radios, con el pulso de la dulce ciudad de Santa Rosa acelerado por las impactantes noticias de violencia.

Apabullado, enloquecido, Reuben rodeó el hospital y, acto seguido, se dirigió al este. Captó el olor del terror, de la súplica y la desesperación, una voz que se elevaba de la inevitable marea de lastimeras plegarias y variedad de lamentos.

Siguió hacia el este, hacia donde su instinto animal y su cerebro humano le indicaban: la casa del chico, ¿dónde, si no, iba a ir? Se dirigió a Plum Ranch Road.

Desnudo y solo en aquel bosque poblado, el muchacho estaría por ahí rondando, asustado, buscando una guarida en un sótano o ático conocido de aquella mansión de secuoya donde no era bien recibido, el lugar que un día fue su hogar. Pero cuando Reuben vislumbró los coches de policía y el vaivén de las luces, los camiones de bomberos y las ambulancias al ralentí, captó la cacofonía de todos los reunidos en el montecito y el hedor de la muerte.

La mujer que sollozaba era la madre de Stuart. El muerto de la camilla, Herman Buckler. La emoción de la caza movía a los hombres que peinaban la arboleda colindante. El Lobo Hombre. Había una mezcla de histeria y regocijo entre la gente que asistía al espectáculo.

Los perros ladraban. Los perros aullaban.

La detonación de un arma sonó en la ladera. Siguió el intenso estruendo de un megáfono pidiendo cautela.

—No disparen. Anuncien su posición. No disparen.

Los reflectores barrían los árboles, la hierba, los tejados diseminados. Iluminaban coches parados en los caminos, ventanas que iban cobrando vida.

No podía acercarse más. Era la situación más peligrosa en la que se había encontrado.

Pero la noche era oscura, la lluvia densa y constante, y solo él podía ver el terreno de ramas retorcidas que se abría ante él, mientras rodeaba una y otra vez el bullicioso centro de actividad en que se había convertido la casa.

Trepó hasta donde pudo por los encinillos, aguardó inmóvil, con las garras sobre los ojos, escondiéndose entre las sombras cuando las luces le acechaban.

Las ambulancias empezaron a abandonar el lugar. Los llantos de la madre llegaban sordos, rotos, desvanecidos en la distancia. Los coches patrulla recorrían las calles oscuras en todas direcciones. Todas las luces de los porches y los patios estaban encendidas, revelando piscinas y mullidos céspedes brillantes.

Cada vez más vehículos se congregaban en la loma.

Reuben tuvo que retroceder, volver a ampliar su círculo. Y, de repente, se le ocurrió lo obvio: una señal. El muchacho podía oír cosas que los demás no podían. En un susurro creciente, pronunció el nombre de Stuart.

—Te estoy buscando —dijo en tono gutural y sordo—. Stuart, ven conmigo. —Las sílabas brotaban de sus labios, profundas, vibrantes, sostenidas para que, a oídos humanos, quedaran camufladas bajo el rumor de ruedas y motores, bajo el chirrido de los aparatos domésticos—. Stuart, ven conmigo. Confía en mí. He venido a buscarte. Stuart, soy tu hermano. Ven conmigo.

Fue como si los perros sabuesos le contestaran, porque aumentaron la intensidad de sus ladridos, de sus aullidos, llantos y bramidos, y en ese creciente caos, elevó aún más la voz.

Empezó a moverse lentamente hacia el este, fuera de la zona de búsqueda, convencido de que el chico habría sido lo bastante listo para hacer lo mismo. Al oeste, se extendían los poblados barrios de Santa Rosa. Al este, el bosque.

—Stuart, ven conmigo.

Al fin, entre la intrincada red de ramas, vio ante él el destello de unos ojos vivos.

Avanzó hacia los ojos brillantes, repitiendo el nombre con el tono profundo de una campana en la oscuridad:

—¡Stuart!

Y escuchó los llantos del chico.

—Por el amor de Dios, ¡ayúdame!

Alargó el brazo derecho y rodeó los hombros del Lobo Niño. Mientras ambos avanzaban velozmente entre las altas copas de los robles, a Reuben, le sorprendió ver que aquella criatura era tan grande y, sin duda, tan poderosa como él mismo.

Recorrieron varios metros de bosque rápidamente. Al fin, se detuvieron en un profundo valle de cerrada oscuridad. Por primera vez, Reuben notó el calor del agotamiento en su piel de lobo y se tumbó contra el tronco de un árbol, jadeando y muerto de sed, tratando de oler agua. El Lobo Niño se tumbó a su lado, como si temiera separarse un centímetro de él.

Los ojos eran azules y grandes, y le miraban desde una cara de lobo de un marrón oscuro como la suya. El Lobo Niño tenía rayas blancas en el cuello y observaba a Reuben en silencio, sin preguntar nada, sin pedir nada, totalmente confiado.

—Te voy a sacar de aquí —le dijo Reuben, con una voz tan gutural que un humano no habría podido entenderle, como si instintivamente supiera que el chico podría oír lo que nadie más oiría.

La respuesta llegó en el mismo tono oscuro y vibrante:

—Estoy contigo. —Solo una leve pincelada de dolor humano, de angustia humana, teñía la voz. ¿Podían llorar los animales? ¿Llorar de verdad? ¿Qué animal rompía a sollozar o a reír?

Siguieron bajando velozmente la ladera de la colina hasta un barranco oscuro, juntos entre los helechos, hasta que Reuben volvió a abrazar al Lobo Niño.

—Esto es seguro —susurró al oído del chico—. Esperaremos.

Cuán natural le parecía el Lobo Niño, con sus inmensas espaldas peludas, el pelaje sedoso de los brazos, la cabellera voluminosa que brillaba bajo la claridad translúcida de la luna velada. En realidad, la luz de la luna parecía atravesar las nubes para bañarles y resbalar junto a un millón de gotitas de lluvia.

Reuben abrió la boca y dejó que la lluvia aterrizara en su lengua. De nuevo, olfateó el terreno en busca de agua, de agua embalsada, y la encontró en forma de una pequeña charca natural a unos metros de allí, excavada entre las raíces de un árbol. Se arrodilló ante ella y bebió con avidez, lamiendo la deliciosa agua dulce a toda prisa. Después, se sentó y dejó que Stuart le imitara.

Solo se escuchaban suavísimos sonidos inofensivos en la noche.

El cielo empezaba a aclararse lentamente.

—¿Qué va a pasar ahora? —preguntó Stuart con aire desesperado.

—Dentro de una hora, poco más o menos, volverás a transformarte.

—¿Aquí? ¿Dónde estamos?

—Pronto llegará ayuda. Confía en mí. Deja que escuche, deja que trate de captar la esencia de la persona que viene a ayudarnos. Puede que me cueste un buen rato.

Por primera vez en la vida, Reuben no quería ver nacer el sol.

Se reclinó contra el viejo árbol y, tras pedir de nuevo al muchacho que guardara silencio apretándole el brazo, escuchó.

¡Sabía dónde estaba Laura!

No estaba cerca, no, pero había captado su olor y su voz. «Ah, Laura, eres tan lista...» Iba cantando la canción que él cantó la noche en que se conocieron:

«Es el don de ser sencillos... Es el don de ser libres...»

—Sígueme —dijo a Stuart, y volvió a dirigirse hacia los equipos de búsqueda, sí, y las luces de rastreo, sí, pero hacia Laura, ganando velocidad a la vez que ella, acercándose, hasta que vio la pálida franja de la carretera que ella recorría.

Corrieron juntos por el margen de la carretera hasta que llegaron junto a ella. Entonces, Reuben, se dejó caer sobre la capota del Jeep y, con las zarpas, se agarró a la ventanilla y el parabrisas. Ella detuvo el coche de inmediato.

Stuart estaba petrificado. Reuben tuvo que meterlo a la fuerza en el asiento de atrás.

—Agáchate —le dijo, y a Laura—: Vamos a casa.

El Jeep traqueteó al ponerse en marcha. Laura indicó al chico que había mantas negras detrás y que debía taparse lo mejor que pudiera.

Reuben forzó su propia transformación. Se reclinó en el asiento del acompañante y, exhausto, dejó que las oleadas de la transformación le recorrieran el cuerpo. Nunca le había resultado tan difícil abandonar la piel de lobo, abandonar el poder, dejar atrás el olor del bosque peligroso.

El cielo se había enturbiado de humo y plata, la lluvia empapaba los oscuros campos verdes a ambos lados de la carretera y sintió que estaba a punto de caer en un sueño profundo, pero no podía permitírselo. Se vistió con su polo, sus pantalones de franela y sus mocasines, y se restregó la cara con las palmas de las manos. Su piel no quería abandonar completamente al lobo. Su piel cantaba. Se sentía como si todavía estuviera corriendo por el bosque, como cuando te pasas el día pedaleando en la bici y, al caminar, te parece que aún estás pedaleando, arriba y abajo, arriba y abajo.

Se giró y miró al asiento de atrás.

El Lobo Niño estaba tumbado con una gruesa manta militar por encima y los enormes ojos azules mirando a Reuben, entre el pelo brillante de su rostro lupino.

—¡Tú! —gritó el Lobo Niño—. ¡Eres tú!

—Sí. Yo te hice esto —admitió Reuben—. Yo te pasé el Crisma. No era mi intención. Yo quería matar a los que intentaban asesinarte. Pero te lo pasé.

Aquellos ojos azules siguieron clavados en él.

—He matado a mi padrastro —dijo Stuart, con la voz profunda, ronca y vibrante—. Estaba pegando a mi madre. La estaba arrastrando del pelo por toda la casa. Le decía que la mataría si no firmaba los papeles para encerrarme. Ella decía que no, que no, que no. Tenía el pelo empapado de sangre. Maté a mi padrastro. Le descuarticé.

—Me lo figuro —dijo Reuben—. ¿Te identificaste ante tu madre?

—Dios, ¡no!

El Jeep traqueteó y frenó en la autopista, girando bruscamente para adelantar a otro coche. Después, aceleró y siguió a velocidad de crucero por el carril izquierdo.

—¿Adónde puedo ir? ¿Dónde puedo esconderme?

—De eso me encargo yo.

Todavía estaban en la autopista 101 bajo un oscuro cielo plomizo cuando Stuart empezó a cambiar.

Tardó unos cinco minutos. Reuben lo contó. Incluso menos.

El muchacho temblaba con la cabeza agachada y los codos apoyados en las rodillas desnudas. El pelo rubio, largo y rizado, le cubría la cara. Movía la boca pero no conseguía transformar las sílabas mudas en palabras. Al final, consiguió decir:

—Pensaba que no volvería a transformarme. Pensaba que sería así para siempre.

—No, no funciona así —dijo Reuben, conservando la calma.

Reuben ayudó al chico a ponerse la ropa de punto que Laura había traído para él. Stuart se puso los tejanos y las deportivas sin ayuda.

En general, era mucho más grande que Reuben, con el pecho más ancho y las piernas mucho más largas. Tenía los brazos musculosos. Pero la ropa le iba bien. Se reclinó en el asiento sin dejar de observar a Reuben. Volvía a tener la cara de niño, con las pecas y los grandes ojos despiertos, pero ni rastro de su sonrisa.

—Bueno, eres un ejemplar de lobo niño fantástico, puedes creerme —dijo Reuben.

Silencio.

—Estarás bien con nosotros, Stuart —dijo Laura, sin apartar la vista de la carretera ni un solo segundo.

El chico estaba demasiado estupefacto y exhausto para contestar. No dejaba de mirar a Reuben como si fuera un milagro que ahora pareciera una persona completamente normal.

34

Abrió los ojos de golpe. El reloj digital marcaba poco más de las cuatro de la tarde. Las persianas estaban corridas. Había dormido profundamente durante horas. Se escuchaban voces fuera de la casa, voces delante y detrás, voces a los lados.

Se sentó.

Laura no estaba por allí. Vio que el teléfono fijo parpadeaba. Oyó que sonaba a lo lejos, en algún punto de la casa, quizás en la cocina o, incluso, en la biblioteca. En la mesita de noche, su iPhone vibró.

La pantalla del televisor parpadeaba y brillaba sin sonido, con las noticias cíclicas que había estado viendo desde que se había metido en la cama: EL LOBO HOMBRE SIEMBRA EL PÁNICO EN SANTA ROSA.

Había visto hasta donde había podido antes de quedarse dormido.

Se había iniciado una búsqueda estatal para encontrar a Stuart McIntyre, que había desaparecido del St. Mark's Hospital durante la noche. Su padrastro había sido asesinado por el Lobo Hombre a las tres y cuarto de la madrugada. Su madre había sido hospitalizada. Se había avistado al Lobo Hombre por todo el norte de California.

La gente estaba aterrada de norte a sur de la costa. No tanto por el miedo al Lobo Hombre como por la profunda sensación de confusión, impotencia y frustración. ¿Por qué la policía no podía resolver el misterio del lobo hombre vengador? Vio cortes de la conferencia de prensa del gobernador, imágenes del fiscal general, de la casa de cristal y secuoya en la loma de Santa Rosa.

Oía voces ahí fuera, cerca de la casa. La esencia de varios seres humanos, que se movían por el oeste de la finca, y también por el este.

Se levantó de la cama, desnudo y descalzo, y se arrastró hacia la ventana delantera. Abrió solo un poco las cortinas para dejar entrar la luz tenue de la tarde. Vio coches patrulla ahí abajo, tres en total. No. Uno era el del sheriff. Los otros dos eran de la policía de carreteras. También había una ambulancia. ¿Por qué una ambulancia?

Alguien aporreó la puerta. Otra vez. Y otra. Forzó la vista porque eso le ayudaba a oír mejor. Se movían por los lados de la casa, sí, por ambos lados, y merodeaban por la puerta trasera.

¿Estaba cerrada la puerta trasera? ¿Habían encendido la alarma?

¿Dónde estaba Laura? Captó el olor de Laura. Estaba en la casa, se le acercaba.

Se puso los pantalones y salió al pasillo. Distinguía la respiración de Stuart. Al mirar en la habitación de al lado vio a Stuart en la cama, profundamente dormido, como lo había estado él solo unos minutos antes.

Él y Stuart se habían rendido al sueño porque no habían tenido alternativa. Había intentado comer un poco pero no había sido capaz. Stuart se había comido un filete enorme. Pero ambos habían tenido la mirada perdida, la voz apagada, débiles.

Stuart le había dicho que estaba casi seguro de que su padrastro le había disparado dos veces. Pero no había ninguna herida de bala.

Después, se habían ido a sus respectivas camas y se habían dormido. Reuben le pasó como a la luz que deja de iluminar la oscuridad. Se había apagado.

Escuchó. Otro coche se acercaba por la carretera.

De pronto, oyó el suave golpeteo de los pies descalzos de Laura en las escaleras. Laura salió de entre las sombras, se acercó a él y se dejó caer entre sus brazos.

—Es la segunda vez que vienen —susurró ella—. La alarma

está activada. Si rompen la ventana o echan abajo la puerta, las sirenas sonarán por los cuatro costados de la casa.

Reuben asintió. Laura temblaba. Tenía la cara pálida.

—Tienes el correo electrónico lleno de mensajes, no solo de tu madre, sino también de tu hermano, de tu padre y de Celeste. De Billie. Ocurre algo muy grave.

—¿Te han visto a través de las ventanas? —preguntó él.

—No. Las cortinas siguen corridas desde ayer por la noche.

Gritaban su nombre desde abajo.

—¡Señor Golding, señor Golding!

Aporreaban la puerta trasera, tal como habían aporreado la delantera.

El viento suspiraba y lanzaba suavemente la lluvia contra las ventanas.

Reuben dio unos cuantos pasos hacia las escaleras.

Recordó el estruendo que le había despertado la noche en que habían matado a Marchent. «Vivimos en un palacio de cristal —pensó—, pero ¿cómo diablos iban a justificar una entrada por la fuerza?»

Volvió a mirar a Stuart. Todavía descalzo, en calzoncillos y camiseta, durmiendo como un niño.

Galton acababa de llegar. Le oía gritar al sheriff.

Volvió a entrar en la habitación y se acercó de nuevo a la ventana que daba al sur.

—Pues no sé dónde están. Puede ver lo mismo que yo, que ambos coches están aquí. No sé qué decirle. Quizás están durmiendo. Han llegado por la carretera a primera hora de la mañana. ¿Le importaría decirme de qué va todo esto?

El sheriff no pensaba decírselo, ni tampoco la policía de carreteras. El personal sanitario de la ambulancia se mantenía en un segundo plano con los brazos cruzados, mirando la casa.

—Bueno, ¿por qué no le llamo más tarde cuando se hayan despertado? —preguntó Galton—. Bueno, sí, conozco el código, pero no tengo autorización para dejar entrar a nadie. Escuche...

Susurros.

—De acuerdo, de acuerdo. Entonces, simplemente, esperaremos.

«¿Esperar para qué?»

—Despierta a Stuart —le dijo a Laura—. Mételo en la habitación secreta. Rápido.

Se vistió deprisa, se puso el *blazer* azul y se peinó. Quería tener una imagen respetable por lo que pudiera ocurrir.

Miró su móvil: un mensaje de texto de Jim.

«Hemos aterrizado. Estamos de camino.»

¿Qué diablos quería decir aquello?

Escuchó a Stuart, que protestaba con voz de borracho, pero Laura le conducía con mano firme a la alacena, desde donde le hizo atravesar la puerta secreta.

Reuben la comprobó. Una pared perfectamente lisa. Volvió a colocar los estantes en su sitio contra la pared y puso dos montones de toallas sobre los estantes. Acto seguido, cerró la puerta.

Bajó hasta el primer piso y se dirigió por el pasillo a la sala principal, aún a oscuras. La única luz procedía de las puertas del invernadero. Lechosa, tenue. La lluvia caía suavemente sobre la cúpula de cristal. Una niebla gris sellaba las paredes cristalinas.

Alguien manipulaba uno a uno los pomos externos de las puertas correderas del invernadero.

Otro coche había aparcado fuera y parecía que le acompañaba una camioneta. No quería descorrer las cortinas, ni siquiera un poco. Escuchó en silencio. Esta vez era una voz de mujer. Y después, Galton, hablando fuerte por teléfono.

—... será mejor que venga de inmediato, Jerry. Esto está ocurriendo ahora mismo en casa de los Nideck, ¿sabe?, y no veo ninguna orden judicial, y si alguien piensa entrar en casa de los Nideck sin una orden... Bueno, le digo que debería venir de inmediato.

Moviéndose en silencio hacia el escritorio, observó la lista de asuntos de los correos que aparecían en pantalla.

«SOS», decía Celeste una y otra vez. Los correos de Billie decían: «ATENCIÓN», el de Phil, «DE CAMINO». El último de Grace decía: «VENIMOS DE INMEDIATO CON SIMON.» Este último lo había enviado hacía un par de horas.

Así pues, aquello es lo que quería decir Jim. Era muy probable que hubieran aterrizado en el Aeropuerto de Sonoma County y que se estuvieran dirigiendo en coche hasta la casa.

¿Y cuánto tiempo tardarían?, se preguntó.

Llegaron más coches a la parte delantera.

El último correo electrónico de Billie era de hacía una hora.

«Aviso: vienen a encerrarte.»

Estaba furioso, pero mantenía la cabeza fría. ¿Qué podía haber desencadenado todo aquello? ¿Le había visto alguien antes por la mañana con Stuart dentro del coche? Seguro que Galton no había contado nada a nadie, pero ¿cómo diablos, con una prueba tan pequeña, podía haber ganado tanta fuerza una operación como esa?

Ambulancia. ¿Por qué había una ambulancia? ¿Había conseguido la doctora Cutler la custodia de Stuart y pensaba llevárselo al manicomio o a la cárcel? La voz de fuera era la de la doctora Cutler, ¿verdad? Y la voz de otra mujer, una mujer que hablaba con un fuerte acento extranjero.

Salió de la biblioteca pasando por las suaves alfombras orientales del gran salón y se quedó ahí dentro.

La mujer con el acento extranjero, posiblemente rusa, explicaba que había tenido experiencias similares en esos temas y, si los agentes cooperaban, todo iría a las mil maravillas. Cosas como aquella solían ir así. Entonces, se oyó una voz de hombre de fondo con sílabas largas y siniestras diciendo lo mismo. Ese era Jaska. Podía oler a Jaska y podía captar el esencia de la mujer. «Mentirosa.» Una maldad profunda y malsana.

Reuben notó que empezaban los espasmos; se puso la mano derecha sobre el abdomen. Podía notar el calor.

—Todavía no —susurró—. Todavía no.

Ese cosquilleo helado le estaba subiendo por el dorso de los brazos y hasta el cuello.

—Todavía no.

Ya estaba anocheciendo. La puesta de sol llegaría al cabo de pocos minutos y, en un día nublado y húmedo como ese, se haría completamente de noche muy pronto.

Ahora debía haber unas quince personas ahí fuera. Y más coches subían por la carretera. Un vehículo estaba aparcando justo delante de la puerta.

Podía llegar hasta la habitación secreta, de eso no había duda, pero ¿y si Galton conocía la habitación secreta? ¿Y si siempre había conocido su existencia? ¿Y si Galton no les descubría, si nadie les descubría, cuánto tiempo podrían aguantar los tres ahí dentro?

Fuera, la doctora Cutler discutía con la doctora rusa. No quería internar a Stuart. Ni siquiera estaba segura de que Stuart estuviera allí, pero la doctora rusa dijo que ella sí que lo sabía, que se lo habían comunicado, que Stuart estaba con toda seguridad allí.

De pronto, la voz de su madre intervino en la discusión, y pudo oír también la voz baja y cavernosa de Simon Oliver por debajo de la ella...

—¡Recurso de hábeas corpus si intentan llevarse a donde sea a mi hijo contra su voluntad!

Jamás se había alegrado tanto de oír aquella voz. Phil y Jim murmuraban justo al otro lado de la puerta, calculando que los agentes del orden que corrían por allí debían ser unos veinte, intentando decidir qué hacer.

Un ruido dentro de la casa le sobresaltó.

Los espasmos se hicieron más fuertes. Notó que se le abrían los poros, con cada folículo capilar hormigueando. Se contuvo haciendo acopio de todas sus fuerzas.

El ruido procedía del pasillo; sonaba a los pasos de alguien subiendo los peldaños de madera del sótano. Oyó el crujido conocido de esa puerta.

Lentamente, entre las sombras, una figura alta se materializó delante de él y vio que había otra figura a su izquierda. Contra la luz del invernadero, no podía distinguir las caras.

—¿Cómo han entrado en mi casa? —exigió Reuben. Caminó decididamente hacia ellos, con el estómago revuelto y la piel ardiendo—. A menos que tengan una orden para estar en esta casa, salgan.

—Calma, pequeño lobo —dijo la voz suave de una de las dos figuras.

El otro, que estaba más cerca del pasillo, encendió la luz.

Era Felix, y el hombre a su lado era Margon Sperver. Había sido Margon Sperver quien había hablado.

Reuben estaba tan desconcertado que casi soltó un grito.

Ambos hombres llevaban chaquetas de *tweed* y botas. Su ropa y sus botas desprendían olor a lluvia y tierra. Habían recibido el azote del viento y venían rubicundos por el frío.

Una ola de alivió debilitó a Reuben. Jadeó. Levantó las manos y las juntó delante de la cara.

Felix se acercó desde la luz del pasillo.

—Quiero que les dejes entrar —dijo.

—¡Pero hay tantas cosas que no sabes! —confesó Reuben—. Ese chico está aquí, Stuart...

—Lo sé —dijo Felix para tranquilizarle—. Lo sé todo. —Se le enterneció la cara con una sonrisa protectora. Puso una mano firme sobre el hombro de Reuben—. Ahora subiré arriba a recoger a Stuart, y lo bajaré aquí. Encenderemos los fuegos. Y las lámparas. Y, cuando Stuart esté a punto para recibirles, quiero que les dejes entrar.

Margon ya se estaba ocupando de todo eso, encendiendo lámpara tras lámpara. La habitación estaba cobrando vida a partir de la penumbra.

Reuben no dudó en obedecer. Notó que le remitían los espasmos y el sudor le inundaba el pecho bajo la camisa.

Encendió rápidamente el fuego de roble.

Margon se movía como si conociera la casa. Pronto ardieron los fuegos de la biblioteca, él comedor y también el invernadero.

Margon tenía el pelo largo, tal como lo llevaba en la foto, solo que recogido en una larga cola. Llevaba parches de cuero en los codos de la chaqueta y sus botas parecían antiguas, muy gastadas y arrugadas sobre los dedos de los pies. Tenía el rostro curtido, pero joven. Parecía un hombre de, con mucho, cuarenta años.

Cuando acabó con las luces del invernadero se puso al lado de Reuben y le miró a los ojos. Emanaba un calor deslumbrante, el mismo tipo de calor que Reuben había captado en Felix cuando se encontraron por primera vez. Y Margon también irradiaba buen humor.

—Hemos estado esperando esto durante mucho tiempo —dijo Margon. Hablaba con un tono agradable y persuasivo—. Ojalá hubiéramos podido hacértelo todo más fácil. Pero era imposible.

—¿Qué quieres decir?

—Lo entenderás con el tiempo. Ahora, escucha, en cuanto llegue Stuart quiero que salgas al umbral e invites a entrar a los doctores. Pide a los agentes que se queden donde están por el momento. Proponles hablar. ¿Crees que podrás hacerlo?

—Sí —dijo Reuben.

Fuera, la discusión cada vez era más acalorada. La voz de Grace destacaba por encima del caos.

—No tiene ninguna validez. No tiene ninguna validez. ¡Han pagado por esto! O traen al sanitario que lo ha firmado o no tiene ninguna validez...

Algo se alteró en la cara de Margon. Estiró el brazo y colocó las manos sobre los hombros de Reuben.

—¿Lo tienes controlado? —preguntó. No había ningún juicio de valor, solo la pregunta.

—Sí —contestó Reuben—. Puedo contenerlo.

—Bien —dijo Margon.

—Pero no estoy seguro respecto a Stuart.

—Si empieza a transformarse, le haremos desaparecer —explicó—. Es importante que esté aquí. Deja que nosotros nos ocupemos.

Stuart apareció, convenientemente vestido con un polo y vaqueros. Estaba manifiestamente asustado y miraba a Reuben sin decir nada pero con cierta desesperación. Laura también iba vestida con su sudadera y pantalones habituales, y ocupó su lugar decididamente al lado de Reuben.

Felix hizo un gesto a Margon para que se apartara, y ambos se acercaron al comedor, haciendo un gesto a Reuben para que procediera.

Reuben pulsó el interruptor de las luces exteriores, apagó la alarma antirrobo y abrió la puerta.

Había un mar de gente mojada e iracunda, con chubasqueros brillantes, paraguas brillantes, y muchos más agentes del orden de los que había imaginado. Enseguida, la doctora rusa, de mediana edad, corpulenta, y con el pelo corto y canoso, avanzó hacia él, haciendo un gesto a Jaska y a su escuadrón para que la siguieran, pero Grace les bloqueó el paso.

Phil subió las escaleras y se escabulló al interior de la casa, con Jim tras él.

—Por favor, ¿quieren escucharme todos? —dijo Reuben. Levantó las manos para pedir paciencia y silencio—. Entiendo el frío que hace aquí fuera, y lamento tenerles esperando.

Grace subía las escaleras de espaldas con Simon Oliver mientras intentaba mantener a raya a los doctores rusos. El olor de maldad emergió firmemente de los dos rusos y los ojos fríos de Jaska observaron duramente a Reuben, como si fueran rayos que, de algún modo, pudieran paralizar a una víctima. Se acercaba cada vez más.

La doctora se mostró profundamente agitada al ver a Reuben y le clavó sus ojitos azules lechosos con arrogancia.

—Doctores, por favor —dijo Reuben. Grace estaba ahora junto a su codo—. Entren, por favor, y usted también, doctora Cutler... —(Esperaba y rezaba para que Felix y Margon supiesen lo que hacían, para que fueran los seres que él creía que eran pero, de pronto, le pareció una esperanza frágil y fantasiosa.)—. Tenemos que hablar dentro, ustedes y yo —continuó—. Y Galton, lamento haberle hecho venir con este tiempo. Tal vez pueda preparar un poco de café para toda esta gente. Conoce la cocina mejor que nadie. Creo que tenemos suficientes tazas para todos...

A su lado, Laura hizo un gesto a Galton para que entendiera que se encontrarían en la puerta trasera.

Galton estaba pasmado, aunque enseguida asintió y empezó a tomar pedidos de azúcar y leche.

Grace entró detrás de Reuben.

Pero los dos doctores rusos se quedaron en las escaleras, a pesar de la lluvia pertinaz. Entonces, la mujer dijo algo flojito y en ruso a Jaska, y Jaska se volvió y dijo a los policías que, por favor, estuvieran preparados, para acercarse a la casa.

Era evidente que esos hombres no estaban demasiado seguros de tener que cumplir sus órdenes. Y muchos se quedaron rezagados, aunque unos cuantos de uniforme se adelantaron e incluso intentaron seguir a Jaska hasta el interior de la casa.

—Usted puede entrar, doctor —dijo Reuben—. Pero los agentes tienen que quedarse fuera.

De repente, el sheriff se adelantó, claramente en desacuerdo con la idea, y Reuben, sin mediar palabra, le permitió también entrar en el gran salón.

Cerró la puerta y se enfrentó a ellos: el sheriff, la familia, Simon Oliver, la joven y preciosa doctora Cutler y los dos formidables rusos que lo miraban con ojos fríos como el hielo.

De pronto, la doctora Cutler soltó un grito. Había visto a Stuart entre las sombras, al lado de la chimenea, y corrió hacia él con los brazos abiertos.

—Estoy bien, doctora —dijo Stuart. La abrazó enseguida con esos brazos grandes y desgarbados—. Lo siento, lo siento mucho. No sé qué me pasó ayer por la noche. Simplemente, tenía que salir de allí de alguna manera, y rompí la ventana...

Esas palabras quedaron ahogadas cuando la doctora rusa y Grace empezaron a gritarse.

—¡No tendría por qué ser difícil si, simplemente, su hijo y este chico se vinieran con nosotros! —insistió la rusa.

Había algo molestamente pretencioso y malvado en su tono. Hedor de maldad.

Simon, que parecía muy mojado y agotado bajo su habitual traje gris, pero más que nada, indignado y combativo, agarró a Reuben del brazo y dijo:

—Los impresos 5150 son falsos. ¡Han hecho firmar estos papeles a sanitarios que ni siquiera están aquí! ¿Cómo podemos comprobar estas firmas o que esas personas conocen siquiera a los muchachos?

Reuben tenía una vaga idea de qué era un 5150, pero comprendía que se trataba de un documento legal de internamiento.

—Bien, ustedes dos, se dan perfecta cuenta de que no hay nada malo ni violento en este joven —continuó diciendo Simon con voz quebradiza—. Y, les advierto, si se atreven a intentar llevárselos a él o a ese chico de esta casa por la fuerza...

Con una firmeza de acero, la doctora rusa se volvió y se presentó a Reuben.

—Doctora Darya Klopov —dijo con un acento fuerte, arqueando un poco las cejas blancas, fijando la vista mientras ofrecía su mano desnuda y pequeña. Su sonrisa era una mueca que mostraba unos dientes perfectos de porcelana. Emanaba de ella un olor de profundo rencor, de completa insolencia.

»Solo le pido que confíe en mí, joven, que confíe en mis conocimientos sobre estas extraordinarias experiencias que ha tenido que soportar.

—Sí, sí —dijo el doctor Jaska. Otra sonrisa grotesca que no era sonrisa, y otro acento duro—. Y, claro está, nadie debe salir herido de esta situación, en la que, como habrá observado, tenemos a tantos hombres armados. —Enseñó los dientes en un gesto amenazador mientras pronunciaba las palabras «hombres armados». Se volvió ansiosamente a la puerta e hizo un gesto, aparentemente a punto de abrirla para invitar a los «hombres armados» a entrar.

Grace atacó al doctor con una salva de amenazas legales.

Jim, con su negro traje completo con alzacuellos, se había colocado justo al lado de Reuben. Phil se acercó y se colocó también a su lado.

—No, no, eso no va a suceder —murmuró Phil, con aspecto de profesor, con el pelo gris alborotado, la camisa arrugada y la corbata torcida—. De ningún modo.

Reuben escuchó a Stuart sincerándose con la doctora Cutler.

—Deje que me quede aquí con Reuben. Reuben es mi amigo. Si pudiera quedarme aquí, doctora Cutler, por favor, por favor, por favor.

«Y ahora, ¿qué hago?»

—Ya ve —dijo la doctora Klopov, afectadamente—, esto es una orden firmada que nos confía su cuidado.

—¿Y han visto a los sanitarios que han firmado esta orden? —preguntó Grace—. Han comprado esos dos papeles. No lo entienden. No se saldrán con la suya.

—No les puedo acompañar —dijo Reuben al doctor.

Jaska se volvió y abrió la puerta hacia el viento helado. Gritó a los hombres.

El sheriff protestó de inmediato.

—Yo me ocuparé, doctor. Deje a los hombres afuera. —Se acercó rápidamente a la puerta—. ¡Quédense donde están! —gritó. Era un hombre canoso de modos afables y, con casi setenta años, estaba claramente descolocado con todo aquel alboroto. Se volvió hacia Reuben y le echó, de forma bastante teatral, una buena ojeada—. Si alguien pudiera explicarme de forma comprensible por qué estos dos chicos deberían ser detenidos contra su voluntad, agradecería esa explicación porque no veo cuál es el problema, de verdad que no...

—¡Pues claro que no lo ve! —contraatacó la doctora Klopov, paseándose con sus tacones altos y negros, como si necesitara el golpeteo sobre el parquet de roble—. No tiene ni idea de la naturaleza volátil de la enfermedad a la que nos enfrentamos, o de nuestros conocimientos sobre estos casos peligrosos...

Simon Oliver levantó la voz.

—Sheriff, debería llevarse a esos hombres y marcharse a casa.

La puerta seguía abierta. Las voces de fuera eran cada vez más fuertes. El viento llevaba el aroma de café. La voz de Galton se mezclaba con la de los demás y, por lo que Reuben podía ver, Laura también estaba bajo la lluvia, sirviendo café en tazas con una gran bandeja.

«¿Y dónde diablos están Felix y Margon? ¿Y qué diablos esperan qué haga?»

—¡De acuerdo! —gritó Reuben, y volvió a levantar las manos—. No pienso ir a ningún lado. —Cerró la puerta principal—. Sheriff, la última vez que vi a un sanitario fue hace un mes. No sé quién ha firmado este documento. Recogí a Stuart ayer por la noche porque el muchacho estaba perdido y asustado. Esta es la doctora de Stuart, la doctora Cutler. Lo reconozco, debí llamar a alguien, debí contárselo a alguien ayer por la noche, pero Stuart está bien.

Con feos gestos condescendientes, los doctores rusos negaban con la cabeza y fruncían los labios, como si lo que contaba fuera imposible.

—No, no, no —dijo el doctor Jaska—. Vosotros vendréis, de eso no hay duda. Hemos invertido mucho dinero y esfuerzos para ocuparnos de vosotros y vendréis. ¿Vendréis por propia voluntad o tendremos que...?

Se quedó petrificado con la cara completamente lívida.

A su lado, la doctora Klopov palideció por la sorpresa.

Reuben se dio media vuelta.

Margon y Felix habían regresado a la habitación. Estaban de pie a la derecha de la enorme chimenea y, a su lado, había otro de los distinguidos caballeros de la fotografía. El más anciano de cabellos grises parecía Baron Thibault, el hombre de ojos enormes y rostro profundamente arrugado.

Los hombres se acercaron con naturalidad, casi de forma casual, mientras Grace se apartaba.

—Ha pasado mucho tiempo, no es cierto, ¿doctores? —dijo Baron Thibault con su voz segura de barítono—. ¿Cuánto tiempo ha pasado, exactamente, se deben preguntar? ¿Casi diez años?

La doctora Klopov reculaba lentamente hacia la puerta y Jaska, que estaba a su lado, estiró el brazo buscando el pomo.

—Oh, no tienen por qué irse —dijo Margon. La voz era agradable, educada—. Pero si acaban de llegar y, tal como ha dicho el doctor Jaska, han invertido mucho dinero y esfuerzos.

—¿Conoce a esos hombres? —preguntó Grace a Margon, señalando a los doctores—. ¿Sabe de qué va todo esto?

—Mantente al margen, Grace —le aconsejó Phil.

Margon les saludó a ambos con un pequeño asentimiento y una sonrisa bastante amable.

Los doctores estaban petrificados y contenían la rabia. El hedor del mal era tan seductor... Los espasmos volvieron a atacar a Reuben.

Felix se limitaba a observar, con rostro impasible y ligeramente triste.

De pronto, un alboroto de gritos estalló más allá de la puerta.

Jaska saltó hacia atrás. Klopov estaba demasiado desconcertada pero se rehízo lanzando una mirada cargada de maldad a Margon.

Algo inmenso y pesado estaba aporreando la puerta. Reuben vio cómo temblaba mientras los doctores se apresuraban a apartarse y el sheriff soltaba un grito.

La gente al otro lado de la puerta gritaba, hombres y mujeres por igual.

La puerta se rompió hacia dentro, las bisagras chirriaron y cayeron, y la madera se abrió violentamente hacia su izquierda.

Reuben tenía el corazón en la garganta.

Era un lobo hombre, que surgía de la lluvia como de la nada, un descomunal monstruo de dos metros diez con una piel de lobo marrón oscura, los ojos grises y centelleantes, los colmillos blancos y brillantes y un rugido atronador que surgía de su garganta.

Los espasmos hicieron un nudo dentro de Reuben. Notó que la sangre no le llegaba a la cara. Al mismo tiempo, notó una oleada de náuseas y un temblor en las piernas.

Las enormes zarpas del lobo hombre se alargaron hacia la doctora Klopov, la agarraron por los brazos y la levantaron del suelo.

—¡No te atreverás, no te atreverás! —rugió ella, retorciéndose, agitando los pies, luchando para convertir sus propios dedos en zarpas, mientras la bestia la levantaba a la luz de los focos exteriores.

Todos los presentes en la sala se revolvieron. Reuben tropezó en su retroceso, la doctora Cutler empezó a chillar una y otra vez como si no pudiera contenerse y Jim acudió al lado de su madre.

Fuera, los hombres y las mujeres eran presa del pánico, gritaban y forcejeaban entre ellos. Se oyeron disparos y entonces, sucedió lo inevitable.

—¡No disparen, no disparen! —rugió el doctor Jaska, aferrando el sheriff, que se había quedado petrificado—. ¡Captúrelo, idiota!

Reuben observó completamente alucinado cómo el hombre lobo clavaba sus colmillos en la garganta de la doctora, cuya sangre brotó de inmediato empapándole la ropa arrugada. Sus brazos cayeron flácidos como ramas rotas. El doctor Jaska soltó un gemido intenso y estremecedor.

—¡Mátelo! ¡Mátelo! —gritaba mientras el sheriff forcejeaba para sacar la pistola de la pistolera.

Se volvieron al oír disparos entre el gentío de fuera.

Impertérrita, la bestia cerró sus poderosas fauces alrededor de la cabeza inerte de la mujer y se la arrancó del cuello, desgarrándole la piel sangrienta y correosa. Después, sacudió violentamente la cabeza hacia atrás y hacia delante, y la lanzó por los aires.

El cuerpo sangriento y mutilado de la doctora cayó sobre las escaleras, rebotando hacia el interior de la sala y tumbando al sheriff de espaldas, mientras la bestia atrapaba al doctor Jaska, que intentaba huir, ya ante las puertas del invernadero.

Chocando contra los tiestos de árboles y flores, las dos figuras se fundieron mientras el doctor soltaba una perorata desesperada en ruso antes de que el lobo hombre le arrancara la cabeza, como había hecho con la doctora, y la lanzara de vuelta al gran salón donde rodó por el suelo ante la puerta abierta.

El sheriff, que intentaba levantarse, a punto estuvo de caer sobre la cabeza. Al fin, sacó la pistola pero no consiguió controlar el brazo derecho para apuntar.

El imponente lobo hombre pasó a su lado, con los ojos pálidos mirando hacia delante, arrastrando el cuerpo mutilado de Jaska con una zarpa a modo de gancho.

Reuben observó pasmado sus poderosas piernas peludas, la forma cómo se movían las almohadillas de los pies, los talones elevados, las rodillas flexionadas. Había sentido todo aquello pero nunca lo había observado.

El monstruo dejó caer el cuerpo. Con un gran salto, sobrevoló la asamblea, dejando atrás a Grace y a Jim, y cruzó el gran salón a toda velocidad para entrar en la biblioteca, desde donde saltó hacia las cortinas y, atravesando el cristal de la ventana oriental, desapareció en la noche. El cristal roto cayó junto con la barra de latón de las cortinas y la tela arrugada. La lluvia penetró en la casa.

Reuben estaba completamente petrificado.

Los espasmos se habían intensificado en su interior, pero su piel era como una armadura helada que los contenía.

Vio a su alrededor un auténtico caos: la doctora Cutler histérica, sostenida por Stuart, que se tambaleaba desesperado; Grace levantándose del suelo, donde había caído de rodillas, mirando al monstruo; y Jim arrodillado tapándose la cara con las manos, rezando con los ojos cerrados.

Phil corrió en auxilio de su esposa. Y Laura, que apareció entonces en la puerta abierta, se quedó al lado del cadáver del doctor. Miró a Reuben y Reuben la miró a ella. Estiró el brazo para abrazarla.

Simon Oliver se había desplomado en una silla y, agarrándose el pecho, con la cara ruborizada y mojada, intentaba ponerse en pie.

Solo tres hombres no se habían movido en absoluto: Felix, Margon y Thibault. Pero Thibault se activó y se fue a ayudar al sheriff. Agradecido, el sheriff le agarró el brazo y pasó al lado de Laura y Reuben, gritando órdenes a los hombres.

Las sirenas de los coches patrulla cortaban la noche con su gemido estridente.

Felix estaba muy quieto, observando a su derecha la cabeza cortada del doctor Jaska, que, como suelen hacer las cabezas, miraba inexpresivamente al vacío. Y Margon fue a abrazar a la doctora Cutler y le aseguró con una voz muy tierna que «la criatura», aparentemente, había huido. La doctora Cutler sentía náuseas y estaba a punto de vomitar.

Los policías se estaban desplegando por el bosque. Más sirenas cortaron la noche. Aquellas horrendas luces estroboscópicas iluminaban el gran salón, con un centelleo deslumbrante tras otro. El cuerpo mutilado de la doctora Klopov yacía sobre el peldaño superior de la entrada, como un saco de ropa ensangrentada bajo la lluvia.

Los hombres tropezaron con ella cuando entraron en la casa pistola en mano.

Stuart tenía el rostro completamente blanco e inexpresivo.

Pobre Stuart. Reuben se quedó donde estaba, sosteniendo a Laura en sus brazos. Temblaba. Stuart había visto dos veces lo que podía hacer ese monstruo. Reuben nunca lo había visto. Jamás había visto esa enorme bestia peluda levantar a un ser humano como si fuera un maniquí ligero como una pluma y decapitarlo como si arrancara una fruta madura de su tallo crujiente. El sheriff volvió a irrumpir en la sala, con el rostro mojado y brillante, acompañado por agente de carreteras.

—¡Que nadie salga de la casa, que nadie salga, que nadie salga! —gritó—. Hasta que hayamos obtenido declaración de todo el mundo.

Grace, con la cara pálida, temblando y con los ojos grotescamente abiertos y llenos de lágrimas, recibía caricias y consuelo de

Phil, que le hablaba en voz baja e íntima. Ahora Felix también estaba a su lado y Thibault se acercó a Reuben y Laura.

Grace miró a su hijo.

Reuben miró a Laura.

Luego, miró a Stuart, que permanecía indefenso al lado de la chimenea, mirando a Reuben, con el rostro extraordinariamente sereno y una perplejidad ligeramente ensoñada.

Reuben observó cómo Margon y Felix conversaban con el sheriff, pero no oía las palabras que decían.

Entonces, Grace hizo algo que Reuben jamás había visto, que jamás creyó que vería. Se desmayó de golpe, se escurrió como un saco engrasado de los brazos de Phil y golpeó el suelo con un fuerte ruido sordo.

35

Era la multitud más extraña que Reuben había visto en su vida. Y era toda una multitud.

Los equipos de la policía científica, compuestos por hombres de San Francisco, del condado de Mendocino y del FBI, se habían marchado hacía rato.

Y también lo habían hecho la mayor parte de sanitarios, porque, como les necesitaban en otro sitio, les habían interrogado primero.

Se habían llevado a Simon Oliver a la sala de urgencias local, tras observar en él todos los síntomas posibles de un infarto, aunque tal vez solo se tratara de un ataque de ansiedad.

El olor de la lluvia y el aroma de café, té con limón y vino tinto impregnaban la casa.

Habían sacado todas las galletas caseras de la despensa y las habían dispuesto en bandejas. Habían cortado salchichones y los habían servido con galletas saladas y mostaza. La esposa de uno de los ayudantes del sheriff había venido con fuentes de pan de calabaza recién cortado.

En la mesa del desayuno, en la cocina y en el comedor, la gente se congregaba en grupitos y meditaba sobre lo que había ocurrido mientras prestaba declaración al sheriff, a los agentes de carretera y a los hombres de la oficina del fiscal general que habían llegado desde Fort Bragg.

Galton y sus primos habían hecho todo lo posible para cubrir la ventana de la biblioteca, al menos hasta la mitad, tapándola con plástico grueso; y, al cabo de una hora de intenso trabajo, habían conseguido volver a colgar la puerta principal de las bisagras con un nuevo cerrojo con pestillo.

Ahora estaban tomando café y charlando con todos los demás.

En las grandes chimeneas, ardía el fuego. Habían encendido todas las luces, desde los decorados apliques de pared hasta viejas luces eléctricas de las mesas rinconeras y las cómodas en las que Reuben jamás había reparado.

Y jóvenes guardias armados y sanitarios se movían por las habitaciones como solteros en una fiesta, observándose los unos a los otros y a los invitados «más importantes», que se arremolinaban en pequeños grupos.

La doctora Cutler que se había apoltronado en el sofá grande y viejo al lado de la chimenea del gran salón, con una manta alrededor de los hombros, temblando, no por el frío sino por la experiencia, estaba hablando con los investigadores.

—Bien, seguro que se trata de una especie para la que no disponemos actualmente de ninguna etiqueta o definición; o eso, o es una mutación auténticamente monstruosa, una víctima de una combinación de desarrollo óseo y crecimiento de pelo galopantes. ¿Por qué temblaron los listones del suelo bajo esa criatura? Debe pesar 150 kilos.

Grace, Phil y Jim se habían reunido en la gran mesa del comedor bajo la luz extrañamente alegre de la chimenea medieval y estaban hablando con Felix, que explicaba amablemente que, durante años, se había relacionado a Jaska y Klopov, que llevaban a cabo ciertos experimentos poco ortodoxos e investigaciones clandestinas, financiadas durante décadas por el gobierno soviético y, posteriormente, por mecenas privados de dudosa reputación y objetivos poco claros.

—Me daba la impresión de que estaban muy metidos en las ciencias ocultas —dijo Felix—, siempre insinuaban que los soviéticos conocían secretos sobre el mundo de la tradición y la leyenda que otros habían descartado erróneamente.

Grace observaba a Felix con una mirada comprensiva mientras hablaba.

—¿Quiere decir que estaban interesados en esta criatura, este lobo hombre, porque estaban metidos en investigaciones médicas privadas? —preguntó Phil.

Jim mantenía una expresión solemne, distante, y sus ojos, atentos y discretos, recorrían a Felix mientras hablaba.

—¿Acaso le sorprende? —preguntó Felix—. Hay científicos que tratan a clientes multimillonarios con sueros de la juventud poco ortodoxos, hormonas de crecimiento humano, células madre, glándulas de oveja, piel y huesos clonados y trasplantes estéticos con los que el resto de los mortales solo soñamos. ¿Quién sabe lo que saben, o dónde les han llevado sus investigaciones? Lógicamente, querían echar el guante al Lobo Hombre. Tal vez existan laboratorios secretos bajo auspicio americano con los mismos objetivos.

Grace murmuró con voz cansada que siempre habría científicos y médicos que se creen con la libertad moral de hacer lo que les venga en gana.

—Sí —dijo Felix—, y cuando oí por boca de Arthur Hammermill que Jaska había estado acosando a la familia de Reuben, bien, pensé que quizá podríamos ser de cierta ayuda.

—Y se reunió con ellos en París... —dijo Phil.

—Les conocía —repuso Felix—. Desconfiaba de sus métodos. Desconfiaba de hasta dónde serían capaces de llegar para lograr sus objetivos. Sospecho que la policía descubrirá que su Centro de Rehabilitación de Sausalito es una tapadera, que tenían un avión esperando para sacar a Stuart y a Reuben del país.

—¿Y todo esto para determinar por qué los chicos mostraban estos síntomas, sean los que sean, estos cambios extraños...? —preguntó Phil.

—Porque les había mordido esa criatura —intervino Grace, que volvió a sentarse, sacudiendo la cabeza—. Para comprobar si la saliva del Lobo Hombre había transmitido algún elemento que se pudiera aislar de la sangre de la víctima.

—Exactamente —corroboró Felix.

—Bien, se habrían llevado una decepción enorme —dijo Grace—. Porque nosotros mismos hemos investigado el asunto desde todos los puntos de vista concebibles.

—Ah, pero tú no sabes de qué disponen esta clase de científicos —repuso Phil—. Jamás has sido investigadora científica. Eres cirujana. Y esos dos eran fanáticos de Frankenstein.

Jim miró a Reuben con los ojos cansados, apenados, algo asustados.

Jim había acompañado a Simon Oliver a urgencias, y solo hacía una hora que había regresado para informar que Simon estaba bien y de vuelta a la ciudad en una ambulancia especial. Saldría adelante.

—Bien, hay algo que todos sabemos, ¿no? —preguntó Grace—. Seamos cirujanos, sacerdotes o poetas, ¿verdad, Phil? Hemos visto a ese monstruo con nuestros propios ojos.

—No importa —dijo Phil—. Es como un fantasma. Si lo ves, crees en él. Pero nadie más lo hará. Ya lo verás. Se reirán de nosotros como se ríen de todos los demás que lo han visto. Se podría llenar Candlestick Park de testigos y nada cambiaría.

—Tiene razón —musitó Jim, sin dirigirse a nadie en concreto.

—¿Y qué ha aprendido de todo esto? —cuestionó Felix, mirando fijamente a Grace—. ¿Qué ha sacado de nuevo?

—Que es real —respondió Grace, encogiéndose de hombros—. Que no es ningún criminal disfrazado ni tampoco una alucinación colectiva. Es una aberración de la naturaleza, como se solía decir, un ser humano que ha padecido una deformidad monstruosa. A la larga, todo quedará explicado.

—Tal vez tenga razón —dijo Felix.

—Pero ¿y si es una especie desconocida? —preguntó Phil—. ¿Y si es algo que, simplemente, todavía no se ha descubierto?

—Tonterías —dijo Grace—. Eso es imposible en el mundo actual. A ver, algo así quizá podría ocurrir en Nueva Guinea, pero no aquí. Es algo excepcional. O bien ha sufrido una calamidad atroz o bien es un monstruo desde que nació.

—Mmm. No lo sé —dijo Phil—. ¿Exactamente, qué tipo de accidente o enfermedad, o qué deformidad congénita podría provocar algo así? Ninguna que jamás haya oído, pero tú eres la doctora, Grace.

—Todo quedará explicado —replicó. En realidad, no estaba siendo categórica ni discutía. Simplemente, estaba convencida de ello—. Atraparán a esa criatura. Tienen que hacerlo. En el mundo moderno no hay ningún rincón seguro para algo así. Llegarán hasta el fondo de lo que es y de cómo se convirtió en lo que es, y se acabará la historia. Mientras tanto, el mundo puede volverse loco con la idea del Lobo Hombre como si fuera el molde de un nuevo tipo de héroe aunque, tristemente, no es más que una aberración. A la larga, le harán una autopsia, lo destriparán, lo rellenarán y lo volverán a montar. Acabará en una vitrina del Museo Smithsonian. Y contaremos a nuestros nietos que una vez le vimos con nuestros propios ojos, durante sus breves días de gloria, y la gente guardará una visión romántica de él como una figura trágica, un poco como el Hombre Elefante, en resumidas cuentas.

Jim guardó silencio.

Reuben se fue a la cocina, donde el sheriff tomaba su decimotercera taza de café, recordando con Galton las leyendas de hombres lobo que no se habían escuchado en mucho tiempo «por esos lares».

—Pues bien, hace años, hubo una señora mayor aquí, una vieja loca, en esta misma casa. Recuerdo a mi abuela hablando de eso. La anciana mandó avisar al alcalde de Nideck para decirle que había hombres lobo en estos bosques....

—No sé de qué me habla —dijo Galton—. Soy más viejo que usted y nunca oí nada de eso...

—Aseguraba que la familia Nideck era una familia de licántropos. Quiero decir que vino gritando como una loca, insistiendo que....

—Bah, su abuela se lo inventó.

Y etcétera, etcétera.

Stuart había desaparecido con Margon Sperver. Y Baron Thibault ayudaba a Laura a servir las últimas cañas de higos y pastas de coco sobre una preciosa fuente de porcelana con motivos florales. La cocina olía intensamente a manzanas recién cortadas y té de canela. Laura parecía emocionalmente agotada, pero era evidente que le caía muy bien Thibault y se habían pasado toda la noche hablando en voz baja entre el gentío.

Thibault le estaba diciendo:

—Pero toda moralidad está, necesariamente, definida por el contexto, y no hablo de relativismo. Ignorar el contexto de una decisión es, en realidad, inmoral.

—Entonces ¿cómo definimos exactamente las verdades inmutables? —preguntó Laura—. Entiendo perfectamente lo que dice, pero no tengo la capacidad necesaria para definir cómo construimos decisiones morales cuando el contexto cambia continuamente...

—Reconociendo las condiciones en las cuales se toma cualquier decisión moral—repuso Thibault.

Algunos se estaban marchando.

Los interrogatorios oficiales estaban concluyendo.

El sheriff informó que habían abandonado la búsqueda del Lobo Hombre por Nideck Point. Y le acababan de comunicar que a Jaska y a Klopov les buscaba la Interpol para interrogarles sobre unos cuantos casos abiertos en Alemania y Francia.

Alguien había tomado una serie de fotos claras e inequívocas del Lobo Hombre al sur de San José.

—A mí me parece el auténtico —comentó el sheriff mirando su iPhone—. Es el mismo diablo, sin duda. Echen un vistazo. ¿Cómo puede ese bicho haber llegado tan lejos tan deprisa?

La policía científica había llamado para decir que se podía levantar la escena del crimen.

Finalmente, el grupo empezó a disolverse.

La familia tenía un avión esperándoles en el aeropuerto cercano. Reuben acompañó a su madre hasta la puerta.

—Esos amigos de los Nideck son extraordinarios —admitió ella—. Me gusta mucho Felix. Pensaba que Arthur Hammermill estaba enamorado de él o algo por el estilo, porque no paraba de hablar de ese hombre, pero ahora lo entiendo. De verdad.

Dio un beso tierno a Reuben en ambas mejillas.

—Recuerda que debes traer a Stuart para que la doctora Cutler le ponga las inyecciones.

—Por supuesto, mamá. A partir de ahora, Stuart es mi hermano pequeño.

Su madre le observó un largo rato.

—Intenta no pensar en todas las preguntas sin respuesta,

mamá —le aconsejó Reuben—. Una vez me enseñaste que tenemos que convivir con preguntas sin respuesta toda la vida.

A ella le sorprendió el consejo.

—¿Crees que estoy preocupada, Reuben? —preguntó ella—. No sabes qué ha significado esta noche para mí. Ha sido horrible, ya lo creo. Han sido un día y una noche infernales. Pero algún día tendré que contarte todas mis preocupaciones, lo que temía realmente. —Meneó la cabeza en un gesto triste—. Ya sabes, la medicina puede confundir al más racional de los seres humanos. Nosotros, los médicos, presenciamos todos los días cosas inexplicables y milagrosas. Ni te imaginas lo aliviada que me siento ahora sobre muchas cosas. —Dudó un instante y, finalmente, se limitó a decir—: Una cirujana puede ser tan supersticiosa como cualquier otra persona.

Anduvieron en silencio hasta la furgoneta que les esperaba.

Reuben abrazó a Jim en un gesto cariñoso y prometió llamarle pronto.

—Sé la carga que llevas —le susurró Reuben—. Sé a lo que te he sometido.

—¿Y ahora tienes una casa llena de esas criaturas? —preguntó Jim en un tono de voz apagado y confidencial—. ¿Qué haces, Reuben? ¿Hacia dónde vas? ¿Hay vuelta atrás? Han puesto en jaque a todo el mundo, ¿no es cierto? ¿Y ahora qué?

Jim lamentó de inmediato sus palabras, las lamentó enormemente. Volvió a abrazar a Reuben.

—Esto me da tiempo y espacio —dijo Reuben.

—Lo sé. Os saca presión de encima a ti y al chico. Lo entiendo. No quiero que nadie te haga daño, Reuben. No puedo soportar la idea de que te capturen y te hagan daño. Simplemente, no sé que hacer por ti.

Algunos agentes del orden todavía sacaban fotos y el sheriff les recordó:

—¡No quiero que nadie publique fotos privadas en Facebook y lo digo en serio!

Las despedidas parecieron alargarse una eternidad, y la doctora Cutler fue la última de todos en despedirse, porque quería examinar a Stuart, pero comprendió que no debía despertarle después de lo que había pasado.

La madre de Stuart estaría en el hospital unos cuantos días más. Reuben aseguró que se encargaría de llevar a Stuart a ver a su madre. Se ocuparía de ello. No había necesidad de preocuparse.

Phil dio a Reuben un fuerte abrazo.

—Un día de estos apareceré en tu puerta —le advirtió—, con una maleta bajo el brazo.

—Eso sería fantástico, papá —contestó él—. Mira, papá, hay una casita ahí, en lo alto, con vistas al mar. Necesita muchas reparaciones, pero, de algún modo, te imagino allí, aporreando tu vieja máquina de escribir.

—Hijo, no tientes a la suerte. Puede que venga y ya no me marche. —Sacudió la cabeza en un gesto pesimista, uno de sus favoritos. Negaba con la cabeza no menos de quince veces al día—. Que viniera sería lo mejor que podría ocurrirle a tu madre —añadió—. Tú silba cuando estés preparado para que venga.

Reuben le besó en la mejilla ruda, sin afeitar, y le ayudó a entrar en la furgoneta.

Por fin se habían marchado todos. Regresó a la casa bajo la llovizna y cerró la puerta con el pestillo.

36

Estaban en el comedor. Había velas encendidas en los retablos y sobre la mesa, en candelabros con abundantes grabados. Thibault estaba echando más leña al fuego.

Y sentado al otro lado de la mesa, Felix rodeaba con los brazos a Laura, que lloraba suavemente, con los labios apretados sobre el dorso de su mano izquierda. Llevaba el pelo suelto, y el cabello le envolvía la cara formando ese etéreo velo blanco que reflejaba la luz trémula y que tanto gustaba a Reuben.

A Reuben se le aceleró el corazón al ver a ese hombre poderoso y fascinante sosteniéndola en sus brazos y, como si lo presintiera, Felix se apartó de ella, se puso en pie y le hizo un gesto para que ocupara la silla junto a Laura.

Entonces, rodeó la mesa para sentarse enfrente de Reuben, acomodándose junto a Thibault. Permanecieron en silencio un instante en aquella sala enorme, cálida y etérea.

El reflejo de las llamas de las velas bailaba suavemente sobre sus rostros. El olor a cera de abeja era dulce.

Laura había dejado de llorar. Reposó el brazo izquierdo sobre los hombros de Reuben y apoyó la cabeza contra su pecho. Él la rodeó con el brazo derecho y le dio un beso en la cabeza mientras le sostenía el rostro con la mano izquierda.

—Lo siento tanto, siento tanto todo esto... —susurró.

—No eres tú quien debe disculparse —contestó ella—. Nada

de todo esto es culpa tuya. Estoy aquí porque quiero. Lamento las lágrimas.

«¿Qué ha provocado estas palabras en concreto?», se preguntó Reuben. Parecían relacionadas con una larga conversación a la que él no había asistido.

Se obligó a levantar la mirada hacia Felix y, de repente, se sintió avergonzado de sus celos. Se le partía el corazón al pensar que estaba a solas con Felix, que Felix y Thibault estaban bajo su techo con Laura y con él y que todos ellos estaban, por fin, solos. ¿Cuántas veces había soñado con un momento como ese? ¿Cuántas veces había rezado para que llegara? Por fin había llegado, y ya no había ningún obstáculo. Los horrores de la noche habían quedado atrás. Los horrores de la noche habían marcado un momento cumbre y habían terminado.

De inmediato, la expresión alegre y cariñosa de Felix le fundió el alma. Thibault, con esos ojos grandes y de grandes párpados, parecía meditabundo y afable. Tenía el pelo canoso enmarañado y las arrugas suaves de su cara enmarcaban una expresión agradable y sabia.

—No podíamos contarte lo que estábamos tramando —explicó—. Teníamos que atraer a Klopov y a Jaska. Con Jaska fue fácil. Estaba persiguiendo a tu madre y a Stuart. Pero Klopov solo asomó la cabeza muy al final.

—Lo suponía —dijo Reuben—. Era evidente que Jaska se debía a ella. Lo noté. Así que era ella la que estaba detrás de todo.

—De hecho, ella era la última integrante del comité regulador que nos apresó hace veinte años —dijo Felix—. La última, y Jaska era su entusiasta aprendiz. Necesitábamos una pequeña provocación para atraerla, pero ahora todo eso ya da igual. No podíamos advertirte, no podíamos tranquilizarte. Y ya te habrás dado cuenta de que no recaerá sobre ti ni sobre Stuart la menor sospecha referente a los ataques del Lobo Hombre.

—Sí, eso ha sido brillante —dijo Reuben.

—Pero nunca corristeis el menor peligro —dijo Thibault—. Y, si se me permite decirlo, os comportasteis fantásticamente, igual que con Marrok. No se nos pasó por la cabeza en ningún momento que Marrok se os acercaría. Ni siquiera lo consideramos.

—Pero ¿cuánto tiempo llevabais vigilando, exactamente? —preguntó Reuben.

—Bien, en cierto modo, desde el principio —dijo Felix—. Desde que compré el *Herald Examiner* en París y vi la muerte de Marchent en la primera página. Tan pronto como «El Lobo Hombre de San Francisco» hizo su aparición, subí a un avión.

—Entonces, no abandonaste el país en ningún momento después de que nos reuniéramos en las oficinas del bufete —dijo Reuben.

—No. Hemos estado cerca de vosotros desde entonces. Thibault llegó en cuestión de horas; Margon tuvo que cruzar el Atlántico, como Vandover y Gorlagon. Pero he estado en esta casa sin que lo supierais. Fuisteis bastante espabilados para encontrar el Santuario Interior. Así es como lo llamábamos. Pero no descubristeis la entrada del sótano. La vieja caldera obsoleta es una imitación de aluminio hueco. Os lo mostraré más tarde. Hay que agarrar la parte inferior derecha, tirar hacia vosotros y abriréis la puerta a la que está sujeta. Dentro hay un santuario de habitaciones, todas con luz y calefacción eléctricas, y una escalera que baja hasta un túnel estrecho que corre hacia el oeste y desemboca justo encima de las enormes rocas situadas al pie del acantilado, al final de la playa.

—Conozco el lugar —dijo Laura—. O eso creo. —Tomó una de las viejas servilletas de lino con puntillas de un pequeño servilletero en forma de abanico que había junto a ella, cerca de una bandeja de fruta y dulces, y se frotó los ojos con ella, antes de apretarla firmemente en su mano—. Lo encontré durante uno de mis paseos. No pude escalar esas rocas resbaladizas, pero juraría que vi el lugar.

—Es muy probable —dijo Felix—. Es muy peligroso y la marea entra a menudo en el túnel e inunda unos cien metros o más. Es ideal para los morfodinámicos y similares, que pueden nadar y trepar como dragones.

—Y has estado ahí abajo, en esas salas de hormigón ocultas en el sótano —tanteó Reuben.

—Sí, la mayor parte del tiempo, o en los bosques cercanos. Como es natural, os seguimos hasta Santa Rosa para ver a Stuart.

Supimos enseguida qué había ocurrido. Os seguimos cuando salisteis a buscarle. Si no le hubierais rescatado, habríamos intervenido. Pero os estabais ocupando muy bien de todo, como sospechábamos que haríais.

—El lobo hombre que ha irrumpido en la casa esta noche, ¿es uno de los hombres de la foto de la biblioteca? —preguntó Laura.

—Era Sergei —respondió Thibault con su voz profunda de barítono, esbozando una sonrisa—. Discutimos por el privilegio, pero Sergei fue inflexible. Y Frank Vandover está ahora con Sergei, claro. La doctora Klopov nos retuvo en cautividad durante diez años. Klopov mató a uno de los nuestros. Esta noche ha supuesto una satisfacción considerable para todos nosotros.

—Volverán mañana —anunció Felix—. Ahora están trazando una ruta hacia el sur para el Lobo Hombre. Prepararán un avistamiento impecable en México antes del amanecer. Cuando regresen, espero que les acogerás y que todos podremos, con tu permiso, dormir bajo este techo.

—Esta es tu casa —dijo Reuben—. Piensa en mí como un guardián.

—No, querido muchacho —repuso Felix, pronunciando las palabras exactamente como había hecho Marchent—, es tu casa. Es, sin duda, tu casa. Pero aceptaremos tu invitación.

—Faltaría más —dijo Reuben—, ahora y siempre que queráis.

—Ocuparé mis antiguos aposentos, si no te importa —dijo Felix—, y Margon siempre se ha sentido a gusto en una de las habitaciones más pequeñas de la cara norte, las que dan al bosque. Alojaremos a Thibault en una de las habitaciones del sur, justo al lado de Stuart, si te parece bien, y Frank y Sergei dormirán en el extremo noroeste, en las habitaciones esquinadas que quedan sobre los robles.

—Me ocuparé de todo —dijo Laura, que empezaba a levantarse.

—Querida, no hay necesidad —intervino Felix—. Por favor, siéntate. Sé de buena tinta que todo es tan cómodo como siempre. Más viejo, quizás, y un poco más húmedo, pero perfectamente cómodo. Y te quiero aquí, cerca de nosotros. Seguro que también quieres saber qué ocurrió.

Reuben asintió, mostró su aprobación con un murmullo y volvió a abrazar a Laura.

—Reuben, debo decir que, con una casa de este tamaño, necesitarás un criado de confianza o dos. Si no, la pura generosidad de esta joven hará que se convierta en una esclava.

—Por supuesto —contestó Reuben, e inmediatamente se ruborizó. No quería pensar que había estado explotando a Laura, obligándola a asumir el papel de ama de casa. Quería protestar, pero no era el momento.

En su corazón, esperaba que aquellos hombres nunca se marcharan.

No sabía cómo encauzarles de nuevo hacia el tema de la doctora Klopov. Laura lo hizo por él.

—¿Fue en la Unión Soviética donde Klopov os tuvo cautivos? —preguntó.

—Todo empezó con una traición —explicó Felix—. Y nos entregaron a ella en París Fue una artimaña notable. Por supuesto, contó con la ayuda de un miembro muy amado de mi propia familia y su esposa.

—Los padres de Marchent —dijo Reuben.

—Correcto —confirmó Felix. Hablaba en un tono regular, sin rencor ni juicios de valor—. Es una larga historia. Baste decir que mi sobrino Abel nos vendió a Klopov y sus secuaces por una suma descomunal. Nos atrajeron hasta París, con la promesa de hallar allí los secretos arqueológicos de un tal doctor Philippe Durrell, que se suponía que estaba trabajando en una excavación en Oriente Medio para el Louvre.

Suspiró, y prosiguió la historia:

—Ese tal Durrell era un genio de la conversación y nos dejó a todos maravillados por teléfono. Nos citó a una reunión en París y aceptamos su invitación para alojarnos en un pequeño hotel de la Rive Gauche.

—Nos tenían que tender la trampa en una ciudad muy poblada, claro está —intervino Thibault, carraspeando, con la voz ronca de siempre y un cierto eco emocional en sus palabras—. Teníamos que estar en un lugar donde nuestros sentidos quedaran abrumados por los ruidos y los olores, para que no pudiéramos detectar a los que nos acechaban. Nos narcotizaron uno a uno, salvo a Sergei, que se las ingenió para escapar y, desde entonces, no cesó de buscarnos en ningún momento.

Miró a Felix, que le hizo un gesto para que continuara hablando.

—Casi de inmediato, el equipo de Durrell y Klopov perdió la financiación del gobierno. Nos sacaron a escondidas de Rusia y nos llevaron a una cárcel-laboratorio de hormigón, lúgubre y mal equipada, cerca de Belgrado, donde empezó la guerra de ingenios y resistencia. —Sacudió la cabeza al recordarlo—. Philippe Durrell era, sin duda, brillante.

—Todos eran brillantes —añadió Felix—. Klopov, Jaska... Todos ellos. Estaban convencidos de nuestra existencia. Sabían cosas acerca de nuestra historia que nos dejaron perplejos y poseían enormes conocimientos científicos en ámbitos sobre los que los científicos convencionales se negaban a especular.

—Sí, a mi madre también la deslumbró esa brillantez —dijo Reuben—. Pero muy pronto empezó a desconfiar de Jaska.

—Tu madre es una mujer extraordinaria —la alabó Felix—. Parece totalmente ajena de su belleza física, como si fuera una mente sin cuerpo.

Reuben rio.

—Quiere que la tomen en serio —explicó con un hilo de voz.

—Bueno, sí —dijo Thibault, interrumpiendo educadamente a Reuben—. Philippe Durrell le habría parecido incluso más seductor. Philippe sentía un respeto inmenso por nosotros, y por todo aquello que reveláramos por propia voluntad o a la fuerza. Cuando nos negamos a manifestarnos como lobos, decidió esperar. Al ver que no le confiábamos nada, se dedicó a mantener largas conversaciones con nosotros y esperó el momento oportuno.

—Le intrigaba lo que sabíamos —intervino Felix—. Le intrigaba lo que habíamos visto de este mundo.

Reuben se quedó fascinado ante el significado de todo aquello.

—Nos trató como especímenes delicados a los que era necesario cuidar, y no solo estudiar —prosiguió Thibault—. Klopov era impaciente, condescendiente y, hacia al final, también salvaje, la clase de monstruo que despedaza una mariposa para ver cómo funcionan sus alas. —Se detuvo, como si no le gustara recordar aquellos detalles en ese momento—. Estaba empecinada en provocarnos la transformación. Al principio, nos transformamos unas cuantas veces, pero descubrimos bastante pronto que no podíamos escapar, que los barrotes eran demasiado fuertes y que ellos eran muchos más, así que nos negamos a manifestarnos.

Thibault calló y Felix esperó un instante antes de retomar el hilo.

—Pero no se nos puede extraer el Crisma por la fuerza —explicó, paseando la mirada de Laura a Reuben, para fijarla de nuevo en Laura—. No se puede extraer con una biopsia, con aguja hipodérmica o pasando una esponja por el tejido de nuestras bocas. Las células cruciales se vuelven inertes y se desintegran a los pocos segundos. Lo descubrí hace tiempo, a mi torpe manera, durante los primeros siglos de la ciencia, y después lo confirmé en el laboratorio secreto de esta casa. Los antiguos lo aprendieron a través de la técnica del ensayo y error. No éramos los primeros morfodinámicos encarcelados los que anhelaban el Crisma.

Reuben se estremeció por dentro. Semanas atrás, aunque le parecían años, cuando se había confesado por vez primera a Jim, le habían pasado por la cabeza todas esas posibilidades: encarcelamiento, coacción...

—Pero volviendo al tema —continuó Felix—, uno no puede inyectar el suero en otra persona. Eso, sencillamente, no funciona. —Y siguió hablando, esta vez en un tono un poco más apasionado—: Para administrar una dosis efectiva del Crisma es imprescindible una combinación determinada de elementos. Por eso la mordedura de los morfodinámicos, en la mayor parte de las ocasiones, no produce ningún efecto en las víctimas. Conocíamos perfectamente cuáles eran esos elementos, y sabíamos que no nos pueden forzar a transmitir el Crisma, incluso si se induce la transformación y nos meten la mano o el brazo de una víctima en la boca a la fuerza.

—Eso, en sí mismo, ya es bastante difícil de conseguir —le interrumpió Thibault con una risita—. Hay que tener en cuenta el alto número de bajas que comportan los intentos de ese tipo. Si a uno lo manipulan para que se transforme, es bastante fácil que acabe arrancando el brazo de cualquier espécimen de laboratorio que le ofrezcan o que decapite a un hombre antes de que se pueda poner a salvo. Y fin del experimento.

—Lo entiendo —dijo Reuben—, por supuesto. Me hago una idea. De hecho, he pasado por ello. Evidentemente, no puedo imaginar lo que habéis sufrido, lo que habéis soportado. Pero puedo imaginarme perfectamente cómo fue la historia.

—Imaginaos años de aislamiento —dijo Felix—, encerrados en calabozos helados. Días y noches de completa oscuridad, sufriendo hambre, intimidaciones y amenazas, sistemáticamente torturados con insinuaciones de que tus compañeros están muertos. Una noche os contaré toda la historia si la queréis oír. Pero, vayamos al grano. Nos negamos a manifestarnos y a cooperar en modo alguno. Las drogas no conseguían que nos manifestáramos. Tampoco las torturas físicas. Mucho tiempo atrás aprendimos a sumirnos profundamente en un estado alterado de conciencia para hacer frente a los esfuerzos en ese sentido. Klopov se hartó de eso y de los largos discursos de Phillipe sobre el misterio de los morfodinámicos y las grandes verdades filosóficas que, sin duda, conocíamos.

Miró hacia Thibault y esperó que él prosiguiera.

Thibault asintió con un gesto vago y resignado de la mano derecha.

—Klopov ató a Reynolds Wagner, nuestro querido amigo y compañero de prisión, a una mesa de operaciones y ella y su equipo empezaron a diseccionarlo vivo.

—¡Dios mío! —susurró Reuben.

—Nos obligaron a presenciarlo a través de cámaras de vídeo conectadas a nuestros calabozos —siguió Thibault—. Podríamos narrarte los hechos paso a paso. Baste decir que Reynolds no pudo soportar la agonía. Se transformó, incapaz de contenerse, y se convirtió en un lobo rapaz, ciego de rabia. Consiguió matar a tres de los doctores y casi mata a la doctora Klopov antes de que ella y demás le incapacitaran con balas en el cerebro. Ni siquiera entonces dejó de atacar. Estaba ciego, y postrado de rodillas. Pero acabó con otro de los ayudantes de laboratorio. Klopov prácticamente decapitó a Reynolds a base de balas, le disparó una y otra vez a la garganta hasta que se quedó sin garganta, ni cuello. Le seccionó la médula espinal y Reynolds cayó muerto.

Thibault se detuvo, cerró los ojos y arqueó las cejas frunciendo un poco el ceño.

—Nos había estado amenazando a diario con matarnos —dijo Felix—. Se regocijaba hablando de los grandes descubrimientos forenses que podría obtener de nuestras autopsias si Durrell le permitiera proceder.

—Me imagino lo que ocurrió.

—Sí, claro —dijo Felix—. Vosotros ya lo habéis visto. —Se recostó con las cejas arqueadas y contempló la mesa—. Tal y como sabéis por vuestra experiencia con Marrok, los restos de Wagner se desintegraron delante de sus propios ojos.

—Ella y su equipo trataron frenéticamente de detener la desintegración —recordó Thibault—, pero no pudieron hacer nada. Entonces fue cuando descubrieron que muertos no valíamos nada. Y, por aquella época, Vandover intentó suicidarse, o eso interpretaron ellos, y decidieron volver a someternos a los métodos de Durrell. Desde entonces, Durrell odiaba a Klopov, pero no podía hacer nada sin ella. Tampoco prescindir de ella. Jaska y Klopov juntos eran demasiado para Durrell. Tras la desaparición del resto de doctores, Jaska ganó todavía más importancia. Sobrevivimos tan bien como pudimos.

—Y eso duró diez años —apuntó Reuben, sorprendido. Todo le resultaba demasiado real, tanto horror... Se podía imaginar perfectamente encerrado en una celda estéril.

—Sí —confirmó Felix—. Hacíamos cuanto podíamos para engañarles y conseguir que nos dejaran vernos, pero eran demasiado listos para consentirlo.

—Finalmente, una crisis en Belgrado les obligó a trasladarse. Sergei nos había localizado. Ejerció presión. Y, entonces, con las prisas, cometieron un error fatal. Nos reunieron, sin narcotizarnos, para transportarnos en una furgoneta.

—Creían que, llegados a ese punto, estábamos completamente desmoralizados —explicó Thibault—. Consideraban que estábamos mucho más débiles de lo que realmente estábamos.

—Nos transformamos simultáneamente —explicó Felix—,

cosa relativamente sencilla para nosotros. Rompimos las ataduras y matamos a todo el equipo, incluyendo a Durrell y al resto de doctores, salvo, claro está, a Klopov y a su ayudante Jaska, que consiguieron escapar. Redujimos el laboratorio a cenizas.

Felix y Thibault quedaron mudos un segundo, como si se hubieran perdido en sus recuerdos, pero, entonces, Thibault, con una mirada ensoñadora y distante en los ojos, sonrió.

—Y bien, huimos al centro de Belgrado, donde Sergei lo tenía todo listo para nosotros. Pensamos que acabaríamos con Klopov y Jaska en cuestión de días.

—Y no fue así —intervino Laura.

—No, no fue así —confirmó Thibault—. Jamás logramos dar con ellos. Sospecho que utilizaron otros nombres. Pero cuando las credenciales de un doctor dependen de su nombre de pila, es muy probable que lo utilice de nuevo, por las ventajas obvias que eso le ofrece. —Su sonrisa se tiñó de cierta amargura—. Y eso es lo que inevitablemente sucedió. Como es lógico, la pareja ha encontrado nuevos seguidores y, con el tiempo, tendremos que ocuparnos de su séquito, pero no por ahora.

Carraspeó y siguió hablando:

—Entonces llegó la noticia desde América: Marchent, a quien Felix tanto amaba, había sido asesinada por sus propios hermanos y un morfodinámico había acabado con los asesinos al viejo estilo de la bestia.

Todos guardaron silencio un largo rato.

—Estaba seguro de que me reuniría con Marchent algún día —dijo Felix en un tono apagado y derrotado—. Fui un estúpido al no ponerme en contacto con ella, por no haber regresado a casa. —Miró a lo lejos y observó la mesa que tenían delante, como si le intrigara el remate de satinado de la madera aunque, en realidad, no veía nada—. Vine aquí a menudo mientras ella estaba de viaje. Y una o dos veces la espié desde el bosque. Ya veis... —Se le rompió la voz.

—No le quisiste decir quién te había traicionado —sugirió Laura.

—No, no quise —respondió Felix. Hablaba con una voz baja, insegura—. Y no le quise contar que a ambos, a su madre y a su padre, les había pagado en especie. Era imposible que lo entendiera si no le contaba todo lo demás, y no quería hacerlo.

Todos quedaron en silencio.

—Cuando saltó la noticia sobre los ataques en San Francisco... —empezó a decir Felix, pero se le apagó la voz.

—Supiste que Marrok había pasado el Crisma —sugirió Laura—. Y sospechaste que los buenos doctores no podrían resistir la tentación.

Felix asintió.

Se hizo otro silencio. Los únicos ruidos que se oían era el de la lluvia aporreando los alféizares de las ventanas y el chisporroteo y el crepitar del fuego tras la enorme rejilla.

—¿Habrías venido si no hubieran aparecido Klopov y Jaska? —preguntó Reuben.

—Sí —contestó Felix—. Sin duda, sí. No habría permitido que os enfrentarais a todo esto solos. Quería venir por Marchent. Quería las cosas que había dejado en la casa. Pero también quería conocerte. Quería descubrir quién eras realmente. No pensaba abandonarte a todo esto. Jamás lo hacemos. Por eso organicé esa reunión extraña en las oficinas de los abogados.

—Y si hubiera estado ilocalizable por algún motivo, Thibault habría venido a buscarte. O Vandover o Sergei. Resultó que estábamos juntos cuando saltó la noticia. Sabíamos que tenía que haber sido Marrok. Sabíamos que los ataques en San Francisco eran cosa tuya.

—Entonces, siempre que se transmite el Crisma a alguien, ¿le ayudáis? —preguntó Reuben.

—Mi querido muchacho —dijo Felix—, eso no sucede con tanta frecuencia, de verdad, y poquísimas veces de forma tan espectacular.

Ambos miraron afectuosamente a Reuben y la vieja expresión cálida de Felix regresó a su rostro.

—Entonces, ¿no os molestó en ningún momento que pusiera al Lobo Hombre en boca del público en general? —preguntó Reuben

Felix rio por lo bajo, y también lo hizo Thibault. Ambos se intercambiaron una mirada.

—¿Que si nos molestó? —preguntó Felix a Thibault con una sonrisa pícara, dándole un golpecito con el codo—. ¿A ti qué te parece?

Thibault negó con la cabeza.

Reuben no conseguía discernir qué significaban sus gestos, pero no parecían para nada enfadados, y tampoco tenía derecho a preguntar más.

—A ver, no diré que me encantara —explicó Felix—, pero tampoco me enfadé en ningún momento. Claro que no.

—Hay tantas cosas que te podemos contar... —dijo Thibault, cariñosamente—. Tantas cosas que os podemos explicar, a ti, a Stuart y a Laura.

«Y a Laura.»

Felix miró hacia la ventana oscura y observó la capa de lluvia brillante que resbalaba por ella. Fijó los ojos en el elaborado techo, adornado con vigas barnizadas entrecruzadas y los paneles imitando un cielo pintado con estrellas doradas.

«Y sé qué siente —pensó Reuben—, y ama esta casa, la ama como ya la amaba cuando la construyó, porque seguro que la construyó él, y la necesita, ahora necesita volver a casa.»

—Y necesitaríamos años de noches como esta para contarte todo lo que tenemos que contarte —dijo Felix con aire ensoñado.

—Lo entiendo perfectamente —dijo Reuben. Quería decir más cosas, sobre todo en ese momento. Muchas más cosas. Pero la perplejidad le impedía casi articular palabra.

Las muchas preguntas que se planteaba le parecieron insignificantes a medida que una visión global cobraba forma en su cabeza, vasta, muy por encima de las constricciones aritméticas del lenguaje, una gran visión, orgánica aunque ilimitada, que disolvía las palabras. Era algo infinitamente más parecido a la música, algo que se expandía y retumbaba como los triunfos sinfónicos de Brahms. El corazón le latía suavemente al ritmo creciente de sus expectativas, y una luz nacía lentamente en su interior, caliente, incandescente, como el Shekinah o la luz inevitable de cada alba.

Se imaginó de nuevo entre las copas altas del bosque, un lobo hombre descansando en las ramas, viendo de nuevo las estrellas ahí arriba, preguntándose una vez más si el gran anhelo que sentía era, de algún modo, una forma de plegaria. ¿Por qué aquello era tan importante para él? ¿Era aquella la única forma de redención que comprendía?

—Margon te aconsejará —dijo Thibault—. Es mejor que te aconseje Margon. Es, con mucho, el más viejo de todos nosotros.

Eso provocó un escalofrío en Reuben. Margon, «el más viejo», y ahora estaba con el Lobo Niño. ¡Qué diferente sería todo aquello para Stuart, tan enérgico e inquisitivo por naturaleza, qué extraordinariamente diferente de lo que había significado para Reuben tropezar con un descubrimiento tras otro mientras caminaba a ciegas!

—Ahora estoy cansado —dijo Felix—, y la visión de tanta sangre ha despertado mi hambre insaciable.

—Venga, ¡siempre estás igual! —dijo Thibault, medio burlándose medio regañándole.

—Tú naciste viejo —repuso Felix, propinando otro golpecito a Thibault con el codo.

—Tal vez —contestó Thibault—, pero eso no es nada malo. Aceptaré la oferta de cualquier cama en esta casa.

—Necesito el bosque —dijo Felix, y miró a Laura—. Querida —dijo—, ¿me permitirías llevarme a tu jovencito un rato si le apetece acompañarme?

—Por supuesto —respondió ella de todo corazón, tomando la mano de Reuben—. ¿Y qué hay de Stuart?

—Están cerca —contestó Thibault—. Creo que Margon le está agotando a propósito por su propio bien.

—Hay periodistas ahí fuera —anunció Reuben—. Les puedo oír, y estoy seguro que vosotros también.

—Y también Margon —dijo Felix suavemente—. Accederán al santuario a través del túnel o por encima del tejado. No debes preocuparte. ¿Entiendes? No debes preocuparte. Nunca nos verán.

Laura estaba de pie, entre los brazos de Reuben. Él notaba el intenso calor de sus pechos contra su pechera, contra su pecho. Reuben apoyó la cara en el cuello tierno de Laura.

Reuben no necesitaba decir a Laura lo que significaba para él salir a esa divina oscuridad frondosa con Felix, adentrarse en el mismísimo corazón de la noche junto a Felix.

—Vuelve pronto conmigo —susurró Laura.

Thibault había rodeado la mesa para tomarle el brazo, para escoltarla, como si aquello hubiera sido una cena formal de una época anterior, y salieron juntos de la habitación. Laura, vagamente hechizada, y Thibault, sobreprotector, desaparecieron por el pasillo.

Reuben miró a Felix.

Felix volvía a sonreírle, con el rostro sereno y lleno de compasión, con una buena voluntad simple, natural y radiante.

37

Bajaron a través del sótano. Bastaba con retirar la puerta pesada a la cual estaba sujeta la caldera sobre una base de hormigón que, en realidad, era una caja hueca enyesada, para poder desplazarse por un nido de habitaciones apelotonadas y tenuemente iluminadas con bombillas eléctricas cubiertas de polvo. Dejaron atrás montones de baúles y prendas viejas, enormes muebles, y más puertas.

Bajaron las escaleras y, finalmente, entraron en el amplio túnel de tierra, apuntalado con vigas como una mina de carbón, con una luz plateada y débil que centelleaba sobre las vetas ricas de arcilla de los muros húmedos.

Pasaron una curva tras otra hasta mucho más adelante, donde apareció la luz metálica del cielo húmedo.

El túnel desembocaba directamente en el mar rugiente.

Felix, completamente vestido, echó a correr. Corrió cada vez más deprisa y, entonces, saltó hacia delante con los brazos abiertos, y su ropa se rasgó y sus zapatos salieron volando en pleno salto al tiempo que sus brazos se convertían en enormes patas de lobo y sus manos en enormes zarpas peludas. Siguió galopando, hasta salvar con elegancia la estrecha apertura por donde desapareció.

Reuben jadeó sorprendido. Entonces, siguiendo su ejemplo a pies juntillas, también echó a correr. Aceleraba cada vez más cuando los espasmos le acometieron, casi elevándole mientras saltaba hacia delante, rasgando la ropa y liberándose, al tiempo que se alargaban sus extremidades y la piel de lobo aparecía desde la punta de la cabeza hasta los dedos de los pies.

Cuando volvió a tocar el suelo, era un morfodinámico que palpitaba hacia el rugido de las olas, el alarido del viento, la luz acogedora del cielo nocturno.

Salvó el agujero sin esfuerzo, atravesando las olas espumosas y heladas.

Arriba, sobre las peligrosas rocas recortadas, el lobo hombre en que se había convertido Felix le estaba esperando. Treparon juntos por ese acantilado imposible, clavando las garras en la tierra, en las enredaderas y las raíces, correteando alegremente por el refugio aromático y frío que les ofrecían los árboles.

A donde Felix iba, él le seguía, corriendo como había corrido hasta Santa Rosa para encontrar a Stuart, con ese poder intenso. Se dirigieron hacia el norte más allá del bosque de Nideck Point, cada vez más lejos por los bosques catedralicios de secuoyas que les empequeñecían durante el viaje, como viejos monolitos de otro mundo.

Jabalí, lince, oso: captó los olores, y el hambre creció en él, la necesidad de matar, de regodearse. El viento llevaba el aroma de los campos, de las flores, de la tierra calentada por el sol y empapada por la lluvia. Continuaron corriendo hasta que el viento llevó hasta ellos un olor que jamás antes había apreciado de verdad: el del alce macho.

El alce macho sabía que le perseguían. El corazón se le disparó. Corría con una velocidad y una agilidad majestuosas, acelerando cada vez más, hasta que ambos le atraparon, le saltaron sobre la ancha espalda y cerraron sus fauces en torno a ambos lados de su cuello poderoso y arqueado.

Así derribaron a ese inmenso animal. Sus patas finas y gráciles se agitaban mientras su fuerte corazón latía y sus enormes y tiernos ojos oscuros contemplaban los fragmentos rotos del cielo estrellado en lo alto.

«Os compadezco, compadezco a todas las criaturas vivas que apeláis a un cielo como este en busca de auxilio.»

Reuben desgarró las largas tiras jugosas de carne como si no hubiera conocido contención alguna en su vida. Masticó cartílago y huesos, rompiéndolos, triturándolos, chupando el tuétano, tragándoselo todo.

Metieron el hocico en la parte inferior y tierna del vientre —oh, siempre era la parte más tierna, tanto en hombres como en bestias— y arrancaron las tripas correosas de rico sabor, lamiendo con sus lenguas rápidas y rosadas la sangre cada vez más espesa.

Y, así, se dieron un festín bajo la lluvia silenciosa.

Después, se recostaron al pie del árbol, inmóviles. Era evidente que Felix estaba escuchando, esperando.

¿Quién les podría haber diferenciado, siendo como eran bestias del mismo tamaño y color? La diferencia radicaba en sus ojos.

Los grillos cantaban a la reciente matanza, a la carroña. Arrastrándose por la maleza, un ejército de diminutas bocas se acercaba al alce, y el esqueleto ensangrentado tembló mientras le asaltaban, como si, al ser devorado, hubiese cobrado nueva vida.

Entre las sombras profundas surgieron los coyotes, enormes, corpulentos, grises, de mirada asesina como lobos con las orejas y los hocicos puntiagudos.

Felix parecía contemplar la escena, un gran hombre peludo y silencioso de ojos pacientes y vivos.

Avanzó a gatas y Reuben le siguió.

Los coyotes aullaron, le retaron, intentaron morderle, y él a ellos, amenazándolos con la zarpa derecha, riendo por lo bajo, aullando, permitiendo que se volvieran a acercar, y volviendo a provocarles, observándoles mientras destripaban el cuerpo mutilado del alce.

Se quedó tan quieto que las bestias se crecieron y se le acercaron más antes de escabullirse de golpe al oír su carcajada.

De pronto, saltó, inmovilizando al más grande con sus zarpas y atrapó la cabeza lobuna entre sus fauces.

Agitó al animal agonizante y lo lanzó hacia Reuben. El resto de coyotes había desaparecido entre un coro de chillidos y aullidos.

Y se dieron otro festín.

Prácticamente era de día cuando bajaron por el acantilado,

agarrándose, resbalando y correteando por las rocas resbaladizas hasta la entrada de la cueva. ¡Qué pequeña parecía, casi invisible, esa grieta entre las rocas gruesas, una cavidad quebrada y estrecha, llena de musgo brillante y espuma de la marea!

Cruzaron la cueva juntos, y Felix se volvió a transformar en hombre sin dejar de caminar. Reuben descubrió que también podía hacerlo. Notó cómo se le encogían los pies y cómo se contraían sus muslos a cada paso.

Se vistieron juntos bajo la luz tenue. La ropa estaba sucia y rasgada, pero era la única que tenían. Felix pasó el brazo por el hombro de Reuben, le acarició el pelo cariñosamente y le agarró por el cogote.

—Hermanito —dijo.

Aquellas eran las primeras y únicas palabras que había pronunciado desde que salieron juntos.

Y subieron hasta el calor acogedor de la casa y sus habitaciones separadas.

Laura estaba de pie junto a la ventana del dormitorio, contemplando el alba azul como el acero.

38

El comedor, una vez más.

Un vivo fuego crepitaba bajo la negra repisa de la chimenea medieval, y a lo largo de la mesa las llamitas de las velas bailoteaban y humeaban, intercaladas entre fuentes de cordero asado y aderezado con ajo y romero, pato laqueado, brécol hervido, calabacines, pilas de patatas con piel, corazones de alcachofa rehogados en aceite y cebollas asadas, plátanos y melones en rodajas y pan recién salido del horno.

En las copas, altas y delicadas, vino tinto; en los cuencos de madera, relucientes hojas de ensalada; el olor agudo y dulzón de la menta en compota, tan deliciosa como el aroma de las suculentas carnes; y mantequilla dulce untada sobre los panecillos aún calientes.

La cocina era un ajetreo constante de idas y venidas en el que todos ayudaban en lo que podían al festín: incluso Stuart, que había puesto las viejas servilletas de hilo frente a cada asiento y había colocado muy recta la cubertería de plata, admirado ante el tamaño de los antiguos cuchillos y tenedores. Felix dispuso los cuencos de arroz azucarado con canela y almendra sobre la mesa. Thibault se ocupó de llevar una fuente de batatas de un vivo color naranja.

Margon se sentó a la cabecera de la mesa, con la densa cabellera castaña suelta sobre los hombros y el cuello de la camisa color burdeos despreocupadamente abierto. A su espalda quedaban los ventanales de la fachada este, tras los cuales se veían las ya casi habituales figuras de algún que otro periodista acechante entre la fronda de los robles.

La luz de primera hora de la tarde brillaba blanca a través de la espesa y enmarañada trama de ramas grisáceas.

Cuando al fin se sentaron todos, Margon propuso un momento de reflexión y agradecimiento e inclinó la cabeza.

—Margon *el Impío* da las gracias a los dioses —susurró Felix con un guiño a Reuben, que una vez más estaba sentado frente a él, y junto a una Laura sonriente. Pero, entonces, Felix cerró los ojos y los demás hicieron lo propio.

—Decid lo que queréis a la fuerza que gobierna el universo —dijo Margon—. Quizá de ese modo convoquemos su presencia y nos ame tanto como nosotros la amamos a ella.

De nuevo el silencio, el tamborileo tierno e incesante de la lluvia al enjuagar el mundo y nutrirlo, y el chisporroteo de la leña a medida que las llamas danzaban frente a los ladrillos ennegrecidos, y a lo lejos, en la cocina, el sonido distante de la música: Erik Leslie Satie otra vez, el piano, *Gimnopedia n.º 1.*

«Oh, y que la humanidad sea capaz de crear música así —pensó Reuben—, en este minúsculo pedazo de roca en órbita de un diminuto sistema solar perdido en una galaxia insignificante sumida en la inmensidad del espacio. Quizás el creador de todo ello escuchará esta música y oirá en ella una forma de plegaria. Ámanos, ámanos como nosotros te amamos.»

Stuart, sentado entre Felix y Thibault al otro lado de la mesa, vestido con una camiseta blanca y unos vaqueros, se echó a llorar. Se derrumbó, con el rostro oculto tras una mano gigantesca: sus hombros se estremecían en silencio y, a los pocos segundos, dejó de hacer ruido y con los ojos cerrados siguió sollozando, mientras las lágrimas brotaban incesantes, como si fuera un niño pequeño.

Llevaba la rizada cabellera rubia atada en la nuca para dejar al descubierto las líneas de su rostro, y con su nariz achatada y la tez pecosa volvía a tener, una vez más, todo el aspecto de un muchacho grandullón.

Laura se mordió el labio para contener las lágrimas al contemplarle. Reuben le apretó la mano.

Y la pena se apoderó de Reuben, entremezclada, eso sí, con la felicidad que sentía. Aquella casa estaba llena de vida, de una vida que aceptaba todo lo que le había sucedido, todo lo que le había atemorizado e incluso, en ocasiones, había estado a punto de derrotarlo; una vida directamente salida de sus mudos sueños.

Margon alzó la vista, poniendo fin al momento de plegaria silenciosa, y contempló a los presentes.

La fiesta cobró vida de nuevo. Circularon las bandejas, se escanció vino; sobre las rebanadas de pan humeante y los tiernos panecillos se untaron generosas porciones de mantequilla. El aroma del ajo se hacía presente al servir la ensalada a cucharadas sobre los platos, acompañando los grandes tasajos de carne que llenaban los platos floreados de cerámica fina.

—Y así, ¿qué puedo ofreceros? —dijo Margon como si hubiesen estado hablando todo ese tiempo, en lugar de prestar atención a un millar de cuestiones menores pero esenciales—. ¿Qué puedo daros para ayudaros en este viaje que habéis emprendido?

Dio un largo trago del agua con gas que tenía junto a la copa vacía del vino que no bebía.

Se sirvió una generosa porción de brécol y calabacín, y una más generosa porción todavía de corazones de alcachofa, y cortó un buen pedazo de su panecillo untado en mantequilla.

—Hay cuestiones básicas que debéis conocer. El cambio es irreversible. Una vez el Crisma se apodera de vosotros os hacéis morfodinámicos, como decimos ahora, y eso ya no puede cambiarse.

Stuart despertó de su llanto con la misma celeridad con la que había sucumbido a él. Devoraba ahora las piezas de cordero con tal ansia que Reuben temió que se atragantara; sus ojos azules contemplaban llameantes a Margon, que seguía hablando.

La voz de Margon era tan agradable y casi tan humilde como la noche anterior. Era un hombre persuasivo, del que emanaba una sutil sensación de poder; el rostro era bronceado, ágil y expresivo, los ojos negros enmarcados por espesas pestañas negras que intensificaban la emoción de sus expresiones y las hacían más fieras que sus palabras.

—Nunca, en toda mi vida —continuó, puntuando distraídamente sus palabras con el tenedor de plata—, he conocido a nadie que, de verdad, quisiese invertir el proceso, pero hay quienes caen derechitos en la perdición a consecuencia de él. Hay quienes, enloquecidos por la pasión de la caza, desdeñan los restantes aspectos de la vida hasta que caen destruidos por las armas de quienes les acosan. Pero no es algo que deba preocuparos. Ninguno de vosotros —sus ojos se posaron en Laura al decirlo— es tan insensato, ni capaz de derrochar de ese modo los dones del destino.

Pareció que Stuart quería preguntar algo, pero Margon pidió silencio con un gesto.

—Permitidme que continúe —avisó, antes de seguir—: El Crisma se transmite casi siempre por accidente. Y solo podemos transmitirlo desde nuestro estado lupino. Mi mente, sin embargo, mi limitada mente, se ve asediada por el recuerdo de las tristes legiones de aquellos a quienes se lo negué, y ya no me contengo. Cuando alguien es digno de ello y lo solicita, le otorgo el Crisma. Tan solo pido un deseo ferviente y consciente. Pero esto, Reuben y Stuart, es algo que no debéis hacer voluntariamente; me refiero a ofrecer el Crisma. Es una responsabilidad demasiado grande. Dejadme decisiones de tanto calado a mí, a Felix, a Thibault, o incluso a Frank y a Sergei, que pronto estarán con nosotros.

Reuben asintió. No era el momento de atosigarle a propósito de Laura, pero ¿acaso era necesario? En ningún momento, se había insinuado siquiera que Laura no fuese ya uno de ellos, y aquello, a ojos de Reuben, solo podía significar una cosa. Pero no estaba seguro, y eso le hacía sufrir. No lo sabía.

—Bien: el Crisma puede resultar fatal para la persona infectada —continuó Margon—, pero es algo que sucede en muy raras ocasiones, y solo con quienes son muy débiles o muy jóvenes, o cuando el mordisco o las heridas son tan graves que el Crisma no puede contrarrestar los daños y la pérdida de sangre. Lo que sé lo he aprendido por azar. Puede matar, pero por lo general no mata...

—Pero Marrok dijo que era capaz de matar —le interrumpió Reuben—, y que casi siempre sucedía así.

—Olvidad a Marrok —dijo Margon—. Olvidad lo que otros pueden haber contado a Marrok con la intención de refrenar su deseo de poblar el mundo de morfodinámicos como él. Ya entonaremos nuestro propio réquiem cuando, en breve, bailemos juntos por los bosques. Por ahora ya se ha hablado suficiente de Marrok. Puede que Marrok supiera, o que no supiera, porque nadie sabe. Y no hay nadie que sepa cuál es la verdad.

Se interrumpió el tiempo suficiente para probar un bocado de pato y otro trozo de pan con mantequilla.

—Bien. Cuando el Crisma se otorga a hombres y mujeres jóvenes, de vuestra edad, no hay peligro —dijo—, y cuando se ofrece con el mordisco profundo y se inyecta en el flujo sanguíneo en varios puntos, el efecto es el que habéis conocido vosotros y se demora entre siete y catorce días. La luna no guarda relación con esto. Esas leyendas tienen un origen distinto, y nada tienen que ver con nosotros. Lo que resulta innegable, con todo, es que durante los primeros años el cambio solo se produce tras el crepúsculo, y que resulta extremadamente difícil provocarlo a plena luz del día. Pero con el tiempo, y si verdaderamente os lo proponéis, seréis capaces de iniciar la transformación a voluntad. Debéis trazaros como objetivo el dominio total del proceso. Si no lo conseguís, nunca podréis controlarlo. Será él el que os controle.

Reuben asintió y masculló que lo había descubierto de la manera más dolorosa, aterradora y personal imaginable.

—Yo pensaba que eran las voces las que provocaban el cambio —dijo—. Pensaba que las voces lo disparaban, que tenían que dispararlo...

—Más tarde hablaremos de las voces —dijo Margon.

—Pero ¿por qué oímos las voces? —insistió Stuart—. ¿Por qué oímos las voces de gente herida, gente que sufre y nos necesita? Por Dios, en el hospital me estaba volviendo loco. Era como escuchar a las almas del infierno suplicando piedad...

—Ya hablaremos de eso —repitió Margon, y se volvió hacia Reuben—. Es obvio que conseguiste encontrar la manera de controlarlo, más o menos, y lo hiciste bien. Lo hiciste muy bien. Eres de una nueva generación, y tienes una fuerza que jamás hemos visto en el pasado. Llegas al Crisma con una salud y un vigor apenas ocasional durante siglos, diría incluso que excepcional. Y cuando esas facultades se combinan con la inteligencia, el morfodinámico solo puede describirse como una criatura soberbia.

—Vamos, no los adules tanto —murmuró Thibault con su acostumbrada voz de barítono—. Ya son bastante exuberantes.

—¡Quiero ser perfecto! —gritó Stuart, señalándose el pecho con el pulgar.

—Si quieres ser perfecto como yo entiendo la perfección —dijo Margon—, analiza todos los dones que posees, no solo el mórfico. Piensa en todas las hebras de tu vida humana, y en lo que significan para ti.

Se volvió hacia Reuben.

—Tú, Reuben, eres un poeta, un escritor, puedes ser, si quieres, el cronista de tu tiempo. Eso es un tesoro, ¿no te parece? —Y sin esperar respuesta continuó—: Anoche, antes de llevarme a este joven a los bosques, hablé largo y tendido con tu padre. Él es el progenitor que te ha transmitido tus mayores talentos, y no esa madre brillante a la que con tanta devoción adoras. Es el hombre en la sombra quien te ha proporcionado ese amor por el lenguaje que modula la forma misma en que percibes el mundo.

—No lo dudo —dijo Reuben—. Le he fallado a mi madre. No pude ser médico. Tampoco mi hermano Jim.

—Ah, Jim, tu hermano —dijo Margon—. He ahí un enigma: un sacerdote que ansía con todo su corazón creer en Dios, pero que no cree.

—Tampoco es tan raro, me parece a mí —dijo Reuben.

—Pero... ¿Entregarle voluntariamente tu vida a un dios que quizá no responda nunca? —preguntó Margon.

—¿Qué dios le ha respondido nunca a nadie? —replicó Reuben, esperando una respuesta con la mirada clavada en Margon.

—¿Hace falta que recuerde que miles han afirmado escuchar su voz?

—Sí, pero ¿de verdad la escuchan?

—¿Cómo vamos a saberlo nosotros? —preguntó Margon.

—¡Venga ya, hombre! —dijo Felix, alzando la voz por primera vez. Dejó los cubiertos sobre el plato y se volvió ceñudo hacia Margon—. ¿Vas a profundizar ahora en la religión con estos cachorrillos? ¿Ahora te vas a poner a defender con sordina tu nihilismo? ¿Por qué?

—Bueno, perdóname —dijo Margon con sarcasmo—, perdóname por reconocer las numerosas pruebas de que la humanidad, desde que la Historia recuerda, afirma haber oído las voces de sus dioses, y que las conversiones por lo general son bastante emotivas y muy reales para el converso.

—De acuerdo —dijo Felix, con ademán conciliador—. Sigue, maestro. También a mí me hace falta escuchar estas cosas otra vez.

—No sé si seré capaz de soportarlo —dijo Thibault estentóreamente y con una media sonrisa burlona.

Margon rio entre dientes, y los ojos le brillaron al clavar la mirada en Thibault.

—El día que te uniste a este grupo fue un día aciago —afirmó, aunque en tono cordial—. Siempre tan amargo en tu risa, siempre tan sarcástico. Oigo tu atronador vozarrón en sueños.

Aquello le gustó a Thibault.

—Lo que dices está claro —dijo Felix—, Reuben es un escritor. Tal vez el primer morfodinámico escritor que haya habido nunca...

—Bobadas. ¿Acaso soy el único que recuerda las cosas desagradables? —interrumpió Thibault.

—No es la crónica de los morfodinámicos lo que quiero revelar ahora —dijo Margon—. Lo que digo es esto. —Miró directamente a Stuart, que alargaba la mano para hacerse con la fuente de las patatas—. Sois criaturas con cuerpo y alma, lupinos y humanos, y el equilibrio es indispensable para la supervivencia. Si uno se lo propone puede acabar con los dones que le han sido concedidos, con cualquiera de ellos, con todos ellos, y el orgullo engendra siempre destrucción: el orgullo engulle vivos la mente y el corazón y el alma.

Reuben asintió enfáticamente y echó un trago largo de vino.

—Pero estarás de acuerdo en que la experiencia humana palidece en comparación con la lupina —dijo Reuben—. Cualquier aspecto de la experiencia lupina es más intenso.

Titubeó. Morfodinámicos, don mórfico... Eran palabras hermosas.

Pero recordó las palabras que él mismo había decidido emplear cuando estaba completamente solo: el don del lobo.

Efectivamente, era un don.

—¿Verdad que no existimos en máxima intensidad constantemente? —replicó Margon—. Dormimos, dormitamos, meditamos... Nos descubrimos en nuestras pasiones y nuestros fracasos, pero también en nuestro reposo y en nuestros sueños.

Reuben tuvo que darle la razón.

—Esta música que nos has puesto, esta pieza para piano de Satie. ¿Verdad que no es la Novena de Beethoven? —preguntó Margon.

«No, y tampoco la Segunda Sinfonía de Brahms», pensó Reuben, recordando sus propias reflexiones de la noche anterior.

—Entonces ¿cuántas noches me va a sorprender la transformación, tanto si quiero como si no? —quiso saber Stuart.

—Intenta resistirla con todas tus fuerzas —dijo Thibault—. Puede que te lleves una sorpresa.

—Aún es demasiado pronto para que puedas resistirte —comentó Margon—. Se apoderará de ti cada noche durante unos catorce días. Reuben, por ejemplo, aprendió a controlarlo... ¿Cuándo? ¿Al décimo día? Pero solo porque anteriormente se había rendido incondicionalmente al cambio.

—Sí, es lo más probable —admitió Thibault.

—Pero por experiencia creo que es siempre una quincena —dijo Felix—. Después, el poder resulta infinitamente más manejable. Para muchos, una semana al mes es suficiente para mantener el vigor y la cordura. Y por supuesto puedes aprender a reprimirlo de manera indefinida. A menudo es posible discernir un ritmo muy personal, un ciclo individual; pero las respuestas varían mucho de una persona a otra, y, además, las voces de quienes precisan protección pueden provocarnos en cualquier momento. Pero, al principio, necesitas esas dos semanas, porque el Crisma todavía está actuando sobre tus células.

—Ah, las células, las células —dijo Reuben—. ¿Cómo las llamó Marrok?

Se volvió hacia Laura.

—Células progenitoras pluripotenciales —respondió ella—.

Dijo que el Crisma actuaba sobre esas células y motivaba la mutación.

—Ya, claro —dijo Stuart.

—Esa es la teoría que manejamos —dijo Felix—, a partir de las endebles informaciones de que disponemos actualmente. —Apuró su copa de vino y se recostó en el asiento—. Lo razonamos así: esas son las únicas células que pueden ser responsables de los cambios que se producen en nosotros y, por lo tanto, toda la humanidad tiene el potencial de convertirse en morfodinámica. Pero eso se basa solo en lo que sabemos en la actualidad sobre química humana, que es más de lo que sabíamos hace veinte años, o veinte años más atrás todavía, y etcétera, etcétera.

—Nadie ha podido definir claramente qué es lo que sucede —dijo Thibault—. En los albores de la ciencia moderna intentamos comprender las cosas ayudados por el nuevo vocabulario crítico a nuestra disposición. Teníamos muchas esperanzas. Instalamos laboratorios, contratamos a científicos con subterfugios... Pensábamos que, al fin, lo descubriríamos todo sobre nosotros. ¡Pero aprendimos tan poco! Lo que sabemos es lo que habéis podido observar en vosotros mismos.

—Necesariamente tiene que estar relacionado con las glándulas, con las hormonas, ¿no? —dijo Reuben.

—No cabe duda —dijo Felix—, pero ¿por qué? ¿Y cómo?

—Veamos, ¿cómo empezasteis vosotros? —preguntó Stuart dando una palmada sobre la mesa—. ¿Ha estado siempre entre nosotros, quiero decir, entre los humanos? Margon, ¿dónde empieza todo esto?

—Todo eso tiene su respuesta... —masculló Margon. Era evidente que no quería hablar.

—¿Quién fue el primer morfodinámico? —insistió Stuart—. Venga, debéis de tener un mito de la génesis. Lo de las células, las glándulas, la química... eso es aparte. Pero ¿cuál es la historia? ¿Cuál es el mito?

Silencio. Felix y Thibault esperaban que Margon respondiera.

Margon sopesaba la situación. Parecía preocupado, y por un momento completamente perdido en sus reflexiones.

—La historia antigua no es especialmente edificante —dijo

al fin—. Lo que importa ahora es que aprendáis a usar vuestros dones.

Hubo una pausa, interrumpida muy tímidamente por Laura.

—El hambre... ¿aumenta con el tiempo? ¿Ese deseo de cazar y saciarse?

—No, la verdad es que no —aclaró Margon—. La llevamos siempre dentro. Nos sentimos incompletos, disminuidos, espiritualmente famélicos si no atendemos a su llamada, pero yo diría que está ahí desde el primer momento. Es más: uno llega a hartarse de ella y retirarse durante largos períodos de tiempo, haciendo caso omiso de las voces.

Se detuvo.

—Y la fuerza, ¿se incrementa? —quiso saber Laura.

—Vuestras habilidades mentales irán a más, eso es obvio —respondió Margon—, y vuestro conocimiento. Lo ideal es que este también aumente. Tenemos cuerpos que se regeneran constantemente. Pero nuestro oído, la vista, las habilidades físicas... Eso no va a más.

Se volvió hacia Reuben, como animándole a presentar sus preguntas. Antes no lo había hecho.

—Las voces —dijo Reuben—. ¿Podemos hablar ahora de las voces? —Había intentado mostrarse paciente, pero parecía llegado el momento de ir al grano—. ¿Por qué oímos las voces? —insistió—. A ver, entiendo lo del oído sensible, es parte de la transformación, pero ¿por qué las voces de quienes nos necesitan propician el cambio? ¿Y qué motivo tienen las células madre de nuestros cuerpos para transformarnos en algo capaz de rastrear con el olfato la maldad y la crueldad? Porque es el rastro del mal, ¿verdad? ¿Y por qué sentimos el impulso de erradicarlo? —Soltó la servilleta, sin despegar sus ojos de los de Margon—. Ese es para mí el misterio central —siguió diciendo Reuben—. Es el misterio moral. De hombre a monstruo: vale, no es magia. Es ciencia, una ciencia que desconocemos. Eso lo puedo aceptar. Pero ¿por qué huelo el miedo y el sufrimiento? ¿Por qué siento el impulso de ir a su encuentro? Cuando he matado ha sido siempre a un canalla de maldad manifiesta. Nunca he errado.

Miró primero a Margon, y luego a Felix y Thibault.

—Estoy seguro de que vuestra experiencia es idéntica.

—Lo es —dijo Thibault—, pero es cosa de química. Forma parte de nuestra naturaleza física. Olemos el mal y sentimos el deseo irrefrenable de atacarlo y destruirlo. No podemos distinguir entre una víctima inocente y nosotros mismos. A nuestros ojos es todo lo mismo. Lo que sufre la víctima lo sufrimos nosotros.

—¿Es algo que viene de Dios? —preguntó Stuart—. ¿Es eso lo que me vas a decir?

—Te estoy diciendo justo lo contrario —replicó Thibault—. Hablamos de rasgos biológicos finamente desarrollados, anclados en la ignota química que gobierna nuestras glándulas y cerebros.

—¿Y por qué es precisamente así? —insistió Reuben—. ¿Por qué la química no nos induce a rastrear al inocente para devorarlo? No será porque no sean tiernos...

Margon sonrió.

—No lo intentes —dijo—. No lo conseguirás.

—Ya, ya lo sé. Esa fue la perdición de Marrok. No fue capaz de deshacerse de Laura sin más. Tuvo que pedirle perdón y perderse en una larga confesión sobre los motivos por los que debía morir.

Margon asintió.

—¿Qué edad tenía Marrok? —preguntó Reuben—. ¿Cuánta experiencia había reunido? ¿No debería haber sido capaz de vencernos a los dos?

Margon asintió de nuevo.

—Quería quitarse la vida —aclaró al fin—. Marrok estaba cansado, harto de todo; la sombra del ser que había sido.

—No me sorprende —dijo Laura—. Nos retó para que le destruyéramos. Al principio, pensé que intentaba confundirnos, amedrentarnos, por así decir. Pero luego, comprendí que no podía hacer lo que quería a menos que le plantásemos cara.

—Exacto, exacto —dijo Reuben—. Y luego, cuando nos enfrentamos a él, no fue capaz de imponerse. Estoy seguro de que a cierto nivel tenía que haber sabido que sería así.

—Me vais a contar quién era esa persona, ese tal Marrok, ¿verdad? —preguntó Stuart.

—La historia de Marrok ha terminado —sentenció Margon—. Por motivos que solo le concernían a él quería acabar con Reuben. Le había transmitido el Crisma por una imprudencia y se había convencido a sí mismo de que debía eliminar toda prueba de su error.

—Igual que yo te lo pasé a ti —murmuró Reuben.

—Bueno, pero tú eres muy joven —dijo Thibault—. Marrok era viejo.

—Y así mi vida se abre ante mí en un estallido de colores —dijo un exuberante Stuart—. ¡Y con fanfarrias de trompetas!

Margon rio indulgente y miró con complicidad a Felix.

—Aun así, ¿cuál es el motivo de que intentemos proteger del mal a las víctimas, de que intentemos evitar que sean violadas o asesinadas? —insistió Reuben.

—Ay, lobito —dijo Margon—, te gustaría una respuesta espléndida ¿verdad? Una respuesta moral, como tú mismo dices. Ojalá pudiera ofrecértela. Me temo que es, como todo lo demás, cuestión de la evolución.

—¿Esto evolucionó en los morfodinámicos? —preguntó Reuben.

—No —dijo Margon, negando también con la cabeza—. La evolución se produjo en la especie de la que recibimos el poder. Y no eran *Homo sapiens sapiens*, como nosotros. Eran algo completamente distinto, más parecidos al *Homo ergaster* o el *Homo erectus*. ¿Conoces esos términos?

—Sí, los conozco —dijo Stuart—. Y es justo lo que ya sospechaba. Se trataba de una especie aislada, que había conseguido sobrevivir en un apartado rincón del mundo, ¿verdad? Como el *Homo floresiensis*, aquella especie de *hobbits* indonesios, una variedad humanoide distinta de todo cuanto conocemos.

—¿Qué es eso de los *hobbits*? —preguntó Reuben.

—Gente minúscula, de menos de un metro de estatura —dijo Laura—, hace un par de años aparecieron algunos esqueletos; una evolución completamente al margen de la del *Homo sapiens sapiens*.

—Ya, sí que lo recuerdo, sí —dijo Reuben.

—Habladnos de esa especie —les urgió Stuart. Felix parecía

incómodo, y estaba a punto de hacerle callar cuando Margon indicó con un gesto que no lo hiciese.

Por lo visto, a Margon le habría gustado omitir aquella parte de la historia. Estuvo un rato meditabundo antes de decidirse a hablar.

—Primero despejaremos esto —dijo, indicando la mesa—. Necesito un momento a solas con mis pensamientos.

39

Las bandejas del festín quedaron relegadas a la isla de la cocina, un banquete que sustentaría a la casa durante toda la velada.

Una vez más, el grupo trabajaba diligentemente, en silencio, rellenando el agua y el vino, y colocando sobre la mesa jarras de café y té verde caliente.

Llevaron tartas recién salidas del horno al comedor: de manzana, cereza y melocotón. También los tiernos quesos blancos franceses y las bandejas de dulces y fruta.

Margon volvió a ocupar su asiento presidiendo la mesa. Parecía albergar dudas, pero una mirada al rostro inquieto de Stuart y otra al paciente aunque inquisitivo semblante de Reuben parecieron confirmarle que debía continuar.

—Sí —confirmó Margon—, existió semejante especie, una especie de primates aislada y en vías de extinción que no eran como nosotros y habitaron una isla aislada, hace miles de años, frente a la costa africana.

—¿Y este poder procede de ellos? —preguntó Stuart.

—Sí —respondió Margon—, a través de un hombre muy loco o muy sabio, según el punto de vista de cada uno, que intentó reproducirse con ellos y conseguir el poder que tenían de dejar de ser hombres simio colaboradores para transformarse en hombres lobo voraces ante las amenazas.

—Y ese hombre logró reproducirse con ellos —aventuró Stuart.

—No. No tuvo éxito —explicó Margon—. Consiguió el poder tras sufrir sucesivas mordeduras graves, pero solo después de haberse preparado ingiriendo los fluidos de esa especie, como la orina o la sangre, en tanta cantidad como pudo durante dos años. También invitaba a los miembros de la tribu a mordisquearle juguetonamente siempre que podía. Habían trabado amistad con él, y él era un paria entre su gente, exiliado de la única auténtica ciudad del mundo entero.

Su voz había adquirido un tono grave al pronunciar estas últimas palabras.

Se hizo el silencio entre ellos. Todos miraban a Margon, que observaba el agua del vaso. La expresión de su cara desconcertaba enormemente a Reuben y era evidente que enfurecía a Stuart, pero Reuben percibía que en esos recuerdos, en esa historia, había algo más que hastío o desagrado. Algo inquietaba a Margon mientras explicaba aquella historia.

—Pero ¿a cuántos años atrás se remonta todo esto? —preguntó Stuart—. ¿A qué te refieres con eso de la única auténtica ciudad del mundo? —Estaba muy excitado y su emoción era evidente. Su sonrisa se ensanchaba a medida que repetía las palabras.

—Stuart, por favor... —suplicó Reuben—. Deja que Margon lo cuente a su manera.

Tras un largo silencio, Laura habló.

—Hablas de ti, ¿verdad? —preguntó.

Margon asintió.

—¿Es duro recordarlo? —preguntó Reuben con respeto. No conseguía descifrar las expresiones faciales de ese hombre. A veces, parecía distante y de inmediato lleno de vida; en ocasiones, ajeno a todo lo que le rodeaba y, a continuación, completa y manifiestamente implicado. Pero ¿qué se podía esperar?

Resultaba maravilloso y desconcertante a la vez pensar que se trataba de un hombre inmortal. Y aquello era precisamente lo que Reuben sospechaba desde hacía tiempo. Solo el tiempo transcurrido le desconcertaba. Pero el secreto, el hecho de que aquellos seres fueran inmortales, era algo que parecía haberle revelado el Crisma que corría por su propia sangre. Algo que aún no podía digerir del todo, aunque jamás podría olvidarlo. Pero incluso antes de que el Crisma penetrara en sus venas, en su primer encuentro con la fotografía de los caballeros distinguidos de la biblioteca, había percibido aquel conocimiento extraordinario que unía a todos esos hombres.

Stuart no separaba los ojos de Margon, estudiando su rostro, su forma, su mano apoyada sobre la mesa... Sencillamente, se recreaba en todos los pequeños detalles del hombre.

«¿Qué te están diciendo? —se preguntó Reuben—. ¿Que muy pocas cosas han cambiado en nosotros a lo largo de miles de años, que alguien tan viejo puede andar por las calles de cualquier ciudad y pasar desapercibido salvo, tal vez, por su aplomo extraordinario y la expresión sutil y sabia de su cara?» Era un hombre imponente, pero ¿por qué? Era autoritario, pero ¿por qué? Era comunicativo y, aun así, en cierto modo, tremendamente rígido.

—Cuéntanos que sucedió —le pidió Stuart tan amablemente como pudo—. ¿Por qué te exiliaron? ¿Qué hiciste?

—Me negué a rendir culto a los dioses —contestó Margon, pronunciando esas palabras como un murmullo y con la vista fija al frente—. Me negué a llevar a cabo sacrificios en el Templo para deidades esculpidas en piedra. Me negué a recitar himnos al son monótono de los tambores sobre bodas de dioses y diosas que jamás existieron. Me negué a decir a la gente que, si no veneraban a los dioses, si no realizaban sacrificios, si no se rompían la espalda en los campos y no cavaban canales para abastecerlos de agua, los dioses desencadenarían el fin del cosmos. Margon *el Impío* se negó a contar mentiras. —Alzó la voz, solo un poco—. No, no me duele recordarlo —continuó—. Pero hace tiempo que perdí la fe profunda, emotiva y visceral al narrarlo.

—¿Por qué no se limitaron a ejecutarte? —preguntó Stuart.

—No podían —respondió Margon con una voz muy fina, mirándole—. Yo era su rey divino.

A Stuart, le encantó la respuesta. No podía ocultar su excitación.

«Esto es muy sencillo —pensó Reuben—. Stuart está formulando todas las preguntas cuya respuesta yo deseo, cuya respuesta seguramente también desea Laura. Y esas preguntas parecen favorecer el flujo de información, así que, ¿para qué quejarse?»

De repente, sintió el sol caliente y asfixiante del desierto iraquí. Vio las zanjas polvorientas de la excavación arqueológica en la que había trabajado. Vio las tablillas, las antiguas tablillas cuneiformes, aquellos preciosos fragmentos dispuestos sobre la mesa de la habitación secreta.

Estaba tan emocionado por aquella información que podría haber desconectado para sumirse, perplejo, en una larga meditación. Era como leer una frase maravillosa en un libro y no poder seguir, porque se te agolpaban en la cabeza demasiadas posibilidades.

Margon tomó el agua, la probó y bebió. Entonces, volvió a dejar el vaso en la mesa cuidadosamente y lo observó como si le fascinaran las burbujas y los efectos de la luz en ese vaso de cristal emplomado.

No tocó ni una sola pieza de la fruta que había en una pequeña fuente delante de él, pero sí bebió del café todavía caliente. De repente, estiró el brazo hacia la jarra plateada.

Reuben le llenó la taza. Escanciador de un rey.

Felix y Thibault observaban tranquilamente a Margon. Laura se había resituado en la silla para verle mejor, con los brazos cruzados en una postura cómoda mientras esperaba.

Stuart era el único que no podía esperar.

—¿De qué ciudad se trataba? —insistió—. ¡Venga, Margon, dímelo!

Felix le hizo un gesto para que callara, junto a una severa mirada de reprobación.

—Ah, es perfectamente natural que quiera saberlo —dijo Margon—. Recordad que hubo quienes no sintieron la menor curiosidad, que no quisieron saber nada del pasado y... ¿De qué les sirvió? Quizás hubiera sido mejor para ellos si hubieran tenido una historia, una ascendencia, aunque solo fuera descriptiva. Tal vez lo necesitemos.

—Yo lo necesito —susurró Stuart—. Necesito oírlo todo.

—No estoy seguro de que hayas oído realmente lo que he contado hasta ahora —replicó Margon amablemente.

«Precisamente ahí radica la dificultad del asunto —pensó Reuben—, la gran dificultad. ¿Cómo puede uno escuchar que el hombre que está ahí sentado lleva vivo desde el principio de los tiempos? ¿Cómo puede uno oír algo así?»

—Bien, ahora no deseo ejercer de cronista de los morfodinámicos —dijo Margon—, y quizá no lo haga nunca. Pero sí que os contaré ciertas cosas. Os basta saber que me destronaron y me mandaron al exilio. No quise reivindicar que era el hijo divino de un dios ficticio que había construido los canales y los templos, el venerable predecesor de Enlil, Enki, Marduk, Amun Ra. Yo buscaba las respuestas en el interior de las personas. Y creedme, este punto de vista no era tan radical como podría parecer. Era habitual. Lo que no era nada habitual era expresar ese punto de vista.

—Se trataba de Uruk, ¿verdad? —preguntó Stuart, casi sin aliento.

—Era mucho más antigua que Uruk —replicó Margon—. Mucho más que Eridu, Larsa, Jericó, o cualquier otra ciudad que podáis nombrar. Las arenas jamás han entregado los restos de mi ciudad. Quizá nunca lo hagan. Yo mismo desconozco qué se hizo de ella, o de mis descendientes, ni lo que significó su legado para las ciudades que florecieron a su alrededor. No sé qué ocurrió con sus enclaves comerciales, que servían tanto para vender un estilo de vida como para comerciar con ganado, esclavos y dioses. Sin embargo, no sé qué se hizo de ellos, de ese estilo de vida tan especial. No fui narrador ni testigo consciente de los acontecimientos que tuvieron lugar en aquellos tiempos. Seguro que lo entenderéis. Tenéis que entenderlo. ¿Acaso miráis vosotros miles de años hacia el futuro? ¿Acaso analizáis lo que ahora os ocurre pensando en qué importancia tendrá a mil años vista? Yo tropezaba, daba bandazos y andaba a tientas y, de vez en cuando, me ahogaba, como hubiera hecho cualquier hombre. —Ahora hablaba con voz apasionada y con fluidez—. No me veía colocado por el destino o el azar en la cuna de un continuo que se prolongaría durante milenios. ¿Cómo iba a hacerlo? Menoscabé cualquier fuerza que incidiera en mi existencia. No podía haber sido de otro modo. Sobreviví por puro accidente. Por eso no me gusta hablar de ello. Hablar es dudar. Cuando hablamos de nuestras vidas, largas o cortas, breves y trágicas o duraderas más allá de lo comprensible, imponemos una continuidad en ellas y esa continuidad es una mentira. ¡Desprecio la mentira!

Esta vez nadie interrumpió su pausa. Incluso Stuart permaneció en silencio.

—Basta con decir que me destronaron y me mandaron al exilio —repitió Margon—. Mi hermano estuvo detrás de todo ello. —Hizo un pequeño gesto de asco—. ¿Y por qué no? La verdad es una propuesta arriesgada. Es la naturaleza de los seres humanos mediocres creer que las mentiras son necesarias, que tienen una finalidad, que la verdad es subversiva, que la candidez es peligrosa, que el propio armazón de la vida común está apuntalado sobre mentiras...

Volvió a hacer otra pausa.

De pronto, sonrió a Stuart.

—Por eso quieres oír la verdad de mi boca, ¿no es cierto? Porque la gente te ha enseñado durante toda tu corta vida que las mentiras son tan esenciales para ti como el aire que respiras y tú quieres vivir una vida que se base en la verdad.

—Sí —admitió Stuart en tono solemne—. Eso es, exactamente. —Vaciló, y entonces dijo—: Soy un homosexual. Desde que tengo uso de razón, me han enseñado que tenía razones excelentes para mentir a todo el mundo que conozco.

—Lo entiendo —dijo Margon—. Los artífices de cualquier sociedad dependen de las mentiras.

—Entonces, explícame qué sucedió realmente.

—Todo eso de los dioses y las diosas y los príncipes exiliados no importa —dijo Margon—. Retomemos la narración en la que ambos queremos encontrar un poco de verdad salvable.

Stuart asintió.

—Afortunadamente para Margon *el Impío*, nadie estaba dispuesto a derramar la sangre de un rey hereje. Margon *el Impío* fue enviado extramuros para que siguiera su camino como un nómada del desierto, con un odre de agua y un bastón. Basta con decir que me encontré en África, recorriendo Egipto y siguiendo la costa hasta llegar a una extraña isla habitada por gente pacífica y muy denostada.

»Difícilmente eran lo que la gente suele llamar seres humanos.

En aquellos tiempos, nadie les habría considerado humanos. Pero era una raza humana, una especie humana y una tribu cohesionada. Me acogieron, me alimentaron y me vistieron, si es que lo que llevaban se puede considerar ropa. Parecían simios más que hombres y mujeres. Sin embargo, tenían un lenguaje, y conocían e intercambiaban expresiones de amor.

»Entonces, me contaron que sus enemigos, procedentes de la costa, estaban en camino. Cuando me describieron a esa gente de la costa, pensé que íbamos a morir todos.

»Ese pueblo vivía en completa armonía. Pero la gente de la costa era como yo. Eran *Homo sapiens sapiens*, feroces, armados con jabalinas y hachas de piedra basta, y voraces, capaces de destruir a un enemigo despreciable por puro placer.

Stuart asintió.

—Bien, como ya he dicho, pensé que todo había terminado. Aquellas criaturas simples y simiescas jamás podrían organizar una defensa contra un invasor tan avanzado y despiadado. No tenía tiempo para enseñarles a protegerse a sí mismos.

»Lo cierto es que me equivocaba.

»"Ve a esconderte —me pidieron—. Cuando lleguen sus barcas, lo sabremos." Entonces, bailando salvajemente en círculos mientras la gente de la costa desembarcaba, provocaron la transformación. Las extremidades alargadas, los colmillos, el abundante pelo lobuno, todo lo que habéis visto, todo lo que habéis experimentado en vuestra propia piel. La tribu, hombres y mujeres por igual, se transformó en esos monstruos ante mis propios ojos.

»Se convirtieron en una manada de perros que aullaban y gruñían. Jamás había visto nada semejante. Abrumaron al enemigo y los atacantes huyeron hacia el océano, pero la tribu los devoraba, destrozando incluso sus barcas con los dientes y las zarpas. Dieron caza a todos los fugitivos y consumieron hasta el último pedazo de carne enemiga.

»Luego, se volvieron a convertir en lo que habían sido antes: seres simiescos, pacíficos, simples. Me pidieron que no tuviera miedo. Conocían al enemigo por su olor maligno. Lo habían captado en el viento antes de que aparecieran las barcas. Jamás harían nada como lo que había presenciado a nadie que no fuera un enemigo. Era el poder que les habían concedido los dioses tiempo atrás para que pudieran defenderse contra los malvados que estaban dispuestos a quebrar la paz de su mundo sin motivo alguno.

»Viví dos años con ellos. Quería su poder. Como he dicho, me bebí su orina, su sangre, sus lágrimas, todo lo que me dieron. Me daba igual. Dormí con sus mujeres. Tomé el semen de los hombres. Compré sus secreciones preciosas y su sangre con píldoras de sabiduría, consejos astutos, pequeños inventos ingeniosos que jamás habrían soñado, soluciones a problemas que no podían resolver.

»También en otro caso muy evidente, que podían inducir la transformación: para castigar a un delincuente, generalmente un homicida, el traidor más despreciable de la paz.

»También en este caso reconocían al criminal por su olor y lo rodeaban, bailando frenéticamente hasta que la transformación se completaba, y entonces devoraban al culpable. Que yo sepa, nunca se equivocaron al juzgar a nadie, y les vi absolver a más de un acusado. Nunca abusaban del poder. Les parecía algo relativamente sencillo. No podían derramar sangre inocente; sus dioses les habían concedido el poder solo para erradicar el mal y no tenían ninguna duda sobre esa cuestión. Les hacía gracia que yo quisiera el poder o que pensara que podía inducirlo en mí mismo.

»Sin embargo, siempre que les sobrevenía la transformación, yo hacía todo lo posible para obtener algo de ellos, cosa que ellos encontraban enormemente divertida y un poco indecente, pero estaban maravillados conmigo, así que accedían.

Cerró los ojos durante un segundo y se pinzó el puente de la nariz con los dedos. Entonces, volvió a abrir los ojos y miró hacia delante, como si se hubiera perdido en sus pensamientos.

—¿Eran mortales? —preguntó Laura—. ¿Podían morir?

—Sí, eran mortales —contestó Margon—. Lo eran. Morían continuamente, víctimas de dolencias sencillas que mis médicos de palacio habrían podido curar fácilmente. Un absceso en un diente que se podría haber arrancado, una pierna rota que no se curaba bien y se infectaba... Sí, eran mortales. Y me consideraban el más grande de los magos porque podía curar ciertas dolencias y lesiones, y eso me concedía un gran poder a sus ojos.

Volvió a callar.

Thibault, que antes había dicho en tono de broma que no quería oír a Margon, ahora le escuchaba, fascinado, como si nunca antes hubiera oído aquella parte de la historia.

—¿Por qué se volvieron contra ti? —preguntó—. Nunca lo dijiste.

—Oh, la misma historia de siempre —respondió Margon—. Pasados dos años, había aprendido lo bastante de su lenguaje rudimentario para decirles que no creyeran en sus dioses. Recordad que, por aquel entonces, yo era muy joven, quizá tenía tres años más que Stuart ahora. Quería el poder. El poder no procedía de los dioses. Creo que dije eso. Por aquellos tiempos, siempre decía la verdad. —Rio por lo bajo—. Tenéis que entenderlo, su religión no era compleja como la de las ciudades de los valles fértiles. No era un gran sistema de templos, impuestos y altares llenos de sangre. Pero tenían sus dioses. Y pensé que les tenía que decir, con toda naturalidad, que no existía dios alguno.

»Siempre se habían mostrado amables conmigo y les encantaba aprender las cosas inteligentes que yo les podía enseñar. Se reían de mí porque quería su poder, como ya os he dicho, o más correctamente por pensar que lo podía obtener. No puedes conseguir lo que los dioses no te quieran dar, me dijeron. Y los dioses les habían concedido el poder a ellos, y no a otros, como yo.

»Pero, entonces, llegaron a comprender el pleno alcance de mi obstinación por negar a sus dioses y la gran dimensión herética de mi insistencia en obtener el poder. Me acusaron de ser un trasgresor de la peor calaña y establecieron un momento para mi muerte.

»Las ejecuciones rituales siempre se celebraban al ocaso. Tened presente que se podían transformar fácilmente en hombres lobo durante el día si un enemigo se acercaba, pero para las ejecuciones siempre esperaban a que anocheciera.

»Así pues, cayó la noche, encendieron sus antorchas y formaron un gran círculo, me metieron en el centro por la fuerza y empezaron a bailar para provocar el cambio.

»No les resultaba nada fácil. No deseaban hacerlo. Algunos se echaron atrás. Había salvado la vida a muchos de ellos, había curado a sus hijos enfermos. En ese momento y en ese lugar, me di cuenta de la aversión que despertaba en aquellos seres rudimentarios la idea de causar daño a un inocente. De hecho, no estoy seguro del olor que captaban en mí en aquel momento, y nunca lo sabré.

»Lo que sí sé es el olor que yo captaba en ellos: un hedor asqueroso, acre, un hedor de maldad que amenazaba mi vida, un hedor que percibí cuando me cayeron encima en forma de lobo.

»Lo cierto es que si me hubieran despedazado como habían hecho con el resto de sus enemigos y delincuentes, habría sido el fin de la historia, y mi viaje a través del tiempo habría acabado como el de cualquier mortal. Pero no lo hicieron. Algo les retuvo: el residuo del respeto que me tenían, la pura fascinación o, tal vez, la falta de confianza en sí mismos.

»Y no resulta descabellado pensar que, gracias a las mordeduras juguetonas que me había llevado y a los fluidos que había ingerido, hubiera desarrollado una gran inmunidad glandular en mi interior, una fuente poderosa de curación que me permitió sobrevivir a su ataque.

»Sea como fuere, sufrí mordeduras en todo el cuerpo y me arrastré boca abajo hacia la jungla para morir. Fue la peor tortura que jamás he sufrido. Estaba enfadado, enfurecido porque mi vida acabara de aquella manera. Y ellos bailaban arriba y abajo a mi alrededor, a ambos lados, detrás de mí. Estaban recuperando su forma normal y me maldijeron, pero, al ver que no estaba muerto, volvieron a adoptar la forma de lobo. De todos modos, era evidente que no se sentían capaces de acabar conmigo.

»Y entonces, me transformé.

»Me transformé frente a sus ojos.

»Enloquecido por los ruidos y los olores de su odio hacia mí, fui yo quien se transformó, y les ataqué.

Los ojos de Margon se abrieron como platos mirando algo que solo él podía ver. Todos esperaron en silencio. Reuben se daba perfecta cuenta de la compostura de Margon, de cómo mantenía una supremacía tácita sin hacer un solo gesto autoritario. Su voz, incluso en los momentos de mayor acaloramiento, fluía de forma constante bajo el gobierno de un hombre profundamente disciplinado y contenido.

—No eran rivales para mí —dijo, encogiéndose de hombros—. Eran como cachorros con dientes de leche ladrando. Yo era un monstruo lupino enfurecido, con la determinación y el orgullo propios de un ser humano herido. ¡Ellos no tenían esas emociones! En toda su vida, jamás habían sentido una necesidad tan grande de matar como la que yo sentía.

Reuben sonrió. No pudo por más que maravillarse del hermoso modo de abordar el aspecto más letal de la raza humana.

—En ese momento, nació algo mucho más mortal, nada de lo que había existido hasta entonces —dijo Margon—. El lobo hombre, el licántropo, el hombre lobo... Lo que nosotros somos.

Una vez más, se detuvo. Parecía luchar contra algo que quería expresar pero no podía.

—Hay muchas cosas de todo aquello que todavía no entiendo —confesó—. Pero sí sé algo, lo que todo el mundo sabe ahora: que cualquier partícula de vida nace de la mutación, de la combinación accidental de elementos en cada nivel, que el accidente es el poder nuclear indispensable del universo, que nada avanza sin él, sin un azar incontrolable, ya sean las semillas que caen de una flor moribunda por culpa del viento, o el polen transportado por las patas diminutas de insectos alados, o los peces sin ojos que cavan un túnel en las cavernosas profundidades para consumir formas de vida inimaginables para los que vivimos en la superficie del planeta. Accidental, todo es accidental, y así fue con ellos y conmigo; un error, un traspié. Así nació lo que vosotros llamáis lobo hombre. Así nació lo que nosotros denominábamos morfodinámico.

Dejó de hablar y bebió un poco más de café. De nuevo, Reuben le rellenó la taza.

Stuart estaba entusiasmado. Pero la impaciencia volvía a hervir en su interior. No lo podía evitar.

—Hay una virtud —dijo Felix—, en escuchar a un narrador reticente. Sabes que, en realidad, está escarbando mucho para encontrar la verdad salvable.

—Lo sé —dijo Stuart, a regañadientes—. Lo sé, lo siento. Lo sé. Simplemente, es que... Deseo tanto...

—Quieres comprender lo que hay ante tus ojos —dijo Felix—. Me hago cargo. Todos lo comprendemos.

Margon estaba ausente. Quizás estaba escuchando la música discreta, las notas de piano aisladas y metódicas que subían y bajaban, subían y bajaban mientras sonaba Satie.

—¿Y conseguiste escapar de la isla? —preguntó Laura. Su voz no sonó tan insegura como respetuosa.

—No escapé —repuso Margon—. Solo pudieron sacar una conclusión de lo que habían presenciado. Había sido voluntad de los dioses, y Margon *el Impío* no era ni más ni menos que el padre de sus dioses.

—Te convirtieron en su soberano —aventuró Stuart.

—Le convirtieron en su dios —puntualizó Thibault—. He ahí la ironía. Margon *el Impío* se convirtió en su dios.

—Tu destino inevitable —dijo Felix, tras un suspiro.

—¿Lo es? —preguntó Margon.

—Pero no serás rey entre nosotros, ¿verdad? —preguntó Felix, casi para sí, como si los demás no estuvieran allí.

—Demos gracias a Dios —susurró Thibault con una sonrisa enigmática—. No, ahora en serio, jamás te había oído contar la historia de este modo.

Margon estalló en una carcajada que no sonó estridente, sino muy natural, y retomó el hilo de la conversación.

—Fui su soberano durante años —concedió con un largo suspiro—. Su dios, su rey, su cacique, como queráis llamarlo. Viví en completa armonía con ellos y, cuando llegaron los inevitables invasores, lideré la defensa. Olí el mal como ellos lo olían. Tuve que destruirlo como ellos lo hacían. La esencia del enemigo invocaba mi transformación como evocaba la suya. Y también lo hacía la presencia del mal entre la tribu.

»Pero yo sentía un ansia de castigar que ellos no sentían. Anhelaba el olor del atacante, cuando ellos jamás lo hacían. El olor de los agresores, y el placer de aniquilar el mal potencial, la posible crueldad, la amenaza, resultaban tan irresistibles que habría ido a buscar a los invasores a sus propias tierras por el simple placer de destruirlos. En resumen, habría provocado una agresión contra mí mismo para poder declarar que algo era maligno y destruirlo.

—Claro —dijo Stuart.

—Era la tentación del rey —explicó Margon—. Tal vez siempre fue la tentación del rey. Y yo sabía. Yo, el primer *Homo sapiens sapiens* que había experimentado la transformación.

»Y lo mismo nos ocurre ahora. Podemos huir de las voces. Podemos venir aquí, a este majestuoso bosque y confiar en escapar del salvajismo que habita en nuestro interior, pero, a la larga, nos tortura la abstinencia y salimos a buscar el mismo mal que detestamos.

—Entiendo —dijo Stuart, asintiendo con la cabeza.

Reuben también asintió.

—Es muy cierto —añadió Felix.

—Y, a la larga, siempre iremos en su busca —dijo Margon—. Y, mientras tanto, cazaremos en el bosque porque no podemos resistir lo que nos ofrece, no podemos resistirnos a la simplicidad de una matanza que solo implica una brutalidad inevitable en lugar de comprometer sangre inocente.

—¿La tribu inducía la transformación para cazar? —preguntó Reuben. La cabeza le daba vueltas. Casi notaba el sabor de la sangre del alce en la boca. El alce, un animal de ojos tiernos que nunca fue un asesino, sino alimento de asesinos. La brutalidad inevitable, ciertamente. El alce no era malo, jamás lo había sido, jamás había olido a mal.

—No —respondió Margon—, no la inducían. Cazaban sin transformarse. Pero yo no era como ellos. Y cuando el bosque o las selvas me llamaban, cuando la caza me llamaba, me transformaba. Me encantaba. Y esa gente se maravillaba. Lo veían como la prerrogativa del dios, pero nunca me imitaron. No podían.

—Y eso fue otra sorpresa de la mutación —dijo Laura.

—Exactamente —concedió Margon—. Yo no era como ellos. Era algo nuevo. —Se detuvo un instante, y siguió narrando—: Durante aquellos meses y años descubrí muchas cosas, ya lo creo.

»Al principio, no entendí que no podía morir. Había visto que los hombres de la tribu eran prácticamente invulnerables en combate. Ya fuesen puñaladas o heridas de lanza, casi siempre sobrevivían a cualquier cosa siempre que estuvieran transformados. Y, lógicamente, yo compartía esa fuerza extraña e inexplicable. Pero mis heridas sanaban mucho más deprisa, tanto en mi forma humana como en la lupina, y no me di cuenta de lo que eso implicaba.

»Les abandoné sin ser consciente de que vagaría por esta tierra por los siglos de los siglos.

»Pero hay una cosa más que debo contaros sobre lo que me sucedió en aquella isla —dijo, y miró fijamente a Reuben—. Y algún día, cuando tu hermano sufra una crisis de fe profunda, tal vez lo compartas con él. Pocas veces he contado este detalle, prácticamente ninguna, pero ahora quiero revelároslo.

Felix y Thibauld le observaban, presa de una gran intriga, sin poder imaginar lo que tenía que contarles.

—Había un hombre santo en la isla —comenzó—, lo que actualmente llamamos un chamán, una especie de místico que ingería las pocas plantas de la zona que podían embriagar y provocar un estado de embriaguez y trance. No le presté mucha atención. No hacía daño a nadie y pasaba gran parte de su existencia en un estado de sopor y felicidad, garabateando en la tierra o en la arena de la playa signos y símbolos que solo él entendía. En realidad, era un hombre de una belleza espectral. Nunca me desafió y yo nunca cuestioné sus supuestos conocimientos místicos. Por supuesto, yo seguía sin creer en nada e insistía en que había conseguido el poder por mis propios medios.

»Sin embargo, cuando me disponía a abandonar la isla, cuando ya había pasado el cetro a otro, por así decirlo, y estaba a punto de embarcar en dirección al continente, el chamán bajó a la playa y me gritó delante de la tribu congregada.

»Nos encontrábamos en medio de uno de esos típicos momentos ceremoniales de buenos deseos e incluso lágrimas. Así que, que apareciera ese extraño ser, enloquecido por sus asquerosas pociones, hablando con acertijos, no nos hizo gracia a ninguno.

»El caso es que se presentó y, cuando consiguió captar la atención de todos los presentes, me señaló con el dedo y dijo que los dioses me castigarían porque había robado el poder que fue concedido "al pueblo", y no a mí.

»Dijo a los demás que yo no era ningún dios.

»Gritó: "Margon *el Impío*, no puedes morir. Los dioses lo han decidido. No puedes morir. Llegará un momento en el que suplicarás morir, pero se te negará ese deseo. Y, dondequiera que vayas, hagas lo que hagas, no morirás. Serás un monstruo entre los de tu especie. El poder te torturará. No te concederá descanso. Y todo, por haber robado el poder que los dioses crearon solo para nosotros."

»La tribu estaba muy agitada, ofendida y confusa. Algunos le querían pegar y obligarle a volver a su cabaña y a sus estupores de borracho. Otros estaban, simplemente, asustados.

»"Los dioses me han contado estas cosas —me dijo—. Se ríen de ti, Margon. Y siempre se reirán de ti, dondequiera que vayas y hagas lo que hagas."

»Yo también estaba alterado, aunque no conseguía entender el motivo real. Le hice una reverencia, le agradecí aquel oráculo, tomé la firme decisión de compadecerle y me dispuse a partir. Después de aquello, pasé un año entero sin pensar en él.

»Pero, entonces, llegó un momento en el que empecé a pensar en él. Y no ha pasado un solo año sin que recuerde al hombre y sus palabras.

Se volvió a detener y suspiró.

—Pues bien, cerca de un siglo más tarde, regresé a la isla para ver cómo le había ido a mi pueblo, porque así les llamaba. Todos habían sido aniquilados. Ahora, el *Homo sapiens sapiens* gobernaba la isla. De aquellos salvajes, solo había sobrevivido la leyenda.

Miró a Reuben, a Stuart y, finalmente, a Laura, en quien fijó los ojos.

—Ahora permitidme que os pregunte algo —dijo Margon—. ¿Qué podemos aprender de una historia como esta?

Nadie habló, ni siquiera Stuart, que se limitó a estudiar a Margon, con el codo en la mesa y los dedos de la mano derecha bajo el labio.

—Bueno —respondió Laura—, es evidente, que el poder había evolucionado en ellos para dar respuesta a sus enemigos, quién sabe a lo largo de cuántos miles de años. Era un mecanismo de supervivencia que fue tomando cuerpo gradualmente.

—Efectivamente —corroboró Margon.

Laura siguió hablando:

—Y detectar el olor del enemigo formaba parte de ello, hasta que se convirtió en el mecanismo que desencadenaba la transformación.

—Sí.

—Sin embargo, también está claro que nunca lo utilizaron para cazar o para darse un festín, porque estaban más íntimamente relacionados con los animales de la jungla —continuó.

—Sí, puede ser.

—Pero tú —concluyó ella—, un ser humano, un *Homo sapiens sapiens*, sufrías el desarraigo respecto a las bestias salvajes que todos sufrimos, y sí querías matarlas. Aunque no fueran ni inocentes ni culpables, a pesar de que no fueran ni buenas ni malas, eran una presa justa, simplemente eso. Eran una presa justa y las cazabas bajo tu nueva forma.

Stuart la interrumpió.

—Y así, el poder adoptó un cariz nuevo y evolutivo en ti. Bueno, eso significa que, desde entonces, debe de haber tomado otros carices evolutivos en ti y en los demás. Hablamos de miles de años, ¿verdad? Hablamos de muchos cambios.

—Creo que sí —respondió Margon—. Tenéis que entender otra cosa. En ese momento, no tenía noción alguna de las cosas de las que habláis, no tenía noción alguna de la existencia de un continuo evolutivo. Así pues, no podía concebir este nuevo poder, este poder lupino, como algo que no fuera una depravación, una caída, una pérdida del alma, una contaminación con un cariz inferior y animal.

—Pero tú habías deseado ese poder —dijo Stuart.

—Sí, siempre lo deseé. Lo deseé desesperadamente, y me odié por ello —confesó Margon—, y solo después, solo con el paso del tiempo, a medida que crecía mi comprensión acerca del poder, llegué a pensar que podía haber algo magnífico en ese gran potencial para convertirme en un monstruo invencible conservando mi ingenio, mi intelecto y mi alma humana tal y como eran.

—Entonces, ¿crees en el alma? —preguntó Stuart—. No creías en los dioses, pero creías en el alma.

—Creía en la unicidad y la superioridad de la raza humana. No era un hombre que pensara que los animales pudieran enseñarnos nada. No sabía que había un universo, no del modo que actualmente utilizamos esa palabra. Pensaba que esta tierra era todo lo que existía. Piensa por un momento en lo que significa, realmente, que nosotros, la gente de esa época, pensáramos de verdad que esta tierra era lo único que existía. Cualquier reino espiritual, por encima o por debajo de nosotros, era una simple antecámara. Así de pequeña era nuestra concepción del cosmos. Sé que vosotros lo sabéis, pero pensad en ello. Pensad en lo que debió significar para nosotros.

»Sea como fuere, quería ese poder, deseaba poseer un arma maravillosa, una extensión poderosa de mí mismo. Si algún día mi hermano decidía venir a por mí, quería la capacidad de convertirme en una bestia para descuartizarle. Por supuesto, eso no era lo único que perseguía. Quería ver y sentir como la bestia lupina y recordar en mi estado humano todo lo que había aprendido. Sin embargo, ansiar y obtener algo así era egoísta y codicioso. Además, fui un sufridor, que en la mayoría de ocasiones recurría a la bestia en la derrota y raramente en los momentos de alegría.

—Ya veo —dijo Laura—. ¿Y cuándo empezaste a verlo con otros ojos?

—¿Qué te hace pensar que lo hice?

—Bueno, sé que lo hiciste, y que lo ves con otros ojos —replicó ella—. Ahora lo ves como un Crisma. ¿Por qué, si no, ibas a utilizar esa palabra, aunque no fueras tú quien la acuñara? Ahora lo ves como un gran poder sintetizador, que no solo une lo mejor y lo peor, sino dos formas distintas de ser.

—Sí, es cierto, llegué a esa conclusión. Lo reconozco. Lo hice. Lentamente, llegué a esa conclusión. Abandoné el autodesprecio y la culpa y llegué a ver el poder como algo instructivo e, incluso en ciertos momentos, magnífico. No necesitaba la sabiduría de Darwin para comprender, ya entonces, que todos somos una gran familia, nosotros, las criaturas de la tierra. Había llegado a percibir la comunión de todas las criaturas vivas. No necesitaba ningún principio de la evolución que me abriera los ojos a esa realidad. Y confiaba y soñaba en la aparición de una estirpe de inmortales, criaturas como nosotros que, poseyendo el poder del humano y la bestia, verían el mundo como no podían verlo los seres humanos. Concebí un sueño de testigos, una tribu de testigos, una tribu de morfodinámicos que extrajeran de la bestia y del humano aquel poder trascendente para sentir compasión y aprecio por todas las formas de vida, arraigados en su propia naturaleza híbrida. Concebí esos testigos como seres distintos, incorruptibles, intocables, pero en el bando de los buenos, los piadosos y los protectores.

Sostenía la mirada de Laura, pero dejó de hablar.

—Y ahora ya no lo crees —aventuró ella—. Ya no crees en su magnificencia, ni en que deba existir semejante tribu de testigos.

Parecía a punto de responder pero no lo hizo. Sus ojos recorrían arriba y abajo el espacio que tenía delante. Finalmente, dijo en voz baja:

—Todas las criaturas nacidas en este mundo desean la inmortalidad —afirmó—. Pero ¿para qué tiene una tribu de testigos inmortales que ser morfodinámica, parte humana, parte bestia?

—Lo acabas de decir tú mismo —repuso Laura—. Deberían extraer de ambos estados un poder trascendente y sentir compasión por todas las formas de vida...

—Pero ¿es así en nuestro caso? —preguntó Margon—. ¿De verdad extraemos un poder trascendente de ambos estados para sentir compasión? No sé si lo hacemos. No sé si nuestra inmortalidad es algo más que un accidente, como es un accidente de la evolución la propia conciencia.

Felix parecía profundamente afectado por lo que decía Margon, ansioso por interrumpir.

—No sigas por ahí —le suplicó amablemente—. Estás viajando hacia tus recuerdos más oscuros, hacia tus decepciones más oscuras. No es el momento ni el lugar adecuado.

Margon pareció estar de acuerdo.

—Quiero que otros compartan el sueño —dijo volviendo a mirar a Laura y, después, a Stuart y a Reuben—. Quiero que exista un sueño tal de testigos trascendentes. Pero no sé si creo en ese sueño. No sé si jamás creí en él.

Parecía personalmente dolido por su propia confesión. Repentina y visiblemente roto. Era evidente que Felix estaba preocupado y quería protegerle. Thibault parecía asustado y algo triste.

—Yo sí creo en él —dijo Felix amablemente y sin reproches en la voz—. Creo en la tribu de testigos, siempre lo he hecho. Vayamos donde vayamos, hagamos lo que hagamos... No está escrito. Pero sí que creo que tenemos que sobrevivir como la tribu de poseedores del Crisma.

—Ignoro si nuestros testimonios importarán jamás —replicó Margon—, o si nuestra síntesis de poderes tendrá jamás otros testigos...

—Lo entiendo —dijo Felix—, y lo acepto. Acepto mi puesto entre los híbridos, entre los que perduran, los que buscan el mundo espiritual y el mundo salvaje en una forma única, los que ven ambos mundos como una única fuente de verdad.

—Ah, eso es, claro está —dijo Margon—. Siempre volvemos a lo mismo, que tanto el mundo salvaje como el mundo espiritual son fuentes de verdad, que la verdad reside tanto en las vísceras de los que luchan como en las almas de los que trascenderán a la lucha.

«Las vísceras de los que luchan.» Reuben estaba absorto, atrapado otra vez en el dosel formado por las copas frondosas de los árboles del bosque, contemplando las estrellas. Y en las vísceras latía el pulso de Dios.

—Sí, siempre volvemos a lo mismo —corroboró Felix—. ¿Existe un creador más allá de este mundo de células y aliento que conocemos, o tal vez todo esto está contenido en Él?

Margon negó con la cabeza, mirando a Felix con tristeza. Al fin, apartó la mirada.

La cara de Stuart era digna de contemplar. Le habían desvelado parte de lo que quería saber y ya no preguntaba nada. Miraba al vacío, obviamente cada vez más enzarzado en aquellos pensamientos majestuosos que el grupo le había inspirado, meditando posibilidades que jamás se le habían ocurrido.

Laura estaba absorta en sus pensamientos. Quizás ella también tenía lo que quería.

«Ojalá pudiera describir lo que veo ahora —pensó Reuben—, ahora que mi alma se abre, que mi alma respira, y me sumerjo todavía más en el misterio, en el misterio que implica a las vísceras...» Pero aquello era más de lo que podía expresar.

Se había intentado algo inmenso. Y, desde aquella cima coronada, ahora todo parecía empequeñecer.

—Y tú, Margon —preguntó Laura, en el mismo tono respetuoso pero perspicaz—. ¿Puedes morir como murió Marrok? ¿O como Reynolds Wagner?

—Sí. Estoy seguro de que puedo morir. No tengo ningún motivo para creer que soy diferente al resto de la tribu en ningún aspecto. Pero no lo sé. No sé si existen en el universo dioses que me maldijeron por robar este poder de la naturaleza y que han maldecido a todos aquellos a los que lo he traspasado con mis dientes. No lo sé. ¿Qué explica nada de esto? Todos somos un enigma. Y esta será nuestra única verdad, mientras solo sepamos el cómo y el cuándo... y no el motivo de todo.

—Tú no crees en semejante maldición, eso seguro —dijo Felix con un punto de recriminación—. ¿Por qué cuentas estas cosas ahora? Y, por cierto, no creo que el hecho de que seamos un enigma sea nuestra única verdad. Y tú lo sabes.

—Bueno, quizá sí que cree en esas cosas —dijo Thibault—, más de lo que pretende admitir.

—Una maldición es una metáfora —dijo Reuben—. Es una forma de describir nuestra peor desdicha. Me educaron para que creyera que toda la creación estaba maldita: perdida, depravada, condenada hasta que la Divina Providencia la salvara, claro está, de la maldición impuesta sobre toda la creación por la propia Divina Providencia.

—Amén —dijo Laura—. ¿Y todo esto adónde nos lleva? —preguntó—. ¿Quién fue el primero al que traspasaste el Crisma?

—Ah, fue un accidente —dijo—, como suele ocurrir. Por entonces, no sabía que aquel accidente me iba a proporcionar el primer compañero auténtico para los años futuros. Y os diré cuál es la mejor razón para crear a otro morfodinámico, y es que él o ella os enseñará algo que todos vuestros años de lucha no os enseñarán y no pueden enseñaros. Él o ella os ofrecerá una nueva verdad con la cual jamás soñasteis. Margon *el Impío* conoce a Dios en cada nueva generación.

—Amén. Ya entiendo —susurró ella, sonriendo.

Margon miró a Reuben.

—No te puedo ofrecer la perspectiva moral que tan desesperadamente necesitas —dijo.

—Puede que te equivoques —repuso Reuben—. Puede que ya lo hayas hecho. Quizás has malinterpretado lo que quería.

—Y Stuart —dijo Margon—, ¿qué pasa ahora por tu cabeza?

—Oh, las cosas más maravillosas —respondió el chico, meneando la cabeza y sonriendo—. Porque si podemos tener un propósito tan grande, sintetizar, unir en nosotros una nueva verdad, bien, entonces, todo el dolor, la confusión, el arrepentimiento, la vergüenza...

—¿La vergüenza? —preguntó Laura.

Stuart se echó a reír.

—Sí, ¡la vergüenza! —dijo él—. Ni te lo imaginas. La vergüenza, por supuesto.

—Yo te entiendo —dijo Reuben—. Hay vergüenza en el don del lobo. Tiene que existir.

—En aquellas primeras generaciones solo había vergüenza —intervino Margon—, y un rechazo obstinado y triste a renunciar al poder.

—Ya me lo imagino —dijo Reuben.

—Pero ahora vivimos en un universo resplandeciente —añadió Margon suavemente, con un punto de fascinación—. Y en este universo, valoramos todas las formas de energía y de proceso creativo.

Reuben se emocionó.

Margon levantó las manos y sacudió la cabeza.

—Y ahora debemos abordar la pregunta que ninguno de vosotros ha formulado —anunció Margon.

—Que es... —terció Stuart.

—¿Cómo es que ningún olor nos advierte de la presencia de otros como nosotros?

—Sí, claro —susurró Stuart, asombrado—. No existe olor alguno, ni siquiera un rastro sutil, ni de ti, ni de Reuben, ni de Sergei mientras ejercía de Lobo Hombre.

—¿Por qué? —preguntó Reuben.

Era cierto, ¿por qué? Mientras luchaba contra Marrok, no captó en ningún momento el olor del mal o la maldad. Y después de que Sergei destrozara a los doctores frente a sus propios ojos, no había dejado rastro alguno del monstruo.

—Es porque no sois ni buenos ni malos —sugirió Laura—. No sois ni bestias ni humanos.

Margon, tras conseguir la respuesta que quería, se limitó a asentir.

—Otra parte del misterio —respondió simplemente.

—Pero deberíamos captar el olor puro de cualquier morfodinámico del mismo modo que captamos el olor de los humanos y de los animales de ahí fuera —protestó Reuben.

—Pero no es así —repuso Thibault.

—Es una incapacidad horrible —dijo Stuart, mirando a Reuben—. Por eso te costó tanto encontrarme cuando desaparecí.

—Sí —dijo Reuben—. Pero te encontré, y debía haber incontables pequeñas señales. Lo que sí escuché fue tu llanto.

Margon no añadió nada. Estaba callado, reflexionando en silencio, mientras Stuart y Reuben continuaban analizando esa cuestión. Reuben no había captado ningún olor de Felix en las oficinas del bufete, ni siquiera había captado nada cuando Felix y Margon llegaron a la casa. No, ningún olor.

Y aquello era una grave incapacidad. Stuart tenía razón. Porque nunca sabrían si había otro morfodinámico cerca.

—Debe de haber algo más —dijo Reuben.

—Ya basta —interrumpió Margon—. Por ahora, ya os he explicado suficiente.

—Pero si acabas de empezar —protestó Stuart—. Reuben, apóyame. Sabes que quieres las respuestas. Margon, ¿cómo transmitiste el Crisma por primera vez? ¿Qué sucedió?

—Bueno, quizá descubras todas esas cosas de boca de la persona a quien se lo transmití —respondió Margon con una sonrisa pícara.

—¿De quién?

Stuart se volvió hacia Felix y después hacia Thibault. Felix se limitó a mirarle con una ceja levantada y Thibault se rio entre dientes.

—Piensa en lo que has descubierto hasta ahora —dijo Felix.

—Lo hago. Lo haré —prometió Stuart. Miró a Reuben y Reuben asintió.

¿Por qué no conseguía Stuart comprender que aquella era solo una de las muchas conversaciones, conversaciones interminables en las que las respuestas desembocarían en preguntas aún inimaginables?, pensó Reuben.

—Que somos tan viejos como la humanidad —dijo Felix—. Eso es lo que ahora sabéis, los tres. Que somos un misterio, del mismo modo que la humanidad es un misterio. Que formamos parte del ciclo de este mundo y que debemos descubrir por nosotros mismos el cómo y el porqué de ello.

—Sí —dijo Margon—. Somos muchos en esta tierra, y en ocasiones ha habido muchos, muchísimos más. La inmortalidad, tal y como entendemos la palabra, significa inmunidad respecto al envejecimiento y la enfermedad, pero no respecto a la aniquilación violenta. Y de este modo, convivimos con la mortalidad como lo hacen todos los demás seres bajo la capa del sol.

—¿Cuántos más hay? —preguntó Stuart—. Oh, no me mires así —dijo a Reuben—. Tú también quieres saber estas cosas, sabes que sí.

—Es cierto —confesó Reuben—. Pero cuando Margon quiera que las sepamos. Escucha, hay una parte inevitable en la forma en que se desarrolla esta historia.

—No sé cuántos más hay —confesó Margon, encogiéndose un poco de hombros—. ¿Cómo podría saberlo? ¿Cómo podrían saberlo Felix o Thibault? Pero sé una cosa. El peligro al que nos enfrentamos en el mundo actual no procede de otros morfodinámicos. Procede de los científicos, de hombres y mujeres como Klopov y Jaska. Y las mayores dificultades a las que nos enfrentamos en cuestión de supervivencia diaria tienen que ver con los avances de la ciencia, pues ya no podemos hacernos pasar por nuestros descendientes en un mundo que requiere pruebas de ADN de parentesco o afinidad. Y también sé que tenemos que ser más avispados que nunca al escoger el lugar y la forma de cazar.

—¿Puedes tener hijos? —preguntó Laura.

—Sí —respondió Margon—, pero solo con una hembra morfodinámica.

Laura se quedó sin aliento. Reuben sintió una repentina conmoción. ¿Por qué había estado tan seguro de que no podría tener un hijo con Laura? Y así era. No podía. Pero esa pequeña revelación le resultó desconcertante.

—Entonces, una hembra morfodinámica, obviamente puede tener hijos —insistió Laura.

—Sí —respondió Margon—. Y la descendencia siempre es morfodinámica, con excepciones muy ocasionales. Y a veces... Bien, a veces, hay una camada. Pero debo decir que los apareamientos fértiles son extremadamente raros.

—¡Una camada! —susurró Laura.

Margon asintió.

—Esta es la razón por la que la hembra morfodinámica a menudo forma sus propias manadas —explicó Felix—, y los hombres tienden a formar sus propios grupos. Bueno, al menos es una de las razones.

—Pero, para ser sinceros —intervino Thibault—, hay que contarles las pocas veces que ocurre. He conocido a cinco morfodinámicos de nacimiento en toda mi vida.

—¿Y cómo son estas criaturas? —preguntó Stuart.

—La transformación se manifiesta al comienzo de la adolescencia —explicó Margon—, y en todo el resto de aspectos, son muy parecidos a nosotros. Cuando llegan a su madurez física, dejan de envejecer, tal como nosotros hemos dejado de envejecer. Si transmites el Crisma a un niño, verás que ocurre lo mismo: la transformación llegará cuando alcance la adolescencia. El niño madurará y ya no seguirá envejeciendo.

—Entonces, es probable que yo aún siga creciendo un tiempo —aventuró Stuart.

—Lo harás —confirmó Margon con una sonrisa sarcástica, mientras ponía los ojos en blanco. Felix y Thibauld también se rieron.

—Sí, sería muy considerado y caballeroso por tu parte que dejaras de crecer —dijo Felix—. Mirar tus enormes ojos azules resulta desconcertante.

Stuart estaba francamente eufórico.

—Madurarás —dijo Margon— y, después, dejarás de envejecer.

Laura suspiró.

—No se puede desear nada mejor.

—No, supongo que no —dijo Reuben, pero ni siquiera había empezado a asumir la realidad de que jamás podría engendrar niños humanos normales, que si engendraba un hijo, ese hijo sería con toda probabilidad lo mismo que él.

—Y por lo que se refiere a los que pueda haber ahí fuera... —dijo Felix—. Con el tiempo, estos chicos deberían acabar sabiendo lo que nosotros sabemos acerca de ellos, ¿no crees?

—¿Qué? —preguntó Margon—. ¿Que son reservados y, a menudo, poco amistosos? ¿Que pocas veces, si es que lo hacen alguna vez, se dejan ver ante otros morfodinámicos? ¿Qué más hay que decir?

Abrió las manos.

—Bueno, hay mucho más que decir y tú lo sabes —dijo Felix en un tono suave.

Margon le ignoró.

—Todos nos parecemos demasiado a los lobos. Nos movemos en manada. ¿Qué nos importa la existencia de otra manada si no se mete en nuestros bosques o campos?

—Entonces, básicamente, no suponen una amenaza para nosotros —dijo Stuart—. ¿Es eso lo que quieres decir? ¿No hay guerras territoriales ni nada parecido? ¿Nadie intenta hacerse con el poder por encima del resto?

—Ya os lo he dicho —dijo Margon—, la peor amenaza a la que os enfrentáis procede de los seres humanos.

—No podemos derramar sangre inocente —dijo, tras cierta meditación—. Por lo tanto, ¿cómo íbamos luchar entre nosotros por el poder? Pero ¿nunca ha existido un morfodinámico que se volviera malvado, o que empezara a masacrar a inocentes, o que quizá se volviera loco?

Margon pensó en ello un largo instante.

—Han ocurrido cosas extrañas —concedió—, pero nada de eso.

—¿Estás pensando en la posibilidad de ser el primer morfodinámico malvado? —preguntó Thibault, cargando sus palabras de un intenso tono burlón—. ¿Un joven delincuente morfodinámico, por así decirlo?

—No —dijo Stuart—. Solo quiero saberlo.

Margon se limitó a negar con la cabeza.

—La necesidad de aniquilar el mal puede ser una maldición —dijo Thibauld.

—Bien, entonces ¿por qué no podríamos engendrar una raza de morfodinámicos que aniquilara todo rastro de maldad? —preguntó Stuart.

—La juventud y sus sueños... —dijo Thibault.

—¿Y cuál es tu definición del mal? —preguntó Margon—. ¿Qué hemos acabado aceptando, nosotros, los morfodinámicos? Que la gente que reconocemos como propia está siendo atacada, ¿no es eso? Pero ¿cuál es la auténtica raíz del mal, si me permites la pregunta?

—No sé cuál es la raíz —dijo Felix—, pero sé que el mal viene al mundo cada vez que nace un niño.

—Amén —ratificó Margon.

—Tal y como decíamos anoche —explicó Thibault, mirando directamente a Laura—, el mal es una cuestión de contexto. Eso es inevitable. No es que sea relativista. Creo en la existencia auténtica y objetiva del bien y del mal. Pero el contexto es inevitable cuando un ser humano falible habla del mal. Es algo que todos debemos aceptar.

—Creo que discutimos sobre las palabras que utilizamos —dijo Laura—. No vamos mucho más allá.

—Un momento, ¿estás diciendo que el olor del mal para cada uno de nosotros es contextual? —preguntó Reuben—. Eso es lo que dices, ¿no?

—Tiene que ser eso —intervino Laura.

—No, no es del todo así —dijo Margon, pero, inmediatamente, pareció sumirse en la frustración. Miró a Felix, que parecía reacio a continuar con ese hilo de pensamientos.

«Hay muchas cosas que no dicen —pensó Reuben—. No pueden contarlo todo. Ahora no.» De pronto, percibió intensamente lo mucho que callaban, pero sabía que era mejor no preguntar.

—El Crisma, la cuestión de la variación individual, la fuerza —dijo Stuart—. ¿Cómo funciona todo esto?

—Hay enormes diferencias en la receptividad y en el desarrollo —explicó Felix—, y en el resultado final. Pero no siempre sabemos por qué. Ciertamente, hay morfodinámicos muy fuertes y morfodinámicos muy débiles, pero, una vez más, no conocemos el motivo. Un morfodinámico de nacimiento puede ser bastante imponente o un individuo retraído y tímido, nada receptivo a su destino. Pero, bien mirado, ocurre lo mismo con los que reciben el mordisco, salvo los que te piden el Crisma, claro está.

Margon se puso en pie y agitó enfáticamente las manos, con las palmas hacia abajo, como si quisiera acabar con todo aquello.

—Ahora lo importante es que os quedéis aquí —dijo él—, los dos, y también Laura, claro está. Para que conviváis con nosotros, con Felix, con Thibault y con el resto de nuestro grupito selecto, cuando les conozcáis a todos, y eso ocurrirá pronto. Lo importante es que aprendáis a controlar la transformación y a resistir las voces cuando debáis. Y, por encima de todo, a retiraros del mundo hasta que se deje de hablar del famoso Lobo Hombre de California.

Stuart asintió.

—Lo entiendo. Lo acepto. Quiero estar aquí. ¡Haré todo lo que me digas! Pero hay muchas cosas más...

—Será más difícil de lo que crees —le advirtió Margon—. Has saboreado las voces. Te sentirás inquieto y miserable cuando no las oigas. Querrás salir a buscarlas.

—Pero ahora estamos con vosotros, con los tres —dijo Felix—. Nuestro grupo se reunió hace mucho tiempo. Escogimos nuestros apellidos en la era moderna. Tal como sospechabais, los sacamos de la literatura licantrópica de décadas anteriores. Y lo hicimos, no para marcar nuestra identidad ni establecer un vínculo común con nadie más, sino para que estos nombres sirvieran como indicadores para nosotros mismos y para los pocos ajenos a nuestro grupo que sabían quiénes éramos. Los nombres se convierten en un problema para la gente que no muere. Lo mismo ocurre con las propiedades y la herencia, y con la cuestión de la legalidad dentro de una nación. Buscamos una solución simple y, en cierto sentido, poética para uno de esos problemas: nuestros nombres. Y seguimos buscando soluciones al resto de problemas de diferentes formas.

»En cualquier caso, lo que intento decir es que somos un grupo y que, ahora, os lo abrimos a vosotros.

Stuart, Reuben y Laura asintieron y expresaron su cálida aceptación. Stuart se echó a llorar. Apenas podía quedarse sentado. Finalmente, se puso en pie y empezó a pasearse por detrás de la silla.

—Esta es tu casa y tu tierra, Felix —dijo Reuben.

—Nuestra casa y nuestra tierra —corrigió Felix amablemente, con su sonrisa cálida y radiante.

Margon se puso en pie.

—Vuestras vidas, pequeños lobos, acaban de empezar.

La reunión había terminado y todos empezaron a dispersarse.

Pero había un asunto urgente que Reuben no podía dejar sin resolver.

Había algo que debía saber, y tenía que saberlo en ese preciso instante.

Siguió a Felix, con quien sentía más afinidad, hasta la biblioteca y lo abordó cuando estaba encendiendo el fuego.

—¿Qué pasa, hermanito? —preguntó Felix—. Pareces inquieto. Pensaba que la reunión había ido bien.

—Pero Laura —susurró Reuben—. ¿Qué pasa con Laura? ¿Traspasarás el Crisma a Laura? ¿Debo preguntártelo a ti, a Margon o...?

—Es digna —dijo Felix—. Eso se decidió enseguida. No sabía que cupiera la menor duda. Ella lo sabe. No se le ha ocultado ningún secreto. Cuando esté lista, solo debe pedirlo.

El corazón de Reuben dejó de latir de golpe. No podía mirar a Felix a los ojos. Notó que Felix le agarraba por el hombro. Sintió sus dedos fuertes en su brazo.

—Y si lo quiere —preguntó Reuben—, ¿lo harás tú?

—Sí. Si lo quiere. Margon o yo, lo haremos.

¿Por qué le resultaba tan doloroso? ¿Acaso no era exactamente lo que había querido saber?

Volvió a recordarla, tal como la había visto por primera vez aquella noche en el linde del bosque Muir, cuando él había llegado cantando a la explanada de hierba de detrás de la casa, y ella se le había aparecido, como surgida de la nada, de pie en el porche trasero de su casita, con ese camisón de franela largo y blanco.

—Debo ser el hombre más egoísta de toda la creación —susurró.

—No, no lo eres —dijo Felix—. Pero la decisión es suya.

—No me entiendo a mí mismo —confesó Reuben.

—Yo sí te entiendo —dijo Felix.

Pasaron unos segundos.

Felix tomó el largo hachón de la chimenea y encendió las astillas. Escucharon el rugido familiar del fuego en cuanto las astillas prendieron y las llamas empezaron a danzar sobre los ladrillos.

Felix esperó pacientemente y, entonces, dijo con ternura:

—Sois unos chiquillos extraordinarios. Envidio vuestro mundo completamente nuevo. No sé si tendría valor para afrontarlo si no estuvierais conmigo.

40

Durante esa quincena pasaron muchas cosas.

Margon llevó a Stuart a Santa Rosa para que recogiera su coche, un viejo Jaguar descapotable que había pertenecido a su padre. Y visitaron también a la madre de Stuart, que estaba en un centro psiquiátrico «aburrida como una ostra» y «harta de todas esas horribles revistas», dispuesta a comprarse todo un vestuario nuevo para superarlo. Su agente había llamado desde Hollywood para decirle que volvía a estar en el candelero. De hecho, era una exageración, pero tenían trabajo para ella si era capaz de embarcarse en un avión. Quizá podría hacer sus compras en Rodeo Drive.

Grace, ungida como la más elocuente y significativa de los testigos del último ataque del Lobo Hombre en el condado de Mendocino, pasaba por todos los programas de entrevistas, convenciendo al mundo en términos razonables con su teoría de que aquella criatura desdichada era víctima de una aflicción congénita o de una enfermedad subsiguiente que la había dejado físicamente deformada y mentalmente perturbada, aunque pronto caería en manos de las autoridades y recibiría el confinamiento y el tratamiento que requería.

Los investigadores de la fiscalía general, del FBI y del Departamento de Policía de San Francisco regresaban una y otra vez para interrogar a Stuart y a Reuben, porque habían sido el objetivo misterioso de más de un ataque del Lobo Hombre.

Aquello resultaba difícil para Stuart y para Reuben, porque a ninguno de los dos se le daba bien contar mentiras, pero pronto aprendieron a utilizar respuestas escuetas, murmullos y balbuceos y, con el paso del tiempo, terminaron por dejarles en paz.

Reuben escribió un artículo largo y exhaustivo para el *San Francisco Observer* que, básicamente, resumía sus artículos anteriores, salpicado con sus propias descripciones vívidas del nuevo ataque del Lobo Hombre, «el primero» que había visto con sus propios ojos. Sus conclusiones eran previsibles. No era ningún superhéroe y era necesario que se pusiera fin a la adulación y la veneración de sus fans. Sin embargo, su aparición había dejado múltiples interrogantes. ¿Por qué había sido tan fácil para tantos aceptar a una criatura tan despiadadamente cruel? ¿Era el Lobo Hombre un atavismo de un tiempo en el que todos habíamos sido crueles y felices de serlo?

Mientras tanto, la bestia había realizado una última aparición espectacular en lo más profundo de México, matando a un asesino en Acapulco y, de momento, había caído en el olvido.

Frank Vandover, alto, moreno, de piel muy clara y con unos hermosos labios arqueados, había vuelto con el gigante nórdico, Sergei Gorlagon, y ambos habían llenado la casa de historias casi humorísticas acerca de cómo habían engañado a la policía y los testigos en su viaje hacia el sur. Ciertamente, Frank era el más contemporáneo de aquellos caballeros distinguidos, un americano ocurrente con un halo hollywoodiense y cierta tendencia a reírse sin piedad de las primeras gestas de Reuben y a despeinar a Stuart. Les llamaba los Cachorros Maravilla, y les habría retado a una carrera por el bosque si Margon no se lo hubiera prohibido expresamente.

Sergei era un erudito brillante, con el pelo blanco, unas cejas blancas y pobladas y unos ojos divertidos e inteligentes. Tenía una voz parecida a la de Thibault, profunda y gutural, e incluso un poco chispeante. Se embarcó en una larga perorata sobre el brillante y profético Teilhard de Chardin con Laura y Reuben, pues sentía pasión por la teología y la filosofía abstractas mucho más intensa que ellos.

A Reuben le parecía ciertamente imposible adivinar la edad

de cualquiera de esos hombres; y, lógicamente, no era educado preguntarlo. «¿Cuánto tiempo hace que rondáis por este planeta?» no parecía una pregunta aceptable, sobre todo si la formulaba alguien a quien Frank insistía en llamar cachorro o lobato.

Muchas veces, mientras comían o cenaban, o cuando simplemente se sentaban a hablar a la mesa del antecomedor, dos o más de esos hombres utilizaban otra lengua, olvidándose aparentemente de ellos A Reuben siempre le parecía emocionante escuchar esas rápidas discusiones confidenciales que no era capaz de relacionar con ningún idioma que jamás hubiera oído.

Margon y Felix a menudo hablaban en otra lengua cuando estaban solos. Les había oído sin querer. Y había sentido la tentación de preguntarles si todos ellos compartían una lengua común, pero preguntarles por su edad o lugar de nacimiento, o sobre la escritura secreta en los diarios y cartas de Felix le parecía una impertinencia, algo que no se debía hacer.

Tanto Stuart como Reuben querían saber quién había introducido los términos «morfodinámico» y «don mórfico», y qué otros términos habían existido o podrían existir ahora. Pero supusieron que conseguirían esa información y muchas otras con el tiempo.

El grupo se dividía en parejas a menudo. Reuben pasaba la mayor parte de su tiempo con Laura o con Felix. Y Laura también adoraba a Felix. Stuart sentía auténtica veneración por Margon y nunca quería separarse de él. De hecho, parecía haberse enamorado de él. Frank a menudo salía con Sergei. Y solamente Thibault parecía un solitario de verdad, o un hombre que se sentía igual de bien con todo el mundo. Había crecido una simpatía mutua entre Thibault y Laura. Todos adoraban a Laura, pero Thibault disfrutaba de su compañía especialmente, y salía a pasear por el bosque con ella, o a hacer recados, o a veces veían juntos una película por la tarde.

Toda la familia de Reuben, así como Celeste, Mort Keller y la doctora Cutler subieron al norte por Acción de Gracias, uniéndose a Reuben, Laura, Stuart y los caballeros distinguidos. Aquella fue la mayor fiesta que habían vivido en la casa hasta entonces, y la prueba más irrefutable de la máxima que Margon defendía:

para sobrevivir, uno debe vivir en los dos mundos, en el mundo de los humanos y en el de la bestia.

Frank sorprendió a Reuben y a su familia tocando el piano con una habilidad espectacular después de la cena, repasando las composiciones de Satie que tanto gustaban a Reuben y pasando a Chopin y a otras piezas románticas propias.

Incluso Jim, que se había mostrado taciturno y retraído durante toda la velada, se enfrascó en una conversación con Frank. Y, por último, Jim tocó una composición que había escrito hacía tiempo, antes del seminario, para acompañar un poema de Rilke.

Aquel fue un momento doloroso para Reuben, sentado en aquella pequeña silla dorada en el salón de música, escuchando cómo Jim se perdía en esa melodía breve, oscura, melancólica, tan parecida a Satie, meditativa, lenta y llena de dolor.

Solo Reuben sabía lo que Jim sabía. Jim era el único de todos los invitados y de la familia que sabía quiénes eran los caballeros distinguidos, qué le había ocurrido a Stuart y en qué se había convertido Reuben.

Reuben y Jim no hablaron durante todo el día y la noche de Acción de Gracias. Solo compartieron ese momento en el salón de música a la luz de las velas después de que Jim tocara esa triste melodía. Y Reuben sentía la vergüenza de haber cometido una horrible crueldad con Jim al contarle sus secretos. No sabía qué hacer. Llegaría un momento en el futuro en el que volvería a reunirse con Jim para hablar de todo lo que había sucedido. Pero en ese preciso instante no podía enfrentarse a ello. No lo deseaba.

Grace estaba relajada con la compañía, aunque algo ya no era como antes entre Reuben y su madre. Ella ya no luchaba para entender qué le sucedía a su hijo, y parecía haber encontrado un lugar en su cerebro metódico para el fenómeno con el que había estado obsesionada durante tanto tiempo. Pero había una sombra entre ella y Reuben. Reuben trató con todas sus fuerzas de penetrar en aquella oscuridad fina para lograr que volviera a acercarse tanto a él como antes, y tal vez su esfuerzo tuvo éxito a ojos de los demás. Pero no fue así. Su madre notaba algo, aunque solo fuera un cambio decisivo en su hijo, y en su mundo brillante y exitoso anidaba un temor indescriptible que no podía confiar a nadie.

Celeste y Mort Keller pasaron un rato maravilloso. Celeste sermoneó a Reuben sin parar sobre lo poco adecuado que era que alguien de su edad «se recogiera en esa tranquilidad», y Mort y Reuben pasearon por el robledal hablando de libros y poetas que ambos adoraban. Mort le dejó la última versión de su tesis para que Reuben la leyera.

Tras la fiesta, trasladaron el piano al gran salón, donde había un lugar excelente para él, cerca de las puertas del invernadero, y el salón de música se convirtió en una sala de proyección, que amueblaron enseguida con cómodas butacas de cuero blanco y sillas para que todo el grupo pudiera disfrutar de películas y televisión cuando quisiera.

Reuben empezó a escribir un libro. Pero no era ninguna autobiografía, ni tampoco una novela. Era algo bastante puro y tenía que ver con sus propias observaciones, sus propias sospechas profundas de que todas las verdades máximas que alguien podía descubrir estaban arraigadas en el mundo natural.

Mientras tanto, la vieja y destartalada casita de dos plantas del acantilado inferior que había bajo el cabo —la casa de invitados que Reuben había visto con Marchent durante el paseo que habían compartido— estaba siendo restaurada por completo para Phil. Felix había firmado el cheque para ello y había dado instrucciones a Galton para que no reparara en gastos. Galton estaba pasmado con Felix por el extraordinario parecido que guardaba con su difunto padre, y parecía albergar nuevos bríos para satisfacer a los dueños de Nideck Point.

Felix también se presentó en la ciudad de Nideck como el hijo del difunto Felix Nideck e invirtió en el hostal, de modo que no tuvieran que venderlo. Compró las tiendas por los precios que pedían, con la intención de ofrecer alquileres a muy buen precio a nuevos comerciantes. Era importante, según explicó a Reuben, que la familia ejerciera una influencia beneficiosa en el pueblo. Había tierras alrededor que se podían subdividir y desarrollar. Felix tenía ideas para ello.

Reuben estaba ansioso y desconcertado. Felix le sorprendió y le hizo feliz al contarle que su abuelo Spangler (el padre de Grace) había sido famoso durante el último siglo por haber planificado comunidades con una visión y un alcance sorprendentes, y habían visitado juntos páginas web para comprobarlo. ¿A quién pertenecían las tierras de los alrededores de Nideck? Felix era el propietario de las tierras con otro nombre. No había necesidad de preocuparse.

Reuben acudió con Felix a una cena en casa del alcalde de Nideck. Por internet, encontraron enseguida un comerciante de edredones dispuesto a abrir una tienda en la calle principal, junto con un librero de viejo y una mujer que vendería muñecas y juguetes antiguos que almacenaba en casa.

—No se puede considerar el inicio de una metrópolis —confesó Felix—, pero es un principio excelente. El pueblo necesita una pequeña biblioteca o algo parecido, ¿no es verdad? Y un cine. ¿Qué distancia hay que recorrer para ver una película?

Mientras tanto, el «Lobo Hombre» iba pasando rápidamente a la categoría de mito y las ventas de camisetas, tazas y parafernalia del Lobo Hombre crecían exponencialmente. Se organizaban visitas guiadas del Lobo Hombre en San Francisco, y se vendían disfraces del monstruo. Como era de esperar, una empresa local de excursiones quiso traer autocares llenos de gente a Nideck Point, pero Reuben se negó en rotundo y, por primera vez, se cercó el extremo sur de la finca.

Reuben escribió dos artículos largos para Billie sobre la tradición licantrópica a lo largo de la historia, sobre los grabados icónicos de hombres lobo que más le gustaban y algunas muestras de arte del Lobo Hombre que circulaban por todas partes y que eran fáciles de encontrar y difíciles de evitar.

Todas las noches, Reuben salía a cazar al bosque con Felix. Se adentraban cada vez más al norte del condado de Humboldt para cazar el feroz jabalí con sus colmillos afilados como cuchillas. Y, en otra ocasión, persiguiendo a un puma poderoso, más grande que la hembra que Reuben había matado tan hábilmente en solitario. A Reuben no le gustaba cazar animales gregarios, ni tampoco alces o ciervos que vagaban libres, porque no eran depredadores, aunque Felix le recordó que a menudo morían de forma violenta y dolorosa.

Margon y Stuart les acompañaron un par de veces. Stuart era

un cazador bravucón y hambriento, ávido de cualquier experiencia, y habría estado dispuesto a cazar entre la espuma del acantilado si Margon se lo hubiera permitido, pero Margon no se lo permitió. Margon parecía encaprichado con Stuart y, poco a poco, sus conversaciones empezaron a contener más preguntas de Margon sobre el mundo actual que las que Stuart podía llegar a formular sobre el pasado o sobre cualquier otro tema.

Margon trasladó su habitación desde la parte trasera de la casa a la delantera, obviamente para estar más cerca de Stuart, y se les podía oír a ambos hablando y discutiendo hasta altas horas de la noche. A menudo, discutían a menudo sobre ropa, y Stuart llevaba a Margon a comprar tejanos y polos, mientras que Margon insistía para que Stuart se comprara un traje de tres piezas y varias camisas de vestir con puños franceses. Pero la mayor parte del tiempo se les veía simple y llanamente radiantes.

Llegaron criados de Europa, incluyendo un hombre francés solemne y parco en palabras que había sido el ayudante de cámara de Margon, y una mujer mayor inglesa, muy alegre, que nunca se quejaba y cocinaba, limpiaba y horneaba el pan. Thibault insinuó que vendrían más.

Ya antes de Acción de Gracias, Reuben había escuchado rumores acerca de un aeropuerto privado por encima de Fort Bragg que los demás utilizaban para realizar vuelos cortos a sus terrenos de caza lejanos. Se moría de curiosidad, y a Stuart le ocurría lo mismo. Stuart pasaba los días enfrascado en el estudio de leyendas de hombres lobo, historia mundial, evolución, leyes civiles y penales, anatomía humana, endocrinología, arqueología y cine extranjero.

Con frecuencia, los caballeros distinguidos desaparecían en el Santuario Interior, tal como ellos lo llamaban, para trabajar con las antiguas tablillas, que estaban disponiendo en cierto orden y que, por razones obvias, no deseaban volver a trasladar.

Felix dedicaba mucho tiempo a disponer sus propias galerías y bibliotecas según un orden lógico. A menudo se le podía encontrar en el desván con techo de dos aguas situado sobre el dormitorio principal, leyendo en el mismo sitio en que Reuben había encontrado el pequeño libro de teología de Teilhard de Chardin.

La noche de Acción de Gracias, después de que se marchara la familia, Laura viajó al sur para pasar unos días sola en su casita en el linde del bosque de Muir. Reuben le pidió que le permitiera acompañarla, pero ella insistió en que era un viaje que tenía que hacer sola. Quería visitar el cementerio donde estaban enterrados su padre, su hermana y su hija. Y, cuando volviera, dijo, sabría qué iba a ser de su futuro. Y también lo sabría Reuben.

A él, la idea se le hacía completamente insoportable. Estuvo tentado en más de una ocasión de conducir hacia el sur solo para ver qué hacía Laura. Pero sabía que Laura necesitaba pasar sola ese tiempo. Ni tan siquiera la llamó.

Finalmente, los caballeros distinguidos reunieron a los cachorros, los montaron en un avión y se los llevaron de caza a la ciudad mexicana de Juárez, justo al otro lado de la frontera de El Paso, Texas.

Según Margon, iba a ser una cacería híbrida, lo cual significaba que tenían que llevar ropa: las habituales sudaderas con capucha y gabardinas holgadas, pantalones grandes y mocasines que acomodaran sus cuerpos transformados.

Stuart y Reuben estaban enormemente excitados.

Era emocionante, mejor que sus sueños más alocados: el avión de carga sin carga que aterrizaba en una pista secreta, el todoterreno negro perforando la noche negra y, finalmente, el viaje por encima de los tejados de todo el grupo desplegándose como felinos en la oscuridad, guiados por el olor del sufrimiento de las chicas y las mujeres cautivas y esclavizadas en barracones que se usaban como burdeles clandestinos, desde los cuales las iban a introducir ilegalmente en Estados Unidos bajo la amenaza de torturarlas y matarlas si no accedían.

Cortaron la electricidad de los barracones antes de invadirlos, y rápidamente encerraron a las mujeres para su propia seguridad.

Reuben jamás había soñado con una carnicería semejante, con tal abandono, con semejante masacre en aquel edificio bajo de hormigón. Las rutas de escape estaban cerradas por fuera y los hombres malvados que ocupaban el recinto se arrastraban como ratas por los pasillos húmedos y resbaladizos y por sus habitaciones sin salida, tratando de huir del enemigo inclemente de dientes afilados que se cernía sobre ellos.

El edificio se estremeció con los rugidos de los morfodinámicos, los chillidos y gemidos de los hombres agonizantes y los gritos de las mujeres aterrorizadas que aguardaban apiñadas en su dormitorio cochambroso.

Finalmente, el hedor del mal quedó apagado. Al fondo del edificio, los morfodinámicos todavía se regodeaban, mordisqueando los restos. Stuart, el gran Lobo Niño de pelo enmarañado, bajo su gabardina larga abierta, miraba desconcertado los cuerpos desparramados a su alrededor. Las mujeres habían dejado de sollozar.

Había llegado el momento de escabullirse, de liberar a las mujeres en la oscuridad, para que se dirigieran a tientas hacia la luz sin llegar a conocer en ningún momento la identidad de los imponentes gigantes encapuchados que las habían vengado. Y los cazadores desaparecieron con paso firme, saltando una vez más por los tejados, con las zarpas y la ropa manchadas de sangre, las bocas salpicadas de ella y los estómagos llenos.

Dormitaron como una camada, apilados los unos encima de los otros en la bodega del avión. En algún punto sobre el Pacífico dejaron caer la ropa empapada de sangre sobre el océano y se adentraron en la noche fría y ventosa del condado de Mendocino vestidos con la ropa limpia que habían preparado para la vuelta, aún con los ojos llorosos, saciados y en paz, o eso parecía, mudos durante el corto trayecto hasta Nideck Point mientras la lluvia, la habitual lluvia incesante de California, golpeaba el parabrisas.

—¡A eso le llamo yo una buena cacería! —dijo Stuart, acercándose medio dormido a la puerta trasera. Echó la cabeza hacia atrás y profirió un aullido de lobo que resonó en las paredes de piedra de la casa, un gesto que provocó una risotada suave en los demás.

—Pronto cazaremos por las selvas colombianas —anunció Margon.

Reuben soñaba, mientras arrastraba sus piernas cansadas escaleras arriba, que Laura estaría ahí esperándole, pero no fue así. Solo encontró su fragancia en el edredón mullido y en las almohadas. Tomó uno de sus camisones de franela del armario y lo sostuvo entre sus brazos, decidido a soñar con ella.

Al cabo de horas, despertó contemplando el milagro del cielo azul sobre el Pacífico y el segundo milagro del agua azul oscura que brillaba y danzaba bajo el sol.

Se duchó, se vistió rápidamente y salió a pasear bajo aquella luz radiante y gloriosa, contemplando maravillado el espectáculo mundano de las nubes blancas como la nieve que se movían más allá de los gabletes de la casa, que se alzaban por encima de él severos y fuertes como almenas.

Uno tenía que vivir en esa costa blanquecina y fría para apreciar plenamente el milagro de un día claro en que las brisas marinas desaparecían simplemente como si su reinado ventoso hubiera tocado a su fin.

Parecía que había transcurrido una eternidad desde que había salido a esa misma terraza con Marchent Nideck, desde que había mirado la casa y le había pedido que le ofreciera la oscuridad y la profundidad que tanto necesitaba. «Sé la música en tono menor de mi vida», le había pedido, y había tenido la certeza de que la casa le respondía, prometiéndole revelaciones con las que no podía siquiera soñar.

Caminó entre las banderas agitadas por el viento, avanzando contra el viento oceánico impulsivo y fresco, hasta que se encontró en la vieja balaustrada rota que separaba la terraza del borde del acantilado y del sendero estrecho y traicionero que conducía a la franja de playa que se extendía más abajo, cubierta de rocas desoladas y maderas emblanquecidas arrastradas por la marea. El rumor del oleaje le engulló por completo. Se sentía ligero como una pluma, como si el viento pudiera levantarle si se dejaba ir, con los brazos levantados hacia el cielo.

A su derecha se alzaban los acantilados arbolados de color verde oscuro que protegían el bosque de secuoyas. Al sur se erguían los cipreses retorcidos de Monterey y sus encinillos, convertidos por el viento en esculturas torturadas.

Una felicidad trágica se apoderó de él, un profundo reconocimiento de que amaba lo que era: le encantaba, le había encantado la cacería desbocada por los pasillos mugrientos del burdel de

Juárez, le encantaban las correrías locas a través del bosque puro del norte, le encantaba sentir a la víctima entre sus dientes o a la bestia que luchaba con vana desesperación para escapar de sus garras.

Pero también tenía el profundo convencimiento de que aquello era solo el principio. Se sentía joven, poderoso y a salvo de todo. Tenía la sensación de que disponía de tiempo suficiente para descubrir cómo y dónde se equivocaba, por qué debía cambiar o renunciar al don del lobo que había extinguido tantas otras pasiones en él.

El cielo y el infierno esperan a los jóvenes. El cielo y el infierno flotan más allá del océano que se extiende frente a nosotros y del cielo por encima de nuestras cabezas.

Así pues, el sol brilla en el Jardín del Dolor. En el Jardín del Descubrimiento.

Vio el rostro de su hermano en la noche de Acción de Gracias, vio los ojos tristes y cansados de Jim y se le rompió el alma, como si su hermano fuera más importante que el propio Dios, o como si Dios en persona hablara a través de Jim, del mismo modo que podría hablar a través de cualquiera que se interpusiera inevitable o accidentalmente en nuestro camino, de cualquiera que amenazara con devolvernos la conciencia, que nos mirara con ojos que reflejan un corazón tan destrozado como el nuestro, igual de frágil y decepcionado.

El viento le estaba dejando helado de pies a cabeza. Tenía las orejas frías y los dedos con los que se cubría la cara estaban tan helados que apenas podía moverlos. Y, a pesar de ello, se sentía bien, era una sensación maravillosa, tan maravillosa como el hecho de no sentir nada de todo aquello cuando le abrigaba la piel del lobo.

Se volvió y miró la casa de nuevo, contempló los altos muros coloreados por las hiedras y el humo que brotaba de las chimeneas y se elevaba hacia el cielo, hasta que lo atrapaba el viento y lo disolvía hasta hacerlo invisible.

«Querido Dios, ayúdame. No me olvides en este minúsculo edificio perdido en una galaxia que también está perdida, con un corazón no más grande que una mota de polvo que palpita, que palpita contra la muerte, contra la falta de sentido, contra la culpa, contra la pena.»

Se inclinó hacia el viento; dejó que le sostuviera evitando que cayera al vacío, rodando por encima de la balaustrada y por el acantilado, bajando cada vez más hasta golpear la playa rocosa.

Respiró hondo y los ojos se le llenaron de lágrimas. Notó cómo se las arrebataba de las mejillas el mismo viento que lo sujetaba.

—Señor, perdona mi alma blasfema —susurró con la voz medio rota—. Pero te doy gracias con todo mi corazón por el don de la vida, por todas las bendiciones que me has concedido, por el milagro de la vida en todas sus formas y, Señor, ¡te doy gracias por el don del lobo!

Agosto de 2011
Palm Desert, California